KB166427

나는 걷는다

나는 걷는다

이스탄불에서 시안까지 느림, 비움, 침묵의 1099일

01
아나톨리아 횡단

베르나르 올리비에

임수현 옮김

효형출판

한국의 독자에게

지금부터 거의 7세기 전, 말들을 이끌고 동방으로 가면서 마르코 폴로와 빌렘 반 뢰이즈브루크(『몽골제국 여행기』에서 한국인과의 만남을 최초로 언급한 13세기 프랑스 신부)는 어떤 생각을 했을까? 시야를 가로막는 사막과 산들 너머에서, 과연 어떤 남자와 여자들과 마주치게 될 것인가? 아침마다 새로운 땅들 뒤에서 솟아오르는 태양을 음미하며 다시 길을 떠날 때 내가 수없이 던졌던 질문이다. 500여 년의 역사를 지닌 이 광활한 길을 조금씩 여행하는 동안, 나의 작업은 또 다른 의미를 지니게 되었다. 나 스스로를 유럽에서 아시아의 동쪽 끝까지 연결하는 가늘지만 질긴 실처럼 여기게 된 것이다. 내 책들이 여러 언어로 출판되고 있는 지금, 나의 바람은 이루어졌다. 다시 태어나고 있는 오래된 실크로드는 무역로임에 분명하지만, 그것은 무엇보다 인간들의 길인 것이다. 그 실크로드가 역사적 흔적을 넘어, 책이라는 마법을 통해 오늘날 한국까지 이르게 된 것에 기쁜 마음을 표한다.

베르나르 올리비에

상상할 수 있는 가장 긴 여행

우리가 이 책의 출판에—서둘러 그리고 원칙을 거스르면서까지—뛰어든 것은, 저자가 이 책에 별 애착을 갖고 있지 않은 것처럼 보였기 때문이다. 이미 오래 전에 기행문학 쪽으로 출판영역을 확장했기에, 우리는 이 분야와 관계된 원고들을 해마다 100편 정도는 받아본다. 하지만 저자들에게 모두—거의 모두라고 해야겠지만—돌려보낼 수밖에 없었다. 먼 곳에 다녀왔다는 것만으로 얘깃거리가 되는 것은 아니기 때문이다. 더 난처한 것은 이론상의 자유로움이다. 즉 낯선 곳을 처음 여행하는 저자는 자신이 본 것을 이야기할 때 흔히 방심하게 된다. 그리고는 주제의 흥미로움이—이조차도 생각보다는 아주 드문 일이지만—자신의 시선과 펜의 날카로운 긴장을 풀어준다고 믿는다. 그 결과, 미지의 것들을 밝혀주는 글이 아니라, 무엇을 다뤘건 간에 우리의 예상에서 조금도 벗어나지 않는, 이른바 '다른 곳'의 이야기에 그치게 되는 것이다.

그런데 베르나르 올리비에는 앞서 언급한 근래의 여행 신봉자 무리들에서 벗어나 있다. 무엇보다 자신을 소개하는, 그리고 처음 우리와 만났을 때 기획 단계에 있던 자신의 책을 소개하는 방식이 그러했다.

1999년 봄이었다. 언행이 지극히 신중한 한 육십 대 남자가 자신의 머릿속에 담아둔 생각을 우리에게 설명했다. 그는 몇 주 후 아주 긴 도보여행을 떠날 계획이라고 했다. 우리가 상상할 수 있는 한 가장 긴 여행을. 그는 마르코 폴로가 그랬듯이 이스탄불에서 시안西安에 이르는 실크로드 1만 2천 킬로미터 횡단을 구상하고 있었다(차이가 있다면 마르코 폴로는 말을 타고 여행을 했으며, 안타키아 만을 따라 아시아에 들어갔기 때문에 아나톨리아의 상당 부분을 거치지 않았다는 것이나). 그는 자신의 리듬에 맞춰 여행할 생각이었다. 즉 4년 안에 목표를 달성하겠다는 계획이었다. 그리고 그의 희망은 그 여행에서 책 한 권을 만들어내는 것이었다.

우리는 그의 계획을 흥미롭게 생각했지만, 우리 출판사엔 맞지 않는다고 반대했다. 우리는 이미 완성됐거나 거의 완성 단계에 있는 원고만을 출판하기 때문이었다. 덧붙여 우리는 모든 종류의 위업이나 쾌거, 특히 그것들을 억지로 갖다 붙이는 일에 강한 불신을 가지고 있음을 고백했다. 그러자 이 미래의 저자는 사과를 했다. 자신의 설명이 잘못되었다고, 자신은 어떤 대단한 성공으로 여겨질 여행을 염두에 둔 것이 결코 아니라고. 그는 지극히 비밀리에 떠나는 여행을 원하며(오직 그의 자식들과 몇몇 친구들만이 아는), 자신의 여행이 사적인 것임을 강조하기도 했다. 그는—마치 펠리니[Federico Fellini, 이탈리아의 영화감독. 〈길〉, 〈달콤한 인생〉 등으로 유명하다. 〈항해는 계속되고〉는 말년에 만든 영화로, 오페라 스타들을 싣고 항구를 떠난 호화 유람선 내에서 벌어지는 일들을 그린 영화다)의 〈항해는 계속되고〉처럼—스스로에게 떠남의 의미를 부여하기 위해, 짐작컨대 사는 것 자체의 의미를 부여하기 위해 떠나려는 것이다……. 이러한 동기는 지붕 위에서 나팔을 불듯 요란하게 선전할 성질의 것이 아니었다. 그는 혼자 떠날 것이며, 어떤 출판사(말하자면 까다롭고 불친절하기까지 한 어떤 독자)가 자신의 기록을 기다린다는 사실을 알고 있는 것만으로도 자신을 버티게 해주는, 그리고 앞으로 나아가게 해주는 힘이 된다고 생각했다. 그는 더 이상 아무것도 요구하지 않았다. 그리고 무엇보다 자신의 책이 실망스러울 경우에는 출판하지 않아도 된다고 덧붙였다.

고백하자면, 바로 이러한 최소한의 요구들이 우리가 처음으로 주문 출판을 하기로 결정한 이유였다. 사실 지금 독자들 손에 쥐어진 이 책은 주문된 것이라고 할 수도 없다. 우리는 저자가 원한 대로 책이 스스로 만들어지도록 그냥 내버려두었으니까. 다만 그가 수첩에 적은 기록들을 순서대로 정리할 수 있도록 도왔을 뿐이다. 또한 우리는 저자와 약속한 대로 어떠한 사진도 싣지 않았다. 오직 길만이 중요할 뿐이며, 길을 걸어갔던—혹은 그러기를 꿈꾸었던—사람들은 길이란 게 걷는 사람의 외부에 존재하는 객관적인 실체가 아니라, 그가 세계에—그리고 자기 자신에게—부여하는 개인적이고 비밀스러운 시선이 물질화된 것임을 알고 있다. 이를 인식하는 데에는 말만으로도 충분하다.

저자와 만나고 나서 몇 주 동안 우리는 이제 벌어질 일에 대해 좀더 구체적으로 생각을 정리해보았다. 지금 준비하고 있는 책 뒤에 한 남자가 숨어 있다. 이 남자는 어떤 변덕으로 이 모험을 시작하려는 것이 아니다. 이 모험은—비록 당사자가 처음엔 애써 감추려 했지만—정말 먼 길을, 그리고 삶 전체의 여정을 펼치는 것이기도 하다. 존재 자체가 일종의 행군 아니던가.

곧 알게 될 일이었지만, 위험을 무릅쓰려는 그는 사실 자신이 가려는 곳을 모르고 있었다. 은퇴한 기자이며 부인을 먼저 떠나보내고 혼자인 그는 더 이상 선택을 미룰 수 없는 교차로 앞에 서 있다고 여겼다. 어떤 결정은 내일로 미루면 이미 너무 늦은 것이 된다. 서둘러 떠남으로써 최대한의 것을 건져낼 수 있고, 적어도 나이 탓을 하며 너무 서둘러 스스로를 은밀하고도 효과적인 방법으로 구속하는 폐단에서 벗어나 자유를 누릴 수도 있다. 그의 (장성한) 자식들은 그를 말리려고 하지 않았다. 한번 결심한 일은 쉽게 포기하지 않는 고집 센 사람이 바로 자신들의 아버지임을 익히 알고 있기 때문이었다. 게다가 외로움은—때론—힘이 되는 법이다. 무엇보다 그의 목소리가 우리에게 상기시켜준 것은 외로운 사람 또한 용감해보이는 가운데서도 누군가를 기다리는 사람이며, 결국 누군가가 손짓하기를 숨어서 지켜보는, 그리고 거기에 의당 답해야 한다고 믿는 사람이라는 사실이다. 모든 상황은 이러했다.

　이렇게 스스로에 대해 털어놓기 시작한 저자는 조금도 꺼리지 않고 자신의 삶을 이야기했다. 짧은 몇 마디 말에서 진실이 느껴졌다. 바스노르망디 주 망슈에서 화강암 채굴 노동자의 아들로 태어난 그는 열여섯 살에 학업을 중단한 이후 해보지 않은 일이 없었고—토목 인부, 부두 노동자, 식당 종업원, 외판원, 체육 교사—거의 서른이 다 되어서야 바칼로레아(프랑스의 대학입학 자격시험)를 통과했다. 그리고 (굳이 말하자면) 그 여세를 몰아 기자 CFJ(Centre de Formation des Journalistes, 프랑스 기자협회의 공인을 받은 저널리즘 부문의 그랑제콜)를 졸업했다…….

　독학한 사람들이 대부분 그렇듯이, 베르나르 올리비에는 열렬한 독서광이었다. 특히 역사 분야를 탐독했는데, 브로델(Fernand Braudel, 프랑스의 역사학자. 『필립 2세 시대의 지중해와 지중해 지역』(1949), 『물질문명과 자본주의 : 15~18세기』(1969) 등의 저작을 통해 역사 연구와 인접 학문인 지리학과 경제학의 결합을 시도했음)은 그에게 신과 같은 존재였다. 무엇보다 지중해가 오늘날의 우리를 만들어냈다면 그 지중해 또한 원래 더 오래된 원천과 연결돼 있다는 것, 즉 서양인으로서 존재한다는 것은 결국 동양에 진 빚을 인식하는 일에 다름 아니라는 사실을 일깨워준 사람이었다.

　하지만 이 채석공의 아들은 단지 아마추어로서만 클

리오[Clio, 그리스어로는 Kleiô. 아홉 뮤즈들 중의 하나로 역사를 주관함. 손에 파피루스 두루마리를 든 모습으로 묘사됨]를 접할 뿐이었다. 그의 직업이 그를 전혀 다른 길로 인도했기 때문이었다. 그는 15년 동안 호기심 많은 정치부 기자였으며 (《A.C.P.》,《파리 마치》,《콩바》 등), 다시 또 15년간은 꽤 알려진 경제·사회면 칼럼니스트였다(제1방송,《르피가로》,《르마탱》). 한편 그는 이따금 기회가 되면 시나리오를 써서 성공한 적도 있는 작가였다.

다른 사람들이라면 은퇴 후 쉬게 되었을 때 멋진 실내화를 준비하며 편안한 시간을 누리려고 했으리라. 하지만 그는 달랐다. 은퇴와 더불어 그에게 온 것은 고독이었지만, 또한 길―그가 소리 내지 않고 언제나 접해왔던―이었다. 어쩌면 그 길이 그를 구한 것인지도 모른다. 열여덟 살에 결핵에 걸린 이후, 그는 그 병으로 목숨을 잃을까 두려워 (당시 그의 친구 한 명이 실제로 죽었다) 거의 미친 듯이 운동―특히 달리기와 걷기―에 몰두했다. 그리고 결국 건강을 되찾았다. 이후에도 그는 직장생활을 하면서 틈이 날 때마다 몸을 움직이는 것을 멈추지 않았다. 스무 번이 넘는 마라톤(뉴욕 마라톤을 포함해서)과 수차례에 걸친 100킬로미터 행군, '실크로드 행군'(카스에서 베이징까지) 참여……. 그러나 무척이나 바빠 뛰어다녀야 했던 직업을 마감하면서, 그는 느린 리듬을 되찾고 싶어했다. 그리하여 2년 전에 발동을 거는 차원에서 산티아고 데 콤포스텔라[Santiago de Compostela, 스페인 북서부 갈리시아 지방의 도시)까지 2,325킬로미터에 이르는 거리를 배낭 메고 도보여행을 했다. 또한 그는 다른 사람들의 도보여행을 돕기도 했다. 비행청소년들을 바른 길로 인도하자는 목적으로 '쇠이유(Seuil)'라는 단체를 설립한 것이다. 그 방법은 바로 '걷는 것'이었다. 이 새로운 프로그램에 참여한 사람들은 다른 나라에서 최소한 2천 킬로미터에 이르는 거리를 걸어서 도착해야 했다. 아이들을 착한 사람으로 바뀌게 할 만한 일이었다.

왜 이렇게 매번 더 멀리 가려고 고집하는지에 대해서는…… 그 자신도 잘 모르겠다고 한다. 수없이 그에게 이런 질문을 던져보았지만, 그는 언제나 당황스러워했다. 다만 그는 자신이 여전히 그 대답을 찾으려 노력한다는 사실을 알 뿐이었다. 이것은 애초에 답이 없음을 스스로에게 납득시키고자 함이 아닐까.

그의 책은 물론 이 질문의 흔적들을 은밀하게 담고 있다(베르나르 올리비에를 통해 우리는 거창한 말을 경계하는 것이 현명한 일임을 배우게 된다). 어떤 힘이 스스로를 이끄는지 알지 못한 채 앞으로 나아가려고만 하는 이 '미친' 조급증을 발견하고 그 자신도 놀라워했다. 그가 곧 깨닫게 되듯이, 그의 여정에서 마주친 사람들 또한 놀라기는 마찬가지였다. 그들로서는 그의 행위를 이해할 수 없었다. 그래서 그를 있는 그대로가 아닌 특이한 사람으로 받아들이는 게 더 편했을지도 모른다. 그가 여기저기에서 스파이 취급을 받았던 것도 이런 이유 때문이다. 이를테면 쿠르드족에게는 터키의 앞잡이로 오인받고, 또 그 반대 경우도 겪었을 것이다. 이 때문에 그는 적잖이 곤란을 겪었다. 실크로드는 오늘날 분쟁지역을 가로지르고 있다. 터키에 항거하는 쿠르드족, 이슬람 민병대에 의해 조각난 이란, 예전에 러시아에 속했던—현재는 부족들 간의 분쟁에 휩싸여 있는—투르키스탄('투르크족의 땅'이라는 뜻), 베이징에 대한 반란이 잠재해 있는 신장新彊. 이 정도면 구경거리가 많은 여정이라고 할 수 있을 것이다

그러나 바로 이러한 구경서티들이 실제로는 위험과 밀접하게 연결돼 있는 것이다. 이렇게 복잡한 상황에서 의심이 가는 외국인 하나쯤 처단해버리는 것은 지극히 간단한 일일 수도 있다. 그 후 당국자들이 나서서 참으로 유감스러운 사고였다고 밝히고, 관련 당사자들 각각에게 차후 이런 행위들을 자제해줄 것을 당부하면 그만이다. 그 역시 직장생활을 하는 동안 이런 종류의 사건들을 접한 경험이 있었다. 때로는 그의 순진한 영혼이 그대로 드러나는 일도 있었지만, 그의 세상에 대한, 즉 당면한 균형과 불균형에 대한 비전은 결코 초보자의 것이 아니었다.

그럼에도 그의 글 속에 담긴 일종의 천진함이라고 할 수 있는 무언가는 우리를 놀라게 했다. 이에 대해 그는 여행 자체가 바로 그런 천진함을 요구한다고 말한다. 그토록 먼 길의 흔적을 더듬어가려면 기존에 자신이 알던 모든 것을

벗어버리고 가볍게 가야 한다는 것이다. 그가 우리에게 주는 교훈은 명백하다. 즉 최소한 우리 모두에게는 떠남이 운명이라는 것, 그리고 언젠가는 우리가 모든 걸 벗어버려야 한다는 것.

도보여행자가 지닌 이러한 철학은 물론 그것이 다는 아니지만, 그가 만나게 될 주민들의 마음을 움직이기엔 다행히도 적절한 것이었다. 중국의 국경에 이르기까지 그는 이슬람의 땅을 거쳐 갔다. 외로운 이방인을 환대하는 것을 당연한 예절로 여기는 지방들을 지나간 것이다(비록 민감한 몇몇 지역, 특히 현대사의 질곡으로 인해 정상적인 사람들을 어리둥절하게 할 정도로 폭력이 난무하는 쿠르드 같은 곳에서는 이 예절이 전혀 지켜지지 않았지만). 우리는 자신의 근거지에서 그토록 멀리 떨어진 한 여행자가 알라와 그 예언자(마호메트)의 추종자들 가운데서 조금씩 자신의 길을 다져나가면서 이룬 성공을, 그를 따라가면서 확인할 수 있을 것이다. 이는 타인의 문은 필요한 경우 언제나 열려 있으리라는 최소한의 확신이 있었기에 가능했던 일이다. 우리의 순례자는 거의 돈 한 푼 없이 길을 떠났으며(만약 돈이 있었다면 매우 위험할 수도 있었다), 숙소를 발견했을 때에만(그조차도 늘 기대할 수 있는 일은 아니었지만) 그곳에서 잠을 잤고, 사진 속 주인공이 될 기회가 전혀 없었던 사람들에게 사진을 찍어주는 등 정말 소박하고 독창적인 방법으로 그 대가를 지불했다.

이제 이 모든 경험을 그가 책으로 쓸 것인지, 그리고 과연 그것이 실현 가능한지를 알아보는 일만이 남았다. 그는 어제의 동료였던 기자 친구들에게 그것이 바로 숨겨진 동기였다고 말했다. 맞는 이야기다. 조금만 의심스러운 점이 있어도 재빨리 뒤로 물러나는 이 신중한 저자는 이 문제에 대해 너무 많이 말했다고 느낀 탓인지 자신이 출판사의 문을 노크하기로 결심한 것은 오직 자신의 오랜 약점을 치유하기 위해서였을 뿐이라고 설명하기도 했다.

"나는 원래 기억력이 좋지 못해서 사람들 이름을 잘 기억하지 못한다. 내가 얘깃거리들을 잔뜩 가지고 돌아올 것으로 기대하는 사람들에게는 난처한 일이지만 말이다. 만약 문화가 '모든 걸 잊었을 때 남는 어떤 것'이라면, 나는 아마 내가 아는 한 가장 문화적인 사람 중의 하나일 것이다. 그래서 이번에는 기록을 하기로, 그리고 그것을 두 단계로 나누어 편집을 하기로 결심했다. 한 편집자가 내게 좀더 많은 걸 요구한 까닭에……."

그는 분명 자신의 핸디캡을 편집자에게 미리 알려주었던 것 같다.

"이번 여행에서 나의 불행은 내가 기자였다는 사실이다. 30년 동안 나는 측정할 수 있는 모든 것을 확실한 것으로 믿고 글을 써왔다. 그런데 도보여행자는 이런 생각을 완전히 비워내야 한다. 그렇지 않으면 앞으로 나아갈 수가 없다. 걷는다는 것은 자신이 걸어온 길을 다지는 일이지만, 그 이상으로 자신이 나아갈 길을 꿈꾸는 일이기도 하다. 내 책이 이런 점을 보여준다고 할 수는 없을 것이다. 나는 어쩔 수 없이 측량사, 수학자, 회계사 같은 과거의 내 모습들을 끌고 다녔을 테니까. 내가 멀리 떠나기로 결정한 것은 아마도 그런 내 모습들을 지워버리기 위해서였을지도 모른다. 내 목표는 순조롭게 여정을 마치고 4년 후 시안에 도착했을 때 내가 조금은 시인 또는 작가가 되어 있는 것이다. 하지만 그럴 수 있을지는 전혀 확신할 수가 없다."

4년. 그는 좀더 속도를 낼 수도 있었을 테지만 그를 기다리고 있는 사막은 겨울엔 통행이 거의 불가능한 상태다. 쿠르디스탄에는 여섯 달 이상 그리고 파미르에는 여덟 달 동안 눈이 온다. 그의 선택은 좋은 계절, 즉 5월에서 10월까지만 걷는 것이었다. 그러나 첫 단계를 마치기도 전에 그는 계획을 재고해야 하는 상황에 처했다. 어떤 극적인 상황이 펼쳐졌는지는 이 책을 읽다 보면 알게 될 것이다. 그래도 치명적인 일은 아니었다. 고향 바스노르망디에서 몇 개월 동안 요양한 후 여름이 되자 그는 중단했던 길을 다시 떠날 몸과 마음의 준비가 됐음을 느꼈다. 5월이 가기 전에 그는 도우바야지트에 이르는 길에 다시 합류했고, 세 계절 전에 먼지 속으로 코를 박고 쓰러졌던 길의 끝을 되찾았다. 여전히 같은 신발을 신고서.

"신발은 더 이상 나를 고통스럽게 하지 않았다. 고맙게도 적당한 속도로 닳아가고 있었다. 알라의 뜻이라면, 그리고 목양견인 캉갈(kangal)들이 내 늙은 말을 거들떠보지 않는다면, 우리—내 신발과 나—는 겨울 전에 사마르칸트에 도착할 수 있을 것이다."

만약 여러분이 어디선가 그를 만나게 되더라도 이렇게 묻는 일은 없어야 할 것이다. "무엇 때문에 이 모든 일을 하는가?" 아마도 그는 대답을 거의 찾았을 것이다. 물론 그가 책 속의 행간에 숨겨놓은 다른 형태의 질문들을 통해서 말이다. 오디세우스처럼 행복하게, 그가 머릿속에서 자신의 모든 여정을 재구성할 어느 날, 스스로를 되찾기 위한 이야기라고.

폐뷔스의 편집자
J. P. S.

나는 다시 길을 떠났고, 조금 가다가 멈춰서 휴식을 취했다.

눈을 들어보니, 거북이 한 마리가 비탈길 위쪽에서

둥그런 눈으로 나를 빤히 쳐다보고 있었다.

안녕, 친구여. 미리 말해두지만, 난 너와 경주하지는 않을 거야.

—본문 중에서

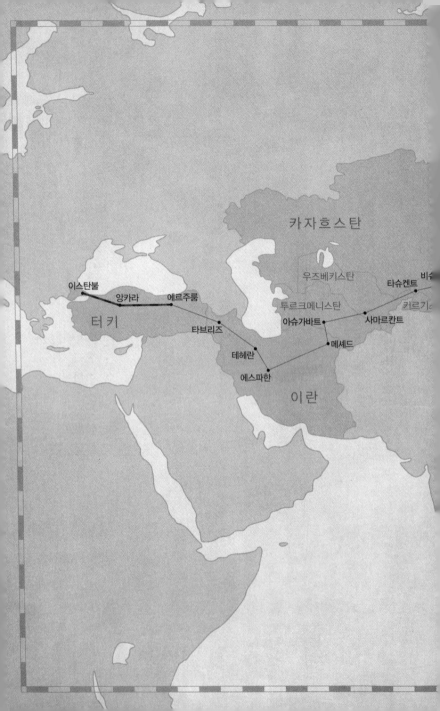

첫 번째 여행:
이스탄불~에르주룸
1,700킬로미터

투루판

란저우

시안

중국

아나톨리아 고원

첫 번째 여행

1999년 봄~여름

일러두기

1. 본문에 등장하는 ( ) 안의 내용은 지은이가, 〔 〕 안의 내용은 옮긴이가 단 주석이다.
2. 『나는 걷는다』 1권의 배경인 터키의 지명 가운데, 시골의 작은 마을의 경우 정확한 터키식 발음을 확인할 수 없었다. 프랑스식 알파벳과 터키식 알파벳 체계의 차이 때문이다. 그런 지명의 경우 지은이가 통일한 원칙에 따라 현지 발음을 프랑스어식으로 옮겨 적은 것을 외래어표기법의 표기원칙에 따라 한국어로 옮긴 것임을 밝혀둔다.
3. 『나는 걷는다』 1권의 주 여행지인 터키의 터키 리라(Turkish lira, 약호 LT)를 1999년 환율로 환산하면 1,000원은 약 123만 터키 리라에 해당한다.

1. 길 끝의 마을들

1999년 5월 6일

배웅 나온 아이들과 플랫폼에서 마지막 인사를 나눴다. 역에 있는 큰 시계의 바늘이 출발을 알리는 쪽으로 움직여갔다. 기차가 나를 채간다. 도시와 그 소음과 불빛이 멀어져간다. 집들이 모여 있는 어슴푸레한 변두리, 불빛이 점점이 스쳐 지나가는 시골의 깊은 밤. 나는 마침내 실크로드를 향한 긴 여행을 시작한 것이다.

차창에 코를 대고 눈으론 사라져가는 불빛을 좇으며 꿈속에 잠겨 있는 동안, 같은 칸에 탄 세 명의 은퇴한 노인들이 부산스럽게 움직였다. 그들 중 둘은 뒤늦은 신혼여행을 떠나는 길이었다. 그들에겐 서른다섯 해가 지나는 동안 시간이 전혀 없었던 것이다. 브르타뉴(Bretagne) 지방의 식료품상인 부인이 이렇게 말했다. "장사란 게 워낙 바쁜 일이라서요." 혼자 여행하는 다른 부인은 이미 도시를 잘 알고 있는 듯 카니발을 보고 싶어했다. 베네치아(Venezia)에선 축제의 계절이 막 시작되고 있었다.

나는 오랫동안 복도에 나와 있었다. 말하고 싶지 않았기 때문이다. 난 이미 여정에, 나를 그토록 꿈꾸게 했던 그 길에 접어들고 있다. 친구들에게 역에 나오지 말라고 하길 잘했다는 생각을 한다. 내가 떠나는 걸 유감스럽게 생각하는 그 친구들은 몇 번이고 이렇게 물었으리라. '왜 굳이 이 여행을 하려는 거지?' 내가 젊은이였다면 이해해주었겠지. 가서 모험도 좀 해보라면서. 하지만 나이 먹을 대로 먹은 정신 멀쩡한 사람이 고향에 은퇴해서 모란이나 애지중지하는 대신 3천 킬로미터를 걷겠다고 등에 가방 하나 메고 소문난 위험지역으로 떠난다는 건 사실 해괴한 일이 아닐 수 없다. 설령 이 같은 대형 휴가를 떠나는 것에 대해 감탄하거나 부러워하는 사람들과 만났다 하더라도 용기를 얻지는 못했을 것이다. 혹 내가 그들을 실망시키기라도 한다면 어쩌나 하는 생각에 말이다.

칠흑 같은 밤과 마주한 이 순간, 계획이 성공할 수 있을까 하는 의심이 그 어느 때보다도 강렬하게 나를 사로잡았다. 전형적인 현상인지도 모른다. 거창한 출발에는 근심이 뒤따르는 법이라는.

그동안 이 사람, 저 사람에게 내가 여행을 떠나는 이유에 대해 수도 없이 되풀이해서 설명을 했다. 내 나이 예순하나, 노년에 가까운 중년이다. 처음엔 정치부, 나중엔 경제부 기자였던 내 직장생활은 1년 전에 막을 내렸다. 25년간이나 여행과 탐험을 함께 계획했던 아내는 10년 전 삶을 마감하여 내게 깊은 상처를 남겼다. 아이들은 성인이 되어 각자의 삶을 시작했다. 그 아이들은 이미 함께 있을 때조차 각자 혼자임을 인식하고 있었다. 내가 얼마나 그애들을 사랑하는지! 아이들과 나, 우리는 모두 삶의 대양大洋 앞에 서 있다. 아이들은 현재로선 거대한 물만을 볼 뿐이다. 그러나 나는 건너가야 할 저 건너편을 보고 있다.

행복했던 어린 시절과 때로 힘겨웠던 젊은 시절 그리고 부러울 것 없던 성인으로서의 삶. 나는 아주 풍요로운 두 인생을 살았다. 그런데 왜 그것이 이제 중단돼야 하나? '나의 행복을 바라는 사람들'이 기대하는 선 과연 무엇일까? 침착하게, 체념하듯 벽난로 옆에 앉아 책을 읽거나 소파에 앉아 TV를 보면서 노년의 덜미에 붙잡히기를 기다리는 것? 아니, 내게 그런 세월은 해당하지 않는다. 내겐 아직도 만남과 새로운 얼굴 그리고 새로운 삶에 대한 고집스럽고 본능적인 욕망이 남아 있다. 나는 아직도 머나먼 초원과 얼굴에 쏟아지는 비바람과 느낌이 다른 태양빛 아래 몸을 맡기는 것을 꿈꾼다.

게다가 지금까지 나는 너무나 바쁘게 뛰어다녔다. 잡담을 하며 분주하게 밤을 보내고 있는 같은 칸의 상인 부부와 마찬가지로 언제나 시간이 없었던 것이다. 내 자리를 확실히 지켜야 했고, 일하고 공부하고 직위에 합당한 노력을 하느라 정신없이 바빴다. 지금 생각해보니 우스꽝스러운 필요성 때문에 항상 군중의 물결 속으로 떠밀려 들어가 끝없이 움직이고 더 빨리 뛰어다녀야 했다. 사회는 아직도 이런 터무니없는 질주에 채찍질을 하고 있다. 소란스러움과 긴박함에 대한 광기가 이러할진대, 이제 누가 자신의 기계에서 내려와 이방인에게 인사할 시간을 가져보려 할 것인가? 인생의 세 번째 시기에 나는 느림과 침묵에 굶주려 있다. 콜〔khôl, 아랍권에서 눈썹을 검게 칠하는 화장품〕로 검게 화장한 눈매, 살짝 드러난 여인의 장딴지, 몽상으로 가득한 안개 낀 평원 앞에 잠시 멈추는 것. 풀밭에 앉아 코로 바람을 마시며, 빵과 치즈 한 조각을 먹는 것. 걷는 일이야말로 이런 것들을 하기에 더없이 적합하지 않은가? 세계에서 가장 오래된 이동방법인 걷기는 접촉을 가능하게 한다. 사실 유일한 방법이라고 할 수 있다. 규격화된 문명과 온실 속 문화에는 이제 싫증이 난다. 내 박물관은 길들과 거기에 흔적을 남긴 사람들이고, 마을의 광장이며, 모르는 사람들과 식탁에 마주 앉아 마시는 수프인 것이다.

내 '은퇴' 생활의 첫해였던 작년에 나는 파리에서 갈리시아(Galicia)에 이르는, 세계에서 가장 오래된 길 중의 하나인 산티아고 데 콤포스텔라 길을 걸었다. 2,300킬로미터를, 당나귀처럼 등에 가방 하나 메고서. 역사와 수많은 이야기들로 가득한 멋진 길이었다. 12세기 이전부터 믿음으로 무장한 수백만의 순례자들을 인도했던 이 먼지 쌓인 길 위를 나는 매일 아침 신발 바닥이 닳도록 걸어다녔다. 76일 동안 나는 순례자들이 지나가는 걸 지켜보았던 풍경과 하나가 되었으며, 그들이 올랐던 비탈에서 땀을 흘리고 그들과 똑같은 냄새를 맡았으며, 그들의 헌 신발에 박힌 징에 부딪혀 반들반들해진 성당 길을 밟았다. 비록 믿음을 발견하진 못했더라도 나는 기쁨에 넘쳐 돌아왔으며, 아득한 옛날부터 그 길에 흔적을 남긴 사람들과 좀더 가까워진 느낌이었다. 여행의 끝이 다가오면서, 갈리시아의 유칼립투스 숲 향기에 취한 나는 기력이 허락하는 한 계속해서 세계의 길들을 찾아다닐 것을 다짐했다. 그런 점에서 실크로드만큼 영감을 주고 열정적이며 역사적인 길이 또 어디에 있겠는가?

콤포스텔라 길의 끝에서 나는 내가 가야 할 새로운 길을 발견했다. 인간과 문명의 길, 베네치아와 비잔틴(현재 이스탄불)에서 중국에 이르는 실크로드를 따라가보리라. 걸어서, 서두르지 않고. 하지만 친구들과 내 원래의 생활에서 영원히 단절되기를 바라진 않았기에, 나는 크게 몇 단계로 나누어 매해 서너 달 동안 2,500킬로미터에서 3천 킬로미터를 걸음으로써 여정을 완성하리라 결심했다. 그 첫 여정이 될 1999년에는 이스탄불(Istanbul)에서 테헤란(Teheran)까지 가보기로 계획을 세웠다.

하지만 이스탄불에서 배낭을 꾸리기 전에 우선 베네치아의 공기를 마셔야 했고—비록 곰팡내가 나긴 했지만—굴 색깔의 석호潟湖 위에서 한숨을 돌려야만 했다. 내일 아침이면, 나는 7세기 훨씬 전에 열여섯의 앳된 젊은이였던 마르코 폴로(Marco Polo, 1254~1324)가 세상의 끝을 향해 출발했던 그 도시에 있게 될 것이다.

내가 간이침대 속으로 미끄러져 들어갔을 때는 이미 모두 잠들어 있었다. 짐은 머리맡에 있었다. 그것이 내 유일한 동반자가 되리라. 이제 나는 침묵과 꿈의 오솔길로 접어든다. 석 달 전부터 나는 지도, 여정, 장비, 비자, 독서, 옷, 신발…… 그리고 예기치 못한 일에는 최소한의 여지만을 남기기와 같은 생각만 했다. 이런 상념들 때문에 나는 오래 전부터 밤잠을 설치고 있었다.

선로 위를 굴러가는 기차 바퀴 소리를 들으면서 머릿속으로는 사막의 대상들이 수백 마리의 낙타들과 함께 천천히 흔들거리며 초원으로 들어오는 모습을 상상하다 나는 어느새 잠이 들었다.

아직도 잠든 석호 위로 기차가 소리 없이 미끄러져 들어오면서 날이 밝았다. 동틀 무렵의 희미한 빛을 뚫고 제일 먼저 눈에 들어온 것은 오직 종각들이었다. 곧 도시가 모습을 드러냈다. 요정의 도시, 마법의 도시, 보행자의 도시, 가톨릭의 도시 그리고 교역과 특히 민주주의라는 제도를 창시함으로써—비록 세습 귀족들로 인해 곧 와해되기는 했지만—번성했던 이교도의 도시. 그래도 제국을 건설할 때 힘에만 의존하던 당시로서는 중대한 시도가 아닐 수 없었다.

베네치아의 부흥은 실크로드 덕분이었다. 비잔틴 제국이 막을 내리던 13세기 초에 베네치아 공화국의 황금시

대가 시작된다. 이곳 상인들의 부를 추구하는 의지에는 한계가 없었다. 새로운 시장을 정복하고 새로운 길을 개척하는 그들에게 신비에 싸인 중국과 향료, 견직물, 종이, 보석 등에 눈독 들인 서양 사이의 상황은 더할 나위 없이 유리한 것이었다. 강력한 함대를 갖춘 그들은 지중해의 패권을 쥘 수 있었다. 여기에 6세기 이후 '실크로드'라 불리게 될 동양으로 가는 통로가 활짝 열렸다. 칭기즈 칸의 후예들이 추구한 '팍스 몽골리카'는 그 길을 확실하게 다져놓았다. 한 젊은 처녀가 머리에 황금 잔을 이고 카스피 해를 건너 한반도까지 덕이 있었든 운이 좋았든 간에 아무 두려움 없이 지났다고도 하지 않은가! 알렉산드로스(Alexandros) 대왕이 개척했고 타타르족(Tatar)이 안전을 보장했던 그 길을 통해 무역이 이루어졌고, 재물은 낙타와 야크의 등에 매단 봇짐 속에 감춰진 채 운반됐다. 베네치아를 제대로 파악하려면, 대운하를 오가는 바포레토〔수상 버스〕를 타고 들어갈 수도 있지만, 무엇보다 도시를 온통 감싼 그늘진 골목길들을 걸어다녀야 한다. 이 도시를 관통한다는 것은 시간을 거슬러 오르는 일이다. 실크로드가 우리에게 들려주는 최초의 그리고 가장 멋진 모험들, 바로 폴로 형제〔마르코 폴로의 아버지인 니콜로 폴로와 삼촌 마페오 폴로〕의 모험을 상상하며, 나는 광장에서 잠시 멍한 상태로 서 있었다. 그들은 아마도 1260년의 어느 날 아침, 대리석과 벽돌로 된 이 광장을 가로지른 후 출항했을 것이다. 그들은 재물을 찾아 알려진 세상의 경계

너머로 떠난 것이다.

그들은 쿠빌라이 칸의 궁정에서 머물다가 9년 만에 돌아왔다. 그들은 자신들의 종교가 가장 우월한 것임을 몽골의 황제에게 역설했다. 그러자 쿠빌라이는 그들에게 통행증을 주었다. 고향으로 되돌아오기 무섭게, 그들은 몽골의 야만인들을 가톨릭으로 개종시키기 위해 그리고—아마도 더 중요한 이유겠지만—나라의 부富를 늘리기 위해 다시 길을 떠날 계획을 세웠다. 그들은 그곳 동방에 얼마나 귀한 보물들이 있는지 알고 있었던 것이다. 1271년, 두 형제는 다시 장도에 올랐다. 이번에는 니콜로의 아들(마르코 폴로)도 동행했는데, 그는 어머니를 여읜, 이제 겨우 열여섯 살의 소년이었다. 처음엔 바다를 건너, 그 다음엔 말을 타고, 거대한 여행이 시작되었다.

세 사람이 베네치아로 돌아온 것은 25년이나 지난 1295년이었다. 그것은 놀라움 자체였다. 친척들은 모두 그들이 죽은 줄로 여겼다. 그래서 그들의 재산까지 다 나누어 가진 상태였다. 마르코는 베네치아에서 1만 2천 킬로미터나 떨어진 곳에 펼쳐진 화려함에 대해 수다스럽게 늘어놓았고, '수백만'의 주민들이 사는 마을들에 대해 얘기했으며, 그곳의 황제가 그들에게 '수백만'의 금화를 하사했다고 큰소리를 쳤다. 너무나 기상천외하고 믿기 어려운 이야기였기에, 사람들은 마르코의 말을 진지하게 듣지 않았고, 그에게 '밀리오네(Milione, '백만'이라는 뜻)'라는 별명을 붙이며 놀려댔다.

도시를 따라 천천히 거닐던 나는 베네치아가 과거의 통치자들과 음악가들, 화가와 시인들을 기념하는 데에는 전혀 인색하지 않다는 것을 확인할 수 있었다. 하지만 마르코와 관련된 것은 아무것도 발견할 수 없었다. 베네치아가 배출한 가장 유명한 이의 이름을 기리기 위한 골목길도 광장도 표지판 하나도 없었다. 아주 최근에야 한 공항의 이름이 마르코 폴로라고 명명되었을 뿐이다. 새로운 형태의 여행으로 초대하려는 듯한 이름이라고나 할까……. 리알토 다리 바로 옆에 있던 그의 집이 불타자 사람들은 그곳에 작고 소박한 벽돌 건물을 지었다. 나는 동양으로 떠난 최초의 여행자들 중 가장 유명한 인물의 흔적을 광장에서 찾아보았지만 허사였다. 그런데 자세히 살펴본 결과 마침내 무언가를 발견했다. 광장의 이름이 '밀리오네'였던 것이다.

지금과 같은 5월 초에는 관광객들이 밀려 들어온다. 그들은 비둘기떼를 헤치며 산마르코 광장 주위를 맴돈다. 그 광장이 보여주는 놀라운 균형, 즉 대성당으로 상징되는 종교의 권위와 총독궁宮이 지닌 세속의 권위 사이의 균형에 대해선 대부분 무심한 채 말이다. 종교와 세속이라는 두 권위를 이렇듯 조화롭게 보여주는 곳을 다른 곳에서 또 찾아볼 수 있을까? 나는 대장정의 시작을 앞둔 이 순간을 행복해하며 가벼운 마음으로 이곳을 산책했다. 그리고 전에도 그 풍부한 전시품에 감탄한 적 있었던 코레르 박물관(Museo

Correr)을 훑어보았는데, 지난 여행에서 놓쳤던 해양 유품들을 마침내 볼 수 있었다. 하지만 첫 방문 때 나를 사로잡았던 이 도시의 매력을 다시 느낄 수는 없었다. 머릿속엔 이미 초원으로 가득했던 것이다.

삼순(Samsun)호는 매주 베네치아와 이즈미르(Izmir)를 오가는 터키의 대형 페리다. 이 배는 희고 거대한 부두에 정박해 있다가 물과 맞닿은 이 도시의 지붕들 위로 떠오른다. 정면에 달린 거대한 문들이 활짝 열리면 지붕 위까지 짐을 가득 싣고 일렬 종대로 늘어서 있던 성능 좋은 독일 차들이 대거 밀려 들어온다. 이 차들의 주인들은 고향으로 여름휴가를 보내러 가는 터키 노동자들이다. 이들은 자신들이 머물고 있는 프랑크푸르트나 슈투트가르트의 차고에 결코 차를 두고 오지 않는다. 고향에 가면 이 차야말로 성공을 과시할 수 있는 증거가 되기 때문이다.

나는 두 명의 아르메니아인과 함께 객실을 썼는데, 그들은 프랑스에서 산 대형 메르세데스를 고향에 가져간다고 했다. 여행하는 사흘 동안 그들은 식당에 갈 때를 제외하고는 침대에서 일어나지 않았다. 그리곤 세면대에 물을 받아 캔맥주 몇 개를 늘 차게 해두었다. 나는 조금 이상한 생각이 들었다. '그 차들을 사러 왜 그토록 멀리까지 가야만 했을까?' 젊은 친구가 속어를 섞어가며 서툰 프랑스어로 떠들어댔다. 상상도 못할 일이었지만, 그들은 '도난당한' 차들을 밀매하는 중이었다. 다음 날 대화 중에 나는 그가 릴(Lille)에서 프랑스어를 배웠다는 사실을 알게 되었다. 그곳의 감옥에서……

술집으로 개조한 배 뒤쪽 갑판에 놓인 소파에 푹 파묻혀서, 나는 가까이 다가온 유고슬라비아의 해안을 보고 있었다. 코소보(Kosovo) 전쟁은 끔찍스러운 상처를 매일 만들어내고 있었다. 저녁을 먹는데 종업원이 소리를 질렀다. 우리는 그의 시선을 따라갔다. 어둠 속에서 긴 불꽃이 이어지더니 연기 기둥이 솟아올랐다. 죽음의 작전을 수행하기 위해 나토(NATO)의 함선에서 쏘아올린 미사일이 세르비아에 떨어진 것이다.

갑판에서 나처럼 백발을 하고 모험에 나선 세 명의 프랑스인을 만났다. 기업의 사장이었던 루이와 치과 의사 에리크는 둘 다 은퇴한 상태였다. 그들은 같은 처지의 친구들끼리 해마다 열대지방에서 북극까지 수많은 모험여행을 함께 해왔다. 올해는 자전거로 몇 번에 나누어 여행을 하는 중이었는데, 루이의 고향인 아베롱 주의 가야크를 출발하여 2000년에 예루살렘에 도착할 예정이었다. 그들은 여행 일화가 가득 담긴 일종의 책을 가지고 있었으며, 세계의 절반에 대해 익히 알고 있으면서도 나머지 반을 여행할 것을 꿈꾸었다. 그들의 이야기가 나의 두려움을 일깨웠다. 다른 여행자들처럼 루이와 에리크도 여행 중 겪었던 고비와 재난 그리고 도처에서 일어난 사고들을 제일 먼저 기억해냈던 것이다. 마치 여행이 곤경과 고통으로만 점철된 것이기라도 한 것처럼 말이다. 대부분 여행 이야기는 다음과 같이 요약된다. "내 여행은 정말 멋진 것이었다. 그 증거로 난 세 번이나 죽을 뻔했으니까." 몇 년 전, 에리크는 북극으로 가던 중 기차 안에서 끔찍한 균에 발이 감염되었다. (내심 나는 이런 생각을 했다. '내 발은 부디 잘 버텨주기를……') 또 한번은 빙하 한가운데서 길을 잃어 한 걸음이라도 잘못 디디면 크레바스(crevasse, 빙하가 이동할 때 생기는 응력에 의해 빙하에 형성되는 열극이나 균열)에 빠져 목숨을 잃을 위기에 처하기도 했다. (내심 나는 중앙아시아의 사막에서 길을 잃는 상상을 했다. 사실, 아나톨리아와 파미르에는 수도 없이 많은 위험이 도사리고 있을 것이다. 게다가 결코 간과할 수 없는 차이점은 '나는 혼자다'라는 사실……)

나머지 한 사람의 이름은 이봉이었다. 턱이 각지고 다부져 보이며 체구가 딱 벌어진 브르타뉴 사람으로, 배 위를 성큼성큼 돌아다녔다. 그는 유조선 갑판에서 일하며 평생을 바다에서 보낸 사람이었다. 그 역시 여행광이었으며, 멈추는 걸 원치 않았다. 그는 16미터짜리 요트를 사기 위해 터키의 초룸(Çorum)에 가는 길이었는데, 40년을 일하면서 지니고 있던 소망, 즉 자신의 배로 항해하는 꿈을 마침내 이룰 수 있게 되었다. 혼자서 지중해를 건너 대서양을 거슬러 올라가 자신의 고향인 브르타뉴까지 가려는, 좀 비정상인 것처럼 보이는 이 친구가 나는 마음에 들었다.

그들의 이야기에 끌려, 이스탄불에서 출발해 걸어서 시안까지 가려는 내 꿈에 대해 나도 말했다. 고대 중국의 황실이 있던 도시 시안은 지금부터 약 15년 전 누군가 우물을 파다가 '묻혀진 군대'를 발견함으로써 세상에 알려졌다. 이봉은 과묵한 브르타뉴 사람답게 아무 말 없이 이야기를 듣고 있었지만, 나머지 둘은 내 계획이 경악스럽다며, 다시 한번 겁을 주었다. 자기들 같은 싸움꾼들이 무모한 여행이라고 판단할 정도면 계획을 좀 낮춰서 잡아야만 할 것이고, 그저 바람 부는 대로 따라간다는 순진한 마음으로는 험악한 세상을 견뎌낼 수 없을 거라고들 했다.

예전에 동양을 여행하는 서양인들의 대부분은 전도유망한 직종에 몸담기 전 이국 취향에 한번 빠져보거나 젊은 혈기로 엉뚱한 일을 벌이려는 부유한 집안의 괴짜들이었다. 그들에겐 시간이 충분했던 것이다. 오늘날엔 평균 수명이 연장되고 사회활동이 예순 살에 마감됨에 따라 새로운 모험가들이 생겨나게 되었다. 바로 이마에 주름이 지고 머리가 허연 사람들이다. 그들은 꿋꿋하고 드세고 고집이 세며, 어린 날의 꿈을 실현할 만반의 준비가 돼 있었다. 다만 지금까지는 가정과 직업, 돈 문제 등으로 인해 행농으로 옮길 수가 없었을 뿐이다. 은퇴와 더불어 그들은 마침내 자유로워졌다.

삼순호는 만남의 장소였다. 그곳은 또한 후미진 곳들이 도처에 널린 고독한 은신처이기도 했다. 은밀히 몸을 숨기고서 나는 곧 시작될 고독한 여행을 떠올리며 명상에 잠겼다. 여정의 큰 가닥은 잡고 있다. 육체적으로는 계획을 수행하는 데 별 어려움이 없을 것이다. 하지만 길고도 긴 길을 걸으며 머릿속에 떠오르는 생각은 어찌할 것인가? 생각들은 어떤 방향으로 흘러갈 것인가? 그 생각들을 어느 한쪽으로 몰고 가야 하나, 아니면 그냥 떠오르는 대로 내버려둘 것인가? 산티아고 데 콤포스텔라로 떠나기 전에 나는 일종의 사고하는 방법을 정해두었다. '오늘 나는 누구인가? 지금의 이 모습인 나는 어떻게 해서 이루어졌나? 그것이 내가 바라던 모습인가? 나는 내 노선을 고수했는가, 반대로 꿈을 저버렸는가? 길을 가는 동안 어떤 타협을 했으며, 어떤 의무를 포기했는가? 퇴장하기 전에 어떤 돌을 어떤 벽 위에 올려놓을 것인가?' 조금은 우스꽝스럽지만 존재론적인 질문들에도 적용되는, 이러한 난해하고도 수학적인 프로그램—고통은 빼고, 얻은 것은 곱하고, 기쁨은 나누는, 내가 존재한다는 생생한 증거가 되는—은 어쨌거나 모든 걸 방정식으로 만들길 좋아하는 고약한 습관의 흔적이다……. 하지만 콤포스텔라 여행은 이미 나를 바꾸어놓았다. 지혜로움에 이르기까지 아직 갈 길이 멀긴 하지만, 나는 지금 더 가볍고 더 비워지고 더 '풀어진' 상태로 떠나는 것이다.

걷는 것에는 꿈이 담겨 있다. 그래서 잘 짜여진 사고와는 그리 잘 어울리지 않는다. 그런 사고는 고운 모래밭에 말랑말랑한 베개를 베고 누워 반쯤 눈을 감고 명상을 한다

거나, 솔밭에서 낮잠을 청할 때 더 잘 이루어진다. 걷는 것
은 행동이고 도약이며 움직임이다. 부지불식간에 변하는 풍
경, 흘러가는 구름, 변덕스런 바람, 구덩이투성이인 길, 가
볍게 흔들리는 밀밭, 자줏빛 체리, 잘려나간 건초 또는 꽃이
핀 미모사의 냄새, 이런 것들에서 끝없이 자극을 받으며 마
음을 뺏기기도 하고 정신이 분산되기도 하며 계속되는 행
군에 괴로움을 느끼기도 한다. 생각은 이미지와 감각과 향
기를 빨아들여 모아서 따로 추려놓았다가, 후에 보금자리로
돌아왔을 때 그것들을 분류하고 각각에 의미를 부여하게
될 것이다.

　모터가 가르랑거리는 소리와 배의 부드러운 흔들림에
몸을 맡긴 채, 나는 만족스러운 마음으로 잠을 잘 수도 있
었다. 하지만 어쩔 수 없이 발이 묶여 있는 동안 느끼는 공
허함을 틈타 불안한 마음이 은밀하게 밀려 들어왔다. 막연
한 공상에 잠기는 대신 나는 수천 가지나 되는 질문 목록을
쉬지 않고 뒤적였다. 어쩌면 길을 가는 동안 그 대답을 찾
을 수도 있을 질문들. 이 길의 끝에 이르면, 나를 서너 달 동
안 홀로 미지의 세계로 떠나보낸 힘이 어디에서 왔는지 이
해하게 될까? 왜 걷는지에 대해서는 어느 정도 알고 있지
만, 이정표가 있고 유명하며 또 안전한 길들이 알프스에서
내 고향 노르망디에 이르기까지 즐비한데도 내가 왜 미지
의 길에서 헤매려 하는지는 알 수가 없었다. 공연히 혼자 별
나게 잃어버린 젊음을 뒤늦게 좇고 있는 것은 아닐까? 만약

내 몸이 한계에 이르러서 포기하는 때가 온다면, 최소한 그 질문에 대한 답은 얻을 수 있으리라. 머리는 잠시 거짓말을 할 수가 있지만, 몸은 숨기기 어려운 법이니까.

그리고 나를 기다리는 고독, 나는 과연 그 심연과 맞서 싸워 그 달콤함을 음미할 수 있을까? 무엇보다, 그것이 지닌 모든 이점을 내 것으로 만들 수 있을까? 고독이 도피가 아니라 내가 자유롭게 선택한 것이기에 더욱 절실한 질문이다. 고독이 칠판이라면, 난 그 위에다 계속 써나가야 할 것이다. 이제 내가 가시 돋친 혹은 매끄러운 생각들을 심어서, 돌아왔을 때 그것들이 활짝 필 수 있게 해야 할, 일종의 밭과 같은 것.

하지만 내가 돌아온다는 보장은 또 어디 있는가? 죽음을 생각하지 않고 이번 모험을 시작한 것은 아니다. 얼마 전만 해도 어느 날엔가 죽을 수도 있겠다는 상상을 하곤 했다. 지금은 그것을 확신한다. 이 여행을 마칠 때까지 죽음은 나를 내버려둘까? 수많은 위험—병, 사고, 폭력—이 내 앞에 도사리고 있음을 안다. 여럿이 함께 간다면 서로 기대고 돕고 격려해주고 돌볼 수 있다. 실수를 하거나 약해지는 순간도 이겨낼 수 있다. 하지만 혼자 걷는 길에는 두 번째 기회가 주어지는 일이 드물다.

술집의 어두운 구석 테이블에 앉거나 난간에 팔꿈치를 괴고 혹은 삼순호 앞에 펼쳐진 해변의 풍향계가 가리키는 먼 바다를 바라보며, 나는 밀려드는 막연한 불안감에 저항하지 않고 그냥 내버려두었다. 여행의 첫발을 내딛는 순간 그 감정들은 일단 사라지겠지만, 적절한 기회를 기다렸다가 다시 내게 달라붙을 것임을 알기 때문이다. 출발 전에 지나치게 의기소침해진다 싶어 나는 새로운 사람들을 만나거나 낯익은 얼굴들을 다시 찾아보기 위해 갑판과 복도를 무심히 돌아다녔다.

이미 밤이 되었지만, 우리 네 프랑스 노인은 느긋하게 머리를 들고 나란히 서서 배가 멋진 코린트 운하를 건너는 광경을 음미하고 있었다. 가파른 암벽과 협소한 수로는 갑판 위 모든 사람들의 시선을 끌었다. 배 위에서는 어느새 터키인들이 여느 때와 같은 모습을 보여주고 있었다. 여기저기서 대화가 시작됐고, 찻잔들이 바쁘게 움직였다. 술은 아주 드물거나 없었다. 독한 음료를 좋아하는 사람들은 배 옆쪽에 있는 두 곳의 술집 안으로 모여들었다. 술이란 유리창을 통해 들어오는 희미한 불빛 아래에서 마셔야 더 맛이 나는 법이다.

나는 보기 드문 보행자였다. 혼자건 가족과 함께건, 모든 승객은 자동차를 가지고 삼순호에 탔던 것이다. 나는 남편의 고향으로 휴가를 보내러 가는 터키계 스위스인 커플과 오랫동안 대화를 나누었다. 스위스연방공과대학을 나온 남편은 은퇴한 상태인데, 프랑스어권 스위스에서 다리와 길을 만드는 일에 자신의 젊음을 모두 바쳤다고 한다. 지금 비록 스위스에 살고 있지만 어린 시절부터 고향에 대한 애착

이 강렬해서 해마다, 특히 여름마다 고향을 방문한다는 것이다.

가족과 함께 파리에서 의류사업을 하는 젊은 사업가 야루프는 자기 자동차를 고향으로 가져가는 길이었다. 프랑스에선 경쟁이 너무나 치열해서 터키의 지방 도시에 공장을 짓는다고 했다. "프랑스에서 한 사람 임금이면, 거기선 열 명의 노동자를 고용할 수 있죠." 그는 일 때문에 그리고 재개발된 작은 도시에 정착해 살고 있는 가족을 보기 위해 비행기 편으로 파리로 돌아갈 것이라고 했다. 모여 살기 위해 그의 형제들과 사촌들은 같은 건물에 집을 한 채씩 마련했는데, 그 결과 창고에서 다락방까지 온통 그들의 소유가 되었다.

이즈미르에 도착해서 이봉, 에리크, 루이 그리고 나는 서로 행운을 빌며 헤어졌다. 나는 그날 저녁에 버스를 타서 이른 아침 이스탄불의 경제구역인 탁심(Taksim) 광장에 내려 파리에서 이미 계좌를 개설해놓은 터키 은행에 잠시 들렀다. 내가 들어서자, 창구 여직원들이 망토 속으로 서로 팔꿈치를 치며 웃었다. 실크로드를 걸어서 횡단하겠다고 큰소리를 치는 정신 나간 프랑스인에 대해 모두 알고 있는 듯했다. 도둑맞을 가능성도 있어서 나는 큰돈을 가지고 오지 않았다. 그곳에서 터키 리라를 인출할 수 있는 플라스틱 카드를 발급받았다. 은행장인 잔과 그를 보좌하는 메흐메트는 도시에서 프랑스 학교를 다닌 덕에 프랑스어를 할 줄 알았다. 내가 여행하는 목적을 말하자 그들은 놀랐고, 무엇보다 걱정스러워했다. "아마 운이 많이 따라야 할 겁니다." 은행 문턱에서 나와 악수를 하며 잔이 말했다. 여행하는 동안 그의 말을 자주 되새기게 되리라.

　나는 광장을 가로질러 가까운 곳에 있는 프랑스 영사관으로 갔다. 내가 어떤 곤란한 일을 당할지 절대 장담할 수 없었으므로 터키에 주재하는 프랑스 관리들에게 최소한 내가 누구며 여기서 무얼 하고 있는지 정도는 알려야 했다. 감시가 철저한 사무실에 편안히 앉아 일하다 보니 소심해져서인지, 아니면 하고 있는 일의 성격을 닮아서인지는 잘 모르겠지만, 어쨌거나 영사관 직원들은 내게 닥칠지 모를 재난에 대해 최대한 부풀려 경고를 했다. 위험이 도처에 깔려 있다는 것이 그들의 설명이었다. 그들 말에 따르면, 안전하게 드나들 수 있는 곳은 관광객으로 붐비는 터키 남쪽 해안이나 카파도키아(Cappadocia, 아나톨리아 중동부를 일컫는 고대 지명)뿐이었다. 그리고 내가 맞닥뜨리게 될 위험을 열거하기 시작했다. 보행자들에게 치명적으로 위험한 터키의 운전자들, 도둑들, 매복해 있는 PKK(쿠르드 노동자당) 소속의 무장대원들, 터키 동부의 무시무시한 목양견 캉갈 등. 이러한 위험요소들을 모두 진지하게 받아들인다면, 나는 즉시 반대 방향으로 떠나는 삼순호를 잡아타야 할 판이었다. 베네치아에서 겪었던 유일한 위험은 카푸치노 값을 바가지쓴 일뿐이었는데.

이스탄불에서 보내는 두 번째 날이다. 올해 초 나는 실크로드에 관해서 적잖은 연구를 했고, 아나톨리아 연구소 책임자인 스테판 예라시모스를 만나보기도 했다. 그는 실크로드에 관한 몇몇 책들, 특히 마르코 폴로의 『동방견문록』과 이븐 바투타(Ibn Battutah, 1304~1368)의 『여행기』 등에 주석을 달고 서문을 붙여서 재출간했다. 그는 또한 타베르니에(Jean-Bapitste Tavernier, 1605~1689)의 두 권으로 된 회상록을 출판하기도 했다. 프랑스의 보석상인인 타베르니에는 17세기에 그가 여행했던 터키와 페르시아에 대해 매우 상세하게 적어놓은 여행기를 남겼다. 그는 자신이 머물렀던 도시들과 대상隊商의 숙소 등을 꼼꼼하게 기록해놓았던 것이다. 에르주룸(Erzurum)까지, 나는 그가 잘 묘사해놓은 대상로 중의 하나를 따라갈 것이다. 동양과 교역하는 데 중요한 임무를 담당했던 이 경로는 이스탄불에서 시작해 에르주룸을 경유하여 아르메니아(Armenia)까지 동쪽으로 쭉 이어지다가 정남쪽으로 방향을 바꾸어 페르시아의 타브리즈(Tabriz)에 이른다. 거기에서 길은 갈라져 하나는 바그다드(Baghdad)를 지나고, 다른 하나는 카스피 해를 남쪽으로 에둘러서 부하라(Bukhara), 사마르칸트 그리고 중국으로 거슬러 올라간다. 내가 내년에 거쳐 가야 할 곳이 바로 이 노선이다.

장도에 오르기 전에 나는 하루의 유예 기간을 가졌다. 힘을 모으기 위해서? 혹은 도시를 구경하기 위해서? 잘 모르겠다. 이스탄불은 인구 1,300만의 초대형 도시로, 경제와 문화의 중심지다. 하지만 정치의 중심은 수도인 앙카라(Ankara)다. 그래도 이스탄불이 여전히 터키에서 가장 유럽적인 도시인 것만은 분명하다. 5월 초순인 지금 날씨는 온화하지만 비가 많이 내렸다. 갈라타사라이(Galatasaray)의 작은 이슬람 사원을 마주보고 있는 베욜루(Beyoglu) 지구의 라데스라는 식당에서 점심을 먹었다. 우선 요리사들이 분주하게 일하는 주방을 필히 둘러보아야 한다. 이는 여행을 하면서 계속 반복해야 할 일이리라. 터키어를 하거나 요리 이름을 알 필요는 없다. 나는 식욕을 느끼면서, 언제나 매혹적인 뜨겁고 차 메제(meze, 양고기·양파·채소 등으로 만든 터키의 유명한 애피타이저) 한 세트와 내가 좋아하는 잘 절인 가지요리를 주문했다. 곧바로 음식이 나왔다. 스튜 종류인 에틀리세브제(etlisebze, 고기를 곁들인 야채요리)를 주로 만드는 터키인들은 훌륭한 요리법에 엄청나게 빠른 서비스까지 겸비하고 있었다.

점심식사 후에는 옛 시가지를 산책했다. 이제 신발을 닳게 하는 일은 삼가야겠다. 아직 300킬로미터밖에 걷지 않은 새것이니까. 영사관 직원이 말한 주의사항이 생각났다. 프랑스어를 완벽하게 구사하고, 특히 혼자 다니는 관광객을 노리는 젊은이를 조심하라는 것이었다. 그는 그들을 붙잡을 방법이 없다는 말도 덧붙였다. 그들은 관광객에게 매우 친절한 태도로 접근한다. 그리고 목표로 정한 사람에게 약을 탄 음료나 과자를 건넨다. 이것을 받아 먹은 관광객은 곧바로 잠들게 되고, 깨어나서 보면 가진 걸 몽땅 털렸다는 사실을 알게 되는 것이다. 약을 탄 음료를 먹여 돈을 빼앗는 수법은 사실 새로운 것이 아니다. 옛날 실크로드에서 강도들이 대상의 물건을 약탈할 때도 자주 사용하던 방법이었다. 그들은 대개 음료에 독거미의 독을 탔기 때문에 희생자들은 영영 깨어나지 못하는 경우도 많았다.

시장 뒤쪽의 작은 거리엔 가난한 사람들이 더러운 환경에서 살고 있기 때문에 관광객도, 그들을 노리는 강도도 만날 걱정이 없었다. 가다 보니 낡고 소박한 오스만 양식의 집들을 보수하고 있는 것이 눈에 띄었다. 이제까지 그런 혜택을 받은 것은 오직 톱카프(Topkapi) 궁전 같은 기념물이나 종교 건축물들뿐이었다. 사실 이스탄불, 더 정확히는 콘스탄티노플(Constantinople, 이스탄불의 옛 이름. 로마 제국 시대에 수도였음. 15세기에 이스탄불로 개칭됨)이 실크로드를 독점하고 있는 것은 아니었다. 이곳은 예전부터 하나의 연결고리였을 뿐, 이중의 통행로를 지닌 물품의 집산지라고 하는 편이 더 적합할 것이다. 반면 비잔티움(Byzantium, 이스탄불의 고대 이름. 기원전 8세기경 그리스의 식민도시로 건설됨)은 안타키아에서 알렉산드리아(Alexandria)까지 대상들의 이동로를 이루던 지중해의 모든 도시들을 정치적으로 통제하고 있었다. 실크로드는 하나의 길이 아니라, 여러 개의 길로 이루어져 있었던 것이다.

나는 잠시 시간을 내서 친구들을 만났다. 이스탄불의 프랑스 학교에서 공부한 두 여인, 딜라라와 라비아는 에르(r) 발음을 매력 있게 굴리며 프랑스어를 구사했다. 파리의 음악가 막스는 동양의 악기, 특히 터키의 전통 악기인 사즈(saz)를 배우고 연주하러 이스탄불에 왔다. 이곳에 2년 동안 있다 보니, 그는 프랑스로 돌아가는 것에 대해 조금 회의를 느끼고 있었다. 우리 넷이 함께한 저녁식사는, 나로선 전쟁 전날의 기분을 느끼게 했다. 절대 고독 속의 모험을 앞둔 여행자에게 베풀어지는 마지막 혜택 같은 것 말이다. 우리는 내 여행에 관한 것만 빼놓고는 모든 얘기를 나누었다. 출발이 임박한 지금 주사위는 이미 던져졌으며, 다른 화제들로 대화를 이끄는 친구들이 고맙게 느껴졌다. 라비아는 이스탄불에 일하러 온 프랑스인 레미와 결혼하기로 했다고 말했다. 서둘러 올리는 결혼식이지만, 나는 그 자리에 없으리라.

5월 13일에서 14일로 넘어가는 지난 밤, 나는 제대로 잠을 잘 수 없었다. 그래서 아침 일찍 일어나는 데, 자명종이 필요하지도 않았다. 보스포루스(Bosporus) 해협과 할리치(Haliç) 천에 해가 막 떠오를 무렵, 배낭을 메고 이스탄불의 황량한 골목길을 빠져나갔다. 이스탄불의 상젤리제라고 할 수 있는 이스티클랄(Istiklal)과 항구를 연결하는 경사진 길을 넘어질듯 내려갔다. 지나가면서, 나는 그 유명한 만灣을 지키는 갈라타(Galata)의 고대 탑을 향해 가볍게 인사했다. 이제 곧 부두에 도착해서 보스포루스 해협을 가로질러 유럽 쪽 해안에서 동양 쪽 해안으로 가게 될 것이다. 배에서 내릴 때면 드디어 아시아에, 내 여행의 출발점에 서게 되리라. 테헤란에 도착하기까지 이제 3천 킬로미터도 채 남지 않았다.

2. 나무꾼 철학자

보스포루스 해협의 두 연안 사이를 오가는 작은 페리 수하디네(Suhadyne)호는 유럽 쪽 해안에서 출발하여 어선단 한가운데로 빠르게 흘러 들어갔다. 이른 시간이어선지 승객은 몇 명뿐이었다. 십 분 정도 걸리는 짧은 운항시간 사이에도 한 뚱뚱한 남자가 머리를 세 겹의 턱으로 받치고서 편안히 잠들어 있었다. 태양이 가까스로 안개를 뚫고 나왔다. 멀어져가는 유럽 해안 위로 사방에서 마구잡이로 이루어지는 도시화 작업을 용케 피해 울창한 숲을 보존한 작은 섬들이 보인다. 예전에 스탐불(Stamboul)이라고 불리던 시절부터 이 도시를 끔찍이도 사랑했던 피에르 로티(Pierre Loti, 1850~1923, 프랑스의 소설가, 해군 장교)는 도시가 저렇듯 현대화되는 현상을 아마도 못마땅해할 것이다.

　머리 위로는 거대한 보스포루스 대교가 두 대륙의 사이에 걸려 있고, 그 위로 자동차와 트럭이 줄을 지어 지나갔다. 다리를 걸어서 건널 수 없기 때문에 유럽에서 아시아로 걸어서 건너는 것은 불가능하다. 도보 횡단을 금지한 것은 실의에 빠진 사람들이 다리 난간 위로 기어 올라가서 보스포루스 해안에 몸을 던졌기 때문이라고 하지만, 사실은 터키 현대화의 상징인 이 다리를 쿠르드족이 폭파할까봐 우려해서다. 그래서 다리 양 끝에는 군대가 주둔하고 있다.

배가 위스퀴다르(Üsküdar)에 다다르자 반대편 해안의 이슬람 사원들과 화려한 톱카프 궁전이 안개 속으로 사라졌다. 이 지역은 거대한 정류장으로, 언제나 여행을 계속 이어주는 곳이었다. 실제로 기억 속에서 잊혀진 먼 옛날부터 20세기 초에 이르기까지, 위스퀴다르는 중앙아시아로 떠나는 대상들의 집결지였다. 상인과 동물의 수가 수지에 맞고 안전하다고 판단되면—보통 동물 8백에서 1천 마리, 백여 명의 상인이 이에 해당한다—수송대의 우두머리가 출발 신호를 알리곤 했다.

바로 이곳에서 나의 도보여행이 시작되는 것인데, 예전의 대상로를 그대로 따라가지는 않기로 했다. 과거 낙타들이 다녔던 이 코스는 이스탄불의 아시아 쪽 해안에 있는 마을에서 출발하여 마르마라(Marmara) 해를 따라 동쪽으로 가서 아다파자리(Adapazari)에 이르는 것이지만, 20세기 초에 길이 난 이후 지금은 고속도로가 돼버렸기 때문이다. 자동차의 소란스러운 엔진 소리와 배기관에서 나오는 악취와 더불어 여행을 시작할 마음은 조금도 없었기에, 나는 보스포루스를 거슬러 올라가는 우회로를 택했다.

대상의 길을 따라가려는 것이 나의 바람이라면, 그들의 노선 자체보다는 정신을 존중하는 것이 당연한 일 아니겠는가. 지리학자나 역사학자 행세를 하려는 생각은 애초에 없었다. 그보다는 대상의 일상을 이루고 있던 생각, 감정 그리고 위기를 느껴보고 싶었다. 게다가 나는 그들의 분위기와 전통, 삶의 방식과 더 가까워지기 위해서는 도시가 아닌 시골 마을을 거쳐야 한다고 확신했다. 그래서 대로大路를 피하기로 결정한 것이다. 그렇다고 해서 옛 길의 흔적, 특히 사람과 물건, 동물을 반갑게 맞아서 음식과 안락함을 제공해주던 대상 숙소를 찾아다니는 일을 소홀히 하지는 않을 생각이다.

보스포루스를 따라가는 길—흑해와 마르마라 해를 연결하는 좁은 운하—이 고속도로는 아니었지만 차가 다니는 것은 마찬가지여서 유감스러웠다. 나는 곧 그 안으로 빠져들었다. 터키의 운전자들은 매우 거칠다. 무섭게 속도를 내고, 창밖으로 계속 손짓을 하고, 경적을 울려대고, 도로에 팬 부분이 있을 때나 없을 때나 갈지자로 운전을 하는 그들은 늘 위험한 존재다. 이 나라에서는 모든 경우에 운전자가 우선권을 갖기 때문이다. 그러니 운전자의 권리를 완전히 받아들이는 보행자들만이 살아남는다.

전날 이스탄불에서 한 노인이 자동차에 치이는 것을 보았다. 그러자 운전자는 사고 당한 사람이 무어라 대꾸할

틈도 없을 정도로 무지막지하게 욕을 해댔다. 운전자가 왕이고, 잘못한 쪽은 언제나 보행자이므로 여기에서 이런 일은 당연한 것이다. 어쨌거나 길이 보행자를 위한 장소가 아닌 것은 확실하다. 좁고 불편한 골목길에서도 사정은 마찬가지다. 그러니, 어디에 발을 들여놓아야 한단 말인가!

차라리 그 위험한 상대들을 정면으로 마주보는 게 더 나을 것이라고 판단한 나는, 차가 진행하는 반대 방향으로 걷기로 했다. 나는 도로 가장자리를 조금씩 걸어나갔다. 아래로는 해협의 파도가 밀려 들어와 찰랑거렸다. 만약 자동차가 위험스러울 정도로 가까이 온다면 물에 뛰어들기로 마음먹었다. 자동차와 트럭이 스쳐가면서 거의 고함을 지르는 듯한 소리를 내고는 사라졌다. 두 개의 현수교 아래로는 걸어갈 수가 없었다. 첫 번째 아치는 군사 지역이어서 철조망이 쳐져 있었으며, 가슴에 총을 가로로 멘 무표정한 얼굴의 군인들이 방아쇠에 손을 대고 지키고 있었다. 푯말에는 '사진 촬영 금지'라고 써 있었다. 전쟁을 상징하는 이런 모습을 앞으로 수도 없이 보게 되리라.

가끔은 길이 해변에서 조금 벗어나 호화로운 집들과 인접한 데도 있었다. 높은 벽으로 둘러싸인 이 집들에는 굳이 번역을 하지 않아도 알아볼 수 있는 '사나운 개 조심'이라는 푯말이 붙어 있었다. 자동차들이 울부짖는 소리를 견디고 사는 것을 보면, 여기 사는 사람들은 귀머거리인지도 모르겠다. 자동차와 트럭에 위협당하다 보니 경치를 음미할 여유가 거의 없었다. 나는 도보여행 첫날인 만큼 신경을 써가며 천천히 걸었다. 발은 괜찮았는데, 배낭끈에 어깨가 쓸려 아파왔다. 어깨가 아픈 건 예견했던 일이다. 몸이 좀더 단련돼야 할 것이다.

사실 짊어진 짐이 무겁긴 했다. 파리에서 짐을 쌀 때, 되도록 무게를 줄이려고 열 번이나 풀었다 다시 쌌다. 하지만 배낭 자체 무게가 2.5킬로그램이 넘는 데다가 3킬로그램에 가까운 책과 자료, 지도를 가져가야 하는데, 어떻게 더 가볍게 할 수 있을 것인가? 나머지는 별것 없었다. 입고 있는 옷 외에 배낭에 넣은 것이라고는 티셔츠 두 벌, 반바지 하나, 갈아신을 양말 한 켤레, 더위에 대비한 가볍고 얇은 바지 하나뿐이었다. 너무 늦게야 알게 됐지만, 속이 조금 비친다 싶었던 이 바지는 땀에 젖자 완전히 투명해졌다. 그래서 저녁에 잘 때만 입을 생각이다. 침낭과 비상용 담요도 가져왔다. 그 외에 주머니칼과 칫솔, 초경량 카메라 등이 있다. 나는 배낭끈을 묶기 전에 모든 물건의 무게를 면밀히 검토했다. 하지만 12킬로그램 이하로 줄일 수는 없었다. 여기에 물 2리터가 담긴 수통 그리고 빵, 치즈, 과일 등 최소한의 음식물을 추가하고 나니 배낭 무게는 총 15킬로그램이 됐다.

화물선들의 요란한 소리가 귀를 얼얼하게 만드는 보스포루스의 반대쪽 해안에는 오래된 요새들이 잘 보존돼 있었다. 하지만 '암소길'이라는 뜻의 이름을 가진 해협 쪽의 경치는 두 개의 현수교와 전망을 망치는 고압선 때문에 그리 볼만한 것은 못 됐다.

15킬로미터 정도 걸은 후 파사바치(Paşabahçe) 마을로 들어가기 위해 오른쪽으로 방향을 꺾었다. 어디에도 표지판 하나 없어 길이나 도시, 마을의 방향을 알 수가 없었다. 그 지역 사람들이 알려주는 정보를 믿는 수밖에 없었다. 오후 한 시경, 로칸타라는 작은 식당에 들어갔다. 통역 없이 처음으로 터키인과 말해보는 것이었다. 도무지 알아들을 수가 없었는지, 주인이 손짓으로 내 말을 막더니 누군가를 찾으러 갔다. 눈부시게 흰 셔츠와 넥타이를 맨 채 설거지를 하던 자그마한 남자가 나왔다. 그는 영어로, 자신이 알바니아에서 수학 교수였다고 말했다. 프랑스로 이민 가는 것이 꿈이었지만 비자가 발급되지 않아서 못 갔다고 했다. 자기 나라에서 교수를 하는 것보다 여기서 접시를 닦는 것이 훨씬 벌이가 낫다고도 했다. 주인이 서비스로 내놓은 차를 마신 후에—터키에서는 식후에 나오는 차는 절대 돈을 받지 않는다—나는 다시 길을 떠났다.

중요한 경기를 앞둔 운동선수처럼 나는 몸 구석구석을 점검했다. 갈비뼈와 무릎에 약간 통증이 있었고, 다리에 쥐가 나는 듯했다. 이것은 오히려 내가 건강하다는 증거지만 조심하기로 했다. 삼순호에 타고 있을 때는 거의 매일 발을 검사해보곤 했다. 모든 상태가 완벽했다. 그렇다고 안심할 수는 없었다. 이미 몇 시간을 걸었고 또다시 길을 떠나야 하므로 내 몸, 특히 중요한 페달인 발에서 느껴지는 미미한 피로의 징후에 대해 조금도 경계를 늦추지 않았다. 파리에서 지도를 펴놓고 검토할 때도 처음 며칠은 무리하지 않고 조금씩 걷기로 마음먹었던 터였다. 출발지에서 22킬로미터 떨어진 구무수유(Gümüşsuyu)에서 멈출 생각이었으므로, 이제 오후에 6 내지 7킬로미터만 더 가면 되는 셈이었다. 첫날로서는 합리적인 계획이었다.

하지만 문제의 오른쪽 길은 어디에 있단 말인가? 산책 중이던 두 사람에게 물어보자, 그들은 친절하게도 동행해주겠다고 했다. 그리고 나를 데려간 곳이 500미터 떨어진 버스 정류장이었다. 마을로 가는 길을 물었지, 차편을 물은 것이 아니었는데도 말이다. 그들은 내가 7킬로미터를 걸어서 갈 것이란 생각은 애당초 하지도 않았던 것이다. 서툰 터키어지만 조금 도전적으로, 나는 내 최종 목적지가 테헤란임을 설명했다. 그들은 당황한 듯했다. 그들의 얼빠진 듯한 모습이 내 짧은 터키어 때문인지, 아니면 내 계획 때문인지는 잘 모르겠다. 나는 다른 식으로 다시 설명했고, 이번엔 알아들은 듯했다. 그들은 분명 지금 미친 사람과 얘기하고 있다고 생각하는 모양이었다. 그들의 눈에서 동정과 불신이 뒤섞인 것 같은 감정을 읽었기에, 너무 경솔하게 계획을 밝히지 말아야겠다는 결심을 했다. 등 뒤로 꽂히는 시선을 느끼며 나는 천천히 걸었다.

거의 앞으로 나아가지 못한 채 계속 뱅뱅 돌고 있었다.

여러 번 물어보았지만, 누구도 구무수유 마을을 알지 못했다. 파리 근교를 취재하던 일이 떠올랐다. 레퓌블리크 거리와 팔리에르 대통령 거리를 찾고 있었는데, 아는 사람이 전혀 없었던 것이다. 기력이 급속히 떨어졌다. 마침내 유리병을 만드는 공장과 창고 사이를 가로지르는 길을 발견했다. 보스포루스를 이루는 호壕를 빠져나오는, 가파른 오르막길이었다. 중턱쯤에서 계보기計步器를 잃어버렸다는 사실을 깨달았다. 아쉽지만 할 수 없었다. 이제부터는 걸어온 거리를 직접 어림해야 했다. 사실 자연 속에 있을 때 기계가 똑딱거리는 소리는 귀에 거슬리기도 했다. 게다가 제대로 맞춰놓지 않아서 계보기는 그리 정확하지도 않았다. 꼭 필요한 물건이 아니었던 것이다.

길 여기저기에서 개인주택을 건설하고 있었다. 벽과 창살로 둘러싸인 이 집들은 촌락을 이루었는데, 미국이나 아프리카에서 상류층을 보호하기 위해 만들어진 요새 같은 부촌과 비슷했다. 그 나라들과 마찬가지로 여기에도 입구엔 경비원들이 상주하는 초소가 있었다. 외부인들을 겁주기 위해서 그들은 경찰복을 흉내 낸 옷차림과 헤어스타일을 하고 있었다. 언덕 저 위로, 조만간 하층민들이 들어와 살게 될 시멘트 건물들의 뼈대가 드러났다. 1,300만에 이르는 이스탄불 지방의 인구 밀도는 앞으로 몇 년 동안 더욱 가속화될 것이며, 그 주동자들은 쾌재를 부르고 있다.

여기저기에 짓다 만 집들이 제법 눈에 띄었다. 집주인

들은 대개 일층이나 이층에 산다. 그 위로는 겨우 틀이 잡힌 벽들이 보이고, 시멘트 기둥 사이로 드러난 녹슨 철근은 하늘을 찌를 듯하다. 나중에 안 일이지만, 일부러 그런 것이었다. 취득세는 집이 완성된 후에 내게 돼 있으므로 그냥 건축 중인 상태로 내버려둔다는 것이다.

나는 긴 언덕 비탈의 꼭대기에 이르렀다. 보스포루스는 이제 사라져서 보이지 않았다. 꼭대기의 길가에는 키 작은 노인과 그의 부인이 운영하는 작은 식당이 있었다. 가게는 아담했는데, 네 개의 나무 말뚝 위에 플라스틱판을 지붕삼아 덮은 형태였다. 옆 전신주에서 선을 두 개 끌어와 냉장고를 돌리고 찬 음료를 팔았다. 생전 처음 코카콜라를 마셨다. 냉장고엔 다른 음료도 없었고, 2리터짜리 내 수통도 바닥이 났으니 달리 방도가 없었다. 오후 세 시 반, 마침내 구무수유에 도착했다. 그 마을엔 호텔이 없었다. 사람들은 거기서 2킬로미터 떨어진 폴로네즈(Polonez)라는 큰 마을에 가면 하나 있다고 했다. 조금도 피곤하지 않으니 폴로네즈에도 가보자.

여행을 준비하면서 맞닥뜨린 어려움 가운데 하나가 바로 이런 것이다. 나는 지도를 보면서, 이동거리와 고도와 역사적 관심거리 등을 고려하며 계획을 세웠다. 그런데 터키의 마을에는 숙박업소가 하나도 없었다. 큰 중심도시를 따라서, 그것도 엄청나게 멀리 떨어진 곳에 몇몇 숙박업소들이 자동차 여행자들을 위해 있을 뿐이었다. 마을을 거쳐 가기로 선택한 이상, 거의 매일 예기치 못한 상황과 만나게 되리라.

인가가 점점 드물어진다 싶더니 어느새 어둑어둑한 전나무 숲에 접어들었다. 가다 보니 한층 시원하게 자란 떡갈나무들이 숲을 뒤덮고 있었다. 길은 동쪽으로 곧게 뻗었고, 언덕에 올라서서 보니 녹색의 광활한 대지가 펼쳐졌다. 폴로네즈로 가는 중에 본 인상 깊은 곳은 십자가가 걸린 문이었다. 이슬람교도의 땅에 가톨릭 십자가라! 그곳은 묘지였으며, 문은 잠겨 있었다. 폴스카 호텔은 만원이었지만, 적당한 돈을 지불하면 몇몇 가정집에 숙소를 얻을 수 있었다.

'로라 펜션'이라는 숙박업소의 주인 크리샤는 금발에 비취색 눈을 가진 젊은 여인이었다. 그녀는 천만 터키 리라에 저녁식사와 잠자리와 아침식사를 주겠다고 했다. 100만 단위 이상의 지폐를 계산하는 일은 내겐 여전히 복잡했다. 그러나 커피 한 잔에 40만 리라나 되는 이 나라에서는 두 자리 수의 인플레이션이 만들어내는 이런 터무니없는 수치에 빨리 적응되기 마련이다. 천만 리라라는 액수도 160프랑스 프랑에 해당하는 저렴한 가격일 뿐이다. 첫날은 32킬로미터를 걸었다. 계획보다 10킬로미터를 더 걸은 것이다. 약간 피곤했지만, 하룻밤 쉬고 나면 피로는 사라질 것이다.

크리샤의 목에 금십자가가 반짝이고 있었다. 베일이나 차도르를 하고 있지 않았으며, 하늘하늘한 옷 사이로 살짝 몸이 드러날 정도의 옷차림이었다. 터키 여행을 하는 동안 저렇게 자유로운 차림의 여인을 다시는 볼 수 없을 것이다. 그녀는 터키 말을 했지만, 이 지역의 다른 사람들처럼 폴란드어가 모국어였다.

그녀는 마을의 역사에 대해 얘기해주었다. 1842년, 술탄 압뒬 메지트(Abdul Mecit)는 러시아와 전쟁을 끝낸 후 몇몇 폴란드인들에게 이스탄불에 속해 있던 이 숲에 마을을 건설하도록 허락했다. 한 세기가 넘도록 그들은 고향의 추억을 간직한 채 나무를 하며 이 폐쇄된 지역에서 살았다. 폴스카 호텔 외에도 이 마을의 거의 모든 가게들은 폴란드 이름을 내걸고 있다. 주민들은 모두 가톨릭 신자이며, 자신들 신조의 말을 사용한다. 그런데 15년 전부터 터키의 몇몇 이슬람교도들이 이곳에 정착하기 시작했다. 폴란드인들은 자신들의 종교생활을 고수했고 교회도 있었다. 그러나 의무교육이 시행되자 학교에서는 터키어만을 가르쳤다.

침대는 안락했으며, 빵과 토마토, 오이, 삶은 달걀과 아주 짠 흰 치즈로 이루어진 터키와 폴란드식이 섞인 아침식사는 풍성했다. 여기에다 튤립 모양의 작은 유리잔에 담긴 홍차가 곁들여진다. 예전에 나는 터키인들이 차를 어떻게 준비하는지 본 적이 있었다. 그들은 정말 홍차를 많이 마신다. 나는 크리샤가 차를 준비하는 걸 지켜보았다. 그녀는 사모바르(samovar, 러시아의 전통 주전자. 중앙에 상하로 통하는 관이 있어 그 속에 숯불을 넣어 물을 끓임)와 비슷한 차이단리크(çaydanlık)라는 이층으로 된 주전자를 사용했다. 아랫부분이 조금 더 큰데, 여기에 끓는 물을 담고 뎀리크(demlik)라고 하는 위쪽 주전자엔 홍차를 듬뿍 넣고, 물은 조금만 담는다. 아래쪽 주전자에서 나오는 뜨거운 수증기로 차의 온도가 유지된다. 이 두 층을 능숙하게 움직이며 각자 원하는 차의 농도를 조절해야 하는데, 이는 거의 예술에 가까우므로 초보자들은 주의해야 한다. 터키 사람들은 언제 어디서나 홍차를 마신다. 그래서 이른 아침부터 잠자는 시간까지 찻주전자는 늘 데워진다.

크리샤의 집에서 나왔을 때는 이미 해가 중천에 떠 있었다. 조금 마음이 아팠다. 환대받았던 곳을 떠나는 일은 언제나 어렵기만 하다. 오래전 이 길을 지나다녔던 상인들 생각을 했다. 그들은 지금 내가 느끼는 이런 마음을 알지 못했을 것이다. 그들에게는 과정이 중요하지 않았기 때문이다. 목표를 달성하고 이익이 남는 일들을 마무리한 다음, 되도록 빨리 그리고 건강하게 돌아오는 것만이 그들의 유일한 관심사였을 것이다.

오늘 걷는 일은 힘겨울까? 어제의 강행군으로 근육이란 근육은 모두 정상이 아니었다. 그러나 눈이 부실 정도로 화창한 날씨였고, 몸은 빠르게 회복돼갔다. 마치 날이 잘 선 칼로 떡갈나무 언덕을 잘라낸 것처럼 곧게 뻗은 길을 즐거운 마음으로 걷기 시작했다. 늘 조심해야 해서 길 왼편에 붙어서 걸었지만 전날보다는 확실히 차들의 통행이 뜸했다. 트럭보다 일반 자동차의 수가 훨씬 적었는데, 초목이 무성한 좁은 길을 달리는 그 육중한 소음은 멀리서도 들을 수 있었다. 당나귀처럼 짐을 잔뜩 짊어지고 걷는 사람을 보자, 운전자들은 놀라운 모양이었다. 대부분은 속도를 늦추고 아마도 친절의 표시인 듯한 손짓을 해댔고, 나도 거기에 화답했다. 하지만 드물게는 남루한 보행자가 자신들의 영역을 침범한 것에 분개한 나머지, 위압적인 손짓으로 도로 위로 올라가라는 신호를 보내는 사람들도 있었다. 자동차를 길 옆으로 비켜주려는 노력은 조금도 하지 않고 말이다. 10톤 혹은 20톤이나 되는 차들과 맞설 생각은 없었으므로, 나는 공손하게 비켜주었다. 한편 나와 같은 방향으로 움직이던 트럭들이 속도를 늦추고서 원하면 태워주겠다는 신호를 보내기도 했다. 그 가운데 두 대는 내 앞에 서더니 올라타라고 했다. 나는 미소 지으며 초대에 감사하다는 인사를 했다.

하지만 몇 달 전부터 꿈꿔오던 이 길을 걷는 즐거움을 포기할 수는 없는 일이다. 말을 탄 세 남자들과 마주치기도 했다. 조금 떨어진 곳에서 흰 콧수염을 달고 검은 모자를 쓴 늙은 농부가 수레에 앉아 자랑스레 자기 아들을 태우고 다가오고 있었다. 느릿느릿 한가롭게 움직이는 사람들끼리 우리는 서로 인사했다. 아버지와 아들 모두 분명 호기심에 가득 찬 모습이었지만, 수레를 멈추고 내게 말을 걸 엄두는 내지 못했다. 나 또한 터키어가 워낙 짧았던 탓에 당분간은 사람들과 대화하지 않을 생각이었다.

두 시간 정도 걷자 근육이 충분히 풀어져서 아픔은 사

라졌지만, 마찰이 많은 허벅지와 엉덩이는 불에 덴 듯했다. 아직도 불필요한 지방이 너무 많은 모양이다. 나는 주어진 환경에 적응하도록 몸을 내버려둘 줄도 알았고, 너무 점잖 빼지 않고 고통을 받아들일 줄도 알았다. 몸무게 몇 킬로그램이 줄면 몇 킬로미터를 더 걸을 수 있을 테고, 다리는 저절로 단단해질 것이다.

물론 첫 일주일이 힘들 것은 각오했다. 신체기관들은 초반의 체험을 통해 적응해나갈 것이다. 강행군을 하면서 가장 많이 사용하게 될 근육이 아직 준비가 덜 된 듯하다. 신을 신고 오래 걸어야 하는 발, 배낭의 압박을 받는 어깨, 허리, 등 그리고 허벅지와 엉덩이 등은 익숙해지기 전까지 고통스러울 것이다. 어제 하루 대략 4만 5천 걸음을 걸었다. 그만큼 마찰도 있었다. 별로 움직이지 않고 살던 우리 몸은 이런 경험을 단번에 받아들이지 못한다. 내 몸도 이제 곧 순응하리라. 걷는 즐거움은 그냥 주어지는 것이 아니다. 어려움을 극복해야 하며, 그러기 위해서는 단순한 규칙을 존중해야 한다.

처음에 인간의 몸은 아무것도 모르는 상태라고 할 수 있다. 따라서 되도록 부드럽게 훈련을 시작해야 한다. 너무 서두르면 고통스럽고 상처도 입게 되는데, 매일 걸어야 하는 만큼 회복하는 데 시간이 오래 걸린다. 그 판단의 척도는 바로 몸 안에, 근육과 관절 하나하나 안에 있다. 초반에 몸 상태가 좋지 않더라도, 우리 몸은 그런 약점들을 그대로 두지 않고 고통을 호소하기보다는 복구하고 또 연구한다. 어떤 근육이 허약한지 움츠러들었는지 굶주려 있는지 판단해서 그 부분에 영양을 공급하고, 긴장을 풀어주고, 숨통을 트게 해줌으로써 마침내 균형을 이루게 만든다. 이런 상태가 지속될 때 평화로움과 기쁨의 시간이 오는 것이다. 걷는 것은 조화로움을 만들고 또 자리잡게 한다.

원래 계획은 둘째 날 18킬로미터 정도 걸은 후에 사리피나르(Saripinar) 마을에서 멈출 예정이었다. 하지만 전날 10킬로미터를 더 걸었기 때문에 정오께에는 마을에 도착할 수 있었다. 떡갈나무 아래에 식탁을 차려놓은 식당이 보였다. 화로를 보니 맛있는 숯불구이를 기대해도 좋을 것 같았다. 하지만 내가 자리를 잡으려고 다가가자, 주인이 앞을 가로막더니 다른 손님들과 동떨어진 테이블로 안내하는 것이었다.

하긴 붉은 배낭에다가 챙이 넓은 천 모자, 짐을 잔뜩 짊어져서 엉망이 된 웃옷, 역시 엉망인 반바지, 이런 차림이니 이상하게 보이는 것은 당연할지도 모른다. 옷을 아무렇게나 입으면 예의에 벗어난다고 생각하는 이 나라에서 내 모습은 거의 충격에 가까웠을 것이고, 손에 든 지팡이 때문에 그런 느낌은 더욱 배가됐을 것이다. 어제 숲에 들어갔을 때 개암나무를 깎아서 지팡이를 만들었다. 걷는 데 도움을 받기 위해서라기보다는 공포의 대상인 개들을 쫓기 위해서였다. 터키의 유명한 목양견인 캉갈, 즉 목동이 늑대와 곰으로부터 양떼를 보호하기 위해 데리고 다니는 개가 몹시 사납다는 얘기를 많이 들었던 터였다.

이 식당의 테이블을 차지한 손님들은 모두 제복이라도 차려입은 듯했다. 짙은 색 바지와 흰 셔츠 그리고 대부분 넥타이 차림이었다. 아직 시작되지 않은 여름이지만 오늘처럼 화창한 날을 즐기고 싶어선지 과감하게 반팔 셔츠를 입은 사람도 있었다. 이 작은 세상 안에서 모든 것은 더할 나위 없이 정상이었고 잘 어울렸다. 사람들은 모두 옆에 있는 주차장 그늘 아래 차를 세워두었다. 차가 없는 나를 어떤 이는 호기심으로 또 어떤 이는 한심한 눈길로 뚫어지게 쳐다보았다.

알맞게 구워진 양갈비를 다 먹었을 때쯤 한결 부드러워진 주인이 다가와 말을 걸었다. 나는 그가 조금 전에 열심히 나를 관찰하는 몇몇 손님들과 얘기하는 걸 보았다. 그들은 아마도 나에 대해 물어보았을 것이고, 그들의 호기심을 충족시켜주려고 그가 왔을 것이다. 나는 그의 질문을 전혀 이해하지 못하는 체해서 아까 그가 나를 무시하던 것에 대해 즐거운 마음으로 복수했다. 사실 그의 몇 마디 말들, 즉 '네레데(nérédé, 어디서 왔는가?)', '네레예(néréyé, 어디로 가는가?)' 같은 것들은 명확히 알아들을 수 있었는데도 말이다. 하지만 그는 내가 어디서 왔는지, 어디로 가는지 알지 못할 것이다. 그에게 지도를 보여주며 근처 마을에 호텔이 있는지 물어볼 때에야 비로소 나는 터키 말을 했다. "예, 쾨무를

루크(Kömürlük)에 있지요." 그가 대답했다.

만족스러운 마음으로 나는 장비를 다시 걸쳤다. 이미 7, 8킬로미터 정도 걸어 들어온 이스탄불 – 실레 길은 포기하기로 했다. 동쪽을 향해 숲속으로 난, 어느 표지판에도 없는 좁은 길을 어렵게 찾아냈다. 은밀하고 구석진 풀밭에 다다르자 우선 그곳에 누워 쉬었다. 배낭끈 때문에 어깨가 몹시 아팠을 뿐 아니라 땀이 나면서 넓은 벨트가 허리에 마구 문질려서 쓰렸기 때문이다. 나는 배낭을 내려놓고 안도의 숨을 내쉬었다. 점심식사 이후 걸으면서 몸이 충분히 더워질 것으로 예상했지만, 잠시 쉬는 동안 근육이 다시 움츠러들어 고통스러웠다. 살펴보니 피부가 벗겨지고 빨갛게 짓물러 있었다. 한 시간 정도 낮잠을 잔 후 다시 길을 떠났다. 허리가 아프긴 했지만, 끈을 잘 조절하면 상처 난 부분에 닿는 것을 피할 수 있었다.

어둑어둑한 덤불숲이 끝없이 펼쳐진 언덕을 내려가고 있을 때 아래쪽 샛길에서 군용 지프 한 대가 나타났다. 그 차는 길 오른쪽으로 방향을 잡는 듯하더니 갑자기 멈췄다. 차에 탄 사람들이 나를 보고 있었다. 책에서 읽은 것, 사람들이 몇 달 전부터 해준 얘기 그리고 이스탄불을 벗어나면서 본 여러 군사지역과 병영들, 이 모든 정보를 종합해보건대 터키 군은 매우 강력하고 또 어디에나 있었다. 사람들 말로는, 군인들이 길을 막고 통행을 금지하거나 검문하는 일도 왕왕 있다고 했다.

지프의 엔진이 멎었다. 운전석에 앉았던 사람이 내리더니 차 앞쪽, 보닛 오른편에 서서 나를 계속 뚫어지게 쳐다보았다. 그의 팔 위치로 보아 총으로 겨냥하고 있다는 걸 짐작할 수 있었다. 방아쇠에 손을 대고 있을지도 몰랐다. 조금만 잘못 움직여도 그는 기관총을 약간 들어올려 나를 사격 범위 안에 둘 수 있을 것이다. 나는 자연스러운 태도를 보이려고 최대한 노력했지만, 오히려 그게 더 부자연스러워 보일지도 모르는 일이었다. 그들은 모두 여섯 명이었으며 긴장된 표정이었다. 나는 웃음을 지어보려고 했지만, 표정은 아마 일그러졌을 것이다. 내가 아주 천천히 길 반대편으로 움직이며 그 군인에게서 멀리 떨어지려고 하자, 운전병 뒤에 앉은 이가 문을 열더니 가까이 오라는 신호를 했다. 그는 유일하게 철모를 쓰지 않았으며 과시하듯 벨트에 권총을 차고 있었다. 그들은 모두 위장복 차림이었고 손에는 기관총이나 소총을 들었다. 나는 길을 건너갔다. 우두머리인 듯한 자가 차갑게 "킴리크(kimlik, 신분증)." 하고 말했고, 내가 외국인이라는 게 뻔히 보이자 "패스포트(passport, 여권)." 하고 덧붙였다. 나는 주머니에서 서류를 꺼내어 그에게 건네주었다.

군인 중 한 명이 "영어 할 줄 아시오(Do you speak English)?"라고 물었다. 나는 "그렇소."라고 대답하며 내가 어디서 왔는지 설명하기 시작했다. 하지만 그가 아는 영어는 그 질문이 전부였기에 내 대답을 전혀 이해하지 못했다. 이제 내가 아는 모든 터키어를 동원해야 할 차례였다. 나는 터키어로 "나는 프랑스인이며, 이스탄불에서 에르주룸까지 실크로드를 걷는 중입니다."라고 말했다. 경계의 표정이 놀라움으로 바뀌었다. 오늘 아침에 어디서부터 왔는지, 오늘 저녁엔 어디로 갈 건지, 그들은 모든 걸 알고자 했다. "폴로네즈, 쾨무를루크." 그들이 아는 도시라, 어느 정도 안심한 듯했다. 우두머리가 내 여권을 보며 내가 파리에 산다는 걸 알아내고는 환히 웃기까지 했다. 졸병 하나가 황홀한 듯한 표정으로 "파리, 파리." 하고 되풀이해 말했다. 차 옆에 부동자세로 섰던 병사도 이제 총을 내렸고, 대장의 명령이 떨어지기도 전에 다시 운전석으로 갔다. 뒷좌석에 있던 하사관이 손짓하자 병사 하나가 자리를 좁혔다. 그들은 빈 좌석을 가리키며 내게 앉으라고 권했다. 자기들도 쾨무를루크에 간다는 것이었다. 나는 웃음을 터뜨리며 그들의 초대를 거절했다.

"난 걸어갑니다!"

이해할 수 없다는 표정을 지으며 그들은 멀어져갔다. 그들이 떠나는 것을 지켜보다가 나는 엉덩이와 배낭을 풀밭에 맡기고 길가에 앉았다. 5월의 햇살은 아름다웠고, 그 무섭다는 터키 군과 첫 부딪힘도 별 문제 없이 지나갔다. 오후에 두 번이나 순찰 중인 그 지프를 다시 보았다. 군인들은 큰 손짓으로 아는 체했으며, 나도 거기에 화답했다.

쾨무를루크에 도착한 것은 오후 다섯 시였다. 숲으로 둘러싸인 이 마을엔 빛바랜 붉은색 기와를 얹은 낮은 집들이 있었다. 흙길 위 딱딱하게 굳은 쇠똥 위에는 트랙터 바퀴 자국이 그대로 남아 있었다. 여기저기서 물이 졸졸 흘렀다. 하얀 이슬람 사원만이 이 단조로운 풍경 속에서 돋보였다. 마을에 들어서자마자 꼬마 녀석들이 뛰어오더니 나를 둘러쌌다. 이 이상한 외국인을 올려다보는 아이들의 눈엔 호기심과 두려움이 섞여 있었다. 작은 광장에 있는 이슬람 사원을 지나 낡은 구멍가게로 향했다. 과일 주스 몇 병과 오이가 놓인 선반 뒤로 가게만큼이나 지저분한 턱수염을 기른 남자가 나를 지켜보고 있었다. 문 위에는 흰색으로 바칼(bakkal, 상점)이라고 서툴게 씌어 있었다. 내가 인사를 하자 그는 경계하는 태도로 대답했다.

"여기 호텔이 어디 있나요?"

"오텔 욕(호텔 없습니다)."

아까 점심 때 식당 주인이 이런저런 얘기 끝에 내게 보복을 한 것이었다. 30킬로미터를 걸어 다리는 기진맥진한데, 밤에 잠잘 숙소 하나 없이 이 마을에 고립된 것이다. 이런 예기치 않은 사태를 예상했음에도 나는 속수무책으로 당하고 말았다. 어디서 먹고 어디서 자야 하나? 텐트도 조리도구도 가져오지 않은 것은 배낭 무게를 줄이기 위한 어쩔 수 없는 선택이었다. 점점 더 구름처럼 모여들어 파리떼처럼 달라붙는 아이들에게 둘러싸여, 나는 사전을 손에 든 채 이 사람 저 사람에게 물어보았다.

"가까운 마을에 호텔이 있습니까?"

"하이르(아니오)."

두세 사람이 나를 도우러 왔다. 그들 가운데 하나가 모여든 아이들을 흩어지게 했다. 아이들은 아주 조금 뒤로 물러났을 뿐이었다. 그들이 의논을 하며, 각자 의견을 내놓았다. 내가 거의 알아들을 수 없는 지루한 회의 끝에 한 사람이 흑해 연안의 실레(Şile)에 호텔이 있다고 말했다.

"여기서 멉니까?"

"아뇨, 바로 옆이에요."

지도를 보니 북쪽으로 30킬로미터, 하루는 족히 걸어야 할 거리를 바로 옆이라고 말하다니! 하지만 놀라운 일도 아니었다. 자동차가 주요 이동수단이 된 이후 거리 개념이 변질되어 이제 시속 얼마라는 식으로만 표현되는 것이다. 따라서 보행자는 '멀지 않다', '바로 옆이다', '십 분 걸린다'는 표현을 제대로 해독할 줄 알아야 한다. 모든 게 자동차로 갈 때를 기준으로 한다. '십 분'은 10 내지 12킬로미터, 즉 걷는 것으로 따지면 두 시간에 해당한다. 프랑스에서 어떤 사람이 이렇게 설명했다면 이해할 수도 있지만 자가용이 아직 드문 터키에서조차 마찬가지라니, 나 같은 느림보들로선 한 번 되새겨볼 만한 일이다.

지금 실레에 갈 수 없다고 설명을 하자 사람들은 당황하기 시작했다. 이 멍청이를 어찌해야 좋을 것인가? 상점 주인은 체리를 팔아야 한다며 더 이상 내 문제에 관심을 기울이지 않았다. 다른 사람들은 옆 마을에 가볼 것을 권했다.

"거기엔 호텔이 있습니까?"

"오텔 욕."

몰려들 대로 몰려든 아이들 속에서 영어로 "이름이 뭐죠(What is your name)?" 하는 질문이 들렸다. 관광객을 볼 때마다 꼬마들이 늘 써먹는 질문이었고, 또 자기들끼리 "내 이름은(My name is)"이라고 한 다음 "메흐메트", "무스타파" 하고 대답했다. 어른들은 다시 회의를 했다. 나를 어쩔 것인가? 조금 전엔 잠자코 있던 한 남자가 웃으며 내 소매를 잡아당겼다. 밭일 하는 사람 특유의 그을린 얼굴과 흰 턱수염, 숯으로 칠한 듯 짙은 속눈썹을 지닌 사람이었다. 귀엽게 레이스를 두른 작은 모자가 그의 숱 없는 머리를 안쓰럽게 가리고 있었다. 그는 제키라고 자신을 소개하며 따라오라고 했다. 나는 그가 내 문제를 해결해주겠다는 것 말고는 그의 말을 이해하지 못했다.

어쨌거나 나는 그의 커다란 그림자를 뒤따라갔고, 내 뒤를 마을의 남녀노소들이 왁자지껄한 가운데 따르고 있었다. 내가 이곳에 화제를 몰고 왔음을 겸허하게 받아들여야 했다. 이슬람 사원 근처에서 한 남자가 다가와 손을 내밀더니 입가에 웃음을 가득 담고 말했다.

"웰컴(Welcome)."

그의 목소리는 관대했다.

나는 영어로 대답하려 했지만 그가 손짓으로 제지했다. 낮에 만난 그 병사처럼 그의 어휘력도 신통치 않은 모양이다. 남자는 건장했고 거무튀튀한 얼굴에 머리카락, 속눈썹, 턱수염 등이 숯처럼 새까맸으며 어린아이 같은 건강한 피부를 지니고 있었다. 그의 이름은 이브라힘이었고 이슬람 사원의 사제였다. 그는 나를 층계 쪽으로 안내했는데, 그 앞에는 온 마을 사람들이 모여서 오늘 일에 대해 웅성거리고 있었다. 이브라힘과 제키와 나는 이층으로 올라갔다. 그들은 끈 없는 가죽신이나 뒤축이 없는 구두 형태의 터키식 슬리퍼를 신었기 때문에 발을 살짝만 움직여도 신발을 벗을 수 있었다. 하지만 나는 이 새로운 친구들이 지켜보는 앞에서 오랫동안 등산화의 끈을 풀어야만 했다. 등을 짓누르는 무거운 배낭과 더불어 나를 애먹이는 일이다.

넓은 창문 밖으로 마을이 내려다보이는 제법 큰 방 안으로 들어갔다. 가구는 아주 검소해서 바닥에 깔린 양탄자, 선반 위의 책 몇 권, 접었다 폈다 할 수 있는 소파뿐이었다. 이브라힘이 영어와 터키어가 뒤섞인 복잡한 말로 설명하기를, 이곳은 아이들에게 교리를 가르치는 교실인데, 오늘 밤 여기서 자라고 했다.

제키가 갑자기 사라졌다 싶었는데, 곧 차가운 고기 튀김, 토마토, 오이 그리고 요구르트를 잔뜩 담은 큰 그릇을 들고 나타났다. 나는 황송해서 고맙단 말을 되풀이했으며, 주섬주섬 돈을 꺼냈지만 그는 다시 넣으라고 했다. 사람들이 이브라힘에게 '생활 영어' 시리즈 중의 하나인 『터키어 - 영어』편을 가져다 주었는데, 이런 종류의 책들은 외국인과 대화를 쉽게 나눌 수 있도록 하는 것이 목적이었다.

　그는 내가 식사를 하는 동안 천천히 그 책을 뒤적였지만, 별로 사용할 것 같지 않은 진부한 표현들, 예를 들면 '내차를 고치는 데 시간이 얼마나 걸릴까요?' 혹은 '나는 이 맛있는 후식을 기꺼이 더 먹겠습니다' 등만을 발견했을 뿐이었다. 그런 말들은 사제와 나 사이의 대화에 거의 도움이 되지 않았다. 우리는 하는 수 없이 몸짓으로 대화했으며, 때로 내가 가져간 작은 사전을 참조하기도 했다.

　나는 사원을 방문하고 싶다고 말했다. 이브라힘은 좋다고 했지만, 그가 신호를 보내자 한 젊은이가 나가더니 몇 분 후 겉옷을 가지고 돌아와 내게 건넸다. 나는 무슨 뜻인지 이해하지 못했다. 그러자 이브라힘이 나의 반바지 차림을 지적했다. 그런 옷차림으로는 사원에 절대 들어갈 수 없다는 것이었다. 그래서 나는 다리보호대를 배낭에서 어렵게 끄집어내서 지퍼를 채워 셔츠와 구색을 맞췄으며, 오 분 후면 또 어렵게 벗어야 할 등산화를 다시 신었다. 휴식할 때 편히 신을 수 있는 가벼운 샌들도 있었지만, 배낭에서 그걸 꺼낼 만한 시간이 없었다.

　사원은 웅장했다. 양탄자가 바닥 전체에 깔려 있었다. 작은 직사각형 무늬가 그려진 곳들도 있었다. 마치 벌집 구멍처럼 보이는 그곳은 사람들이 가득 모이는 매주 금요일 기도회 때 신자들이 앉는 자리를 나타내는 것이었다. 사원에 참석하는 여자들은 훨씬 수가 적은데, 홀 위쪽 돌출된 발코니에 앉는다. 자신의 일에 매우 자부심을 가진 사제는 '미흐라브(mihrab)'라고 하는, 메카 쪽을 향한 일종의 벽돌 방을 보여주었는데, 여기에서 그가 하루에 다섯 번씩 기도회를 주재한다고 했다. 그 옆에는 설교단이 있는데, 금요 기도회 때 그는 긴 나무 층계를 올라 그곳으로 간다. 이슬람교 종교의식에 대해 거의 아는 게 없었던 나는 여자들이 기도할 때 남자들과 같은 층에 앉을 수 없다는 사실을 알고는 조금 놀랐다.

이브라힘은 귀찮아하지 않고 자세히 설명해주었는데, 여자들과 남자들이 같은 층에 앉으면 메카를 향해 절을 할 때 여자 뒤에 있는 남자들이 나쁜 생각을 품어 정신이 혼란해질 수 있다는 것이었다. 터키어에 능숙하지 않은 나는 입가에 맴도는 질문을 나중으로 미뤘다. '위쪽 발코니에 앉은 여자들은 남자들의 수많은 엉덩이를 내려다보며 혼란스러워하지 않을까?' 조금 떨어진 곳에 있는 작은 방에는 음향 시설이 있었는데, 이브라힘은 첨탑을 오르내리는 대신 그 기계로 하루 다섯 번 기도시간을 알린다. 그의 체구로 보아 직접 소리를 질러도 아주 멋질 텐데, 기술의 발전으로 그럴 필요가 없게 된 것이 나로서는 조금 아쉽기도 했다.

사람들은 손님인 나를 다시 잘 방으로 데려다 주었다. 나와 헤어지기 전에 이브라힘은 자신이 쿠르드 사람이라는 비밀을 살짝 밝혔다. 그러고 나서 층계에 아직도 진을 치고 있는 꼬마 녀석들을 몰아냈다. 나는 소파 위에 침낭을 펼쳐놓고는 다시 아래로 내려가서 신자들이 기도 전에 손을 씻는 수도꼭지에 대고 고양이 세수를 했다. 많은 사람이 지켜보는 가운데, 오늘 하루동안 입었던 속옷과 셔츠, 반바지, 양말 등을 빨았다(빨았다기보다는 물에 헹궜다). 절약하기로 한 이상 입고 있는 옷이 땀에 젖을 동안 다른 옷을 세탁하는 수고를 여행 내내 해야 하리라. 내 '방'으로 되돌아와서는 다시 한 번 허리를 살펴보고 상처가 빨리 아물 수 있도록 소독약을 발랐다. 발은 별로 고통스럽지 않았다. 발톱 위의 붉은 반점도 그리 걱정스럽지 않았는데, 어쩌면 잘못된 생각인지도 모르겠다. 자리에 누운 후 바로 곯아떨어졌다.

걷는 것의 미덕이라면 바로 이런 것이다. 파리에 있을 때는 잠이 들려면 두 시간 정도는 고요해야 했다. 그러나 이곳에서는 밤 열한 시경 확성기를 통해 기도를 알리는 이브라힘의 목소리를 듣고서도 바로 다시 잠이 들었다. 아침 다섯 시 반에 나를 깨운 것도 역시 그 소리였다. 나는 옷을 입고 수돗가로 가서 찬물로 몸을 씻고 면도를 했다. 전날 빨아둔 티셔츠는 아직 축축하고 차가웠지만, 그냥 배낭 속에 쑤셔넣었다. 길을 가는 동안 마르리라.

내가 떠난 것은 다섯 시 사십오 분이었고, 날은 이미 밝았다. 광장을 지나가는데 한 노인이 사원에서 나오고 있었다. 그가 말하는 걸 다 이해하지는 못했지만, 수다스러운 말투와 몸짓으로 보아 대강 다음과 같은 얘기를 하고 있음을 짐작할 수 있었다.

"도대체 어쩌자는 건가? 정말로 여행을 하고 싶으면 내 것 같은 자동차를 하나 사게. (그는 자신의 자동차를 가리켰다.) 자네 나이에 걷는 건 무리야. 자, 이리 와서 차나 한잔 하게나……."

나는 얼굴에 가득 미소를 지어 그의 말에 동의한다는 표현을 했다. 첨탑의 알루미늄 지붕을 불그스름하게 비추는 아침 해를 바라보며 길을 떠났다. 아직 잠들어 있는, 내가 가로지르는 이 마을의 이름은 케르반세라이(Kervansaray, 대상 숙소라는 뜻)였다. 그러나 주변을 둘러보아도 대상들의 숙소 따위는 보이지 않았다(이제 더 이상 없었다).

마을을 빠져나가는 길에 길 끝에 약식으로 만들어놓은 야영지가 어렴풋이 보였다. 열 명 남짓한 사람들이 세 개의 텐트 사이에서 분주히 움직이고 있었다. 텐트 두 개는 투명한 플라스틱 조각으로, 통나무에 걸쳐져 있었다. 가운데 있는 나이 든 여자는 불씨를 뒤적이고 있는 중이었다. 한 남자가 나를 발견하고는 소리를 질렀다.

"구엘 차이(Guel çay, 와서 차 한잔 하시오)!"

나는 다가갔다. 우두머리로 보이는 남자가 썩은 이를 온통 드러내며 미소 지었다. 그는 방석을 가져와 녹슬고 낡은 매트리스 위에 놓더니 격식을 차리며 내게 거기 앉으라고 권했다. 그의 아들은 내가 배낭을 푸는 것을 도왔다. 약간 떨어진 곳에 쌓여 있는 만들다 만 빗자루들이 이들의 직업을 짐작하게 했다. 남자 셋과 여자 넷 그리고 갓난아이가 있었는데, 어머니를 제외한 여자 셋이 이곳에 살고 있었다. 여자들은 한결같이 젊고 예뻤는데 머플러로 머리를 가리고 있었다. 불안정한 생활에도 옷차림이 깨끗했다. 그들이 남자들과 동등한 대접을 받는다는 것을 명백하게 알 수 있었다. 여행자들 간의 연대감을 내세우며, 그들의 가장은 나를 맞게 되어 영광이라고 말했다. 나는 그들과 함께 차를 마시며 삼십 분가량 편안한 시간을 보냈고, 사진도 몇 장 찍었다. 그들에겐 정해진 주소가 없어서 사진을 보내줄 방법이 없는 게 안타까웠다.

해는 이미 중천에 떴다. 지도가 그리 상세하지 않았고 또 교차로에 안내 표지가 없는 경우가 보통이었기 때문에 방향을 잡는 데 몇 차례나 애를 먹었다. 울창한 숲속을 두 시간이나 걷다가 완전히 길을 잃고 말았다. 어디쯤 있는지 전혀 가늠할 수가 없었다. 한 농부에게 북쪽 어딘가에 있는 다를리크(Darlik)로 가는 길을 물었더니, 남쪽으로 가라고 가르쳐주었다. 그는 한참이나 얘기를 했지만 나는 거의 알아듣지 못했다. 언제부턴가 지도 위에서 내 위치를 파악할 수조차 없게 된 것이다. 어쩌다가 이렇듯 표류하는 신세가 됐단 말인가?

정말 우연하게도 북쪽으로 가는 길을 찾았고, 한 시간쯤 걷다가 이스탄불에서 소풍을 나온 사람들을 만나게 됐다. 그들은 함께 점심식사를 하자고 권했다. 유럽식으로 옷을 입고 스카프도 하지 않은 여자들이 커다란 두 개의 식탁

보와 도시락을 꺼냈다. 우리는 남녀 두 무리로 나누어서 식사를 했다. 그들은 친절했지만, 나를 도울 수도 지도에서 내 위치를 찾아줄 수도 다를리크로 가는 길을 가르쳐줄 수도 없었다. 결국 난 앞이 캄캄한 상태로 다시 숲으로 들어갔다.

숲속 빈터에서 나무꾼들이 둥근 톱으로 통나무를 베어 장작으로 패서 트럭에 싣고 있었다. "다를리크로 가는 길 좀 알려주세요." 남자는 대답을 했지만, 내가 거의 알아듣지 못한다는 사실을 알고는 좀 떨어진 곳에서 일하던 다른 사람을 부르러 갔다. 그는 일을 중단하고 대머리 위로 흘러내리는 땀을 씻으며 다가왔다. 그의 이름은 셀림이고, 그를 불러온 친구는 모스타파라고 했다. 대화가 중요하다고 생각하는 사려 깊은 터키인들이었기에, 목소리를 높여야 할 정도로 날카로운 소리를 내던 톱질을 멈췄다. 우리는 너도밤나무 그늘 아래로 갔고, 모스타파가 고사리를 한 움큼 뜯어내서 내게 편안한 자리를 만들어주었다.

셀림은 영어를 꽤 잘하는 편이었고, 목소리는 부드럽고 침착했다. 지도를 보여주자 그는 소리 없이 미소를 지었는데, 썩은 송곳니 하나를 빼고는 이가 하나도 없는 입속이 드러났다. 그는 내 지도가 아주 옛날 것이라고 했다. 그 사이에 이스탄불에 식수를 공급하기 위해서 거대한 저수지가 건설됐다는 것이다. 그리고 북쪽에 표시된 세 마을은, 이름은 같지만 남쪽으로 약 15킬로미터 옮겨졌다고 했다.

그의 설명을 들으니 오늘 오전에 내가 '표류'할 수밖에 없었던 이유를 잘 알 수 있었다. 그런데 다음 얘기는 더욱 가관이었다. 달라진 것은 길도 마찬가지였다. 동쪽으로 이어지는 길은 아예 끊어졌던 것이다. 그러니까 오늘의 목적지인 도회르멘차히리(Dohörmençahiri) 마을에 가기 위해서는 남쪽이나 북쪽으로 약 50킬로미터를 우회해야 하는 것이다. 전망은 별로 밝지 않았다.

"숲속에 분명 길이 있겠지만, 아마 헤맬 거요. 엄청나게 넓으니까……."

모스타파가 끼어들었고 셀림이 통역을 했다.

"돈을 지불하면 나를 안내해줄 사람이 있을까요?"

두 남자는 몇 마디 주고받더니 모스타파가 튼튼한 자기 가슴을 손으로 치며 말했다.

"내가 안내해드리지. 돈은 필요 없소. 하지만 그 전에 트럭을 다 채워야 해요. 최소한 한 시간은 더 일을 해야겠군."

그는 물을 벌컥벌컥 들이켜더니 장작더미 쪽으로 되돌아갔다. 셀림과 대화할수록 놀라움을 금할 수가 없었다. 그는 마흔네 살이었는데, 군대에서 10여 년을 복무하다가 삼림관리인이 되기 위해서 군대를 떠났다. 대머리에 강인해보이는 코, 듬성듬성 난 콧수염……. 온화하고 우호적이며 진지하게 마음을 터놓고 얘기할 수 있는 인상이었다. 그는 질문에 대답하기 전에 몇 초간 침묵을 지키곤 했다. 자조적인 말투에 무슨 얘기든 일단 소리 없이 환한 미소를 지으며 시작혔는데, 그때마다 누렇고 독특한 그의 이뿌리들이 온통 드러나보였다.

"나는 삼림관리인 생활이 좋습니다. 자연을 사랑하기 때문이기도 하지만, 무엇보다 겨울에는 독서에 전념할 수가 있으니까 말이오. 그래서 1월부터 3월까지 실컷 책을 읽고, 저녁 무렵 찻집에 가서 친구들에게 『미학』과 『논리학』을 읽는 행복을 일깨워주기도 하지요."

그의 눈은 지적인 분위기와 대화 상대와 의기투합하는 데서 오는 친절함으로 빛나고 있었다.

"당신이 부럽군요. 당신은 아리스토텔레스의 철학을 직접 실천하고 있는데, 나는 아리스토텔레스를 읽는 것으로 만족해야 하니까요."

일단 말문이 터지자 그는 니체, 데카르트, 플라톤, 헤겔, 하이데거 등에 관해 주섬주섬 늘어놓았다. 나는 그에게 악의 없는 농담을 던져보았다.

"하지만 인생에 철학만 있는 건 아니지요. 여자도 있고 ……."

"그럼요, 잔 다르크 같은 여자도 있지요. 사실 내 이상형입니다. 나도 프랑스어를 배워서 잔 다르크에 관한 책과 영화를 보고, 또 아라공(Louis Aragon, 프랑스의 초현실주의를 주도한 시인, 소설가)의 작품들도 접해보고 싶군요."

나는 멍해지는 기분이었다.

"자녀는 몇이나?"

"아니오. 결혼하지 않았습니다. 우리 마을에서 유일한 독신이지요."

"왜 안 하셨어요?"

그는 웃으며 말했다.

"아마도 나의 잔 다르크를 만나지 못해서겠지요……."

모스타파가 장작 싣는 일을 끝냈다. 나는 아쉬워하며 셀림과 헤어졌다. 그는 하던 일을 다시 시작했으며, 우리가 숲속으로 들어갈 때 큰 손짓으로 작별 인사를 했다. 짧았지만 소박한 행복으로 환히 빛나는 이 두 남자와 만난 것은 지친 내 몸과 마음을 북돋아주는 소중한 시간이었다. 우람한 상체를 돋보이게 하는 티셔츠를 입은 모스타파가 앞서 걸었다.

숲은 이루 말할 수 없을 정도로 아름다웠다. 숲길은 끝없이 펼쳐진 언덕들 사이로 미끄러지듯 이어졌다. 모스타파는 이따금 걸음을 멈추고 경치를 가리키곤 했다. 이곳은 그의 왕국이었으며, 그는 매우 자랑스러워했다. 작은 개울을 걸어서 건너던 중 포플러 나무 그늘 아래 쉬고 있던 사람들이 우리에게 찬 음료나 한잔 같이 하자고 권했다. 그들은 느긋하게 삶의 멋진 순간을 누리고 있었다. 나는 눈을 감고 그 시간을 즐겼다.

마침내 저수지의 남쪽 끄트머리에 이르렀다. 모스타파와 작별 인사를 하고 있는데, 지프에 탄 군인들이 나타났다. 그들은 잔다르마(Jandarma)라고 하는, 테러 분자를 진압하는 일종의 특수 부대 소속이었다. 군복 상의에 '코만도(comman-do, 특공대)'라는 표지를 붙인 대장 격의 하사관이 내게 신분증을 요구했고 오랫동안 이것저것 물어보았다. 그는 상당히 흥미 있는 눈치였으며, 많은 걸 알고자 했다. 셀림의 통역으로 내 사정을 이미 들었던 모스타파가 지금까지의 내 여정과 앞으로 갈 길에 대해 나 대신 설명을 했다. 우리는 풀밭에 앉아 군인의 요청에 따라 지도를 꺼내 내가 가고자 하는 길을 손으로 짚었다. 그 사이 다른 사람들은 기관총과 소총을 든 채로 차 옆에서 보초를 섰다. 부드러운 봄 냄새가 숲을 다정하게 감싼 이 저녁에 무장한 사람들을 만나자 왠지 낯설게 느껴졌다.

나는 다시 길을 떠났고, 조금 가다가 멈춰서 휴식을 취했다. 눈을 들어보니 거북 한 마리가 비탈길 위쪽에서 둥그런 눈으로 나를 빤히 쳐다보고 있었다.

안녕, 친구여. 미리 말해두지만, 난 너와 경주하지는 않을 거야.

3. 터키식 환대

도회르멘차히리 마을은 이름은 엄청나게 복잡하지만, 정작 집 몇 채와 사원 그리고 상점이 하나 있을 뿐이었다. 바칼에서 말린 과일을 고르는 동안 아이들이 나를 보려고 가게 앞에 구름처럼 모여들었다. "어디 잘 만한 데가 있을까요?" 가게 주인은 오랫동안 머리를 긁으며 생각하더니, 마침내 자신 있게 말했다. 해결책이 없다고. 운명에 맡기고 나는 공동 휴게실에서 차를 한 잔 마셨다. 어느 꼬마 녀석이 알려줬는지, 교사라고 자신을 소개한 젊은 남자가 내 앞에 와서 앉았다. 그가 말하길, 자기가 숙소 문제를 해결해줄 수 있을지도 모르겠다며 따라오라고 했다. 주민들의 호기심 어린 눈길을 받으며, 그리고 아이들이 와글거리며 따라오는 가운데, 우리는 마을을 지나갔다. 이런 상황이 습관처럼 반복되리라는 걸 난 예감하고 있었다…….

어느 찻집에 도착해서 그는 내게 후세인을 소개했다.

후세인은 헌병대에서 근무하다가 은퇴한 남자였다. 희끗희끗한 콧수염에 육중한 몸매 그리고 회색 모자와 밤색 옷을 입은 그는 예순 살 정도의 나이에, 과묵한 편이었다. 그는 자기 옆자리에 앉으라고 손짓을 했다. 내 안내자가 상황을 설명했다. 왕년의 헌병은 아무리 기다려도 말이 없었다. 그의 스타일이 원래 그렇다고 했다. 그가 오늘 밤에 나를 재워주겠다는 걸까?

"에베트(그렇소)."

숙소 문제가 해결되기를 기다리던 찻집의 손님들은 그제야 호기심의 봇물을 터뜨리며 수도 없이 질문을 해댔다. 나는 한 사람 한 사람이 권하는 홍차를 천천히 비우면서, 이런저런 몸짓과 안도의 한숨으로 표현을 대신해가며 그들과 대화를 나누었다. 후세인은 식사 준비를 하기 위해 잠시 사라졌다. 그가 다시 오더니 이틀 동안 땀에 젖은 몸을 씻을 수 있는 목욕탕을 알려주었다. 후세인과 교사 그리고 그 사이 합류한 그의 동료 한 명과 함께 우리는 즐거운 저녁식사를 했다. 젊은 친구들은 노인을 극진하게 모셨다. 그들이 떠난 후 후세인은 내가 극구 사양하는데도 나를 자신의 방으로 안내했다. 그리고 자신은 옆방에 있는 소파에서 자겠다는 것이었다.

이튿날 아침, 대충 몸을 씻은 후 짐을 꾸리고 그의 방문을 노크했다. 그는 외출하고 없었다. 어제 저녁에 갔던 찻집에 가면 만날 수 있으리라는 생각을 하며 문을 닫고 밖으로 나왔다. 그러나 그를 볼 수는 없었다. 나는 되돌아와서 잠시 그를 기다렸다. 결국 종이에 서툴게 감사의 말을 쓴 다음, 숙박비로 500만 리라짜리 지폐와 함께 문 밑으로 밀어 넣었다.

그날 오후 누군가 말하길, 내가 크나큰 실수를 저질러서 후세인이 모욕감까지 느낀다고 했다. 내 행동이 터키인의 전통인 환대 정신에 위배됐기 때문이다. 여행자를 자기 집에 받아들여 최선을 다해 대접하는 것은 이슬람교도의 의무였다. 독실한 이슬람교도에게 '환대'란 '손님'인 여행자에게 모든 권리를 갖게 한다는 의미였다. 너의 집이 그의 집이며, 너의 음식을 그와 나누어야 한다는 것이다. 이러한 행위의 보답은 알라의 왕국에서 이루어진다고 믿었다. 따라서 여행자에게 문을 열어주지 않는 것은 가장 나쁜 죄였다. 이렇게 온화한 기후 아래서라면 여행자를 환대하는 것이 좋은 일이 아니겠느냐고 그가 말했다.

단비가 내렸다. 하지만 아픈 발톱에 온통 신경을 써야만 하는 마음이 어떻겠는가? 초라할 뿐이었다. 어제 아침에 대수롭지 않게 여겼던 붉은 반점의 상태가 나빠졌다. 어제 저녁에 샤워를 하다가 발에 찰과상이 생긴 걸 발견했는데, 아침에 보니 양쪽 엄지발가락에 작은 고름덩어리가 달려 있었다. 이런 식으로 계속 감염이 진행되면, 행군이 심각하게 늦어질 수도 있다. 하지만 연고를 바르는 것 외에는 별다른 치료를 할 수 없었다. 한 시간가량 고통이 느껴졌지만,

곧 사라졌다.

루아르(Loire) 강〔좁은 계곡 사이로 강이 흘러들어, 빼어난 경치를 자랑한다〕의 상류지방을 연상시키는 경치였다. 길은 아찔할 정도로 펼쳐진 계곡들 사이로 이어졌고, 그 한가운데로 반짝이는 하천이 흘렀다. 경사가 급한 언덕을 오르자니 등산화의 접힌 부분에 자극을 받게 되어 다시 발이 불편해졌다. 정오쯤 개암나무 아래 풀밭에 편히 앉아서 신발을 벗어보니 누런 고름이 흘러내리고 있었다. 걸음을 걸을 때마다 자극을 받아 주위의 피부는 부어올랐고 너덜너덜해졌다. 나는 주머니칼에 달린 가위로 죽은 피부를 떼어냈고— 이 휴대용 도구의 유익함은 아무리 칭찬해도 지나치지 않으리라—두 조각의 헝겊과 소독제로 상처를 씻어냈다.

방향을 잡는 데 또다시 어려움을 겪었다. 내가 가져온 50만분의 1 지도는 그리 명확하지가 않았다. 아니, 너무나 부정확했다. 독일 회사와 터키 국방부 공동 제작인데도 말이다. 외부 세력의 침입을 막기 위한 터키 군대의 전략임에 틀림없다. 몇몇 지표들은 두말할 나위 없이 거짓이었다. 어쨌거나 지도상으로는 길 위에 있는, 그리고 아주 드물게도 표지판에 표시가 된 작은 마을에 들어서게 되었다. 하지만 실제로 그 마을의 끝은 막다른 길이었다. 2킬로미터를 헛되이 걸은 후 되돌아나오는 수밖에 없었다. 하지만 목수 아흐메드와 잠시 대화를 나누면서 보상을 받을 수 있었다. 그의 눈은 웃는 듯했고, 먹고살기 위해 나무 수저와 포크 만드는 일을 했다. 이야기를 나누는 중에도 그는 손도끼의 날을 세우고 가끔씩 엄지손가락을 날 위에 대어 확인해보곤 했다. 어쩌면 그는 예리한 이 연장으로 면도를 할지도 모른다(그의 턱수염은 짧았다).

숲을 지나가다가 땔감으로 쓰일 나무들이 쌓여 있는 것을 보았다. 주위를 둘러보았지만 일꾼을 발견하지는 못했다. 누군가가 있어서, 그 작업이 이루어지는 과정을 설명해주었더라면 좋았을 거라는 생각을 했다. 비가 억수같이 쏟아져서 망토를 꺼내 둘러썼다. 한 작은 마을을 지나가는데, 어떤 젊은이가 와서 말을 걸더니 계속 뒤를 따라왔다. 마을이 끝나는 지점쯤에서 포기할 거라 생각했는데, 그는 끈질기게 1킬로미터, 2킬로미터, 5킬로미터까지 따라붙는 것이었다. 그는 별 말이 없었다. 그런 식으로 우리는 또 다른 마을을 지나가게 됐다. 이제 단념하지 않을까? 그렇지 않았다. 벌써 오래전부터 옷이 땀에 흠뻑 젖었음에도 그는 계속 나를 따라왔다. 마침내 그가 내 배낭 안에 무엇이 들었느냐고 지나가는 말처럼 물었다.

그러더니 주머니에서 작은 유리병을 꺼내 기적의 약이라고 말했다. 비로소 그의 의도를 짐작할 수 있었다. 몇 모금만 마시면 조금도 피로가 느껴지지 않는다며 내가 그 기적의 약을 먹도록 요란한 몸짓으로 설명을 했지만, 거의 설득력이 없었다. 땀으로 절은 짐을 지지 않았음에도 그가 내 걸음을 따라오기 힘들어하는 기색이 역력했으므로, 나는 그에게 그 약을 직접 마셔보지 그러냐고 했다. 관광객을 약으로 중독시키는 사람들 이야기를 익히 들어왔기에, 그의 약병에 입을 댈 마음은 들지도 않았다. 무엇보다 그의 술책이 의심스럽기도 했지만, 나는 원래 그런 종류의 흥분제를 싫어하기도 했다.

카라힐리(Karahili) 마을에 도착하자 마침 약국이 하나 보였고, 나는 그에게 같이 들어가자고 말했다. 기적의 약이라니 약사도 흥미 있어 하지 않겠느냐면서. 내 말에 마술 같은 힘이라도 있었던 것일까? 분명 그랬던 모양이다. 그가 유령처럼 흔적도 없이 사라져버렸으니 말이다. 이후로 그를 다시 보지 못했다.

약사가 내 발의 상태를 보더니 기겁을 했다. 사실 매우 빠른 속도로 감염되고 있었다. 오른발은 두 발가락이 더 곪았다. 두 명의 약사가 나를 치료했고, 그 결과는 내가 바라던 대로였다. 붕대로 옹색하게 칭칭 감아놓았던 발가락들이 마치 예쁘게 늘어선 미라 인형처럼 된 것이다. 나는 경탄해 마지않으며 감사를 표한 후 90도짜리 알코올을 달라고 했다. 짐을 가볍게 하려고 작은 병을 원했지만, 약국에는 0.5리터짜리밖에 없었다. 그러자 이웃가게 주인이 작은 병을 하나 찾아가지고 왔다. 내 사정을 알게 된 그는 커다란 빵과 1킬로그램은 족히 될 만한 치즈 한 덩이 그리고 같은 무게의 꿀단지를 주려고 했다. 내가 극구 사양하자, 그는 이해가 안 되는 모양이었다. 한참을 실랑이하던 끝에, 그에게 내 짐을 한번 들어보라고 했다. 그는 그제야 알겠다며 잼을 바른 빵과 치즈 한 조각만을 쥐어주었다. 솜씨 좋은 약사는 알코올과 요오드링크 그리고 습포를 주었다. 그는 내가 돈을 지불하려 하자 거절했으며, 오늘 밤 목적지 마을까지 가는 약도를 상세하게 그려주는 등 세심한 배려와 친절을 잊지 않았다.

발이 가벼워졌음을 느끼며, 나는 들판을 비추는 화사한 봄 햇살 아래 다시 길을 떠났다. 호수 가까이 있는 푸른 계곡에서 걸음을 멈추고는 험한 날씨 때문에 피부가 주름 지고 그을린 아흐메드라는 노인을 만나 얘기를 나누었다. 그는 자신의 유일한 재산인 암소 한 마리를 끌고 일 년 내내 길을 따라 오간다고 했다. 암소가 마음껏 풀을 뜯어먹을 수 있도록 말이다. 몇 마디 말을 나눈 다음, 그는 자신의 사진을 찍어도 좋다고 허락했다.

도한겔라르(Dohangelar)는 하나밖에 없는 길을 따라 흙집 몇 채가 옹기종기 모여 있는 가난한 마을이었다. 이틀 동안 내린 비로 흙과 쇠똥이 뒤섞인 땅은 송진처럼 변해버렸다. 호기심 어린 마을 사람들이 나를 따라다녔다. 나는 모서리가 무너져내린 흙집을 몇 장 찍었다. 그 집을 만드는 데 쓰인 나무와 짚, 흙 등은 오제(Auge)나 우슈(Ouche) 같은 노르망디 지방에서 전통식 집을 지을 때 쓰는 재료들과 같았다.

카메라를 보자 농부들은 자기들의 곳간이나 자기들 사진을 찍어달라고 했다. 이런 마을에서 카메라는 정말 드문 물건이었으며, 사진을 찍는다는 것은 매우 특별한 사건이었던 것이다. 그래서 나는 나를 묵게 해줬던 사람들에게 사진을 보내주겠다고 약속했다. 그들은 돈을 받지 않으려 했고 또 그들의 선물을 받기엔 내 짐이 너무 무거워서 곤란했으므로, 그것이 그들의 호의에 감사를 표하는 유일한 방법이었다. 다행히도 아이들에게 줄 배지가 100여 개나 있었다. 처음에 작은 주머니를 꺼냈을 때는 대여섯 명의 아이들에게 몇 개씩 줄 생각이었다. 나는 아이들이 고를 수 있도록 테이블 위에 '보물들'을 펼쳐놓았다. 그러자 열 개도 넘는 손들이 서로 다투기 시작했고, 나는 배지들을 다시 회수하기 위해 엄청나게 애를 먹어야만 했다. 그 후로는 내 옷에 붙어 있는 배지들만을 한 개씩 나누어주었다.

마을을 빠져나와 차와 식료품을 파는 역내 상점으로 갔다. 야구모자에다 두껍고 큰 난시 안경을 쓴 남자가 신문을 읽고 있었다. 그에게 마을 주민들 중 나를 재워줄 만한 사람이 있을지를 묻자 그가 눈을 들어 잠시 나를 훑어보더니 "바로 나"라고 대답했다. 그리고 다시 독서에 열중했다. 이토록 빠르고도 냉랭한 대접이 있을까. 조금 어리둥절했지만 나는 테이블에 앉아 차를 주문했다. 차를 가져온 젊은 이는 옆 가게의 상인이기도 했다. 나는 그에게 초콜릿 과자한 봉지를 샀다. 미처 챙기지 못한 점심식사 대용으로 잠시 후에 먹을 생각이었다. 그때 나를 받아준다던 그 남자가 자리에서 일어나더니 한마디 말도 없이 나가버렸다. 나는 혼

란스러웠다. 그는 자기 집으로 돌아간 것일까? 그의 '초대'
는 진정이었을까? 찻집 주인이 좀더 나이가 든 남자와 함께
내 테이블로 와서 앉았다. 그들은 수없이 많은 질문을 퍼부
었다. 하지만 태도는 상당히 우호적이었으므로 나는 기꺼이
대답을 했다. 그들은 내 여권과 일정이 적힌 지도도 보고 싶
어했다.

"조금 전까지 신문을 읽다가 막 나간 사람이 누굽니
까?"

"우리 아버지 제카이예요. 나는 레자이라고 하고, 여긴
막내 동생 세자이랍니다. 아버지는 지금 식사 준비를 하고
계시죠."

그들이 "메흐메트" 하고 부르자, 좀더 젊어 보이는 그
들의 셋째 형제가 나타났다. 제카이가 저녁식사를 가져오
자 그들은 우리가 방금 전에 나눴던 대화를 간추려서 설명
했다. 뭔가 덧붙이기까지 한 것 같은 눈치였다. 그제야 알게
된 일이지만, 제카이는 자신이 받아들이기로 한 여행자에게
이런저런 질문을 한다는 게 예의에 어긋난다고 생각하기
도 했고, 또 어느 정도 경계하는 마음도 있어서 아들들을 시
켜 길에서 갑자기 나타난 이 우스꽝스런 여행자에 대해 알
아보도록 한 것이었다. 그는 웃지도 않았고 조금 쌀쌀맞은
사람이었다. 그러나 저녁식사는 훌륭했다. 나는 메흐메트와
방을 같이 쓰게 됐는데, 그 방엔 침대가 두 개 있었다. 잠들
기 전에 아직도 낫지 않은 발의 상처를 치료했다. 죽은 피부

를 잘라내고 상처가 빨리 아물도록 공기를 최대한 쐬었다. 하지만 아침에 보니, 상처 위에 물집이 잡혔고 아래로는 다시 고름덩어리가 생겼다. 종기를 짜서 알코올로 소독한 다음 붕대를 감았다. 그리고 빗속으로 다시 길을 떠났다.

나는 조심조심 걸었다. 걸을 때마다 신발의 접힌 부분이 상처 부위를 건드렸다. 발을 보호하려고 가제를 둘러 신발 안쪽 공간이 좁아진 탓에 고통도 그만큼 더했다. 가제를 뺐지만 별 차이가 없었다. 제카이 집에는 기름이 없어서 마당에 있는 트랙터 엔진에 묻은 기름을 신발에 발라 가죽을 좀 부드럽게 해볼 생각도 했다. 아픔을 참으며 힘겹게 걷느라고 주변 경치는 눈에 들어오지도 않았다. 다만 해가 다시 나서, 비에 젖어 미끄러운 땅이 마르고 있음을 알 수 있을 뿐이었다. 한 시간 반쯤 걸으니 고통이 조금씩 사라졌다. 내 몸이 엄청난 양의 엔도르핀을 만들어 고통을 없애준 모양이다. 그제야 정신을 차리고 주위의 달라진 모습을 바라볼 수 있었다. 어제 본 황폐하고 붉은 땅은 아베롱 지방의 석회질 고원을 연상케 했다. 오늘 보이는 것은 경작이 활발한 거대한 언덕들이었다. 그중 한 언덕 꼭대기에 오르자 막 경작이 시작된 바둑판 모양의 검은 농지와 밀과 호밀로 가득한 부드러운 녹색 초원이 눈앞에 끝없이 펼쳐졌다. 오늘 아침부터 개암나무 숲이 점점 더 늘어나기 시작한 것도 눈에 띄었다.

두어 차례 나는 또다시 길을 잃었다. 표지판이 없거나

아주 드물었다. 간혹 있다 해도 알아볼 수가 없었다. 터키의 표지판은 흰 바탕에 푸른 글씨로 도시 이름을 적어놓은 양철판이다. '적혀 있었던'이라는 표현이 더 정확하리라. 이 나라의 많은 사냥꾼이 표지판을 표적으로 삼았던 흔적이 뚜렷했다. 그들은 대개 총으로 사냥을 한다. 초라한 표지판은 내가 가을이면 밤을 올려놓고 구워 먹곤 했던 프라이팬처럼 구멍이 숭숭 뚫려 있었으며, 비바람 속에서도 버텨내며 정보를 알려주던 글씨는 녹이 슬어 지워졌다. 결국 터키의 표지판들은 뚫린 구멍 사이로 하늘을 바라보는 데만 쓸모가 있을 뿐이다. 길을 가다 만나는 마을 사람들의 말도 신뢰하기 어려웠다. 오늘 아침에도 나는 열두어 살 된 두 소년이 자기들 사는 곳에서 8킬로미터 떨어진 마을조차 모른다는 사실을 확인했다.

흙길을 벗어나 작은 찻길로 접어들었다. 예기치 못했던 나의 등장에 당황했는지 트럭이나 자동차들이 멈춰서기도 했다. 영문을 모르겠다는 표정으로, 마치 하늘에서 나에 관한 정보라도 떨어지길 바라는 듯 손바닥을 위쪽으로 향하며, 그들은 내 여행에 대해 이것저것 물었다. 간혹 태워다 주겠다는 이들도 있었다. 내가 거절하면 그들은 상자에서 사과며 체리, 코카콜라, 주스, 초코바 등을 꺼내주었는데, 나는 그것들을 허겁지겁 먹기도 했고 때론 주머니 속에서 상할까 염려해 버리기도 했다.

오후 다섯 시경, 나는 오늘 정한 목표인 암바르지(Ambarci)에 거의 도착했다. 지도를 보니 30킬로미터를 주파한 것이었고, 잠을 자기 위해서 이제 멈춰야 할 때였다. 하지만 두 번 헤맨 것을 감안하면 족히 40킬로미터는 걸었으리라. 그러니 도착 지점이 눈에 보이자 엔도르핀 공급소가 작동을 멈춘 것도 무리는 아니었다. 나는 절뚝거리며 더 이상 앞으로 나아가지 못했다. 게다가 배낭의 벨트가 피부를 자극해 허리가 다시 화끈거리기 시작했다. 이 모든 어려움을 나름대로 철학을 갖고 버텨냈다. 내가 대장정의 시운전이라고 부르는 절차에 나는 이미 익숙해졌다. 초반 며칠 동안은 신체기관이 지나치게 혹사당한 근육들을 강화시키지만, 과로가 심각해지면 다시 출발하는 일이 힘들어진다. 게다가 마찰이 많은 부분—발, 허벅지, 엉덩이, 배낭과 접촉되는 부위들—은 과열되기 쉽다. 이런 고통은 열흘 정도 지나면 사라질 표피적인 것이다. 나를 괴롭힌 작은 상처들도 파리에서 계획했던 합리적인 시간표를 지키지 않은 대가라고 할 수 있다. 애초의 계획은 하루 18 내지 25킬로미터의 짧은 거리를 밟아나가는 것이었다. 그런데 부주의하게도 평균 30킬로미터 이상을 걸었으니. 내일 저녁이면 엿새 만에 출발지점에서 200킬로미터 떨어진 사카리아(Sakarya)에 도착하게 될 것이다. 원래는 여드레를 예상했다.

이제 햇빛과 비에 노출되는 것을 줄이고, 걷는 시간도 줄여야 한다. 도보여행의 모든 결과는 정직하다. 몸 전체를 던지는 일이다. 내 몸을, 내 기억과 약과 옷, 식량, 침낭을 짊어질 사람은 오직 나뿐이다. 모든 실수는 곧바로 혹은 이튿날 그 대가를 치러야 한다. 혼자 걷는 이상 그 무엇에도, 그 누구에게도 기댈 수 없다. 낯선 언어와 엉터리 지도 그리고 내가 택한 길로 인해 나는 고립 상태일 수밖에 없다. 문명의 산물이라고는 주머니에 든 두 개의 작은 플라스틱 카드뿐이다. 하나는 세상과 연결할 수 있는 전화 카드, 다른 하나는 돈을 뽑을 수 있는 현금 카드. 하지만 그것들은 도시에서나 유용할 뿐이다. 초원에서, 개암나무 숲에서, 언덕 꼭대기에서 그것들은 생소하기 이를 데 없는 존재인 것이다. 이곳에서 숙식과 안전을 해결해주는 것은 거창한 국제 교류도 몇 푼의 돈도 아니다. 그것은 불안한 가운데 쭈뼛거리며 다가가는, 나와 정말 비슷하지만 또 매우 다른 이 인간 형제들의 손에 달린 것이다.

암바르지 마을은 매우 한산했다. 사원 앞 작은 광장에서 꼬마 하나가 녹슬고 낡은 자전거 바퀴를 갖고 놀고 있을 뿐이었다. 상점은 닫혀 있었다. 가게 앞의 나무 벤치가 나를 반겼다. 오늘 아침에 내리던 비가 그치고 뜨거운 태양이 솟아 땀에 젖어 몸에 달라붙은 티셔츠를 말려주었다. 꼬마는 자기 이름이 레제프라고 하며 다가와 옆에 앉았다. 나는 햇빛이 비치는 벤치에 편히 앉아 몇 분 정도 휴식을 취했다. 가게 문이 금방 열릴 것 같지 않아 마을을 구경하러 나섰다. 집 뒤에서 나이 든 여인이 빵을 굽기 위해 화덕을 데우고 있었다. 여인은 자신이 일하는 걸 구경하는 반바지 차림의 낯선 남자를 보고도 별로 놀라는 기색이 없었다. 하지만 내가 다시 벤치로 돌아가자 마치 산책이라도 하는 듯 다가오더니 멀찌감치 떨어져 나를 관찰하기 시작했다. 여인은 이곳 여인들이 약 1000년 전부터 입었던 옷차림을 하고 있었다. 발목까지 내려오는 검고 긴 치마, 머리털과 목을 가리는 숄과 스카프.

상점의 긴 창문을 따라 진열장을 대신하는 선반들이 놓여 있었다. 그 위에 잔뜩 쌓인 과자며 사탕 봉지들은 오랫동안 먼지를 덮어쓰고 있었다. 봉지들 사이로, 나무를 덮은 신문지 위에 쥐똥들이 솜씨 좋게 진열해둔 듯 떨어져 있었다. 레제프가 손에 낫을 들고 광장을 건너오는 사람을 가리키며 가게 주인이라고 했다. 그의 이름은 모스타파, 단호한 표정을 띤 좀 수척한 노인이었다. 짧고 흰 턱수염 때문에 그의 얼굴은 더 강해보였고, 숯처럼 검은 눈썹 아래로 두 눈이 반짝거렸다. 그는 양털로 짠 푸른색 빵모자를 썼고 체크무늬 셔츠를 입었다. 그을린 얼굴은 가게보다는 밭에서 일을 했기 때문인 듯했고, 굽은 등은 가게의 계산대를 오랫동안 지켜서 얻은 것은 아닌 것 같았다.

모스타파는 늦어서 미안하다며 가게 문을 열었고, 상자에서 과일 주스 하나를 꺼내더니 실내의 대부분을 차지한 의자에 앉으라고 권했다. 모스타파는 청소보다는 장사에 더 신경을 쓰는 모양이었고, 장사보다는 수다에 더 시간을 보내는 듯했다. 그는 내가 어디서 왔는지 알고서 놀랐고,

그 다음엔 믿지 못하겠다는 표정을 지었다. 문이 열린 틈을 타서 암탉들이 겁도 없이 꼬꼬댁거리며 서로 밀치고 들어와 이미 쥐들이 구멍을 내놓은 자루에서 떨어진 낟알들을 쪼아먹기 시작했다. 내가 암탉들 때문에 신경을 쓴다고 생각했는지, 모스타파는 이따금씩 큰 몸짓으로 닭들을 겁줘서 쫓아내려 했지만 허사였다. 그놈들이야말로 이곳의 진정한 주인이었다. 하지만 그는 계속 내가 불편할까봐 신경을 썼고, 끈질기게 닭들과 실랑이했다. 내 여정에 대해 이야기하는 동안 그는 두어 번 내 말을 끊고서 내가 괜찮은지, 비스듬히 나를 비추는 햇빛 때문에 불편하지는 않은지, 혹 방석이 필요하지는 않은지 등을 물어보았다. 내 얼굴에 피곤하다고 씌어 있었던 모양이다.

도움을 요청하는 적절한 말을 찾아내기가 너무 힘들어서 나는 이스탄불의 터키 친구들이 교정을 봐준 짧은 문장이 적힌 종이를 꺼냈다. 거기엔 내가 평소에 사용하는 엉터리 터키어보다 훨씬 세련되고 격식을 갖춘 표현으로, 나의 상황에 대한 설명과 밤에 잘 숙소를 희망한다는 말들이 적혀 있었다. 모스타파는 천천히 주의 깊게 그 쪽지를 읽더니 얼굴에 가득 미소를 띠고 나를 바라보았다. 그리고는 자신을 가리켰다. 여기 주민이므로 그가 나를 받아들이겠다는 것이었다. 그리고 그건 자신에게도 물론 기쁜 일이라고 했다. 호인 같아 보이는 그가 마음에 들었으므로 나 역시 기뻤다.

레제프가 마치 확성기를 들고 외치듯이 마을을 돌아다니며 반바지를 입은 외국인의 등장을 알린 탓에, 사람들이 모여들기 시작했다. 모든 것에서 멀리 떨어진 이 작은 촌락에서는 아마도 처음 있는 일인 모양이었다. 트랙터 바퀴가 지나가면서 생긴 웅덩이로 가득한 작은 길만이 세상과 연결되는 유일한 통로였던 것이다. 마을 사람들이 모두 모여들었다. 그들은 가게 문 앞에 진을 치고서 모스타파에게 뭐라 한마디씩 하고 의자에 앉더니, 이것저것 묻기도 하며 잠시 머물다가 가버렸다. 방문객이 점점 늘어나자 가게 주인도 즐거워서 어쩔 줄 모르는 모습이었다 마을 사람들은 이방인을 맞이하는 게 상당한 영광이라고 생각하는 모양이었다. 친구들과 얘기를 나누면서도 그는 계속 내 걱정을 했다. 배가 고프지는 않은지, 목마르지는 않은지, 불편하지는 않은지 신경을 썼다. 그의 광대뼈는 흥분으로 빨갛게 달아올랐고, 작고 깊은 그의 두 눈도 기쁨으로 반짝거렸다. 이따금 상점의 천장 위로 쥐들이 질주하곤 했지만, 나말고는 아무도 그 요란한 소리에 신경을 쓰지 않는 듯했다. 잠시 조용해진 사이에 한 여인이 달걀 두 개를 사러 왔다. 모스타파는 내게 미안하다는 눈짓을 보냈고, 물건을 내주러 가면서 "장사라는 게……" 하며 양해를 구했다. 그가 장사하는 걸 본 것은 내가 머무는 동안 유일하게 그때뿐이었다. 한 시간 반동안이나 내 소개를 하고 또 소개를 받고 하다 보니 피로가 몰려왔다. 나는 가게 주인이 다시 한 번 괜찮냐고 물어보는 기회를 이용해 내가 잘 방에 짐을 갖다 놓고 싶다는 뜻을 비쳤다. 사실 더위에 지치기도 했고 아픈 발을 돌봐야 하기도 했다.

모스타파는 황급히 일어나더니 내 배낭을 자기가 들려고 했다. 그러나 무게를 가늠해보고는 놀란 표정을 짓더니 그냥 내가 들도록 내버려두었다. 모스타파는 내가 묵을 집의 주인이지, 짐꾼이 아니었다. 우리는 가파르고 흔들거리는 계단을 올라 다락방에 이르렀다. 엇갈린 기왓장 사이로 하늘이 보였다. 낡은 걸레 위에 살진 고양이 한 마리가 앉아 우리를 놀란 듯 바라보았다. 방은 잘 정돈돼 있었고 매우 안락했다. 널찍한 양탄자가 깔렸고 침대는 벽쪽으로 붙어 있었다. 그리고 반대편 벽을 따라 소파가 있었다.

그 둘 사이에 난 창으로 차도르를 두른 소녀들이 보였다. 상점에서는 이방인에게 감히 접근할 수 없었으므로 희미한 모습이나마 볼까 하는 기대로 주변을 기웃거리고 있는 것이었다. 나는 창문 앞에 모습을 드러내고 소녀들에게 미소 지었다. 소녀들은 깔깔거리며 도망쳤다. 이런 식으로 스타 행세를 하는 것이 쾨무를루크에서는 정말 고역이었지만, 이제 적응이 되기 시작했다. 모스타파는 침대 위에 있던 말린 호박씨를 담아놓은 쟁반을 테이블 위로 옮겨놓았다. 이제 잘 준비는 마무리됐다. 더 필요한 게 있으면 얘기하라고 다시 한 번 당부한 뒤 그는 방을 나갔다. 그의 미소, 그의 시선, 목소리 그리고 타인에 대한 세심한 배려 등 나는 모스타파의 모든 것이 좋았다. 이런 장점들이 보기 드물게 조화를 이룬 사람이었다.

드디어 혼자가 되었다. 발을 살펴보고 있을 때 문이 살짝 열렸다. 한 소년이 얼굴을 내밀더니 문을 활짝 열었고, 다른 세 녀석들과 함께 들어왔다. 네 소년은 아무 말도 없이 내게 시선을 떼지 않은 채 소파로 주춤주춤 가더니, 마치 발레의 한 동작처럼 호흡을 맞추어 동시에 앉았다. 그들의 호기심이 어찌나 강렬했는지 측은하다는 생각마저 들 정도였다. 결국 내가 침묵을 깼다.

"안녕, 내 이름은 베르나르란다."

소년들도 각자 이름을 말했고, 다시 잠잠해졌다. 녀석들은 하도 비슷하게 생겨서 이름이 금방 헷갈렸다. 손을 허벅지 사이에 끼고 팔에 기대 몸을 약간 앞으로 숙인 채 그들은 마치 동상처럼 꼼짝도 하지 않았다. 신기해서 동그래진 눈으로 그들은 내 발끝에서 배낭, 침대 위의 옷, 샌들, 연고 등에 이르기까지 빠짐없이 훑어보았다. 이미 이런 소리 없는 관찰에 익숙해진 터라 마치 여신이 몸치장을 하듯 나도 발을 치료하는 데만 몰두했다. 상처는 더 커지지 않았지만 많이 곪은 상태였다.

십 분쯤 지난 후 제일 먼저 들어왔던 소년이 일어나자 다른 녀석들도 바로 따라 일어났고, 약간 경계하는 듯한 미소를 지으며 소리 없이 고개만 조금 숙여 인사를 하고는 들어왔을 때처럼 차례차례 나가버렸다. 이방인과 혼자 남게 될까봐 겁을 먹은 마지막 소년이 거의 뛰듯이 나간 후 문이 닫혔다. 그리고 일 분이 채 지났을까, 이번엔 이십 대로 보이는 세 명의 청년들이 들어왔다. 모스타파가 층계 밑에서 뒤늦게 모여든 사람들을 한 무리씩 올려보내고 있는 게 분명했다. 단지 존재하는 것만으로 사람들에게 기쁨을 줄 수 있다는 건 얼마나 큰 행복인가! 그렇다고 그걸 즐긴다는 얘기는 아니지만 말이다.

새로 온 친구들은 좀더 말이 많은 편이었다. 내 터키어도 점점 나아졌다. 한 명은 이웃 마을의 기술자라고 했고, 다른 하나는 군복무 중, 나머지 하나는 학생이었다. 그들은 나를 관찰하며 내 질문에 대답을 해주다가 몇 분 후에 나갔다. 그 사이에 가까스로 반바지를 벗을 수 있었다. 쉬운 일이 아니었던 것이, 여기선 아무도 노크를 하고 들어오지 않기 때문이다. 그리고 터키인들이 얼마나 부끄러움을 많이 타는지 익히 알고 있었으므로 그들을 당황하게 하고 싶지 않았다. 모스타파는 손님들과 함께 방에 올라오기도 했는데, 뜻밖의 영광스러운 임무에 감동하여 기뻐하는 모습이 분명했다. 젊은이들이 모두 그를 우러러보고 있는 듯했다.

마침내 모든 방문이 끝나고, 모스타파가 먹을 것을 들고 혼자 들어왔다. 우리는 양탄자 위에 책상다리를 하고 마주 앉아 저녁식사를 했다. 서양인에게 익숙하지 않은 자세를 유지하느라 애를 좀 먹었다. 곧 척추와 다리가 아파오기 시작했다.

사전을 들춰가며, 모스타파는 내가 프랑스에서 무슨 일을 하는지 알고 싶어했다. 나는 은퇴한 교사라고 소개를 했다. 하지만 그는 내 직업에는 관심이 없었다. 그가 궁금해 하는 건 내 가족과 내가 사는 곳이었다. 나는 내 아이들의 사진을 갖고 있었는데, 그에겐 아이들 사진이 없었다. 그가 자신의 모습을 간직할 수 있도록 사진을 찍어주었다.

저녁을 먹은 후에는 인적이 완전히 끊긴 마을을 천천히 돌아다녔다. 작은 오두막집에서 마을 공용인 TV가 지지직거리는 소리가 들렸다. 흑백 TV였는데, 화면이 어찌나 흔들리는지 내용을 본다기보다는 짐작해야만 했다. 마치 가입하지 않은 채 케이블 채널을 보는 듯했다. 의자에 앉아 어둠 속에서 홀로 TV를 보고 있는 이는 다 이해하는 듯했다. TV는 철장 속에 놓여 있었는데, 문은 활짝 열려 있었다. 마지막으로 TV를 본 사람이 나가면서 자물쇠를 채우게 돼 있었다. 소화를 시키기 위해 산책을 나섰지만 별로 재미는 없었다. 쉬는 게 더 낫겠다는 생각에 절뚝거리며 돌아왔다.

소란스러운 밤이었다. 세 시 반쯤, 잠도 없는 수탉 한 마리가 벌써 울어댔다. 두 시간 후면 사제가 확성기로 기도 시간을 알릴 것이다. 다음엔 새들이 울어댈 차례다. 터키인들의 표준 시간대에서는 해가 일찍 뜨기 때문이다. 다섯 시 십오 분이면 동이 튼다. 이러한 전원 교향악에, 먹을 풀을 달라고 아우성치며 양떼들도 합세한다. 그 소리가 어찌나 시끄러운지 암소떼들을 깨우고, 그 녀석들은 또 참지 못하고 여섯 시 반부터 울어댄다. 결국 이 시간이면 나도 일어나게 된다. 모스타파는 내가 언제 깨는지 살펴보았던 모양이다. 내가 침대에서 나와 바닥에 발을 딛자마자 아침식사가 준비됐다고 알려왔으니 말이다. 우유가 섞이고 꿀 냄새가 나는 요구르트는 어린 시절 먹던 맛을 생각나게 했다. 모스타파는 내가 오늘 많이 걸어야 하니 음식을 남기지 말고 다 먹으라고 했다.

내가 중무장을 하고 나섰을 때 그는 길을 가르쳐주겠다며 나와 동행했다. 아침 햇살을 받아 마을 풍경은 아름답게 빛났다. 해는 언덕 꼭대기에 있었고 어느 쪽으로 몸을 돌려도 시야가 탁 트였다. "참 아름답지 않소?" 자기 마을을 사랑한다고, 모스타파가 말했다. 그는 마을을 떠난 적이 두 번 있었다. 처음엔 세 아들들—그중 둘은 기혼이다—을 보러 이즈미트에 갔을 때였고, 그 다음엔 내가 오늘 밤을 보내려고 하는 사카리아에 가기 위해서였다. 71년을 사는 동안 각각 거리가 40킬로미터 남짓 되는 두 번의 여행만을 한 것이다. 하지만 그는 그것에 대해 불만이 없었다. 이 노인은 맨발에 가죽신 같은 것을 신고, 뻣뻣한 무릎을 이끌고, 걸음마다 몸을 좌우로 흔들며, 마치 찰리 채플린 같은 종종걸음과 오리걸음으로 천천히 걷고 있었다. 이렇듯 그와 즐겁게 얘기를 나누며 느릿느릿 걷다 보니, 발에서 느껴지는 고통도 다 사라진 듯했다. 1킬로미터쯤 가서 우리는 걸음을 멈췄다. 헤어져야 할 시간이었다. 우리 둘 다 마음이 약해졌던 것 같다. 나는 기운을 내어 그에게 손을 내밀었다. 그가 내 손을 잡더니 나를 끌어안으며 포옹을 했다. 트랙터 한 대가 마을 쪽으로 가고 있었다. 그가 올라탔고, 나는 내 하루 동안의 친구가 멀어져가는 것을 지켜보며 몇 분 동안 그 자리에 못 박힌 듯 서 있었다.

오늘 저녁이면 도시에 들어가게 되리라. 길은 쉬웠다. 나침반과 지도가 처음으로 들어맞았다. '기운 내자.' 오늘은 좋은 하루가 될 것 같은 예감이었다. 오전이 지나갈 무렵, 나는 길가의 찻집 테라스에서 담소를 나누는 두 남자 옆을 지나가게 됐다. 그들은 큰 손짓으로 신호를 했다.

"구엘, 차이, 차이……(와서 차나 한잔 하시오)."

차 한잔 좋겠지? 날씨도 좋은 데다 몸속의 엔도르핀이 다시 나오기 시작해서 별 어려움 없이 걷고 있으니까. 차를 따라주며 종업원이 궁금증을 참지 못하고 물었다.

"어디서 오는 길인가요?"

"이스탄불입니다."

"걸어서는 아니겠지요?"

"아니긴요, 걸어서 왔지요!"

그는 카페 안으로 들어가더니 사방에 소식을 퍼뜨렸다. 스무 명쯤 되는 사람들이 한꺼번에 테라스로 쏟아져나와 나를 둘러쌌다. 빗발치듯 퍼부어대는 질문들.

"어느 나라에서 왔소?"

"정말 이스탄불에서 출발한 거요?"

"어디로 갑니까?"

"직업이 뭐죠?"

"결혼은 했나요?"

"아이는 몇 명인가요?"

그들의 호기심은 끝이 없었고, 아무 거리낌 없이 질문을 해댔다. 손님들 중에 약간 비만하고 풍채 좋은, 잘 다듬은 콧수염에 양복을 차려입은 한 남자가 자기 소개를 했다. 예전엔 교사였지만 벌이가 시원치 않아 그만두고 지금은 사업을 한다고 했다. 체스 말들을 만들어서 유럽에 파는 일이었다.

"내 공장을 보고 싶지 않소? 길 건너에 있지요."

우리는 길을 건넜다. 기계를 다루는 직공들은 아이들이었다. 열 살에서 열두 살 정도였다. 나는 그의 '산업'에 대해 놀라지 않을 수 없었다. 그는 거리낌 없이 교육자처럼 말했다.

"난 저 애들에게 기술을 가르치고 있답니다."

나는 방문을 중단하고 다시 배낭을 멨다. 그 기업가(교육자)가 체스를 두자고 한사코 권하는 것을 온 힘을 다해 거절했다.

아다파자리라고도 불리는 사카리아에서는 대도시가 보장해주는 익명성을 누릴 수 있어서 좋았다. 이제야 비로소 호기심의 대상에서 벗어나 주위를 둘러볼 수 있게 된 것이다. 많은 병사들이 거리를 활보했다. 거리에서 본 소녀들

—항상 무리를 지어 최소한 두 명 정도씩 몰려다니는—은 대부분 서양식 옷을 입고 있었으며, 차도르를 하지 않았다. 그래도 미니스커트는 볼 수 없었고, 긴 치마나 바지 속에 다리를 감추고 있었다.

안락함이 그리웠던 나는 별 세 개짜리 호텔에 들어가 빨래할 옷들을 맡기고는 뜨거운 욕조 안에 몸을 담그며 달콤한 시간을 보냈다. 그런데 빨래 서비스 가격을 미리 알아보지 않은 탓에 방값만큼의 돈을 더 지불해야 했다. 명심해야 할 교훈을 얻었다. 시골 마을 사람들은 내게 호의를 베풀지만, 일개 관광객에 불과한 이곳에서는 나를 등쳐먹을 뿐이다.

사카리아라는 도시는 우아함이 없었다. 좀더 남쪽으로 가면 이 도시와 이름이 같은 강이 있는데, 그곳은 그리스와 벌였던 독립전쟁 때 격렬한 전쟁터였다. 훗날 아타튀르크('투르크인의 아버지'라는 뜻)라고 불리는 무스타파 케말〔Kemal Atatürk, 1881~1938, 터키의 군인이자 초대 대통령〕은 대역습을 감행하기 이전에 속임수를 썼다. 공격을 앞두고 참모들을 소환하면서, 그는 첩자들이 계획을 알아낼지도 모른다고 생각했다. 그래서 그들이 눈치 채지 못하도록 축구경기 도중에 장군들에게 명령을 내려 후방의 본부에 남아 있지 말고 전투의 선봉에 설 것을 요구했다. 역습은 성공했으며 적들은 혼비백산했고 그리스 군의 반 정도가 포로로 잡혔다.

밥도 잘 먹고 기력도 회복하고 옷도 말끔히 정리했으므로 다시 가벼운 발걸음으로 길을 떠났다. 사카리아를 지나자 경치가 바뀌었다. 광활한 채소밭이 펼쳐진 먼 지평선 끝으로 보랏빛 산맥이 열기 때문에 안개처럼 뿌옇게 흔들리듯 보였다. 다음 숙박지는 헨데크(Hendek)다. 그곳에서 과거 대상들의 행로 흔적을 찾아볼 수 있기를 기대하며, 이스탄불과 앙카라를 연결하는 고속도로와 나란히 뻗은 작은 길을 택해 걸었다. 도시에서 빠져나온 음료 가게의 트럭이 나를 앞질러 가다가 조금 떨어진 곳에서 멈추더니, 손님을 기다리기 시작했다. 내가 지나쳐가면 다시 나를 추월해 저 앞쪽에 또 멈춰 섰다. 이런 식으로 두세 차례 계속됐다. 내가 작은 마을에 들어서자, 트럭에 있던 남자가 길 한가운데에 서서 사람들을 불러모았다. 사람들이 미소를 지으며 조금은 신기한 듯이 서둘러 모여들었다. 나는 이제 그들이 할 질문을 외우고 있었으며, 대답 또한 별 어려움 없이 술술 나왔다.

정오경에 인근의 작은 식당에서 점심을 먹었다. 내 얘기를 들어서 알고 있는 식당 주인이 가격을 3분의 1로 깎아주었다. 잠시 후 나는 여든여섯 살 된 노인과 차를 마시게 됐는데, 그는 여러 가지로 나를 놀라게 했다. 그는 백 살이 넘은 어머니가 최근 돌아가신 것 때문에 슬픔에 잠겨 있었지만, 나이에 비해 믿기지 않을 정도로 건강했다. 나와 함께 여행을 한다 해도 무리가 없으리라는 확신이 들 정도였다.

헨데크에 다다르기 전에, 나는 이 길에서 자동차 사고를 당한 사람들을 추모하는 기념물 밑에서 잠시 휴식을 취했다. 터키인들의 운전 습성을 감안한다면 이들의 수가 꽤 될 거라는 생각을 했다.

헨데크는 '숙소'를 의미하는 단어에서 유래했다. 이곳은 운 좋게도 내가 실크로드의 흔적을 발견할 수 있었던 첫 도시였다. 17세기에는 대상 숙소를 네 개나 보유했던 중요한 장소였다. 이 도시의 과거 무역 상황을 책으로 쓴 아흐메트 무흐타르 키르발(Ahmet Muhtar Kirval)이라는 의사는 예전의 건물들은 이제 아무것도 남아 있지 않다고 말했다. 1928년에 마지막 건물이 파괴됐으며, 그 자리엔 은행이 뽐내듯 들어섰다. 몇 년 전 역사의 흔적을 면밀히 조사하던 한 독일 학자가 예전에 대상들이 이동하던 코스를 발견했다. 그가 발굴해낸 돌들은 당시에 이정표 구실을 하던 것들이었다. 하지만 얼마 지나지 않아 누군가가 돌들을 훔쳐가버렸다. 사원이나 종교와 관련된 건축물을 제외하고는, 터키인들은 자신들의 훌륭한 역사를 증언하는 건물에 대해서는 아무런 관심도 갖지 않는다. 예쁜 오스만식 가옥들과 마찬가지로 대상 숙소 역시 파괴자들의 위협을 받고 있는 것이다.

그리 피로하지는 않았지만 안락한 호텔에서 하루 쉬어가기로 했다. 작은 도시의 광장에서 나팔과 북소리에 맞춰 젊은이들이 춤을 추고 있었다. 군 입대가 방금 확정된 신병들이었다. 터키에서는 군대의 인기가 엄청나다. 군복무를 마치는 것은 명예로 간주된다. 따라서 서른 살이 지나도록 병역의 의무를 다하지 못한 남자는 일자리를 찾는 데 어려움을 겪기도 한다.

걷지 않고 보낸 그날 하루는 유익했으며, 정성 들여 돌본 상처도 아물기 시작했다. 이튿날 다시 악화되었지만 기분은 매우 좋았다. 지도에서 확인한 예실야야(Yeshilyaya)의 작은 길을 찾는 데 한 시간 가까이 걸렸다. 이른 아침이라 그 길을 아는 사람을 찾을 수 없었고, 표지판도 없었다. 두세 번 길을 찾으려 시도해봤지만 주택가 마당이나 밭 한가운데로 나올 뿐이었다. 지쳐버린 나는 터키의 서쪽에서 동쪽을 가로지르는, 차량 통행이 엄청난 100번 국도를 걸을 수밖에 없었다. 차들이 요란한 소리를 내며 지나가서, 나는 길가에 바짝 붙어 10킬로미터 정도를 걸었다. 마침내 남쪽으로 뻗은 작은 길을 발견했고, 전원의 평온함을 되찾을 수 있었다.

점심때쯤 한 농부가 다가오더니 물 한 잔을 권했다. 그 친구는 뭔가 말하고 싶어했고, 휴식을 취할 수 있다는 생각에 나도 기꺼이 응했다. 우리는 그의 집으로 갔다. 그는 자신의 직업에 대해 얘기했다. 개암나무를 재배하는데 한 해에 개암 열매 100톤을 수확한다고 했다. 그는 그 외에도 이런저런 얘기를 했는데 나는 그가 무슨 말을 하고 싶어하는지 알 수가 없어서 곧 무심해졌다. 그 사이 그의 동생이 점심식사를 준비했다. 우리는 테라스에서 밥을 먹었다. 좀 덥다 싫었지만 날씨는 화창했다. 나는 이렇게 전원으로 초대해줘서 고맙다는 인사를 한 후 다시 길을 떠났다. 왜 그랬는지 모르겠지만 또 길을 잃고 말았다. 5킬로미터를 더 간 것이다. 어쩔 수 없이 되돌아와야 했다.

땀에 젖은 셔츠를 갈아입으려고 기찻길 아래 작은 다리 그늘에 잠시 몸을 숨겼다. 그때 갑자기 여섯 명의 군인을 태운 미니 버스가 나타났다. 내 앞으로 50미터 정도 가다가 나를 발견하고는 화가 나기라도 한 듯 거칠게 후진을 했다. 방탄조끼에 무장한 병사 세 명이 차에서 내리더니 나를 둘러쌌다. 그들은 기관총 방아쇠에 손가락을 대고 총부리를 내 발치로 향하고 있었으며, 전혀 웃는 표정이 아니었다. 나 또한 마찬가지였다. 그들 뒤에서 젊고 통통한 사복 차림의 남자가 싸구려 향수 냄새를 풍기며 불쑥 나타났다. 그는 공격적으로 말했다.

"신분증!"

놀라고 황당하고 또 충격을 받은 채 나는 여권을 내밀었다. 그는 서류를 보지도 않고 내뱉었다.

"함께 갑시다."

그는 아주 신경질적이었고 성격도 좋아보이지 않았다. 나는 너무나 화가 나서 항의했다.

"나는 관광객이고, 내 서류는 아무 하자도 없는 적법한 것입니다. 당신들은 나를 체포할 권한이 없어요."

그는 잠시 주저하더니, 다시 차로 가서 상관에게 전화

를 걸어 천천히 그리고 아주 오랫동안 내 여권의 내용을 보고했다. 관광객이라는 단서라도 찾으려는 듯 그는 매우 거칠게 내 여권을 이리저리 뒤적였다. 아무래도 그를 좀 진정시켜야 할 것 같았다. 그가 말하는 내용은 아무것도 알아듣지 못했지만, 병사들의 태도는 명백히 그런 뜻을 담고 있었다. 그들 중 두 명은 다시 차에 탔지만, 나머지 한 병사는 내 앞에 여전히 서 있었다. 손가락을 방아쇠에서 떼고 기관총을 어깨에 그냥 걸친 상태였다. 우두머리가 마침내 전화를 끊더니 여권을 돌려주었고, 여행하는 목적이 뭐냐고 물었다. 그리고 덧붙이기를, 내가 수상한 사람이라는 신고 전화가 걸려왔다고 했다. 전쟁 중인 이 나라에서는 시민이나 군인이나 서로가 서로를 두려워하긴 마찬가지였다. 모든 사람이 서로 의심한다.

내 정신상태를 고스란히 알려주는 신호라도 되듯이 사방에 잠복해 있던 상처들이 한꺼번에 도지기 시작했다. 길은 너무도 멀어보였고, 나는 시간당 4킬로미터 속도로 힘겹게 걸었다. 작은 들판에서 엄마가 딸을 무릎에 앉히고 풀밭에 앉아, 눈으로는 암소 두 마리가 초라한 도랑에서 풀 뜯는 걸 지켜보고 있었다. 한 손을 엄마의 허벅지에 대고 있는 아이는 아주 편안한 모습이었다. 엄마는 딸의 긴 머리털 사이에서 이를 잡고 있었다. 나는 이 예쁜 장면을 몰래 사진에 담고 싶었지만, 생각을 바꾸어 그들에게 카메라를 흔들며 한 장 찍겠다는 표시를 했다. 미소를 짓고 고개를 가볍게 흔들며 여인은 거절했다. 사진을 못 찍게 되어 유감이었지만, 내 머릿속에는 이 아름다운 장면이 지금도 생생하게 남아 있다. 기억이 사진보다 더 강렬한 모양이다.

조금 떨어진 곳에서 두 남자가 풀을 베고 있었다. 그들은 약간의 차이를 두고, 똑같은 동작으로 순서를 맞춰가며 낫을 놀렸다. 마치 기계가 움직이는 듯했다. 어린 시절 이후 손으로 풀을 베는 사람들을 본 적이 없었다. 그 옆에는 또 한 남자가 풀밭에 주저앉아 연장의 날을 갈고 있었다. 이런 목가적이고 평온한 두 장면은 나를 먼 과거의 정지된 세계 속으로 빠져들게 했고, 덕분에 힘이 좀 나는 것 같았다.

이곳에는 밥을 먹을 만한 식당이 없었다. 나는 그저께 사둔 빵을 뜯어먹었다. 햇볕이 강하게 내리쬐었다. 발과 허리에 통증이 느껴졌고 등으로는 땀이 흘러내렸다. 설상가상으로 흙길이 사방으로 끝없이 이어진 곳에 도착했는데, 이 길들은 네모진 개암나무 숲을 이리저리 가로지르고 있었다. 물론 그 길들 중 어느 길도 지도에 표시돼 있지 않았다. 나는 나침반이 가리키는 대로 동쪽 방향으로 더듬더듬 전진했다. 마침내 어떤 마을에 이르렀는데, 한 노인이 다가와서 말을 걸었다.

"어느 나라 사람이오?"

"프랑스 사람입니다."

"우리 두 나라는 친구지. 이리 와서 한잔 하시오. 어디로 가는 중이오?"

"하지야쿠프(Haciyakup) 쪽입니다."

"이 길이 아니라오. 내 아들이 길을 인도해줄 거요."

그는 물과 요구르트를 섞은 아이란(ayran)이라는 찬 음료를 권했다. 어떤 음료도 이만큼 상쾌하지는 못하리라. 이정표에 표시된 큰 길에서 멀리 떨어진 시장에서나 접할 수 있는 이런 구식의 행복을, 나는 이 관대한 노인이 지켜보는 가운데 마음껏 음미했다. 그의 아들 하산이 작은 차가 달린 경운기에 시동을 걸었다. 외출을 한다는 말에 아이들 셋이 신이 나서 차에 탔고, 이렇게 해서 우리는 개암나무 재배지를 가로질러 달려갔다. 부속 차가 웅덩이에서 튀어오를 때마다 아이들이 깔깔대고 웃었다. 이제 우리가 넘어야 할 곳은 짧은 풀로 뒤덮인 언덕이었는데, 그 위엔 야생 만병초萬病草의 강렬한 색깔이 작열하는 듯했다. 하산이 작은 언덕에서 나를 내려주더니, 아래쪽으로 난 길을 따라가야 한다고 알려주었다. 오후 대여섯 시 이후에는 걷지 말라는 충고를 들은 적이 있지만, 시간은 계속 흐르는데 숙박할 수 있는 곳까지 가려면 아직도 갈 길이 멀어 하는 수 없었다.

나는 포플러나무가 빽빽한 아주 습한 계곡으로 접어들었다. 지치기도 했고 상처 때문에 아프기도 했으므로 만약 빨리 회복이 되지 않는다면 완전히 상처가 아물 때까지 며칠 걷지 말아야겠다는 생각을 했다. 저녁 일곱 시가 넘어서야 어떤 작은 도시에 도착할 수 있었다. 도시의 이름은 구일야카(Guilyaka)였는데, 내 지도엔 이상하게도 구일카야

(Guilkaya)라고 표시돼 있었다. 적을 속이기 위한 군대의 술책이 아닐까 하는 생각이 또다시 들었다. 호텔은 없었다. 지도를 보니 여기서 6, 7킬로미터 떨어진 곳에 하지야쿠프가 있었다. 습격을 당하기 쉬운 시간이라 하더라도 어쩔 수 없이 걸어야 할 것 같다. 구일야카를 나서니 교차로였다. 오른쪽으로 갈 것인가, 왼쪽으로 갈 것인가? 운동장에서 축구를 하던 젊은 친구들이 나를 둘러쌌다.

"하지야쿠프까지 간다구요? 거기 멀어요. 적어도 15킬로미터는 될 텐데."

"내 지도엔 7킬로미터라고 돼 있는데."

"지도가 엉터리예요."

이번엔 그리 놀라지도 않았다.

"하지야쿠프엔 호텔이 있나?"

"없을 거예요. 시간도 늦었는데, 아저씨를 손님으로 맞을 수 있으면 기쁘겠는데요……."

그들은 그 생각만으로도 아주 즐거운 듯했고, 심신이 너무나 지친 나는 승낙을 했다. 그들이 사는 곳은 전공이 다른 대학생들이 모여 생활하는 기숙사였다. 종교단체의 지원을 받는 곳이었다. 학생들은 모두 독실한 신자였다. 그곳의 규칙은 매우 엄격했다. 학기 중에는 매일 다섯 시 반 기상이었고, 저녁 열 시까지 공부를 해야 했다. 규모가 아주 컸고, 방학 중이라 많은 학생들이 집으로 돌아가고 없었다. 내 젊은 집주인들은 기뻐하며 나를 빈방으로 데려갔다.

저녁식사가 끝나서 그릇들을 다 정리해놓은 후였지만, 내가 샤워하는 사이에 주방장이 나를 위해 식사 준비를 했다. 밥을 먹는 동안에도 젊은 친구들의 질문은 끊이지 않았다. 대화가 잘 안 되는 부분도 적잖이 있었지만, 내 엉터리 터키어와 그들의 서툰 영어로 그럭저럭 의사소통을 할 수는 있었다. 우리는 넓은 공동 거실로 자리를 옮겨 대화를 이어나갈 주제를 찾았다. 그들은 세심한 데까지 신경을 쓰며 나를 대접했고, 나는 그들이 하는 대로 그냥 내버려두었다. 그 가운데 가장 사려 깊은 친구는 이곳의 책임자 노릇을 하는 히크메트라는 경영학과 학생이었다. 그는 스물네 살이었고, 2년간 군사교육과 전투교육을 의무적으로 받는 군대에 가기 전까지 아직 3년을 더 공부해야 했다.

암바르지에서 모스타파가 그랬듯이 히크메트 또한 나를 보호하기 위해 친구들의 질문을 중단시켰다. 아저씨도 이제 좀 쉬어야 한다면서. 아침에 일어나보니 그는 내가 일찍 길을 떠날 수 있도록 모든 준비를 다 해놓은 뒤였다. 우리는 함께 아침식사를 했다. 히크메트는 나와 함께 시내로 가서 내가 사려고 했던 약, 즉 발의 상처를 빨리 낫게 하는 분말을 약사에게 설명해주기도 했다. 이제 나는 다시 무거운 배낭을 짊어졌고, 나의 집주인은 길가까지 나와 나를 배웅했다. 그는 나를 아주 흐뭇하게 했다. 헤어질 때 그가 나를 포옹하더니 영어로 말했다.

"고마워요, 베르나르 아저씨."

고맙다니, 뭐가? 이것이 바로 터키의 정신이었다. 브줄(Vesoul)이나 몽토방(Montauban) 같은 프랑스 도시에서 이런 상황이 벌어졌다고 해보자. 어디서건 "고마워요, 히크메트 아저씨."라는 말은 들을 수 없을 것이다.

이런저런 생각 끝에, 나는 아랍의 유명한 여행가 이븐 바투타가 자신의 글에서 아카이아(Akhaia)인들에 대해 묘사한 얘기가 떠올랐다. 그들은 여행자들을 접대하는 독특한 방식으로 유명한 6세기 전의 한 종파였다. 그는 이렇게 썼다. "여행자들에게 그들만큼 주의를 기울이고, 식사를 대접하거나 여행자들의 욕구를 만족시키는 데 그들만큼 신속한 이들은 이 지상에 또 없다." 이븐 바투타는 또 말하길, 안탈리아의 조금 앞쪽에 위치한 한 도시에서 이방인을 접대하는 문제를 놓고 두 무리의 터키인들이 언월도(偃月刀)를 들고 대치했는데, 여행자와 그 일행을 맞이하는 영광을 서로 차지하기 위해 싸움을 벌일 기세였다고 한다. 결국 중재자가 나타나 제비뽑기를 하여 여행자들이 두 지역에 각각 나흘씩 묵도록 하는 것으로 결정을 내리게 됐다.

나를 환대해준 또 다른 마을 치르치르(Çirçir)에서 만난 어떤 교사는, 예전에는 모든 마을에 방문자를 위한 집이나 방이 하나씩 있었다고 전한다.

비록 이런 전통이 이젠 지켜지지 않는다 하더라도, 이스탄불을 떠난 이후 내가 여러 마을에서 받은 대접은 그 전설 같은 이야기와 견주어 조금도 손색이 없는 것이었다.

4. 의구심

동쪽으로 난 비포장도로로 접어들었는데, 교차로가 나타났다. 갈림길은 정말 싫다. 버스 정류장 옆에 있는 지붕 달린 벤치에 두 남자가 앉아 있었다. 나는 그들에게 인사했다.

"베이쾨이(Beyköy)로 가는 길이 오른쪽입니까, 왼쪽입니까?"

그러자 두 사람 모두 자신 있게 각각 다른 길을 가리키는 것이 아닌가.

"두 길이 모두 베이쾨이로 통하나요?"

그들은 또 동시에 아니라고 대답했다. 그리곤 서로 자신의 말이 옳다고 다투기 시작했다. 자전거로 산책을 하고 있던 다른 두 사람이 논쟁에 끼어들면서 문제가 해결되었다(터키에서는 일단 대화가 이루어지면 모든 사람들이 앞을 다투어 끼어든다). 그들이 말했다.

"우리도 베이쾨이에 갑니다. 따라오세요."

왼쪽이 맞는 길이었다. 자전거를 탄 친구들은 아주 친절했다. 한 명이 내 배낭을 짐받이에 실어주었다. 갑자기 날아갈 듯한 기분이 들고, 햇살이 더 눈부시게 느껴졌다. 시골마을의 결혼식장에서 들려오는 노랫소리가 마음을 끌어당겼다. 농가 안뜰에서 열두어 명의 남자들이 둥글게 모여 악단의 연주에 맞춰 춤을 추고 있었다.

연주자라야 고작 세 명이니 악단이라 부르는 건 과장이겠지만, 그 음악만은 얼마나 경이로웠는지! 짧은 콧수염을 기른 뚱뚱한 남자가 땀을 뻘뻘 흘리며 부는 주르나(zour-na, 오보에와 비슷한 모양의 아르메니아 전통 악기)의 가슴을 에는 듯한 소리, 댄스 멜토니오 빠르고 성쾌하게 화답하는 키작은 연주자의 아코디언 소리, 여기에 그 흥을 차분히 가라앉히는 향수 어린 바이올린 소리가 어우러졌다. 나는 완전히 사로잡혔다. 이 음악은 결혼식에서만 연주되는 것일까?

내겐 이 음악이 동양적이라기보다는 두 운명이 서로어우러지는 날의 모든 감흥을 표현하기 위해 만들어진, 보편적인 것으로 느껴졌다. 아무 걱정 없던 젊은 시절에서 이제 고되고 책임을 져야 하는 삶으로 접어드는 진지한 순간이다. 하지만 또한 기쁨의 시간이기도 하다. 두 마음이 합쳐지는 것보다 더 즐거운 일이 또 어디에 있겠는가? 남자들과 조금 떨어진 곳에서 몇몇 처녀들이 손을 하늘로 향한 채 빙글빙글 돌고 있었다. 하늘이 꿈에도 그리는 특별한 인연을 자신들에게도 보내주기를 기원하는 것일까? 자신의 주변에서 일어나는 일들에 놀란 듯 보이는 얌전한 신부는 아무런 생각이 없는 것처럼 보였다. 사람들은 엄숙하게 차려입은 어른들을 모신 뜰에 의자를 가져다 놓고 신부를 여왕처럼 앉혔다. 어른들이 신부에게 마지막으로 당부의 말씀을 하는 모양이었다. 아직 어린 처녀에겐 지혜로운 어른들의 충고가 필요하다. 나머지 사람들은 과자를 먹느라 정신이 없었다. 아이스크림 장수가 세발 자전거를 끌고 나타났다. 사람들이 우리에게도 식사를 하라고 권했지만, 우리는 정중히 사양했다.

베이쾨이의 입구에서 나는 자전거 탄 친구들과 헤어졌다. 오늘은 일요일이고, 그들은 일요일이면 언제나 그러하듯이 자전거 산책이 끝나면 각자 가족에게 돌아갈 것이다. 배낭이 짐받이에서 다시 내 어깨로 건네졌다. 나는 테라스에서 차를 마시며 생각해보았다. 더 멀리 갈 것인가, 아니면 여기서 잘 것인가? 베이쾨이를 지나면 기복이 심한 거대한 숲이 기다리고 있다. 오후도 한참 지난 때이므로 지금 떠나면 조금 위험할 수도 있다. 옆 테이블에서 담소를 나누던 택시 운전사 두 명이 평탄한 길이라며 나를 안심시켰다. 그들은 약도를 그려주었는데 방향을 세 번 바꾸게 돼 있었다. 각 구간의 거리까지 정확히 적어주었다. 우선 5킬로미터, 두 번째 2킬로미터, 그 다음은 3킬로미터. 그 이후는 조금 복잡하지만 사람들에게 물어보면 될 거라고 했다. 이렇듯 정확한 설명을 듣고는 안심이 되어 나는 다시 길을 떠났다.

전날의 피로가 가시지 않은 탓인지 기분이 그리 좋은 편은 아니었다. 특히 걱정되는 건 발이었다. 신발이 발에 익숙해지든지 발이 신발에 익숙해지든지, 결판이 나야 했다. 지금으로선 신발이 이기고 있다. 신발 가죽이 조금이라도 부드러워지라고 나는 되도록이면 물가로 걸으려고 무척 애를 썼다. 발이 이렇게 고통스러운 이유는 신발의 이음새가 엉망으로 바느질되어 있기 때문이다. 걸을 때마다 신발에 접힌 주름이 마치 단두대처럼 발톱을 조금씩 자르고 있었다.

급류를 따라 이어진 매우 험준한 협곡에는, 일요일을 맞이 소풍을 즐기러 나온 몇몇 가족들이 있었다. 아이들은 맨발로 물에 들어가 가재를 잡고, 어른들은 돌 두 개 사이에 솜씨 좋게 불을 피워 가재를 익히는 중이었다. 하늘엔 구름이 잔뜩 끼어 있었고, 나는 또 헤매기 시작했다. 택시 운전사들이 알려준 정보는, 방향은 정확했지만 거리는 엉터리였다. 그들 말에 따르면 마지막 구간이 3킬로미터니까, 즉 걸어서 사십오 분 정도 걸리는 거리일 텐데 한 시간 반 이상을 걸어도 끝이 보이지 않았다. 가다 보니 갑자기 급류가 나타났고, 길은 오른쪽으로 꺾여 두 언덕 사이의 가파른 오르막으로 이어졌다. 족히 삼십 분 정도 그 길을 따라가다가 두 명의 나무꾼을 만났다. 그들은 급류를 걸어서 건너야 한다고 했다. 아까 만났던 택시 운전사들이 이것까지는 미처 몰랐던 모양이다. 되돌아가 신발을 벗고 물을 건넜으며, 발을 말리고 붕대를 새로 감은 다음 다시 출발했다. 베이쾨이에서 멈추지 않은 것이 슬슬 후회되기 시작했다.

무엇이 나를 이렇듯 자꾸 더 멀리 가게 만드는 것일까? 내가 지닌 상식과 신중함은 분명 멈추라 말하고 있었다. 스스로를 탓할 수밖에 없었지만 어쩔 수 없는 일이었다. 조금만 더, 좀더 멀리, 내 안에 억누를 수 없는 원초적인 충동이라도 있는 것처럼 멈출 수가 없었다. 이 문제에 관한 한, 나는 스스로에게 무척 비판적이다. 언제나 나 자신이 그 희생자일 수밖에 없으니까. 나를 걷고 또 걷게 만드는 이 격렬한 욕망은 대체 무엇일까? 얼마나 버티는지 시험해보려는 그리고 기록을 깨보겠다는 어쭙잖은 허영일까? 아니면 오만? 의지? 솔직히 잘 모르겠다. 하지만 20여 년 전 도보 여행을 시작한 이후로 이 느낌만큼은 잘 알고 있다.

대부분의 스포츠와 달리 마라톤은 몇몇 챔피언을 제외하고는 다른 사람들을 이기는 것을 목표로 하지 않는다. 35킬로미터를 달리고 나서 몸이 이제 더는 못하겠다고 비명을 지를 때 그리고 고통스러워하는 근육에 양분을 공급하기 위해 지방을 분해하는 복잡한 화학작용이 몸속에서 일어날 때, 주자走者는 자신의 머리와 장腸 속에서 고갈된 에너지를 찾는다. 바로 이러한 뇌의 회전과 장의 회전이 결합되어 이를 악물고 뛰어감으로써 그는 소중한 몇 초를 벌 수 있는 것이다. 42킬로미터를 뛰어 근육이 마비돼버린 마라토너는 결승선을 넘어섰을 때 비로소 크로노미터〔매우 정확한 시계)를 돌아본다. 그리고 행복은 바로 거기, 그가 단축한 몇 초 안에 숨어 있다. 마라토너에게 어느 날엔가 그를 훌쩍 추월할 수 있는 적수라고는 단 한 명뿐이다. 바로 자기 자신.

하지만 스스로를 넘어서려는 욕구가 걷고 또 걷는 행위의 모든 것을 설명해주지는 못한다. 물론 나는 좀더 먼 곳, 저 언덕을 넘고 이 마을을 지나서, 저 고개를 넘어서 늘 더 푸른 풀을 발견하곤 한다. 하지만 나를 앞으로 떠미는 이 통제되지 않는 충동은 내가 애써 숨기려 하는 어떤 두려움과 뒤섞여 있다. 끝까지 가지 못할지도 모른다는 두려움. 그래서 수전노가 동전을 긁어모으듯 1킬로미터라도 더 모아두는 것이다. 한 걸음이라도 걸을 수 있는 한 그리고 배낭을 짊어질 힘이 남아 있는 한, 목표에 이르길 갈망하면서 걷고 또 걷는다. 내게 주어진 이 의무는 바로 내가 정한 것이기에 앞뒤가 맞지 않는 이야기라고 생각할지도 모르겠다. 사실 내게 시간 제약이 있는 것도, 매일매일 도달해야 할 목표가 있는 것도, 또 최소한 몇 킬로미터를 걸어야 한다는 의무가 있는 것도 아니다. 물론 매년 네 단계로 나누어 시안까지 걸어가겠다는 목표가 있다. 하지만 일 년을 더 추가한다고 한들 뭐가 그리 중요하겠는가. 짧게 보아서 내가 해결해야 할 문제는 하나뿐이다. 이 나라의 비자 만료 기간 전에 이란 국경까지 도달하는 것. 지금으로선 파리에서 세운 계획보다 늦어지고 있는 것은 아니다. 오히려 그 반대다. 그러니 좀 진정하자, 진정하자, 나는 스스로를 이렇게 타일렀다.

계곡을 건넌 후 전나무 사이로 이어진 가파른 숲길에 접어들었는데, 족히 한 시간 동안 사람을 보지 못했다. 그러다 만나게 된 부부—아이도 있었는데, 아이 아버지가 만들어준 신기하게 생긴 나무 자동차에 타고 있었다—가 나를 안심시켰다. 내가 길을 제대로 가고 있다고 말해준 것이다. 십오 분쯤 가니까 다시 갈림길이 나왔다. 오른쪽 아니면 왼쪽? 빌어먹을 갈림길. 길이 표시되어 있지 않은 지도는 아무 쓸모가 없었다. 나침반은 애매한 대로 오른쪽이 동쪽이라고 가리켰다. 그 길로 가야 할 것이다. 금방 밤이 되었다. 50미터쯤 앞에 보이는 제재소 옆 오두막에서 흰 개가 험악하게 짖어댔다. 빛이 보여서 나는 사람을 불렀다. 한 남자가 나왔는데, 그는 색소결핍증에 걸린 사람이었다. 어슴푸레한 저녁에 흰 개와 흰 사람을 동시에 보게 되니 왠지 비현실 같은 느낌이 들었고, 내가 지금 어디에 있는 건지 잠시 혼란스러웠다.

나는 또 길을 잘못 들었다. 흰 개가 사납게 컹컹 짖어대는 동안 이 투명한 남자가 알려준 바에 따르면, 아까 갈림길에서 왼쪽 길로 갔어야 했다. 여기서 2, 3킬로미터 떨어진 곳에 사즈쾨이(Sazköy)라는 마을이 있다고도 했다.

나는 절뚝거리며 힘겹게 앞으로 나아갔다. 하지夏至가 가까운 때였지만 여덟 시 반쯤 되자 밤이 되었고 기온도 빠르게 내려갔다. 한 시간 정도 걸었지만 마을이라곤 흔적도 없었다. 맥이 빠진 나는 단념을 하고 야영할 생각을 했다. 야산 한가운데서 추위에 떨며 아무 보호막도 없이 잘 생각을 하니 두렵기도 했다. 좀 전의 그 흰 남자에게 잠자리를 부탁했어야 했는데. 내 고집의 결과가 바로 이런 것이다 ……. 그러다가 다행스럽게도 빈터를 발견했고, 나는 주문을 걸었다. '그래, 여기가 바로 사제의 목소리가 확성기를 통해 들려오던 그 푹신한 침실이구나.' 십오 분 정도 더 배회하다가 나는 우연히 인가를 발견했다. 이제 살았다! 아홉시 반이었다. 최소한 열한 시간 동안을 걸은 것이다.

나는 제일 크고 예쁜 집을 골라서 문을 두드렸다. 문을 연 누인이 경계하는 눈으로 쳐다봤다. 나는 내가 누구며, 어디로 가는지 힘들여 설명했지만, 너무 지친 탓인지 터키어가 제대로 나오지 않았다. 최후의 수단으로 나는 친구들이 써준 마법의 주문이 적힌 쪽지를 꺼내 그에게 건네주었다. 그는 그걸 읽고 나를 천천히 뜯어보더니 검지로 자기 이마를 몇 번 쳤다. 미쳤느냐는 뜻이었다. 뜻밖의 반응이었지만 목적은 달성한 셈이므로 그리고 숙소 걱정에서 벗어나 다행이어서 기분이 상하기는커녕 웃음이 터졌다. 그러자 그도 미소 짓더니 옆으로 비켜서면서 들어오라고 했다.

네브자트는 일흔 살의 농부였다. 병든 아내와 딸 슈크라네와 함께 살고 있었다. 이 마을의 다른 사람들처럼 그들의 조상도 카프카스인이고, 선조의 언어와 문화를 간직하고 있었다. 삼층짜리 넓은 집은 안락했고, 덕분에 샤워까지 하고 나니 피로가 좀 가시는 듯했다. 하지만 이미 밝혔듯 거리에 관한 한 수전노인 나는 내 피로를 수치로 기재해놓아야 직성이 풀린다. 네브자트가 알려준 바에 따르면, 또 내 엉터리 지도를 참조해보면, 오늘 걸은 거리를 계산해볼 수 있다. 도중에 실수로 헤맨 것을 제외한다 해도 38에서 40킬로미터는 주파했다……. 놀라운 수치가 아닐 수 없었다.

저녁을 먹은 후 네브자트가 나를 큰 방으로 데려가더니 방안에 연기가 가득한 정도로 줄담배를 피웠다. 그러고 나서야 그는 나의 등장이 불러일으킨 수수께끼를 어떤 일이 있어도 밝히고야 말겠다는 듯 관심을 집중했다. 왜 이런 모험에 뛰어들었을까? 그는 이리저리 궁리해보았지만 허사였고 이해하지 못했다. 그러더니 갑자기 의기양양하게 미소지으며 엄지와 검지를 맞부딪쳤다.

"파라(돈)! 파라 때문이지요? 촉 파라(많은 돈)?"

물론 아니다! 나는 내 관심사를 밝히려고 애썼다. 실크로드에 대한 역사적 관심과 무엇과도 비교할 수 없는 걷는 즐거움, 새로운 사람을 만날 수 있다는 신비로움. 그러나 그는 한 마디도 믿지 않았고 자기 생각을 굽히지 않았다. 그가 보기에 나의 동기는 돈이었다. 서툰 터키어로 아무리 역설해봤자 소용없다는 생각에 너무나 답답했고, 거칠게 사전을 뒤적여보았지만 뾰족한 수가 없었다. 그의 생각은 바뀌지 않을 것이다. 그는 저녁기도를 해야 한다며 방에서 나가자고 했고, 그 후 우리는 각자 잠자리에 들었다.

앞으로 다가올 여행에 대한 깊은 불안에 사로잡혀 나는 쉽게 잠을 이룰 수 없었다. 얼마나 더 갈 수 있을까? 발의 상처는 나을 수 있을까? 상처가 아물 때까지 걷기를 중단해야 하는 건 아닐까? 이 나라에선 어떤 방법으로 길을 찾아야 할까? 위성을 통해 위치 측정을 해주는 GPS를 가져왔어야 했는데……. 신발을 바꿔보면 어떨까? 아니, 오히려 더 나빠질 수도 있다. 그렇게 해봐야 이미 감염된 부위가 나을 것도 아니며, 또 새 신발을 길들여야 하고, 무엇보다 내 발에 맞는 신발을 찾아야 한다. 물론 그럴 가능성은 거의 없지만, 이 지역에서 그런 신발을 발견한다는 걸 전제로 하고 말이다. 피로가 밀려와 녹초 상태로 잠아떨어지고 말았다.

맛있는 냄새에 잠을 깼다. 부엌에서 슈크라네가 예쁜 삼각형 모양의 튀김, 뵈레크(börek, 시금치와 치즈, 간 고기로 속을 채운 페이스트리)를 만드는 중이었다. 그녀는 독일의 한 회사에서 디자이너로 일했는데 어머니를 돌보기 위해 고향으로 돌아온 것이다. 그녀는 아주 바삭바삭한 튀김을 만들어주었고, 매우 자랑스러워하며 자신의 정원을 구경시켰다. 그곳의 벤치에 앉아 아침 햇살에 맨발을 내맡기고 나는 세상이 새롭게 열리는 것을 감상했다. 그녀가 심은 장미나무에서 꽃이 피어 향기가 진동했다. 미녀 아가씨가 나를 부엌에서 내몬 건 조용히 식사 준비를 하기 위해서였을까, 아니면 쓸데없이 사람들 입에 오르내리고 싶지 않아서였을까? 종교 혹은 사회 규범이 엄격한 이런 작은 마을에서 결혼하지 않은 남녀가 남의 입방아에 오르지 않고 혼자 산다는 게 과연 가능할까?

　교환 교사로 이곳에 와 있는 그녀의 친구가 찾아왔다. 슈크라네는 정성스럽게 차곡차곡 튀김을 담은 상자를 내 배낭에 넣어주었다. 내게 주려고 일부러 만든 것이었다. 떠날 때쯤 네브자트와 단둘이 남았다. 나는 감사의 표시로 돈을 좀 주고 싶었다. 그는 물론 거절했다. 그런데 내 손에 지폐가 있는 것을 본 슈크라네는 화가 나서 붉어진 얼굴로 아버지에게 따지듯 말하는 것이었다.

　"설마 돈을 받으신 건 아니겠죠!"

　아닙니다, 예쁜 아가씨. 안심하세요. 당신 아버지가 비록 나를 잘 이해하시지는 못하지만, 그걸 구실삼아 이방인을 환대하는 당신들의 성스럽고 고귀한 원칙을 깨시지는 않았으니까요.

　내가 첫날 머물렀던 폴로네즈처럼 사즈쾨이 또한 터키 내부의 비非터키인 지역이었다. 걷는 동안 나는 중부 유럽의 여러 국가들과 러시아의 영향권 내에 있는 지역이 지닌 독특한 성격을 생각해보았다. 프랑스에 살려고 몰려든 다양한 이방인들을 통합하려는 프랑스의 국가정책과 달리, 이곳의 소수민족들은 그들의 특수성을 고수하고 있다. 몇 년 전 방문했던 루마니아에서도 몇 세기 동안 자신들의 언어와 문화를 고스란히 간직한 채 살고 있는 독일인들의 마을을 볼 수 있었다. 네브자트와 슈크라네도 자신들의 조상에 대해 자부심을 갖고 있었다. 헨데크에서도 의사 키르발이 자신의 아버지가 그루지야인이고 어머니는 흑해 연안의 작은 원주민 부족인 라즈(Laz)인임을 자랑스럽게 밝혔더랬다.

나는 달팽이처럼 느릿느릿 길을 떠났다. 발에서 느껴지는 고통이 거의 성자聖者들이나 참고 견뎌낼 수 있는 정도였기 때문이다. 한 시간 이상 걷고 난 후에야 더 이상 신음을 내지 않을 수 있었다. 오늘은 20킬로미터를 넘지 않으리라 다짐을 했다. 사카리아를 벗어나 큰 산맥이 눈앞에 나타나자 이젠 선택의 여지가 없었다. 산들을 넘으려면 작은 길을 포기하고 100번 국도를 타야만 됐나. 터키의 국토는 마치 층계와 같아서, 해수면과 같은 높이의 이스탄불에서 시작해 마지막 계단인 에르주룸에 이르면 해발 2천 미터가 넘는다. 오늘 넘어야 할 볼루다히(Bolu Dagi, 볼루Bolu의 산)는 이 층계의 첫 번째 단계로 아찔할 정도로 경사진 곳에 있었다. 지금 서 있는 아래쪽은 해발 300미터지만, 여기에서 7킬로미터 정도 가면 나오는 정상은 해발 1천 미터에 이른다.

2차선 도로의 양 방향으로 범퍼를 맞댄 차들이 100여 대는 되는 것 같았다. 이 트럭 무리들이 보여주는 풍경은 지옥 그 자체였다. 엔진은 끊임없이 앓는 소리를 내며 짙고 기름에 절은 검은 연기를 뱉어냈다. 하행선에서는 터빈 소리가 요란했다. 급브레이크 밟는 소리, 압축공기가 돌면서 재채기하듯 내는 소리에 귀가 먹먹해졌다. 제대로 연소되지 않은 경유가 소용돌이치듯 분출해 대기를 오염시켰다. 더 심해지면 액정처럼 고체와 액체의 중간 상태가 될 것이다. 이 철로 만들어진 거친 괴물들 사이에서 햇볕에 짓눌린 미미한 보행자인 나는 운전자들의 비난하는 듯한 혹은 놀란 듯한 시선을 한몸에 받고 산을 오르기 시작했다. 나는 정말 작고 약했으며 위협받는 느낌이었다. 트럭을 정면에서 볼 수 있도록 길 왼편으로 걸었다. 가드레일과 벼랑 사이가 너무 좁아서 위험을 감수하면서 걸을 수밖에 없었다. 그래서 나는 가드레일과 대담하게도 내 배낭을 스치고 지나가는 트럭들 사이에 놓이게 되었다. 몹시 두려웠다. 사실 어떤 차가 나를 치어서 내 몸이 까마득한 골짜기 아래로 떨어져버린다 해도 누가 신경이나 쓸 것인가? 자기 영역의 끄트머리에서 바퀴벌레만 한 보행자 하나가 거치적거리는 게 화가 난 한 운전자가 내 키 높이에다 압축공기를 분출했고, 그 폭음이 귓가에 울렸다.

산비탈을 오르기 시작하면서 나는 풋내기 인부처럼 땀을 흘렸다. 티셔츠가 흠뻑 젖어서 등에 달라붙었고 땀은 등에서 엉덩이를 거쳐 다리로 흘러내려 신발 속으로 들어가 발은 속수무책으로 쓰라린 땀 세례를 받아야 했다. 왼쪽으로 보이는 경치는 눈부시게 아름다웠다. 아찔하게 높은 산봉우리가 시선을 끌었는데, 철과 연기와 암석으로 이루어진 이 주변에 뜻밖에도 진달래꽃이 만발했다. 오르막길을 장식하는 널브러진 폐차의 뼈대가 눈에 띄었다. 또 여기저기 가드레일이 뒤틀리거나 무너진 곳도 보였는데, 자기 삶에 두려움을 느낀 운전자들이 차로 들이받아 저렇게 된 게 아닌가 싶었다. 정말 거대하고 현기증 나고 비인간적인 곳이었다. 저 아래, 바로 내 발밑으로 불도저, 앵글도저, 그 외의 기계들이 분주하게 움직였다. 5년 전부터 시작된 앙카라─이스탄불 고속도로 공사의 마지막 구간을 건설하는 중이었다. 산을 잘라내서 그 심연 속으로 거대한 다리를 놓는 엄청난 공사였다.

오래전부터 전해 내려오는 노래 한 곡이, 여행자가 이 볼루 길을 가면서 느끼게 되는 이러움을 적절히 표현하는 듯하다.

섬으로 가는 길은 직진이라네.

오! 길을 떠나는 귀여운 아가씨

그 아가씨 길을 잘못 들었네.

신께 바라건대 그녀가 우리에게 왔으면.

볼루 섬으로 가는 길은 끔찍하다네.

볼루 산은 연기를 내뿜고

친구들이여, 사즈를 연주하세,

지금은 축제를 벌일 시간.

볼루 섬에는 밤이 가득하다네,

오! 하나씩 떨어지네.

아가씨들도 길가에 늘어섰네,

오! 하나씩 주우러 가세.

마침내 정상에 도달했다. 땀에 젖어 투명해진 티셔츠는 피부에 딱 달라붙었고, 반바지에선 땀이 물처럼 줄줄 흘러내렸다. 암석이 튀어나온 곳에 세워진 식당 화장실에서 바지를 갈아입었다. 나머지는 그냥 입고 있으면 마르리라. 점심을 먹으려고 계곡을 향해 난 테라스에 자리를 잡았다. 소음에서 벗어나 메르지메크 초르바시(mercimek çorbasi, 붉은 콩으로 만든 이 강장强壯 수프의 이름을 마침내 알았다)를 푸짐하게 먹고 기운을 차린 나는 예전에 대상들이 꼬리를 물고 늘어선 동물들과 함께 초목을 헤치며 이 비탈을 묵묵히 오르던 광경을 상상해보았다. 불도저가 없던 그 시기에는 좁은 길들이 많아서 동물들도 겨우 한 마리씩 지나갈 수밖에 없는 경우도 많았을 것이다. 파샤(지방 영주)들은 이곳에 세관을 차려놓고, 관리들에게 짐 실은 동물당 얼마씩 세금을 거두게 했다. 17세기에 타베르니에가 기록한 바에 따르면 낙타에게는 2분의 1 라이히스탈러(reichsthaler, 신성 로마 제국의 화폐 단위), 짐 실은 말에게는 4분의 1 라이히스탈러의 통행세를 부과했다. 사람을 태운 짐승들은 세를 면제했는데, 대상들은 그런 짐승을 각각 세 마리까지 보유할 수 있었다. 나는 그 당시와 지금의 시세를 겹쳐놓고 가늠해보려 했지만—예를 들어 트럭 한 대가 단봉낙타 한 마리에, 그리고 1

라이히스탈러가 1억 리라에 해당한다는 따위의—결국 무리
였다. 그때와 지금을 비교하기엔 철자부터 너무 다르고, 음
악으로 치자면 오선 위의 음과 음표가 모두 바뀐 것이나 마
찬가지였다.

　　꼭대기에서 내려다보자니 철도보다는 길을 택한 터키
의 선택을 좀더 이해할 수 있었다. 마구馬具를 발명한 이후
오늘날까지도 사람들은 물건을 운반하기 위해 잡아끄는 것
과 싣는 것, 이 두 방법을 번갈아 사용해왔다. 수레나 마차
등으로 끄는 것은 오늘날엔 기차가 대신한다. 단봉 혹은 쌍
봉낙타나 말 등에 짐을 싣는 것은 오늘날엔 트럭으로 대체
됐다. 미국에서는 기차가 승리를 서우었다. 터키의 지질구
조를 감안한다면 선택의 여지가 별로 없었다. 층계 같은 땅
위를 기차가 달리기는 어렵지 않은가! 이곳에서 철도수송
을 하려면 엄청난 투자가 필요하다. 이미 건설된 몇몇 녹슨
철도는 대부분 단선이고, 초현대식 자동차들이 길 위를 쏜
살같이 달리는 데 비해 기차들은 달팽이 걸음으로 움직인
다. 쾌적한 대형 버스들이 주거지역마다 쏟아져나와 온 나
라를 누비며 조용히 길 위를 달리고, 수천 대에 이르는 트럭
들은 각 지역의 영광과 자랑거리인 온갖 물건과 음식물, 장
비, 잡동사니 등을 싣고서 길이란 길은 모조리 휘저으며 달
린다.

　　나는 오늘 20킬로미터 이상 걷지 않으리라 다짐했다.
그러나 볼루에 이르는 길 꼭대기에 자리한 호텔에서 자고

싶지는 않았다. 이곳은 트럭과 버스들로 난리법석을 이루는, 게다가 손님을 불러모으려고 스피커로 고함을 지르는, 지옥의 입구 같았다. 발이 땀으로 푹 젖었지만 괜찮아진 듯해서, 더는 생각하지 않기로 했다. 결국 더 가보자는 쪽으로 마음이 움직였다. 고개를 넘어 작은 내리막길에 접어들었고, 해발 900미터에 이르렀다. 끝없이 펼쳐진 초원이 숲을 대신하고 있었다. 저 멀리, 10킬로미터 정도 떨어진 지평선 끝에는 놀랍도록 푸른 산맥이 있었다. 길가에서 호텔을 발견할 수 없었기에, 결국 아침부터 35킬로미터를 걸은 끝에 볼루에 도착하게 되었다.

탑과 건물들이 도시를 벽처럼 둘러싸고 있었다. 이 안에 주민들을 빽빽하게 집어넣는 게 설계자의 의도였던 모양이다. 땅도 넓고 지진도 자주 일어나는 나라에서 건축가들은 무엇 때문에 수직형 주택을 고집한 것일까? 하늘과 좀더 가까워지기 위해서?

나는 1321년에 지어진 너무나 아름다운 목욕탕 타리히 오르타(Tarihi Orta)에 들어가 땀을 빼며 몸을 씻었다. 돔 안에 설치한 유리 블록이 외부의 빛을 굴절시켜 실내를 밝혀주었다. 유리를 통과한 햇빛이 김으로 자욱한 탕 안에서 무지갯빛으로 반짝였다. 나는 몸을 편안하게 해주는 이 금빛 안개를 음미했다. 이제야 쉬게 된 것이다.

그렇게 휴식을 취한 후에 관광도 하고 대상 숙소도 방문해보기로 마음먹었다. 타슈한(Tash-Han)이라는 곳이 있었다. '한'은 도시의 대상 숙소를, '타슈'는 돌을 의미한다. 1804년에 세워졌으므로 비교적 최근에 건설된 곳이다. 대상들이 예전엔 주로 이 도시의 북쪽 길을 따라 이동했기 때문일 것이다. 타슈한은 매우 잘 보존돼 있었고, 직사각형의 마당엔 어김없이 '찻집'이 있었는데, 아치형 통로의 그늘이라 비밀스럽게 쉬기에 아주 좋았다.

과거에 여행자들이 사용했던 방들은 지금은 수공업자들과 잡상인들이 차지하고 있었다. 안쪽으로 서점이 하나 있었는데, 작고 두꺼운 근시 안경을 썼지만 매우 활동적으로 보이는, 금발에 곱슬머리를 한 무스타파 아지키일디즈가 주인이었다. 부위 에미네아 21년간 프랑스에서 살았다고 한다. 그는 외인부대에 입대하기도 했다. 그가 살짝 밝힌 바에 따르면, 이곳 회사에서 일하는 리옹 출신 기술자와 만날 때를 제외하고는 프랑스어를 할 기회가 거의 없다. 나는 그의 프랑스 생활과 외인부대에 대해 이것저것 물어보았다. 하지만 그는 그 얘기는 피하고 다른 얘기를 했다. 사진을 찍으려고 하자 그는 단호하게 거절했다. 우리는 어색한 가운데 헤어졌다.

도시에 머무르는 동안 오랜만에 문명세계와 접했다. 인터넷을 이용해 가족과 친구들에게 안부를 전하고, 잘 지내고 있다고 안심시켰다. 터키의 중소도시에도 '인터넷 카페'가 있었다. 그곳은 통신에 빠진 남녀노소로 북적거렸다.

땀으로 목욕을 한 탓일까, 아니면 히크메트가 도와줘

서 산 치유용 분말 때문일까? 아침에 일어나보니 상처가 아물고 있었다. 빨리 낫게 하려고 목표를 아주 작게 잡았다. 하지만 큰마음 먹고 합리적으로 내린 결정을 늘 어기게 만드는 고약한 괴벽을 방심하지 말고 경계해야 한다. 그래서 오후 세 시경에야 도시를 떠났다. 그래야 밤이 다가오기 전까지 서너 시간밖에는 걸을 수 없을 테니까.

햇빛은 눈이 부실 정도였다. 손님을 태운 미니 버스가 서더니 운전사가 타라고 권했다. 내가 거절하자 불쾌한 표정이었다. 한 시간쯤 후 주차장으로 변한 운동장 옆을 지나가고 있는데 그 운전사가 뛰어오더니 말을 걸었다.

"구엘, 차이(와서 차나 한잔 하시오)!"

그와 그의 동료들은 호기심으로 가득 차서 나를 둘러싸고는 소란스럽게 떠들어댔다. 그들 모두 어제나 오늘 길에서 나를 이미 보았다고 한다.

"국적은? 어디서 왔소? 어디로 가는 중이오?"

달디단 차를 홀짝홀짝 마시며 나는 늘 반복되는 질문들에 기꺼이 대답했다. 기어를 바꿔넣고 브레이크나 액셀러레이터를 밟는 것만이 유일한 육체활동인 이 운전사들이 일개 보행자를 마치 화성인 보듯 신기해하는 게 무척 재미있었다. 그들의 시선 속엔 내 체력에 대한 경탄과 약간의 빈정거림 그리고 놀라움이 동시에 담겨 있었다. 차로 이동할 수 있는데 무엇 하러 걷는단 말인가? 물론 그들은 멀리까지 데려다 주겠다고 다시 한 번 제안했다. 하지만 이제 내가 거절해도 불쾌해지는 않았다.

말이 서툴러서였을까, 아니면 현학적으로 보일까 봐 두려웠기 때문일까? 나는 그들에게 설명하는 걸 포기했다. 하지만 찻잔을 앞에 놓고 이렇게 편하게 대화를 한다는 사실 자체가 그들을 당황하게 했던 것에 대한 답이 되지는 않았을까? 내가 만약 차로 이동하는 중이었다면 혹은 손님으로서 그들의 차에 올랐던 거라면, 이런 대화를 할 수 있었을까? 아닐 것이다. 엔진 소리가 말을 대신했으리라. 그들은 너무나 빨리, 너무나 시끄러운 소음을 내며 달린다. 규칙적으로 정차를 하므로 대화는 요금을 주고받는 것으로 한정된다. 만약 내가 그들의 차에 타서 다른 승객 옆자리에 앉았더라도 그가 나와 얘기하고 싶어했을지, 또 다음 역에 내리는데 굳이 대화의 필요성을 느꼈을지, 알 수 없는 일이다. 걷는다는 것은 자유며 교류다. 그런데 철과 소음의 감옥인 자동차는 선택이 불가능한 혼잡스러운 장소인 것이다. 이 유목민의 후손들이―게다가 조상의 덕망을 즐겨 칭송하는 사람들이―자동차 안에서 앉은뱅이가 되어 이제 근육을 써서 스스로 움직이는 게 불가능할 정도로 활동성이 퇴화해버린 현상을 어떻게 설명해야 할까?

몇 시간 동안이나 나는 유목생활과 실크로드를 나란히 놓고 곰곰이 생각해보았다. 중앙아시아의 이 전설 같은 길은 애초에 아랍인이 개척한 것이었고, 그 후엔 이슬람인이 누볐다. 아랍 문화에서 여행과 교역은 서로 관련돼 있다. 유목민의 후손인 마호메트도 상인들을 따라다녔으며, 망명생활을 하는 동안 오랜 여행을 했다. 그의 후손들도 같은 길을 걸었다. 아랍의 유목민들은 프랑스의 푸아티에(Poitiers) 혹은 다른 지역에서 멈추기 전까지 광활한 영토를 확보해나갔다. 몽골 유목민의 후손인 오스만인은 현재의 터키 지역을 무력으로 점령했다. 중앙아시아의 초원지대가 이슬람교로 통합된 후 각 부족은 무역과 여행이라는 이중의 유산을 물려받아 꽃피웠다. 10세기까지 이슬람의 무역은 융성했으며, 군인들이 우여곡절 끝에 지배권을 행사하기 전까지 상인들은 막대한 특권과 재산을 누렸다. 그 후 9세기 동안 중앙아시아와 중국의 길들을 따라 교역은 계속되었다.

아랍인이 최초로 여행과 문학을 연결했다는 것은 분명한 사실이다. 9세기 말에 미사르(Abu-Dulaf Mis'ar)는 중앙아시아와 말레이시아 그리고 인도 여행기를 썼다. 또 한 명의 대여행가인 톨레도의 알가르나티(Abu Hamid al-Gharnati)는 마르코 폴로보다 100년 앞선 12세기에 자신이 발견한 세계에 대해 이야기하고 있다. 호기심에 가득 차서 세상을 발견하고자 했던 상인이건 단순한 여행자이건 간에, 아랍인과 이슬람인은 유럽인이 막 대항해를 시작하려 했을 때 이미 지구를 주파하고 있었다. 세 명의 아랍 여행자들, 즉 세 명의 이븐(Ibn)은 세계에 대해 아주 세세한 것까지 묘사해놓았다. 이븐 파들란(Ibn Fadlan)은 10세기에 불가리아와 러시아를 방문했는데, 이는 카르피니가 1245년 외교 임무를 띠고 위대한 칸을 만나기 위해 유럽인 중 최초로 그 땅에 발을 디딘 것보다 300년 가까이 앞선 것이다. 12세기 말 이븐 주바이르(Ibn Jubayr)는 아랍의 영토가 된 스페인을 떠나 메카까지 성지순례를 하고 고향으로 돌아오면서, 지중해 연안에 대해 당시로서는 놀라울 정도로 상세하게 묘사를 했다. 하지만 가장 훌륭한 아랍 여행자는 누구보다도 14세기의 이븐 바투타라고 할 수 있다. 아라비아와 소아시아, 러시아, 인도, 중국, 스페인과 사하라—이들만 열거하더라도 놀랍지 않은가!—등의 지역이 미지의 땅을 벗어나 모습을 드러내게 된 것도 바로 그의 덕이다.

이렇듯 머릿속이 온통 과거의 행적들로 가득 차다 보니, 정작 나의 길에 대해서는 무심한 채 있었다. 나는 볼루에서 15킬로미터 떨어진 차이두르트 마을을 거의 기계적으로 지나왔으며, 다음 목적지인 파킬라르(Fakilar)로 가기 위해서는 100번 국도와 이스탄불 – 앙카라 고속도로가 인접한 곳을 지나가야 한다는 생각에 그리 유쾌한 기분은 아니었다. 계곡 아래를 보니 기껏해야 100미터 정도 떨어진 두 도로 사이에 회색의 지저분한 시멘트 건물이 있었는데, 장거리 트럭 운전사들이 묵는 여관이었다. 식당은 어두웠는데, 아마도 지금껏 한 번도 비질을 안 한 듯 보이는 바닥을 감추기 위해서인 것 같았다. 주방에 있던 한 소년이 발을 질질 끌면서 내가 머물 이층의 방을 보여주었다. 창문이 고속도로 쪽으로 난, 아주 작은 방이었다. 일인용 침대 두 개가 방을 거의 차지하고 있었다. 시트 역시 이 집이 생긴 이후 한 번도 빨지 않았는지 때로 풀을 먹인 듯했다. 소년은 문을 열어놓은 채 나갔고, 덕분에 복도 반대편 방에서 행복한 잠에 빠진 어떤 손님이 트럭처럼 코를 고는 소리를 들을 수 있었다.

방에는 간이 욕실이 딸려 있었는데, 역시 어두웠다. 청결하고 밝아야 할 이 공간을 유일하게 비추고 있던 전구를 누군가가 빼간 것이다……. 어둠 속에서 우선 들린 건 폭포 소리였다. 천장 배관의 일부가 빠져서 물이 타일 위로 쏟아지고 있었다. 변기에서도 물이 샜지만, 그건 아무것도 아니었다. 더운물은 나오지 않았고, 찬물 수도꼭지를 간신히 열었더니 중간에 멈춰서 잠기질 않았다. 전지가 거의 다 닳은 내 손전등으로 비춰보니, 샤워 물받이의 그 독창적인 색깔이 무엇인지 도무지 알 수가 없었다. 끈적끈적하고 더러운 때가 두껍게 끼어 있었음은 말할 나위도 없다. 구역질 나는 악취가 사방에 진동했다. 나는 다시 문을 닫았다. 오히려 몸을 더럽힐 것 같아서 오늘 저녁엔 찬물 샤워조차 하지 않기로 했다.

요리사 또한 청소를 담당한 사람과 비슷한 수준일까봐 두려워서 저녁식사도 요구르트 한 단지로 대충 때웠다. 방에 돌아와 두 개의 침대 중 하나 위에 침낭을 깔았지만, 온갖 더러움으로 뒤덮인 이 방에서 쉽게 잠들 수는 없을 것 같았다. 게다가 트럭을 유달리 싫어하는지 개 한 마리가 고속도로에서 엔진이 부르릉거리는 소리만 나도 짖어댔다. 지치기도 하고 목도 쉬었는지 그놈이 마침내 잠잠해지자, 이번엔 '욕실'에서 들려오는 물소리에 흥이 나기라도 했는지 두꺼비 한 부대가 지루한 합창을 하기 시작했다. 시끄러운 트럭 소리, 개 짖는 소리, 구역질 나는 냄새, 두꺼비들 우는 소리, 배수관의 물소리를 들으며 헤드라이트가 고속도로를 훑고 지나가는 것을 지켜보고 있자니 잠은 오지 않고, 이런저런 근심들만 밀려들었다.

2주 전 삼순호에서 그랬던 것처럼 혹은 이틀 전 네브자트의 집에서처럼 의문이 끊이지 않았다. '내가 끝까지 갈 수 있을까?' 확신이 서지 않았다. 빌돕에서 느껴지는 고통도 낙관적인 생각을 조금씩 갉아먹었다. 여기에 언어에서 오는 소외감이 더해졌다. 내가 과소평가했던 적敵이었다. 걸을 때는 고독이 그리 힘들지 않았다. 내 안에 쌓여가는 영상靈想들, 자신과 나누는 대화만으로도 충분했다. 하지만 숙소에서, 식당에서 그리고 사람들과 만날 때 나는 외딴 언어의 섬에 고립돼 있었다. 떠나기 전에 배운 말과 길을 가며 알게 된 말만으론 부족했다. 언어의 감옥이라는 이 넘지 못할 장벽은 어떻게든 해결책을 발견하지 못하는 한 견디기 힘들 것이다. 페르시아어라고는 한마디도 모르는데, 이란에 가면 또 어떻게 할 것인가?

유난히 수다스러운 터키인들은 거의 알아듣지도 못하는 말들을 계속 해댔다. 식당과 찻집 그리고 주택가마다 빠짐없이 자리한 TV에서 수많은 얼굴과 입들이 이해할 수 없는 말들을 쏟아냈다. 그리 유쾌한 소식은 아니었지만, 내가 떠나고 며칠 후에 PKK(쿠르드 노동자당)의 지도자인 오잘란 (Abdullah Öcalan, 1949~ , 1970년부터 쿠르드의 독립을 쟁취하기 위한 게릴라 활동을 주도했다. 1999년 2월 15일 터키 특수부대에게 체포되었다)의 재판이 시작됐음을 알게 됐다. TV 방송국들은 특집방송을 내보내고 있었다.

모두들 흥분해서 격론을 벌였지만, 나는 아무것도 파악할 수 없었다. 기자에게 이보다 더 지독한 고문이 또 있을까? 지배인에게 "재판이 얼마나 걸릴 것 같소?"라고 묻자, 그는 행복한 미소를 지으며 대답 대신 검지로 자기 목을 자르는 시늉을 할 뿐이었다. 이 몸짓 언어는 유감스럽게도 어디서나 통한다.

악취로 가득하고 소란스러운 방에서 나는 대충 결산을 해보았다. 이스탄불을 떠난 후 12일이 지났고, 300킬로미터를 걸었다. 그러나 테헤란까지는 아직도 2,500킬로미터 이상이 남아 있다. 이제부터 그곳까지, 정신적으로나 육체적으로 내가 버틸 수 있을까? 방향을 제대로 잡아야 한다는 어려운 문제를 해결할 수 있을까? 바위틈에서 비틀거리다가 한쪽—혹은 양쪽—다리가 부러질 수도 있다는 걱정은 접어두고라도 캉갈과 PKK의 총잡이들, 노상강도 등 사람들이 미리 수도 없이 얘기해준 이런 재난들을 내가 이겨낼 수 있을까? 피곤에 지쳐 새벽녘에 몇 분인가 졸았다. '내가 끝까지 갈 수 있을까?'라는, 다른 모든 문제들을 함축한 이 질문에 여전히 대답을 못한 채였다. 바로 지금 누가 내기를 걸자고 제안한다면 나는 응하지 않으리라.

일어나니 다행히도 발 상태가 호전돼 있었다. 보행자에게 발이 건강하면 만사가 오케이다. 어제 코스를 단축하고 분말을 뿌린 것이 효과가 있었던 것 같다. 그래서 가벼운 발걸음으로 파킬라르로 가는 해발 1,200미터의 길을 올라갔다. 너무도 어색하게 늘어선 두 길 사이에 광고판들이 솜씨 좋게 걸려 있었는데, 나는 어휘력도 늘릴 겸해서 최상급의 어휘들로 가득한 그 문구들을 해석해보았다. 게다가 복습 노트를 만들어 하루에 다섯 개씩 새 단어들을 외웠다. 나는 고집스런 보행자요, 성실한 여행자였지만, 여전히 언어를 이해하지 못하는 것은 근본적인 문제였다. 터키인들은 말을 빨리 하는 데다가, 문장의 구조도 우리와 무척이나 달랐다. 내가 아는 말들만 하더라도, 접두사와 접미사들이 붙으면 여전히 낯설게 들렸다. 내가 어떤 문장을 제대로 알아듣지 못해서 반복해달라고 부탁을 하면, 대부분 순박하기 이를 데 없는 상대방들은 내 귀가 좀 어둡다고 생각하는 모양이었다. 그래서 그들은 똑같은 속도로, 다만 소리를 크게 지르면서 되풀이한다.

정상을 조금 벗어나자, 앙카라 고속도로는 남서쪽으로 접어들었다. 100번 국도 역시 두 갈래로 갈라졌다. 교통량이 적잖이 줄어든 동쪽 구간은 이제 견딜 만했다. 나를 태워주려고 가던 길을 멈추는 자동차들을 피하기 위해 나는 왼쪽으로 걸어갔다. 터키에서는 걷는 사람들이 많지 않은 모양이어서 나는 아주 우쭐한 기분이었다. 모든 사람이 지켜보는 나는 엄청난 호기심의 대상이 되어 국가적인 사건이 되어버렸다. 아주 짧은 시간을 스쳐 지나가듯 만났지만, 난폭한 운전사들과 나는 일종의 신호로써 대화를 했다. 소리와 불빛, 몸짓 등을 이용한 대화였는데, 이것만으로도 운전사들의 반응이 어떤 것인지 파악할 수 있었다. 적대감에서 열광에 이르기까지 다양했다.

— 클랙슨과 휘젓는 듯한 손짓을 동반한 경우 : "비켜!"
— 클랙슨 소리만 울릴 경우 : "얼굴 한번 봅시다." 내가 아스팔트에 코를 박듯이 하고 가파른 비탈을 오를 때 가장 많이 접하는 반응이다. 이는 나와 같은 방향으로 움직이는 트럭들의 신호였다. 배낭 아래로는 한 쌍의 다리, 또 위로는 모자만 보이니까 머리가 있는지 없는지 확인해보는 게 당연하다고 생각하는 모양이었다.
— 클랙슨 소리와 더불어 손바닥을 하늘로 하고 팔을 들어올려 뭔가 물어보는 듯한 시늉 : "무슨 일이지? 어느 나라 사람이오? 어디서 왔고, 어디로 가는 거요?"
— 클랙슨 소리 그리고 오른팔을 번쩍 들어올려 손바닥을 내쪽으로 향한 경우 : "헤이, 친구."
— 클랙슨 소리와 군대식 경례 : "대단해, 친구."

가장 요란스러운 표현을 하는 사람들은, 전에 이미 어느 방향에선가 나를 앞질러갔거나 마주쳤던 운전자들이 다시 나를 발견하고는 마치 오래된 친구처럼 인사를 하는 경우였다. 그들은 멀리서부터 헤드라이트를 켜서 알은체하고, 지나가면서 환한 미소와 요란한 손짓으로 반가움을 표현했다. 앞에 차들이 밀려 있을 때면 가장 가까운 곳에 있는 사람이 창 밖으로 고개를 내밀어 용기를 내라는 말을 해줄 때도 있었다. 나중에야 안 일이지만 많은 운전자가 나에 대해 서로들 얘기하고 있었으며, 그래서 내가 나타나면 모두들 몰려들어 그 믿기 어려운 소문—한 친구가 이스탄불에서 테헤란까지 걸어서 긴다더라—의 신상을 확인하고자 했다. 자동차로 주파하려면 엔진의 성능이나 소모되는 연료 등을 가늠해볼 때 이틀에서 나흘은 꼬박 가야 한다는 걸 그들은 잘 알고 있었다.

나를 이미 보았거나 황당한 소문을 들은 적이 있는 버스 운전사들은 특히 친절했고, 승객들에게도 그 얘기를 해줬다. 그러면 승객들이 모두 나를 격려해주었다. 나도 일일이 화답했다. 아주 고약한 사람들에겐 가운뎃손가락으로 하늘을 가리키는 것으로 응수했다. 다른 사람들에겐 미소를 띠고 오른손을 번쩍 들어 인사했다. 멀리서부터 헤드라이트로 신호를 보내는 제일 호의적인 사람들을 만날 때면, 나는 배낭 때문에 부자유스러운 가운데서도 두 팔과 지팡이를 마치 물레방아처럼 최대한 흔들어댔다. 하지만 시간이 지나

피로가 쌓이면 동작의 크기는 자연히 줄어들었다.

정오쯤 맞은편에서 나를 스쳐간 작은 트럭 한 대가 차를 돌리더니 내 앞으로 100미터쯤 되는 곳에 가서 섰다. 운전사가 내려서 내 쪽으로 오더니 이것저것 물었다. "어느 나라 사람이오? 어디서 오는 길이오?" 등등.

그는 시계를 들여다보았다.

"두 시간 정도 여유가 있는데, 타시오. 100킬로미터 정도는 데려다 줄 수 있으니."

내가 웃으며 거절하자 그는 어리둥절해하면서 데려다 주는 게 자신에게도 기쁨임을 거듭 밝혔다. 자신의 호의가 묵살되자 그는 아주 불쾌한 표정이었고 나도 울적해졌다. 그러니 자유로워지기란 얼마나 어려운가!

파킬라르의 정상에 오르니 해발 1,200미터였다. 군데군데 늪이 꽤 있는 것 같았다. 예니차하(Yéniçaha)에서는 사람들이 토탄土炭을 캐고 있었다. 활엽수는 없었지만 몇몇 언덕의 꼭대기에는 전나무들이 있었다. 게다가 봄 햇살을 받는 완만한 경사를 따라 사방에 경작지와 방목지가 늘어서 있었다. 길은 이렇게 천천히 오르막을 이루며 해발 1,360미터까지 다다른다. 목동이 지키는 누런 소 한 무리가 온통 녹색을 이룬 초원에 점점이 새겨진 듯했다. 울타리도 담장도 도랑도 없이 평원이 펼쳐졌으며, 다만 저 아래쪽으로 어디서나 볼 수 있는 산맥이 지평선의 끝을 이루었다. 고도가 달라지자 호두나무들이—지금이 5월 말임에도—이제 막 첫잎을 내고 있었다. 여기서 약 50킬로미터 떨어진 볼루에 이르기 전의 평원에서는 이미 호두나무에 잎이 무성했고 열매까지 달려 있었다. 연못가에서 꼬마 녀석들이 눈으로는 소떼를 지키며 지팡이로는 낚시를 하고 있었다. 이런 어린 시절이 얼마나 아득히 멀게만 느껴지던지! 바로 내 어린 시절의 일부를 이루던 장면들 아닌가. 내가 그렇게 늙어버린 것일까?

게레데(Guérédé)라는 작은 도시에 도착해서 그곳에 하나뿐인 호텔에 묵게 됐다. 이곳의 구舊시가는 작은 상점들로 가득했다. 상인들은 손님이라기보다는 친구를 맞는 것처럼 내했다. 작업대 위의 테이블이나 의자, 차와 설탕이 담긴 잔으로 가득한 쟁반 등은 살롱을 연상케 했다. 구멍가게 안은 두 사람만 들어가도 꽉 차는 느낌이었다. 가게 주인이 바느질하고 재단하고 대패질하는 동안 수다를 떠는 저 사람들은 누굴까? 친구? 손님? 납품업자? 친척? 모두들 얘기만 하고 있다……

어디에도 표시는 없었지만, 낡은 현관이 달린 건물을 찾아다니던 나는 운 좋게도 오래되고 멋진 대상 숙소를 발견했다. 콧수염이 듬성듬성 난 작은 남자가 관광객처럼 카메라를 메고 자신의 마당에 못 박힌 듯 서 있는 나를 보더니 옆에 있는 찻집에서 나왔다. 자신의 건물만큼이나 훌륭한 남자였다. 그가 인생에서 제일 중요하게 여기는 것에 내가 관심을 보이자 기뻐하는 표정이었다. 그의 이름은 셰이

트였으며 나를 기꺼이 안내했다. 포장된 직사각형 마당 주위에 삼층 건물이 있었는데, 그곳의 수많은 방에서 대상들이 머무르곤 했던 것이다. 통로와 계단의 나무는 모진 풍파에 닳아서 호박琥珀색으로 변해 있었다. 오랜 시간이 흘러 썩어버린 나무 난간은 사고를 예방하기 위해 철책으로 뒤를 받쳤다. 몇몇 방의 문 위에는 구멍이 뚫려 있었는데, 연통을 집어넣기 위해서인 듯했다.

이곳이 멋진 이유는 바로 이런 낡은 흔적 때문이 아닐까. 셰이트는 문 하나를 열고 내려가면서 따라오라고 했다. 그곳은 예전에 말들이 쉬던 지하 마구간이었는데, 지금은 작은 말 한 마리가 편히 쉬고 있었다. 그는 말을 쓰다듬으며 얘기를 계속했다. 가련한, 너무도 가련한 셰이트는 자신의 대상 숙소가 무너져내리는 걸 속절없이 지켜볼 뿐이었다. 그는 지붕을 수리해 이곳을 보존하려고 정부에 도움을 요청했지만, 2년째 대답을 기다리는 중이었다. 안타까운 일이지만, 실크로드의 역사를 증언해주는 이런 멋진 기념물도 다른 많은 건물들처럼 조만간 사라져버릴 것이다.

우리가 대화를 나누는 동안 한 무리의 사람들이 찻집에서 나와 끼어들었다. 화제는 대상 숙소가 건설된 시기로 옮겨갔다. 셰이트도 그 시기에 대해서는 잘 모른다며, 600년 전쯤이 아니겠느냐는 의견을 내놓았다. 그러자 이제까지 아무 말도 하지 않던 메흐메트라는 노인이 좀더 정확한 설명을 했고, 모든 사람들이 경청했다. 그는 침착하게, 일부러 쉬운 말로 하려고 애쓰며, 수첩에 메모도 해주고 내 사전을 뒤적이기도 하면서 말을 했다. 이 대상 숙소, 아니 더 정확히 말하자면 이 '한'은 오스만이 등장하기 이전에 지은 것이었다. 결국 800년 가까이 거슬러 올라간다는 얘기였다. 그 증거로서, 그는 '한'이라는 이름 안에는 킬리셀리(kiliseli, 그리스 정교회의 예배당)라는 뜻이 담겨 있다는 사실을 들었다. 이는 이슬람 사원이 아니라 교회의 소유임을 의미한다. 원래 이슬람 사원들은 사원 근처에 시장이나 노점, 대상 숙소 등과 같이 관련된 건물들을 세운다고 했다. 그래서 그 수입으로 종교 건물을 유지한다는 것이다. 볼루의 '한'이 그 예라고 할 수 있다. 게레네의 가톨릭 교회 같은 경우도 마찬가지일까? 나는 이 이론에 대한 어떠한 확증도 발견할 수 없었다. 그리고 설득력 있는 의견이라고 보기도 어려웠다. 많은 교회들이 오스만의 정복 이후에도 살아남았으며, 케말 아타튀르크의 혁명 이후 마지막 그리스 기독교인들이 떠난 후에야 비로소 폐기되었던 것이다. 그들 주변에서 대상 숙소의 흔적이 발견되는 것은 다른 이유 때문일 것이다.

5월 27일 아침, 도시를 떠나는 내 기분은 활기찬 편이었다. 발도 거의 나았고 붕대를 편안하게 다시 매서 고통스럽지도 않았다. 하늘엔 구름이 잔뜩 끼어 있었고 공기는 서늘하고 투명했다. 길은 직선으로 쭉 뻗어나가다가 산비탈에서 약간 구부러졌다. 저 아래 기와집들이 있는 작은 마을들이 우스꽝스러울 정도로 작아 보였으며, 바늘처럼 뾰족한 이슬람 사원의 하얀 첨탑이 풍경 속에 그 마을들을 고정해 놓은 것 같았다. 하늘에 흘러가는 구름이 그림자로 코루흘루(Korouhlou)를 에워싸고 있었다. 코루흘루는 약 50킬로미터 떨어진 곳에 있는 뾰족한 산이었다. 해발 2,100미터에 이르고 아직도 겨울에 내린 눈이 녹지 않고 있었다. 교차로에서 순찰 중인 경찰차 한 대를 만났다. 영어를 하는 경찰 한 사람이 다가와서 말을 걸었다. 그는 나를 차 있는 곳까지 데려가더니 코카콜라 한 병을 건네주었다. 다시 한 번 확인한 사실이지만, 교통업무만을 담당하는 경찰들은 반反테러 업무를 주로 다루는 헌병 혹은 대체로 거만하고 그럼으로써 자신들이 얼마나 필요한 존재인지 과시하려 드는 군인들에 비해 덜 공격적이었다.

　이따금 내리는 비가 대기를 더욱 상쾌하게 만들었으며, 이런 서늘한 날씨야말로 걷기에는 안성맞춤이었다. 돌이켜 생각해보면, 13일 전부터 계속된 강행군에 몸의 근육들이 적응을 한 것 같았다. 짐도 덜 무겁게 느껴졌다. 분당 맥박수도 쉴 때는 60까지 내려갔고 걸을 때에도 85까지만 올라갔다. 훈련받은 육상선수들이 그러하듯 나도 즉시 피로가 회복됐고, 그래서 이젠 휴식을 많이 취하지 않고도 줄기차게 몸을 움직일 수 있었다. 예순하나의 나이, 삼순호에 타고 있을 때는 걱정도 많았지만 육체의 젊음이 다시 찾아온 것 같았다. 내 신체기관을 내가 뛰어든 모험에 적응시키는 것, 이 첫 싸움에서 나는 승리한 모양이다. 나는 세포 하나

하나마다 취기 같은 것을 느꼈다. 이 환상적인 풍경 속에서 몸이 공중에 뜨는 듯했다. 마침내 보행자의 열반(涅槃)에 들어선 것이다.

작년에 콤포스텔라를 방문했을 때 스페인의 고원에서 그랬던 것처럼 나는 신(神)들과 친숙해졌다. 그런 경지에 이르기 위해서는 세 가지 상황이 충족되어야 한다. 첫째로 완벽한 고독, 이는 구름 속으로 날아오르기 위해서 가장 중요하고 근본이 되는 조건이다. 비밀과 경계심이 너무도 많아 일부러 거리를 두는 신들은 단체 여행자들에게는 문을 열어주지 않는다. 하지만 올림포스 신전에 받아들여지기 위해서는 혼자인 것만으론 부족하다. 장소를 잘 택해야 하는 것이다. 대도시의 방에 혼자 있는 것은 고독이라 할 수 없다. 제단에 다가서기 위해서는 무한한 공간을 골라야 한다. 나는 산을 좋아하지만, 바다에서도 똑같은 광대함을 느끼는 사람들이 있을 것이다. 수평선 외엔 아무것도 시선을 가리는 것이 없을 때 혹은 시선이 하늘과 맞닿아 있는 산꼭대기를 향할 때, 니르바나(Nirvana, 열반)는 그리 멀지 않다. 하지만 이것 역시 충분하지 않다. 다른 것들 못지않게 중요한 마지막 조건은 육체와 정신 사이의 완벽한 조화다. 걷는 동안 매일매일 계속된 훈련으로 적응되고 매끄러워진 근육들이 가장 이상적인 상태에 이르게 되는 때가 있다. 이는 땀이 줄어들고 또 유연해진 관절들이 우발적인 사고에 적절하게 대처하는 것으로 확인할 수 있으며, 바로 이때 신비스러운 연금

술이 작용하여 몸이 떠오르게 되는 것이다. 정신, 그 순수한 정신은 광야와 초원 혹은 산꼭대기 위로 날아오른다. 무한함 속에서 보이지도 않고 나비처럼 가볍게 날아올라 모래바다 속의 모래알이 되는 그때, 우리를 가두고 있던 일상이라는 감옥의 창살이 순식간에 부서져버린다. 그제야 비로소 천국의 문이 열리는 것이다. 이 길을 걸으며, 나는 성 바울로가 다마스쿠스(Damascus)로 가며 보았던 빛나는 환상을 자주 생각한다. 그는 기사였던가(사람들이 뚜렷한 증거도 없이 종교적인 상상력을 동원하여 그리 말하듯) 혹은 가톨릭 세계의 면모를 바꾸어놓은 짐수레꾼이었던가.

순례자와 같은 이런 행복은 오래가지 않았다. 시간이 얼마나 지난 것일까? 정확히 계산하기는 어렵다. 감동이 흘러넘쳐 마음이 혼란스러울 정도로 흔들렸기 때문이다. 길가의 조약돌 하나가 이 예민한 균형을 깨버렸고, 무엇보다 괭이에 기대고 있던 한 농부가 하던 일을 멈추고 내게로 와서 말과 몸짓으로 인사를 한 탓에 나는 현실로 되돌아왔다.

점심시간이 되어 나는 한 로칸타(lokanta, 거리에서 흔히 볼 수 있는 대중 식당으로 셀프서비스 형태)에서 훌륭한 타스케밥(tas kebab, 케밥은 얇게 썬 쇠고기·양고기·닭고기 등을 바비큐식으로 즉석에서 구워 각종 샐러드와 함께 넓고 얇은 빵에 얹어 말아먹는 터키 전통음식)을 먹었다. 값은 평소의 두 배를 지불해야 했다. 달리 어쩌겠는가? 이 나라에서는 아무 데도 가격이 표시돼 있지 않다. 손님을 맞으면서, 계산대에서 또는 손님이 나갈 때 가격이 정해지는 것이다. 오늘 같은 경우 식당 주인은 내가 관광객이므로 바가지를 씌워도 괜찮겠다고 판단한 모양이다.

5킬로미터쯤 갔을 때 또 다른 로칸타에서 한 남자가 나오더니 쾌활하게 말했다.

"구엘, 차이!"

식당 주인이었다. 그는 거의 강제로 나를 자기 가게 안으로 끌고 들어갔다. 나는 별수 없이 차를 마시겠다고 했다. 하지만 그는 종업원들에게 손짓을 해 평소 내가 좋아하는 메제 요리를 차려왔다. 메제가 특히 마음에 드는 건 입맛대로 선택해서 음미해 볼 수 있는 다양한 맛 때문이다. 그는 공짜니까 염려하지 말라고 했다. 사양하려고 했지만 소용없는 일이었다. 나는 이미 케밥으로 포식한 상태였지만, 그는 내가 그의 호의를 받아주기를 한사코 원했고, 나는 어떻게 내가 이미 식사를 했다는 사실을 설명해야 할지 난감할 뿐이었다. 그를 실망시키지 않으려면 조금이라도 먹는 수밖에 없었다.

소화를 시키려면 빨리 움직여야겠다고 굳게 결심하고 다시 길을 떠났다. 그런데 미니 버스 한 대가 옆으로 다가오더니 데려다 주겠다고 한다. 고맙긴 했지만 걷는 게 더더욱 필요한 상황이었기에 거절했다. 그러자 운전사가 안심시키듯 말했다.

"당신한테는 공짜야."

내가 이해하지 못했다고 생각했는지 승객들도 함께 소리쳤다.

"파라 욕, 파라 욕(돈 없어도 돼, 돈 없어도 돼)!"

나는 이런저런 핑계를 늘어놓았고 또 걸을 만큼 충분히 기력이 있다는 것을 보여주었다. 타인의 배려가 때로는 피곤한 일이다.

내 계획은 골짜기에 자리 잡은 데레쾨이(Dereköy)라는 마을에서 하룻밤을 보내는 것이었다. 35킬로미터 정도 떨어진 곳이다. 마을이 시야에 들어올 즈음, 자연이 만든 테라스 같은 곳에 앉아 드넓은 골짜기를 바라보았다. 100번 국도는 계속 동쪽으로 이어졌고, 저 아래 교차로의 길은 북쪽과 흑해를 향해 뻗어 있었다. 내가 있는 곳에서 이스멧파사(Ismetpaşa)가 보였다. 지도에 표시되어 있는 작은 역이었다. 오후 다섯 시, 몸 상태는 좋다. 상식적으로 생각하자면 여기서 멈춰야 할 것이다. 하지만 내 속의 그 못된 악마가 나를 다시 떠민다. 신중해야 하는 건 알지만 나는 이미 이스멧파사를 향해 초원을 가로질러 내려가기 시작했다.

내 힘을 과신했던 것 같다. 비탈을 내려간 지 얼마 되지도 않아서 상처가 도졌고, 이스멧파사는 마치 신기루처럼 다가갈수록 멀게만 느껴졌다. 결국 목적지에 도착했을 때는 너무도 지쳐 있었다. 집들은 작고 더럽고 낡아보였다. 튼튼하고 깨끗한 건물은 길에서 쑥 들어간 곳에 있는 역뿐이었다. 나는 한 찻집을 골라 들어갔는데, 그곳 주인은 무스타파라는 예순다섯 살의 은퇴한 남자였다. 나는 그에게 대충 설명을 했고—사실 내 여행을 요약한답시고 서툴게 횡설수설했을 뿐이지만—오늘 저녁 이곳에서 머물고 싶다고 밝혔다. 그는 놀랍도록 과묵했다. 그가 옆의 골방으로 가더니 달걀 네 개를 가져와서 차 끓이는 그릇에 넣고 익혔다. 우리는 아무 말 없이 빵과 소금을 곁들여 달걀을 먹었다.

어떻게 해야 할지 알 수가 없었다. 다시 떠나야 하나? 다른 숙소를 찾아봐야 하나? 집주인은 여전히 말이 없는 채 일어나서 차를 대접한 후 나를 두고 나가버렸다. 이미 오래전에 고장 난 것으로 보이는 냉장고 진열장과 네댓 개의 더러운 테이블만이 이 '찻집'을 이루는 가구의 전무였다. 그중 한 테이블 위에 카드와 일종의 도미노라고 할 수 있는 스티라(stira) 도구 등이 널려 있었다. 시멘트 바닥에는 습기를 흡수하기 위해 모래가 뿌려져 있고, 벽에는 칠한 흔적이라고는 찾을 수 없었다. 무스타파가 달걀을 가지러 갔던 골방은 아귀가 맞지 않는 널빤지로 막아 홀과 분리돼 있었는데, 그 틈새로 바닥에 놓인 매트리스가 보였다. 집주인의 침대임에 틀림없으리라.

무스타파는 사람 좋아 보이는 사십 대 남자와 함께 돌아왔다. 체니즈라는, 철도청에서 선로를 관리하는 크레인 운전사였다. 그는 오늘 밤 자신의 집에서 묵으라고 말했다. 체니즈는 기차를 정박시키는 레일 위에 세워진 한 객차칸에서 살고 있었다. 그의 집 옆에서는 꼬마들이 근처 연못에서 그물로 잡은 물고기를 굽고 있었는데, 기특하게도 우리에게 나누어주기까지 했다. 저녁식사를 준비하기 전에, 체니즈는 객차 위에 설치된 위성 TV 안테나를 오랫동안 조절하면서 오로지 나를 기쁘게 해주기 위해서 프랑스 채널을 찾으려고 애썼다. 마침내 프랑스 채널을 찾아냈다. 흡족했는지 그가 만면에 웃음을 띠고 사라졌다. 체니즈는 치아 건강을 선전하는 광고에 나와도 될 정도로 하얗고 완벽한 이를 지니고 있었다. 내가 만난 대다수 사람들의 이가 썩거나 뿌리만 남아 있었던 것을 생각해보면, 참으로 드문 경우였다. 그가 나를 위해 찾아준 방송에서는…… 주식 시세를 알려주고 있었다. 그가 기뻐하는 걸 봐서라도 무척이나 즐거운 체할 수밖에 없었다. 나는 종합주가지수를 억지로 귀 기울여 들었다.

아이들이 알려줬는지 이웃 학교의 교사들이 객차의 사다리를 타고 올라와서는 나와 얘기를 나누었다. 그들 가운데 하나는 내가 터키어를 하는 수준으로 프랑스어를 했지만, 그래도 우리는 빨갛게 달구어진 작은 프라이팬이 좁은 공간을 숨막히게 하는 그곳에서 늦게까지 이런저런 대화를 했다. 덕분에 터키의 학제가 어떻게 이루어져 있는지도 알 수 있었다. 밤사이 몇 번이나 기차들이 이 작은 역 안을 오가곤 했지만 체니즈는 결코 잠을 깨지 않았다. 아마도 그는 디젤 엔진의 망치질하는 듯한 소리를 자장가 삼아 자는 데 익숙해진 모양이었다.

동이 틀 무렵 잠에서 깼다. 전날 47킬로미터를 걸었는데도 별다른 피로를 느끼지 못했다. 하지만 합리적으로 판단해서 오늘만큼은 무리하지 않기로 결심했고, 여기서 28킬로미터 떨어진 체르케슈(Çerkeş)에서 멈추리라 마음을 먹었다.

5. 맹견 캉갈

비록 마음은 시골 마을과 작은 길을 택하고 싶었지만, 막 회복기에 접어든 발 상태를 고려해 국도를 타기로 했다. 날씨는 온화하고 습해서 걷기에 딱 좋았다. 정오가 되자 처음엔 수줍은 듯하다가 본격적으로 뜨겁게 달아오르기 시작한 태양이 나를 꿈같은 길로 인도했다. 마침내 내가 제일 좋아하는 상태에서 산책을 할 수 있게 된 것이다. 처음 몇 킬로미터를 걷고 나자 몸이 날아오를 듯 가벼워졌다. 배낭의 무게도 느껴지지 않았고, 오로지 여행자의 순수한 정신만으로 어려움 없이 전진했다. 이따금 야생적이고 평범한 주위 풍경의 아름다움을 접하면서 현실로 돌아왔다. 저 멀리까지 펼쳐진 탁 트인 경치, 완만하게 경사진 언덕은 키 작은 풀들로 덮여 있었고 나무는 드물었으며, 이 모든 걸 태양이 온통 금빛으로 물들이고 있었다. 햇볕이 내 몸을 태우기 시작하자 나는 챙이 넓은 천 모자를 써서 머리를 보호했다. 이제 완벽한 방비가 된 셈이다. 몸과 발의 상태도 만족스러워 더는 고통이 느껴지지 않았다. 오직 내 정신만이 초원 위를 날고 있었다. 나는 걸으면서 선 채로 꿈을 꾸었다.

철학자 미셸 세르(Michel Serre)는 수동성은 "야만적인 것의 다른 형태"라고 했다. 이러한 일상의 노력, 멀고 먼 목표를 향한 알 수 없는 그러나 강렬한 부추김 그리고 유익한 땀방울을 통해 나는 하늘로 날아오르고, 어린 시절과 두려움과 고정관념의 사슬에서 해방된다. 나는 사회가 얽어맨 줄을 끊고, 안락의자와 편한 침대를 외면한다. 행동하고 생각하고 꿈꾸고 걸으므로 살아 있는 것이다. 걸으면서 몽상하기란 쉽지만, 서면서 생각하기란 쉬운 일이 아니다. 날아오르는 독수리, 흘러가는 구름, 도망치는 산토끼, 엉뚱하게 마주치게 되는 교차로, 이름 모를 꽃의 진한 향기, 목동의 외침 혹은 끝없이 펼쳐진 언덕의 흰 물결. 이렇듯 보이고 들리고 느껴지는 모든 것들이 생각을 계속 이어갈 수 없게 만들기 때문이다. 매 순간, 걷는 이는 수많은 사소한 사건들에 이끌려 명상에서 벗어나 자신의 길로 되돌아오게 된다.

걷는다는 것은 꿈꾸는 자에게 더욱 관대하다. 심사숙고할 때와 달리 몽상은 일단 끊겼다가도 별 어려움 없이 다시 그 맥을 이어갈 수 있다. 날아오르는 황새, 지분거리는 벌레, 타는 듯이 붉은 진홍빛 꽃, 신발에 부딪치는 특이하게 생긴 조약돌 등은 오히려 상상력을 자극하기 때문이다. 그리고 길을 가며 생각에 골몰했다가 공상에 빠져드는 것도

드문 일은 아니다. 나는 종종 어떤 친구나 사랑했던 여인과
아주 흡족한 대화를 나누게 될 때가 있다. 그 기억을 더듬
어보면, 내 스스로 질문과 대답을 조절해나갈 수 있었기에
모든 것이 쉽게 느껴졌던 것 같다. 그리고 이런 대화 중에
는 아무도 나를 비난하지 않을 것이기에 내 잘못을 인정하
는 것도 수치스러운 일이 아니었다. 여행 중에 가끔은 오랜
벗에게 몇 마디 적어서 보내기도 한다. 오랫동안 얼굴도 못
보고 살다가 세상의 다른 쪽 끝에서 온 카드를 받은 친구는
아마 놀랄 것이다.

　　길을 가면서, 나보다 앞서 이 길을 걸어간 사람들과
자주 교감하곤 한다. 예를 들면, 1245년 교황의 명을 받고
이곳을 지나간 조반니 카르피니〔Giovanni de Piano Carpini,
1182?~1252〕 같은 사람이다. 하루라도 빨리 위대한 칸의 궁
궐에 도착하고 싶었던 그는, 미국인들이 애용하는 '포니 익
스프레스〔Pony Express, 미국 몬태나 주 세인트조지프와 캘리포니
아 주 새크라멘토 사이를 말을 타고 우편물을 배달한 릴레이식 우
편배달 체계)'의 선조 격이라고 할 수 있는 몽골식 연락체제
를 이용했다. 기수는 하루에 일곱 번까지 말을 갈아타곤 했
다. 다음 주자가 보이자마자 기수는 종을 흔든다. 그러면 새
로운 말에 안장이 얹혀지고 달릴 채비를 갖춘다. 기수는 지
친 말에서 내려 씩씩한 새 말에 올라탄 다음 전속력으로 다
시 길을 떠난다. 이러한 기수들 덕분에 몽골의 황제들은 중
국의 바다에서 서유럽 경계까지 이르는 제국에서 일어나는

모든 일에 대해 수시로 보고를 받았다.

여기에 겹쳐지는 것이 또 다른 여행자, 빌렘 반 뢰이즈부르크의 그림자다. 프랑스 왕 루이 9세의 명령을 받은 그가 스텝 지역에 가끔 모습을 나타내곤 했다. 그는 마르코 폴로보다 훨씬 전에, 그 이름만으로도 서양의 가장 늠름한 전사들마저 떨게 했던 타타르족을 만났다. 하지만 그의 이름은 역사 속에 묻히고 오직 마르코 폴로의 이름만이 유명해진 것이다.

이 영광스러운 여행자들이 이 땅을 밟고 지나간 이후 이곳의 풍경은 어떻게 달라졌을까? 아스팔트가 깔린 길과 늘어선 신신수들? 하지만 아스팔트에서 몇백 미터만 떨어져서 보면 모든 것이 변함 없음을 알 수 있다. 밭과 언덕, 산 그리고 경작지와 집, 농부들, 모든 것이 그대로다. 양무리를 지키면서 나에게 손짓을 하는 저 목동들도, 기억할 수도 없는 먼 옛날부터 외로운 여행자들 혹은 대상의 긴 행렬이 지나가는 것을 지켜봐온 그들의 조상들과 똑같은 삶을 살고 있다. 성 바울로의 자취가 이곳을 온통 뒤덮고 있다. 그는 10년 동안 이 지역에서 3만 킬로미터 이상을 이동한 셈이다. 대부분 걸어서였다. 그가 복음을 전파하려고 다가갔던 목동들은 지금과 달랐을까?

수도자와 대상들만 이 길을 독점했던 것은 아니다. 무시무시한 군대들 또한 이곳에서 갑작스럽고도 격렬하게 전투를 벌였다. 도시들이 대부분 방어하기 좋은 계곡 사이에 자리를 잡은 것도 바로 이런 이유 때문이다. 작은 마을들은 자연 속에 녹아들어 거의 보이지 않을 정도로 숨겨져 있다. 땅에서 바로 파낸 흙으로 지은 집들은 애초의 회색과 붉은 색을 그대로 간직하고 있다. 예전에 짚이나 히스 뿌리로 만들어 덮던 지붕이 지금은 기와로 바뀌어서 완만한 산비탈 위에 선명한 점들처럼 눈에 띌 뿐이다.

터키의 대부분의 도시들이 그러하듯이 체르케슈 또한 국도에서 벗어난 곳에 있다. 그곳에 이르기 전, 나는 고기 수출을 전문으로 하는 거대한 축산물 가공 공장을 따라 걸었다. 그곳은 1만 명의 직원들이 밀집해 있는 이 도시의 주요 기업체였다. 공장이 가져다 주는 수입 덕분에 이 오래된 도시 주변에는 요란한 색깔의 집단 거주지역이 형성됐지만 도시 중심은 나무와 진흙으로 만든 작은 전통가옥들이 버려진 채 폐허가 되어가고 있었다.

호텔은 안락했다. 새벽 다섯 시, 소란스러운 소리에 잠을 깨지만 않았더라면 조용한 밤을 보낼 수 있었을 것이다. 체르케슈에는 열두 개의 사원과 그 수만큼의 사제들이 있었다. 기도시간이 되면, 사제들은 각각 신자들을 끌어모으기 위해 자신이 가장 아름다운 목소리를 가졌음을 보여주려고 애쓴다. 그래서 확성기의 볼륨을 최대한 높인다. 한 사람이 코란의 첫 구절을 낭송하기 시작하면, 곧 열두 개의 확성기들이 앞을 다투어 소리를 질러댄다. 마치 첫 대목을 놓친 사람들이 노래의 볼륨을 높임으로써 처진 부분을 따라잡으려는 것처럼 말이다. 노래라니, 내가 무슨 말을 하는 건가! 아마도 예전에는 사제가 첨탑에 올라가서 노래를 했을 것이다. 하지만 지금 듣기엔 노래가 아니라 소리지르는 주머니, 뒤죽박죽된 음, 소란, 소동, 소리지르기 대회라고나 해야 할 것이다. 첨탑 위에서 떨어진 소리가 옆 첨탑의 소리들과 부딪쳐 튀어오르고 방 안으로 온통 뒤섞여 들어온다. 저 위 천국에 있는 알라도 귀를 막고 있으리라. 알라와 나, 우리 둘은 한시라도 기도가 빨리 끝나기를 초조하게 기다린다.

오후로 접어들자 트럭들의 교통량이 늘어났다. 이곳에 미련도 없었고 노 병온함에 굶수려 있었으므로 나는 국도를 버리고 남쪽으로 내려갔다. 지도에는 대로와 평행을 이루는 짧은 구간이 표시돼 있었는데, 작은 마을들과 계속 이어지면서 밭을 가로지르는 길이었다. 아직 덜 회복된 발에는 유감스러운 일이지만 나는 흙길을 걷고 싶었다. 처음 눈에 띈 바칼(상점)에서 점심으로 먹을 마른 과자와 과일 주스 한 병을 샀다. 늘 똑같은 끼닛거리였다. 하지만 도시에 도착하면 보충할 생각이었다.

방향을 잡는 데는 아무 문제가 없었다. 북쪽으로 몇 킬로미터 떨어진 곳에 있는 주主도로는 늘어선 트럭들 덕분에 쉽게 찾을 수 있었다. 귀가 먹먹해질 정도의 소음이 미풍에 실려 간헐적으로 들려왔다. 오른쪽으론 거대한 수풀이 장벽을 이루어서 뚫고 나갈 엄두를 내지 못할 정도였다. 지도에 표시된 온천 도시를 주변에서 찾아보았지만 아무것도 없었다. 예전에 그 도시가 있었을 법한 곳에서 조약돌 무더기를 발견했을 뿐이다. 아마도 폐허가 된 듯했다. 나는 폐허를 좋아한다. 꿈을 꾸게 해주기 때문이다. 그곳을 이루던 벽이며 세월이 지나면서 허물어진 기둥들을 내 마음대로 건설할 수도 있다. 좀더 가까이서 주변을 한 바퀴 돌아본 다음 가벼운 식사를 하기로 했다.

조금 떨어진 곳에 양떼가 누워 있는 것이 보였다. 목동도 개도 눈에 띄지 않았다. 양들은 스스로 자기들을 지키고 있는 듯했다. 생각해보면 이유는 간단했다. 아무런 기복도 없이 평탄한 평원이니까 사람들이 먼 곳에서 양떼를 지켜보고 있을 것이다. 나는 가까이 다가갔다. 폐허가 된 곳에는 옛날 집들의 낮은 담장이 남아 있었다. 커다란 돌멩이들이 널려 있는 이곳에는 아직도 집터와 길의 흔적을 볼 수 있었다. 저쪽으로 네 개의 벽이 높이 솟아 있고 위로는 나뭇가지가 지붕처럼 덮여 있어 은신처처럼 보였다. 안장이 놓인 나귀 한 마리가 폐허더미 가운데서 풀을 뜯고 있었다. 예쁜 그림이었다. 나는 배낭을 내려놓고 카메라를 꺼내 나귀에게 다가갔다. 나귀가 고개를 들더니 무덤덤한 표정으로 잠시 나를 쳐다보고는 다시 풀 뜯는 일에 열중했다. 나귀와 15미터 정도 떨어진 곳에 다다랐을 때 나는 겁에 질려 그 자리에 멈춰 서고 말았다. 양떼 가운데서 털 색깔이 밝은 개 두 마리가 뛰어나오더니 컹컹 짖으며 달려들었기 때문이다. 양떼와 거의 같은 색이어서 미처 알아보지 못했다. 엄청나게 몸집이 큰 놈들이었고, 나는 추호의 의심도 없이 놈들의 정체를 알 수 있었다. 바로 캉갈이었다!

이 무시무시한 개들은 터키인들의 자랑거리 중 하나다. 외국인에게 파는 것도 금지돼 있다. 힘 좋고 공격적인 캉갈의 임무는 양떼를 지키는 것이며, 늑대와 곰 같은 야생동물을 공격하도록 훈련을 받는다. 맹수에게 죽임을 당하지 않도록 개 목걸이에는 송곳 모양의 강철이 박혀 있다. 어떤 프랑스인에게 들은 얘기가 생각났다. 자동차를 몰던 중에 캉갈이 쫓아왔다는데, 시속 70킬로미터로 달렸지만 캉갈은 아무 어려움 없이 자동차를 추격했다고 한다. 그런데 바로 그 괴물들이 내게 달려들고 있는 것이다. 나는 정신없이 주위를 둘러보았다. 목동은 어디에 있는 걸까? 나뭇잎들이 지붕처럼 덮인 오두막 위에? 나는 비명을 질렀지만 아무 대답도 없었다. 나는 계속 소리를 지르며 배낭 쪽으로 뛰어갔다. 겁에 질린 나머지 목소리가 찢어지는 듯했다. 오른손에는 카메라를 쥐고 있었다. 그걸 놓지 않은 채 왼손으로 지팡이를 잡았다. 시속 70킬로미터로 뛰지도 못하는데 도망쳐봤자 소용없는 일이다. 정면으로 맞서는 수밖에 없었다. 놈들은 나를 덮치려고 몸을 세웠는데, 그 다리만 해도 내가 좀 전에 사진을 찍으려고 했던 나귀만큼이나 커보였다. 입술이 바짝바짝 말랐고 심장이 멎는 듯한 느낌이었다. 머릿속으로는 이미 놈들의 이빨이 내 팔과 다리를 갈기갈기 찢어놓는 상상을 하고 있었다. 칼조차 손에 닿는 곳에 없었다. 배낭 주머니 깊숙한 곳에 정성스럽게 챙겨놓았던 것이다. 비록 큰 도움이 되지 않는다 할지라도 캉갈의 송곳니 하나만 한 크기의 그 주머니칼을 어떻게든 손에 쥐어야 할 텐데!

예전에 친구 알렉시스가 개 달래는 방법을 장황하게 설명해준 적이 있다. 일단 개와 거리를 유지하기 위해 지팡이를 위협적이지 않도록 겨누어야 한다. 하지만 개가 두 마리일 때는 어떻게 해야 하는지, 친구는 알려주지 않았다. 이론과 실제 사이에 존재하는 이 차이를 감안하며 임기응변으로 대처하는 수밖에 없었다. 나는 등을 벽에 기대고 서서 한 놈 한 놈 번갈아가며 지팡이를 겨누었다. "엎드려!" 하고 소리도 치며. 당연히 놈들은 프랑스어를 알아듣지 못했다. 입에 거품을 물며 두 놈 모두 잔뜩 흥분한 상태였다. 목에는 송곳 모양의 강철이 번쩍이는 그 유명한 목걸이를 하고 있었는데, 10센티미터는 족히 돼보이는 그들의 송곳니만큼이나 예리했다. 다행스럽게도 두 놈이 모여 있었기에 놈들이 공격해오더라도 한쪽만 방어하면 될 것 같았다. 지팡이로 방어하는 방법은 분명 효험이 있었다. 빛나는 송곳니 위로 입술을 추켜올리며 으르렁거리고 거품을 물긴 했지만, 놈들과 내 거리는 여전히 유지되고 있었다.

나는 한 가닥의 침착함이랄까, 적어도 희망 같은 것을 되찾을 수 있었다. 그러자 엉뚱한 생각이 떠올랐다. 여전히 손에 카메라를 들고 있었으므로 사진을 한 장 찍어두자는 것이었다. 그러면 놈들이 나를 물어뜯더라도 최소한 무슨 일이 일어났는지 사람들이 알 수 있을 것이다. 한 손으로는 지팡이를 놈들의 주둥이에 잔뜩 긴장한 채로 겨누면서, 어림잡아 거리를 조정해서 셔터를 눌렀다. 나는 해를 마주보고 있었고, 내 카메라는 아주 성능 좋은 최신 모델이었기에 역광으로는 사진이 찍히지 않았다. 그래서 플래시가 터졌다. 깜짝 놀란 개들이 주춤했다. 계속 짖어대기는 했지만 사나운 기세는 없어진 듯했다. 한 놈이 잠잠해지더니 두 발자국 물러났다가 되돌아와서는 한 번 컹 짖고는 다시 물러났다. 조금 대담해진 나는 이번엔 놈들을 앵글 안에 잘 넣어서 사진을 한 장 더 찍었다. 물론 지팡이는 여전히 놓지 않은 채로. 플래시가 다시 터졌다. 놈들이 몇 미터 뒤로 물러났다.

　나는 움직이지 않았다. 놈들이 도망치는 걸 절대로 방해해서는 안 되기 때문이다. 여전히 흥분한 상태였지만 놈들은 나와 거리를 두고 있었으며 다시 양떼 쪽으로 가더니 나와 양떼 사이에 누워 무리를 보호했다. 고요함이 다시 찾아왔다. 나는 깊이 숨을 들이마신 다음 나 자신을 책망했다. 얼마나 어리석은 짓이었던가. '양들을 피해라. 캉갈은 늘 멀지 않은 곳에 있다.'고 사람들이 경고하지 않았던가. 그들이 구체적으로 설명해준 적도 없었는데, 캉갈의 색깔이 지옥처럼 검은색일 거라고 생각하며 방심하고 있었다. 그런 탓에 양떼 주위에서 검은색만을 찾았던 것이다. 내가 늘 보았던 것은 양떼로부터 조금 떨어져서 주인 옆에 있는 개들이었다. 그래서 캉갈이 양떼 한가운데에 누워 있으리라고는 생각하지 못했다. 양이 개를 무서워할 것이라고 생각했으니까. 색깔로 말하자면, 캉갈은 잡종이 아니라면 양만큼이나 흰색이었다. 훗날 알게 된 일이지만, 쿠르드인이 기르는 캉갈은 늑대와 곰에게 잡히지 않도록 귀와 꼬리를 자른다. 하지만 내가 처음 맞닥뜨린 그 두 놈은 꼬리가 아주 길고 물음표 모양으로 감아올려져 있었으며 귀도 멀쩡했다.

위험에서 벗어나자 나는 돌 위에 주저앉아 잠시 숨을 돌렸다. 떠나는 게 나을 것 같았다. 하지만 작은 나귀 사진은 꼭 찍고 싶었다. 그 녀석 또한 나를 속였다. 안장이 올려져 있었으므로 멀지 않은 곳에 목동이 있으리라 생각했던 것이다. 나는 천천히 다가갔다. 10미터쯤 떨어진 곳까지 가자 캉갈 두 마리가 다시 나를 덮치려고 했다. 나는 반쯤 겁먹고 반쯤은 재미있어하며 그 자리에 멈춰 섰다.

'알았어, 알았다고. 너희들이 나귀를 보호한다 이거지. 그럼 내가 단념하마. 뭐 안장 있는 터키 나귀 사진 하나 없다고 해서 사는 데 지장이 있는 건 아니니까.'

지팡이를 계속 놈들에게 겨눈 채 눈으로는 그놈들을 계속 주시하며 배낭 있는 곳까지 물러났다. 그리고 놈들이 진정하도록 내버려두었다. 카메라를 챙기고 배낭을 둘러멘 다음, 폐허더미와 동물들에게 등을 돌리고 떠나려고 했다. 그때 누군가 나를 불렀는데 바로 목동이었다. 그는 버섯을 따러 갔던 것이다. 예상과 달리 캉갈들은 주인에게 달려와 인사를 하지 않았다. 우리는 담소를 나누었다. 그의 이름은 아뎀이었다. 그가 보호해준 덕분에 마침내 그를 나귀와 나란히 세우고 사진을 찍을 수 있었다. 나귀를 찍고 나니 그 무시무시한 보호자들을 클로즈업해서 찍고 싶었다. 줌 기능이 있으니까 멀리서 말이다. 아뎀이 개 목걸이를 잡고 있어서 나는 카라카슈라는 이름을 가진 개에게 조심스럽게 다가갔다. 사납게 으르렁거리는 소리가 마치 거리를 유지하라고 경고하는 듯했다. 이 맹견들은 주인의 명령까지 포함해서 아무것도 두려워하지 않는다.

목동은 초원에서 솟아나는 맑은 물의 원천을 알려주었다. 거기가 바로 온천장이었다. 우리는 내가 가져온 과자를 나누어 먹었고 온천수를 마셨다. 그는 그 물의 효능을 잘 모르는 듯했다. 캉갈들도 이 물을 마시면 관광객을 싫어하는 본능이 좀 잠잠해질지도 모른다.

다음에 도착한 마을에서는 꼬마들이 선물을 달라고 졸라댔다. 여행을 떠난 이후 처음 있는 일이다. 한 녀석에게는 옷에 붙어있던 배지를 주었고, 다른 녀석에게는 남아 있는 과자를 주었다. 기막힌 시골 풍경을 보다가, 하마터면 길을 가로지르던 머리가 붉은 뱀을 밟고 지나갈 뻔했다. 그랬더라도 나는 아마 기뻐했을 것이다. 캉갈과 이미 맞부딪쳐본 사람은 이렇게 작은 적수 앞에서 겁쟁이처럼 굴지 않게 된다. 비록 그 적이 독으로 무장한 고약하기 이를 데 없는 녀석일지라도 말이다. 프랑스에서거건 터키에서거건, 사람들이 수도 없이 얘기했던 위험들 중의 하나를 극복한 것에 만족스러워하며 나는 아주 유쾌한 기분이었다. 이제부터는 다른 위험과 마주치게 되더라도 겁에 잔뜩 질리긴 하겠지만 견뎌낼 수 있을 것이다.

작은 마을을 가로지르는 강을 따라 걷고 있는데, 낮은 담장 너머로 여인들의 웃음소리가 들려왔다. 일고여덟 명쯤 되는 여인들이 담 그늘 아래에서 커다란 천을 둘러싸고 동그랗게 모여앉아 있었다. 천 위에는 양털이 산더미같이 쌓여 있었다. 여인들은 손으로는 양털을 손질하며 수다를 떨었다. 내가 인사를 건네자 그들은 기분 좋게 화답했다. 나는 용기를 내어 다가갔지만 그리 편한 마음은 아니었다. 역시 사람들의 경고 때문이었다. "여자들과 얘기하는 것은 금물이다. 특히 남자들이 없을 때에는." 주위에 남자라고는 한 명도 없었다. 운동복을 입은 계집아이 두 명이 옆집에서 뛰어나왔다. 중학생쯤 돼보이는 나이였는데, 학교에서 배운 영어를 몇 마디 써먹을 기회를 잡은 게 기쁜 모양이었다. 여인들은 모두 머리와 목을 스카프로 두르고 있었고, 그 가운데 두 명은 내가 다가가자 천을 늘어뜨려 입까지 가렸다. 이러한 정숙한 행위는 전통이 좀더 뿌리를 내린 동쪽으로 갈수록 더욱 자주 보게 될 것이다. 여인들은 대부분 사십 대 이상이었고, 가장 어린 여자가 두 계집아이의 어머니였다. 그 여자가 일어나서 집으로 들어가더니 아이란 항아리를 가지고 나와서 웃으며 내게 권했다. 나는 잠시 얘기를 나누었다. 손질된 양털은 매트리스로 쓰인다고 여인들이 설명해 주었다. 그곳엔 나를 감동시킬 만한 소박하지만 행복한 분위기가 넘치고 있었다. 여인들 또한 남자들 못지않게 호기심이 많았다.

"멤리케트(국적은)? 네레데? 네레예?" 일상적인 질문들을 퍼부었다. 나는 기꺼이 대답해주었다. 캉갈과 부딪친 이후 희한하게도 예전과 달리 긴장이 풀어진 느낌이었다. 내아이들의 표현을 빌리자면, 젠(zen, 禪)한 상태인 것이다. 내가 과감하게도 여인들을 차례로 사진 찍고 싶다는 얘길 하자, 그들은 웃으며 승낙했다.

"남자들은 어디에 있나요?"

"조금 떨어진 광장에서 일하고 있어요."

나는 여자아이들의 안내를 받아 광장으로 갔다. 아이들은 이방인을 잠시 독차지하게 되어 기쁜 모양이었다. 남자들이 있는 곳까지 500미터쯤 가는 동안 아이들은 끝없이 질문을 해댔다.

남자들이 일하는 모습이 보였다. 곡괭이와 삽, 흙손을 부지런히 놀리며 그들은 로마식 기와가 덮인 작은 공공건물 옆에 가축용 물통을 만들고 있었다. 노인들은 광장을 따라 뻗어 있는 떡갈나무 그늘에 앉아 있었다. 지팡이에 몸을 의지하고 나무에 등을 기댄 채, 공사의 진척에 대해 진지하게 의논하는 중이었다. 동서고금을 막론하고 흔히 볼 수 있는 풍경이다. 광장의 커다란 나무 그늘에서 토론하는 경험 많은 노인들. 모두 여인들만큼이나 즐거워보였다. 나에 대해 궁금해하는 것은 마찬가지였다. 나는 다시 한 번 같은 질문에 대답해야 했다. 노인들도 알고 싶은 것이 많았다. 한 젊은이가 귀가 좀 어두운 노인에게 이렇게 소리쳤다.

"이 외국인이 이스탄불부터 걸어왔는데, 에르주룸까지 간대요!"

노인은 믿기 어렵다는 듯 지팡이를 들어 내 장딴지 쪽을 가리키더니, 앞으로 내가 자주 듣게 될 한마디를 내뱉었다.

"마샬라(Mashallah)!"

이는 놀라움이나 경탄을 표현할 때 쓰는 말로, 여덟에서 열 살 사이의 터키 소년들이 남자의 세계에 입문하는 것을 의미하는 할례 의식에서 유래했다고 한다. 소년들은 흰옷을 입고 친구들이 뒤따르는 가운데 행진을 한다. 잠시 후 사람들 앞에서 할례가 행해지고 나면, 그들은 침대에 앉아 손님들을 맞고 선물도 받는다. 할례가 이루어지는 동안 소리를 지르거나 울지 않음으로써 용기를 사람들에게 보여주는 것이다. 이 소년들에게 비단 허리띠를 두르게 하는 것이 이곳의 관습인데, 거기엔 '마샬라'라는 말이 수놓여 있다. 친구들은 이 말을 반복해서 외친다. 그대로 직역하면 '신께서 원하신 이 경이로움을 보라'는 뜻이다. 내 장딴지가 '신께서 원하신 경이로움'의 일부라고 생각하니 매우 유쾌했다. 하지만 전적으로 신의 뜻이라고만은 할 수 없다. 끝없이 길을 걸으며 이 아름다운 근육들이 생기기까지, 나도 기여한 바가 있는 것 아닌가!

한 남자가 "이스마일!" 하고 다른 남자를 부르더니 나를 가리켰다. 부름을 받은 이가 다가와 말했다.

"당신 시장하군."

이는 질문이 아니라 확인하는 것이었다. 사실 아뎀과 간단하게 식사를 한 지도 꽤 지났다. 이스마일 아르슬란은 내게 배낭을 들라고 하더니, 광장의 물통 옆에 있는 자신의 집까지 따라오라고 했다. 그곳에 가자 채 앉을 겨를도 없이 그의 아내가 우리 앞에 치즈가 든 뵈레크와 토마토 필라프〔터키식 볶음밥〕를 가져다 주었다. 마치 우리가 오기만을 기다리고 있었던 것 같았다. 이스마일은 주머니에서 작은 가죽 가방을 꺼내더니, 그 속에 든 구리 도장을 자랑스럽게 보여주었다. 그는 자신이 '무흐타르(muhtar)'라고 설명했다. 읍장이나 면장에 해당하는 직위인데, 자신의 행정구역을 관장하기 위해 네 명의 보좌관과 함께 선출됐다고 했다. 그에게 주어진 권력의 상징물인 구리 도장은 그가 만든 증서들에 인증하는 데 사용하는 것이었다.

식사는 훌륭했으며, 탄디르〔tandir, 빵을 굽는 데 사용하는 진흙 화덕. 인도에서는 '탄두르'라고 함〕에서 구운 빵은 향기롭고 신선했다. 나는 그에게 물어보았다.

"당신이 빵을 구웠나요?"

"그럼, 내가 했지요……."

그는 잠시 머뭇거리더니 덧붙였다.

"뭐, 내 마누라가 구웠죠."

여인은 아무 말 없이 사려 깊게 주의를 기울이며 의자에 앉아 있었다.

"그럼 요구르트도 당신이?"

"그렇죠, 내가…… 뭐, 마누라가 만들었죠."

그들과 헤어지면서, 나는 감사의 뜻으로 무흐타르와 악수한 다음 이 맛좋은 요리를 만들어준 그의 부인에게 손을 내밀었다. 손을 저으며 그녀는 이해할 수 없다는 표정으로 나를 바라보았다. 실수였다. 나는 잠시 내밀었던 손을 거둬들였다. 앞으로도 기억해두어야 할 일이다. 이따금 터키 여인들과 얘기할 수는 있지만 신체 접촉은 절대 금물이라는 것을.

한 마을의 분위기가 전체적으로 이렇게 좋았던 것은 여행을 시작한 후 처음이었다. 앞으로도 내 기억 속에, 전원의 행복한 이미지로 남으리라. 내가 가고자 하는 실크로드가 트럭들의 길이 아니라 사람들의 길임을, 그리고 이 마을을 지난 후로는 여인들의 길이기도 함을 새삼 깨닫게 됐다.

어쨌거나 나는 국도로 되돌아와야 했다. 주머니에 넣어두었던 지도의 한 부분이 캉갈과 실랑이하는 동안 떨어뜨렸는지 없어졌고, 그 부분 없이는 대로를 따라 걷는 것 외에 다른 방법이 없었기 때문이다.

나는 매력이라곤 찾아볼 수 없는 대로를 좋아하지 않는다. 기능적이고 실제적이고 자연을 완전히 무시하지도 못하면서 그렇다고 또 자연을 있는 그대로 내버려두지도 않는 이런 길들은 아무런 몽상도 생각도 불러일으키지 않기 때문이다.

하지만 삶이란 한 가지 측면만 지니고 있는 것이 아니라서 내가 가장 놀라운 만남을 겪게 된 것은 바로 그곳, 무표정한 포플러들이 늘어선 이 무뚝뚝한 길 위에서였다. 상상해보라. 어디로도 이어질 것 같지 않은 길들의 교차로에서 지나가는 트럭들에도 아랑곳하지 않고 한 노인이 책상다리를 하고 앉아 있는 광경을. 그의 앞에 놓인 바구니에는 달걀 여섯 개가 담겨 있었다. 노인은 장님이었는데, 그의 두 눈은 유달리 맑으면서도 무표정한 청록색이었다. 그가 말을 걸었다. 하지만 언제나처럼 나는 아무것도 알아듣지 못했다. 달걀을 팔려고 하는 것 같았다. 배낭 속에 어찌 달걀을 넣을 것인가! 달걀을 사긴 했지만 가져가지는 않았다. 그러자 당황한 듯 그가 몇 발자국 따라와서 자신의 보물들을 가져가라고 설득했다. 하지만 노인은 결국 단념하고 말았다. 천사의 눈을 지닌 이 노인의 영상이 아직도 사라지지 않는다. 진정 환상적인 것이란, 깨어난 후에도 가장 오래 남기 때문이리라. 그 어떤 신이 아나톨리아의 한 외딴 길에서 절대 있을 법하지 않은 이런 장면이 일어나도록 만들었단 말인가? 한 노인이, 시선은 허공을 향한 채로 어디서 생겨났는지도 알 수 없는 달걀들을 파리에서 온 보행자에게 마치 선물하듯 건네는 광경을!

조금 떨어진 곳에서 햇볕에 그을린 얼굴에 덥수룩한 턱수염을 기르고 양털 모자를 쓴 뚱뚱한 남자가 자기가 탄 나귀에게 무어라 말을 하고 있었다. 나귀는 이미 길고 굵은 나뭇짐을 가득 싣고 있었다. 주인의 작대기가 이끄는 대로, 야윈 나귀는 마치 말 한마디도 놓치지 않으려는 듯 커다란 귀를 흔들어가며 종종걸음으로 가파른 길을 올라갔다. 허리가 굽고 호리호리한 여인이 일정한 간격을 유지하며 그 뒤를 따라갔다. 왠지 내 눈길을 끄는 장면이었다. 아마도 지나간 과거를 상징적으로 보여주기 때문인 듯하다. 꿈꾸는 어린 목동들과 브뢰헐(Bruegel, 16세기 플랑드르의 대표 화가. 농민의 생활을 그린 장면과 풍경화로 유명함)이 그린 풀 베는 사람들, 풀밭에 앉아 옆에서 혼자 노는 어린 딸을 보며 미소 짓는 엄마, 이런 모든 과거의 영상이 담겨진 상자처럼 말이다. 결국 이 상자 속에는 자연이 현존한다. 생생하게 살아 있으며 육체적이고 살가운 사랑의 관계가 들어 있다. 한편, 사람들이 익숙하게 길들여온 혹은 예술을 통해 에둘러 표현해온 그리고 아름다운 풍경의 일부라고 간주하기까지 했던 부당함이나 차별은 존재하지 않는다.

마을 여기저기에서 봄 햇살을 받아 쇠똥이 마르고 있었다. 쇠똥은 네모반듯하게 잘려서 다음 겨울을 위해 저장돼 이 황량한 지방에서 땔감으로 쓰일 것이다.

나는 쿠르순루(Kurşunlu)를 거쳐 이튿날 일가즈(Ilgaz)를 지났다. 이제 걷는 것에는 큰 신경을 쓰지 않아도 됐다. 건강한 사람들이 대개 그러하듯 원기왕성한 보행자들은 배은망덕하게도 자신의 신체기관에 별로 신경 쓰지 않는다.

풍경이 바뀌었다. 해발 1천 미터 아래로 내려가자 비탈길 대신 다시 숲이 나왔다. 나는 끝없이 전망이 펼쳐진 곳보다는 스텝 지대를 더 좋아한다. 일가즈의 중심부에는 짐수레와 쟁기가 두 개씩 놓여 있었는데, 하도 낡아서 몇 년 후면 골동품이 될 것 같았다. 아시아 주민들은 주로 튼튼한 낙타를 이용해 물건을 수송했기 때문에 수레의 발달이 더뎠음을 여기서 다시 한 번 확인할 수 있었다. 지금부터 50년 전쯤에 만들어진 것으로 보이는 이 수레들은 서양의 중세 말기를 연상시킬 정도로 촌스럽고 투박했다. 살 없는 바퀴, 버드나무로 만든 몸통, 완충장치 하나 없는 이 수레들은 튼튼하지도 가볍지도 않았다. 나무로 된 굴대를 매끄럽게 하기 위해 아직도 쇠기름을 사용했다. 어디를 봐도 못 하나 사용한 흔적은 없었다.

일가즈부터는 도시에서 밤을 지내려고 애썼다. 호텔에 머무는 것이 발―언제나 말썽인―을 돌보기에 편했기 때문이다. 작은 마을들을 거치지 않고 도시에서 도시로 이동하면 더 빨리 전진할 수 있었다. 나는 트럭에 타는 것도 거절할 정도로 느림보인 반면에 또 역설적이게도 몹시 급하기도 했다. 이란인 때문이었다. 걸어서 터키를 가로지르는 데 최소한 8 내지 9주가 필요했으므로, 파리에 있는 이란 영사관은 일반적으로 두 달짜리 비자를 발급하지만 내게는 예외적으로 두 달 반짜리를 주었다. 하지만 지금까지 겪은 상황을 고려해본다면, 건강에 새로운 문제가 생겨 늦어질지도 모르는 일이다. 그럴 경우 7월 29일 이후에나 국경에 도착하게 되는데, 그때면 내 비자는 이미 무효가 돼버릴 것이다. 새로 통행증을 받으려면 2주에서 4주를 기다려야 한다. 가장 이상적인 경우는 7월 14일 즈음 터키를 벗어나는 것이다. 오늘은 5월 31일이다. 1,200킬로미터에서 1,300킬로미터를 한 달 반 안에 주파해야 하는 셈이다. 수호천사가 잘 보살펴주고 또 처음에 정한 일정에서 열흘 정도 벌 수 있다면 가능할지도 모른다. 이런 복잡한 계산이 나를 사로잡기도 하고 또 동시에 피곤하게 만들기도 했다. 전설의 실크로드를 따라 걷겠다는 달콤하고도 자유로운 광기가 이제 강요되고 고통을 주는 것으로 변해버린 걸까?

내가 과거 대상 행렬이 지나간 길을 걸으며 하루 동안 전진하는 거리는 오직 실크로드의 지리에 따라서 결정되는 것이다. 쿠르순루에 도착하기까지 33킬로미터를 걸었고, 다시 일가즈까지 가는 데 36킬로미터를 걸었다. 이 거리는 우연하게 정해진 것이 아니다. 대상들은 하루에 30에서 40킬로미터, 즉 짐을 실은 낙타의 느린 걸음으로 아홉 시간에서 열 시간을 걸었던 것이다. 자동차가 거리를 단축하기 전까지, 숙소가 있던 도시들은 낙타가 하루 이동할 거리 정도에 위치하고 있었다. 그런데 차로 하루에 5백에서 1천 킬로미터를 갈 수 있게 되자 대상을 위한 시설은 존립 근거가 없어지고 말았다. 결국 인적이 끊기고 쓸모없게 된 대상 숙소들은 폐허가 되었다. 이런 현상은 터키에만 국한된 것은 아니다. 유럽과 프랑스에서도 20세기로 접어든 이후 대도시들은 작은 마을들을 희생시킴으로써 발전해왔다. 그리고 손님이 없어서 호텔들이 철수한 외곽지역에 관광사업을 위해 작은 '숙소'들이 지어졌다. 이들 숙소 덕분에 도보여행자들은 적당한 거리, 즉 사람이 하루에 걸을 수 있는 거리에서 쉴 곳을 발견할 수 있다.

날이 더워졌다. 데브레즈(Devrez) 강이 굽이치는 계곡에는 30여 년 전부터 늪이 농지로 개간되었다. 벌판에서 떨어져나온 길에는 네모진 작은 물웅덩이들이 있는데, 그 위를 날아다니는 황새와 왜가리들을 마치 거울처럼 비추고 있다. 주위엔 새들이 가득했다. 각 구획을 둘러싼 두렁 위에서 삽을 들고 일하는 농부들도 그에 못지않게 많았다. 수위를 유지하기 위해 농부들은 현명하게도 그물로 작은 배수로를 만들었다. 다리 중간까지 차는 물 속에서 여자들이 풍성한 옷자락을 휘날리며 모내기를 하거나 잡초를 뽑고 있었다. 저쪽 길에서 한 젊은 여자가 멋지게 걸어오는 것이 보였다. 두 개의 커다란 버드나무 바구니를 안장에 실은 말을 몰고 있었는데, 마치 고대의 황실 여인과도 같은 기품이 느껴졌다. 내가 사진을 찍으려고 하자, 그 여자는 내게 '검은 미소'를 보내주었다. 이가 몽땅 빠진 입은 마치 지옥의 심연처럼 새카맸다.

일가즈에서 토시아(Tosya)로 가는 길은 험난했다. 38킬로미터 거리라고 표시된 내 지도를 믿는다면, 아주 길고 더울 게 분명했다. 하늘에서는 말똥가리 한 마리가 바람 한 점 없는 공기 속에서 게으르게 큰 날개를 퍼덕이고 있었다. 자신이 날 수 있도록 허공에서 무언가가 지탱해주기를 열심히 찾고 있는 듯했다. 내가 바로 그런 심정이었다!

편의점에서 과일 주스를 사고 있는데 한 농부가 트랙터를 세우더니 내게로 뛰어와 배낭을 가리키며 물었다. "당신 등에 있는 이 발동기는 뭐요?" 터키인들은 기계장치를 정말 좋아하지만 걷는 것에 대해서는 아무것도 몰랐다.

길이 너무 멀다 싶었는데 곧 그 이유를 알게 되었다. 지도에 표시된 두 도시 사이의 거리는 실제로는 일가즈 혹은 토시아로 빠지는 두 교차로 사이의 거리였던 것이다. 두 도시 자체로 보자면, 큰 길로 몇 킬로미터 떨어진 곳에 있었다. 토시아에 도착하게 되면 총 46킬로미터를 걷는 셈이었다. 마지막이 특히 힘들었다. 가파른 직선의 언덕이었는데, 그 위에 도시가 둥지를 틀고 있었다. 1킬로미터를 가고, 2킬로미터를 가고, 3킬로미터를 가도 도시는 보이지 않았다. 나는 목이 말랐다. 오늘은 2리터짜리 물병을 두 번이나 채웠고, 코카콜라와 과일 주스도 몇 병인가 사서 마셨다. 탈수를 막기 위해 6리터 이상의 음료를 마신 것이다. 소금 캡

슐을 억지로 삼키기까지 했는데도 말이다. 배낭이 짓누르는 것 같았다. 안락한 호텔을 찾기만 한다면 내일 하루는 토시 아에서 푹 쉬어야지. 하지만 토시아에서 안락한 호텔을 찾 을 수 있기나 할까?

대부분 작은 도시에는 호텔이 하나밖에 없다. 따라서 선택은 간단해진다. 프랑스에서라면 떠올리지도 않았을 질 문들을 해보았다. 샤워기는 있을까? 있더라도 더운물이 나 올까? 대답이 긍정적이라 할지라도 계속 확인해야 한다. 언 젠가 어느 싸구려 호텔 주인이 복도 구석에 있는 구식 세면 대에 붙은 찬물 수도꼭지를 가리켜 '샤워기'라고 우겼던 적 이 있다. 그리고 더운물 수도꼭지가 있더라도 물이 늘 나오 는 것은 아니다. 아침 일곱 시엔 펄펄 끓다가 여덟 시엔 미 지근해지고 아홉 시엔 차가운 물이 나오다가 정작 숙박을 하는 저녁이 되면 얼음물이 되기 일쑤기 때문이다. 여러 명 이 한방을 쓰는 경우가 대부분이고, 따라서 문에 열쇠가 없 다. 이럴 때 문제가 생긴다. 배낭에 든 물건 하나하나가 내 겐 없어서는 안 될 것들이기 때문에 도난당할 우려를 감수 하고 묵기엔 너무나 위험부담이 큰 것이다.

모든 오르막에는 끝이 있는 법이다. 토시아의 꼭대기 에는 우선 일련의 시멘트 건물들이 있었다. 맨땅의 마당은 더러운 기름 얼룩으로 매끄러웠으며, 고철이 산더미같이 쌓 여 있었다. 중간 규모의 마을에 들어섰을 때 볼 수 있는 낯 익은 광경이다. 100여 개는 되는 듯한 소규모 기계공장 혹은 자동차공장에서 자동차와 오토바이 그리고 농기계들이 분주하게 오간다. 정상에 오르니 피곤이 좀 가시는 듯했다. 저 멀리 토시아 산에 아직도 눈이 덮여 있는 것이 보인다. 원형경기장 모양의 이 도시는 암석이 둑처럼 쌓인 곳을 등지고 있다. 그 절벽이 도시를 북풍으로부터 보호해주는 셈이다. 이제 핏빛의 붉은 태양이 자줏빛 지붕을 한 하얀 집들을 물들이고 있다. 집들은 마치 고대의 극장 계단처럼 내가 서 있는 원형경기장의 중심부에 이르기까지 층을 이루고 있었다. 왼쪽으로는 담장에 둘러싸인 작은 포도나무들이 멋진 풍경 속에 녹색의 점을 만들고, 오른쪽으로는 좁고 긴 헐벗은 계곡이 저 너머 대지의 중심부까지 깊숙이 뻗어 있었다. 동화처럼 아름다운 광경이었다. 인간이 만든 것들과 자연이 조화롭게 어우러졌다고나 할까. 이스탄불 이후로 내가 본 가장 예쁜 도시였다.

호텔은 다행히도 안락했다. 가격을 적으려던 펜이 잠시 망설이는 듯했다. 일반 요금을 받을 것인가, 관광객 요금을 받을 것인가? 결국 관광객 요금이었다. 하지만 개의치 않았다. 신발 바닥이 안쪽으로 밀려 들어온 상태였고, 땀으로 범벅된 허리에서는 벨트에 쓸려 피가 나고 있었다. 나는 뜨거운 물을 받아 몸을 녹였다. 그러고 나서 상처 난 곳들을 치료한 다음 기력을 되찾기 위해 반시간 정도 침대에 누워 있었다. 양고기를 곁들인 불구르(bulgur, 밀을 약간 삶아서 말렸다가 빻은 것)를 먹고 나자 에너지 충전이 끝났고, 나는 마치 젊은 처녀가 첫 데이트에 나가는 듯한 기분으로 인터넷 카페를 찾아나섰다. 안타깝게도 열다섯 대의 컴퓨터에 선이 하나밖에 없었다. 게다가 통신시설이 미비하여 전화 연결도 잘 되지 않았다. 하지만 나는 '문명'이 가져다 준 모든 번거로움을 참아낼 준비가 되어 있었다. 통신의 신께서 삼 초 동안 연결을 허용해주셨다. 네 개의 메일이 나를 기다리고 있다는 걸 알기엔 충분한 시간이었다. 그것들을 읽으려면 내일 다시 시도해봐야 할 것이다. 나는 일찍 잠이 들었다. 아침 일곱 시에 눈을 뜨긴 했지만, 너무도 피곤했던 나머지 여덟 시에 다시 자리에 누웠고 정오가 되었을 때에야 일어났다. 열두 시간을 잔 셈이다. 지난 30년 동안 한번도 없었던 일이다.

오후에 나는 토시아와 실크로드에 관한 정보를 수집하기 시작했다. 타베르니에의 회고록에는 이 도시에서 "아름다운 사원과 가장 멋진 대상 숙소 중의 하나"를 보았다고 기록돼 있다. 토시아(세 개의 물을 의미한다고 한다)의 원래 이름은 도제야(Doceya)로, 훗날 비잔틴 제국과 오스만 제국 시대에는 조아카(Zoaka)라고 불렸으며, 지난 20세기 동안 열두 번 점령당했다. 마침 이 도시에서 오스만의 아나톨리아 정복 700주년을 기념하는 학회가 열리고 있었다. 이 도시의 역사를 전공한 한 노교수는, 처음으로 화폐를 고안하고 주조한 사람들은 이 지역에서 나라를 세운 리디아인들이었다고 말했다. 우회해서 가기엔 너무나 멀지만, 이 도시의 남쪽에 보아즈쾨이(Boğazköy)라는 작은 마을이 있는데, 그곳이 바로 예전에 히타이트 제국의 수도로서 하투사(Hattusa)라고 불리던 곳이다.

기계공학을 전공하는 쿠르샤트 콘자라는 학생은 영어를 썩 잘했는데, 내게 길을 안내해주겠다고 했다. 타베르니에가 말한 아름다운 사원이 그대로 남아 있었다. '신新사원'이라고 불리긴 하지만, 이 건물은 터키의 가장 유명한 건축가 시난(Sinan)의 제자가 16세기에 지은 것이다. 이스탄불의 술레이만 사원도 시난의 작품이다. 사제는 매우 자랑스러워하며 우리를 건물 안으로 인도했다. 1913년의 화재와 수차례의 지진(가장 최근엔 1946년)으로 불안정해져 이 건물의 유지와 강화를 위한 공사를 여러 번 하기도 했단다. 사원은 평소엔 7백 명의 신도를, 특별한 날에는 1천 명까지도 수용할 수 있다.

이곳엔 또한 두 개의 신기한 물건이 있었다. 하나는 창문 옆의 작은 기둥인데, 바닥에 고정되어 있지도 않고 또 아무 장치가 없음에도 사람들이 건드리면 빙글빙글 돌았다. 전설에 따르면, 이 기둥이 도는 한 이 사원은 보호받을 것이다.

다른 하나는 사람들이 최근에 호두나무로 그 내부를 바꾸어 놓은 시계인데, 메카의 방향을 알려주는 벽감壁龕 옆에서 똑딱거리고 있었다. 사제는 그 시계가 얼마나 오래된 것인지 알지 못했다. 오래된 틀과 기계장치 어디에도 시기를 알 수 있는 표시가 없었다. 글자판에 시계를 만든 사람인지 판 사람인지 모를 누군가의 이름이 있었는데, 위쪽에 '마쿨리안(Makoulian)'이라고 씌어 있었다. 시계 바늘의 회전축 아래에는 '콘스탄티노플에서'라는 문구가 프랑스어로 멋지게 새겨져 있었다. 그러니까 이 시계는 15세기 초에 이스탄불이 콘스탄티노플이던 시절에 만들어졌다고 추정할 수 있다. 더욱이 아랍 문자가 아니라 라틴 문자로 돼 있다는 게 이런 가정을 좀더 뒷받침해준다. 그리 놀라운 일은 아니다. 콘스탄티노플에서, 그리스의 전통에 따라 시계나 기계장치를 만드는 장인들의 기술은 매우 유명할 정도로 뛰어났다. 나는 시계를 자세히 들여다보았다. 시간을 표시하는 '장식들'의 가치는 글씨의 머리 부분이 글자판의 안쪽으로 향했는지 바깥쪽으로 향했는지에 따라 달라진다. 이 시계는 정말 멋진 작품이었다.

　　반면에 아무리 열심히 찾아보아도 타베르니에가 얘기했던 "가장 멋진 대상 숙소 중의 하나"의 흔적은 발견할 수 없었다. 여기서나 다른 곳에서나 제대로 보존되지 못한 채 사라져간 오스만 건물들의 운명을 그는 아마도 알고 있던 모양이다. 하지만 토시아에서 한 시간 반 정도 떨어진 곳에 사프란볼루(Safranbolu)라는 마을이 있는데, 매우 아름다운 전통가옥들이 많아 터키인들이 즐겨 방문하는 일종의 야외 박물관 같은 곳이었다. 이 나라 사람들이 자신들의 풍요로운 과거 유산을 감상할 줄 안다는 증거였다. 그런데도 왜 모든 일들이 이렇듯 느리고 체계 없이 이루어지는 것일까? 대상 숙소의 보존에 각별한 관심이 있는 나로서는 화가 나는 일이었다.

하루가 저물 무렵 쿠르샤트와 나는 하맘(터키 목욕탕)에 가보았는데, 그곳에서 터키인들의 조신함을 다시 한 번 확인할 수 있었다. 공동 샤워장에서는 벌거벗도록 돼 있는 서양의 스포츠센터에 익숙한 나로서는 놀랄 만한 일이었다. 터키의 목욕 의식은 정확한 순서에 따라 이루어진다. 우선 작은 방에서 옷을 벗은 다음 허리에서 발목까지 오는 커다란 수건을 두르고 처음엔 온탕에, 그 다음엔 증기탕에 들어간다. 벽과 의자는 흰 대리석이었다. 계속 이야기를 나누면서, 우리는 역시 대리석으로 된 다양한 욕조에서 작은 바가지로 물을 떠 몸에 뿌렸다. 삼십 분쯤 후에 안마사가 때밀이 장갑을 끼고 들어오더니 비눗물 속에 나를 담갔다. 탈의실에서 한 종업원이 우리를 두꺼운 수건으로 머리부터 발까지 감싸주었고, 우리는 나무침대에 누워 아이란을 마시며 계속 수다를 떨었다. 길을 가며 매일매일 땀으로 목욕을 했던 대상들도 나처럼 하맘에 들렀으리라. 지금껏 내가 방문한 모든 대상 숙소에는 일반 욕실이 없었다.

이 도시에는 특별한 점이 있었다. 자동차는 거의 눈에 띄지 않고 대부분 사이드카를 부착한 오토바이들이었다. 오토바이는 사람과 물건을 운반하는 등 모든 면에서 활용됐고, 대부분은 포도밭 주인들 소유였다. 당연히 운전자들은 클랙슨을 마구 눌러댔다. 몇몇 겁멋 든 친구들은 공중에 붕 떠서 세 번째 바퀴, 즉 사이드카에 달린 바퀴로 달리는 걸 즐겼다. 오늘 저녁 이 도시에는 가벼운 공기, 부산스럽지만 넉넉하고 쾌활한 공기가 떠다녔다.

쿠르샤트의 어머니가 나를 저녁식사에 초대했다. 유럽 식으로 살고 있는 가정이었다. 은퇴한 교수인 어머니도, 쿠르샤트의 여동생도 스카프를 두르지 않았다. 우리는 식탁에 앉아—시골 마을에서처럼 바닥에서가 아니라—풍성하고 다양하고 화려하고 맛있는, 한마디로 성대한 메제를 먹었다. 호리호리한 십 대 소녀 에멜은 서양인을 만나 즐거운 듯했고 호기심은 끝도 없었다. 대화는 무엇보다 경제와 정치 상황에 대한 것이었다. PKK의 지도자 오잘란의 재판은 쿠르드 문제 해결의 첫 신호라고 할 수 있을까? 터키의 경제 위기와 두 자리 수의 인플레이션은 세계에서 손꼽힐 정도로 강한 군대를 유지하기 위해 드는 엄청난 비용이 그 주된 원인이었다. 익히 알려진 악순환이지만, 쿠르드와의 갈등으로 군인은 일반인의 두 배나 되는 봉급을 받는다. 따라서 그들은, 물론 다른 집단도 포함되지만, 강력하고 단호한 전쟁 옹호자들이다. 파산에 이른 인플레이션은 가난한 사람들을 거리로 내몰았다. 군인의 이미지가 긍정적이라 하더라도 군복무에 2년 이상을 바쳐야 한다는 것은 젊은 지성인들에게 자부심을 갖게 하지 못한다.

원기를 되찾게 해준 저녁시간이었다. 시골 마을 사람

들도 친절했지만 의사소통이 제대로 이루어지지 않아 나는 대화나 접촉에 늘 굶주려 있었던 것이다. 이곳에서는 우리 네 사람 모두 마치 무언가 서로 채워줄 것이 있는 것처럼 신뢰하는 분위기에서 대화를 나누었다. 헤어질 때 에멜이 포옹을 해주었다. 내 수염에 어린 아가씨의 얼굴이 스친 것은 여행을 통틀어 그때가 유일했다.

아주 이른 시간에 길을 나섰다. 어젯밤 이곳에 도착하면서 보았던 계곡 쪽으로 향하면서, 도시 아래편으로 콘크리트 건물들이 밀집된 지역을 지나게 되었다. 너무나 다행스럽게도 전전날 보지 못했던 곳이었다. 그랬기에 한순간 천국의 옆방에라도 온 듯한 느낌을 받았던 것이다. 네 시간 정도 걷고 난 후에야 비로소 상점이라고 부르기엔 너무 작은 가게나마 만날 수 있었다. 과자를 몇 개 사서 조금 떨어진 비탈에 앉아 먹었다. 높은 절벽의 구석진 곳에서 풀을 뜯고 있는 암소떼를 보다가 너무나 신기한 생각이 들었다. 소들이 차례차례 사라져버리는 것 같았기 때문이다. 조금 돌아가는 것을 감수하고라도, 나는 산이 어떻게 해서 그 짐승들을 떼로 삼켜버리는지 알아내고 싶었다. 그런데 알고 보니 아주 간단했다. 절벽에 틈이 하나 있었는데 소들은 배불리 먹은 후 알리바바의 동굴과도 같은 서늘한 외양간으로 가서 되새김질을 하는 것이었다.

계곡은 조금씩 좁아지며 가파른 고개로 접어들었다.

길이 끝나는 정상에서 마치 나무처럼 움직이지 않는 한 남자를 보았다. 인가에서 10킬로미터쯤 떨어진 이곳에 살고 있는 앉은뱅이 노인이었다. 그의 옆에는 검게 그을린 찻주전자가 꺼져가는 숯더미 위에서 끓고 있었다. 그는 밤이면 덤불숲을 돌아다니다가 야외에서 그냥 잔다고 했다. 마음씨 착한 몇몇 사람들이 그에게 이따금 물과 먹을 것을 가져다 주는 모양이었다. 트럭 운전사들은 차를 멈추지도 않고 지나가면서 동전을 던져주곤 했다. 나는 그에게 25만 리라짜리 지폐 한 장을 쥐어주었고, 그는 그 돈을 가슴에 꼭 품더니 내게 오랫동안 무슨 말인가를 했다. 알라가 내게 그 돈을 몇십 배로 갚아주실 거라는 뜻인 것 같았다. 사실 신에게는 그리 엄청난 액수가 아닐 것이다. 그런 보상보다는 차라리 알라가 이토록 헐벗은 자신의 피조물들을 더 잘 보살펴주기를 바라는 마음이었다. 전에 만났던 두 눈이 먼 노인의 모습이 떠올랐다. 이 두 사람이 동료가 되어 서로 의지할 수 있다면 좋을 텐데.

고개의 다른 쪽으로는 또다시 농지가 펼쳐졌는데, 물에 반사되는 햇살을 받아 눈부시게 빛나고 있었다. 평면으로 빈틈없이 늘어선 이 농지 주위로는 아직도 눈으로 덮인 쾨스다히(Kösdahi) 산이 아무렇게나 그리고 사납게 모습을 드러내고 있었다. 험난한 산세를 이루는 거대한 산의 몸뚱이 위로 녹색의 땅은 마치 마르지 않는 점토의 샘과도 같았다. 내가 가는 길에 수많은 벽돌 제조소들이 점점이 늘어서 있는 이유를 알 수 있었다.

오후가 끝나갈 무렵, 나는 실크로드에서 중요한 숙박지 가운데 하나였던 하지함자(Hacihamza) 마을에 도착했다. 마을의 구조는 독특했고 흥미로웠다. 다른 곳과 달리 대상 숙소가 마을 안이나 그 주위에 있지 않았다. 마을 전체가 대상 숙소였던 것이다. 그곳은 아직도 흙과 돌이 섞인 벽으로 둘러싸여 있었다. 한 변이 대략 100미터 정도 되는 작은 사각형 요새와 같았다. 안쪽에 건설된 집들은 성벽에 기대 있었다. 각각의 집들에는 불쑥 튀어나온 발코니 같은 것이 있어서 관측탑이나 방어탑 같은 구실을 했다. 마을의 문은 사라지고 없었다. 나는 반쯤 허물어진, 폭 20미터쯤 되는 거대한 마구간에 들어가보았다. 아직 버티고 있는 부분, 즉 벽돌로 된 넓은 천장은 놀랄 만큼 섬세했으며, 높이가 족히 30미터는 돼보였다.

나는 사제와 함께 사원에서 나오는 몇몇 신자들에게 말을 걸었다. 나의 출현이 한바탕 소동을 일으켰다. 누가 나를 재워줄 것인가? 나는 다시 한 번 뜨거운 감자가 된 듯한 기분이었다. 사제가 갑자기 누군가를 보더니 그를 불렀다. 그 작은 남자가 내가 앉아 있는 벤치로 와서 옆에 앉았다. 베흐체트는 잠시 침묵을 지키더니 내게 몸을 돌려 가늘고 떨리는 목소리로 물었다.

"영어 할 줄 아시오(Do you speak English)?"

베흐체트 쿠르말은 여러 가지 다양한 녹색을 솜씨 좋

게 조합한 스코틀랜드 옷을 입고 있었다. 그의 섬세한 잿빛 콧수염 또한 작고 가냘퍼서 그의 존재 자체가 마치 우주 속의 연약한 먼지처럼 보였다. 그러나 금속성 광택을 내는 검고 명철한 눈에서는 예민한 지성이 엿보였다. 터키인들이 흔히 그렇듯이 며칠 기른 턱수염 탓에 나무랄 데 없는 옷차림이었지만 뭔가 허술한 분위기를 풍기기도 했다. 베흐체트는 은퇴한 농부였다. 일 년 전, 친구의 영국인 친구가 방문한다는 소식을 듣고 일흔일곱의 그는 셰익스피어의 언어를 공부하기로 결심했다. 비록 그 영국인은 오지 않았지만 그는 공부를 계속했다. 우리는 대화를 나누었다. 베흐체트는 마을 사람들이 그를 경탄의 눈으로 바라보는 것을 즐기는 것 같았다. 이 마을에서 외국어를 할 줄 아는 사람이 그밖에 없었던 것이다. 삼십 분쯤 지난 후 그가 자신을 따라오라고 했고, 우리는 저녁에 먹을 과일을 사기도 하면서 중앙로를 천천히 걸어 올라갔다.

베흐체트는 학교라고는 다녀본 적이 없었지만 낡은 신문에서 글자들을 해석하며 혼자 읽는 걸 배웠다. 그는 독서광이었다. 그에겐 내가 이스탄불을 떠난 후 어느 마을의 어느 집에서도 결코 본 적이 없던 서가가 있었다. 그가 즐겨 읽는 책은 『돈키호테』였다. 친절하게도 그는 다른 책들을 자랑스럽게 하나씩 펼쳐보였다. 특히 터키어로 번역된 프랑스 작가들의 책이 많았다. 그는 볼테르, 데카르트, 루소, 말브랑슈〔Malebranche, 1638~1715, 프랑스의 로마 가톨릭 사제이자신학자) 등의 작가들을 존경한다고 했다.

"말브랑슈를 읽어보셨나요?"

나는 못 읽어봤다고 고백했다. 하지만 우리는 베르나르댕 드 생 피에르(Bernardin de Saint-Pierre, 1737~1814, 프랑스의 작가. 순결한 사랑을 그린 『폴과 비르지니』로 널리 알려짐)의 얘기를 하면서 서로 통할 수 있었다……. 이 작은 노인은 두 권의 백과사전도 갖고 있었다. 영어를 배우긴 했지만 한 번도 대화해본 적이 없으니 조금 천천히 말해달라고 부탁하기도 했다. 그는 추상적인 단어들을 사용하는 데 적잖이 힘들어했고, 표현하기 전에 한참을 생각했다. 하지만 그는 아주 기쁜 표정이었으며 그의 기쁨은 내게도 전해졌다. 외국 손님을 맞게 된 것이 너무나 기쁜 나머지 어찌할 바를 모르는 것 같았다.

"저녁식사를 기다리는 동안 조금 산책이라도 하면 어떻겠소? 물론 당신이 괜찮다면……."

당황한 나는 그가 원한다면 기꺼이 그렇게 하겠지만 방금 전에 38킬로미터를 걸어서 도착했노라고 조심스럽게 대답했다.

"하루건 이틀이건 일주일이건 당신이 머물고만 싶다면 내 집은 당신 것이라오."

문이 열리더니 장난꾸러기처럼 쾌활한 아이들 네 녀석이 들어왔다. 집주인의 손자 손녀들이었는데, 그 애들의 부모는 위층에 살고 있다고 했다. 조부모와 아이들 간의 관계가 아주 돈독하다는 걸 금방 알 수 있었다. 내가 그동안 본 바로는, 터키에서는 사내아이들만이 나 같은 외국인에게 접근할 수 있었다. 그런데 이곳에서는 손녀들과 손자들이 동등했다. 베흐체트는 여성을 배척하는 사람이 아니었다. 훗날 프랑스로 돌아와서, 나는 베흐체트로부터 사진을 보내주어서 고맙다는 편지를 받았다. 굉장히 멋들어진 문체로 씌어진 편지였는데 "내 손자 손녀들이 당신 손에 키스를 보냅니다."라는 말로 맺고 있었다.

내가 들렀던 마을마다 호기심 어린 사람들이 나를 보겠다고 줄을 섰던 것에 반해, 베흐체트의 집에서는 조용히 지낼 수 있었다. 아마도 사람들이 감히 마을 원로를 번거롭게 할 생각을 하지 못했기 때문이리라. 새벽에 나는 그에게 감사의 글을 한마디 썼고, 그의 손자 손녀들에게 줄 선물을 몇 개 남겨놓고는 최대한 조용히 문을 열었다. '영국식으로' 몰래 가려고 한 것이다. 그러나 그가 부엌에서 불쑥 나타났다. 길목을 지키고 있었던 것이다. 그가 아침식사가 준비됐으며 빈속으로는 절대로 길을 떠날 수 없다고 했다. 전날과 마찬가지로 그는 자신의 음식에는 거의 손을 대지 않고 내가 먹는 것만을 바라보았다. 너무나 흡족한 표정이어서 나는 아무 부끄러움 없이 그의 아내가 준비한 음식을 하나도 남기지 않고 게걸스레 먹었다. 그는 길가까지 나를 배웅해주었다. 그의 아내는 발코니에서 큰 손짓으로 작별 인사를 하고 있었다. 아! 이 세상에 아직도 그 노인처럼 진귀한 사람이 존재함을 확인한다는 건 얼마나 힘이 솟는 일인가.

어젯밤 비가 와서 키질리르마크(Kizilirmak) 강에는 흙탕물이 바위들에 부딪쳐 서쪽으로 굽이치다가는 북쪽의 흑해를 향해 흘러갔다. 이러한 역동적인 움직임 한가운데 흔들림 없이 버티고 있는 논에 왜가리들이 날아들었으며, 새들은 다리를 조심스럽게 움직이며 논을 가로질렀다. 아침엔 구름이 산 정상 쪽으로 흘러가더니 산이 그것을 삼켜버렸다.

어제부터 한쪽 아킬레스건이 조금 아팠다. 밤사이에 진정되기는커녕 아침이 되니까 양쪽 아킬레스건이 모두 아팠다. 너무 피곤한 탓일까? 물을 충분히 마시지 않아서일까? 신발끈이 너무 느슨했기 때문일까? 그날 낮엔 낮잠을 자며 휴식을 취했고, 인대를 잡아늘이고 주무르기도 했으며, 많은 물을 마셨다.

나는 큰 어려움 없이 오스만지크(Osmancik)에 도착하길 바랐다. 길은 아주 훌륭했다. 벌판에서 벌판으로 이동하면서 협곡들을 지나갔는데, 그곳에선 트럭이 다니는 길을 만들기 위해 다이너마이트를 터뜨려 산을 깎고 있었다. 그곳을 지나니 다시 벼와 곡물들이 자라는 평원이 펼쳐졌다. 저 아래로 높고 거친 산맥이 반원을 이루고 있는 게 보였다. 밤에 내린 비로 씻겨진 공기가 너무나 맑아서 산들이 가까이 보였다. 하지만 거기까지 가려면 종일 걸어야 할 것이다.

46킬로미터를 걸어 오스만지크에 도착하자마자 타베르니에가 언급했던 "가장 안락한 두 개의 대상 숙소"를 열심히 찾아보았다. 그가 지금부터 4세기 전에 방문했던 열다섯 개의 아치가 있는 낡은 다리는 통행이 금지된 채 아직도 있었다. 하지만 다리를 좀더 맵시 있게 만들려고 했는지 시멘트로 보강을 해놓았다. 잿빛의 이 침울한 석관石棺 속에서 오랜 시간을 참아내야 할 돌들이 불쌍하게 여겨졌다. 터키인들은 정말 시멘트를 좋아한다. 삼순호에 타고 있을 때도 한 은퇴한 사업가가 이렇게 말하지 않았던가. "나는 시멘트 회사 주식을 샀는데 계속 주가가 올라갑니다." 높이 올라가는 것은 주가뿐만 아니라 시멘트도 마찬가지인 것 같다.

도시에는 흥미로운 것이 없었다. 두 개의 호텔에는 샤워기도 뜨거운 물도 없었고, 나는 똑같은 두 개의 방을 놓고 어떤 것을 골라야 할지 당혹스러웠다. 말할 수 없을 정도로 더럽고 시끄럽고 협소한 이 열악함이 나를 맥빠지게 했다. 도시는 거대한 암석으로 뒤덮이다시피 했는데, 그 꼭대기에는 요새의 마지막 남은 벽에 마지막 남은 돌들이 무너져내리고 있었다. 시멘트도 거기까지는 올라가지 못한 모양이다. 피곤이 몰려오기 시작했다. 외톨이 여행자에게 자주 밀어닥치는 이러한 암담한 상황들과 맞서 싸워야 함을 잘 알고 있다. 그래서 아랍 속담을 되뇌며 스스로 용기를 북돋았다. "여행하는 사람들은 깊이 생각하고, 집에 머무는 사람들은 업신여김을 받을 뿐이다."

6. 왔노라, 보았노라

오스만지크와 귀뮈샤지쾨이(Gümüşhacıköy) 사이의 길은 정말 험로 중의 험로였다. 바로 옆으로 요란스럽게 강이 흐르는 좁은 길은 매끈하게 깎아지른 두 개의 화강암 절벽 사이로 미끄러지고 있었다. 격류가 차도를 침범하는 일이 자주 있기 때문에 터널이 뚫려 있었다. 아주 힘겨운 오르막이었다. 저 아래에 있을 때 고도계에 나타난 수치는 450미터였는데, 고원에 이르게 되면 1천 미터를 가리키게 될 것이다.

산중턱에서 족히 몇 리터는 될 만큼 땀을 흘리고 났을 때쯤 자동차 한 대가 멈춰섰다. 젊은 운전자가 나를 태워주겠다고 했다. 내가 거절하자 그는 조금 떨어진 곳에 차를 세우더니 시동을 끄고 화장수化粧水 한 병을 들고 내게 다가왔다. 여기서는 그것이 관습이었다. 식당에서 손님들이 나갈 때 손과 때로는 얼굴을 씻으라고 분무기 같은 것에 담긴 향내 나는 물을 뿌려주는 것이다. 나는 향수를 별로 좋아하지 않으므로 정중히 거절했다. 카밀제이레크는 조금도 실망하지 않고 차로 돌아가더니 이번엔 선전용 선물들을 한아름 가져와서 펼쳐보였다. 만년필, 달력, 도로 지도……. 나는 배낭의 짐이 이미 넘쳐난다고 설명했다. 그의 낙심한 표정이 너무도 역력해서 나는 만년필 하나와 도로 지도를 받아들었다. 앞으로 묵게 될 집의 주인에게 선물할 생각이었다. 우리는 거대한 너도밤나무 그늘에 앉아 담소를 나누었다. 도보여행과 트레킹에 열광해 있던 이 보따리장수는 나의 걷는 기술, 배낭 안의 물건들, 신발의 품질, 침낭의 재질 등 모든 것을 알고 싶어했다. 다른 손님들을 찾으러 떠나기 전에 그가 말했다.

"토카트(Tokat) 주변의 테러리스트들을 조심하세요. 아침 일찍이나 저녁 늦게 걷지 말고요."

언덕길의 꼭대기는 에메랄드빛 계곡으로 이어져 있었다. 눈앞에 펼쳐진 10킬로미터에 달하는 고원에서는 댐과 인접한 덕분에 대규모 토목사업이 이루어지고 있었다. 나는 길 끝에 있는 선술집에서 걸음을 멈추고 과일 주스를 마시며 땀을 식혔다. 이곳에서 저 아래로 수백 미터에 걸쳐 펼쳐진 메르지폰(Merzifon) 평원을 굽어보고 있는 것이다. 거대하고 평평한 이 평원은 여기저기에 완만한 언덕이 불룩하게 원추형으로 솟아 있을 뿐, 타오르는 대기 속에서 흔들리며 지평선까지 이어졌다.

귀뮈샤지쾨이에 있는 유일한 호텔이 최소한의 편의를

제공하고 있었다. 이곳에도 샤워실은 없었고 복도에 있는
화장실은 역겨움이 거의 완벽에 달했다.

호텔 정면에 메흐메트 파샤(Mehmet Pacha)라는 대상 숙
소가 있었다. 울타리를 이루던 벽들이 파괴됐으므로 대상
숙소의 잔해들이라고 해야 옳을지도 모르겠다. 남아 있는
것이라고는 중앙 통로 주위로 여기저기에 늘어선 같은 층
의 몇몇 방들뿐이다. 사람들은 이 아름다운 전망을 파괴하
고 이른바 현대적이라고 하는 가로등을 일렬로 세워놓았다.
각 끄트머리에는 희고 검은 돌들을 번갈아 사용해서 만든
아치형의 문이 있었는데, 그 가운데 하나의 꼭대기에 시멘
트로 된 시계탑을 설치해 건축적으로 거의 범죄에 가까운
짓을 하지만 않았던들 정말 아름다운 느낌을 주었으리라.
이 건물은 470년 된 것으로 존중받을 만한 가치가 있었지
만, 50년 전에 바로 이 끔찍한 회색 물건이 그것을 파괴해버
린 것이다. 사람들은 아치 현관을 부수고 회색 시멘트 받침
대로 대체했다. 사용하지도 않는 시계는 콘크리트 위에 도
안된 부자연스러운 돌들을 따라 엄청나게 긴 녹물을 뱉어
내고 있었다.

시계탑 그늘, 밀 시장이 열리는 작은 광장에 대상 숙소
만큼이나 오래된 커다란 목욕탕이 있는데, 그곳 또한 이런
혼잡스러움으로 인해 적잖이 피해를 본 듯했으나 다행스럽
게도 아직까지는 광적인 시멘트 공격을 모면한 상태였다.
능陵도 마찬가지였는데 건축의 독창성보다는 그것이 사람

들에게 불러일으키는 열성으로 인해 더욱 흥미로운, 이 도시의 호기심거리 가운데 하나였다.

이른 아침, 광장의 작은 식당에서 초르바시(수프)를 먹고 있을 때 주인이 말을 걸었다.

"당신네 프랑스에서도 공화국 과두정치를 하고 있소?"

내가 그의 말을 채 이해하기도 전에 손님들은 이미 열심히 토론하기 시작했다. 그중 몇몇은 나를 증인으로 취급하는 듯했다. 서둘러 떠나야 했으므로 나는 정치 토론을 피하려고 했다. 내 알량한 터키어로는 어쨌거나 대화가 우스꽝스러워질 뿐이기에.

메르지폰 근처에 이르렀을 때 경찰차가 와서 서더니 차에 타라고 했다.

"당신과 얘기를 하고 싶소. 영어 연습을 해야 하거든."

내가 알아들은 말은 대충 이랬다.

나는 일단 도시로 가서 다시 만나 찻잔을 앞에 놓고 편안하게 대화를 나누자고 그를 설득했다. 메르지폰에서 본 첫 번째 집은 철거 중인 사원이었다. 일꾼들 중 하나가 내게로 와서 프랑스어로 물었다. 그는 내가 어디서 왔고 어디로 가는지 알고 싶어했다. 조금도 변하지 않고 되풀이되는 질문들이었다.

이름이 세틴 이우수프인 그는 대부분 신고하지 않은 채 프랑스에서 17년 동안이나 일했다고 했다. 그가 살던 곳은 나도 잘 아는 파리의 한 구역, 18구 동쪽의 구트도르에 있는 미라 거리였다. 2년 전 이곳에서 휴가를 보내던 중 그는 심장마비로 중태에 빠졌다. 이제 일할 수도 없었고, 사회보장도 퇴직도 기대할 수 없었다. 세틴은 이곳에 와 사원을 허물고 더 크게 짓는 일을 하는 은퇴한 친구들에게 차를 가져다 주며 나름대로 유익한 시간을 보내는 중이었다. 애초에 150명을 수용할 수 있는 규모였던 사원은 이제 너무 협소해져서 최소한 500명의 신자들이 드나들 수 있는 건물로 확장되어야만 했다. 여기 있는 사람들은 모두 사원에서 일하다 은퇴한 신자들로서, 그들의 믿음을 표현하고 또 자신들만의 노하우를 보여줄 수 있는 이 작업을 기쁜 마음으로 수행하고 있었다.

세틴이 알려준 호텔은 그리 안락하지 않았다. 사람들이 얘기해주었던 방값도 어느새 올라 있었다. 두 시간 후 셔츠와 양말을 세탁하는 가격도 배로 뛰었다. 더 이상 바보가 되고 싶지 않아서 좀더 편안한 다른 호텔로 옮겼는데…… 그만 늘 품에 지니고 있던 작은 주머니를 잃어버리고 말았다. 그 안엔 비상용으로 준비해둔 1천 달러가 있었다. 다음날 아침 황급히 달려간 내게 호텔 주인은 아무 말 없이 나무람 가득한 시선으로 주머니를 온전히 되돌려주었다.

과거에는 진정 아름다웠던 돌로 지어진 대상 숙소가 메르지폰의 사원 옆에 무너진 상태로 있었다. 숙소에서 벌어들이는 수입으로 이슬람 사원을 유지하는 것이 일반적인 관례였다. 그러나 오늘날 사원은 완벽한 상태인데 대상 숙소는 폐허가 된 것이다. 둘 다 1666년에 세워진 건물이다. 유일하게 외부와 통하는 문인 멋진 현관을 열면 여섯 평쯤 되는 포석鋪石이 깔린 마당에 들어서게 된다. 마당에는 두 개의 연못이 있었다. 하나는 동물에게, 다른 하나는 사람에게 마실 물을 제공했다. 그늘진 마당 주위로 여러 개의 침대들이 놓인 방이 십여 개 늘어서 있었다. 이층 계단 중간쯤에 있는 난간을 통해 상점과 마구간으로 연결됐고, 그 위로는 마부들이 사용하던 여섯 개의 돌출된 방이 있었다. 이층의 둥그런 회랑을 지나면 약 마흔 개에 달하는 개인 방으로 들어갈 수 있었다. 각 방에는 벽난로가 갖춰져 있었다. 안타깝게도 지붕은 제구실을 하지 못했고, 건물 전체가 언제 무너질지 모르는 상태였다.

대상 숙소의 정문 맞은편에는 오래된 기념물이 하나 있었는데, 사람들이 베데스텐(bedesten)이라고 부르는 지붕이 덮인 시장이었다. 역시 상태가 아주 나쁜 편이었다. 그곳은 넓었고 둥근 천장이 아홉 개나 있었다. 몇 번이나 안으로 들어가보려 했으나 참나무로 된 문마다 녹슨 철 빗장이 걸려 있어서 출입이 불가능했다.

이튿날 나는 국도로 가지 않았다. 트럭들이 내는 소음에서 벗어나고 싶었다. 내 발은 이제 완전히 신발을 제압하고 있었다. 토시아에서 취한 휴식이 원기를 북돋아주었다.

다시금 초원과 과수원 그리고 근방에 넘쳐나는 개암나무의 천국 속을 헤메다닐 준비가 된 것이다. 나는 오르타오바(Ortaova)의 군사 항공기지를 둘러싼 작은 길을 택했는데, 우뚝우뚝 솟은 전망대 안에는 중무장한 군인들이 분주히 움직이고 있었다.

자전거를 타고 가던 열두어 살 된 소년과 마주쳤다. 이상한 차림의 보행자와 맞닥뜨린 것이 너무도 뜻밖이었는지, 엔데르 사카는 재주를 부리며 회전을 하더니 내게 인사를 했고 수많은 질문을 퍼부었다. 내가 대답을 하자 그는 나를 이렇게 평가했다. "아저씨 참 대단하시군요……. 노인네로서는 말예요." 녀석의 솔직함이 마음에 들어 그가 사는 마을 입구까지 동행했다. 광장에는 과일과 채소를 가득 실은 작은 트럭 주위로 물건을 사려는 사람들이 스무 명 정도 모여 있었다. 우리가 나타나자 그들은 상인을 버려둔 채 우리를 향해 다가와 포위하고는 두서없이 질문하기 시작했다. 건설 중인 사원의 지붕에 있던 인부들도 일을 멈추고 소리를 질렀다.

"구엘, 차이!"

나의 출현이 불러일으킨 효과를 실감한 엔데르 사카는 최대한 뽐내고 싶었는지 지붕 위의 남자들에게 충분히 들릴 수 있도록 큰 소리로 외쳤다.

"이 아저씨는 예순한 살이고 이스탄불에서 여기까지 걸어서 왔대요."

그 후 녀석은 만족스러워하며, 긴장을 유지시키는 배우가 되기라도 한 듯 페달을 밟아 내게로 왔다. 꼬마들이 구름처럼 모여들었지만, 엔데르는 내가 성가시지 않도록 신경을 쓰며 그들 위에 군림하는 감독자 노릇을 했다. 녀석은 꼬마들이 1킬로미터 정도 따라올 때까지는 내버려두더니 그 후엔 아이들을 쫓아버렸다. 녀석의 정보 창고인 나는 이렇게 보호를 받았던 것이다. 녀석은 또다시 이것저것 수도 없이 물어보더니 반경 3킬로미터 내에서 마을과 식당을 발견할 수 있을 것이라는 정보를 준 후 내 곁을 떠났다.

하지만 마을도 식당도 없었다. 족히 두 시간은 걷고 난 후에야 인공호수 끝에서 농부들을 만날 수 있었는데, 막 새참을 들려던 그들은 함께 먹자고 했다. 해가 작렬하듯 내리쬐고 있었는데 작은 숲 하나도 주위에 없었으므로 우리는 트랙터의 트레일러 아래에 자리를 잡고 새참을 먹었다. 그들은 1914년에 이 지역으로 이주해온 아제르바이잔인의 후손이었다. 그들은 나와 저녁식사도 함께하고 또 잠도 재워주고 싶어했지만, 그들의 마을은 내가 가려는 길에서 너무 멀리 떨어져 있었다. 이제껏 사진을 찍어본 적이 없는 그들의 딸 파티메가 사진을 찍어달라고 졸랐다. 나는 쌍둥이들의 사진도 찍었는데, 마치 흑옥黑玉처럼 검고 까치처럼 떠들어대는 지저분한 코흘리개 남자아이와 여자아이였다.

물을 가둔 댐의 제방이 평원을 굽어보고 있었다. 그곳

부터 다섯 개의 마을을 발견했고, 그 가운데 셋을 지도에 표시했다. 방향을 찾는 데는 아무 어려움도 없었다. 나는 밭을 가로질러 갔다. 사히길리(Saygili)에서는 무흐타르(읍장, 면장)인 무스타파 뮈즈데가 내게 호의를 베풀었다. 편안한 저녁이었다. 이 작은 마을 주민들이 호기심 자체인 나를 보기 위해 줄을 섰다. 영어를 꽤 잘하는 두 명의 청년이 통역을 맡았다. 아침이 되자 그들은 모두 사라졌고, 내가 터키어를 한 마디도 못 한다고 생각한 이 집과 마을의 주인은 아예 말을 걸지 않았다. 서로 거북스러웠던 탓에 나는 일찍 길을 떠났다.

나의 다음 목적지는 아마시아(Amasya)라는 대도시였다. 그곳으로 이어지는 작은 길은 넘쳐나는 과수원들 사이로 계곡을 구불구불 올라가고 있었다. 버찌의 원산지는 바로 터키, 특히 이 지역이다. 한창 수확철이었고, 여인들이 발판 위에 옹기종기 모여앉아 버드나무로 엮은 광주리에 열심히 버찌를 채워넣고 있었다. 남자들은 내게 말을 걸면서 한번 맛보라고 권했다. 나는 달콤하고 신선하고 부드러운 버찌를 배불리 먹었고, 따뜻하고 부드럽고 농밀하고 육감적인 감촉도 실컷 즐겼다. 이 과일이 이틀 전부터 계속돼 온 나의 '여행병'을 해결해주는 것은 물론 아니었지만, 나는 과수원과 도로의 경계가 되는 울타리 위에 엉망이 된 배낭을 몇 번이고 풀어놓아야 했다.

정오 무렵 차가운 비가 쏟아졌다. 도시의 입구까지 이어진 마지막 5킬로미터는 고속도로나 마찬가지였다. 트럭이 엄청난 속도로 달리면서 매연을 뿜어냈고 차가운 빗물이 뺨을 때렸다. 버찌로 가득 찬 배를 이끌고 흠뻑 젖은 채 걷다가 마침내 주거지역을 발견했다. 하지만 도시의 외곽이 끝도 없이 이어졌기에 수난은 아직 끝난 것이 아니었다. 아마시아는 좁은 계곡 안에 웅크린 형상이었고 중심지까지 가려면 아직도 3킬로미터는 더 걸어야 했다. 기진맥진하고 오한에 떨던 나는 우선 눈에 띈 호텔에 들어가 일곱 시경 자리에 누웠으며, 저녁식사도 건너뛴 채 꿈도 꾸지 않고 정신없이 잠을 잤다.

이튿 아침이 되자 다시 뜨거운 태양이 떴다. 역사가 깊은 아마시아는 예쁜 도시였는데, 잘 보존된 오스만 양식 집들이 강물에 비치고 있었다. 협곡 속에 꽉 조여진 듯한 이 도시의 주축을 이루는 것은 미트라다테스(Mithradates, 아나톨리아 북동부에 있던 옛 왕국 폰투스의 왕)가 세웠다고 전해지는 요새다. 기원전 200년경 아나톨리아의 거의 전 지역을 지배했던 폰투스의 왕은 이곳을 수도로 정했다. 애초에 히타이트인들이 세웠고, 그 후에는 알렉산드로스 대왕, 로마 제국 그리고 티무르가 이끄는 몽골 제국이 점령했던 이 도시는 오스만 시대에 이르러 페르시아에 대한 모든 침공이 비롯되는 요새가 된다. 술탄의 계승자는 아마시아에 와서 자신이 익힌 대로 실천해보면서 통치하는 법을 배우는 것이 관례였다.

내가 묵은 호텔은 도시를 굽어보는 가파른 절벽을 마주보고 있었다. 사람들은 그곳의 바위를 파서 폰투스 왕을 위한 동굴묘지로 만들었다. 나는 이곳에서 하루를 쉬며 실크로드 정보를 수집할 생각이었다. 하지만 일이 쉽지가 않았다. 내가 방문했던 다른 도시들처럼 관광 안내소가 혹 있다 하더라도 궁색하기 이를 데 없었으며 최소한의 정보조차 얻기 힘든 실정이었다. 그곳에 있는 두 젊은이는 외국어를 전혀 할 줄 몰랐으며, 광고전단만을 돌릴 뿐이었다. 박물관에서도 사정은 마찬가지였다. 박물관장인 지층고고학자 아흐메트 이위제는 최근 발굴한 로마 길로 인해 무척 흥분해 있었다. 하지만 대상들의 전통은 그의 연구분야가 아니어서 일반인과 다를 바 없을 정도로 무지했다. 그는 지역 주민인 알리 카밀을 소개해주었는데, 그라면 내 궁금증을 풀어줄 수 있을 것이며 더욱이 영어를 한다고 했다. 나는 그 남자가 있는 숙소로 서둘러 갔다. 하지만 그는 여행 중이었다. 그가 보수해놓은 집은 훌륭했다. 나는 그곳에 방을 하나 빌려서 싸구려 호텔에서 즉시 짐을 옮겼다.

알리 카밀의 집은 19세기 초반의 오스만 양식으로 지은 집이었다. 흙과 나무로 된 삼층집이었는데, 일층은 반쯤 땅에 묻힌 상태였다. 포석이 깔린 마당에는 호두나무와 버드나무가 그늘을 드리워 낮잠을 자거나 대화를 나누기에 좋을 듯했다. 집주인이 수집한 오래된 집기와 농기구들이 마당에 전시돼 있었다. 밖으로 난 부엌은 고기를 구울 때 넘새가 집 안에 진동하지 않도록 고려한 것이었다. 일층에는 부엌과 공동 화장실이 있었다. 이층은 계단으로 연결되었는데, 두리기둥들이 이중으로 된 계단을 지탱하고 있었으며 두 개의 거대한 접대실로 이어졌다. 철제로 된 격자무늬 창문으로 햇빛이 쏟아져 들어왔다. 제일 위층은 방이 세 개 있었는데, 그중 한 방의 격자 천장에는 추상적인 주제들과 판에 박힌 동물 그림이 파스텔 색조로 장식돼 있었다. 특이하게도 벽장 안에 욕실이 있었는데, 원래는 침구를 정리할 때 사용하는 곳이었다. 나는 이 집의 일부가 아니라 진짜 은신처같이 느껴지는 작은 방에 머물기로 마음먹었다. 그곳의 입구는 마당의 그늘진 한쪽 구석에 가려져 있었다.

　유목민이었던 터키인들은 집에서 살 때도 마치 텐트 안에서 살듯이 했다. 방 하나에서 접대와 식사, 잠자는 일이 모두 이루어지는 것이 일반적이었다. 이것은 전형적인 텐트 생활이 아닌가. 가장 검소한 집조차도 바닥엔 항상 양탄자가 깔려 있다. 좀 여유가 있는 터키인들은 벽이나 침실 칸막이에도 양탄자를 치곤 한다. 텐트 안에 놓인 쿠션 또한 언급할 만한 것이지만, 차츰 접는 소파가 터키 가정의 필수 가구로 자리 잡은 듯하다. 형태를 바꿀 수 있으므로 대화를 나눌 때는 소파로, 잠을 잘 때는 침대로 사용할 수 있기 때문이다. 밥을 먹을 때 그들은 여전히 큰 쟁반을 땅에 내려놓고 앉아서 먹는 습관을 유지하고 있다.

　나는 이 도시에서 가장 큰 사원인 '술탄 바예지드 2세'

주위를 한가로이 거닐며 시간을 보냈다. 터키 어디에서나 그렇듯 사원은 종교적인 곳만이 아니다. 그곳은 또한 삶의 장소인 것이다. 이른 아침부터 정문 옆의 예쁜 연못에서 깨끗이 몸을 씻은 신자들이 기도하러 모여들었다. 기도 후엔 사원 옆에 있는 찻집에서 차를 마시거나 혹은 그늘진 정원을 산책하거나, 둘 중 하나를 선택한다. 학생들에게는 희귀한 책들이 많은 것으로 이름난 훌륭한 도서관이 개방된다. 나는 알베르 가브리엘(Albert Gabriel)이라는 프랑스 건축가가 1934년에 쓴 책을 한 권 꺼내보았다. 그는 아나톨리아의 터키 유적들에 대해 풍부하게 기록해놓았다. 그러나 20세기 초 이스탄불에서 중요한 지위에 있었던 그는 사원과 능, 그리고 연못들에 대해 정말 완벽하게 설명한 반면, 상인과 관련된 건축물에 대해서는 전혀 관심이 없었다. 그것이 내게는 너무도 안타까웠다. 새삼 강조할 필요가 없을 정도로, 오직 그것들만이 나의 진정한 관심거리였는데 말이다. 아마도 당시엔 그런 건물들이 너무 많아서 별로 특별할 게 없었거나, 건축가의 관점에서 봤을 때 그리 흥미로운 것들이 아니었기 때문이리라. 어쨌거나 대상 숙소에 대해 또다시 아무 흔적도 발견하지 못한 나의 실망은 이만저만 큰 것이 아니었다.

그래도 나는 절벽에서 찍은 1928년판 낡은 도시 사진에서 두 개의 큰 건물을 발견할 수 있었다. 바로 여행자들이 묵었던 대상 숙소였다. 아마시아는 2000년 전부터 동쪽으로 떠나는 대상들의 교역로에서 전략적인 위치를 가진 곳이었다. 또한 육로로 흑해에서 시리아 방면으로 가는 상인들의 중간 기점이기도 했다. 이제 두 대상 숙소 중 하나는 사라져버렸고, 다른 하나는 폐허가 됐다. 아직 허물어지지 않은 일층의 몇몇 방은 나무와 철과 구리를 다루는 장인匠人들의 작업실로 변했다. 옆에 있는 커다란 재래시장은 이층이 파괴된 상태였지만 아직도 상거래가 활발하게 이루어졌다. 1919년 6월 12일, 아직 무스타파 케말로 불리던 아타튀르크는 아마시아에 친구들을 소집해 얼마 후 창설될 터키 공화국의 기초를 다졌다. 아마시아에서는 그 사건을 기념하기 위해 매년 축제가 열리는데, 이곳 사람들은 내가 그 축제 때까지 기다리지 않는다고 길게 푸념을 늘어놓았다. 오늘이 6월 9일이므로 이 기간에 이곳에 온 게 축제 이외의 다른 목적 때문이란 걸 그들로선 이해할 수 없었던 것이다. 그러나 뜨거워진 신발 바닥이 재촉하고 있으므로 나는 걸어야 했다. 항상 자문해보곤 한다. 무엇이 나를 자꾸 앞으로 떠미는 것일까? 도대체 어떤 거역할 수 없는 힘이길래 잠에서 깨자마자 나를 길로 내던지는 걸까? 내게 진정 어려운 일은 걷는 것이 아니라 멈추는 것이었다. 지금 나는 육체적으로 아주 충만한 상태에 도달해 있기 때문이다. 피로가 씻기자마자—몇 주 전부터 계속해온 여행에 비하면 그 회복 속도는 또 얼마나 빠른지—나는 걷고 또 걷는 것을 꿈꾼다.

특히 순례자들에게 나타나는 현상이지만 하루 평균 30

킬로미터를 걷는 것이 단련이 되면 육체의 개념 자체가 무화되곤 한다. 거의 모든 종교에서 순례의 전통이 궁극적으로 추구하는 것은 몸의 단련을 통해 영혼을 고양하는 일이다. 발은 땅을 딛고 있지만 머리는 신神 가까이에 가 있다고나 할까. 보이오티아인들이 굳게 믿었던 걷기의 지적인 측면이란 바로 이런 것이다. 이런 경험을 해보지 못한 사람들은 흔히 걷는 것을 고통스럽다고 생각한다. 마조히즘이나 종교적인 이유로 자갈 위를 무릎이나 맨발로 걸으며 스스로를 고문하는 사람들에겐 그럴 수도 있다. 그러나 하루 30킬로미터 범위 내에서라면, 걷는 것은 기쁨이며 부드러운 마약과도 같다.

홀로 외로이 걷는 여행은 자기 자신을 직면하게 만들고, 육체의 제약에서 그리고 주어진 환경 속에서 안락하게 사고하던 스스로를 해방시킨다. 순례자들은 아주 긴 도보여행을 마친 후엔 거의 예외 없이 변모된 자신의 모습을 느낀다. 이는 그들이 그토록 오랫동안 스스로를 직면하지 않았다면 아마도 발견할 수 없었을 자신의 일부를 만났기 때문이다. 이는 또한 혼자 걷는 것을 선호해야만 하는 이유가 되기도 하는데, 여정에서 친구들을 발견하는 기쁨을 누릴 수 있기 때문이다. 실크로드의 순례자나 대상들이 나보다 유리했던 점이 바로 이것이다. 저녁이 되면, 그들은 도보여행자들과 자신들의 신앙, 피로 그리고 각자 발견한 것들을 서로 나누곤 했을 것이고, 그럼으로써 느끼고 감탄한 점들을 서로 교환하며 하루 동안의 일과 생각을 반성할 수 있는 기회를 가졌을 것이다.

6월 9일 아침, 일찍 일어난 나는 숙소 옆에서 주식인 뜨겁고 맛있는 초르바시를 먹었다. 그때 FM 소총과 방탄조끼로 중무장하고 위장복을 입은 군인들이 가득 탄 미니 버스 다섯 대가 식당 앞에 멎었다. 장갑차 한 대가 곧이어 도착했다. 그들은 밤새 주변 도로를 순찰하고 온 것이었다. 카밀이 토카트 주변의 '테러리스트'들에 대해 말했던 것이 생각났다. 그곳까지는 아직 더 가야 했지만, 군대의 움직임은 이곳 또한 안전을 보장할 수 없음을 증명하는 듯했다.

일곱 시 반, 마지막으로 보이는 집들을 지나는 중에 열두어 살쯤 돼보이는 중학생 두 명이 바싹 다가오더니 늘 듣는 질문을 했다. 그런데 이번엔 영어로 물었다. 녀석들은 자기들의 교실에 가서 여행 이야기를 해달라고 졸랐다. 마침 그날 첫 수업이 영어시간이라는 것이다. 아침나절의 신선함을 걸으면서 만끽하고 싶었기에 그리고 오늘의 계획은 35킬로미터 이상 걷는 것이어서 나는 잠시 망설였다. 하지만 녀석들의 설득은 끈질겼고, 아이들에게 유독 약한 나는 그들을 따라나서기로 했다. 두 소년과 함께 조금은 우쭐해하며 학교 현관에 들어섰다. 학생들은 모두 제복을 입고 있었다. 소년들은 푸른 양복과 흰 셔츠, 회색 바지를 입었고, 소녀들은 흰 블라우스에 회색 주름치마 그리고 청회색의 차도르를 하고 있었다. 개구쟁이 녀석들이 잽싸게 소문을 내서 교사들이 교무실에서 떡 버티고 나를 기다리고 있었다. 우리는 물론 차를 마셨고 그런 후에 그 두 녀석이 내 손을 잡고 자기들 교실로 데리고 갔다.

학생들과 몸집이 별 차이 없는 외즈누르 외즈칸이라는 아주 자그마한 여선생이 담당 영어 교사였다. 학생들의 영어 수준이 아주 뛰어난 걸로 봐서 훌륭한 교사임에 틀림없는 듯했다. 나는 십 분 내에 내 여행 계획을 설명해야 했다. 아이들은 열심히 내 얘기를 들은 후 여정과 여행 동기 그리고 가족 사항과 파리에 대해 수많은 질문을 퍼부어댔다. 내가 모든 질문에 대답한 후에도 아이들은 여전히 내가 좋아하는 동물, 터키 가수 등에 대해 알고 싶어했다. 마침내 한 바탕의 질문공세가 끝났을 때는 족히 사십오 분이 지나가버린 후였다. 이제 내 차례가 되었다. 나는 차도르에 대한 질문을 했다. 외즈누르—차도르를 하고 있지 않았다—는 이곳이 종교학교여서 차도르를 하는 것이지, 공립학교에서는 모든 종류의 종교적 표시가 금지된다고 말했다. 교실에서 유일하게 차도르를 하지 않은, 유난히 열심히 질문을 하던 한 소녀가 학교 울타리까지 나를 배웅하자고 제안했다. 기념사진을 찍은 후 교사의 허락이 떨어지자, 두 학생만 교실에 남았다. 나머지 학생들은 교실에서 몇 분이라도 벗어날 수 있게 된 것이 즐거운 듯 앞을 다투어 나를 따라나갔다. 처음에 운동장을 가로질러 들어올 때보다 더 어지럽고 시끄러운 호위를 받으며, 나는 학교를 걸어나갔다. 아이들이 각자 자기들의 이름을 외쳐댔다. 교문을 나섰을 때도 아이들은 여전히 포기하지 않고 길 쪽으로 난 공원을 따라 뛰어왔다. 골목길에 접어들면서 내가 보이지 않을 때까지 녀석들은 여행 잘하라는 몸짓과 말을 끝없이 해대며 거기 그대로 있었다.

지나쳐가던 어떤 마을의 중앙로 이름이 '실크로드'였다. 또 더 멀리 보이는 촌락의 이름은 '비단 마을'이었다. 최소한 내가 제대로 길을 가고 있는 것만은 확실했다. 하지만 실크로드를 말해주는 흔적은 그것들뿐이었다……. 길을 굽어보는 산허리에 누군가 크고 흰 돌로 'ne mutlu Türküm diyene'라고 써놓았다. 번역하자면 '터키야말로 가장 커다란 행복'이라는 뜻이었다. 몇몇 주민들은 이 표어를 집에도 써놓았다. 일종의 국수주의라고 할 수 있는 이런 모습은 앞으로도 자주 보게 되리라. 흰 돌로 새긴 또 다른 표어들은 이 지역과 군대 혹은 헌병들을 과장되게 선전하고 있었다. 군대는 이 지역 어느 곳에서나 눈에 띄었다.

눈앞에 병사 두 명이 기관총을 옆에 두고 서 있었고, 더 멀리에 10여 명의 군인들이 자동차와 트럭을 정차해놓은 것이 보였다. 보행자를 본 그들은 놀란 듯했다. 그들은 나에 대해 농담을 주고받았지만 별다른 제지는 하지 않고 여행 잘하라는 인사까지 건넸다.

나는 국도에서 벗어나 작은 길로 접어들었다. 이틀 내에 질레(Zile)라는 도시에 도착하게 되리라. 가능하면 그날 저녁 한 마을에 머무를 생각이었는데, 지도에 표시된 케르반세라이(대상 숙소)라는 이름이 눈길을 끌었기 때문이다.

날씨는 더웠고 소나기가 올 것 같았다. 정오경에 나는 일리지(Ilici)라는 부락에서 걸음을 멈췄다. 바칼에서 필요한 물건을 산 후 옆에 있는 찻집에 자리를 잡았다. 그곳에 있던 손님들은 나를 무척 궁금해하는 눈치였지만 선뜻 질문을 하지는 못했다. 수염이 꺼칠하고 수척한 구릿빛 피부의 한 남자가 들어오자 모두의 이목이 집중됐다. 무스타파 아실이라는 그 사내는 찻집을 휙 둘러보더니 내 배낭을 보고는 아주 자연스럽게 내 테이블에 와서 앉았다. 이는 다른 사람들이 한결같이 바라던 것이기도 했다. 그들은 각자 의자를 잡고 우리 주위에 원을 그리며 모여들었다. 내가 이런저런 질문에 대답하는 동안 사람들은 내가 더 이상 마시지 못할 정도로 차를 가져왔다. 마치 들쥐처럼 작고 반짝이는 눈을 한 무스타파는 내 수첩에 자신의 이름을 쓴 다음 빈 공간에 다른 사람의 이름을 쓰고 설명을 했다.

"오늘 저녁 케르반세라이에 도착하거든 이 친구 집에 가서 묵으시오. 괴흐 베크타슈라고 하는 내 친구인데 내가 보냈다고 하면 잘 대해줄 거요."

오늘 아침 꼬마들이 그랬듯이 호기심 많던 사람들은 나를 보려고 찻집의 테라스로 나와서 내가 골목길을 돌아갈 때까지 작별 인사를 했다. 오르막길은 길고도 험해보였다. 지금 이 시간 나는 해발 450미터 지점에 있다. 여기서 15킬로미터 떨어진 케르반세라이는 해발 1,200미터에 이른다.

계속 어둑어둑하던 날씨더니 마침내 소나기가 뿌렸다. 한 소년이 헐떡거리며 달려왔다. 그는 담배를 달라고 했다. 나는 가진 게 없었다. 소년이 단지 담배를 피우기 위해 그토록 달려왔다는 사실이 놀라웠다. 그는 잠시 기다리라고 하더니, 길 아래쪽 철조망 너머에서 총을 메고 우리를 잡을 듯이 노려보는 한 남자를 가리켰다. 그리 나쁜 녀석으로 보이지는 않았으므로 나는 기다리기로 했다. 무장한 남자가 걸어오면서 어깨에 멘 총을 내리더니 자신의 오른팔과 평행하게 잡았다. 총구는 땅을 향했고 개머리판은 몸에 딱 붙인 상태였다. 적대의 표현인가 아니면 우호의 표현인가?

길에 앉아 아직도 숨을 돌리던 소년은 조금도 무서워하거나 걱정스러운 표정이 아니었다. 군인이 다가오는 동안 소년에게 내가 어디서 왔으며 어디로 가는지를 설명했다. 총을 든 남자가 와서 불쑥 나온 배를 흔들며 심호흡을 했다. 소년은 그에게 내가 조금 전에 말한 것을 터키어로 설명했다. 그 뚱뚱한 군인이 물었다.

"관광객?"

나는 고개를 끄덕이며 대답했다. 두 사람 모두 침착하게 나를 바라보더니 아무 말 없이 몸을 돌려 비탈을 내려갔다. 소년이 그토록 헐떡이며 뛰어온 것이 담배 때문이었는지, 아니면 내게 어떤 함정을 알리려 했던 것인지 아직도 알 수가 없다. 그들은 무슨 상상을 했던 것일까? 수수께끼 같은 일이다.

케르반세라이 마을은 헐벗고 구불구불한 준(準)평원에 있었다. 대리석 채석장에서 거대한 무개 트럭들이 쏟아져 나오고 있었다. 알라의 은총 때문인지 커다란 돌덩어리들이 트럭 위에서 잘도 평형을 유지했다. 금방 내렸던 소나기와 높은 고도 때문에 날씨가 추워졌다. 흙과 나무로 초라하게 지은 외양간과 집들이 교대로 이어졌다. 아이들이 진창에서 진흙투성이가 된 채 놀고 있었다. 나는 열린 문 안쪽에서 갑자기 튀어나온 대야에서 쏟아진 더러운 물을 아슬아슬하게 피했다. 내가 다가가자 일상이 정지된 듯 남자들과 아이들이 하던 일을 멈추고 뚫어져라 나를 바라보았으며 할머니들은 스카프로 입과 코를 가렸다. 서양 여자들도 불편함이나 혼란스러움, 당황스러움을 표현할 때 손으로 입을 가리는, 비슷한 반응을 보이지 않던가?

괴흐 베크타슈의 집은 길 끝에 있었다. 그는 몸집이 거대했으며 굵은 콧수염이 얼굴을 뒤덮다시피 했다. 무스타파의 이름을 대자 흔쾌히 문을 열어주었다. 그의 진짜 이름은 데미르지고, 괴흐(눈)는 별명이었다. 아주 예리한 눈썰미를 가졌다고 해서 붙여진 별명이다. 그는 암소 네 마리와 150제곱킬로미터의 불모지를 소유한 가난한 사람이었지만, 서로 나누며 살았다. 그는 알레비파(시아파 계통)의 일원이었다. 깡마르고 주름이 진 노인을 제외하고는, 나의 존재가 이제껏 다른 마을에서 보아왔던 그런 소동을 불러일으키진 않았다. 아마시아까지 오면서 나를 사로잡았던 열기 같은 것이 이 지역엔 없었던 것이다. 나는 총을 들고 있던 남자와 길을 물어보았던 몇몇 사람들에게 느꼈던 경계심을 떠올렸다. 산에 사는 사람들 특유의 투박함일까? 어쩌면 무장한 군인과 민간인뿐 아니라 전쟁의 기운이 잠재해 있는 것인지도 몰랐다. 이곳에서 전투가 벌어지고 있는 게 아닐까? 사람들에게 물어보았지만 아무런 대답도 듣지 못했다.

괴흐의 아들 중 하나는 겨울엔 이스탄불의 장식가게에서 일하다가 여름이 되면 농사일을 돕기 위해 집으로 왔다. 촌스럽기 이를 데 없는 이 집의 한쪽 구석이 깔끔한 것은 아마도 그의 덕인 듯싶었다.

"괴흐, 당신 자녀가 몇입니까?"

"넷이지요."

"여자아이 둘과 당신 아들은 보았는데요, 넷째는 아들입니까, 딸입니까?"

"그게 아니라, 아들 넷에 딸 다섯이란 말이요."

딸은 자식으로 치지 않는다는 얘기였다. 그렇다고 딸들에게 힘든 일을 시키지 않는 것도 아니었다. 딸 둘이서 벽난로 앞에 웅크리고 앉아 숯을 뒤적이며 어머니가 식사 준비하는 것을 돕고 있었다. 잠시 후 막내딸 사티가 우리

앞에 높은 삼각 탁자를 가져왔고, 그 위에 큰 접시와 음식을 펼쳐놓았다. 분쇄한 밀과 토마토, 양파와 요구르트 등이 아궁이에서 갓 구워낸 팬케이크와 함께 나왔다. 괴흐는 사모바르(러시아의 찻주전자)에서 차를 끓여냈다. 식사가 끝나자, 사티가 물항아리를 들고 아버지 앞에 앉아서 대야와 수건을 차례로 건넸다. 그는 앉은 채 손과 입을 씻었다. 그러더니 내게 자신처럼 하라고 권했다. 마치 노예를 부리듯 하는 것이 어린 소녀에게 모욕적이라고 느꼈기에 거절했다. 이런 식으로 어린 사티를 부려먹는다면 역겨운 일이 아닌가. 연못을 찾아서 혼자 씻어야겠다고 생각했다.

연못은 찾지도 못했다. 그런 데다가 집 뒤에 있는 화장실에 가려면 어둠 속에서 아슬아슬한 모험을 해야 했다. 더듬더듬 찾아가던 끝에 물에 젖어 질척거리는 계단 위에 있는 목조 화장실을 발견했다. 폭풍이 불어 지붕이 날아간 거름 웅덩이 위에 엉덩이를 대고 하늘의 별을 바라보며 일을 봤다.

나는 응접실 맞은편 방에서 잤다. 응접실은 괴흐의 침실로도 사용되는 모양이었다. 마을의 다른 집들과 마찬가지로 그의 집도 방이 다섯 개 있었다. 부엌이 중앙에 그리고 나머지 방 네 개가 모퉁이에 자리 잡았다. 벽난로가 있는 가운데 방에서 요리를 했으며, 다양한 농기구들도 이곳에 쌓여 있었다. 좀 비좁은 편인 다른 방에는 생나무로 된 바닥에 리놀륨이나 양탄자를 깔았다. 부엌에서 다른 방으로 가려면 수도 없이 신발을 벗어야만 했다. 가구는 최소한의 것만 갖추었다. 침대는 오리목으로 된 나무판 침대였고, 그 위에 매트리스가 놓여 있었다. 벽의 두 면에는 지면에서 2미터 정도 되는 높이에 판자가 달려 있다. 옷을 정리해놓는 선반이었다. 비죽비죽 튀어나온 못들이 옷걸이인 셈이었다. 한쪽 구석에 정성스레 개놓은 담요들은 넉 달 동안 이어지는 겨울에 요긴하게 사용될 것이다. 벽난로 외엔 아무런 난방시설이 없기 때문이다.

집들뿐 아니라 케르반세라이에서는 옷도 모두 똑같았다. 여자들은 때로 밝은색 스웨터를 입기도 하지만 그 위에는 한결같이 땅에 끌리는 회색의 무겁고 긴 외투를 입었다. 물론 스카프를 둘렀다. 할머니들은 내가 나타날 때만 입과 코를 가렸다. 손님으로 온 한 노인과 괴흐는 마을의 모든 다른 남자들과 마찬가지로 셔츠에다가 천이나 양털로 된 조끼를 받쳐입었다. 아들은 셔츠 차림이었다. 도시에서는 넥타이를 매는 것이 유행이었던 반면—터키인들은 '프랑스식의 허술한 차림'을 별로 좋아하지 않는다—이곳에서는 주로 노타이 차림이었다. 맨발에 신는 일종의 스노 부츠라고 할 수 있는 고무 단화는 필수품이었다. 결국 모든 남자들이 나름대로 정장을 하고 있는 셈이다. 내 차림이 이곳의 차림과 동떨어져 있는 것은 분명했다.

괴흐는 실크로드에 대해 어느 정도 알고 있었다. 질레를 거쳐 더 남쪽의 시바스(Sivas)로 향하는 대상들이 토카트의 고위 관리가 부여하는 혹독한 세금을 피하기 위해 이곳을 지나가곤 했다는 것이다. 다만 그는 마을의 이름이기도 한 대상 숙소가 어디에 있는지는 알지 못했다. 분명한 사실은 아마시아에서 케르반세라이까지, 즉 오늘 내가 걸은 36 킬로미터가 대상들에겐 험난한 구간이었다는 것이다. 고저차高低差가 800미터에 이르기 때문이다.

새벽에 괴흐는 마을 어귀까지 동행해주었다. 다음으로 갈 마을인 야일라욜루(Yaylayolu)는 예전에 바줄(Bacoul)이라고 불렸다고 한다. 알프스 지역의 농가들처럼 집들이 외양간 위에 있어서 양떼들이 겨울에 난방장치 구실을 한다. 이 마을에는 약 500년 동안 그리스 기독교인들이 살았다. 동네의 어떤 노인은 그리스 기독교인들이 1550년경에 이곳을 떠났을 것이라고 말했다. 하지만 이런 정보가 내게 무슨 소용이 있는가? 그리고 그 정보는 또 어디서 온 것일까? 이 한마디로 자기 마을의 모든 역사를 요약하면서 왜곡되거나 잃어버리는 것들이 얼마나 많을까? 그럼 그 후 500년 동안에는 어떤 일들이 일어났단 말인가? 그는 그걸 알고 있을까?

야일라욜루는 기원전 47년 폰투스의 왕 파르나케스가 전쟁터로 떠나면서 거쳐간 이후 거의 변한 게 없는 듯했다. 나는 사진을 한 장 찍은 후 마당에서 긴 킬림(kilim, 양탄자의 한 종류)을 짜는 두 여인과 대화를 나누었다. 이 기술 또한 기원전 47년 이래로 계속돼왔을 것이다. 길이가 20미터는 됨직한 양탄자는 마당 한쪽 끝에 말뚝으로 고정돼 있었다. 다른 한쪽 끝에는 한 여인이 바닥에 앉아서 실을 똑바로 유지하기 위해 잉앗대를 잡아당기고 있었다. 세 개의 장대로 된 원시 형태의 삼각대가 가운데 부분에서 양탄자를 받쳤다. 직물을 짜는 여인은 몸을 웅크리고서 베틀의 북을 왼쪽과 오른쪽으로 번갈아가며 밀었다. 단지 나무 두 조각으로 된 도구였다.

나는 손잡이가 네 개 달린 커다란 쟁반을 엄숙한 표정으로 들고 있는 다른 두 여인들도 찍었다. 예전에 이런 종류의 물건을 본 적이 있다. 브뢰헬의 〈연회〉라는 그림을 보면 두 남자가 식량으로 가득 찬 쟁반을 들고 있다. 두 여인은 들것 위에 팬케이크를 산더미처럼 쌓아놓았다. 새벽부터 화덕에서 구워낸, 가족 모두가 먹을 일주일분의 빵이었다. 이 지역에서는 모든 것이 예전 그대로인 것처럼 보였다.

한 시간 후 나는 북쪽의 구쁡바줄과 남쪽의 이원뤼(Yünlü) 마을 사이에 있는 거친 벌판 위에 앉았다. 고도계는 1,335미터를 가리켰다. 그 유명한 전투가 일어난 것은 바로 여기, 아마도 오늘처럼 포근하고 흐린 날이었으리라. 기원전 47년 폰투스 왕 파르나케스는 아르메니아를 포함해서 자신의 조상들이 예전에 지배했던 카파도키아와 갈라티아를 재정벌하기로 결심했다. 그는 이 지역의 일부를 차지하고 있던 로마에 전쟁을 선포했다. 당시 이집트에 머물고 있던 카이사르는 군대를 이끌고 이 오만한 침략자에 맞서라는 상원의 명령을 받았다. 두 사람이 격돌한 곳이 바로 여기, 내 앞의 이끼 낀 평원이었다.

배낭에 등을 대고 허공을 바라보며 나는 꿈꾸듯 상상해본다. 나와 마찬가지로 수도 아마시아로부터 행군해온 파르나케스는 내 왼편에, 그리고 전날 이원뤼에서 진영을 정비한 카이사르는 남쪽에서 와서 내 오른편에 자리를 잡는다. 이제 날이 밝는다. 저기, 동쪽으로 카자바다(Kacabada, 거대한 아빠) 산이 모습을 드러낸다. 기복이 심한 땅은 군대를 매복하기에 쉬웠으리라. 높은 곳에서 불어오는 바람이 짧은 풀들을 흔들고 지나간다. 마침내 명령이 떨어진다. 촘촘히 대열을 이룬 로마 군대가 전진한다. 그때 파르나케스는 언덕 뒤에 숨겨놓았던 자신이 발명한 무시무시한 무기, 칼날을 장착한 전차를 드러낸다. 그 위력은 끔찍스러울 정도다. 지금 내 옆에서 풀을 뜯는 놈들처럼 깡마르고 신경이 예민한 말들은 주인의 채찍질에도 아랑곳하지 않고 피를 흘리며 보병 대열 속으로 뛰어든다. 인정사정 없는 전투가 다섯 시간 동안 계속된다. 병사들은 모두 기진맥진했다. 결국 로마군이 승리를 거둔다. 그리고 카이사르는 상원이 요구한 대로 전쟁 역사상 가장 짧고 가장 유명한 승리를 기념하기 위해 판 위에 문자를 새긴다. 수많은 병사가 죽어간 전쟁에 대해, 그는 다만 이렇게 언급한다. "왔노라, 보았노라, 이겼노라."

칼들이 부딪치며 내는 섬광, 죽어가는 병사들의 신음,

부상자들의 울부짖음, 쉭쉭거리며 날아가는 화살들, 요란한 채찍 소리, 이 모든 걸 보고 들었던 이 언덕은 그날 이후 2000년 동안 평온을 유지했다. 오늘날엔 다만 초원을 스쳐가는 바람과 하늘 높이 날아오르는 종달새들의 지저귐만이 침묵을 깨고 있을 뿐이다. 나는 오랫동안 꿈꾸듯 이곳에 머무르다 배낭을 집어들고 다시 길을 떠났다. 전차 바퀴에 칼날을 장착한 아이디어는 요즘 할리우드 영화에서 널리 사용되기도 한다.

전투의 증인인 또 하나의 마을 이외뤼는 질레로 가는 길에서 벗어나 고개의 중턱에 있다. 아스팔트 길을 벗어나 흙길을 따라가야 다다를 수 있는 곳이다. 가는 도중 산책을 하는 두 노인을 만났다. 그들은 호기심이 충족되자 내 배낭을 곁눈질하며 말했다. "그래도 무장은 잘했구먼. 장총인가, 권총인가?" 질문이 너무 터무니없어서 나는 너털웃음으로 대답을 대신했다. 그러나 그들은 웃지 않았다.

골목길을 돌아가다가 나는 후세인과 마주치게 됐다. 되도록 누군가와 만나지 않길 바랐으나 뜻대로 되지 않았다. 그는 자기 집 벽 그늘에 머리를 기대고 더러운 맨발을 쭉 뻗어 해를 쬐며 길을 막듯 앉아 있었다. 그렇게 앉아서 마치 목수 아흐메드의 것처럼 날이 선 손도끼로 뾰족한 끝이 안쪽으로 휜 삼지창 모양의 아주 특별하게 생긴 건초용 쟁기를 다듬고 있었다. 나는 그렇게 생긴 것을 본 적이 없다. 쟁기는 서로 대칭을 이루는 세 개의 날을 가지고 있었다. 아래쪽의 검지와 중지는 위쪽으로 그리고 정면의 엄지는 아래쪽으로 휜 모양이었다. 이런 형태로 만들기 위해 후세인은 자신의 밭 울타리에 있는 관목의 새싹들을 3년 동안 건사한 다음 모양을 갖추도록 틀을 만들어 말렸다고 한다. 그래서 끄트머리가 뾰족해지면, 거기다 손잡이만 붙이면 되는 일이었다.

후세인은 하던 일을 멈추고 기쁜 표정으로 나를 불렀다. 오래된 농기계가 흥미를 끌었으므로 나는 사진을 한 장 찍었다. 이런 농기계들은 아주 오래전부터 이런 식으로 만들어져온 것이다. 후세인은 점심을 같이 먹자고 했다. 나는 질레에 일찍 도착하려고 정중하게 거절했지만, 그는 내 팔을 친근하게—하지만 강하게—잡아당기며 나를 끌고 가서는 자기 집으로 밀어넣었다. 순식간에 배낭이 벗겨졌고, 거의 강제로 응접실까지 끌려갔다. 일단 감싸안고 훈훈하게 해주고 모든 망설임을 무력하게 만드는 후세인의 온정에는 당할 재간이 없었다. 그는 모든 걸 알고 싶어했다. 부엌의 여인들도 귀를 기울이며 무슨 정보라도 얻을까 싶어 차례로 들어왔다가는 나가서 다른 사람들에게도 퍼뜨렸다. 이집에는 세상이 힘들게만 느껴져서 절망할 때도 위안을 줄 수 있는 소박한 행복과 아름다운 모습들이 가득했다.

집주인은 갑자기 내가 앉아 있던 판자에서 일어나보라고 하더니, 커버를 벗기고는 그가 길들여 키우는 자고 한 마리를 꺼냈다. 새는 방 안을 돌아다니다가 음식 찌꺼기가 남아 있는 접시들 쪽으로 다가왔다. 후세인은 이방인을 맞게 되어 기뻐하는 기색이 역력했다. 그는 내 팔을 건드리거나 어깨를 치기도 했다. 접촉하고 싶어하는 듯했다. 이대로라면 그는 나를 끌어안고 포옹을 하거나 입을 맞출지도 몰랐다. 그는 관대하고 호의적이고 우정을 느끼게 하는 남자였다. 좋은 성품이 아닐 수 없다. 내가 다시 배낭을 집어들자 그는 길 끝까지 나를 배웅해주겠다고 고집을 부렸다.

길은 가파르고 돌투성이였으며 비가 와서 움푹 패 있었다. 불편하고 경사가 심한 길이라 보행자가 아니면 갈 수 없을 정도였다. 우리는 자갈길 위로 가기도 하고 황무지를 질주하기도 했다. 한 500미터쯤 아래에 급류가 있었다. 질레로 가려면 그 급류를 아슬아슬하게 따라가야 했다. 후세인은 내가 아래로 떨어지거나 나를 놓칠까봐 걱정이 되는 듯 나와 팔짱을 끼고 옆에 바짝 붙어서 걸었다. 조금 불편하기는 했지만, 터키인들은 자주 이런 식으로 잡고 걷는 듯했다. 게다가 이런 식의 감정 표현은 나를 감동시켰다. 이 친구의 우정은 정말 피부로 느껴지는 것이었다. 우리는 산허리 정도 되는 곳에 이르렀고, 거기서부터는 도로와 만나는 길이 보였다. 나는 이제 혼자 내려갔지만 몸을 돌려 위쪽을 볼 때마다 후세인은 멀리서 작아진 모습으로 작별 인사를 하며 십오 분 동안이나 그대로 있었다.

어떻게든 베풀고 싶어하는 우정에 마음이 훈훈해진 나

는 질레까지 이어지는 완만한 비탈길을 힘차게 따라갔다. 험난한 계곡 언저리에서 벚나무 위에 앉아 있던 두 남자가 나를 불렀다. 그들과 함께 나는 버찌를 잔뜩 먹었다. 500미터쯤 더 위에 있는 야일라율루에서는 아직 버찌가 익지 않았는데 말이다.

질레는 아름다운 오스만 양식의 집들이 고스란히 간직돼 있는 곳이었다. 도시를 둘러싼 성벽은 내일 걸어가게 될 동쪽을 향해 있었으며, 거기서 나는 넓은 경작지 위에 흩뿌려진 마을들을 여섯 개나 지나갈 수 있었다. 도심에서 인터넷 카페를 찾아보았지만 허사였다. 하지만 내가 사정을 설명하자 젊은 친구들이 한참을 헤맨 끝에 한 사진기사의 집으로 데려갔다. 이흐산이라는 친구가 컴퓨터광이라는 것이었다. 이흐산은 내게 자신의 컴퓨터를 쓰라고 했다. 내 우편함에는 특별한 메일이 있었는데, 레미와 라비아가 8월 6일에 결혼을 한다며 나를 초대한 것이었다. 이스탄불에 있을 때 라비아는 결혼 생각은 있지만 아직 아무것도 결정되지 않았다고 했는데, 일정을 서둘러 잡은 모양이다. 유감스럽지만, 그날 나는 타브리즈와 테헤란 중간의 어디쯤엔가 있을 것이다. 나는 그들에게 행복을 기원하는 답장을 보내 아쉬움을 대신했다. 내가 메일을 읽고 있는 동안 이흐산이 자기 친구 한 명을 불렀다. 《밀리예트(Milliyet)》라는 일간지의 질레 특파원으로 있는 하이다르 주하단이라는 친구였다. 그는 기사를 쓰려고 나를 인터뷰했고, 지역 TV 방송에 내보낼 요량으로 촬영까지 했다. 입장이 바뀐 셈이었다. 기자 생활을 하면서 이제껏 질문만 해왔는데 답변을 해보기는 이번이 처음이었다.

이튿날 아침 길을 떠나는데, 에므레라는 친구가 자전거로 나를 쫓아왔다. 그는 스무 살이었고 천사 같은 얼굴이었다. 그는 직업이 없었지만, 곧 남쪽 해안에 있는 해수욕장으로 일하러 떠난다고 했다. 10킬로미터쯤 같이 가는 동안 그는 자신의 미래에 펼쳐질 장밋빛 인생을 설계하느라고 여념이 없었다. 올 여름에 돈 많은 영국 여자를 하나 꼬셔서 결혼할 생각이라는 것이다. 그렇게 하면 그의 꿈은 이루어지는 것이다. 초록의 앨비언〔Albion, 영국을 말함. 잉글랜드의 옛 이름〕에서 일 안 하고 사는 것. 나는 그가 일찌감치 바람둥이 인생을 시작하게 된 것을 축하했다. 불쾌했는지, 그는 핸들을 돌려 가버렸다. 점심때가 됐지만 식당 하나 보이지 않았다. 기름 넣는 사람에게 물어보았지만, 적어도 15킬로미터 내에는 식당이 없다고 했다. 그는 과일 주스도 마른 과자도 아무것도 팔 것이 없었다. 내가 다시 길을 떠나자 그가 불렀다.

"하지만 내가 점심으로 싸온 게 있어요. 이리 와요, 나눠 먹읍시다."

7. 1천 킬로미터

수백 개의 눈들이 나를 주시하는 가운데 나는 끝없이 펼쳐진 그 유명한 파자르(Pazar) 대로를 찾을 수 있었다. 내가 도착했을 때는 마침 금요기도가 끝나고 사원에서 사람들이 나오는 시간이었다. 도시는 기도하러 온 신자들로 가득했다. 사람들이 넘쳐나는 인도를 피해 나는 도로 한가운데로 걸었다. 아무런 표시도 아무런 말도 없었다. 내가 다가가면 오로지 침묵뿐이었다. 찻집이나 노점에서 나오는 사람들도 나를 외면했다. 무더위 속에서 35킬로미터를 걸은 탓에 바지와 셔츠는 땀으로 젖었고, 푸른 모자 또한 땀에 젖어 흰 줄이 그려질 정도였다. 수레를 타고 가던 건장한 남자가 이런 차림의 야만인을 좀더 자세히 살펴보고자 말을 멈췄다. 내가 마치 반짝이는 코와 안테나를 단 화성인처럼 보이는 모양이었다.

나를 유심히 살펴보는 사람들의 표정은 엄격한 것도

호기심에 가득 찬 것도 아니었다. 오직 놀라움일 뿐이었다. 반응이 조금씩 다르긴 했다. 젊은 친구들은 유쾌한 표정으로 어깨를 부딪치곤 했다. 나이 든 사람들은 가면이라도 쓴 듯 감정을 숨기려고 애쓰는 모습이었다. 노인들에겐 나무라는 듯한 기색이 역력했다. 나는 아마시아에서 겪었던 일을 떠올렸다. 비바람이 몰아치던 날 아마시아에 도착한 나는 반바지 차림이었다. 나는 레인코트를 꺼내입고 버스에 올라탔다. 내가 앉은 자리는 독실한 이슬람 교인임을 나타내는 모자를 쓴 노인 옆이었는데, 내 레인코트 자락이 미끄러지며 무릎이 드러나게 됐다. 그러자 노인은 내 맨살을 보지 않으려는 듯 엄숙한 태도로 코트 자락을 다시 덮어주는 것이었다.

길고 먼지 나는 파자르 대로를 천천히 걸어 올라가면서 며칠 전부터 미뤄왔던 결심을 했다. 이제부터는 긴 바지 차림으로만 사람들 앞에 나타나자. 물론 견디기 힘들 정도로 더울 것이다. 하지만 사람들과 마주치거나 혹은 그들의 집에 묵으며 일상의 삶을 가까이서 공유해야 하는 한, 나는 그들의 신념을 존중해야 한다. 내 존재가 그들을 놀라게 하는 건 어쩔 수 없다. 그러나 내 맨다리가 그들에게 충격이라면 내가 고쳐야 하지 않겠는가. 어쨌거나 좋은 훈련을 하는 셈이다. 곧 이란에 도착하게 될 텐데, 그곳에서는 어차피 해야 할 일이니까. 날이 아무리 더워도 코란의 규칙을 사수하는 것이 임무인 무시무시한 코미테(경찰)에게 체포되지 않으려면 팔다리를 옷으로 감싸고 걸어야 할 것이다.

파자르에서 처음으로 시에서 운영하는 호텔을 발견했다. 비싸지도 않고 깨끗한 데다가 더운물이 제대로 나오는 샤워 시설까지 갖추어진 곳이었다. 세 곱절의 소득인 셈이었다. 말끔하게 빗질도 하고 새 옷으로 갈아입은 후 도시의 출구 쪽에 있는 셀주크 시대의 대상 숙소를 방문하러 갔다. 네모반듯하고 거대한 그 건물은 붉은 화강암 벽돌로 만들어졌다. 밖에서 보니 벽은 매끄럽고 균열된 부분도 없었으며, 모퉁이마다 팔각형의 탑이 세워져 있었다.

입구는 정말 놀라웠다. 매우 높은 첫 번째 문은 돌 열쇠로 빗장을 건 고전적인 아치 형태였다. 곧바로 이어지는 두 번째 문은 조금 낮긴 했지만 정말 훌륭했다. 윗부분의 로마식 아치의 가장자리가 끌로 섬세하게 다듬어져 있었다. 그 아치에는 열쇠라고 할 만한 것이 없었다. 1밀리미터 정도의 얇은 돌들이 촘촘히 아치를 이루었다. 나는 고개를 좌우로 돌려가며 이러한 지그재그 모양이 무엇을 나타내는지 알아보려고 했지만 아무 형상도 아니었다. 갑자기 이 벽돌들을 거꾸로 보면 어떨까 하는 생각이 들었다. 그래서 몸을 숙여서 다리 사이로 바라보았다. 그랬더니 모든 그림이 아주 뚜렷하게 사람의 윤곽을 나타내고 있었다. 원호圓弧를 따라 그려진 형상들을 세어보니 정확하게 열네 개였다. 내가 이런 시도를 하고 있는데, 한 남자가 내 자세를 신기한 듯이 쳐다보고 있는 게 아닌가. 나는 몸을 바로 세우고 빙긋이 웃어보였지만, 그는 내가 약간 맛이 간 관광객이라고 생각했는지 부리나케 도망쳤다.

폐허가 된 내부를 보니 이 건물의 위상을 새삼 실감할 수 있었다. 놀랍도록 잘 재단된 거대한 돌로 이루어진 큰 기둥들이 웅장한 로마식 아치를 지탱했다. 1000년의 세파에도 이 건물은 잡초들의 무수한 침범을 아직도 견뎌내고 있다. 벽 윗부분이 잘 보존되기만 한다면, 앞으로 또 1000년은 버텨낼 수 있으리라. 그러나 사람들이 그 일을 할까?

여기서 알게 된 몇몇 교수들이 영어 연습을 할 수 있는 기회가 주어진 것을 기뻐하며 나를 저녁식사에 초대했다. 놀라운 것은 대상 숙소에 대해 그토록 자부심을 지니고 있는 이곳 주민들이 그 건물을 그냥 방치해두고 있다는 사실이다. 철학자이기도 한 그 교수들은 어깨를 으쓱이는 것으로 모든 내답을 대신할 뿐이었다. "인샬라(알라의 뜻이라면)."

아침에 길을 걷다가 한 노인이 몸을 잔뜩 구부리고 황마黃麻로 만든 큰 주머니 안에 풀을 뜯어담는 것을 보았다. 염소 같은 턱수염에다가 너무나 맑아서 마치 강인한 얼굴 깊숙한 곳부터 빛나는 듯한 푸른 눈을 가진 사람이었다. 우리는 대화를 나누었다. 그는 커다란 주머니를 어깨에 둘러메고, 나는 등을 짓누르는 배낭을 메고 잠시 함께 걸었다. 작은 트럭을 마치 경주용 자동차처럼 몰고 가던 잔뜩 겉멋

이 든 젊은이가 우리 쪽으로 오더니 짐칸에 타라고 했다. 풀뜯던 노인은 주머니를 트럭 뒤에 던져놓고는 그 나이라곤 도저히 믿기 어려울 정도로 유연하게 훌쩍 뛰어올랐다. 멋쟁이 청년은 내가 따라서 올라타지 않자 불만이었는지, 요란하게 시동을 걸어 배기 가스를 내 얼굴에 쏟아내고는 가버렸다.

정오경에 나는 본의 아니게 다시 국도로 되돌아오게 되었다. 토카트로 가려면 다른 방법이 없었다. 한 무리의 농부들이 나를 부르더니 식사를 같이 하자고 했다. 그들이 자리 잡은 곳은 드넓은 토마토 밭 한쪽 구석이었다. 높은 장대 위에 나뭇가지들을 얹어서 지붕을 만들어 햇빛을 피할 수 있었다. 그들은 도랑 속에 작은 화덕을 파서 연기가 나지 않도록 요리하는 여자의 긴 주름이 달린 웃옷으로 그 위를 덮어놓았다. 유쾌한 사람들이었다. 그들은 자신들의 단조로운 삶에 예기치 못했던 관광객이 출현하자 기뻐하는 듯했다. 네 명의 남자와 10여 명의 여자들 그리고 아이가 하나 있었다. 한 여인이 이렇게 말했다. "일은 고되지만 토마토 재배는 수입이 꽤 좋지요." 각자에게 주어진 식사는 토마토와 양파를 곁들인 팬케이크였다. 여기에 물론 화덕에서 소리 내며 끓고 있는 러시아 주전자에서 따라 마시는 차가 곁들여졌다. 사람들은 귀리 껍질을 넣은 플라스틱 주머니로 솜씨 좋게 만든 쿠션 위에 앉아 있었는데, 남자와 여자는 따로 식사했다.

젊은 친구 중 하나가 난데없이 파리까지 나와 동행하겠다고 했다. 나는 당황했다. 그는 계속 고집을 부렸다. 집에 가서 셔츠 두 벌을 가져오게 십 분만 시간을 달라고 했다. 아무도 알아듣도록 그를 타이를 생각이 없는 듯했다. 그는 그 이상 간단한 일은 없다는 듯이 들떠 있었다. 두 나라 사이에 해결해야 할 골치 아픈 조항들이 있다는 걸 그에게 어떻게 설명할 것인가? 이 순진한 친구는 복잡한 행정절차들이 뭔지나 알고 있을까?

"자네 이민 가고 싶다고? 뭐 안 될 것도 없지. 그런데 여권은 있나?"

"아니요."

"우선 그거부터 해결해야 해. 여권이 나오려면 몇 주는 걸릴 텐데, 난 자네를 기다릴 수가 없다네."

신기하게도 그는 자신의 꿈이 마치 나뭇가지처럼 꺾여 버렸다는 사실을 곧바로 인정했으며, 이민에 대한 열정은 그것이 처음 생겼을 때만큼이나 빠르게 사그라졌다. 모두 이 소동을 지켜보다가 각자 찬성이건 반대건 의견을 내놓았지만, 그 청년의 흥분이 잦아들었듯이 모두 토마토 일로 복귀했으며, 나도 다시 토카트를 향해 길을 떠났다.

오늘날 인구 10만 명에 이르는 토카트, 17세기 오스만 왕조 시대엔 기독교 문화권에 속해 있었다. 타베르니에(나는 그의 행적을 충실하게 따르고 있는 중이다)에 따르면, 토카트에는 최소한 열두 개의 성당과 네 개의 수도원(그중 둘은 수녀원)이 존재했고, 대주교를 모신 것을 대단한 자랑거리로 여겼다. 이곳에는 유대인 마을도 있었다. 유대인은 아직도 이 도시에 살고 있지만, 기독교인은 이제 아무도 없다. 누리 암자는 역사에 밝다고 해서 사람들이 추천해준 유대인이었다. 실크로드의 역사에 대해서도 잘 알고 있다고 했다. 하지만 유감스럽게도 이틀 안에 그를 만나기는 불가능했다.

새롭게 보수한 거대한 대상 숙소는 파자르의 대상 숙소에서 느꼈던 우아함도 풍요로움도 지니고 있지 않았다. 그곳엔 수십 개의 방이 있었는데, 각 방에는 화덕이 있어서 지붕에 예순 개가 넘는 굴뚝들이 늘어선 독특한 모습이었다. 지금은 옛날부터 구리를 다뤄온 장인들과 상인들이 구멍가게로 변해버린 방들을 차지하고 있었다. 정원은 넓었으며 부분부분 포장되어 있었고 또 어디를 가나 빠지지 않는 찻집의 테이블에 그늘을 드리우는 가시나무가 심겨 있었다. 이 대상 숙소는 그리 오래된 것은 아니었지만, 여기저기 놓인 커다란 난방기들과 정원을 향해 난 알루미늄 창들 그리고 건물을 온통 뒤덮은 양철지붕 등 때문에 시대를 가늠하기 어려웠다.

2500년 동안 주인이 열네 번이나 바뀌었던 토카트는 재미있는 특징을 지니고 있다. 13세기 이후 지면이 약 500미터 높아졌는데, 이는 수차례 지진이 발생해 이웃의 언덕들과 이어진 충적토 지층이 밀려 내려간 결과였다. 도시의 하층토下層土에 풍요로운 볼거리들이 숨겨져 있는 것은 이 때문일 것이다. 나는 그중 괴크 메드레세(Gök Medresse, '푸른 코란 학교'라는 뜻으로 gök는 '푸른'이라는 뜻과 '하늘'이라는 뜻을 모두 가지고 있다)에 가볼 생각이었다. 지금은 박물관이지만 예전엔 평지에 지어진 건물이었다. 도시의 저지低地에 위치한 다른 옛 건물들처럼 그곳을 방문하려면 계단을 한참 내려가야 한다. 정문을 장식한 아름다운 푸른 세라믹(이곳의 이름이 유래한 이유이기도 하다)은 아직도 찾아볼 수 있었다. 내부로 들어가면 로마 시대에 순교한 성聖크리스틴의 밀랍 얼굴이 있는데, 이 도시가 과거에 기독교 문화권이었음을 알려주는 흔적들 가운데 하나다.

셀주크 왕조 시대에 터키의 여섯 번째 도시였던 이곳은 티무르 시대에 몽골인에게 점령된 이후 급격하게 몰락하고 말았다. 그 후 오스만 시대에 이르면 이곳이 실크로드의 교차로라는 이점 덕분에 과거의 중요성을 일부 되찾게 된다. 나는 이곳에서 쉬는 동안 일반인에게 공개된 오스만풍의 매우 아름다운 호텔 라티포흘루 카나구이도 방문했다.

거의 온종일 도시의 대부분을 차지한 서쪽 구역을 산책하며 보냈다. 좁고 꼬불꼬불한 골목길들을 다니다 보니 길을 잃었는데, 집들이 뾰족뾰족 솟아 있어서 하늘이 보이지 않을 지경이었다. 조그만 구멍가게들과 사원 그리고 무너진 베데스텐(시장)으로 이루어진 이 구역은 이제는 거의 어디에서도 찾아볼 수 없는 오스만 문화의 향기를 간직하

고 있다. 콘크리트가 나무로 지은 전통 집들 대신 들어서
지 않은 것이다. 마치 불도저에 꿋꿋하게 대항하려는 듯 서
로 다닥다닥 붙은 집들은 오래된 시를 읽을 때처럼 감동적
이었으며, 반항적이고 연대적이고 고집스러운 정신만이 오
직 그곳에 머무르고 있는 것 같았다. 집에도 영혼이 있는 법
이다. 바로 그곳, 무너져가는 사원의 그늘 밑 작은 광장에서
내가 세 명의 노인과 친분을 맺게 된 것은 어쩌면 자연스러
운 일인지도 몰랐다. 그들은 메카까지 성지순례를 하는 꿈
을 이미 이룬 사람들이었으며, 모두 마치 깃발처럼 치렁치
렁한 흰 수염을 휘날리고 있었다. 나는 그들과 오랫동안 그
곳에 머물렀고, 시간은 멈춰진 것만 같았다. 행복한 순간이
었다.

　　나는 또한 컴퓨터 회사를 차린 세 명의 젊은 친구들과
도 친해졌다. 그들은 밤낮으로 일한다고 했다. 그들 중 한
명의 아버지가 사준 컴퓨터에서 시작된 일이었다. 이제 스
무 살이 된 한 청년은 군복무를 마치고 자신들이 만든 회사
의 사장이 됐다. 이제 갓 열네 살에 아직 중학교에 다니는
그의 동생과 열아홉 살인 나머지 한 청년 또한 그에 못지않
게 목표가 뚜렷했고 의욕적이었다. 그들의 회사는 어느 건
물의 두 층을 사용했다. 기업에 컴퓨터를 설치하는 일, 컴
퓨터 교육, 판매, 수리, 인터넷 카페, 프로그램 제작 등 그들
은 종횡무진 활동했다. 그들이 우려하는 것은 자신들이 세
상과 '연결되어' 있으며 서구에서 온 현대적이고 새로운 테

크놀로지에 눈을 돌리고 있음을 바로 서구인에게 보여준다는 점이었다. 나는 그들을 안심시켰다. 너희들처럼 사업 감각이 있고 야심과 능력이 뛰어난 젊은이들은 프랑스에서도 많이 보지 못했다고. 그제야 그들은 마음껏 기뻐했다.

이스탄불을 떠난 이후로 제대로 영양 섭취를 못한 나는 마침내 즐거움을 맛보기로 결심했다. 후수크라는 식당에 가면 다른 곳에서는 결코 맛볼 수 없는 토카트케밥이라는 맛있는 요리가 있다. 두 개의 꼬치가 잉걸불이 아닌 화덕에서 구워지는데, 맛이 완전히 달랐다. 첫 번째 꼬치에는 양고기와 감자 그리고 가지가 꽂혀 있고, 두 번째 꼬치에는 익는 시간이 다른 토마토와 피망이 꽂혀 있다. 여기에 구워서 으깬 마늘도 곁들여진다. 다음에 또 오고 싶은 생각이 들 정도로 맛있는 음식이었다.

호텔로 돌아오는 길에 군복을 입고 기관총으로 무장한 사람들이 늘어서서 상점과 골목길을 지나는 사람들과 자동차들을 하나하나 검문하는 것을 보았다. 테라스로 올라가는 계단 아래에도 여섯 명의 군인이 총을 가로질러 메고 손가락은 방아쇠에 댄 채 무서운 표정으로 보초를 서고 있었다. 계단 위쪽에서는 음악 소리가 들려왔다. 나는 무슨 일인지 알아보고 싶었지만, 한 병사가 물러나라고 소리를 질렀다. 어찌나 신경질적인지 시키는 대로 할 수밖에 없었다. 근처의 아이스크림 가게 주인이 말하길, 장교들이 축제를 벌이고 있는 중이며, 보초들은 '테러리스트들'이 축제를 방해할까봐 저렇게 노심초사하고 있다는 것이었다. 테러리스트들이라…… 쿠르드족을 지칭하는 것이라고 해석해야 하나? 어쨌거나 내가 뜨거운 분쟁지역에 들어선 것만은 분명한 사실이었다.

토카트를 떠나면서 이상하게도 기분이 가라앉았다. 잘 생각해보니 그럴 만한 이유들이 있었다. 첫째는 피로 때문이었다. 내가 걸어온 여정은 너무나 길었고 때로는 과다하기까지 했다. 하루에 47킬로미터, 이틀날엔 46킬로미터, 이런 적도 있었으니까. 속도를 줄여야 한다고 스스로 몇 번이나 타일렀지만, 그게 그리 쉽지가 않았다. 한 도시에서 다른 도시로 가려면 다른 선택의 여지가 없을 때가 자주 있었다. 도시에서 도시로 이동하려는 것도 나름대로 이유가 있다. 시골 마을에서 머물게 되면 호텔에서처럼 씻을 수도 편히 쉴 수도 잠을 푹 잘 수도 없기 때문이다.

토카트를 벗어나면서부터 나는 도시에서 멀리 떨어져 열흘 동안을 내리 걸을 계획이었다. 이는 결국 열흘 동안 제대로 된 식사도 못하고, 저녁마다 온 마을 사람들이 나를 보기 위해 줄을 설 것이며, 집주인과 함께 새벽에 일어나야 하고, 무엇보다 샤워도 못 하고 땀에 절어 살아야 한다는 것을 의미한다. 피해갈 수 없는 터널 같은 과정이었다. 가장 힘겨운 것은 첫걸음이다. 게다가 언제부터인가 마을들도 다 비슷비슷해지고, 평원에 또 평원이 이어지고, 새로운 발견에 대한 흥분도 무뎌지고, 심지어는 더 이상 캉갈도 두려워하지 않게 됐다. 이런 상황을 감안해보라……. 그러니 내가 경계심을 늦추고, 욕망도 최소한의 활기도 없이 그저 걸을 수밖에 없다는 걸 이해할 만하지 않은가.

토카트를 막 벗어날 무렵 요란한 손짓으로 교통정리를 하던 경찰이 고래고래 소리를 지르며 나를 거의 덮치듯 다가왔다.

"어디 가는 거요? 어디 가? 어디?"

'에르주룸'이라는 말을 알아들은 그는 내가 자기를 놀리는 거라고 생각했는지 더 크게 소리를 질렀으며, 내 몸을 밀치고 배낭을 뒤졌다. 내가 사실대로 '테헤란'이라고 대답했더라면 그가 어떻게 반응했을지 상상하기조차 두려웠다. 그의 동료가 끼어들어, 알라가 보우하사, 친구를 진정시켰다. 그는 자기 친구의 흥분을 이해해달라고 했다. "이 친구가 좀 신경이 예민하거든요." 이것이 그의 변명이었다. 이 일은 내게 아무런 교훈도 되지 않았고, 어쨌거나 나의 우울함은 조금도 나아지지 않았다.

다행히도 조금 더 가다 보니 아까보다는 덜 엉뚱한 장면이 나를 기쁘게 했다. 황량한 벌판에 일직선으로 단조롭게 난 길은 마치 경치에서 벗어난 듯 보였다. 그런데 그곳, 한창 공사 중인 나무 오두막 아래에 두 남자가 책상다리를 하고 앉아서 수박을 쌓아놓고 손님을 기다리고 있었다. 장사를 하기엔 정말 어이없을 정도로 어울리지 않는 곳이었지만, 두 남자는 자신만만하고 느긋해보였다. 그들은 담배를 피우며 수다를 떨었다. 사진을 찍어주자 그들은 보답으로 버찌를 주었다. "손님이 많은가요?"라고 묻자 그들은 무심한 미소를 지으며 "아니오."라고 대답했다. 그들의 이 아름다운 낙관주의는 나를 더없이 즐겁게 했다. 이 장면을 마음속에 잘 간직했다가 세상의 번잡함으로 인해 평정을 잃으려 할 때마다 꺼내보리라.

좀더 떨어진 곳에 있는 학교 앞에서 교장 선생이 지휘자가 되어 학생들이 터키 국가 부르는 것을 지도하고 있었다. 이는 터키의 모든 교육기관에서 월요일마다 치르는 행사인데, 이 장면을 보니 예전의 기억이 떠올랐다. 내가 자란 시골의 작은 도시에서도 여섯 살 어린아이였던 나는 학교에 갓 입학하여 '장군님, 우리가 여기에 있습니다'라는 노래를 부르곤 했다. 그리고 얼마 후 전쟁이 나서 학교를 다닐 수가 없었다. 세계의 모든 어린아이들이 아무것도 이해하지 못하면서 이런 노래들을 목청껏 부르며 열정을 표현하곤 한다. 전적인 믿음과 그 무엇도 마다하지 않는 복종. 이런 식으로 이미 어린 나이 때부터 꼬마 투사를 만들어내는 것이다.

키질리미치(Kizilimiç)를 통과하는 길에 해발 1150미터에 이르는 산을 오르기로 했다. 토마토와 포플러가 가득했던 토카트의 거대한 평원을 지나자, 바위틈 사이로 구불구불하게 깎아지른 까마득한 길이 이어졌다. 야생 미모사가 향기를 뿌려 수천 마리의 벌들이 축제라도 벌이듯 윙윙거리며 모여들었다. 곡식이 풍요롭게 자라는 광활한 땅이 물결치듯 지평선 쪽으로 뻗어나갔다. 여기저기에 심긴 떡갈나무 그늘 아래로 사모바르에 물을 끓이는 연기가 피어오른다. 땡볕에서 일하는 사람들에게 휴식과 차를 제공하는 신호와도 같은 것이다. 정오에 들른 식당에서는 커다란 대접에 담긴 송어 요리를 먹었다. 이 달콤한 식사와 휴식에 나는 한동안 몸을 내맡겼다.

치프틀리크(Çiftlik)라는 작은 마을 입구에서 두 남자가 갑자기 튀어나와 나를 가로막았다. 하나는 시계를, 다른 하나는 돈을 요구했다. 그들은 거리낌없이 내 주머니에 손을 넣어 뒤지기 시작했다. 나는 도망쳤다. 대낮에 설마 폭력을 행사하랴! 밭에서 일하던 농부 서너 명이 마치 당나귀처럼 짐을 잔뜩 지고 자신들의 마을에 불쑥 나타난 이 여행자가 도대체 무얼 하는 사람인지 알아보려고 다가왔다. 농부들과 몇 마디 부드러운 말을 주고받은 후 나는 천천히 달아났다. 그 두 부랑자가 나를 따라오지 않는지 계속 뒤돌아 확인을 하면서 말이다. 스스로가 바보처럼 느껴졌다. 도둑의 위험은 사람들이 이미 경고한 일이었다. 숫자판이 크고 스톱워치 구실도 하는 내 회중시계는 탐낼 만한 것이었다. 나는 주머니 깊숙한 곳에 그것을 숨기고 고도와 기압, 방향 그리고 시간을 확인할 때만 꺼내보기로 했다.

마을을 막 빠져나오는데, 버스를 기다리던 이슬람 사

제를 만났다. 그의 부인은 옆에서 아이를 품에 안고 흔들고
있었다. 그는 걱정스러운 듯이 나를 보더니 뭔가 겁나는 일
이 있느냐고 물었다. 그리고 한사코 나를 휴게소로 데리고
가더니 차를 대접했다. 정말이지 나는 그에게 고백하고 싶
었고, 어쩌면 그도 자연스럽게 받아들였을 것이다. 과연 내
겐 두려움이 없을까? 그는 마침내 '테러리스트들' 얘기를
꺼냈고, 내게 총을 겨누는 악당 흉내를 냈다. 결국 나는 진
짜로 겁먹었다. 이곳 사람들은 근심을 일상처럼 지니고 산
다. 하지만 그들이 그렇게 애쓸 필요는 없었다. 고독한 여행
자는 원래 짐 속에 두려움을 갖고 다니는 법이니까. 그것은
숲속 혹은 한밤의 침묵에 스며들기도 하고, 새로운 만남이
이루어질 때마다 고개를 들기도 한다. 등에 배낭을 메고 혼
자 걷는다는 것은 위험에 그리고 사람들에게 전적으로 몸
을 내맡김을 의미한다. 자전거 여행처럼 도망칠 수 있는 가
능성도 그리고 자동차 여행처럼 몸을 피할 수 있는 가능성
도 전혀 없다. 지금까지는 두려움이란 놈이 배낭 안에서 부
끄러운 듯 몸을 웅크리고 있었다. 매일매일이 그리고 만남
하나하나가 축제와도 같았기 때문이다. 이제 그 녀석이 은
밀하게 몸을 일으켜 내게로 왔다.

    솔직히 말해 나는 테러리스트들에 대해 이중의 느낌을
가지고 있다. 직업적인 호기심은 차라리 그들을 만나보았으
면 하는 쪽으로 기운다. 그들의 활동과 행동방침에 대해 질
문을 해서, 비록 누구의 부탁을 받진 않았지만 기사를 작성

할 수도 있을 것이다. 물론 그들이 나를 인질로 잡을 가능성도 배제하진 않았다. 그래서 기자가 아니라 은퇴한 선생으로 나를 소개하는 것이다. 그와 동시에 나는 아무 이유 없이 이루어지는 폭력에 대해 가끔 두려움을 느끼기도 한다. 겨냥하고 쏘고, 결국 자연 속으로 사라져가는 저격수들, 불필요한 가책 따윈 마음에 담지 않는 테러리스트들. 마을 어귀에서 강도 둘을 만났을 때 이런 두려움이 현실화되었다. 어쩌면 폭력이 일어날 수도 있는, 도둑맞는 것에 대한 두려움이 그것이다. 나는 이 새로운 걱정거리를 애써 몰아낸다. 도둑을 맞게 되면 심각한 결과를 초래할 수도 있지만—예를 들어 시간을 손해보는 것—그래도 그렇게까지 큰일은 아니리라.

일주일 전부터 불안한 징후들이 부쩍 늘어났다. 사람들은 내게 무기가 있는지 물었고, 총을 겨누거나 목에 칼을 갖다 대는 테러리스트 흉내를 냈다. 케르반세라이에서 만났던 총을 든 남자나 시계를 요구했던 두 남자는 일종의 경고였던 셈이다. 내게 선물용 물건들을 팔려고 했던 상인이 '토카트 주변을 조심하라'고 했던 말이 문득 생각났다. 집단적인 강박관념일까, 아니면 실재하는 위험일까? 내가 원하는 건 평정과 거리를 되찾고, 혼란스러운 공포에 마음을 뺏기지 않는 것이다. 하지만 그래도 결론은 내릴 수 있었다. 이제부터는 마을의 책임자에게만 도움을 요청하리라. 정치적인 우두머리가 보호막이 된다는 건 부정할 수 없는 사실이다.

사제와 작별하고 십 분 정도 지나서 나는 폐허가 된 치프틀리크의 대상 숙소를 발견했다. 그리고 타베르니에가 언급한, 어떤 지도에도 나오지 않는 두 마을 타크흐토바(Takhtoba)와 이비브사(Ibibsa)를 확인할 수 있었다. 이곳에 대상 숙소가 있다는 건 우연한 일이 아니다. 토카트 관리들의 세금 징수를 피하기 위해 대상들은 질레를 경유하여 아마시아의 남쪽 한가운데인 시바스 방향으로 이동했고, 몸을 쉴 장소로 이곳의 작은 여관들을 택했던 것이다. 적은 인원만을 수용할 수 있었지만 이곳 숙소들은 가깝다는 것이 장점이었다. '케르반세라이'라고 이름 붙여진 또 다른 마을이 여기서 멀지 않은 곳에 있었다. 잠시 후 토카트에서 32킬로미터 정도 걸었을 때쯤 폐허가 된 작은 시장을 발견한 나는 사진을 찍었다. 마구간 천장에 남은 마지막 돌들이 덤불과 잡초 속으로 무너져내린 모습을 담은 귀중한 필름이다.

나는 시바스의 대로를 포기했다. 이제 한 열흘 동안 아스팔트를 볼 일은 없으리라. 동쪽으로 조금 방향을 틀어 키지크(Kizik)라는 마을로 향했다. 울창한 자연 속에 몸을 담는 첫 구간이었고, 가다 보면 수셰리(Suşehri)에 이르게 될 것이다. 황톳길을 가던 중 나를 태워주겠다는 트랙터들이 두세 대 있었다. 농부들에겐 일종의 위계가 있어서 남자가 운전석에 앉고, 여자는 뒤쪽의 트레일러에 앉는다. 나는 그들의 제의를 정중하게 거절했다. 트랙터 또 한 대가 오더니 바로 앞에 섰다. 흙받이에 앉아 있던 남자가 훌쩍 뛰어내리더니 소리를 질러댔다. "신분증, 여권! 경찰이다, 경찰!" 가짜 경찰임을 대번에 알아본 나는 움츠러들지 않았다.

내가 그의 신분에 대해 반박하자 그는 수첩에서 사진이 붙은 신분증을 꺼내보였는데, 그것이 오히려 그가 경찰이 아님을 확신하게 만들었다. 이 나라의 경찰은 자신의 신분을 증명하려고 저렇게 애쓰지 않는다. 그가 내민 신분증을 알아볼 수는 없었지만 어쨌거나 내가 아는 한 이곳 경찰과 관련된 두 단어, 즉 폴리스(polis)와 잔다르마(jandarma)라는 글자는 어디에도 없었다. 그는 더욱 열을 냈지만 나는 그의 신분증을 보고도 태연했고 완강하게 버텼다.

"경찰이나 마을 책임자말고는 신분증을 제시하지 않을 거요. 키지크의 읍장에게 도움을 청하겠소."

그는 흥분을 가라앉히고 다시 트랙터에 타더니 가버렸다. 여권을 소중하게 여기는 것, 그래서 아무에게나 보이지 않는 것은 당연한 일이다. 다른 신분증이 전혀 없기에 여권을 잃어버린다는 건 곧 재앙을 의미하기 때문이다.

나는 키지크의 읍장인 무스타파 귀스쾨이의 열렬한 환대를 받았다. 그리고 언제나 그랬던 것처럼 세 시간 동안이나 줄을 서서 온갖 질문을 해대는 마을 주민들의 호기심을 만족시켜야 했다. 저녁나절, 모여든 사람들 틈에서 어쩔 줄 모르고 서성대는 조금 전의 '경찰'을 발견했다. 그가 고백하길, 자신은 사냥터 감시인이라고 했다. 사냥감을 잘못 택했던 셈이다……

무스타파는 키지크에 대상 숙소가 있다며, 내일 아침에 안내해주겠다고 했다. 그가 유식한 말투로 이 길은 실크로드가 아니라 '오스만 황제의 길'이라고 말했다. 그 이상은 자신도 모른다고 했다. 터키의 술탄 중에는 세 명의 '오스만'이 있는데, 그는 그 가운데 누가 '황제'라는 칭호로 불리는지 그리고 그 경로가 어떻게 되는지 알지 못했다. 어쩌면 여기저기서 떠돌던 이야기들이 사실 여부가 확인되지 않은 채 전해내려오는 것인지도 모른다. 이튿날 아침에 내가 전날 얘기한 대상 숙소를 보고 싶다고 하자, 그것이 정확히 어디에 있는지 아는 사람은 아무도 없었다.

마치 봄날 같은 싱그러운 햇빛을 받으며 나는 길을 떠났다. 마을 옆에 세워진 바리케이드 때문에 길을 수정해야 했고, 지도도 쓸모없어졌다. 그래도 나는 매우 가파르게 경사진 길을 다시 찾을 수 있었다. 해발 1,300미터쯤 이르렀을 때 자동차 한 대가 오솔길을 따라 나를 앞질러 가더니 100미터쯤 떨어진 곳에 멈춰 섰다. 두 남자가 차에서 내려 나를 기다리고 있었다. 그들에게 다가간 나는 경계심을 느낄 수밖에 없었다. 그들의 얼굴은 심각했으며 긴장되고 적의를 품고 있었다. 그중 키도 크고 더 독살스러워 보이는 남자가 주머니에 손을 넣고 있었다. 나는 그가 권총이나 칼을 쥐고 있다고 확신했다. 난 겁에 질렸지만 억지로 미소를 띠었고, 잔뜩 긴장해서 다가가 프랑스인이고 관광객이라고 내 소개를 했다. 그들의 태도가 확 바뀌었다. 작은 남자는 자신이 여기서 2킬로미터 떨어진 카르진지크(Karcincik) 마을의 읍장이며, 이름이 니하제라고 소개했다. 다른 남자는 주머니에서 손을 빼어 내게 내밀었다. 이따금 마음 한구석에서 솟구치던 두려움이 다시 제자리로 돌아가는 순간이었다.

그들은 마을까지 나를 태워주겠다고 했다. 나는 거절했지만 반 시간 후 처음으로 집들이 보였을 때 니하제는 길 끝에서 나를 기다리고 있었다. 그는 나를 자기 집으로 데려가서 차를 대접했다. 여자들이 차를 준비하는 동안, 그는 자기 아이들이 여섯인데 그중 아들 다섯이 모두 프랑스의 드뢰(Dreux) 지방에 있다고 슬쩍 비밀을 털어놓았다. 여자들은 단순히 차만 준비하는 것이 아니라 식사를 차리고 있었다. 가지와 양파를 넣어 만든 정말 맛있는 음식이었다. 니하제는 그저 맛만 볼 뿐이었다. 그는 양봉養蜂을 한다고 했다. 그것이 그의 주수입원이었다. 내가 만난 산골 사람들 중 그런 일을 하는 사람은 그가 유일했다. 이곳에서 매우 중요하게 여겨지는 양봉은 항상 여름 동안 흑해에서 오는 양봉업자들이 독점하고 있었던 것이다.

니하제는 마을 어귀까지 나와 나를 배웅했다. 우리 앞에는 거의 깎아지른 듯한 산이 펼쳐졌다. 그가 오솔길 하나를 알려주었다. 지도에도 나와 있는 '통행로'라는 길이었다. 그 길은 금세 무성한 수풀 속으로 사라져버렸고, 나는 나침반에 의지해 방향을 잡아야만 했다. 경치는 황홀했고 수풀을 헤치며 걷는 일이 너무나 쾌적했기에 나는 희열을 느끼며 비탈길을 올라갔다. 지금으로선 상황이 어떻게 돌변할지 모른다는 걱정 따윈 하지 않아도 좋았다.

한 시간 정도 땀에 흠뻑 젖어가며 고생한 끝에 작은 고원 같은 곳에 다다를 수 있었다. 전체 면적이 노르망디 지방의 내 집보다 그리 크지 않은 곳이었다. 고도계는 1,700미터를 가리켰다. 전망은 아찔할 정도였다. 나는 배낭을 내려놓고 풀 위에 배를 깔고 누웠다. 어린 시절을 되찾은 듯한 기쁨과 함께 마치 대지가 포근하게 나를 감싸안는 것 같은 기분이 들었다. 북쪽으로는 토카트의 드넓은 평원이 펼쳐졌고, 도시는 40여 킬로미터 떨어진 곳에 있었다. 남쪽으로는 해발 2,100미터에 위치한 사히르시비스(Sahirsivis)가 시야를 약간 가렸지만, 그래도 나머지 각도에서 보이는 경치는 뛰어났다.

나는 동서로 층층이 쌓인 조금 낮은 언덕들을 천천히 살펴보다가 땀에 흠뻑 젖은 셔츠를 벗고 목동들이 설치해놓은 물웅덩이 근처로 다가갔다. 그곳엔 샘물이 부드럽게 찰랑이고 있었다. 얼굴과 상체를 가볍게 물로 씻었다. 혼자라는 사실을 거듭 확인한 후 결국 나는 옷을 모두 벗고 마치 욕조라도 되는 것처럼 물 속에 몸을 담갔다. 물은 얼음처럼 차가웠다. 처음엔 몹시 충격이 왔지만 일단 견뎌내고 나니까 편안해졌다. 어제도 오늘 아침에도 씻을 기회가 없었다. 아마도 터키에서 가장 높은 곳에 있는 것임에 틀림없는 이 임시 욕조는 그만큼 나를 더 기쁘게 했고, 비록 잠시지만 이렇듯 신들과 가까운 곳에서 여유를 부리는 게 금지된 일도 아니라는 생각이 들었다.

그래도 나는 이 차갑고 자극적인 목욕을 남용하지는 않았다. 신들이 질투할 수도 있으므로. 나는 몸을 씻고 마사지를 한 후 몸을 조금 따뜻하게 할 생각으로 예쁜 초롱꽃들을 장화로 마구 밟아대며 비탈의 부드러운 풀 위를 뛰어다녔다. 다시 걷기 시작해 다다른 계곡에는 기와 대신 양철로 지붕을 덮은 집들이 있었다. 치르치르에서는 무너진 첨탑을 다시 짓고 있었다. 오스만 차이네라는 노인이 말하길, 프랑스로 떠난 형제가 있는데 20년 동안 소식이 없다는 것이다. 내가 그의 형제를 알 거라고 생각했던 것일까?

나를 재워준 읍장 탈라트 테키네는 이곳 주민들과 마찬가지로 카프카스인이었다. 그의 말에 따르면 그들의 선조가 이곳에 온 것은 1874년이었다. 당시 마을에는 터키인이 한 명도 없었고 사람들은 카프카스 말만 사용했다. 하지만 학교에서는 터키어만 가르쳤기에 카프카스 말을 쓸 줄 아는 사람은 아무도 없었다. 내가 후에 지나간 다른 두 카프카스 마을에서도 같은 인상을 받았다. 집단생활을 하고 강인하고 자치적인 사람들. 마치 아나톨리아 지방의 콜호스(집단농장)를 축소해놓은 것 같은 마을이었다.

여기 사람들 역시 테러리스트 얘기를 꺼냈다. 그들의

경고를 진지하게 귀담아듣긴 했지만, 재미있는 것은 '테러리스트들'이 늘 다른 사람들이라는 사실이다. 토카트에서는 그들이 사방에 있다고 했지만, 정작 자신들의 마을엔 존재하지 않는다고 했다. 치프틀리크에서 만난 사제는 그들이 키지크 쪽에 있다고 주장했다. 또 키지크 마을에서는 그들이 알티놀루크(Altinolouk)와 치르치르 근처에 출몰한다고 얘기했다. 그리고 지금 이곳에서는 토카트 쪽이 근거지라고 확신한다. 한 바퀴 모두 돈 셈이다. 그러나 그들에 대한 경계는 가볍게 여길 일이 아니다. 이런 벽촌에도 테러 진압을 위한 군사 주둔지가 있다는 건 결코 우연한 일이 아니기 때문이다.

내가 머물게 된 집의 주인은 머리가 희끗희끗한 오십대 남자로, 반듯한 양복 정장을 입고 새 집에 살았다. 집은 아무 데도 고친 곳이 없었다. 사용한 재료나 구성으로 볼 때 옛날 집을 그대로 모방해 지은 집이었다. 옛날 집들이 모두 그렇듯이 욕실은 애초에 고려 대상이 아니었고, 다만 화장실 안에 세면대가 있을 뿐이었다. 가구는 어느 정도 조화로움을 고려한 듯 편안한 분위기였다. 벽에 걸린 석판화와 탁자 위에 놓인 풍성한 조화 다발이 뚜렷이 대조되었다. 나는 거실 바닥에 매트리스를 깔고 잠을 잤다. 밤에 베라고 베개를 주러 온 탈라트의 딸은 깜짝 놀랄 정도로 아름다웠다. 탈라트가 딸의 이름을 말하자 그녀가 뭔가 환영의 인사인 듯한 말을 했다. 그러나 그녀의 미모에 거의 넋이 나간 나는 터키어를 더듬거리다가 끝내는 프랑스어로 끝도 없는 칭찬을 늘어놓고 말았다. 한마디로 나는 아름다움에 감탄해 그걸 겉으로 드러낸 것이다.

지난번 마을처럼 이곳에서도 여행 초기에 느꼈던 환대의 분위기는 거의 찾아볼 수 없었다. 다만 사람들이 착실한 이슬람교 신도로서 나를 받아주고 나름대로 궁금한 것들을 물었을 뿐, 그 이상은 아무 일도 일어나지 않았다.

아침이 되자 탈라트는 길을 안내해주었다. 그는 농부들 중에서는 드물게 지도를 읽을 줄 알았고, 내가 가야 할 길을 명쾌하게 알려주었다. "첫 번째 갈림길에서 오른쪽 그리고 다리를 건넌 후 나오는 갈림길에서는 왼쪽." 그는 나와 악수한 후 뒤도 돌아보지 않고 가버렸다. 그가 알려준 덕분에 이제 갈림길이 나와도 여유를 가질 수 있었다.

6월 16일 아침, 대체로 나의 낙관적인 기분을 거스를 일은 아무것도 없었다. 게다가 햇빛마저 이런 축제 분위기에 동참했다. 내겐 이 모두가 축제인 셈이었다. 이스탄불 이후 내가 걸어온 여정을 몇 번이고 계산해본 결과, 오늘이면 1천 킬로미터를 주파할 수 있을 것이다. 계산상으로는 이 역사적인 '사건'이 이루어지는 것은 열한 시경일 것이다. 터키의 수도를 떠난 지 한 달하고도 이틀째 되는 날이다. 나는 자신과 했던 약속을 지키지 못할까봐 두려워했다. 지금도 여전히 길을 가는 중이지만, 하루에 35킬로미터씩 걷는 리듬을 유지한 것에 대해서는 만족스러웠다. 도중에 쉰 날들을 감안한다면, 5월 14일 이후 하루 평균 거리는 30킬로미터밖에 되지 않는 셈이다. 나는 발의 염증도 캉갈과 겨룬 싸움도 이겨냈고, 비록 미흡한 수준이지만 터키어도 제법 늘었다. 또한 몸도 매우 단련이 돼서 그저께 35킬로미터, 산을 타고 넘은 어제 30킬로미터를 걸었음에도 몸이 상쾌했고 아침엔 충분히 다시 길을 떠날 준비가 되었다. 토카트를 떠나던 무렵의 우울함은 이제 먼 기억으로 잊혀지고 있는 것이다…… 표지판도 장단점도 파악하지 않은 채 아무 생각 없이 걷기만 하던 일 또한 다 지나간 기억이다. 잘 알다시피 지혜란 길을 따라 걷는 중에 얻어지는 법이다.

내가 거쳐가야 할 첫 마을의 이름은 아쾨렌(Akören)이었다. 마을로 향하는데 첫 번째 집에서 한 남자가 나왔다. 그가 나를 보더니 도로 집으로 들어가서는, 멀리서 보기에 몽둥이인 듯한 물건을 들고 다시 나왔다. 그는 즉시라도 내게 덤벼들 듯 쭈그리고 앉아 있었는데, 그 앞을 지나가며 보니 그것은 몽둥이가 아니라 총이었다. 남자의 눈초리는 험악하고 적의에 차 있었다. 두려움으로 몸이 마비되는 것 같았고 다리가 휘청거렸다. 잔뜩 겁을 먹고 있었음에도 나는 그에게 들리도록 상냥하게 "안녕하세요." 하고 인사했다. 그렇지만 그는 추호의 흔들림도 없이 아무런 대답도 하지 않았다. 나는 최대한 평범하고 가벼운 걸음걸이로 계속 걸어갔다. 마치 그 남자가 내 엉덩이에 달아놓은 납덩어리들을 눈에 띄지 않게 조금씩 걷어내기라도 하는 것처럼.

　조금 더 가다 보니 광장이 나왔는데, 그곳에 있던 두 노인은 내가 다가오는 것을 보자 시선을 돌렸다. 분수에서 얼굴을 씻던 젊은 친구는 내가 길을 묻자 돌아보지도 않은 채 다음 마을로 가는 길을 알려주었다. 다시 한 번 두려움이 나를 짓누르는 듯했다. 사람들이 '테러리스트' 얘기를 계속하더니, 내가 지금 그 한가운데에 와 있는 건 아닐까? 그저께 키지크의 읍장인 무스타파가 '알티놀루크에 그들이 있다'고 말하지 않았던가? 그곳은 내가 가야할 다음 목적지였다. 방금 전 총을 들고 있던 남자와 마찬가지로 이 세 사람 역시 뭔가 불안해하는 모습이 역력했다. 그들은 공격적이진 않았지만 공포로 몸이 굳어 있는 것 같았다. 내가 총을 보고 겁먹긴 했지만 곧 평상심을 되찾은 것과는 다른 종류의 두려움이다. 그들의 두려움은 항구적인 것이며, 그들은 그것과 더불어 살고 있는 것이다. 그것은 그들의 몸짓마저 지배한다. 그러고 보니 오는 길에 만난 몇 안 되는 자동차와 트랙터들 중 나를 태워주려고 멈춘 차는 한 대도 없었다. 두려움이 호기심보다 더 컸던 모양이다. 그리고 밭에서 일하는 농부들도 토카트 이전까지는 정말로 반갑게 인사하며 차를 대접했지만, 여기에서는 전혀 그런 모습이 보이지 않았다. 나는 두려움만이 지배하는 지방에 들어선 것이다.

　송아지 세 마리를 앞세우고 풀밭에서 나온 남자는 인

상이 아주 좋았다. 그는 호리호리하고 피부가 갈색이었으며, 짧은 콧수염과 사흘은 깎지 않은 듯 보이는 턱수염을 하고 있었다. 그는 싱글싱글 웃으며 친근하게 한 손을 들어올리며 말했다.

"어디로 가는 거요?"

그도 웃고, 나도 웃었다.

나는 대략 다음과 같은 내용을 담아 터키어로 단숨에 말했다.

"에르주룸에 가오. 거기가 멀단 얘긴 하지 말아요, 나도 아니까. 난 이스탄불부터 걸어서 오는 길인데, 그게 더 멀죠?"

어휘와 문법이 대충 맞은 모양인지 그는 호탕하게 박장대소를 하며 얘기가 통한다는 듯 나를 가볍게 몇 번 치더니 자기 집으로 잡아끌었다. 그는 송아지들을 맨 아래층에 있는 외양간으로 몰았다. 파질 오넬이라는 이 친구는 이층 테라스로 이어지는 계단을 올라갈 때 캉갈로부터 나를 보호하느라 계단 밑에 서 있었다. 거기에는 송아지만 한 캉갈한 마리가 나를 한입에 집어삼킬 듯한 기세로 엎드려 있었다. 나의 첫 질문은 당연하게도 이 근방에 테러리스트들이 있냐는 것이었다. 그는 다시 웃음을 터뜨렸다. 그의 웃음은 보기 좋았고, 그의 얼굴은 너그럽고 신뢰감을 주기에 충분했다.

그는 동쪽으로 계속 가면 테러리스트들과 만나게 된

다고 설명했다. 그의 말에 따르면, 그곳엔 시아파 마을이 세 곳 있는데 함부로 돌아다니지 않는 게 좋다는 것이다. 그는 내게 돌아가라고 충고했다. 나는 지도에다 그 세 곳의 이름에 동그라미를 쳤는데, 그 순간 곧바로 후회를 했다. 이런 벽촌의 이름들이 구분하기 힘들게 생겨먹어서 내가 늘 혼동하는 것은 사실이다. 하지만 만약 검문이라도 당하면, 그 마을들에 표시까지 해놓은 나를 당연히 수상쩍게 볼 게 아닌가? 게다가 모든 사람들이 이동식 무기고라도 되는 양 쳐다보는 내 배낭은 또 어떻고!

사실 나는 그중 하나인 오바타비크(Ovatabik)라는 마을을 지나갈 계획이었다. 파질에게는 열다섯 살 된 갈색 피부의 예쁜 딸이 있었는데, 아버지에게 뭔가 애절하게 눈짓을 보내고 있었다. 아버지와 얘기를 하고 싶어하는 눈치가 역력했다. 그는 나를 테라스로 안내한 후 딸을 보러 갔다. 잠시 후 아주 유쾌한 웃음을 지으며 그가 돌아왔다.

"당신이 테러리스트인 줄 알고 내 딸이 걱정을 하더군요!"

전에도 어떤 터키인이 내 배낭 속에 무슨 추진기라도 들어있는 줄 알고 경계를 했던 적이 있다. 파질의 딸도 배낭 속에 바주카포라도 있다고 생각했던 걸까?

소녀와 언니가 차를 준비해왔다. 그동안 나는 파질 그리고 메카를 순례하고 온 후 '하즈(hadjj, 성지순례)'라는 칭호를 얻은 이웃 노인과 함께 담소를 나누고 있었다. 오늘 저녁 나는 그 노인과 같은 이름을 지닌 알리하지(Alihaci, 성지 순례를 하고 온 알리)라는 마을에서 묵을 생각이었다. 걷거나 말을 타고 메카까지 갔던 사람들의 위세는, 예전엔 온 마을을 뒤덮을 정도로 아주 대단했던 모양이다. 그래서 그곳 주민들은 아무 망설임 없이 그 영웅의 이름을 따 마을 이름을 다시 붙였던 것이다.

파질은 자식이 일곱 명이라고 했다. 아들 넷과 딸 셋이 었다. 사내아이들은 모두 대학에 진학해서 집에 없었다.

"그럼 딸들은 대학에 안 가나요?"

그는 내 질문을 잘 이해하지 못했다.

"계집아이들은 농사일을 해야죠!"

"그 아이들은 공부를 아예 안 시키나요?"

"왜요, 일곱 살에서 열한 살까지 기본적인 교육을 받죠."

길을 떠나기 전 내가 파질과 알리의 사진을 찍자, 소녀들은 마치 악마가 자기들 앞에 나타나기라도 한 듯 집 안으로 뛰어들어가 숨었다.

날씨는 환상적이었다. 태양은 솜털구름과 숨바꼭질하고 있었고, 기온이 선선해서 걷기에는 안성맞춤이었다. 기분이 매우 좋았다. 산들바람은 풀잎을 흔들고, 나는 해방된 듯 위안을 받은 듯 즐거운 마음이었다. 파질과 작별한 이후 3킬로미터쯤 되는 지점에서 걸음을 멈췄다. 흙과 자갈로 된 넓은 길이 완만한 비탈을 이루며 이 언덕에서 저 언덕으로 물결치듯 이어져 있었다. 저 멀리, 길은 평원 쪽으로 굽이진 듯하더니 사라져버렸고, 좀더 왼쪽에서 다시 한가롭게 이어지다가는 생울타리 뒤로 또 자취를 감췄다. 나는 이 모든 부드러움에 사로잡혔다. 길에는 꽃이 만발한 목장과 경작지들이 늘어서 있었다. 어제 넘은 산맥도 덜 무시무시하게 보였다. 얼마 후면 초목의 푸른빛 속에 잠기게 될 것이기 때문이리라.

새로운 풍경을 갈구하는 나의 취향은 정말 마르지 않는 샘물과도 같다. 마치 새로운 미인을 보면 그 전의 연인은 기억에서 지워버리는 바람난 애인 같지 않은가. 환상적인 장면을 막 보고 돌아섰는데도, 나는 다음에 올 경치에 다시 관심을 갖는다. 내게 행복은 항상 저 평원 너머에, 저 돌 장벽 뒤에 숨어 있는 것이고, 땅의 굴곡 속에, 강줄기가 바뀌는 곳에 그리고 좁은 통로를 빠져나온 바로 그곳 어딘가에 있다. 그 행복을 잡으려는 욕망에 이끌려 나는 시간을 잊는다.

주머니에서 시계를 꺼내보니 열한 시 반이다. 나는 혼자임을 확인하기 위해 주위를 돌아본다. 그리고 펄쩍 뛰어올라 이 황량한 길 위에서 미친 듯이 웃음을 터뜨린다. 배낭의 무게가 허용하는 한 가장 멀리, 나는 용솟음친다.

이제 막 1천 킬로미터를 주파했다.

8. 헌병들

정오가 되기 조금 전에 농부들이 간식시간에 나를 초대했고, 2킬로미터 떨어진 마을까지 트랙터로 데려다 주겠다고 했다. 나는 팬케이크와 토마토, 양파는 기꺼이 함께 먹었지만, 걷기를 고집했다. 그들 중 가장 격인 남자가 막냇동생인 이우수프를 부르더니 나와 동행하면서 길 안내를 해주라고 했다. 처음으로 모습을 드러낸 집들 앞에서 체격이 좋은 한 남자가 경계하는 눈빛으로 우리를 기다리고 있었다. 그는 마을 읍장이라고 소개하면서 내 여권을 검사하고 싶어했다. 내 서류가 효력을 발휘했는지, 그는 곧 경계심을 풀었고 서로 농담이 오갔다. 나를 맞아준 가족은 모두 기뻐했고 이웃들이 몰려들기 시작했다. 내가 들어간 방에는 정성스럽게 개어놓은 시트와 매트리스들이 벽에 기대어 나란히 세워져 있었다. 이곳은 밤에는 널따란 공동 침실로 사용되는 모양이었다. 하지만 나는 그때까지 머물 수가 없었다. 되도록 빨리 고개를 넘어 퀴죄렌(Küzören)에 가야 했기 때문이다. 그곳은 온통 경작지로 덮여 있었고, 마치 콘크리트처럼 단단하고 붉은 점토질 땅이었다. 비가 내리자 땅은 곧 진흙으로 변해 신발에 들러붙었다. 내 뒤로는 꼭대기가 구름을 찌르는 일디즈 산(2,550미터)이 우뚝 솟아 있었다. 정상의 동쪽으로 봉우리들이 보였는데, 거기까지 가려면 족히 이틀은 걸릴 것이다.

더위가 더욱 기승을 부렸다. 지팡이가 뜨거운 아스팔트 속으로 푹푹 들어갔다. 네 시경이 되자 수통이 비었다. 나는 물을 얻으려고 마을에서 떨어진 한 집의 문을 두드렸다. 문을 열어준 남자는 나를 방으로 안내했는데, 그곳에는 세 명의 동료들이 컴퓨터 모니터 앞에 잔뜩 웅크리고 앉아 작업을 하고 있었다.

이런 들판 한가운데에서 현대 문물을 보게 되다니 정말 깜짝 놀랐다. 그들은 지질학자들로, 이 지방의 토지대장을 처음으로 작성하는 중이었다. 그것은 고도의 세심함을 요구하는 아주 길고 복잡하고 거대한 작업이었다. 이제까지는 소유지를 구두로 위임하거나 양도해왔기에 농부들 간에 정기적으로 다툼이 일어났고, 지세를 부과하고 징수하는 일이 거의 불가능했다. 또한 터키에서는 한 사람이 사망하면 부인이 그 재산의 4분의 1을, 자식들이 4분의 3을 물려받는다고 했다. 내가 프랑스의 나폴레옹 법전(민법전)에서는 자식들이 모든 걸 물려받고 부인에게는 아무것도 남겨주지 않는다고 얘기하자, 그들이 깜짝 놀랐다. 물을 얻어마시고 다시 길을 떠나려 할 때, 그들은 족히 1파운드는 되는 과자를 주었다.

2킬로미터쯤 더 갔을 때 트랙터 한 대가 멈추더니 타고 있던 사람들이 내게 올라타라고 했다. 삼십 대로 보이는 세 남자였다. 내가 거절하자 그들은 떠났고, 언제나 그래왔듯이 200미터 정도 더 가서 다시 멈췄다. 턱수염을 기른 건장해보이는 운전사는 트랙터에 계속 걸터앉아 있었고, 다른 두 남자가 내리더니 샘에서 손을 씻는 시늉을 했다. 그들은 분명 나를 기다리는 눈치였고, 내가 그들 있는 곳까지 가자 아니나 다를까 내게 다가왔다. 밝은 색 양복을 입고 담배를 입에 물고 질겅대는 작은 친구는 얼굴에 미소를 가득 띤 채 이런저런 질문을 했으며, 서른두 개의 누런 이빨을 과시하듯 잔뜩 드러내보였다.

그가 의례적인 것들을 내게 묻는 동안 나머지 한 명이 내 오른쪽으로 다가왔지만 나는 눈치 채지 못했다. 문득 그가 내 배낭 주머니의 지퍼를 소리 없이 열고는 카메라를 빼내려고 한다는 것을 알았다. 나는 그에게 달려들어 "안 돼!" 하고 외치며 카메라를 뺏은 다음, 그걸 손에 든 채로 뛰었다. 짐을 잔뜩 지고 있어서 빨리 뛰기가 어려웠다. 나는 이 아무것도 없는 벌판에서 그들의 손아귀 안에 있는 것이다. 마을이 있는 방향으로 뛰었어야 했는데……. 두 남자는 다시 트랙터에 올라탔고 금세 나를 따라잡았다. 트랙터는 나를 길 왼편으로 몰아붙였다. 아래가 벼랑이어서 피하는 것은 불가능했다. 최소한 2, 3미터는 되는 협곡이 왼쪽에 있었다. 뛰어내린다면 어디 한 군데가 부러질지도 몰랐다. 오른쪽으로도 피할 데가 없었다. 산허리가 벽처럼 수직으로 우뚝 서 있었기 때문이다.

트랙터는 이제 나와 같은 높이까지 다가왔다. 카메라를 훔치려던 남자는 흙받이에 타고 있었는데, 이번엔 몸을 굽혀 내 배낭을 잡아 빼앗으려고 했다. 몸과 배낭이 벨트로 연결돼 있는 덕분에 그는 뜻을 이루지 못했다. 하지만 그는 나를 잡고 흔들었고, 트랙터의 커다란 바퀴가 거의 나를 스칠 지경이었다. 트랙터는 협곡 쪽으로 더욱 붙었다. 이제 더 앞으로 간다면 나는 밑으로 떨어지는 수밖에 없었다. 트랙터가 멈췄고, 흙받이에 탄 남자는 여전히 내 배낭을 움켜쥐고 있었다. 정말 사면초가였다.

그때 자동차 한 대가 뒤쪽에서 갑자기 튀어나왔다. 남자가 나를 놓아주었고, 나는 트랙터 앞으로 나가 바퀴를 피한 다음 도망쳤다. 유감스럽게도 자동차가 벌써 멀리 사라져버려 따라잡을 수가 없었다. 방금 전력질주를 한 탓에 나는 숨이 가빴다. 뒤쪽에서 트랙터가 다시 시동을 거는 소리가 들렸다. 그들은 다시 나를 추격할 것이고, 이번엔 또 어쩔 것인가……. 그런데 놀랍게도 그들은 그냥 가버리는 것이었다. 나는 곧 그 이유를 알게 되었다. 여기서 멀지 않은 언덕 아래쪽에 양봉을 하는 곳이 있었던 것이다. 내가 소리를 지르면 그곳 사람들이 들을 수 있을 터였다. 트랙터는 멀어져갔다. 휴, 이제 살았다!

다리에 맥이 풀려 길가에 주저앉았다. 으, 나쁜 놈들! 거의 나를 잡을 뻔하지 않았나. 여행을 떠난 이후로 나는 늘 질투 어린 시선으로부터 내 짐을 보호해왔다. 호텔 방에 배낭을 놓고 나올 때도 주머니에 꼭 열쇠를 지니고 있었다. 그런 경우를 제외하고는 언제나 짐은 내 손 닿는 곳에 있었다. 연고와 약, 신통하기만 한 작은 주머니칼, 수통, 지도와 책들, 노트와 수첩 등등 비록 자질구레한 물건들이지만, 없어서는 안 될 것들이었다. 도둑들의 관심을 끌 만한 건 카메라뿐이겠지만 그걸 훔친다는 건 어리석은 일이다. 아주 최근 모델이라 터키에서는 아직 구할 수 없는 것이어서 현상을 하려면 매우 특수한 절차가 필요하기 때문이다.

심장 박동이 정상으로 돌아온 후 나는 다시 길을 떠났고, 내가 이렇게 무사할 수 있도록 도움이 된 양봉하는 이들에게 고마움의 인사를 했다. 아무 영문도 모르는 그들은 계속 일을 하면서 가볍게 손을 흔들었다. 흑해 연안에서 온 그들은 석 달 동안 일해서 일 년 벌이를 충당해야 했다. 그래서 꿀벌처럼 쉬지도 않고 저렇게 일을 하는 것이다.

나는 그들이 캠핑을 하고 있는 아래쪽부터 고개를 올라갔다. 정상에 도착했을 때 사람인지 짐승인지 잘 구분이 안 되는 그림자 하나가 내 앞에 나타났는가 싶더니 저 아래 모퉁이 너머로 사라졌다. 다시 긴장한 나는 걸음을 멈췄다.

왼편에 솟은 작은 언덕이 망루 구실을 할 수 있을 것 같았다. 나는 그 '그림자'의 눈에 띄지 않도록 조심스럽게 위로 올라갔다. 마치 카우보이와 인디언 놀이를 하던 어린 시절처럼 나는 인디언이 되어 적들의 동태를 살폈다. 과연 나를 기다리고 있는 적이 보였다. 카우보이 중 하나는 길을 살피고 있었고, 나머지 둘은 담배를 피우고 있었다. 트랙터는 바위 뒤에 세워놓은 상태였다.

싸우고 싶지 않았기에—사실 상대가 되지도 않았겠지만—나는 양봉하는 이들이 있는 곳으로 되돌아가 그들과 얘기하는 편을 택했다. 그들이 하는 일에 대해 잘 알지는 못했다. 그들은 끝도 없이 나무로 된 작은 격자를 박고 있었는데, 신기하게도 벌집에 꼭 들어맞았다. 하지만 분명한 사실은 내가 그들에게 방해가 된다는 것이었다. 그럼에도 그들은 내게 차를 대접했다. 나는 시간을 벌 목적으로 그리고 무엇보다 고립되지 않기 위해서 그들에게 내 여행 이야기를 하기 시작했다.

반 시간쯤 지나자 상황이 좀 애매해졌다. 무거운 침묵만이 이어지고 있었던 것이다. 그 세 놈 얘기를 해야 할까? 나는 망설였다. 주위에는 벌들이 무리지어 날아다녔고, 난 마치 꿀벌 연구가 유일한 취미라도 되는 양 그놈들만 멍청하게 바라보고 있었다. 시간이 자꾸 흘러갔고, 내가 마치 조금 덜떨어진 착한 노인처럼 보였는지 가장 어린 친구가 자기 시계를 가리키며 대충 이런 말을 했다. "오늘 저녁에 알리하지에 도착하려면 이제 떠나야 해요. 한 시간 후면 밤이 될 텐데, 해진 다음에 혼자 이 부근을 걷는 건 좋지 않아요."

해가 있을 때도 사실 마찬가지 아니던가. 조금 전 도둑 맞을 뻔한 일을 생각해본다면 말이다. 견디다 못한 나는 결국 도둑 셋이 저 앞 모퉁이에서 나를 기다리고 있다고 털어놓았다. 소년은 용감했다. 그는 두 가지 중 하나를 선택하라고 했다. 저녁식사를 함께하고 여기서 자든지(텐트가 너무 작아 거의 야외에서 자는 거나 마찬가지일 거라는 얘기도 했다), 아니면 마을까지 차로 데려다 주겠다는 것이었다. 나는 두 번째를 선택했다. 그놈들이 지금은 자리를 뜬다 해도 계속 나를 쫓아올 것이 틀림없기 때문이었다.

무스타파의 작은 트럭에 오르면서 나는 너무나 화가 났다. 이스탄불에서 내가 했던 결심은 터키의 수도에서 중국의 옛 수도까지 단 1킬로미터도 빼놓지 않고 걷겠다는 것이었기 때문이다. 그런데 이렇게 보호받는 노인네 신세가 되어 차에 타고 있다니. 안전을 위해서는 당연한 일이라고 치자. 짐을 털린다면 그건 이 여행의 종말을 의미하는 일이기도 하니까. 하지만 그래도 말이다. 최악의 상태를 면하기 위해서는 불가피한 선택이었지만 내 자존심은 상처 받았다.

그 날강도들도 방금 전에 철수한 모양인지, 우리는 처음에 놈들이 내 짐을 털려고 했던 장소 근처에서 놈들을 앞지를 수 있었다. 그들 앞을 지나가면서 나는 놈들에게 팔뚝으로 감자바위를 먹이고야 말았다. 뚱뚱하고 턱수염 기른 녀석이 신경도 안 쓴다는 듯 싱글거렸다.

　알리하지 마을에 도착하자 무스타파는 꼬마 한 명을 부르더니 나를 읍장에게 안내해주라고 말했다. 그리고는 내가 최소한 기름값이라도 받으라고 하는 것을 거절하고 서둘러 떠나버렸다. 읍장은 여행 중이었다. 그의 딸이 나를 보자마자 쌀쌀맞게 고개를 돌리더니 꼬마에게 무슨 일이냐고 물었다. "손님"이라고 꼬마가 대답하자 그녀는 얼굴을 찡그렸다. 떠돌이들이 자꾸 와서 일손이 늘어나는 걸 달갑지 않게 여기는 눈치가 역력했다. 나는 배낭을 내려놓고 앞으로 일어날 일들을 차분하게 기다려보기로 마음먹었다. 참을성을 갖고 느긋하게 있기만 하면 내 소식이 마을 전체에 퍼지게 된다는 것을 지금까지의 경험으로 알고 있었다. 그래서 그렇게 기다렸다. 소년은 꿀 먹은 벙어리처럼, 나는 포플러 울타리 그늘 아래서. 날씨는 포근했고 땡볕에서 하루 종일 일한 농부들이 밭에서 조용히 돌아오고 있었다. 여행을 시작한 이후로 이토록 눈에 띄게 가난한 마을을 본 적은 없었다. 무질서하게 빽빽이 들어선 집들은 사방이 상처투성이였다. 물을 잔뜩 먹어서 사정이 나쁜 지붕에다가, 한쪽이 무너지고 벽엔 온통 곰팡이가 슨 집들. 누더기를 걸친 갈색 피부의 꼬마들은 기찻길에서 놀고 있었는데, 그 아래로는 쇠똥으로 범벅된 누렇고 냄새 나는 물이 흐르고 있었다. 집들 옆에는 두엄간이 있어서 거름 냄새가 저녁 공기를 가득 메웠다.

마침내 읍장의 아들이 나타나 자기 소개를 했다. 아주 작고 깡마른 남자였으며, 시선을 이리저리 움직여서 무슨 생각을 하는지 종잡을 수가 없었다. 어쨌거나 그는 따라오라고 정중히 말했으며 나는 순순히 따라갔다. 그러나 그는 아버지 집 쪽으로 향하지는 않았다. 우리는 수군거리는 마을 사람들을 뒤로한 채 마을을 가로질러갔다. 광장 구실을 하는 어느 길모퉁이에서 두 남자가 기다리고 있었다. 그들이 소개하는 것을 내가 제대로 이해했다면, 읍장을 돕는 시의원쯤 되는 사람들인 것 같았다.

나를 안내하던 읍장의 아들은 주머니에서 열쇠를 꺼내더니 광장을 향한 작은 건물의 문을 열었다. 바닥이 시멘트로 된 처음 방 앞에서 우리는 신발을 벗었고, 그보다 별로 크지 않은 다른 방 안으로 들어갔다. 그곳 바닥에는 양탄자가 깔려 있었다. 벽의 대부분을 차지하는 왼쪽의 널따란 나무 침대 위에는 낡은 방석들이 있었다. 나는 그곳에 자리를 잡았다.

어린 여자아이들은 당연히 쫓겨났고 남자들과 사내아이들만이 입구에 있는 방 안으로 밀려들어왔다. 스무 명 정도 수용할 수 있는 방이었는데, 이제 곧 서른 명이 채워질 기세였다. 그들은 거기 그렇게 빽빽이 모여서 웅성거리며, 갑자기 '사건'이 되어버린 나를 보려고 그리고 읍장의 아들이 나와 하는 말을 들으려고 기다리고 있었던 것이다. 나는 침대 끄트머리에 앉았고 배낭을 옆에 내려놓았다. 지저분하게 생긴 한 남자의 부추김을 받은 몇몇 아이들이 배낭 주위로 모여들었고, 그들의 손은 이미 배낭 지퍼를 슬그머니 내리고 있었다. 나는 아이들의 행동을 저지하며 그 안에 뭐가 들었는지 말로 설명하려고 애를 썼다. 하나뿐인 창문 뒤로는 입장이 금지된 소녀들이 이방인을 보려고 서로 밀치며 다투는 중이었다. 하지만 사람들은 마치 파리떼를 쫓듯 소녀들을 밀어냈다.

이제 저녁 여섯 시 반이다. 제법 수완 좋게 생긴 소년 하나가 차를 가져다 주었고, 튤립 모양의 작은 잔에는 따뜻하고 향기로운 차가 끝도 없이 채워지기 시작했다. 곧 질문들이 터져나왔다. 이 마을의 그 누구도 영어나 독어, 아니면 다른 외국어 한마디 할 줄 몰랐다. 마치 학위를 얻기 위해 시험을 치르는 학생처럼 나는 사전을 손에 쥐고서 이 끝없는 질문들에 대답하려고 애를 썼다. 이러다 보면 혹 숙소라도 얻을 수 있을까? 내가 그들의 다채롭고 즉흥적인 질문들을 제대로 이해한 것은 아니었지만, 그래도 사람들의 유일한 관심이 결국 돈이라는 것은 확실히 알 수 있었다. 지금 돈을 갖고 있는가? 있다면 얼마나 있는가? 돈벌이는 어떻게 하는가? 수입은 어느 정도인가? 자동차는 갖고 있는가? 있다면 얼마짜리인가? 부자인가? 프랑스로 돌아가는 비행기 표는 얼마인가? '파라', 즉 돈이라는 말을 할 때마다 그들은 엄지와 검지를 비벼댔다. 만국 공용의 언어가 아닐 수 없다. 또 그들은 질문했다. 무기를 지니고 있는가? 그들 말에 따르면, 정신을 단단히 차려야 한다. '테러리스트'라는 말이 다시 여기저기서 들려왔다. 쓸쓸한 미소를 지으며 누군가가 내게 추켜세운 검지로 턱 밑을 왼쪽에서 오른쪽으로 가르는 동작을 해보였다. 만국 공용의 언어가 또 등장했다.

사람들의 왕래가 끊이지 않았다. 먼저 노인들이 악수를 청하며 환영의 인사를 한 다음 물러나서 자리를 잡는 것이 순서였다. 그러면 다른 사람들이 노인들에게 내가 누구인지 설명해준다. 그러고 나면 노인들은 대체로 돈과 연관된 추가 질문을 시작한다. 심기가 좀 불편해진 내가 물었다.

"도대체 돈말고는 다른 관심거리가 없습니까?"

"그건 우리가 너무나, 너무나 가난하기 때문이라오 ……."

방 한쪽 구석에 반쯤 누워 줄담배를 피던 남자가 대답했다.

마을을 한 번 가로지르기만 해도, 아니 여기 모인 사람들을 살펴보기만 해도 그의 말에 대해 그리고 모든 게 부족한 그들의 상황에 대해 수긍할 수가 있었다. 이 방엔 공기마저 부족한 듯했다. 만약 사람들이 계속 이렇게 밀려들어와서 집요하게 질문을 해댄다면 질식해버릴 것만 같았다. 피곤한 기색을 보이며 관심을 좀 돌려보려고 했다. 내가 조금씩 불평을 한 탓인지 그리고 그들 또한 어느 정도 궁금증을 푼 탓인지, 사람들은 차츰 나를 내버려두고 자기들끼리 얘기하기 시작했다. 터질 것 같은 이 작은 방은 이제 사방에서 들려오는 웅성거림으로 가득 찼다. 누군가 질문을 하면, 서른 개가 넘는 대답이 여기저기서 터져나왔다. 각자 자기 의견이 있었으며, 그것이 맞다고 우겨댔던 것이다.

사람들이 내게 흥미를 잃어버린 게 차라리 다행이라 여기며, 나는 눈에 띄지 않도록 조심스럽게 오늘 하루의 기록을 검토하기 시작했다. 1천 킬로미터를 주파한 것과 도둑 맞을 뻔한 일은 아직도 생생해서 잊혀지지가 않았다. 그들만의 대화가 시작되고 반 시간 정도 지났을 때 읍장의 아들이 내게 다가왔다. 그는 자기만큼이나 내게 비우호적인 두 남자를 대동하고 있었다.

그들 또한 내게 여권을 보여달라고 했지만, 나는 원칙을 굽히지 않았다.

"여권은 읍장님이 오시면 그때 보여드리지요."

읍장 아들은 더 이상 고집을 부리지 않았다. 차를 가져왔던 영악한 꼬마 녀석이 찻잔과 주전자를 정리했고, 몇 번인가 오가더니 이번엔 음식을 차려왔다. 쫓겨났던 여자들이 준비해놓은 모양이었다. 방 한가운데에 놓인 커다란 쟁반이 식탁 구실을 했다. 사람들은 읍장 아들과 두 노인의 옆자리로 나를 안내했다. 거지들의 왕이 자신의 궁전에서 두 원로를 거느리고 식사하는 장면을 연상케 하는 모습이었다. 나는 한쪽 눈으로 배낭을 감시할 수 있도록 자리를 잡았다. 수많은 사람들이 탐내는 물건이어서 이렇게라도 방비를 할 필요가 있었다. 초라하기 이를 데 없는 배낭 하나가 이렇듯 관심을 끌다니 정말 드문 일일 것이다. 손으로 어루만져보기도 하고 들어보기도 하고 눈으로 훔쳐보기도 하고 그러던 중 지금까지 눈에 띄지 않았던 한 건장한 남자가 내 앞에 와서 버티고 섰다. 남자는 뭔가 중요한 임무를 맡은 사람처럼 보였다. 이는 그가 모든 사람들의 대표 자격으로 와서, 내가 지금까지 만족스러운 모습을 보였으며 그 결과 사람들이 나를 좋아하기로 결정했음을 알려주었기 때문이다. 내가 제대로 이해한 걸까? 자기 자리로 되돌아가기 전에, 그는 방 안 사람들이 암묵적인 동의의 눈길을 보내는 가운데 내 쪽을 향해 미소를 지어보였다. 아마 대체적으로 맞게 이해한 모양이다.

이제 밤이 되었다. 오늘 나는 치르치르에서 그 순한 양봉가들 있는 곳까지 30킬로미터를 걸었고, 하루 동안에 겪은 이런저런 일들로 인해 녹초가 될 지경이었다. 사람들이 나를 그냥 쉽게 내버려두기만 해도 좋을 것 같았다. 하지만 어디서 잘 것인가? 정작 이 문제에 대해서는 여전히 모르는 채 나는 읍장이 와서 문제를 해결해 주기만을 기다렸다.

내게 자신들은 가난하다고 말했던, 반쯤 누워 있던 콧수염 기른 남자가 자기 차례가 됐다는 듯 내 앞으로 왔다. 모든 사람이 얘기를 멈췄다. 그리고 방금 전까지의 소란 때문에 더욱 인상적으로 느껴진 침묵을 깨고 질문이 시작됐다. 대답 여하에 따라 나의 안전이 어느 정도 좌우될 수도 있음을 잠시 잊는다면 참으로 재미있었을, 정말 황당한 질문들이었다.

"배낭 안엔 뭐가 있소?"

"약, 옷가지들, 음식, 침낭, 노트, 책들……."

"지도는 있소?"

"예, 하나 가지고 있지요."

그러자 남자는 의기양양하게 사람들을 돌아보더니 큰 소리로 반복했다.

"지도가 있답니다!"

만족스럽게 "아!" 하고 내뱉는 소리가 사람들 속에서 들려왔다. 저들은 무슨 상상을 하고 있는 걸까? 뭔가 미심쩍다고 느낀 나는 좀더 상세하게 말했다.

"나는 도로지도와 나침반을 갖고 있지요. 그런데 무슨 얘기를 하고 계셨던 건지?"

"당신은 보물지도를 갖고 있는 거요."

나는 어리둥절할 수밖에 없었다.

"보물지도라구요?"

"실크로드의 보물지도지. 실크로드에 보물이 있다는 건 누구나 다 아는 얘기니까."

너무나 어처구니가 없어진 나는 웃음을 터뜨릴 수밖에 없었다. 하지만 웃는 사람은 나 혼자였다. 그들은 심각했으며, 조금도 호의적이지 않은 눈길로 나를 응시하고 있었다.

"보여주시오."

나는 주머니에서 도로지도를 꺼냈다. 지도 전체라기보

다는 그중 일부분이었다. 좀더 양호한 상태로 보관하기 위해서, 페이지마다 나눠놓았기 때문이다. 농부들에게 내 위치를 확인하기 위해 지도를 보여줄 때가 자주 있었는데, 매번 똑같은 일이 반복됐다. 서로 보겠다고 해서 지도가 이 손 저 손으로 옮겨다녀 너덜너덜해졌던 것이다. 그런데 지금까지는 아무도 그것이 보물지도라는 걸 상상조차 하지 않았다! 만약 내가 그에게 지도를 넘겨준다면, 이 방을 한 바퀴 도는 것은 물론 아예 사라져버릴지도 모르는 일이다. 보물지도가 손에 들어오면 돌려주는 법이 없으니까. 이 나라에 대해 아무것도 아는 게 없는데, 아무리 오류투성이라고 해도 이 지도 없이 지낼 수는 없다.

나는 그 남자를 내 옆에 앉힌 다음에 마치 외투 속에서 꺼내듯 지도의 끝자락을 보여주었다. 그리고 내가 거쳐온 길과 마을들을 손가락으로 연결하며 그의 관심을 돌리고자 했다. 그의 손은 의지와 달리 파르르 떨며 지도 쪽으로 움직였고, 그것을 잡으려 했다. 그가 빼앗으려고 할 때마다 나는 지도를 놓치지 않았다. 그럼으로써 그들에게 내가 정말로 보물지도를 갖고 있다는 확신을 주고 또 이 상황을 더 악화시키리라는 것을 알면서도 말이다. 한참을 설명하자 그는 자기 자리로 돌아갔다. 많이 진정된 듯한 모습이었다. 시간이 지남에 따라 나는 오해와 억측이 점점 쌓여간다는 인상을 받았다.

열 시경에 살림살이가 조금은 나아보이는 다섯 사람이

모습을 나타냈다. 다시 침묵이 흘렀다. 그중 두 여인은 차도 르를 하고 있지 않았다. 사람들이 소개하기를, 교사들이라 고 했다. 이즈미르 지방 사람들이었다. 그들이 관심을 보인 것은 여행에 대해서가 아니라—이미 모든 사람이 다 알고 있는 사실이었으므로—직업이었다. 정확하게는 내가 내걸 었던 직업에 대해서였다. 앞서 얘기했듯이 여행을 떠난 이 후로 내 소개를 할 때 교사라고 말해왔던 것이다. 그러니 나 는 그들의 동료인 셈이었다. 나는 선생이란 참 힘든 직업이 라고 확신에 찬 어조로 말했으며, 그들이 질문하지 못하도 록 내가 질문을 퍼부었다. 여선생 중 한 명이 영어를 몇 마 디 할 줄 알았지만, 내가 하는 말을 알아듣지는 못했다. 그 래서 우리는 다시 터키어로 얘기했는데, 그러다 보니 내가 할 수 있는 말에 한계가 있었다. 그들은 자신들도 이곳이 마 음에 들지 않는다고 솔직하게 고백했다. 사는 것도 너무 힘 들고, 선생이라는 직업도 이곳에선 참 어렵다는 것이었다. 바라는 게 있다면 고향으로 돌아가는 것뿐이지만, 그 전에 이 버려진 마을에서 몇 년을 봉사해야 할 의무가 있었다.

열 시 반쯤 그들이 떠났다. 나와 가장 많은 얘기를 나 누었던 여선생이 내 손을 잡고는 연민이 가득한 목소리로 말했다.

"많은 행운이, 정말 많은 행운이 함께하기를 바랍니 다."

이 말을 들으니 이스탄불의 은행원 잔이 했던 말이 떠

올랐다. "정말 행운이 많이 따라줘야 할 겁니다."

지금까지는 그리 불평할 만한 일이 없었다. 행운이 그리 인색했던 것은 아니었으니까. 하지만 여선생의 따뜻한 말 한마디를 들으니 왠지 걱정이 되었다.

선생들이 막 문을 닫고 나가자마자 읍장의 아들이 좀 전의 두 남자를 대동하고 다시 내게 왔다. 우리의 질문과 대답은 다시 시작됐으며 대충 다음과 같은 내용이었다.

"당신 여권을 봐야겠소."

"읍장은 어디 있소?"

"그는 오지 않을 거요."

"잠은 어디서 자야 하나요?"

"여기."

보디가드 중 한 명은 계속 막무가내였다.

"이분이 읍장님 아들이니 마찬가지요. 그에게 여권을 보여주시오."

더 버티다가는 걷잡을 수 없는 상황이 벌어질 것 같았다. 그래서 나는 그들의 요구를 받아들여 깡마르고 작은 읍장 아들에게만 여권을 보여주기로 했다. 여권이 군중들 사이를 한 바퀴 돌게 할 수는 없었다. 그랬다가는 다시 찾기가 어려울 테니까.

나는 그를 내 옆에 앉혔다. 모든 사람들이 호기심으로 가득차서 둥글게 모였고, 서로 보겠다고 실랑이를 했다. 나는 여권을 손에 쥔 채로 내 신분을 증명해줄 수 있는 부분과 터키 이민국 도장이 찍힌 부분을 열어보였다. 머리 위로는 서른 쌍의 눈들이 일제히 주목하고 있었다. 읍장의 아들은 여권을 받아들고 한참을 뒤적이더니 다른 도장들—내가 최근에 여행했던 일본, 중국, 미국, 아프리카—이 어느 나라의 것인지 일일이 캐물었으며, 여권 한 장을 가득 메운 이란 비자를 한참 동안 바라보았다. 약속과 달리 그는 옆 사람에게 여권을 넘겨주었다. 그 사람 또한 열심히 살펴보는 눈치였다. 나는 활처럼 팽팽하게 긴장하기 시작했다. 이제 뭔가 행동을 취할 때가 됐다. 그가 여권을 오랜 시간 살펴본 후 세 번째 남자에게 건네주려는 순간 그리고 서른 개의 손들이 여권을 잡으려고 서로 다투는 순간, 나는 그 무리 속으로 문자 그대로 몸을 던져서 여권을 빼앗아 다시 주머니에 집어넣었다. 뜻을 이루지 못한 그들이 침묵 속에서 나를 노려보는 가운데 나는 주머니를 꼼꼼하게 다시 닫았다. 나는 약속을 지키지 않은 그들에게 화가 났으며, 이 어이없는 소동을 빨리 집어치우고 싶었다. 나는 큰 소리로 이제 피곤하니 쉬고 싶다고 말했다. 아무도 내 말에 귀를 기울이지 않는 것 같았다. 그들은 각자 자리로 되돌아가서 담배를 피웠으며, 아마도 온갖 억측으로 가득 차 있을 말들을 하기 시작했다. 그 내용에 대해서는 차라리 내가 모르는 게 나을 것 같았다.

이런 식으로 다시 반 시간이 지났고, 지친 나는 한 번 더 내 뜻을 밝혔다. 한 술 더 떠서, 문까지 열면서 혼자 있고 싶다는 의사를 명백하게 드러냈다. 다시 한 번 긴 침묵이 흘렀지만 아무도 움직이지 않았다. 나는 세 번째로 사람들에게 부탁했고, 점점 조급해지는 것을 느꼈다. 침묵 속에서 관객들—이 상황이 일종의 구경거리였으므로—중 하나가 일어나서 문 쪽을 향했다. 다른 두 사람도 그를 따랐다. 나는 그들에게 큰 소리로 작별 인사를 하며 감사의 뜻을 표했다. 어떤 젊은 학생이 나가면서 물었다.

"내일 몇 시에 떠나세요?"

"일곱 시."

"그때 나도 올 테니 함께 걷기로 해요."

그의 약속을 들으니 기분이 조금 좋아졌고, 더욱이 파질이 말했던 그 유명한 시아파 마을을 지나가는 데 동행이 생겼다는 생각을 하니 안심이 됐다. 그가 나가자 또 10여 명의 사람들이 뒤를 따랐다. 나는 여전히 문을 잡은 채로 미적거리는 사람들을 곱지 않은 눈으로 바라보았다. 읍장의 아들과 두 거한은 여전히 버티고 있었다. 피곤이 몰려와 나도 점차 공격적이 됐다. 마음의 평정을 유지하느라고 스스로도 감탄할 만큼 참았지만 이제 더 이상 견딜 수 없게 된 나는 그들을 노골적으로 문 밖으로 밀어냈다.

그들을 내쫓은 다음엔 문의 쇠고리를 잠가버렸다. 더욱 신중을 기하기 위해 밤을 보내야 할 이 방에 또 다른 출입구는 없는지 확인하기까지 했다. 중간 문에는 빗장이 없었고 열쇠도 없었다. 나는 지팡이로 그 문을 막았다. 작은 창문은 딱히 방비를 할 수가 없었다. 나무로 된 쐐기 두 개가 버팀목이었는데, 못이 헐거워져서 위아래로 돌아가고 있었다. 팔꿈치로 슬쩍 밀기만 해도 열릴 지경이었다. '인샬라.'

첫 번째 방에 수도꼭지가 있어서 나는 내일을 위해 수통을 채웠다. 차가운 물로 대강 몸을 씻은 후 침낭 속으로 몸을 던졌다. 잠을 자보려고 했지만 오늘 일이 자꾸 떠올라 쉽지가 않았다. 게다가 마을 사람들이 집 앞에 모여 있었다. 열렬하고 활기에 가득 찬, 조금 전과 다를 바 없는 분위기 속에서 대화가 이루어지고 있었다. 서로 질문하고 웃고 고함 지르고. 마을 사람들은 이방인을 본 적이 전혀 없었던 모양이다. 터키인들의 병적인 호기심에 대해서는 익히 알고 있었지만 그래도 이런 소란은 받아들이기가 힘들었다. 읍장은 오지 않았다. 그는 정말 없는 걸까, 아니면 나와 만나는 것을 거부하는 것일까? 그렇다면 이유는 무엇일까?

나는 불을 껐다. 그들도 곧 잠잠해지고 집으로 돌아갈 것이다. 마침내 긴장을 풀고 잠을 잤다. 하지만 선잠을 잔 것도 잠시, 곧 깼다. 소란은 오히려 더 커졌다. 신경이 곤두선 나는 불을 켜지 않은 채 창문으로 다가가 조심스럽게 커튼을 열었다. 눈앞에 펼쳐진 장면을 보고 피가 얼어붙는 듯했다.

한 남자가―기괴한 콧수염 때문에 알아볼 수 있었는데, 아까 모였던 관객들 중 하나였다―노리쇠가 달린 구식 총을 들고 서 있었던 것이다. 그는 부동자세로 주위 사람들의 소란에도 굴하지 않고 내가 있는 방의 문을 노려보고 있었다. 온 마을 사람들이 모여 있었다. 여자아이들이 끼어드는 것도 그냥 내버려두는 듯했다. 건물 옆에 달린 갓 없는 등이 비추는 희미한 불빛 아래 모든 것이 소란스럽게 움직이고 있었다.

속옷 차림으로 창 안쪽에 있던 나는 갑자기 몸을 떨기 시작했다. 침낭 속으로 몸을 숨길까 하는 생각도 해봤지만, 만약 그들이 나를 죽일 거라면 나도 좀더 그럴듯한 모습으로 있는 게 나을 것 같았다. 벌레처럼 벌거벗은 적에게 무슨 예의를 갖출 것인가? 나는 어둠 속에서 옷을 입었다. 이제 무슨 일이 일어날까? 그들이 문을 부술까? 추웠다. 옷을 입은 채 침낭 속으로 들어가 담요까지 덮어썼다. 나는 추위와 공포로 떨었다. 어린아이 같은 생각이지만, 나는 배낭에서 여동생 엘렌이 선물한 멋진 주머니칼을 꺼냈다. 칼날에는 내 이름까지 새겨져 있었다. 나는 베개 밑에 칼을 넣어두고 여차하면 사용하리라 굳게 마음먹었다. 하지만 조금도 기대하지는 않았다. 한번 생각해보라. 상대가 되는 싸움인가? 결론을 내렸다. 신들이 나를 버리신 것이다. 이 가난한 마을 사람들은 내게 뭘 원하는 것일까? 강도질을 하려는 것일까? 죽이려는 걸까? 아니면 둘 다일까? 그들은 뭘 기다렸던 것일까? 약탈하려는 것이든 죽이려는 것이든, 왜 아까 실행에 옮기지 않았을까? 고통스러운 시간을 메우려고 던진 이러한 질문들에 나는 아무 대답도 얻을 수 없었다. 일 초 일 초가 길게만 느껴졌다. 죽을 만큼 피곤했다. 내 시계는 밤 열두 시 반을 가리켰다. 두려움도 조금씩 약해지고 대신 피로가 몰려왔다. 나는 침낭 속에 몸을 파묻고 잠에 빠져들었다.

얼마나 시간이 지났을까? 창문을 두드리는 소리에 놀라 화들짝 일어났을 때는 시간을 가늠할 수가 없었다. 도대체 원하는 게 뭐야? 지치고 짜증이 나서 나는 대꾸도 하지 않았다. 음모를 꾸밀 테면 꾸며보라지. 하지만 내가 순순히 목을 내밀 거라고는 기대하지 말기를. 다시 또 누군가가 이번에는 문과 유리창을 번갈아가며 두드렸다. 그는 알아들을 수 없는 밀로 외치고 있었다. 시끄럽던 사람들이 입을 다물었다. 갑작스런 침묵이 두려워졌다. 나는 양말을 신은 채 방을 가로질러가서 커튼을 약간 열었다. 위장복을 입은 군인 한 명이 기관총을 겨눈 채 방문 앞에 서 있었다. 나는 욕지기가 터져나오는 것을 참을 수 없었다. 바보 같은 작자들! 그들은 테러 진압 업무를 하는 헌병을 불렀던 것이다.

구두끈을 매면서 차라리 이 편이 낫겠다고 생각했다. 헌병에게 설명을 하면 모든 게 해결될 테니까. 사람들이 잔뜩 달라붙어 있는 문을 열러 가면서 나는 애써 침착해지려 했고 칼도 제자리에 조용히 갖다 두었다. 병사 뒤에는 또 두 명의 장교들이 있었다. 마을 사람들은 어떻게 되는지 보려고 아우성이었다. 문을 여는 순간 십 초 동안은 파리가 나는 소리라도 들릴 정도로 정적이 감돌았다. 장교들은 나를 훑어보았다. 키가 큰 남자가 정확한 영어로 질문을 했다. 할

애기가 있다는 것이었다. 나는 그들이 들어오도록 비켜주었다. 사람들이 떼를 지어 따라 들어올 태세였으나 내가 막았다. 그들이 유다 역할을 하는 건 좋지만, 난 그들에게 배신의 대가를 제공하고 싶지는 않았다.

"저 사람들은 안 됩니다!"

장교가 사람들에게 물러나라는 손짓을 했다. 무장한 사람들 중 하나가 군인들과 함께 들어왔다. 그는 총부리를 계속 나에게 향한 채 방의 다른 쪽 끝으로 갔다.

"당신 배낭입니까?"

"그렇습니다. 뭐가 문제죠?"

"여권 좀 보여주시죠."

밖에서는 사람들이 와자지껄하게 떠들고 있었다.

"죄송하지만, 우리를 따라오셔야겠습니다."

"잠깐만요. 난 관광객이오. 당신네 나라를 방문한 거라구요. 도대체 내가 뭘 잘못했다는 거요? 지금 날 체포하는 겁니까?"

"천만에요. 당신의 안전을 위한 일이지요. 따라오십시오."

"어디로 가는지 알아야겠습니다."

"바로 옆입니다."

장교는 내가 배낭을 들려고 하자 저지했다. 대신 졸병이 그것을 들었다. 작은 광장에는 얼마 전까지만 해도 호의를 보이며 나를 안심시켰던 남자들이 모여 이 흥미로운 광경을 지켜보고 있었다.

나는 복수에 굶주린 듯 바라보는 사람들 사이를 지나가며 내가 익히 외우고 있는 문장을 큰 소리로 외쳤다. "당신들의 환대에 감사하오." 그러고 나니 조금은 통쾌한 마음이 들었다. 최소한 고개를 꼿꼿이 들고 이곳을 떠날 수 있었으니까.

마을을 가로지르는 동안 군인 두 명이 나를 포위하고 세 번째 병사는 가방을 들었다. 마을 사람들은 계속 우리를 따라왔다. 구경거리의 마지막 장면을 놓치고 싶지 않았던 것이다. 하지만 나를 놀라게 한 구경거리는 바로 내 앞에서 펼쳐졌다. 주요 도로의 길목마다 위장복을 입은 군인들이 10미터 간격으로 늘어서서 방아쇠에 손을 대고 어둠 속의 집들과 골목길을 향해 총구를 겨누며 보이지 않는 적을 감시하고 있었던 것이다. 전쟁터에서나 볼 수 있는 장면이었다. 모두 철모와 방탄조끼를 착용하고 있었다. 저기 어둠 속에서 누군가 재채기만 해도 바로 벌집이 될 판이었다. 저격수들이 사방에서 실제로 우리를 겨누고 있다고 해도 과언이 아닐 정도로 살벌한 모습이었다. 군인들이 얼마나 있는 것일까? 그들은 미세한 움직임에도 주의를 기울이며, 그렇게 부동자세로 도처에 있었다.

나는 망연자실했다. 그러고 나니 이번엔 우스운 생각이 들었다. 이 모든 게 나 때문이란 말인가? 우리를 쫓던 무리의 앞줄에 있던, 좀 전에 방문 앞에 버티고 서 있던 바로 그 남자가 자신의 낡은 총을 마치 촛대라도 되는 것처럼 흔들어댔다. 그의 얼굴은 영웅이 된 듯한 진지한 기색으로 가득했다. 나를 이제껏 경험해보지 못한 공포로 떨게 했으니, 저 우스꽝스러운 꼭두각시는 허풍을 떨 만도 했다. 이 마을로서는 역사적인 순간이었다. 내게도 또한 마찬가지일 수도 있었다.

나는 나를 고발하고 환대의 법칙을 어긴 이 사람들에게 화가 났지만 동시에 커다란 안도감도 느꼈다. 총을 든 그 어릿광대를 본 순간 내 삶도 이제 끝났다고 생각했는데, 군대가 출동한 걸 보고 오히려 안심했던 것이다. 우리는 툭 튀어나온 집 앞에서 멈춰섰다. 보병 두 명이 계단 앞에서 보초를 섰다. 위장복을 입은 두 명의 장교와 졸병 하나, 이 세 명과 더불어 나는 계단을 올라갔다. 나는 배낭을 되찾고 싶었다. 장교는 졸병에게 명령을 내려 배낭을 갖고 들어오도록 했다. 집주인은 오늘 오후 내게 환영한다는 인사를 하러 왔던 사람들 중 한 명이었다. 위선자가 아닐 수 없다. 이 마을에 전화가 있는 사람은 그뿐이었으므로, 헌병을 부른 것도 결국 그였을 것이다. 아마도 관광객을 맞이하는 그만의 방식인 모양이다. 나는 그를 정면으로 쳐다보려 했지만 그는 계속 시선을 피했다. 그는 장교들 앞에서는 자세를 바짝 낮추고 그들의 온갖 비위를 맞추느라 정신이 없었다. 이 모든 게 우스꽝스러웠다. 장교들이 한마디 하자 그 밀고자는 전화기를 갖다 놓고는 방을 나갔다. 영어를 할 줄 아는 장교가 내게 지도를 달라고 했다. 나는 약간 비웃으며 그에게 지도를 건네줬다. 이 남자도 보물을 찾으려는 것일까?

두 장교는 몸을 숙여 지도를 살펴보았다. 그들이 꼼꼼하게 검토해본다면, 파질이 알려준 세 곳의 시아파 마을에 내가 조그맣게 표시해놓은 것을 발견할지도 모르는 일이었다. 다행히 그들은 알아채지 못한 듯했다. 그들은 오랫동안 전화를 했다. 너무나 정신이 없어서 전화 내용을 알아들을 수 없었다. 어쨌거나 지금 이 일에 어떻게 제동을 걸 수 있을지 막막할 뿐이었다. 기다리고 지켜보는 것만이 내가 취할 수 있는 이성적인 태도였다. 전화를 끊은 다음 그는 지시받은 내용을 알려주었다.

"우리를 따라오셔야겠습니다."

"어디로요?"

"병영입니다. 당신의 안전을 위해서지요."

"지금 나는 안전합니다."

방금 전까지 두려움에 떨던 나로서는 조금 당돌한 대답이라는 생각도 들었지만, 나는 계속 말을 이었다.

"당신들 병영은 어딘가요? 여기서 멉니까?"

"아닙니다."

"1킬로미터 아니면 10킬로미터?"

"3 내지 4킬로미터 정도 됩니다."

나는 계속 버텨볼 생각이었다.

"아니, 난 여기에 있겠소. 아침 일찍 떠나고 싶으니까."

장교는 졸병에게 무언가 명령을 내렸고, 그는 밑에 있는 두 병사를 향해 서둘러 문을 열었다. 그중 한 명이 내 팔을 잡고 끌고 가려 했다. 나는 화가 치밀어올랐다.

"혼자 걸을 수 있소. 나를 체포하려는 거라면 차라리 수갑을 채우시오."

장교가 졸병에게 다시 명령을 내리자 그는 아까처럼 내 팔을 잡지는 않았다. 그러나 나는 분명 체포된 것이었다.

상황은 이렇듯 예사롭지 않았다. 영웅 노릇을 한다거나 우스꽝스러운 꼴을 당해서도 안 되었다. 군인들과 관련된 일이라 어떻게 될지 알 수 없었기 때문이다. 영화 〈미드나잇 익스프레스(Midnight Express)〉에서나 보았던 축축한 지하감옥과 난폭한 간수들, 이런 장면들이 눈앞을 스쳐갔다. 무슨 생각을 해야 할지조차 알 수가 없었다. 나는 저항하지 않고 그들을 따라가기로 마음먹었다. 어쩌면 일의 시작만큼이나 앞으로 벌어질 사건도 흥미진진할지 모르는 일이다. 어떤 편이 더 나을 것인가? 사방으로 테러리스트들을 찾아다니는 군인들 손에 떨어지는 것, 아니면 '실크로드의 보물'이라는 황당한 발상에 혈안이 돼 '보물지도'를 빼앗기 위해서라면 나를 능히 죽일 수도 있는 마을 사람들 손에 떨어지는 것?

내가 집 밖으로 나오자마자 총살되리라 기대했을 군중들은 내가 떠나는 것을 아쉽다는 듯 바라보았다. 이런저런 웅성거림은 들려왔지만 사람들은 따라오지 않았다. 군인들이 조금 떨어진 곳에 있는 자동차까지 나를 호위해가는 동안 졸병 두 명이 사람들을 통제했기 때문이다. 군인들이 모여서 대열을 이루자 나는 숫자를 세어보고 싶은 호기심이 생겼다. 마흔다섯 명에다가 검은색 일반 승용차를 탄 장교 두 명을 더해서 모두 마흔일곱 명이었다. 나를 보려고 이렇게 많은 사람들이 모인 적은 여태껏 한 번도 없었다. 마치 스타가 된 기분이었다. 군인들은 세 대의 미니 버스와 기관단총이 달린 장갑차에 나누어 탔다. 나와 두 호위병은 미니 버스 중 하나에 타서 앞쪽 좌석에 함께 앉았다. 자동차 행렬은 밤에 출발했다. 나는 몸을 돌려 마지막으로 나의 '주인들'을 쳐다보았다. 차창에 이슬이 내려앉아 그저 칠흑 같은 어둠만이 보일 뿐이었다.

나는 장교가 거짓말을 했음을 금방 알아챘다. 길이 엉망이라—스타들도 구세주가 그랬듯 험난하기 이를 데 없는 길을 따라가는 모양이다—자동차들은 거북이 걸음이었다. 운전병들은 길의 요철을 피하기 위해 차를 지그재그로 몰았다. 처음엔 5킬로미터, 다시 10킬로미터가 지난 듯했다. 우리가 어디로 가는지 물어보았다. 오른쪽의 군인은 대답을 거부했지만, 마치 노르망디 지방의 농부처럼 순하게 생긴 왼쪽의 군인이 한마디 던졌다. "시바스."

결국 나를 끌고 4킬로미터가 아니라 최소한 40, 아니 50킬로미터나 되는 거리를 가고 있는 셈이었다. 나는 어떻게 생각해야 할지 알 수가 없었다. 군인들의 태도는 그렇게 적대적이지 않았다. 그렇다면 왜 나를 체포했을까? 정말로 안전에 위협을 받고 있었던 것일까? 그런 거라면 헌병 두세 명이 귀띔을 해주거나 아니면 나를 보호해줄 수도 있었을 것이다. 군인들도 내가 위험한 인물이라고 일러바친 마을 사람들의 말을 그대로 믿는 것일까? 병영에 도착하면 어떤 일이 일어날 것인가?

터키 군대와 헌병이 사람을 다루는 방식에 관한 기사를 읽은 적이 있던 터라 조금도 안심할 수가 없었다. 여행을 떠나오기 며칠 전《국경 없는 기자들》에는 터키 기자 한 명이 경찰에게 고문당했다는 짧은 기사가 실렸다. 나는 터키인도 아니고 공식적으로는 기자도 아니다. 하지만 그렇다고 그들이 차별을 둘까? 혹시라도 내가 기자였다는 걸 알게 된다면?

마치 영화 속의 한 장면처럼 마을에서 보낸 저녁나절이 머릿속을 스치고 지나갔다. 돌이켜 생각해보니, 오늘 저녁 마을 사람들의 행동을 분명하게 알 수 있었다. 그들이 내가 머물던 집에서 좀처럼 나가려 하지 않았던 것 그리고 문밖을 계속 지키고 있었던 것은 내가 체포되는 장면을 직접 목격하려고 했기 때문이었다. 그리고 읍장의 아들이 내 여권을 보려고 다시 왔던 것도, 군인들이 출동하기 전에 최대한의 정보를 알아내라고 요구했기 때문이었다. 결국 헌병들이 오고 있다는 걸 모든 사람들이 이미 알고 있었던 것이다. 그들을 내쫓음으로써 나는 현장을 지켜보려는 그들의 바람에 찬물을 끼얹은 셈이다. 그들은 아마 이런 장면을 상상하고 있었을 것이다. '무장 군인들이 손에 기관총을 들고 방에 나타난다, 내가 저항하고, 그 다음엔 일제 사격.' 아니면 '테러리스트 한 명이 죽고, 마을은 훈장을 수여받는다.'

내 방 앞에 우스꽝스러운 총을 들고 나타났던 어릿광대로 말하자면, 군대가 그 마을에 교사해놓은 민병대원 같은 인물이었을 것이다. 그런 낡은 총을 들고 무리를 지어 PKK 대원들로부터 마을을 지키도록 훈련되어 있었나 보다. 결국 그는 쿠르드인과 맞서기 위한 이슬람민병대였다. 내가 군인들을 피해 도망갈까봐 두려움에 떨면서도 문 앞을 지키고 있었던 것이다. 다행히도 내가 소변을 보러 나가지 않았기에 망정이지, 총에 맞을 수도 있었다. 운명이란 이런 식으로 정해지기도 또 틀어지기도 하는 것이다.

마침내 병영에 도착한 것은 새벽 세 시가 지나서였다. 그곳은 마치 알라모(Alamo) 요새처럼 경계가 삼엄했으며 입구에는 방탄장치가 돼 있었고 사방에 군인들이 서 있었다. 호위병 중의 하나가 또다시 내 팔을 잡았다. 나는 그 자리에 버티고 서서 한 발짝도 움직이려 하지 않았다. 그는 알겠다는 듯 나를 놓아주었다. 그들은 영어를 할 줄 아는 장교에게 나를 데리고 갔다. 벽에 아타튀르크의 초상화들이 걸린 아주 넓은 방이었다. 장교의 이름이 사무실의 명패에 표시돼 있었다. 괴크괴즈(Gökgöz), 즉 푸른 눈 혹은 푸른 하늘이라는 의미였다. 사실 그 이름은 어디에나 있었다. 두 개의 작은 양탄자 위에도 수놓여 있고, 벽에도 씌어 있고……. 그는 자신의 성姓에 대단히 자부심을 느끼고 있었으며, 이슬람 군주제가 몰락한 이후 터키인들이 이름과 성을 의무적으로 서양식으로 개명해야 했을 때 자신의 할아버지가 그 성을 택했던 것을 대단히 만족스럽게 생각하는 것 같았다. 하지만 그의 눈은 푸른색이 아니었다. 멘델의 유전법칙은 참으로 까다로운 것이지만, 어쨌거나 법칙임에는 분명하다. 그는 자신의 업무용 책상 앞에 나를 앉게 했다.

"차이(차)?"

"좋소."

모든 불운에도 굴하지 않고 나는 알리하지에서 병영까지 거리에 대해 그가 새빨간 거짓말을 한 것에 대한 분노를 표내지 않으려고 노력했다.

"어쩔 수 없이 당신 배낭을 뒤져봐야겠습니다. 마을 사람들이 당신을 테러리스트라고 고발했거든요. 그게 바로 배낭 때문입니다."

"그 사람들은 배낭이라는 걸 본 적도 없단 말입니까?"

"아무튼 뒤져봐야겠습니다."

"보아하니 선택의 여지가 거의 없는 것 같군요. 하지만 정 그러시겠다면 그 전에 우리나라 영사관에 연락해서 내가 체포됐다는 사실을 알려야겠습니다."

"내일 아침에 부르도록 하지요."

"그렇다면 내 배낭을 뒤지는 것도 내일 아침까지 기다

리시죠. 이젠 뭘 하죠?"

"밤 동안 여기 계시지요."

"결국 체포된 거로군요."

"아닙니다. 당신은 우리의 손님입니다."

비웃을 수밖에 없었다. 조금 뚱뚱하고 몸집이 아주 큰 이 남자는 느릿느릿하면서도 날카로운 목소리, 느끼한 몸짓 등 다분히 뻔뻔스러운 데가 있었다. 사무실 문 앞에 있던 졸병이 배낭 쪽으로 오더니 그걸 열고 비우려 했다. 물건을 하나씩 꺼낼 때마다 그는 장교에게 일일이 건네주었다. 장교는 물건들을 주의 깊게 살펴본 다음 땅에 내려놓았다. 졸병은 글로 쓴 것이나 인쇄물은 읽지 않은 채 '푸른 눈'에게 바로 전달했다. 그는 꼼꼼하게 모든 걸 검토하고, 몇몇 서류는 책상 위의 램프로 자세히 비춰보기까지 했다. 책, 도로지도, 노트, 주소록(우편엽서를 보내려고 작성했던), 수첩 등 그는 모든 것을 거의 편집광적인 태도로 살펴보았다. 조심성이 자연스럽게 몸에 밴 탓인지, 나는 이 나라와 관계된 사건들과 생각을 기록할 때조차 오잘란의 이름도 그리고 그의 당 PKK의 이니셜도 써놓은 적이 없었다. 나만 아는 암호를 개발했기 때문이다. 그가 지금 찾는 것도 분명 그런 종류임에 틀림없다. 게다가 그동안 적어놓은 것들은 도시에 머물 때마다 프랑스로 보냈기 때문에 관련된 일들의 대부분은 이미 파리에 안전하게 보관돼 있을 터였다. 이란과 관련된 책자들과 때가 되면 꺼내보려고 따로 분류해뒀던 것들(책, 지도 등등)도 그에게는 요주의 대상이었다. 마구 뒤지는 그의 행위에 나는 극도로 화가 났다. 마치 나를 발가벗기는 듯한 느낌이었다. 이미 누차 강조했듯이 그들에겐 별 가치가 없어보일지 몰라도 내 여행에는 너무도 소중한 물건들이 사무실 바닥에 아무렇게나 널려졌다. 여행을 시작한 이후 모든 걸 합리적으로 해결하고자 그토록 노력했지만 이건 너무한다 싶어서 지금까지 내가 심문을 당하고 있던 자리에서 일어나 불쾌함을 노골적으로 드러냈다.

마침내 배낭 안의 물건이 모두 비워지자 졸병과 그의 상관은 무슨 흉측한 물건이라도 되는 듯 이번엔 배낭을 열심히 그리고 조심스럽게 바느질 하나하나까지 살펴보기 시작했다. 도대체 저렇게 만지면서 뭘 찾으려는 걸까? 그 후 장교는 부하에게 물건들을 다시 넣으라고 명령했다. 이런, 이런, 내 짐을 난장판이 되도록 내버려둘 수는 없는 일이다. 나는 물건 하나하나를 비닐봉투에 넣었고 또 각 비닐봉투를 배낭 안의 적당한 칸에 넣었다. 뒤지는 것을 끝낸 '푸른 눈'과 졸병은 내가 정리하는 걸 조용히 지켜보았다. 나는 일부러 아주 천천히 작업을 함으로써 그들에게 내 나름대로 보복을 했다. 배낭 주머니에 칼을 넣으면서 나는 도전적으로 한마디 내뱉었다.

"내게 무기가 있다는 것도 기록했소?"

그리고 정리를 끝낸 후 또 이렇게 말했다.

"자, 이제 만족하시겠소? 이제 내가 테러리스트가 아니라는 걸 확인하셨을 테지. 나를 다시 알리하지로 데려다 주겠소?"

"안 됩니다. 원하신다면 내일 아침에 모셔다 드리지요. 어쨌거나 그쪽도 위험합니다. 그동안 좀 쉬시지요. 나도 쉬어야겠고. 시간이 많이 늦었습니다."

"알리하지에서 가방 수색을 하고 날 거기 내버려둘 수는 없었소?"

"……."

"부탁인데, 호텔까지 데려다 줄 수는 없소?"

"안 됩니다. 당신은 우리의 손님입니다. 곧 내가……."

"난 당신들의 손님이 되고 싶지 않단 말이오!"

"방으로 안내해드리지요. 열쇠로 방문을 잠글 겁니다. 당신의 카메라도 내가 보관하겠습니다. 여긴 병영이라 사진 촬영이 금지되어 있으니까요. 내일 아침에 돌려드리겠습니다."

"강제로 나를 데려오더니 이젠 방에 감금까지! 당신이 뭐라 하건 간에 난 체포된 상태로군."

"다시 말씀드리지만, 당신은 우리의 손님입니다."

그는 일어나려다 말고 다시 앉았다.

"화나셨습니까?"

화났느냐는 말을 들으니 정말 황당했다. 잔뜩 화나게 해놓고는 뻔뻔스럽게 기분을 물어보다니. 어쨌거나 내가 알아들은 것은 그런 질문이었다.

내가 손님이라니 조금도 망설일 필요가 없었고, 애써 분노를 억눌러오던 나는 마침내 감정을 폭발시켰다.

"내가 화났는지 알고 싶소? 물론 아무 잘못도 안 했는데 무슨 범죄자라도 된 것처럼 침대에서 끌어냈으니 화가 난 건 당연하지. 그렇소, 당신이 4킬로미터만 가면 된다고 해놓고 내가 걷던 길에서 50킬로미터나 되돌아서 나를 데려왔으니 화가 나오. 또 우리나라 영사를 부르지 못하게 한 것도, 내가 명백히 체포되어 억지로 감금돼 있는데도 계속 체포된 게 아니라고 우기는 당신의 위선도, 인신보호법이란 말이 뭔지도 모르면서 민주국가라고 자처하는 나라를 여행하고 있다는 것도 모두 화가 나오. 당신이 신분증을 보여달라고 요구할 권리가 있다는 것도 그리고 위험한 마을에 가면 생명을 보장할 수 없다고 알려줄 권리가 있다는 것도 인정하지만, 당신이 나 대신에 결정할 권리가 있다는 건 받아들일 수 없기에 화가 나오. 난 성인이고 스스로 책임질 수 있는 사람이오. 관광객인 내게 당신은 경각심을 일깨워줄 수도, 내 안전을 위한 조치들을 취해줄 수도 있겠지. 하지만 내가 당신네 나라의 법을 준수하고 있는 이상, 당신은 나에 대해 어떠한 권리도 없소. 난 지금까지 그래왔단 말이오."

당황한 군인들 앞에서—한 명은 알아듣고 다른 하나는 무슨 얘긴지 영문을 몰랐지만—나는 오랫동안 억눌러왔던 심정을 다 털어냈다. 오늘 아침부터 느끼고 있던 두려움과 분노를 터뜨리며 거의 악을 써댔다. 내친김에, 좀더 전반적인 문제를 언급했다.

"……그러고도 당신들이 유럽 공동체에 들어오겠다는 거요? 그전에 보충수업이라도 해서 만국 공통인 인권선언에 대해 공부를 해야 할 거요."

"하지만……."

나는 그가 말을 잇도록 내버려두지 않았다. 내 말은 아직 끝나지 않았다.

"나는 당신네 나라에 휴가 온 프랑스 관광객이오. 존중받을 권리가 있단 말이오. 당신이 애초에 했어야 한 일은 우리나라 영사를 부르는 일이었소. 그러면 내가 누구인지 알려줬을 거 아니오. 하지만 당신은 그런 권리를 거부했소. 무슨 관광객들의 천국이니 하는 쓸데없는 선전은 이제 집어치우시오."

영어를 알아듣지 못하는 졸병은 나의 물밀듯 터져나오는 반격에 질렸는지, 도중에 나가버렸다. '푸른 눈'은 마침내 하려던 말을 이을 수 있었다.

"하지만 나는 당신이 배고프지 않은지 물어본 것뿐입니다."

그리고 그는 에이치(h) 발음을 분명하게 했다.

사실 '푸른 눈'은 내게 시장하지 않은지 정중하게 물으려던 것이었는데(Are you hungry?), 그만 "Are you angry?"라고 발음해버린 것이었다.

나는 내가 착각했다는 걸 깨달았지만 그에게 분노를

터뜨릴 기회를 잡은 것이 기뻤다. 어쨌거나 내가 한 말을 번복한다는 것은 있을 수 없는 일이었다. 나는 조금 누그러진 어조로 말을 계속했다.

"아니, 난 배고프지 않소. 다만 목이 마르오. 맥주라도 한 병 마시면 좋을 것 같은데. 시내에 마시러 갈 형편도 아니니까."

"맥주는 없습니다. 여기선 금지돼 있지요. 하지만 위스키가 있습니다."

위스키라! 그는 내게 한 잔 가득 따라주었고, 나는 조금씩 마셨다. 이스탄불을 떠난 이후 처음으로 마셔보는 술이었다. 분노가 가라앉으며 피곤이 밀려왔다.

졸병에게 나를 방으로 안내하라고 인계하기 전에 '푸른 눈'은 사과하듯이 말했다. 알리하지 마을 사람들이 나를 테러리스트로 오인했고, 자신은 그걸 확인해야 할 의무가 있었다고. 나는 그의 의무에 대해서는 인정했지만, 나를 이리로 데려온 것에 대해서는 동의할 수 없었다.

나는 여전히 불쾌한 기분이어서 방문을 열쇠로 잠그지 못하도록 했다. 졸병에게 뭐라 따지고 싶지는 않았다. 그도 명령을 받았을 뿐이니까. 나를 가두지 않으면 자신이 처벌받는다고 했다. 그래서 나는 이 터무니없는 상황을 속으로 비웃으며 문을 잠그도록 했다. 그들은 뭘 두려워하는 것일까? 신병 하나가 몰래 이 방에 와서 도둑질을 할까봐? 아니면 테러리스트로 알려진 나를 죽이러 올까봐?

모든 게 피곤했을 뿐 이해가 잘 되지 않았다. '푸른 눈'과 그 부하의 미숙함 혹은 순진함에 대해서도 마찬가지였다. 내가 정말 위험한 문서들을 갖고 있었다면 배낭 속이 아니라 몸에 지니고 있었을 것이다. 그런데 그들은 내 몸은 수색할 생각조차 하지 않았다.

근처 사원에서 기도시간을 알리는 확성기 소리에 잠이 깼다. 새벽 다섯 시였지만, 6월 16일은 아직 내 기억에서 사라지지 않았다. 아침에 1천 킬로미터대를 주파한 것, 트랙터 삼인조에게 강도를 당할 뻔한 것, 알리하지에서 체포된 것, 정말 다양한 감정을 체험한 하루였디.

모든 게 단지 불운의 연속일 뿐이기를 그리고 빨리 마음의 평정을 되찾아 차분하게 여행을 계속할 수 있기를 조심스럽게 바랐다. 하지만 그런 상상의 날개를 펴기에는 모든 것이 불확실할 뿐이었다.

9. 대상 숙소

일곱 시 반에 방을 지키는 병사가 방문을 두드렸다. 나는 잠을 거의 못 잤고, 피로 때문인지 화가 누그러지지 않은 상태였다.

"괴크괴즈 장교님께서 아래층 사무실로 내려오시랍니다."

"아침을 먹은 후에 가겠소."

내가 거만한 어조로 대답하자 그는 몹시 당황한 듯했다. '푸른 눈'의 명령에 복종하는 것에 익숙한 그로서는 내가 자기처럼 고분고분하지 않다는 것이 이해가 되지 않던 모양이다. 그는 지시사항을 다시 알아보러 가더니 쟁반을 들고 돌아왔다. 나는 다시 잠을 잤다. 아침식사를 하면서도 되도록 시간을 끌었다. 약자들의 무기는 이렇게 늑장을 부리며 버티는 것이다. 식사가 끝나자 그는 쟁반을 집어들었고, 이제 옷을 입고 내려가시겠냐고 물었다.

"그전에 샤워를 해야겠소."

그는 또다시 명령을 하달받으러 나갔다. 그를 기다리는 동안 정원에서 무슨 일이 일어나고 있는지 관찰해보았다. 하사관 한 명이 훈련장 한가운데에 부동자세로 서 있었다. 그는 자신의 혹독함을 과시라도 하려는 듯 어린 병사들로 구성된 소대원들을 무기 조작과 달리기와 행군으로 녹초로 만들고 있는 중이었다. 어젯밤 시바스로 끌려오던 중 옆자리에 앉은 어린 병사와 나누었던 얘기가 생각나서 나는 빙긋이 웃었다. 나는 그에게 내가 어디서부터 왔는지를 그리고 걷는 것과 실크로드에 대해 열심히 설명했다. 그러고는 약간 미심쩍어서 그에게 물었다. "자네 실크로드가 뭔지는 아나?" "물론이죠. 아스팔트 길 아닙니까." 하사관들은 병사들에게 양수기 주위를 당나귀처럼 뱅뱅 돌라고 시킬게 아니라 자신들의 역사에 대해 가르치는 게 더 낫지 않을까 하는 생각을 해봤다.

문지기 병사가 돌아오지 않았으므로 나는 복도로 나가보았다. 헌병들이 빈 샤워장을 찾아 돌아다니고 있었다.

내가 '푸른 눈'의 사무실에 들어갔을 때는 여덟 시 반이 지나서였다. 그는 한 시간 동안 목이 빠지게 기다리고 있었다. 그 앞에 영어를 아주 잘하는 젊은 하사관 한 명이 있었다. 어젯밤처럼 발음 실수를 했다간 또 곤란해질 것 같아서인지 통역할 사람을 부른 것이었다. 우리는 차를 마셨다.

나는 곧바로 공격에 들어가기로 마음먹었다.

"어젯밤에 곰곰이 생각해봤소. 어쩌면 당신이 옳을지도 모르고, 나도 쓸데없는 위험을 감수하고 싶지는 않소. 그래서 알리하지 다음에 있는 두세 마을을 피해갈 생각이오. 그러니 내가 거쳐온 길에서 조금 떨어진 예니쾨이(Yeniköy)로 나를 데려다 줬으면 좋겠소. 하지만 그전에 우리가 어제 합의본 대로 영사를 불러야겠소."

'푸른 눈'이 화해를 청하는 듯한 말투로 대답했다.

"한번 검토해보도록 하지요. 하지만 그전에 사령관님의 결정이 있어야……."

그의 말이 끝나기도 전에 나는 펄쩍 뛰었다.

"뭐라고? 결정한다고? 뭘 결정한단 말이오? 나는 군인도 터키인도 아니오. 당신 사령관은 당신에 대해서는 마음대로 결정할 수 있겠지. 당신은 그 사람 부하니까. 하지만 나에 대해서 그가 결정할 건 아무것도 없소. 그리고 무엇보다 난 영사와 통화시켜줄 것을 요구하오. 어젯밤에 당신도 동의한 거니까. 그렇지 않으면 난 당신의 사령관을 만나러 가지 않을 거요."

'푸른 눈'은 아무 말 없이 서 있는 그의 부하에게 지친 듯한 그리고 동의를 구하는 듯한 눈길을 보냈다. '봤나, 저 사람한테는 정말 두 손 들었다니까.' 이런 의미를 담고 있는 듯했다. 그는 아무 말도 하지 않고 일어나더니 나가버렸다. 한 시간도 더 지나서 그가 돌아왔다.

"당신을 외국인 담당 경찰에게 인계하겠습니다."

'푸른 눈'과 사령관은 결국 나를 동료에게 떠넘기기로 결심한 것이다. 처음 본 병사가 와서 내 배낭을 들더니, 정원에서 기다리던 운전사 딸린 자동차 있는 곳까지 나를 데리고 갔다. 십 분 후 경찰서의 특수부서에 도착했다. 나는 여전히 분이 풀리지 않은 상태였다. 외국인 담당 경찰의 우두머리인 무스타파 카트자르에게 나는 '푸른 눈'에게 계속 요구했던 말을 되풀이했다.

"난 영사와 통화를 하고 싶소."

"물론 그렇게 해드리지요. 기다리시는 동안 차나 커피를 드시겠습니까?"

"어제 저녁 이후 난 내가 체포된 걸로 간주하고 있소. 이곳에서는 내 행동에 자유가 있습니까?"

"물론입니다. 나 역시 사람들이 왜 내게 미리 알리지 않았는지 이해가 되질 않는군요. 외국인과 관련된 모든 일을 담당하는 사람이 바로 나인만큼 헌병들은 어젯밤에 당연히 나한테 전화를 했어야 했지요."

침착하고 붙임성 있으며 완벽하게 영어를 구사하는 남자였다. 그가 부하들에게 명령을 내리는 방식도 그들이 아주 기꺼이 자신의 요구를 들어주도록 만드는, 그런 것이었다. 우리의 대화 내용 또한 내가 그 남자 자체에 대해 받은 인상만큼이나 흥미로운 것이었다. 정중함, 뛰어난 지적 수준……. 무스타파는 다르다넬스(Dardanelles) 지방 출신이라고 말했다.

앙카라에 있는 프랑스 영사관에 전화를 하자 한 남자와 여자가 번갈아가며 전화를 받았다. 그들이 자국인 한 사람을 구하기 위해 비행기로 날아올 것 같지는 않았다. 그들의 설명은 대략 이러했다. 위험한 지역들이 있다는 것, 내가 굳이 그런 곳에 모습을 드러낸 게 잘못이라는 것, 헌병들은 그들 마음대로 한다는 것, 따라서 그들과 얘기해봤자 소용없다는 것. 결론적으로 내가 체포되고 수색까지 받게 된 절차에 대해 영사관이 국가를 대표해서 항의할 명분은 아무것도 없었다. 그러니 계속 여행하기를 고집하는 이상 나는 또다시 검문받고 체포되고, 심지어는 헌병들 마음대로 하루건 일주일이건 혹은 그 이상이건 감금할 수도 있었다. 내가 터키를 가로질러 도보여행을 하는 것 자체가 영사관 사람들에게는 잠재적인 골칫거리일 뿐이었다. 그들은 내 여권의 첫 페이지를 팩스로 보내달라고 했다. 이스탄불의 영사관에서 내 서류를 넘겨받지 못했다는 것이다.

서류의 복사본을 앙카라에 보내는 동안 무스타파와 나는 중단된 대화를 다시 이어갔다. 그는 아주 편안하고 교양 있고 세상에 대해 열린 마음을 가진 사람이었다. 내가 만난 대부분의 터키인들과 달리 그의 훌륭한 영어 실력은 단지 교양 차원에서 그치는 것이 아니라 이방인에 대한 지대한 관심의 표출이었다. 여행을 많이 해본 그는 서구의 민주사회가 터키에 대해 좋지 않은 이미지를 갖고 있다는 것도 알고 있었다. 그의 부하가 팩스가 전송되었음을 알렸고, 그는 내게 여권을 돌려주며 이제 당장 계획이 어떻게 되는지 물었다.

"여기 있게 된 이상 시바스를 둘러볼 생각입니다. 실크로드에서 아주 중요한 숙영지 중의 하나니까요."

그리고 내일 아침에는 괴크괴즈 장교가 데려다 주겠다고 약속했으니 원래 가던 길로 되돌아갈 수 있을 것이다. 무스타파는 내가 가려는 산악지역이 매우 위험하다고 알려주었다. 헌병들이 그곳을 스물네 시간 순찰한다는 것이었다. PKK 대원늘이 내복을 해서 저녁 무렵에는 총을 쏘고 밤이 되면 마치 주머니 속처럼 훤히 알고 있는 숲속으로 사라진다고도 했다. 그는 알리하지 이후의 지역을 피해가라고 충고했으며, 전화를 걸어 시내에 있는 호텔을 알아보고는 방값을 흥정해서 반으로 깎아주기도 했고, 그곳까지 자동차로 데려다 주기도 했다. 헤어지기 전에는 자신의 직통 전화번호를 알려주며 시바스 관할 지역에서 어려운 문제가 생기면 연락하라고 말했다.

밤은 짧고 혼란스러웠다. 기력을 되찾기 위해 잠들기 전에 나는 내가 만난 '푸른 눈'과 무스타파 카트자르가 오늘날 터키의 두 얼굴을 대표하고 있다는 생각을 금할 수가 없었다. '푸른 눈' 괴크괴즈는 '터키인'이 군인과 거의 동의어로 인식되던 시대의 직계 후손이었다. 투쟁과 왕의 절대권력이 주가 되던 아시아적 전통이라고 할 수 있을 것이다. 그는 사실상 이 나라를 통치하는 군대를 대표하는 인물이었다. 처벌도 받지 않고 힘에 의존하고 세상이 자신들 기준에 맞지 않게 돌아간다고 느끼면 쿠데타도 불사하는 그런 군대 말이다. 무스타파 카트자르는 반대로 내가 자주 만났던 젊은 학생들에게 길을 열어주는 인물이었다. 아마시아의 어린 학생들이 보여준 세상에 대한 호기심, 외국어와 여행에 대한 갈망 등은 유럽과 미국이 그들 세대에 미친 영향을 잘 보여주고 있었다.

시바스의 중심지는 셀주크 시대의 보석 같은 건축물들을 간직하고 있었다. 이슬람 사원과 코란 학교 등은 수차례에 걸친 지진과 여러 이민족의 침입 그리고 그 어떤 야만 행위보다 더욱 심한 콘크리트의 범람에도 꿋꿋이 버텨내고 있었다. 구경하고 사진 찍고 나는 정말 관광객처럼 돌아다녔다. 하지만 생각은 다른 곳에 있었다. 어제 겪은 일들이 자꾸 떠올랐기 때문이다. 재앙의 시간이 이미 시작된 건 아닐까?

1천 킬로미터대 주파, 강도 당할 뻔한 일, 군대에 잡혀간 일 등은 2000년 이상 대상 행렬을 괴롭혀왔던 위험에 대한 완벽한 요약이라 할 수 있었다. '찻집'으로 변한 시바스 대상 숙소의 이층에 자리 잡은 나는 상인과 낙타몰이꾼들이 두려워했던 세 가지 재앙을 곰곰이 생각했다. 질병, 상처, 자연재해, 도둑 혹은 전쟁. 실크로드 곳곳에는 무덤이 있다. 산을 오르내리고 사막을 횡단하던 그들도 예고 없이 죽어간 것이다. 폴로 형제와 어린 마르코가 집을 비운 지 25년 만에 돌아와보니, 그들이 이미 죽은 줄 알고 사람들이 재산을 나눠가졌다는 사실은 어쩌면 당연한 일 아닐까?

유럽을 휩쓴 페스트는 실크로드에서 숙박지로 사용되던 도시를 이미 죽음으로 물들인 후, 그 길을 통해 전해진 것이다. 내가 어제 1천 킬로미터대를 주파한 것은 분명한 사실이지만 2천 킬로미터대도 주파할 수 있으리라고 누가 보장할 수 있을 것인가? 발이 아팠던 것을 빼면 지금까지 건강에 특별한 문제는 없었다. 몸 상태는 실로 놀라울 정도로 쌩쌩하다. 하지만 아직 갈 길이 멀다. 음식과 기본적인 청결 문제를 제외하고라도, 내가 테헤란에 무사히 그리고 가벼운 몸과 마음으로 도착할 수 있을지는 의문스럽다.

실크로드에서 도둑은 영원한 위협이었다. 어제 내가 겪은 일은 지금도 상황이 마찬가지임을 말해준다. 도둑들은 몰래 숨었다가 대상 행렬을 기다려 그들을 덮치고 봇짐과 짐승들, 금 등을 훔치고 때로는 목숨까지도 빼앗았다. 도둑들 눈앞으로 매일 지나다니는 비단과 향료 그리고 귀한 교역물은 탐욕을 불러일으킬 만한 것들이었으리라. 나 역시 의도하지는 않았지만 그런 욕망을 부추긴 것이 아닌가. 알리하지 같은 가난한 마을에서는 내가 풍요로운 나라에서 온 부자처럼 보였을 것이다. 그러니 내 배낭 안에 보물이 들어 있다고 생각했던 것이고……. 그런 생각이 직접 행동으로 옮겨진 것은 알리하지에 도착하기 전에 있었던 트랙터 사건이 처음이었다. 아무리 회중시계를 주머니 깊숙이 두었다 하더라도 마치 전자계산기처럼 불룩 튀어나온 모양이 그들의 구미를 당겼을 것이다. 벌써 몇 차렌가, 사람들이 시장 바닥에서 파는 손목시계와 내 회중시계를 바꾸자고 제안했으니까. 언젠가 어린 녀석 두 명은 아예 자기들에게 달라고 하지 않았던가.

하지만 강도들은 낙타가 천여 마리나 되는 대상 행렬은 쉽게 공격하지 못했다. 필사적으로 저항할 사람들이 백여 명이나 되었기 때문이다. 게다가 행렬의 우두머리는 안전을 기하기 위해 무장한 사람들(대부분 아르메니아인)을 고용하기도 했다. 대상 숙소 안에서는 확실히 안전했지만, 외부의 위협이 커지면 터키의 고관인 파샤가 창기병 10여 명을 고용해서 일정한 곳까지 여행자들과 동행시키기도 했다. 실크로드는 지역 영주들의 주主수입원이었기 때문에 대상들이 이동경로를 바꾸지 않도록 그들의 안전을 보장해줘야 했던 것이다. 값진 물건을 운반하는 사람들에게 부과하는 높은 관세를 놓칠 수야 없는 일 아닌가. 상인들이 무사히 오가는 일에 고심한 나머지, 당시의 관료들은 이미 보험이라는 것을 고안해냈다. 철저히 사전조치를 취했음에도 여행자가 짐을 털릴 경우 그는 파샤에게 물품 목록을 제출한다. 그러면 파샤 혹은 술탄이 이를 보상해주는 제도였다. 물론 오늘날 터키의 대로에 도둑 떼가 존재하는 것은 아니다. 하지만 혼자에다 무기도 없는 나는 너무도 쉽고 구미가 당기는 표적이 아닐 수 없다. 내 '보물들'을 가로채기 위해서는 쉰 명도 필요치 않은 것이다.

아주 오래전부터 실크로드에는 전쟁이 끊이지 않았다. 오늘날도 마찬가지여서 중앙아시아의 모든 지역은 지금도 국지적이지만 격렬한 분쟁으로 뒤덮여 있다. 처음에 여행을 준비할 때도 바로 그 때문에 여정을 정하는 데 많은 신경을 썼다. 나는 오래된 길들 중에서 선택했다. 애초엔 지중해 연안의 안티오크에서 시작해서 시리아, 이라크, 이란, 아프가니스탄을 거쳐 가고 싶었다. 경치도 훌륭하고, 풍부한 역사를 지닌 민족의 땅이니까 말이다. 하지만 위험이 너무나 컸다.

스텝 지역의 길을 택하는 것도 제외했다. 터키와 아르메니아 사이의 국경이 폐쇄됐기 때문이다. 카프카스 지역은 체첸 분쟁으로 소강상태인 전쟁이 언제라도 다시 일어날 위험이 있었고, 실제로 전쟁이 발발했다. 하지만 무엇보다 달갑지 않은 위험은 체첸 분쟁의 한 중심인 체체니아 공화국이 거의 국가적인 스포츠처럼 여기는 행위였다. 외국인 여행자들을 납치해서 그들의 몸값을 그로즈니(Grozny) 대광장에 써붙이는 것과 같은……. 인질이 되려고 그곳에 갈 수는 없는 일이다.

그런데 그나마 안전할 것으로 선택한 길에서도 나는 쿠르드 혁명세력이 국가를 상대로 벌인 전쟁에 직면했다.

어제 체포된 일로 인해, 에르주룸(터키의 쿠르드인이 사는 경계지역)을 지난 이후 상황이 심각해질 수도 있다는 생각을 했다. 게다가 지금 진행 중인 오잘란의 재판이 신문과 TV 방송의 첫 소식으로 다뤄지며 사람들 감정을 더욱 끓어오르게 하고 있었다.

이런 위험 속에서 어떻게 대상에 관한 정보를 얻을 수 있을 것인가? 메디아(Media, 이란 북서부에 있던 고대 도시)에서 무슨 얘기를 하는지 알아들을 수 없는 나보다는, 그래도 옛날에 이곳에 있었을 대상들 사정이 더 나았을 것이다. 영국이나 프랑스 언론은 관광과 관련된 길에만 관심이 있을 뿐, 내가 가고 있는 길에 대해서는 아무런 언급도 없었다. 예전의 상인들은 대상 숙소에만 가면 모든 정보를 얻을 수 있었다. 모든 서비스가 제공되는 이곳은 일상생활의 유용한 정보들이 오가는, 마치 신문 같은 역할을 했다. 한 상인이 다른 상인과 이런 말을 주고받았을 것이다. "자네는 서쪽에서 왔다지? 난 이제 그리로 가야 하네. 어디에 전염병과 도둑, 전쟁이 휩쓸고 있는지 말해주게. 그러면 나도 내가 지나온 쪽의 사정을 알려줄 테니."

알리하지 마을은 위험하지 않은 지역과 위험한 지역의 경계가 되는 곳일까? 치프틀리크에서는 비록 미미한 수준이었지만 두 남자가 시계와 돈을 빼앗으려 달려들었고, 어제는 세 남자가 좀더 거칠게 짐을 털려고 했다. 하지만 제일 심했던 것은 알리하지 주민들의 폭력이었다. 그들의 집단

광기, 탐욕(돈과 보물 등), 무지(배낭만 보고 나를 테러리스트로 몰았던 것). 군인이 어쩌면 이런 어처구니없는 상황에서 나를 구한 것인지도 모른다. 하지만 좀더 외교적인 군인을 만났더라면 좋았을 것이다. 무스타파 같은 사람 말이다.

6월 18일 아침, 나는 '푸른 눈'에게 전화를 걸어 약속대로 나를 원래의 장소로 데려다 달라고 했다. 그는 운전사와 무장한 두 명의 군인을 보내왔다. 그들은 나를 알리하지에 내려주라는 명령을 받았다고 했다. 내키지 않았던 나는 30킬로미터 더 떨어진 야시쾨이(Yaciköy)까지 데려다 달라고 했다. 잘 훈련받은 군인들이 상부에 보고를 했다. '푸른 눈'은 거절했다. 그곳은 자신의 관할이 아니라는 이유였다. 군대에서 차비를 부담할 테니 버스를 타라고 했다.

야지쾨이까지 가는 버스가 없다는 사실은 그도 나만큼이나 잘 알고 있을 것이다. 나는 차를 돌려보냈다. 이 작자는 입을 열 때마다 거짓말을 한다.

어떻게 돌아갈 것인가? 위험지역을 가로질러 가도 족히 이틀은 걸어야 할 거리였다. 시바스의 도로 정류장을 지나가게 된 덕분에 나는 수셰리까지 가는 버스를 발견할 수 있었다. 에키뇌쥐(Ekinözü)라는 마을을 지나가는 노선이었으므로 그곳에서 잠자리를 알아볼 생각이었다. 버스는 그 유명한 카라바이르(Karabayir) 고개를 넘어갔다. 고개가 어찌나 가파르던지 대상들은 이곳을 베기엔드렘(beguiendrem), 즉 '영주님을 말에서 내리게 하는 길'이라고 불렀다.

버스에서 보니 경치가 기가 막혔다. 길 위의 어떤 식당은 자랑스럽게 '실크로드'라고 터키어로(이건 그리 놀라운 일은 아니지만) 그리고 영어로(이건 드문 일이다) 써붙여놓았다. 북쪽으로, 아직 눈으로 뒤덮인 산꼭대기가 햇빛에 빛나고 있었다. 북쪽으로 돌아서 수셰리로 가는 대신 버스는 교차로를 지나 동쪽으로 향했다. 나는 황급히 운전사에게 다가갔다. 운전사는 상태도 좋고 직선거리인 새 길이 나서 이제 위험하고 힘든 옛 길로 가지 않는다고 했다. 카라바이르 고개여, 에키뇌쥐여, 안녕……. 이 새로운 상황 때문에 나는 알리하지와 수셰리 사이에 있는 총 세 곳의 숙박지를 놓치게 될 것이다. 하지만 그걸 아쉬워할 필요가 있을까? 무스타파 카트자르가 경고한 대로 나는 끝도 없이 군대의 검문을 받았거나, 더 나쁘게는 PKK 저격수들의 표적이 됐을지도 모른다. 가끔은 신중함이 더 필요한 법이다. 더욱이 6월 16일, 그 암흑 같던 날의 공포가 아직도 채 가시지 않은 상태 아닌가.

특히 방문 앞에 버티고 서서 총을 만지작거리던 그 남자의 모습이 아직도 잊혀지지 않는다. 바로 그 순간 사람들이 나를 죽이려 한다는 생각이 들었기 때문이다. 좀 이상한 일이지만 내가 겁먹었던 것은 공포 때문도 죽을까봐 두려웠기 때문도 아니었다. 보호가 철통 같은 우리 사회에서 죽음은 가면을 쓰고 다가온다. 사람들은 죽음을 감추거나 억누르거나 아니면 내던져버린다. 나는 최후에 대해 자주 생각해봤다. 심지어 그걸 바라던 때도 있었다. 하지만 이제까지 한 번도 죽음을 그렇게 가까이 직면한 적은 없었다. "태양도 죽음도 뚫어지게 바라볼 수는 없다."라는 프랑스 작가라 로슈푸코(La Rochefoucauld, 1613~1680)의 말은 진실이었다 ……. 그런데 나의 죽음이, 내 배낭 때문에 겁에 질린 무지한 미치광이의 불안정한 손가락에 내맡겨진 채 거기 있었던 것이다!

베네치아를 떠난 이후 내가 겪을 위험을 생각하지 않은 게 아니었다. 물론 이 길에서 나는 죽을 수도 있다. 하지만 노르망디 – 파리 고속도로에서도 샹젤리제 거리를 건너면서도 혹은 횡단보도에서도 위험하기는 마찬가지 아닌가. 그렇다고 내가 턱없이 순진한 건 아니다. 걷는다는 건 모든 접촉에 노출된 일이다. 따라서 호의도 악의도 모두 접하게 되는 것이다. 그냥 침대에서 죽기를 바랐다면 떠나지 말았어야 했다. 이 같은 생각은 언제나 확고했다. 자신의 침대에서 죽기를 원하는 사람은, 그래서 절대 그곳에서 벗어나지 않는 사람은 이미 죽은 것과 마찬가지라고.

버스가 해발 2천 미터까지 올라갔을 때 운전사는 내가 부탁한 대로 황량한 길에 나를 내려주었다. 승객들은 직선으로 10킬로미터가량 내려가야 가장 가까운 인가가 나오는 곳에 그리고 수세리까지 25킬로미터나 떨어진 곳에 내가 내리는 걸 보고 어리둥절한 모양이었다. 운전사는 내가 내리는 걸 원치 않았다. 너무 위험하다는 게 이유였다. 그래서 나는 오솔길로 해서 가장 가까운 마을인 아크수(Aksou)로 갈 것이라고 둘러댔다. 사실 발이 근질근질하기도 했다. 이 구르는 상자 안에서 땀만 흘리기엔 날씨가 너무 좋았다. 게다가 버스는 너무 빨리 달렸다. 내가 원하는 건 이 변화무쌍한 경치를 내 리듬에 맞춰 구경하는 일이었다. 자갈 위를 밟는 내 발자국 소리와 새로 난 도로의 비탈을 따라 올라오는 트럭 소리만 이따금 들릴 뿐 다시 침묵이 찾아왔다. 길은 마무리만 불도저가 했을 뿐 지난 몇천 년 동안 산을 깎아왔던 격류를 따라 나 있었다.

사프란이 양탄자처럼 깔린 땅이 살랑거리며 가벼운 소리를 냈다. 가까이 가서 보니 아주 열심히 끈질기게 꽃가루를 포식하고 있는 수많은 벌떼들이 소리의 주인공이었다. 터키의 몇몇 지역에서는 사프란 가루를 생산하기 위해 아직도 사프란을 재배한다. 1킬로그램의 사프란 가루를 얻으려면 10만 송이의 사프란을 채집해야 한다. 예전에는 사프란이 화폐로 사용됐다고 한다. 토시아 근처의, 예쁜 오스만 양식 건물들이 있는 사프란볼루 마을에는 아직도 '진짜' 사프란을 재배하는 집이 두 집 있다.

고도가 낮아질수록 날이 더워졌다. 도랑과 길 사이에 있는 나무들이 시원한 그늘을 만들어주었다. 포플러나무 가지 아래 앉아 빵 쪼가리와 치즈로 점심식사를 하고 잠시 낮잠을 잤다. '암흑 같던 날'의 스트레스도 조금씩 사라졌다. 나는 다시 평정을 되찾았다.

얼마 후 경쾌하게 길을 따라가고 있는데 자동차 한 대가 서더니 자리를 내주었다. 나는 기쁜 마음으로 거절했다. 사람들이 다시 차를 세운다는 건 두려워할 게 없다는 얘기였다. 오늘의 '압권'은 앰뷸런스 한 대가 태워주겠다고 한 것이었다.

"아뇨, 아직은 괜찮습니다. 나중엔 혹시 모르겠지만 ...."

운전사와 그의 동료는 빙긋 웃었다. 나에 대해 많은 걸 알고 싶었는지 그들은 차를 세우고 내게 말을 시켰다. 잠시 후 그들은 내게 초콜릿바를 준 후 다시 길을 떠났다.

수셰리는 실크로드에서 사람들의 왕래가 잦았던 숙박지였다. 타베르니에의 기록에 따르면, 그가 이 도시에 도착했을 때는 대상들이 무척 많았지만 아무도 관세를 지불하지 않았다. 대상들은 줄지어 행군을 하면서 수에 질려 우왕좌왕하는 세리稅吏들을 비웃으며 지나갔다는 것이다. 오늘날엔 관광객의 관심을 조금도 끌지 못하는 작은 시골 도시일 뿐이다. 사람들이 내게 보낸 편지는 우체국으로 가기 때문에 그곳에 가보았더니, 직원이 보관하고 있는 편지가 몇 개 있다고 했다. 이곳에선 워낙 드문 일이어서 편지를 상자에 넣어두었다고 했는데, 안타깝게도 그의 동료가 열쇠를 갖고 휴가를 가버렸다. 급한 용무가 아니었기만을 바라며 열흘 정도 후에 에르주룸으로 그 편지를 보내달라고 부탁했다.

아침에 뜨겁고 풍성한 초르바시를 먹고 식당에서 나오다가 정말 멋진 사진을 찍을 수 있었는데 그만 기회를 놓쳐버렸다. 그게 두 번째였는데, 첫 번째는 게레데에서였다. 골목길을 걷고 있던 나는 이발소 유리창 너머로 이발사가 흰 턱수염만큼이나 위엄 있게 생긴 노인의 머리에 크림을 잔뜩 바르고 면도를 하고 있는 모습을 보았다. 정말 익살스러운 장면이었다. 검은 매처럼 날카로워 보이는 옆모습과 그 위를 마치 깃털장식처럼 타고 오르는 새하얀 거품이 만들어내는 완벽한 대조를 상상해보라. 내게 만약 재능이 좀더 있었다면 지금 당장이라도 그림으로 묘사했을 것이다. 그런데 하필 유감스럽게도 필름이 없었다. 수세리에서 놓쳐서는 안 되었던 장면은 유쾌한 웃음으로 가득 찬 짐을 싣고 가던 트랙터였다. 그 짐이란 바로 어린아이들이었다. 흙받이에, 차 덮개 위에, 좌석에, 농기구에 온통 아이들이 매달리거나 옹기종기 붙어 있었다. 내가 카메라를 꺼내는 사이에 아이들이 모두 트랙터에서 내려버렸다. 세어보니 운전사를 포함해서 모두 사내아이 열일곱 명이었다. 난 내가 익히 알고 있던 사실을 새삼 확인해야 했다. 내가 아주 형편없는 사진사라는 것을.

나는 미련 없이 수세리를 떠나 도시 입구에 있는 인

공호수 쪽으로 내려가고 있었다. 그때 한 남자가 전속력으로 달려오는 것이 보였다. 우체국 직원이 보낸 사람이었는데, 만약 내가 오후 네 시까지 기다려준다면 상자 열쇠를 손에 넣을 방법을 찾을 수 있다고 했다. 내가 늘 놀라는 부분은 통신수단의 토대가 제대로 구축돼 있지 않은 이 나라에서 도대체 어떤 신비로운 방법으로 연락을 취하느냐 하는 것이었다. 휴가 중이라던 남자가 어떻게 해서 그 열쇠를 가져올 수 있으며, 또 내가 이미 도시를 떠났는데 이 낯선 남자는 어떻게 나를 찾아낼 수 있었단 말인가? 동양의 신비가 바로 여기에 있다.

물론 나는 기다릴 수가 없었다. 별 매력도 느끼지 못하는 도시에서 꾸물대고 싶지는 않았기 때문이다. 나는 호수를 따라 10여 킬로미터를 걸었다. 기온은 올라갔지만, 거의 땀을 흘리지 않는 걸 보니 몸 상태가 양호한 것 같았다. 차들이 꽤나 오가는 이 길을 계속 가야 할 것인가, 아니면 다시 이 마을 저 마을 돌아다녀야 할 것인가? 만약 마을들을 피해간다면 내 마음 깊숙한 곳에는 6월 16일에 체험한 두려움이 여전히 남아 있을 것이다. 그리고 망설이면 망설일수록 두려움이 더욱 나를 사로잡을 것이다.

나는 생각을 곧바로 행동으로 옮겨서 저수지 남쪽으로 이어지는 깊은 산속으로 들어갔다. 경사가 가파르고 경치도 달랐다. 오른쪽으로는 푸석푸석하고 모래가 섞인 녹색의 땅이 아찔할 정도의 경사를 이루며 펼쳐졌고, 저 안쪽으로는 길과 거의 수직을 이루며 격류가 흐르고 있었다. 그 소리가 어찌나 요란했는지 내가 있는 곳까지도 들렸다. 오른쪽으로는 녹빛의 짙은 황토가 펼쳐졌다. 격류를 따라 자란 소관목들을 제외한다면 식물이라고는 찾아볼 수 없었다. 아이들이 물가에서 놀고 있었고, 그들이 터뜨리는 웃음소리가 이 차갑고 황량한 풍경에 인간미를 불어넣었다.

아크샤르(Akşar)라는 작은 마을에서 한창 식당 손질을 하고 있는 두 남자와 잠시 얘기를 나누었다. 이튿날이면 개업할 수 있을 것이라고 했다. 세 번째 남자는 기름 끓는 냄비에 가지를 튀기고 있었다. 그는 웃통을 벗었는데 허리띠에 권총을 찼다. 내가 놀란 표정을 짓자 그는 자신이 형사이며 친구들을 도우려고 요리를 하는 중이라고 했다. 아크샤르를 지나자 길이 사라져버려서 양떼들이 지나다니면서 낸 길을 따라가야만 했다. 정상에 오르자 내가 머물고자 하는 에렌제(Erence) 마을이 보였다. 격류를 건너며 땀에 젖은 티셔츠를 갈아입었다. 그 김에 옷을 빨아서 배낭 위에 얹고 말리면서 갔다. 마치 등에 백기를 붙여놓은 듯한 모습이었다. 이 지역에서는 적절한 표시가 아닐까.

이렇듯 우스꽝스러운 꼴로 에렌제 마을의 읍장인 아리프 첼리크의 농가에 들어섰다. 그는 놀란 표정이었으며, 폐쇄적이고 적대적인 편이었다. 그는 여권을 요구했고 전화기로 달려가더니 헌병에게 연락을 했다. 배낭을 등에 진 채 정원 한가운데에 못 박힌 듯 서 있던 나는 머지않아 또 골치 아픈 일들이 생길 거라는 생각을 했다. 전화벨이 울렸고, 아리프는 나한테 온 전화라는 손짓을 했다. 헌병들은 여기서 18킬로미터 떨어진 자신들의 사무실까지 출두하라고 명령을 내렸다. 나는 코웃음을 쳤다. 서류를 보여주러 그곳까지 왕복하려면 36킬로미터에 이르는 거다. 이제 막 수셰리에서 이곳까지 40킬로미터 길을 왔는데, 저녁에 또 그 짓을 하긴 정말 싫었다. 여권을 보고 싶다면 그들이 오면 될 일이다.

　나는 마당 가운데에 캠프를 쳤다. 물론 짐은 바로 옆에 두었다. 아리프는 하던 일을 중단했다. 몹시 당황한 모습이었고 어떤 태도를 취해야 할지 모르는 것 같았다. 나는 내가 해야 할 바를 알고 있었다. 그것은 바로 기다리는 일이다. 혹시 오늘 밤에도 병영에서 자게 되는 건 아닐지, 심각하게 자문해보고 있었다. 전화가 몇 번인가 울렸다. 헌병들이 주장을 굽히지 않는 듯했다. 그들은 나와 다시 통화하길 원했다. 나도 내 입장을 고수했고, 나에 대해 알아볼 게 있으면 '푸른 눈'이나 특히 무스타파 카트자르에게 전화를 해보라고 말했다.

　그러는 와중에 아리프와 이야기를 하게 되었다. 그는 내가 이스탄불에서 여기까지 걸어서 왔다는 게 믿기지 않는다고 했다. 나는 내가 거쳐온 길을 노트와 지도를 펼쳐보이며 그에게 설명했다. 그도 이제 긴장을 푸는 듯했고, 우리는 그의 작은 농가를 함께 둘러보았다. 나는 그에게 사진을 찍어줄 테니 트랙터 옆에 서보라고 했다. 가난하고 외진 이런 마을에서 트랙터는 소중한 재산이므로 사람들은 그 위에 원색의 천이나 양탄자로 정성껏 치장을 했다. 그의 것은 마치 군대의 위장복을 연상시키는 회색과 녹색의 도형이 그려진 싸구려 모직으로 덮여 있었다. 우리는 동갑이라는 사실을 알게 됐다. 그것이 우리를 더욱 가깝게 했다. 이제 안심이 됐는지 그가 헌병들을 직접 달랜 듯한 눈치였다. 전화가 차츰 뜸해지다가 완전히 멎어버렸으니 말이다.

그는 들어가서 차를 마시자고 했다. 그의 친구 몇 명과 사제도 합류했고, 우리는 비교적 화기애애한 분위기 속에서 얘기를 나누었다. 시간이 얼마쯤 지나고 내가 잘 준비를 하고 있을 때 그가 의자를 가져오더니 내 앞에 앉았다. 그는 이를 닦는 나를 조용히 그리고 경이로운 듯 바라보았다. 그의 치아는 좋은 상태가 아니었지만—두 개 중에 한 개 꼴로 없었으니까—웃는 모습은 보기 좋았다. 참으로 놀라운 사실은, 그가 입을 다물면 윗니가 아래의 빈 곳에 정확하게 들어맞는다는 것이었다. 아랫니 또한 마찬가지였다. 그래서 입을 다물고 있으면 빈 곳이 없는 것처럼 보였다. 내 웃음이 그에게도 전해졌는지, 잠자리에 들 무렵 우리는 세상에 둘도 없는 친구가 돼 있었다.

그는 자기 부부가 다른 방에서 가족들과 함께 잘 테니 나더러 그의 방에서 자라고 했다. 새벽 다섯 시부터 부산스러운 소리가 들려왔다. 아리프와 그의 아내가 내 출발이 늦지 않도록 아침식사를 준비하는 것이었다. 어제 딱히 시간을 얘기하지 않고 일찍 떠난다고만 말했는데, 사실 내가 말하는 '일찍'이란 아침 일곱 시쯤이었다……. 아침기도를 마친 사제와 함께 그는 나를 길 끝까지 배웅해주었다. 너무나도 선량한 이 남자와 아쉬움 속에서 작별을 했다.

나는 길을 다시 바꾸었다. 어제 헌병들 일은 잘 해결됐지만, 이런 문제가 또 생길 수도 있기 때문이다. 산길을 따라가기엔 아직도 위험지역과 너무 가까이 있었다. 그래서 국도를 타야 했다. 다섯 시 반에 나는 격류를 또 건너서 긴 오르막길에 접어들었다. 해발 1,800미터 정상에서 보니, 에렌제는 계곡에 웅크린 아주 작은 마을에 불과했다. 반대편 고개에는 북쪽으로 뻗은 산이 눈으로 된 망토를 두르고 있었다.

내가 지나가게 된 첫 마을에서 한 용감한 노인이 지팡이로 땅에 그림을 그려가며 내가 가야 할 길을 설명해주었다. 반면 교활하게 생긴 한 남자는 경찰이 심문하듯 끝없이 캐물었다. 헌병들이 또 내 얘기를 들을 게 분명했다. 밭에서 일하는 사람들도, 거리에서 만난 사람들도 아무런 말이 없었다. 두 시간을 걸은 후에야 수셰리 인공호수의 바로 위쪽에 다다를 수 있었다. 가도 가도 끝이 없어 보이는 물 그리고 기하학적으로 구분된 경작지, 이 장엄한 광경을 좀더 잘 음미하기 위해 나는 걸음을 멈추고 앉았다. 북쪽의 산들이 호수에 비쳤다. 누렇게 잘 익은 밀과 검고 네모난 경작지가 그 테두리를 이루고 있었다. 구불구불 이어지는 길을 내버려두고, 나는 암소 무리가 풀을 뜯는 평원 위를 달려 내려갔다. 샘물 옆에 앉아 수통에 물을 채우고 있을 때 목동이 오더니 물건을 좀 사달라고 했다. 도대체 뭘 팔겠다는 얘긴가?

"담배가 잔뜩 있어요."

이제 나는 전날 떠난 장소에서 고작 5킬로미터 떨어진 아스팔트 길 위에 있다. 그래도 헛되이 우회한 것은 아니었다. 돌아간다는 것은 한편으로는 다른 것을 향해서 똑바로 가는 길이기도 하다. 그래서 아리프도 만날 수 있었고 아직까지 기억에 남는 풍경을 발견할 수도 있지 않았는가. 더웠지만 나는 열심히 걸어갔다. 시원하고 어둠침침한 식당에서 맛있는 초르바시를 먹은 다음에는 풀밭에 누워 한 시간쯤 낮잠을 잤다. 오늘 계획은 차타클리(Çatakli)라는 작은 마을에 도착해서 잠자리를 알아보는 것이었다. 오후 여섯 시 반, 에렌제를 떠나 열세 시간도 넘게 걸은 다음에야 나는 물이 떨어졌다는 걸 깨달았다. 보이는 마을 하나 없었다. 한 트럭 운전사가 운전석 아래에서 플라스틱통에 든 물을 건네주었다. 따뜻하고 좀 의심스러운 물이었다. 이런 걸 마시면 안 되는 줄 알고 있었지만 나는 족히 1리터는 게걸스럽게 마셔버렸다. 500미터쯤 더 가니 정말 다행스럽게도 작은 사원과 신선한 물이 솟아나는 분수가 있었다.

차타클리에 도착했을 때 어떤 이가 말하길, 국도에서 5

킬로미터쯤 떨어진 필로바(Gölova)라는 작은 도시에 호텔이 있다는 것이었다. 하지만 두 번째 만난 이는 다른 말을 했다. 장담하거니와, 그곳엔 호텔이 없다는 것이다. 나는 너무 지쳤지만 샤워를 하고 밤에 푹 쉴 수 있으리라는 (불확실한) 희망이 다시 용기를 주었다. 내가 무사히 도착했을 때는 결국 한나절 동안 55킬로미터를 걸은 셈이었고, 나는 그야말로 녹초가 됐다.

필로바 시의 시장인 오스만 쿠르트가 테라스로 차를 내왔다. 그는 지금부터 한 달 전쯤 버스를 타고 이스탄불에 가던 중 이스넷과사 해안을 걷고 있는 나를 보았다고 했다. 그런데 그 괴짜가 지금 자기 옆에 있으니 어리둥절해했다. 처음엔 믿기지 않는 듯한 표정이었지만, 그는 점차 흥분하기 시작했다. 정말 범상치 않은 일인 데다가 이야기만 들어도 흥미진진했는데, 이제 그 주인공과 마주하고 있다니…….

내게 정보를 준 두 사람은 둘 다 옳았다. 지금은 이곳에 호텔이 없지만 곧 생길 예정이었다. 공사가 아직 끝나진 않았어도 시장은 내가 거기서 잘 수 있도록 편의를 봐주겠다고 했다. 시가 주관해서 건설하는 이 호텔은 주말께나 문을 열 계획이었다. 그러니 나는 돈도 지불하지 않고 개통식을 하는 셈이었다. 오스만 쿠르트는 나를 손님으로 대접하며 식당(그가 주인이기도 했다)에서 먹은 저녁값도, 나를 위해 서둘러 침대를 갖춰놓은 호텔 방값도 한사코 받지 않았다. 샤워기에서 아직 물이 나오진 않았지만, 그가 어찌나 배려를 해주는지 몸 둘 바를 모를 지경이었다.

이튿날 아침, 초원을 가로질러서 국도를 다시 탔다. 언덕에 올라 필로바의 인공호수와 그 옆에 있는 작은 자연호수를 감상했는데, 아름다운 풍경이었다. 두 시간 정도 걸은 후 꽃이 만발하고 벌레들이 들끓는 아카시아나무 아래에서 멈춰섰다. 그리고 그곳에서 색깔과 향기에 흠뻑 취해 삶의 여유를 누렸다. 그 다음엔 다시 큰길이었다. 간단히 점심을 먹은 후 움푹 들어간 길에 자리를 잡고 낮잠을 자려고 했다. 그런데 어떤 여자가 나를 보았다. 몇 분 후 건장한 두 남자가 갑자기 나타나서 이것저것 물었다. 경계심은 금방 풀어졌지만 그들은 조심해야 한다고 거듭 강조했다. 근방에 테러리스트들이 많다는 것이었다.

실제로 그런 모양이었다. 내 앞을 지나쳐가거나 나와 마주친 차들은 온통 기관총으로 무장한 병사들을 태운 장갑차와 위장복 차림의 헌병들을 태운 트럭들뿐이었다. 알트쾨이(Altköy)를 지난 후엔 엄청난 험로였다. 지금까지 자주 보아왔듯이, 그곳에서도 격류와 불도저가 번갈아 바위에 자국을 남겨놓고 있었다. 사방에 보이는 절벽은 정말 인상 깊었다. 대상을 보호하던 병사들도 이런 위험한 장소를 지나갈 때는 벌벌 떨었을 것이다. 계곡 한가운데에 도로 경비를 보강하기 위해 장갑차 한 대가 서 있었다. 기관총은 위쪽을 향했고, 군인 한 명이 쌍안경으로 그곳을 살펴보고 있었다. 그들은 나를 부르더니 코카콜라 한 병을 주고 여행 목적과 나이를 물었다. "마샬라(세상에, 이럴 수가)!" 그들의 반응이었다.

리페예 호텔은 상상할 수 있는 가장 불결한 호텔 중의 하나였다. 샤워기는 없고 세면대만 있었는데, 때로 찌들어 원래 색깔을 알아볼 수 없을 정도였다. 수도꼭지를 돌리자 물이 바로 발로 쏟아졌다. 배수관이 없어서였다. 화장실은 오줌으로 질척거렸다. 전기도 들어오지 않았다. 나는 더듬거리며 지저분하기 짝이 없는 침대까지 와서 그 위에 침낭을 깔았다. 아래층 식당은 밤새 영업을 했는데, 소리를 최대로 키운 확성기에서 대중가요가 흘러나오고 있었다. 호텔 뒤쪽의 자동차철판공장도 거의 밤새도록 작업을 했다. 다양한 종류의 소음이 들려왔지만 그래도 나는 푹 잤다.

이튿날은 새벽 다섯 시에 일어나 초르바시를 먹었다. 주방이 화장실보다 깨끗하기만을 바랄 뿐이었다. '인샬라!' 이 스텝 지역에서는 눈앞에 나무 한 그루 보이지 않았다. 날씨는 선선했다. 어제 조금밖에 걷지 않은 덕분에 그제의 과로가 회복되었는지 조금도 피곤하지 않았다. 두 시간 동안 별 문제 없이 걸은 후 길가에 있는 작은 식당에서 걸음을 멈췄다. 나는 그곳에서도 작은 사건이었고, 그래서 트럭 운전사들의 수많은 질문에 대답을 해야 했다. 이스탄불에서 여기까지 걸어왔다고 말하자 그들은 차례로 줄을 서서 마치 의식을 거행하듯 나와 악수를 했으며, 존경의 뜻으로 가

볍게 고개를 숙이기까지 했다. 내가 수프 값을 지불하려고
하자 식당 주인은 사양했으며, 어떤 운전사는 자기가 한 접
시 더 사겠다고 우기기까지 했다.

　이리하여 나는 원기왕성하게—그리고 배가 잔뜩 불러
서—길을 떠나 해발 1,600미터에서 2천 미터에 이르는 사칼
투탄(Sakaltutan)의 경사진 비탈을 올라갔다. 정상까지 4킬로
미터 정도 남았을 무렵, 군인들이 가득 탄 두 대의 지프가
멈춰섰다. 하사관 한 명이 호의라고는 조금도 찾아볼 수 없
는 말투로 여권을 요구했다. 나는 수통도 비었고 또 올라오
는 길이 너무나도 힘들었으므로 그들에게 물 좀 있느냐고
물었다. 그는 "좀더 가면 많이 있다."라고만 거만한 태도로
대답할 뿐 거절했다. 정상에 도착해서 연못과 식당을 찾기
까지 족히 한 시간은 걸렸다. 너무나 굶주렸던 나는 구운 고
기를 주문하면서 무척 기뻤다. 하지만 이곳에서도 역시 음
식값을 지불할 수가 없었다. 함께 얘기를 나누었던 옆 테이
블 사람들이 대신 내버렸기 때문이다. 점심을 먹는 동안 포
탑에 기관단총을 장착한 도요타 방탄 지프에 타고 있던 군
인들이 차를 마시러 왔다. 역시 군인들로 가득한 미니 버스
한 대는 길을 순찰하고 있었다. 한마디로 긴장된 분위기였
으며, 의심하는 눈초리만이 식당을 가득 메웠다. 위험이 멀
지 않은 곳에 있었다.

　언덕의 다른 쪽으로는 마치 순진한 화가의 팔레트가
만들어낸 것 같은 거대하고 장엄한 풍경이 펼쳐졌다. 메마

른 땅 위에 흰색, 회색, 갈색 혹은 붉은색의 바위들이 여기
저기 널려 있고, 연못가에 양떼들이 노니는 짙은 녹색의 작
은 초원이 있었다. 멀리 카슈다히(Kashdahi) 위로 만년설이
반짝였다. 그리고 까마득한 저 아래로는, 이런 고도에서는
드물게도 교차로에 심긴 포플러나무 가지들이 그늘을 만
들었다. 오후 세 시경, 45킬로미터를 걸어왔는데도 눈앞에
는 그리고 지도에는 작은 마을 하나 보이지 않았다. 나는 속
도를 높여서 계속 전진했다. 군인들의 검문은 여전했고, 순
찰 지프들이 끊이지 않고 눈에 띄었다. 사람들이 거듭 강조
했던 말은 오후 다섯 시 이후에는 걷지 말라는 것이었다. 나
역시 그저 멈추기만을 바랄 뿐이다. 하지만 어디에서? 오후
다섯 시 반, 나는 다음 도시인 에르진잔(Erzincan)에서 아직
도 18킬로미터 떨어진 곳에 있었다. 그날 62킬로미터를 걸
었고 해발 2,200미터나 되는 고개를 넘은 것이다.

이스탄불을 떠난 이후 기록적인 거리였다. 다리가 무거
웠다. 길 양쪽의 낭떠러지가 위협적으로 느껴질 만큼 기진
맥진한 상태였다. 그때 트럭 한 대가 멈추더니 태워주겠다
고 했다. 이르판이라는 이름의 운전사는 5킬로미터 정도 더
가서 길가에 있는 호텔 겸 식당에 나를 내려주었다. 그가 그
렇듯 가까이 다가오는 걸 눈치챘더라면, 자동차 신세를 지
지 않겠다는 굳은 결심을 깨지는 않았을 것이다…… 식당
안은 야간순찰을 기다리는 군인들로 가득 찼다. 나는 이르
판과 함께 차를 마셨다. 그가 말하길, 자신이 한 달에 8천만

터키 리라를 벌지만 담뱃값만으로도 1,800만 리라가 나간다고 했다. 그렇다면 네 명의 자식은 뭘로 키우고 또 집값은 어떻게 낸단 말인가? 그는 '알아서 요령껏 한다'고 했다. 머릿속을 무척이나 복잡하게 만든 대답이었다.

호텔은 리페예와 마찬가지로 지저분했지만, 지하에서 뜨거운 샤워를—유료로—할 수 있다는 장점이 있었다. 아침에 반대편으로 가는 트럭 한 대를 세워서 이르판을 만났던 장소로 되돌아갔다. 실크로드의 단 1킬로미터도 놓치고 싶지 않았다. 이러한 소심함이 거의 정신병이나 편집증에 가까운 모습으로 비칠 수 있으리라는 것, 물론 나도 알고 있다. 하지만 그래야 마음이 편했다. 비록 발은 전날의 강행군으로 끔찍할 정도로 멀게만 느껴지는 에르진잔까지 18킬로미터 거리에 대해 불만스러워하고 있었지만 말이다.

에르진잔은 그 자체만으로도 흥미로운 이미지를 지닌 도시다. 1939년의 대지진으로 인구의 3분의 1인 3만 5천여 명이 사망한 적이 있다. 1992년에 다시 지진이 나서 6백 명이 죽었다. 그럼에도 그리고 땅이 부족한 것도 아니었는데, 이곳 사람들은 다시 오층짜리 건물들을 지었다. 그들은 다음에 올 천재지변을 태평스럽기 그지없는 모습으로 기다리고 있는 듯했다. 하지만 도시계획 주동자들에게만 책임이 있는 것은 아니다. 터키인들은 이제 단층집에서 사는 걸 저속하게 여기고 오직 아파트만을 최신 유행처럼 선호한다.

어쨌거나 옛 건물은 하나도 성하게 서 있는 것이 없었다. 관광안내소에 가보았지만, 실크로드에 대해 아무런 정보를 얻을 수 없었다. 이 도시가 예전에 중요한 대상 숙소였는데도 말이다. 내가 자기를 파리로 초대해주면 대단히 고맙겠다는 게 관광안내소 책임자의 대답이었다.

햇빛이 눈이 부실 정도였다. 시민공원 벤치의 그늘에 앉아 나는 여인들이 지나가는 것을 게으르게 바라보고 있었다. 여인들은 이 더위를 어떻게 견딜 수 있는 걸까? 종교의 가르침에 따라 이 나라 여인들은 대부분 옷으로 몸을 감싼다. 그들의 교리는 우선 옷의 길이에 그리고 옷을 입는 방식에 엄격하게 적용된다. 가장 관용적인 교파에서는 차도르만 착용하도록 한다. 긴 옷이야 그렇다고 쳐도, 이런 날씨에 외투라니! 이는 종교적 열정의 가장 초보 단계일 뿐이다.

이슬람 전통주의자들의 요구는 좀더 까다롭다. 차르샤프(çarşaf)라고 부르는 검고 넉넉한 천을 눈과 손만 보이도록 뒤집어써야 하는 경우도 더러 있다. 나도 그렇게 입은 여인을 본 적이 있다. 검은 안경을 쓰고 행동이 유연한 그 여성은 갈색 면포 아래로 세상의 모든 신비를 감추고 있었다. 더욱 극단적인 종파에서는 여인들에게 투박한 밤색 커버로 완전히 몸을 가리고 그림자만 보면서 길을 가도록 한다. 게다가 손도 양털 장갑으로 가려야 한다. 전부 드러내기를 원하는 우리의 습관과 너무나 동떨어져 있어 상상력을 다해 모든 것을 추측해내는 일처럼 느껴졌다. 상상력이 원래의 고귀함을 되찾고, 꿈이 우리를 인도하는…… 어둡고도 많은 것을 불러일으키는 여인들의 그림자를 보면서, 나는 이런 생각들을 하고 있었다.

중앙광장에 경찰들이 대거 모여 있는 모습이 눈길을 끌었다. 플래카드 하나가 보였는데, 물론 무슨 내용인지 알 수 없었다. 경찰들이 왜 저렇게 데모를 하는지 주위 사람들에게 물어보았다. 하지만 사람들은 이해할 수 없는 표정으로 혹은 놀란 눈으로 나를 바라보았으며, 웃음을 터뜨리는 사람도 있었다. 내가 생각했던 것과 달리 경찰들이 거기 모여 있는 것은 데모를 하기 위해서가 아니라, 플래카드밖에는 보이지 않았지만 임금 인상을 요구하는 노동자들의 집회를 둘러싸고 있는 것이었다.

엄청난 피로가 몰려왔다. 그래서 나는 이 도시에서 제일 좋은 호텔에서 오후 내내 휴식을 취했다. 그리고 밤에 잠을 푹 잔 후 이튿날 아침 열 시경에야 다시 길을 떠났다.

군대의 경비가 더욱 강화된 것 같았다. 세 시간 동안 기관단총을 지붕이나 아치형 문에 겨누고 순찰하는 방탄차들을 열다섯대도 넘게 볼 수 있었다. 하지만 그중 어떤 차도 나를 검문하기 위해 세우거나 하지는 않았다. 워낙 대로여서 내가 관광객으로 보이는 모양이었고, 그래서 내 존재도 당연하게 생각하는 것 같았다. 에르진잔의 평원에는 곡식과 살구나무가 많이 자라고 있었다. 아쉽게도 살구 열매는 아직 익지 않은 상태였다.

정오에 나는 관개작업을 하는 다섯 명의 농부에게 점심 '초대'를 받았다. 그들은 시아파였다. 마호메트의 사촌이자 사위인 알리 신봉자들이라는 뜻이다. 민족주의자와 보수주의자가 대다수를 차지하는 이 나라에서 그들은 좌익인 셈이었고, 그래서 그들은 프랑스 사회주의자들을 자신들이 얼마나 신봉하는지를 설명했다. 무리 중 가장 젊은 남자가 빻은 밀 한 접시를 건네주려다 말고는, 갑자기 의심이라도 난 듯 표정이 굳어졌다.

"당신은 민주주의자요, 아니면 파시스트요?"

그들에게 이런 용어들은 내가 생각하는 것과는 다른 의미였다. 그들은 터키 체제를 '파시스트'로 규정하면서 장시간 동안 비판했다. 터키 체제를 그렇게 규정짓기에는 물론 무리가 있다. 하지만 그 말을 한 사람에게 파시스트는 결국 자신과 정치적으로 정반대에 있는 입장을 의미한다는 사실을 깨달았다. 나는 민주주의자이기도 했고, 그래서 그렇게 대답했더니 빻은 밀이 내 사발에 무사히 전해졌다.

저녁 무렵 나는 티그리스 강, 나일 강과 더불어 고대 문명의 발생지인 유프라테스 강(터키에서는 피라트Firat 강이라고 함)을 건넜다. 나는 돌 밑으로 흐르는 물을 바라보며 생각에 잠겨 오랫동안 머물렀다. 하지만 곧 밤이 될 것이므로 전진을 해야 했다. 나는 지도에 표시된 타니예리(Taniyéri)라는 작은 마을에서 잠시 멈출 생각이었다. 과일 주스를 하나 사려고 주유소에 들렀다. 나는 그 마을에 거의 다 왔을 거라고 생각했다. 하지만 주유소 주인은 내가 찾는 마을이 없어졌다고 말했다. 게다가 15킬로미터는 더 가야 인가가 나온다고 했다.

그래서 나는 주유소 옆에 있는 주차장에서 야영할 준비를 했다. 캠프를 치기 위해 이런저런 물건들을 꺼내놓고 있는데 방탄지프 네 대가 주유소로 들어왔다. 두 대에는 헌병들이, 다른 두 대에는 군인들이 타고 있었다. 양쪽에서 모두 나의 행로를 오랫동안 물어보더니 다들 놀란 듯했다. 차를 함께 마시면서 그들은 밤새 순찰할 것이라고 했다. 그들 중 잠시라도 무기를 내려놓는 사람은 아무도 없었다. 근방에 테러리스트들이 있다는 게 그들의 말이었다. 토카트 이후 내가 보아왔던 경찰과 군대의 강도 높은 경계로 미루어 보건대, 테러리스트들도 활동하기가 참 어려울 것 같았다.

그들이 다시 떠나려고 할 무렵 한 명이 의기양양하게 다가와 귓속말을 했다.

"난 당신이 어떻게 그토록 먼 길을 올 수 있었는지 알아. 마약을 하는 거지."

"도대체 왜 그런 생각을 하게 된 거요?"

"내 친구가 당신이 수통에 암페타민(중추신경계를 흥분시켜 기민성을 증가시키고 말하는 능력과 전반적인 육체활동을 증가시키는 약물군) 알약을 넣는 걸 봤거든."

나는 물을 소독하는 데 사용하는 그 알약을 보여주었

지만 소용없었다. 그를 납득시키지 못한 것이다. 그와 그의 동료들 머릿속에는 이제 다른 생각이 자리 잡게 되었다. 나의 성공은 처음엔 '비정상적'으로 받아들여졌다. 하지만 내가 흥분제를 복용한다고 믿게 된 순간부터 모든 건 '정상적'인 일이 돼버렸다.

벤치 위에 잠자리를 잡은 탓에 제대로 잘 수가 없었다. 추위와 모기떼, 가솔린을 채우러 쉬지 않고 들락거리는 트럭들 그리고 무엇보다 주차장에서 밤샘하는 직원이 졸지 않도록 최대한 크게 틀어놓은 음악 소리 등 시끄러워서 도무지 눈을 붙일 수 없었다. 막 한숨 돌리려고 하는 찰나 천둥번개가 치기 시작했다. 나는 직원과 함께 가게 안으로 대피했다.

큰 키에 메뚜기처럼 깡마른 메틴이라는 친구는 스물다섯 살인데, 하루에 열여덟 시간씩 연중무휴로 일한다고 했다. 결혼하기 위해선 돈을 모아야 하기 때문이다. 그는 2000년 1월 1일에 결혼한다고 했다. 사실 이슬람교도인 그에게는 큰 의미가 없는 날이긴 하지만 말이다. 그는 지갑을 꺼냈다. 그리 순해보이지 않는 땅딸막한 약혼녀 사진, 그의 부모와 형제들 사진, 물론 내가 알아보지는 못했지만 짧은 머리의 동료들과 함께 찍은 군대 시절 사진, 신용 카드, 주민증과 군인 신분증 그리고 이런저런 서류들. 메틴의 삶이 몇 장의 사진들로 요약되어 들어 있었다.

갑자기 길가에서 커다란 소리가 나서 우리의 시선을

집중시켰다. 나는 환상 속에나 나오는 동물인 줄 알았다. 어떤 면에서는 그렇기도 한 셈이다. 무한궤도 탱크 한 대가 칠흑 같은 어둠 속에서 튀어나와 주유소 불빛 아래 몇 초 동안 반짝거리다가 요란한 금속성 소음을 내며 동쪽으로 사라져버렸다.

10. 여인들

모래자루 사이에서 철모 하니가 나타나더니, 총구가 그 검고 차가운 눈으로 나를 노려보았다. 나를 겨냥한 군인은 굳이 해석할 필요도 없는 무슨 말인가를 외쳤다. 아마도 '꼼짝마!' 정도였을 것이다. 조금 누그러진 목소리로 그가 나를 불렀다. 하사관 한 명이 다가오더니 강압적인 목소리로 여권을 요구했다. 내가 막 여권을 꺼내려 하는데 난데없는 웃음소리가 우리 위로 들려왔다. 트럭 운전사 한 명이 차에서 내리지도 않은 채 하사관에게 외쳤다. "이스탄불부터 걸어서 왔다는 그 여행자에요!"

하사관은 처음엔 놀라서 나를 바라보더니 흥미롭다는 듯 물었다.

"어디 가는 겁니까?"

"식료품점에요."

"터키 돈이 있습니까?"

"물론이죠."

"그럼 오케이입니다."

나는 신분증을 주머니에 다시 넣었다. 정말 아찔한 순간이 아닐 수 없었다. 내가 자초한 일이기도 했다. 주유소 직원 메틴은 내가 아침 일찍 떠나려 하자 나를 만류했다. "일곱 시 전에 길을 가는 건 너무 위험해요. 군인들이 길을 정리할 때까지 기다려야 한다구요." 하지만 잠도 제대로 못 잤고, 배는 너무나 고팠다. 그래서 오늘은 거리를 좁게 잡아 산사(Sansa) 마을까지 26킬로미터만 가자고 결심하고 결국 길을 떠난 것이었다. 널따란 계곡은 차츰 좁은 길로 변해갔다. 강을 가로지르는 다리 근처에서 찻집 옆에 있는 식료품점을 발견했고, 그곳을 꼭 한 바퀴 돌아보고 싶었다. 하지만 땅을 파고 들어간 작은 참호를 미처 발견 못 했고, 그곳에서 군인이 불쑥 나타났다.

찻집에 들어가자 사람들이 어느 정도 경계를 하면서도 호기심 어린 시선으로 나를 바라보았다. 내가 몇 번 접근을 시도했지만 아무도 나와 대화를 나누려 하지 않았다. 뭐라 딱 꼬집어 얘기할 수 없는 불편함 같은 것이 주위를 무겁게 짓누르고 있었다. 나는 천천히 식사를 했고 마음을 느긋하게 먹었다. 오늘은 서두를 필요가 없었으니까.

10킬로미터쯤 더 갔을 때 협로 입구에서 또다시 군대의 바리케이드와 맞닥뜨렸다. 왼쪽에 있는 탱크는 포문을 오솔길 높이로 맞추어놓고 있었다. 오른쪽으로는 기관총이 달린 장갑차가 다른 쪽을 감시하고 있었다. 포수와 사수들은 모두 제 위치에서 경계 중이었다. 병사 한 명이 나를 부르더니 다가오라고 했다. 내가 다가가자 그는 기다리라고 했다. 다른 병사 하나가 반쯤 무너진 작은 건물 안으로 들어가더니 혈색 좋은 장교와 함께 나왔다. 크고 뚱뚱한 데다가 위장복을 입고 소시지를 먹는 그를 보니 마치 금방 불에 올려질 고깃덩이 같았다. 그는 은신처와 도로 사이에 난 별로 가파르지도 않은 언덕을 힘겹게 올라오더니 내게 신분증을 요구했다.

"시나길 수 없습니다."

"왜죠? 여기 군인들이 이렇게나 많이 있는데 안전이 문제가 되나요? 테러리스트들이 있습니까?"

"아닙니다."

"테러리스트들이 없다면, 나는 안전하게 걸을 수 있겠군요."

"안 됩니다."

그의 대답이 지나치게 간략하다고 생각한 나는 항의를 했고, 나의 여행과 그것이 내게 지닌 중요성을 설명했다. 아까 자신의 상관을 부르러 갔던 병사가 나를 거들어주려고 했다.

"파샤……."

그는 더 말을 잇지 못했다. 하사관이 뭐라 짧게 명령을 내리며 그의 입을 다물게 했기 때문이었다. 어찌된 영문인지 몰랐다. 파샤(pasha)는 터키어로 '우두머리'를 의미한다. 결국 상관의 명령이란 얘길까? 하사관 자신도 고백했듯이 이 지역이 위험하지 않다면 왜 저러는 것일까? 나는 힘으로 밀고 나가보려 했다. 배낭을 잔뜩 움켜쥐고 앞으로 가려 했지만 몇 발자국도 가지 못했다. 우두머리가 명령을 내리자 졸병 두 명이 길을 가로막았기 때문이다. 그들 중 하나가 내 배낭을 잡았고, 그들은 꼼짝 않고 버티고 선 하사관에게 나를 억지로 데려갔다. 그는 전화를 걸어 명령을 하달받고자 했다. 십 분 후 대답이 왔다. 협로를, 그것도 걸어서는 지나갈 수 없다는 것이었다.

트럭 한 대가 와서 섰다. 군인은 운전사에게 뭔가 얘기를 했다. 나를 몇 차례 가리킨 걸로 봐서 내 얘기를 하고 있는 듯했다. 졸병이 내 배낭을 트럭 좌석에 던져넣었고, 하사관은 내게 지도를 보여달라고 했다. 그는 우리가 있는 곳에서 20킬로미터 떨어진 카르진(Kargin)이라는 마을을 가리켰다. 나중에 맞춰본 결과, 그가 한 말은 대충 다음과 같았다. "운전사에게 당신을 이 마을까지 데려다 주라고 했소. 그전엔 내릴 생각 하지 마시오. 아주 곤란한 일들이 생길 수도 있으니."

그리고 그는 마치 어린아이의 손처럼 통통한 자신의 두 손목을 교차시켰다. 무슨 의미인지 깨닫는 건 이제 나의 몫이었다. 나는 시키는 대로 했다. 나는 무거운 마음을 이끌고 차에 올라탔다. 헌병들이 내 의사와 관계없이 자꾸 이리가라, 저리 가라 하는 것이 지겨웠다. 만약 이런 일이 계속된다면 나는 터키의 3분의 1을 버스나 트럭을 타고 지나가는 셈이 된다. 물론 다소 과장이겠지만 모든 걸 비관적으로 보는 게 지금으로선 차라리 마음이 더 편했다.

운전사는 앙카라에서 이란의 타브리즈까지 매주 왕복한다고 했다. 그는 그곳까지 데려다 주겠다고 했다. 이틀이면 된다는 것이었다. 고마운 말이었지만 사양했다. 나는 노새처럼 미련한 건지는 모르지만 걸어서 갈 것이다. 남들이 아무리 내 길을 방해해도 그리고 포기하도록 종용해도 꼭 내 계획을 이루고 싶다.

바리케이드를 떠난 지 5킬로미터쯤 지났을 때 나는 '파샤'라는 말이 무슨 의미인지 이해할 수 있었다. 그들이 비밀스럽게 숨겨두려 했던 사실은 테러 진압 헌병대 장군, 즉 파샤의 사령부가 있는 캠프였다. 그곳은 길과 강 사이의 손바닥만 한 땅에 있었다. 다수의 텐트와 가건물들로 이루어졌으며, 주위엔 철조망이 쳐져 있었다. 스무 대가 넘는 듯한 방탄장갑차가 빈틈없이 도열해 있고 총구는 지나는 사람들을 노려보았다. 파샤는 골치 아픈 일 없이 편안하게 잠을 자고 싶었을 것이다. 그래서 아무것도 모르는 나 같은 도보여행자의 접근조차 불허한 것일 테고. 그렇다 치더라도 나는 감시체계가 의외로 허술한 것에 놀라지 않을 수 없었다. 군인들이 산길 입구에서 나를 막고 있는 동안 트럭 대여섯 대는 검문도 받지 않은 채 지나갔던 것이다. 비록 내가 전문가는 아니지만, 파샤가 더욱 신경 써야 할 것은 쉽게 검문과 수색을 할 수 있는 보행자보다는 그의 사령부를 잿더미로 만들어버릴 수도 있는 폭탄을 가득 실은 자살 차량이 아닐까 하는 생각을 했다.

파샤가 자신의 은거지로 차지한 장소는 바로 내가 머물고자 했던 산사 마을이었다. 달리 할 것도 없었으므로 나는 내가 지나 온 멋진 길, 내 등산화가 디뎌볼 수 없었던 그 길을 꼼꼼하게 관찰했다. 나는 사령부를 지난 다음 내려주면 좋겠다고 운전사에게 넌지시 말해보았지만, 그는 마치 자동차 와이퍼처럼 검지를 좌우로 흔들며 안 된다고 했다. 아까 그 살진 하사관이 내린 명령을 충실히 따르겠다는 것이었다.

결국 다시 발을 땅에 디뎠을 때는 본의 아니게도 아침에 생각했던 것보다 훨씬 먼 곳까지 온 셈이었다. 이틀 안에 가리라고 계획했던 다음 도시도 네 시간만 걸으면 도착할 수 있었다. 그 전에는 마을이 없었다. 그래서 나는 내친김에 테르칸(Tercan)까지 가보자고 마음먹었다. 그러면 트럭에 탔던 것을 제외하고 오늘 41킬로미터를 걷게 되는 셈이었다. 일정이 무난하기를 바랐지만 또 틀려버렸다.

배낭을 다시 주섬주섬 챙길 무렵 두 남자와 한 여자가 탄 마차 한 대가 다가왔다. 뒤쪽으로 산이 둘러싸고 있어서 배경이 기가 막혔다. 나는 당연히 이 장면을 영원히 간직하고 싶었고, 그래서 마차를 전경으로 하여 사진을 찍었다. 그런데 미처 베일로 얼굴을 가리지 못한 여인이 버럭 화를 냈고, 내 앞까지 와서는 침을 뱉었다. 여인의 초상은 그 여인의 것이고 내가 그걸 훔친 것은 사실이었다. 앞으로는 염두에 두어야 할 일이다. 하지만 사진을 찍어달라고 조르는 사람들과 반대로 그걸 도둑질로 느끼는 사람들을 어떻게 구분한단 말인가? 이 또한 내가 배워야 할 일이었다.

테르칸 입구에는 12세기에 지어진 낡은 다리의 교각들이 온전한 상태로 있었다. 좋은 징조처럼 느껴졌다. 이곳 관리들은 과거의 풍요로운 유산을 보존하려는 마음을 지니고 있는 것이 아닐까? 테르칸은 '마마 하툰(Mama Hatun)'의 도시였다. 마마 하툰은 독특한 개성을 지닌 여인이었다. 여자로 태어난다는 것이 마치 재앙처럼 받아들여지던 이 남성 우월주의의 나라에서 마마 하툰은 1191년 아버지 이제틴 살투크 2세의 공국公國을 물려받았다. 이 터키의 잔 다르크는 군대를 지휘하여 아유브족의 침입을 물리쳤다. 그녀는 또한 권력을 빼앗으려는 포악한 조카들과 맞서 10여 년 동안 무기를 손에 들고 싸웠다. 당시 시리아와 이집트를 통치하던 술탄 엘 아딜(El Adil)은 그녀의 혈통에 걸맞은 남편을 물색했지만 헛일이었다. 이 대찬 공주 밑으로 들어오려는 남자는 아무도 없었던 것이다. 그러는 동안 그녀는 오늘날 중세 오스만 건축의 가장 아름다운 건축물이라고 평가되는 몇몇 건물들을 짓게 했다. 사원과 대상 숙소 그리고 목욕탕이 대표할 만한 예다. 또한 찬란하면서도 독창적이라 할 수 있는 마마 하툰의 능陵도 빼놓을 수 없다.

이런 마마 하툰이 어느 날 갑자기 사라져버린 것은 수수께끼 중의 수수께끼라 할 수 있다. 그녀는 암살됐을까? 아니면 조카들이 그녀가 죽을 때까지 감금했던 것일까? 훗날을 대비해 자기 손으로 예쁘게 만들어놓은 건물에 매장된 것일까? 아무것도 확인되지 않았다. 오스만 투르크의 위대한 여행자 에울리야 첼레비(Evliya Çelebi)가 12세기 중엽 이곳을 지나며 감탄했던 마마 하툰의 영구대靈柩臺 또한 함께 사라져버렸다. 능은 보통 닫혀 있는데 나는 운 좋게도 구경할 수가 있었다. 그리 크지 않은 규모의 이 능은 둥근 벽으로 둘러싸였고, 내부에 열두 개의 관이 있었다. 모두 마마 하툰의 친척들을 위한 것이다. 중앙의 작은 사원에는 탑이 솟아 있는데, 지하에 있는 오래된 것들을 대체할 목적의 예비용 석관이 있었다. 이 모두를 덮고 있는 것이 우산 모양의 지붕으로, 총 여덟 면으로 돼 있으며 둘 중 하나는 방위기점을 가리켰다. 전체적으로 아름다운 조화를 이룬 능이었다. 열쇠를 가진 사람을 오랜 시간 추적한 끝에 대상 숙소도 방문할 수 있었다. 보수공사가 끝난 상태였다. 작은 건물이지만 그래도 둥근 천장을 가진 마구간이 두 개나 있었다. 마마 하툰이 건설한 목욕탕 역시 콘크리트 세례를 피하지 못한 탓에 조금 아쉬웠다.

테르칸에서 아슈칼레(Ashkale)까지는 별로 놀랄 일은 없었지만 점심을 먹을 수가 없었다. 천둥번개가 맹렬하게

쳤기 때문이다. 하지만 행운은 내게 미소 지었다. 처량하게 비를 맞고 있는데 폐쇄된 터널 하나가 눈에 띈 것이다. 나는 그곳으로 피해 들어가 젖은 물건들을 말리고 말린 과일과 빵 조각으로 배를 채우며 해가 다시 나기를 기다렸다. 내 모습은 거리의 노숙자나 진배없었을 것이다. 매일 힘겨운 육체노동을 하고 있지만 식사는 가볍게 하는 것으로 만족했다. 배낭 무게가 만만치 않았으므로 엄청난 에너지를 소비하는 셈이었지만, 하루 한 번의 식사만으로도 충분했다. 대상들은 주로 물과 육포를 지니고 다녔을 것이다. 나머지는 대상 숙소에서 해결했을 것이고.

마마 하툰의 기념물들을 돌아보았기 때문일까? 내 머릿속엔 터키 여인들 생각으로 가득했다. 마마 하툰이 이끌었던 여성 '혁명'은 찻잔 속의 태풍으로 끝나버렸지만, 그 성과는 무시할 수 없는 것이었다. 남성 우월주의가 지배하던 중세에 여성의 명령을 받는다는 사실을 군대는 어떻게 받아들였을까? 이 나라의 모든 종교와 문화는 부인과 딸들을 억누르고 있다. 경제성장이 아직 미흡한 탓에 여성이 끼어들 여지가 없으며, 남성의 경제력에 전적으로 의존함으로써 가정에서도 사회에서도 힘을 쓰지 못하게 된 것이다. 교육도 문화도 그들을 거부한다. 물론 남녀평등이 법적으로는 인정되고 있다. 여성 수상까지 나온 적이 있으니 말이다. 하지만 아직 많은 여인이 제대로 대접 받지 못하고 잡일이나 하면서 숨어 지내듯 살고 있다. 게다가 아무것도 모르는 어린 시절부터 보고 들은 대로 자신들의 육체를 부정하는 규율에 따라 옷으로 몸을 감싸고 말이다. 대도시에서는 이런 의복과 관련한 금기를 깨고 자유의 상징처럼 유럽식으로 옷을 입는 젊은 여인들을 볼 수 있다. 하지만 이런 변혁의 바람이 아나톨리아의 시골 마을까지 불어오려면 얼마나 더 많은 시간이 필요할까?

마마 하툰 외에도 이 땅의 역사를 장식한 여성들은 또 있다. 하지만 그건 모두 동로마 제국 때다. 이레네, 헬레나, 테오도라…… 이들은 각각 자신의 시대를 풍미했던 여성들이다.

헬레나(Helena)는 여관집 딸이었지만 클로루스(콘스탄티우스 1세, 250?~306) 황제를 유혹할 정도로 재주가 많았다. 그들의 아들 콘스탄티누스 대제(272?~337)는 로마에서 한가로이 시간을 보내는 대신 예전의 비잔티움 자리에 도시를 건설해서 자신의 이름을 따 콘스탄티노플이라고 명명했다.

이레네(Irene, 752?~803)는 8세기에 근 20년 동안 자신의 아들을 대신해 동로마 제국을 통치했다. 아들이 성인이되어 자신에게 권력을 이양할 것을 요구하자, 이 사랑스러운 어머니는 아들의 눈을 도려내어 장님으로 만드는 끔찍한 행위를 저지르며 자신의 통치를 5년간 연장했다.

테오도라(Theodora, 490?~548)는 비잔틴 제국의 가장 위대한 황제 유스티니아누스 1세와 결혼하기 전에는 행실이 그리 좋지 못한 여인이었다고 한다. 그러나 왕비가 된 그녀는 나무랄 데 없었으며 한술 더 떠 남편에게 권력이 어떤 것인지 가르치기까지 했다. 도시를 피로 물들인 격렬한 반란이 일어나 그가 도망가려 할 때 테오도라는 대충 이런 요지의 말을 했다고 한다. "자줏빛 옷(왕의 상징)을 입은 이상, 그걸 수의로 삼을 생각을 해야 합니다." 그들은 결국 남아서 반란을 진압했으며, 침대에서 죽음을 맞았다.

이 세 여인은 사실 기독교인이었다. 마마 하툰의 성공은, 그녀가 이슬람 국가에서 태어났던 만큼 더욱 위대한 것이다.

시골 마을에서 터키 여인들의 운명을 접할 때마다 나는 늘 반감을 느꼈다. 태어날 때부터 뒷전으로 물러서도록 배우고 일만 하도록 정해져 있는 게 아닌가. 관찰해보니 사진을 찍을 때도 사내아이들은 좋아하며 카메라 앞에서 설쳐대는 데 비해 계집아이들은 사내애들 뒤로 숨었다. 지난 6월 16일에 만났던 농부 파질의 딸들은 오빠들처럼 중학교에 가지 못한다. 그 아이들도 사진 찍히지 않으려고 숨기 일쑤였다. 그리고 삶의 중심이 되는 사원에 가서도 여자아이들은 사람들이 정해준 자리, 즉 남자들 뒤에 앉아야만 한다. 여자들 스스로 어렸을 때부터 주입된 규칙들을 엄격하게 지키도록 만드니, 효과적인 교육이라고나 할까.

하지만 다행스럽게도 예외를 발견할 수는 있었다. 하지함자 마을의 늙은 현자 베흐체트의 딸들은 규칙에 얽매

여 있는 것처럼 보이지 않았다. 하지만 나는 그와 단둘만 저녁을 먹었고, 그의 부인은 떠날 때에야 발코니에서 "안녕히 가세요." 하고 인사하는 모습을 보였다. 이스탄불이나 터키의 다른 대도시에서는 젊은 여성의 대부분이 중학교에 가고 또 대학 교육도 받는다. 그 후 남성과 똑같은 직업에 종사하며 동등한 지위를 누린다. 하지만 이는 숲이 아니라 나무일 뿐이다. 터키인들은 1934년부터 여성에게 투표권을 부여했다는 것을 매우 자랑스러워한다. 확실히 그해에 뽑힌 의원들 중 5퍼센트가 여자였다. 하지만 개혁의 시행자였던 아타튀르크가 4년 뒤 세상을 떠나자 여성의 지위는 계속 퇴보했다. 오늘날에는 550명의 의원들 가운데 여성은 열세 명에 불과하다.

이 나라에서 여성은 이등 시민이며, 심지어 이등 인간으로 간주된다고 얘기하면 터키인들은 흥분할 것이다. 하지만 여러 가지 사실들로 보아 그리고 시골 마을에서는 실제로 그렇다. 밭에 쪼그리고 앉아 잡초를 뽑는 사람도, 어두운 곳에서 빵과 요리를 만드는 사람도, 아이들을 닦달하는 사람도 모두 여성이다. 반면 남성은 찻집에 앉아 세상을 뒤바꿀 듯 잡담을 하거나 사원에서 자기들의 구원을 위해 애쓴다. 여성이 스스로 정치적인 권리를 주장할 수 있도록 카데르(Ka-Der)라는 단체가 창설됐다. 이들이 내린 명백한 결론은 바로 이런 것이다. 정치적인 삶에 관심을 갖고 참여하게 하려면 교육이 필요하다. 국회에 진출하려면 대학에 가야 한다. 하지만 누가 여성을 대학에 보내겠는가? 현재로서는 무지 상태이고, 남성에 의해 조건지어지고 감시되고 지배되고 있는 터키 여인들에게 해방은 요원하다. 이 주제에 대해 토론해보려고 할 때마다 나는 매번 침묵의 벽에 부딪혀야 했다. 게다가 쿠르드 테러리스트들 얘기가 나오면 사람들은 안전을 위해서라며 이렇게 말한다. 여자들과 얘기하지 말라고.

아슈칼레 방면으로 걸어가면서 그래도 함께 몇 마디 나눌 수 있었던 여자들 생각에 흐뭇했다. 일가즈 혹은 슈크라네 근처에서 솜씨 좋게 양털을 손질하던 여인들, 내게 뵈레크를 만들어줬던 카프카스 여인. 그리고 토시아에서 내 목에 매달리던 쿠르샤트 여동생의 너무도 생기발랄한 모습이 머릿속에 자주 떠오르곤 한다.

예전에 실크로드의 대상 숙소가 있던 아슈칼레는 과거의 그런 기억조차 잃어버린 듯했다. 찻집 위에 위치한 호텔은 내가 지금까지 접해본 지저분한 호텔 목록의 맨 위에 오를 만한 수준이었다. 방의 불을 켤 때도 스위치를 십 분 정도 더듬거리며 찾아야 했다. 그리고 마침내 찾았는데…… 복도의 반대편 끝에 있었다. 하지만 너무나 피곤해서 쓰레기더미 위에서라도 잠을 잘 판이었다(사실 이 방의 상태도 그와 별로 다를 바 없었다). 제대로 된 휴식 한 번 취하지 못한 채 나흘 동안 340킬로미터를 걸어온 것이다. 오늘도 나는 40킬로미터를 주파해야 했다. 이성적으로 생각한다면 며칠 쉬거나 계획한 구간을 단축해야 할 것이다. 하지만 나를 걷도록, 계속 걷도록 부추기는 이 알 수 없는 힘이 문제였다. 물론 나는 그래야만 하는 훌륭한 이유들을 매일 찾아내곤 한다. 아침부터 나는 마치 마구간 냄새를 맡은 말과 같았다. 이런 속도라면 모레 아침이면 에르주룸에 들어가게 될 것이다.

에르주룸은 마치 연인처럼 나를 끌어당기는 도시였다. 여행을 시작한 이후 나는 사람들이 너무 터무니없는 소리라고 할 것 같아서 테헤란까지 간다는 얘기를 하지 않았다. 늘 최종 목표가 에르주룸이라고 말했던 것이다. 그리고 이제 그곳 가까이 와 있다. 이러한 성공은 나를 들뜨게 했지만, 사실 테르칸에서 아나톨리아의 가장 큰 도시까지 이르는 60킬로미터의 길을 단번에 주파한다는 것은 말이 되지 않는다. 최근 아흐레 동안 거의 미친 듯이 걸어온 결과 나는 지쳐 뻗어버렸다. 그래서 오늘 저녁엔 아슈칼레(38킬로미터)에 그리고 내일은 일리자에서 멈출 계획이다. 그 다음엔 이제 21킬로미터만 남았을 뿐이다. 하지만 도시까지 올라가는 마지막 길은 매우 높다. 해발 1,300미터에서 출발해서 1,800미터까지 올라가야 하고, 그 둘 사이에 해발 2천 미터가 넘는 고개를 넘어야만 한다.

곧 안락한 호텔에서 쉴 수 있으리라는 생각만 하며 나는 계속 발걸음을 재촉했다. 내겐 더 버틸 힘이 없었다. 더럽고 불편한 아슈칼레와 테르칸의 호텔들에서 푹 쉬지 못해 더욱 녹초 상태였다. 이런 비참한 몰골로는 민박을 하거나 쉬고 싶지가 않았다. 어딜 가나 스타 대접을 받으며 서너 시간 동안 사람들에게 의무적으로 시달려야 하는 일을, 지금으로선 감당할 수 없을 것 같았기 때문이다. 유명해진다는 것은 쉬운 일이 아니다. 팬들에 대한 의무도 있고, 때론 그게 달콤하게 여겨지지만 어느 순간부터인가 싫은 일들도 해야 하는 의무가 주어진다. 한마디로, 조심하지 않으면 거기에 완전히 예속돼버리는 것이다. 사랑받으려면 일단 긴장 상태가 좋아야 한다. 게다가 인정하고 싶진 않지만, 나는 알리하지 주민들에게 받은 충격에서 아직도 헤어나지 못하고 있었다. 그 선한 얼굴로 나를 영웅 취급하다가 군대를 부른 그들 말이다. 그 일로 나는 터키인들이 내세우는 환대라는 덕목에 대해서도 상대적인 시각을 갖게 되었다. 호텔의 지저분함이 오히려 익숙한 듯 느껴졌고 어느 정도 안심이 됐다.

아슈칼레 - 일리자 코스는 에르주룸까지 가는 길의 끝에서 두 번째 구간이었는데, 시작부터 좋지 않았다. 관절이 마디마디 쑤시기 시작했고 왼쪽 넓적다리도 계속 불편했다. 여행을 시작한 이후 처음으로 신체기관들이 항의를 하는 듯했다. 앞으로는 일주일에 하루는 쉬자고, 별로 자신할 수 없는 다짐을 했다. 아슈칼레를 떠나면서 나는 동쪽 방면으로 건설된 새 도로를 버리고 옛길을 탔다. 사방이 움푹 팬

길이었지만 차가 거의 없었고 드물게 트랙터 몇 대만이 보였다. 내게 딱 안성맞춤인, 게다가 목가적인 분위기를 한껏 느낄 수 있는 길이었다. 광활한 스텝 지역이라서 나무 한 그루 찾아볼 수 없었다. 고도가 높아지면서 기온이 쾌적해졌고 햇빛도 눈이 부실 정도로 찬란했다. 덕분에 내 비참한 상황을 잠시 잊을 수 있었다. 저 높은 곳에 암소떼와 양떼가 지나가고 있었다. 전에 언젠가 터키인들은 쿠르반 바이라미 축제 때 매년 250만 마리의 숫양을 제물로 바친다는 기사를 읽은 적이 있다. 그때 나는 도대체 그 양떼들이 어디에서 오는 것인지 궁금했다. 그런데 그들이 바로 저기에 있었다. 온화한 녹색의 스텝 지역에 움직이는 점들처럼 비탈길에 수천 마리가 묶여 무시무시한 캉갈들의 도움을 받아가며 목동들이 감시하고 있었던 것이다.

칸딜리(Kandili)에는 민간인과 군인, 이 두 사회가 서로 나뉘어 공존했다. 긴 창고 아래로 방탄 지프들과 장갑차들이 빈틈없이 도열해 있다. 군인 자녀들을 위한 어린이공원까지 건설해놓았다. 일반인들은 축구경기에 몰두해 있었는데, 광장에서 캔 음료를 하나씩 들고 열심히 응원하고 있었다.

얼마 지나지 않아 요란한 뇌우가 나를 흠뻑 적셨다. 나는 작은 다리 아래로 피했다. 군대가 철로를 따라 이동하는 곳이었다. 장대 같은 비가 대지를 씻어내리는 광경은 장엄했다. 구름이 아주 낮게 깔려 마치 검은 하늘이 녹색의 땅과 결합하는 듯했다. 한 시간이 채 지나지 않아 길가로 나섰을 때 다시 빗방울이 떨어지기 시작했다. 그리 심하지는 않았지만, 나는 몸을 피할 장소를 찾아보았다. 나무 한 그루도 벽도 없었고 기찻길까지는 너무 멀었다. 저 끝에서 계곡으로 굽어져 있었던 것이다. 나는 십오 분 정도 차가운 빗물로 샤워를 해야 했다. 나중엔 우박으로 변하기까지 했다. 내가 입은 커다란 판초 우비도 거칠 것 없이 몰아치는 비바람에는 아무 소용이 없었다. 단 몇 초 만에 나를 보호해주리라 믿었던 얄팍한 껍질 속에서 나는 흠뻑 젖어버리고 말았다. 차가운 빗물이 목을 타고 우비 속으로 흘러들었고, 바지를 적셔 다리와 붙게 만들더니 신발 속으로까지 스며들었다. 우박까지 얼굴과 손을 후려쳐서 정말 속수무책이었다. 마침내 뇌우가 물러가기 시작했다. 비가 마치 벽처럼 어두운 장막을 이루며 풍경 속으로 이동하고 있었다. 저 아래 강 옆에서 마치 터널에서 나오듯 기차 한 대가 모습을 드러냈다. 기온이 내려갔다. 몸을 따뜻하게 하려고 빨리 걸어보려 했지만 허사였다. 옷은 완전히 젖었고 몸은 얼어붙는 듯했다.

　예전에 대상들은 양털과 일반 털을 섞어 촘촘하게 짠 후 거기에 지방질을 바른 특수한 천으로 짐을 덮어씌웠다. 그렇게 하여 비단과 종이, 말린 과일 같은 귀중하고 습기에 약한 물품들이 무사히 운송될 수 있었던 것이다. 그들은 또한 특수한 풀을 넣어 벌레들이 소중한 재산을 갉아먹지 못하도록 했다. 이 풀들은 터키의 많은 마을에서 아직도 유용하게 쓰이고 있다. 항아리에다 개미와 다른 벌레들을 쫓는 풀을 길러 돈을 번다는 것이다.

일리자가 아직 5킬로미터 정도 남았을 때, 날이 추워져서인지 아니면 잘 씻지 않고 살구를 먹어서 그랬는지(과일은 반드시 껍질을 벗겨 먹으라고 사람들이 말하지 않았던가!) 갑작스레 심한 설사로 배가 끊어질 듯 아팠다. 이 끝도 없이 펼쳐진 스텝 어디에서 이런 화급한 볼일을 해결한단 말인가. 장딴지만 보여도 예의 없는 것으로 간주하는 나라에서 함부로 엉덩이를 내보일 수는 없는 일이다. 워낙 급했던 탓에 재빨리 머리를 굴려서 번개같이 뛰기 시작한 나는 땅이 움푹 패고 풀이 높이 자란 곳에서 다행히 용무를 해결할 수 있었다.

빨리 숙박지에 도착해서 쉬고 싶었지만, 우연히 만난 농부가 일리자에는 호텔이 없다고 자신 있게 말하자 기대가 무너져버리고 말았다. 이런 상태로 민가에서 하루를 묵는다? 내 모습을 상상하고 싶지도 않았다. 울적한 마음으로 마지막 남은 거리를 한 시간 이상 걸었다. 도중에 열 번이나 급하게 바지를 내리면서 말이다. 나는 괄약근을 꽉 조이느라고 뻣뻣하고 어색해진 걸음으로 도시에 들어섰다.

뒤탈을 없애기 위해 민박을 하기 전 우선 정보를 수집했다. 일리자에는 분명 알렐루이아라는 호텔이 있었다. 게다가 깨끗하기까지 했다. 빵집 위에 있어서 빵을 구워낼 때면 호텔까지도 향기로웠다. 나는 2인용 방을 돈을 좀더 주

고 혼자 차지했다. 샤워 시설은 없었지만 정면에 대중탕이
있었다. 나는 서둘러 그곳으로 가 둥글고 큰 욕조 안에 몸
을 담그고 달콤한 휴식을 즐겼다. 나를 포함해 스무 명 정
도가 들어간 욕조의 물은 아타튀르크 시대 이후 한 번도 갈
지 않은 듯한 색깔이었다. 하지만 모든 아이들이 그렇게 생
각하듯 청결보다는 즐거움이 먼저였다. 목욕으로 다시 평
온함을 되찾은 나는 초르바시를 허겁지겁 먹은 후 방으로
돌아왔다.

아침이 되자 설사는 멈췄다. 일리사 - 에르주룸 구간
은 내가 여행을 시작한 이후 가장 짧은 21킬로미터였다. 아
주 가볍게 산책하듯 걸으면 될 것이다. 마을을 벗어나자 동
쪽을 향해 2차선으로 곧게 뻗은 일종의 고속도로가 나왔다.
에르주룸으로 들어가는 유일한 길이었다. 이틀 연속 퍼부었
던 소나기가 대기를 말끔하게 청소해줬다. 하늘은 아주 청
명했고 발걸음은 가벼웠다. 아주 평탄한 평원이어서 도시가
18킬로미터 남았음을 알리는 푯말 근처에서도 산에 기댄
에르주룸의 집들이 분명하게 보였다. 벌써 그곳에 온 것 같
았다.

하지만 유감스럽게도 전날의 설사와 목표 상실로 인
해 진이 빠지고 약해진 내 상태를 고려하지 않았다. 어떤 목
표가 막 달성될 찰나에 이르면, 나는 거기에 더 이상 흥미
를 느끼지 못하는 편이다. 내겐 언제나 '그 다음'이 동기 부

여를 하는 것이다. 에르주룸은 이스탄불과 테헤란의 중간쯤 된다. 이미 며칠 전부터 나는 이란에 관계된 자료들을 뒤적거리고 있었으며, 여행의 두 번째 단계에 어떻게 접어들 것인지에만 관심을 기울이고 있었다.

에르주룸은 눈앞에서 자꾸 달아나고 있었다. 비록 가장 짧은 거리였지만, 내가 여행을 시작한 이후 가장 어려운 단계였다는 생각이 든다. 나는 천천히 힘겹게 걸었다. 배낭이 짓누르는 것 같았다. 내가 가까이 간다고 생각할수록 더 멀어지면서 저 도시는 얄밉게도 즐거워하고 있는 듯했다. 세 시간 동안 낑낑댔더니 다리가 휠 지경으로 녹초가 됐다. 철책으로 둘러싸인 담장에 멍하니 기대앉았다. 나는 수통을 비웠고 남은 말린 과일을 조금씩 먹었다. 다시 기력을 찾았을 때 도시는 더 멀어보였고, 무덥고 엷은 안개 속에서 신기루처럼 지평선 위를 둥둥 떠다니는 것 같았다. 정말 그렇게 보였다. 세 시간 후 마침내 도시의 첫 건물인 아타튀르크 대학에 도착했다. 콘크리트로 된 정육면체 몇 개가 잔디밭 위에 세워져 있었고, 살수차들이 매일 아침 물을 뿌렸다. 남학생들과 차도르를 한 몇몇 여학생들이 책을 팔에 끼고 혹은 지식의 창고인 가방의 무게에 눌려 구부정한 모습으로 캠퍼스 곳곳을 활보하고 있었다.

학생들이 말을 걸었다. 왠지 별로 얘기하고 싶지가 않았고, 그들은 나를 관광안내소로 안내했다. 척 보니, 별로 도움이 될 것 같지 않았다. 나는 정보를 얻기보다는 쉬고 싶었다. 하지만 이것도 운명인 듯하고 또 지금으로선 별 의욕도 없으니, 한번 가보자. 뭔가 다시 원기를 되찾을 만한 것들을 주워들을 수 있을지도 모르니까. 제법 위엄 있어 보이는 그곳의 책임자 무하메트 요크슈크는 사방에서 온통 내 얘기를 들었다고 했다. "실크로드에 대한 정보는 갖고 있지 않습니다만……" 하지만 그는 내 여행에 대해 관심을 갖고 끝없이 질문을 해댔으며, 나도 대답을 했다. 내가 얘기하는 동안 그는 몇 번인가 전화를 했다. 내가 얘기를 끝내고 떠나려 할 때 그가 손짓으로 나를 만류했다.

"당신의 이야기는 징말 독창적입니다. 기자회견을 열려고 기자 몇 명에게 전화를 했지요."

몇 분 후 이 나라의 3대 주요 일간지 특파원들이 몰려들어 질문을 하고, 사진을 찍고, 심지어는 촬영도 했다. 그들 모두는 다음 날 신문에 대서특필하겠다고 약속했고 또 지역 TV 방송국에 특집방송을 내보내겠다고 했다.

무하메트는 자신이 꾸민 일들에 내가 기꺼이 응하자 아주 기뻐했고, 매우 싹싹하게 굴며 방금 문을 연 호텔을 알려주었다. 아주 편안하고 가격도 괜찮다고 장담하면서 말이다. 나는 그곳까지 터덜터덜 갔다. 이 도시의 첫인상은 그리 특별하지 않았다. 보행자들이 쉴 새 없이 오가는 대로변에 돌 혹은 콘크리트로 된 육층이나 칠층짜리 건물들이 늘어서 있었다. 호텔은 무하메트가 장담한 대로였다. 새것이고 깨끗하고 영업 중이었으며 합리적인 가격이었다. 다른 호텔들과 공통점도 있었으니, 배관 하나가 새서 타일 위로 물이 조금씩 흘러내린다는 것이었다. 터키를 횡단하는 동안 내 기억에 물이 새지 않는 욕실은 본 적이 없다. 오랫동안 샤워를 한 후 침대에 몸을 던져 밤까지 잠을 잤다. 건강한 몸으로 도시를 구경하고 싶었기 때문이다. 서아시아의 도시들은 여름에는 저녁 무렵이 되어야 제 모습을 드러낸다. 도시의 중심은 잘 보존된 성채 주위로 형성됐고, 수백 개의 노점들이 희미한 불빛에 각자 지닌 보물들을 전시해놓고 있었다. 일을 한다기보다는 그냥 밤을 새며 노닥거리기에 더 집중하는 듯했다.

서아시아를 여행하고 나면, 2000여 년의 역사를 지닌 이곳에서 장사의 기본을 이루는 것은 대화의 기술이라는 사실을 이해하게 된다. 손님이 상점에 들어올 때 상인이 기대하는 것은 실제적인 이익도 이익이지만 좋은 대화를 나누면서 느끼는 기쁨이다. 나는 이곳의 상인들이 손님들과 벌이는 놀이에 금방 매혹되었다. 농간을 부리기도 하고 꼬이기도 하고 고상한 사교술을 동원하기도 하고, 때로는 고도의 전략에 버금가는 머리싸움도 한다……. 이는 서양 사회가 지극히 신성하고 솔직함의 원칙이라는 이름으로, 오늘날엔 투명성의 원칙이라는 이름으로 다분히 멸시하는 경향이 있는 행위들이다. 하지만 잘 관찰해보면 새로운 게 보인다. 이렇듯 인간 대 인간으로 부딪침으로써 서로 마음을 열게 되고, 진심 혹은 거짓이 눈에서 눈으로 표현된다. 그러면 사람들 사이의 장사가 비로소 빛을 발하게 되는 것이다.

무하메트는 아타튀르크 대학의 프랑스어 교수인 메흐메트 바키와 나를 연결해주었다. 그는 또 실크로드에 관심을 가진 역사학 교수 세 명을 만나도록 주선했다. 셀라호틴 투즐루는 1850년부터 1900년까지 흑해 연안의 트라브존(Trabzon)과 이란 국경 사이의 대상로에 대한 박사 논문을 쓴 사람이었다. 메흐메트 테즈잔은 기원전 3세기부터 300년 동안의 실크로드에 대해 관심을 갖고 있었다. 마지막으로 케반 체틴 박사의 연구 분야는 셀주크 시대에 터키 중심부(카이세리 근처의 이아반루)에서 이루어지던 대상무역이었다. 세 시간 동안 이어진 우리의 대화를 동시통역하던 메흐메트는 기진맥진해서 나가버렸다. 우리가 워낙 대화에 몰두하고 있어서 나를 인터뷰하러 온 국영 TV의 취재팀도 방해하지 않으려고 발뒤꿈치를 들며 밖으로 나갔다.

기자는 내일 아침 호텔로 다시 찾아오겠다는 메모를 남겼다. 그가 저녁엔 아무 일도 하지 않으리라는 걸 나는 알고 있었다. 오후에 오잘란 재판의 판결이 내려지기 때문이었다. 그는 사형을 언도받았다. 서쪽의 터키인들은 기뻐하고 있을 것이다. 동쪽의 쿠르드인들은 눈물을 흘릴 것이다. 이 두 세계의 중간에 있는 이곳 에르주룸에는 마치 탈지면 안에 물이 스며들듯 그 소식이 전해졌다.

나는 판결을 보고 놀라지 않았다. 모든 사람이 예상하던 대로였다. 내가 처음 길을 떠날 때 이 사건이 시작됐으니, 오잘란 재판은 여행 내내 나와 동행한 셈이다. 혹시 있을지 모르는 총격에 대비해 방탄유리로 보호된 채 재판관들 앞에 앉아 있는 오잘란의 얼굴을 식당에서건 개인 집에서건 매일 볼 수 있었다. 물론 나는 이 사건에 대한 해설을 조금도 알아듣지 못했다. 하지만 화면을 보는 것만으로도 TV 방송보도에 객관성이 결여됐음을 충분히 짐작할 수 있었다. PKK 대원들의 공격으로 살해된 사람들이 연달아 나왔던 것을 기억한다. 화면 가득 잡힌 그들의 얼굴은 사망 날짜를 알리는 말과 함께 커다란 핏자국으로 변했다. 하지만 터키 군대에 의해 불타거나 폭격당한 쿠르드 마을들에 대해서는 본 적이 없다. 명백한 비인도적 행위였는데도 말이다. 그리고 재판이 진행되는 중에도 전투에서 사망한 군인들의 어머니가 가슴에 아들의 사진을 품고 방청석에 나와 진행이 이루어지기 어려웠다.

이제 내가 곧 만나게 될 쿠르드인들은 어떤 반응을 보일까? 재판이 진행되는 중에 휴전 상태를 고수했던 그들이 다시 테러 활동을 재개할 것인가? 내가 곧 방문하게 될 쿠르드 마을 주민들은 분개하고 있을까? 모든 것이 불확실했으므로 나는 조심하는 의미에서 하루 더 에르주룸에 묵으며 기다려보기로 했다. 그러면 손상된 내 몸도 빨리 회복될 수 있으리라.

이스탄불에서 알게 된 친구의 친구인 후세인과 더불어 이 도시에서 최고라는 구젤유르트 식당에서 저녁을 먹었다. 그는 이곳에서 약국을 했다. 생각이 열려 있고 정이 많은 오십 대 남자였다. 향락과 노는 걸 좋아하는 후세인은 술을 금지하는 규율을 지키지 않았다. 그렇다고 그의 믿음이 부족한 건 아니었다. 반은 영어로, 반은 터키어로 계속된 우리의 대화는 당연하게도 오잘란의 판결과 쿠르드인들의 지위가 주관심사였다. 후세인은 터키 포도주 한 병을 시켰다. 내 입맛에는 조금 신 포도주를 맛보면서, 이스탄불을 떠난 이후 한 방울의 술도 마시지 않았다는 사실을 비로소 깨달았다. 별 감흥 없이 삼켰던 '푸른 눈'의 위스키를 제외한다면 말이다.

헤어질 때 후세인은 이런 말을 했다. 저녁식사 동안 들었던 그의 주장에 비추어보면 별로 놀랄 것도 없었다. "나는 두 가지를 믿는다. 나의 신과 나의 군대." 이 관점에서 보자면 그는 절대다수의 터키인과 같은 부류에 속한다. 전에도 얘기한 적이 있지만 아주 젊은 연령층만 빼놓고는 이 나라에서 군대가 지닌 이미지는 지극히 긍정적이다. 이러한 현상이 무엇에서 기인한 것인지 알 수가 없다. 20세기 초에 '중동 문제'가 제기되고 유럽이 노쇠한 이슬람 국가를 조각조각 나누어가지려 했을 때, 아타튀르크가 이끈 군대가 이나라 사람들에게 영혼과 자부심을 새롭게 불러일으켰던 것은 사실이다. 군대에 대한 숭배는 여기에서 비롯한 것일까? 아니면 더 거슬러 올라가, 오스만 제국의 군사 전통 때문일까? 그것도 아니라면, 몽골 지방의 끄트머리에서 건너온 유목민족이 까마득한 옛날부터 지니고 있던 호전성 때문일까? 어쨌든 군대에 대한 존경은 어디에서나 볼 수 있다. 신과 국가와 군대, 많은 사람들에게 이 모두는 하나인 것이다.

나는 우체국에 가서 수셰리에서 보았던 상자 속의 것들을 포함해 내 우편물을 찾았다. 필름 열 개가 든 상자는 사라져버렸다. 창구 직원은 늘 그래왔듯 이해할 수 없는 설명을 했다. 다만 소포가 프랑스로 보내졌을 거라는 얘기만 알아들을 수 있었다. 훗날 파리에서 소포를 찾았을 때 필름은 세 개만 있을 뿐이었다. 나머지는 사라져버린 것이다. 그래도 다행스러웠던 것은 에르주룸의 사진관을 샅샅이 뒤진 결과 내 카메라 모델에 맞는 필름을 다섯 개 찾을 수 있었다는 사실이다.

나는 예기치 않은 이 기간 동안 여행 상태를 점검해보았다. 에르주룸에 들어오면서 1,450킬로미터대를 주파한 셈이었다. 이스탄불 – 테헤란 코스에서 절반 조금 넘는 거리였다. 그리고 출발 전에 세웠던 계획에서 열흘 정도를 벌기도 했다. 모든 것의 기반이라 할 수 있는 몸 상태는 거의 완벽한 수준이었다. 트랙터 기름을 발랐던 것이 효과가 있었는지 그 후로 신과 발은 아무 말썽 없이 잘 어울렸다. 한 달 반 동안 몸무게는 3킬로그램 빠졌다. 벨트 구멍도 세 개나 줄었다. 반면 다리와 허벅지와 어깨 근육은 모두 탄탄해졌다. 심장 박동은 쉴 때 분당 56회였고 이동 중에는 80에서 90이었으니 상태가 아주 좋았다. 이제 만성 피로가 오지 않도록 너무 무리하지 않는 것에만 신경을 쓰면 될 터였다. 몸이 회복되는 데 시간이 별로 걸리지 않는다는 것은 올림픽을 준비하는 육상선수나 마찬가지의 신체 수준이 됐음을 증명하는 것이다.

여행의 문화적이고 역사적인 측면은 기대했던 것만큼 만족스럽지 않았다. 언어 구사력이 떨어진다는 것은 정보수집에 사실 가장 큰 단점일 수밖에 없다. 그래도 내가 맺은 진한 관계들, 특히 신세를 지면서 진솔한 대화를 나눌 수 있었던 가족들은 어휘나 문장을 늘리는 데 큰 도움이 됐다. 정말 중요한 건 바로 그런 점이 아니던가.

이틀 쉬는 동안 나는 또한 나의 '겉모습을 개선하는 일'에 신경을 썼다. 매일 땀에 젖고 마찰이 끊이지 않았던, 그래서 수도 없이 빨았지만 늘 더러운 바지와 겉옷은 거의 누더기였다. 여행에 적합한 옷을 찾기가 어려웠던 참에, 내 옷차림을 보고 재미있어하던 쥐흐튀 아탈라이라는 유쾌한 양복장이가 눈에 띄는 곳들을 수선해주었다. 내가 아무리 우겨도 그는 돈을 받으려 하지 않았다. 대신 그는 여행 이야기를 듣고 싶어했고 나는 삼십 분 동안 내 모험을 들려주었다.

기자들 세 명이 기사를 썼지만, 그중 두 개는 지면이 없어서 신문에 실리지 못했다. 오잘란 판결이 커다란 사건이었기 때문이다. "언론은 그의 죽음을 원했고, 결국 바라던 대로 됐죠." 어제 캠퍼스에서 만난 한 대학생의 말은 신문기사의 제목들을 통해서도 확인할 수 있었다. 민주주의 전통이 자리를 잡지 못한 채 정치구조가 취약한 이 나라에서, 언론은 그들의 입맛에 맞게 여론을 '만들어낸다'는 것이 그의 설명이었다. 모든 신문들은 여덟 개의 난에 걸쳐 대문짝만한 글씨로 거칠게 다음과 같이 썼다. "배신자 사형선고", "순교자들의 환호", "아이들에 대한 복수". 1면에는 이런 제목들과 함께 죽은 갓난아이의 사진, 판결을 들은 후 아들의 사진을 끌어안고 기쁨의 춤을 추는 여인들의 사진 그리고 초승달이 그려진 붉은 터키 국기로 감싼 관들이 놓인 군대식 장례식 사진 등으로 장식돼 있었다.

　　이런 것들은 정의의 실현이라기보다는 복수나 폭력으로 문제를 해결하는 것에 더 가까운 것 같았다. 유럽 공동체 가입 전이라 이미지 관리에 신경을 썼기 때문인지, 터키 정부는 그래도 인권을 존중하려고 애쓰는 모습이었다. 그럼에도 나는 안심이 되지 않았다. 당장 내일 아침이면 아득한 옛날부터 폭력을 전통으로 삼아온 땅에 들어서야 하기 때문이다.

　　판결과 더불어 격앙된 감정이 폭발할지도 모르는 시기에 하필 내가 처하게 된 것이 걱정스럽기도 했지만, 쿠르드인의 시각을 직접 가서 보고 듣고자 하는 마음도 동시에 들었다. 지금까지 내가 접해온 사람들은 모두 터키인들이었고, 그들은 한결같이 손가락으로 목을 자르는 시늉으로 자신들의 생각을 대신했기 때문이다. 나는 짐을 점검하고 배낭을 잠근 다음 자리에 누워 푹 잤다.

7월 1일, 나는 에르주룸을 떠나 동쪽으로 뻗은 고속도로를 탔다. 거의 전쟁 분위기였다. 좌우로 보이는 건 군대의 기지들뿐이었다. 방책 뒤에서 군인들이 목이 찢어져라 고함을 지르며 뛰는가 하면, 또 다른 군인들은 장애물 통과 훈련을 하고 있었다. 조금 떨어진 곳에는 트럭과 방탄차들이 모여 있었다. 도로에 보이는 것은 대부분 군대용 차량이었다.

10킬로미터 정도 걸은 후 나는 남쪽으로 방향을 틀어 흙길로 접어들었다. 예전엔 실크로드였지만, 이제는 말끔한 아스팔트길에 밀려 버려진 채였다. 평온을 되찾았는가 싶었는데…… 다시 병영이 나왔고 그 뒤로는 리프트가 설치된 것이 보였다. 군인들이 잠시 쉬는 곳일까, 아니면 산악병들의 훈련장소일까? 보초를 서는 병사에게 물어보았더니 하사관을 불렀고, 그는 가던 길이나 계속 가라는 말로 거칠게 대답을 대신하며 나를 기죽게 했다. 이곳에선 모든 게 '보안상 비밀'이다.

길은 해발 2천 미터나 되는 고개를 따라 이어졌다. 억지로 나를 트럭에 태우려는 군인들이 두 명 있었지만, 나는 버티는 데 성공했다. 고독한 보행자만 보면 거의 기계적으로 데려가려고 하는 것은 정말이지 군인들의 강박관념인 듯하다. 언덕을 넘자 상쾌한 개울이 흐르는 예쁜 계곡이 나왔고, 간식을 먹기에 적당한 버드나무 그늘이 있어서 걸음을 멈췄다. 조약돌이 촘촘하게 깔린 길이 저 멀리까지 계속 이어졌다. 그 위로는 수레가 예전에 남긴 듯한 녹슨 바퀴 자국이 남아 있다. 대부분의 대상로가 그렇듯이, 이 길도 지난 전쟁까지는 전략적으로 쓰였다. 군대가 이런 길을 남겨놓은 것은 페르시아나 아르메니아와 분쟁이 있을 때 대포와 식량 그리고 군수물자를 실어나르는 데 요긴하기 때문이다.

산비탈에 방치된 10여 개의 참호들이 초원을 바둑판 무늬로 나누고 있었다. 터키가 나토에서 일선에 위치한 보루 구실을 하던 시절을 추억하려는 듯, 그것들은 모두 북서쪽을 향해 있었다. 과거 서방세계의 전초기지로서 터키는 소련이라는 악당의 침입을 목마르게 기다렸다. 하지만 그런 위협은 이제 사라져버렸다. 쓸모없어진 이 참호들은 스텝 지역의 바람에 그저 몸을 맡긴 채 아무 소리도 내지 않을 회색의 커다란 입만 떡 벌리고 있을 뿐이었다. 나는 꽃이 핀 만병초를 발견했다. 국립과학연구소의 민족식물학자인 미셸 니콜라가 알려준 바에 따르면, 터키인들은 만병초와 진달래에서 채취한 꿀을 '미친 꿀'이라고 부른다. 크세노폰(Xenophon, 기원전 431?~기원전 354, 그리스 출신의 군인이자 역사가로 페르시아의 그리스 용병부대에 복무하여 소아시아 지역을 정벌하고, 그것을 『아나바시스(소아시아 원정기)』로 남겼다)의 군대가 패배한 것은 그의 병사들이 이 꿀을 먹고 전투를 못하게 됐기 때문이라고 전해진다.

고도가 높아서인지 이곳의 밀은 아직 푸르렀다. 정오경에는 코루추크(Korucuk)라는 황량한 마을에 들어가 흙집들이 늘어선 골목길을 한 바퀴 둘러보았다. 지붕도 흙으로 덮였고 둥글었다. 메마른 풀이 솟아 있었다. 반쯤 무너진 담 뒤에서 차도르를 쓴 여인이 나타났다. 나는 이 마을에 상점이 있는지 알아보려고 그 여인 쪽으로 걸어갔다. 하지만 내가 가까이 가자 여인은 사라져버렸다.

헛되이 마을을 뒤지던 중에 두 소녀가 겁먹은 표정으로 상점이 있는 곳을 알려주었다. 헛간인 줄 알았던 어둠침침한 건물이었다. 문이 반쯤 열려 있었다. 문을 밀고 들어가자 어둠 속에 남자 셋이 보였다. 주인은 팔 물건이 하나도 없었다. 한참을 설득한 끝에 과일 주스 한 병을 얻었다. 사람들은 여행 이야기를 해달라고 부탁했다. 그들 중 한 명은 사제였다. 그는 가게 주인이 바닥에 상자를 까는 동안 잠시 자리를 비우더니 목욕을 하고 와서 오랫동안 엎드려 기도를 했다. 내가 다시 떠나려고 할 때 그가 나를 점심식사에 초대했다.

식사를 하는 동안 주인과 사제는 종교 이야기만 했다. 주인은 내 종교를 궁금해했다. 나는 가톨릭이라고, 아주 성스러운 거짓말을 했다. 마치 내가 "악마요."라고 대답하기라도 한 것처럼, 그는 멸시하듯 역겹다는 듯 입을 삐죽 내밀었다. 사제는 가톨릭 의식에 대해 아는 게 없다며 이것저것 물었다. 나는 아는 대로 대답했다. 마을 어귀까지 나를 데려다 주면서 그는 나를 이슬람교로 개종시키려 노력했다. 내가 만약 불가지론자(不可知論者, 인간은 신을 인식할 수 없다는 종교적 인식론)라고 대답했다면, 그는 아마 기겁했을 것이다. 내가 들어가본 터키의 집들 중에서 유일하게 아타튀르크의 초상화가 걸려 있지 않았다.

파진레르(Pasinler)는 온천도시였다. 온천욕을 하는 사람들을 위한 호텔은 안락했다. 하지만 유감스럽게도 사람들이 기적의 효능이 있다고 장담하는 그 물 속에는 들어갈 수 없었다. 그날 저녁은 여성 전용이었기 때문이다. 예전에 계곡을 지배했던 강력한 성채의 삼면 벽 중 하나를 복구하기 위해 이곳 사람들은 도시만큼이나 높은 곳에 작업을 해놓았다. 성벽의 요철을 시멘트 석재를 사용해서 재구성한 탓에 현대적인 느낌이 드는 것은 어쩔 수가 없었다. 마치 재생지로 만든 장식처럼 어색하기도 했고, 뻗어나간 느낌도 몇 킬로미터 정도에 그칠 뿐이었다. 파진레르에서는 흥미로운 빵을 팔았는데, 길이가 1미터가 넘는 납작하고 말랑말랑한 바게트 같았다. 달팽이처럼 느릿느릿 움직이는 여행자에게는 정말 유용한 음식이 아닐 수 없다. 나는 그 빵을 둥글게 말아서 배낭에 넣었다. 며칠은 먹을 수 있을 것이다.

이튿날은 쿠르드 지방을 깊숙이 탐험하리라 마음먹었다. 정보가 많은 것은 아니었지만, 오잘란 판결로 그렇게 심각한 사건들이 벌어진 것 같지는 않았다. 이 사건으로 결국 PKK 내부에 논쟁이 일어난 게 아닌가 싶었다. 재판이 진행

되는 동안 오잘란은 쿠르드 문제에 대해 협상할 수 있다는 태도를 보인 적이 있었다. 여기에는 당원들의 무장해제까지도 포함됐다. 그들 중 일부는 그의 제안을 따랐고, 자신들이 아포(apo, 아저씨)라는 애칭으로 부르는 지도자가 사면받을 수도 있다는 희망을 갖고 적대행위를 중단했다. 반면 강경파는 오잘란이 재판과정에서 마약에 중독됐거나 이용당했을지도 모르므로 그의 제안을 진지하게 받아들여서는 안 된다는 쪽에 더 무게를 두었다. 그들은 게릴라전을 더 강력하게 펼쳐서 대도시까지 밀고 들어가야 한다는 주장이었다. 이런 대대적인 공세만이 협상에서 우위를 점령해 아포에게 최악의 사태가 닥치는 것을 막을 수 있다는 것이다. TV에서는 벌써 이스탄불과 앙카라에서 일어난 테러 행위들이 보도되고 있었다.

파진레르를 떠나 신선한 채소를 재배하는 경작지로 곧장 이어진 작은 흙길을 따라 걸었다. 나는 안전에 대해 확신할 수 없는 상태였다. 하지만 쿠르드 지방을 보고 알고 만지고 싶었다. 이곳의 주요 산업은 농업이지만 그들은 매우 뒤처진 농기구를 사용하고 있었다. 파진레르의 시장에서 세어보니 트랙터보다 말이 더 많았다. 그런데 이곳 평원에 보이는 것은 손수레들뿐이다. 내가 만난 여자들과 몇몇 남자들은 땅에 몸이 닿을 정도로 몸을 구부린 채 일하고 있었으며 ─나는 그들이 나를 보았다고 확신한다─나의 인사에 답례하지도 않았다. 접촉하기가 쉽지 않겠다는 생각을 하며, 경사가 급한 길을 조심스레 올라가기 시작했다.

야슈티크테페(Yashtiktépé)는 길 양쪽에서 1킬로미터 정도 올라간 곳에 있는 산골 마을이었다. 호기심과 두려움이 반반인 상태로 그리고 오늘 목표까지는 아직 멀었으므로 최대한 걸어야 한다는 점을 염두에 두고, 나는 주민들과 얘기를 나누지 않고 이 마을을 지나치기로 결심했다. 정말 아무 말도 인사조차 하지 말아야 한다. 자칫하면 질문들이 봇물 터지듯 쏟아질 수 있으니까. 그래서 누군가 미소 짓는 그러나 그리 상냥스럽지 않은 얼굴을 보였을 때도 나는 애써 시선으로만 답례를 했다. 처음엔 열이었다가 스물, 서른 명까지 불어난 그들은 그렇게 그곳에서 아무 말도 하지 않고 움직이지도 않은 채 내가 다가오는 것을 바라보고 있었다. 여기저기 땅을 끈적끈적한 진창으로 만들어놓고 있는 물웅덩이와 거름구덩이를 피해가며, 나는 마을의 중앙로를 따라 올라갔다. 마을의 마지막 집들을 지나치고 있을 때 한 남자가 전속력으로 헐떡이며 뛰어와 나를 붙잡았다. 그는 매우화가 나 있었다.

"어딜 가는 거요?"

나는 꿋꿋이 내 길을 가려고 했지만, 그의 질문에 대답을 해야만 했다.

"파이베렌(Payveren)입니다."

"이쪽 길이 아니오."

"하지만 내 지도엔 남쪽이라고 돼 있는데요."

"잘못 안 거요. 어쨌거나 와서 차나 한잔 하시오."

"좀 바빠서요. 파이베렌까지는 아직 멀었고……."

"와서 차 한잔 하라니까!"

초대는 협상의 여지가 없었다. 그의 어조는 공격적이라고까지는 할 수 없었지만 완강했다. 그는 내 소매를 잡아 끌었다. 할 수 없이 다시 길을 내려가는 동안 그는 나를 놓치지 않으려는 듯 팔을 붙잡았다. 실로 건장한 남자들의 단체 같은 느낌을 주는 사람들이 어두운 표정으로 우리를 기다리고 있었다. 그는 자기가 구멍가게 주인이라고 소개했고, 자신의 가게로 들어오라고 했다. 내부는 늘 보던 모습이었다. 물건은 별로 없고, 긴 의자 세 개만 보였다. 다른 곳에서와 마찬가지로 여기서도 식료품점에 들어오면 수다 떠는 것이 모든 일에 앞섰다. 모여 있던 사람들이 우리 뒤로 죄다 이동했다. 키가 큰 꼬마 녀석이 차를 준비했다.

내가 배낭을 내려놓자 분위기가 풀어지기 시작했다. 이제 궁금한 것들에 대한 답을 얻을 수 있으리라 확신한 탓인지, 그들은 만족스럽게 미소 지었다. 그들은 내게 터키어로 얘기했지만 자기들끼리는 쿠르드 말을 썼다. 차를 준비하는 소년이 주인의 아들이라는 걸 내가 알게 되자 그들은 웃었다. 자식이 열둘이나 있어서 주인이 직접 차를 내오는 일은 없다는 것이었다. 그들은 파이베렌까지 트랙터로 데려다 주겠다고 했다. 자동차가 지나다니기에도 힘든 길이라는 게 그들의 설명이었다. 나는 그들의 제의를 정중히 거절했고, 떠나기 전에 사진을 찍어주려고 했다. 그러자 안에 있던 사람들이 모두 밖으로 나갔다. 그들 중 일부는 사진 찍히는 게 싫다며 뒤로 물러났다. 내 모습이 사라질 때까지 그들은 모두 작별의 손짓을 해주었다. 쿠르드 마을과의 첫 접촉은 아주 고무적이었다. 내게 그들의 '아포' 얘기를 하는 사람은 아무도 없었다. 아마도 조심스러웠기 때문이리라.

고도가 높아서 길을 따라가기가 쉽지 않았다. 사람들은 '직진'하라고 했다. 문제는 2킬로미터마다 그놈의 갈림길이 나온다는 것이다. 언제나 같은 질문을 한다. 오른쪽으로 직진인가, 왼쪽으로 직진인가? 다행스럽게도 농부를 만나면 물어보는 것 외엔 정보를 얻을 길이 없었지만, 이런 높은 곳에서 사람을 만나기란 아주 드문 일이었다. 한 시간 정도 걸었을 무렵 트랙터를 탄 남자가 다가오는 게 보였다. 우유통을 가득 실어서, 그것들이 서로 부딪치며 깨지는 듯한 쇳소리를 계속 내고 있었다. 그는 나도 예감하고 있던 사실을 확인해주었다. 길을 잘못 들었다는 것이다. 처음 갈림길에서 왼쪽으로 직진했어야 했다. 그는 그곳까지 나를 데려다주겠다고 했다.

우리는 바위틈으로 난 길을 따라 낭떠러지를 거의 스치며 지나갔다. 우유통들은 더욱 요동을 쳤고 온갖 괴상한 소리를 다 냈다. 따라서 말을 걸려고 애쓸 필요도 없었다. 사람 좋아 보이는 그는 몸을 돌려 미끄러진 좌석의 쿠션을 바로잡으려고 했다. 문제의 그 쿠션이 다른 것들과 어울리지 않게도 비단으로 맵시 있게 덮여 있었던 까닭에 내 시선도 그쪽을 향했다. 하지만 그가 계속 좌석을 가다듬는 동안 다시 시선을 돌린 나는 비명을 질렀다. 길이 갑자기 오른쪽으로 갈라졌는데 우리는 절벽을 향해 가고 있었던 것이다. 내 외침을 들은 그는 돌아보지도 않고 본능적으로 핸들을 산이 있는 오른쪽으로 크게 돌렸다. 트랙터의 왼쪽 앞바퀴가 절벽을 스치고 지나갔다.

공포로 인해 발이 풀린 그는 트랙터를 멈췄다. 그가 천천히 내 쪽으로 몸을 돌렸다. 그의 눈에서 나와 마찬가지로 두려움을 읽을 수 있었다. 얼굴에 핏기가 싹 가셔서 아마 나도 그처럼 흙빛이 돼 있었으리라. 갑자기 우리는 웃음을 터뜨렸다. 이제 살았다는 데서 오는 커다란 웃음이 산속에 메아리쳤다. 폭소가 멎은 다음엔 침묵이 찾아왔다. 우리의 시선이 서로 마주쳤고, 그 다음엔 길을 그리고 100여 미터 저 아래를, 돌무더기 속에서 죽음이 우리를 기다리던 골짜기를 바라보았다. 우리는 다시 웃음을 터뜨렸다. 죽음이, 그것도 어이없는 죽음이 우리를 스치고 지나간 후 삶은 얼마나 아름다운가. 사실 어이없지 않은 죽음은 또 어디 있겠는가?

그가 그 끔찍한 트랙터를 다시 움직여서 속도를 내기 시작했을 때 우리는 한 마디도 나누지 않았다. 처음의 갈림길에 도착해 트랙터에서 내릴 때, 그래서 내 신발이 굳은 땅과 다시 접촉하게 됐을 때 나는 너무나 기뻤다. 곧바로 다시 길을 떠나기엔 아직도 좀 전의 공포가 너무나 생생해서 나는 길에 주저앉아 십오 분 정도를 그냥 흘려보냈다. 길은 계곡 속으로 들어가서 초라한 집들 몇 채가 있는 작은 마을을 가로질러 이어졌다. 남자가 커다란 벽 아래 그늘에서 양털을 깎는 게 보였다. 코흘리개 꼬마 녀석들은 하던 놀이를 멈추고 나를 뚫어져라 쳐다보았다. 트랙터 운전사는 이곳에 사는 사람들이 시아파 쿠르드인들이라고 알려주었다. 저멀리 계곡 속으로 내가 찾던 아스팔트 길이 보였기에, 나는 초원을 가로질러 가기로 결정했다.

지도를 보면 나는 동쪽으로 난 찻길을 타야 했다. 이레카(Irêka)를 찾아가는 길이었지만 3킬로미터쯤 더 가서 자동차를 타고 가던 교사 두 명을 만났을 때 또 길을 잘못 들었음을 알게 되었다. 그들은 내가 찾던 길까지 데려다 주겠다고 했다. 그들 말로는, 쿠르드인들이 상당히 격앙된 상태였다. 어제 이후 테러도 몇 차례 있었고, 이스탄불에서 대량의 무기고가 발견됐다는 소식도 전해졌다는 것이다. 그들은 조심할 것을 당부했다. 만약 순찰 중인 군대와 마주치게 되면 마을들을 거쳐서 아리(Ağrı)까지 가려는 나의 계획이 불가능해질 거라고 했다.

그들이 나를 내려준 흙길은 완만하게 경사진 언덕이었다. 어른들이 커다란 몸짓으로 풀을 베는 동안 아이들은 암소와 말을 지키면서 계곡물 속에서 가재를 잡고 있었다. 이렇듯 길가에 미나리와 감초가 자라는 이 목가적인 풍경 어디에 위험이 있을 수가 있단 말인가?

다섯 시경, 이 지역에도 흑해에서 온 양봉가들이 제법 많았다. 그들이 아는 체를 했다. "와서 차 한잔 하시오!" 그들 중 한 명이 자신들이 살고 있는 이동식 오두막 안으로 들어오라는 손짓을 했다. 선반 위에는 총알이 장전된 여섯 자루의 총이 놓여 있었다. 텐트를 한 바퀴 둘러보았다. 귀와 꼬리가 잘린 무시무시한 캉갈 한 마리가 묶여 있었는데, 처음엔 으르렁거리다가 내가 다가가자 사납게 짖어댔다. 나는 멀찍이 떨어져 앉았다. 그들은 밤에는 개를 풀어놓는다고 알려주었다.

"테러리스트들이 나타날 수도 있으니까요. 이놈을 보면 함부로 못 하겠지요."

오래된 사과처럼 얼굴에 주름이 가득한, 가장 나이 많은 노인이 말했다. 이곳까지 오는 게 그로선 마지막이라고 했다.

에르주룸에서 권총이라도 한 자루 사뒀어야 했을 걸, 하는 생각이 슬슬 나기 시작했다.

파이베렌은 그곳에서 2킬로미터 떨어진 곳에 있었다. 마지막 길모퉁이를 돌아서자 마을이 보이기 시작했다. 경사진 곳에 숨어 있는 흙집들은 두 개의 흰 건물들 주위에 모여 있었다. 사원과 학교였다. 석양이 장밋빛으로 물들기 시작했다. 어느 문을 두드려야 할 것인가? 여행을 떠나기 전에 파리에 있는 쿠르드 대표자를 만나러 간 적이 있었는데,

그도 주의를 주었다. "당신이 에르주룸까지 버스를 타고 가고, 이란 국경에 도착하기 전에는 내리지 않겠다고 약속한다면 안심이 되겠군요. 하지만 그렇게 하지 않으실 생각이지요?" 나는 그렇다고 대답했다. 게다가 덧붙여 마을들을 제대로 알기 위해서 되도록 큰길로 가지 않을 생각이라고 하자, 그는 이렇게 충고했다.

"좋습니다. 쿠르드 마을에 가면(그는 그림을 그려가며 설명했다) 다른 집들보다 큰 집을 발견하게 될 겁니다. 그 마을 부호의 집이지요. 문을 두드리세요. 만약 여자가 문을 열어준다면 다른 말 말고 이렇게만 말하세요. '주인을 보러 왔습니다.' 그 사람 집에서라면 안전합니다. 그리고 집주인에게 이튿날 어느 방향으로 갈 거라고 정확히 알려주세요. 운이 좋으면 그가 당신이 거쳐가는 곳에 있는 모든 이들에게 연락을 해둘 겁니다. 그렇게 되면 조금 안전해지는 거지요. 그리고 꼭 잊지 마세요. 여자들에겐 절대 말을 걸어선 안 된다는 것을."

그의 말이 기억난 나는 눈대중으로 큰 집을 찾아보았다. 그런데 보이지가 않았다. 다시 한 번 깨달은 사실이지만, 현실은 언제라도 우리를 헤매게 만들어서 우리가 그것을 좌우한다고 믿는 게 얼마나 헛된 생각인지를 알게 만든다. 사실 파리에서는 그리 어려운 일로 여겨지지 않았다. 우선 나를 맞아줄 '큰 집'을 찾을 것, 그래서 앞으로 닥칠 어려움에 대해 도움을 받을 것. 이렇게 단순한데 무슨 문제가 생

길까 여겼다. 위급한 상황에서 쉽게 기댈 수 있는 방법으로
만 보였던 것이다. 하지만 파이베렌이라는 마을은—물론 예
외가 있어야 법칙도 있는 거겠지만—나를 시험해 보기로
작정을 한 모양이다. 수도 없이 물어보고 또 헛된 대답만 들
은 끝에, 어떤 과묵한 남자가 나를 읍장의 집까지 데려다 주
었다. 다른 집들과 그리 차이가 나지 않는 초라한 집이었고,
파라볼라 안테나만 지붕 위로 솟아 있었다. 나는 문을 두드
렸다. 임신 중인 젊은 여자가 문을 열었다. 나는 주인을 만
나러 왔다고 했다. 여자는 한마디 말도 없이 집으로 들어가
버렸다. 잠시 후 원숭이처럼 털이 수북하고 키가 큰 남자가
비틀거리며 나왔다. 얼굴이 퉁퉁 붓고 눈초리가 왠지 음산
하게 느껴졌다. 자고 있었던 걸까, 술에 취했거나 마약이라
도 한 걸까?

11. 그리고 도둑들

마흔이 갓 넘어보이는 그 남자는 내 앞을 20센티미터 정도 지나갔다. 헝클어진 머리, 사흘은 내버려둔 것 같은 턱수염 그리고 풀어 헤친 윗옷 칼라 위로 삐져나온 털, 그는 전형적인 동고트족의 모습이었다. 그는 다짜고짜 소리를 질렀다. "신분증, 신분증!"

여권을 꺼내줬더니 그는 제대로 쳐다보지도 않고 자기 주머니에 넣었다. 그리고 중간 문을 활짝 열더니, 초대라고 하기엔 좀 지나친 동작으로 나를 밀어 들어오게 했다. 나는 쿠르드인의 집 내부가 겉모습과 어울리지 않게 안락한 것에 놀랐다. 외부는 창문 하나 없이 돌로 된 벽면 위에 검게 그을린 풀로 뒤덮인 평평한 흙지붕을 얹은 형태였지만, 내부에는 온기가 있었다. 양탄자와 그림들이 방을 훈훈하게 해주었고, 회전날개 같은 것이 있어서 제법 충분한 빛이 새어들어왔다.

집주인이 흥분한 듯하고 신경이 날카로운 것은 경계심이나 두려움 혹은 술이나 마약을 복용해 불안정하기 때문일까? 나는 아리프의 집에 도착했을 때를 떠올렸다. 이 남자 역시 내가 누구인지, 무얼 하는지 알기도 전에 헌병을 부르는 건 아닐까? 이곳에서 일어나고 있는 내전 그리고 특히 오잘란 재판이라는 앞뒤 사정을 헤아려봤을 때 사람들이 다소간 신경질적인 반응을 보이는 것은 이해할 수 있었다. 하지만 나는 믿었다. 그에게 말을 걸고 함께 이야기하다 보면 그도 좀 진정할 테고, 그러면 모든 게 정상을 되찾으리라는 것을.

내가 배낭을 내려놓자마자, 남자는 그것을 움켜쥐더니 열어 보려고 했다. 아마도 그는 알리하지의 주민들처럼 겁이 났으리라. 그가 보기엔 배낭 안에 무기라든지 뭔가 위험한 물건이 들어 있을 게 틀림없었다. 나는 그가 내 짐을 뒤지게 내버려두지 않고 안심시키려 했다. 다른 사람이 내 물건에 손대는 건 정말 싫었다. 그가 내 말을 믿도록 하기 위해서 배낭에서 비닐이나 천으로 된 주머니를 하나씩 꺼내보이며 내용물을 일일이 알려주었다. 옷, 약, 음식, 침낭…… 그는 내 옆에 주저앉아 나의 모든 '보물들'을 재빠르게 검사해본 다음, 별 관심을 못 느꼈는지 자기 옆에다 놓았다. 배낭이 다 비자, 그는 배낭에 달린 주머니들에 뭐가 들었는지 알아봐야겠다고 했다. 나는 주머니들도 다 비웠다. 내가 제일 처음 꺼낸 물건은 볼펜이었다. 그는 "내 것"이라고 말하며 자기 주머니에 넣었다. 정말이지 최소한의 예의도 없는 사람이라고 생각했지만, 그가 원한다면 그냥 줘버릴 일이다. 그는 칼에 대해서도 똑같이 행동했지만, 그것만은 동의할 수가 없었다. 공격이나 사고를 당했을 때 유용하게 사용할 수 있는 꼭 필요한 물건이었기 때문이다. 하지만 맹수 같은 그와 맞서고 싶진 않았고, 그래서 한 번도 작동한 적이 없는 손전등을 꺼내어 대신 주었다.

"칼은 안 되고, 이걸 주겠소."

그가 칼을 움켜쥐려 다가오자 나는 뺏기지 않으려고 뒤로 물러섰다. 그는 아쉬워하며 칼을 포기했고 손전등을 이리저리 살펴봤다. 작동을 시키려고 했지만 허사였다. 나는 건전지가 떨어졌으니 새것을 넣어야 한다고 설명했다. 그런데 그가 탐욕스럽게 그 물건에 집착하는 걸 지켜보다가 문득 수수께끼가 풀리는 듯한 느낌을 받았다. 이 친구가 읍장치고는 너무 젊다는 생각은 애초에 하고 있었다. 지금까지 내가 만난 읍장들은 나이가 지긋했으며 때로 아주 노인이었다. 이제 확신을 가질 수 있었다. 칼과 손전등을 요구하는 그의 태도는 테러에 대한 공포와는 전혀 관계가 없는 것이었다.

"당신 읍장 맞소?"

"아니, 읍장은 내 형이지."

"그는 어디 있소?"

"에르주룸. 오늘 저녁에 올 거야."

"그럼 내 여권을 돌려주시오. 당신 형이 돌아오면 보여줄 테니."

"안 돼. 내일 아침에 줄래."

곧 그는 예쁘지만 쓸모가 없는 손전등을 살펴보는 일에 다시 빠져들었다. 그는 여전히 배낭 주머니에 뭐가 들었는지 알고 싶어했다. 카메라가 들어 있던 주머니를 열지 않은 것을 다행이라고 생각하며, 나는 물건 보여주는 일을 중단했다. 배낭 수색이 끝나자 이제 그는 내 상의 주머니에 손을 대려고 했다. 나는 그를 무섭게 노려보며 완강히 뿌리쳤다. 일부러 거친 태도를 보이며 겁을 주려고 애써봤지만, 이곳에서는 결국 그의 뜻대로 움직일 수밖에 없다는 사실을 알고 있었다. 하지만 그럴수록 내 뜻을 확실히 밝히는 게 필요했다. 그가 항의했으나 나는 다시 배낭을 쌌다. 그의 형이 돌아오면 뭐든 열어볼 수 있게 해주겠다고 그를 안심시키며 나는 이 원숭이같이 생긴 남자의 정체를 미리 알아보지 않았던 것을 후회했다. 그는 읍장의 집으로 나를 끌고 들어오긴 했지만, 그 또한 뚱뚱한 여자와 함께 이 집의 별채에 살고 있었던 것이다.

그는 나와 조금 떨어진 곳에 앉아 주머니에서 손전등과 볼펜을 꺼내서 쓰다듬었다. 얼굴에 즐거워하는 빛이 역력했다. 호기심에 가득 찬 눈빛으로 나를 뚫어지게 바라보던 여인이 방으로 들어왔다. 원숭이 녀석이 일어나더니 여자를 밀치고 흔들어서 내쫓으려고 했다. 여자는 저항했다.

그는 어깨를 때려서 여자가 뒷걸음질하게 만들었다. 그때부터 약 두 시간 동안 여자는 열 번 나타났고 그는 매번 거칠게 여자를 내쫓았다.

"당신 부인이오?"

"그래."

"왜 부인을 때리는 거요?"

그는 대답 대신 배낭 쪽으로 다가왔다. 이제 모든 게 분명해졌다. 그는 술에 취한 것도 마약을 한 것도 아니고 미친 것이다. 남은 건 그가 착한 광인인지 못된 광인인지를 알아보는 일이다. 큰 키 때문인지 불안한 시선 때문인지 좀 겁이 나기도 했다. 자기 부인에게 저렇게 폭력을 휘두른다면, 자칫하다간 나도 당할 수 있었다. 신분증까지 빼앗긴 나로선 여기 꼼짝없이 고립된 셈이었다.

나이 든 여자 하나가 들어왔다. 그는 그 여인에게 아주 깍듯이 대했다. 바로 그의 어머니였다. 그는 자기 어머니에게 내가 여행에 대해 말한 내용을 쿠르드어로 요약해서 들려주는 모양이었다. 나로선 그렇게 상상하는 편이 마음이 놓였다. 여자는 내게 말을 걸지 않았고, 나도 사람들이 파리에서 해준 얘기를 떠올리며 말을 붙이지 않았다. 열두어 살된 꼬마 두 녀석이 여자가 들어오는 틈을 타서 몰래 들어와한쪽 구석에 조용히 자리 잡았다. 어머니가 나가자, 남자는 아이들에게 다가가 내게 빼앗다시피 한 '보물들'을 보여주었다. 꼬마들 중 한 녀석이 내게 손전등을 달라고 했다. 내게 남은 게 또 있던가? 물론 없다.

그러자 짐승 같은 남자는 주머니에서 내 여권을 꺼내 다른 꼬마에게 주었다. 그가 지금까지 여권을 들여다보지 않았던 것은 읽을 줄 몰랐기 때문이라는 사실을 그제야 알게 되었다. 꼬마는 외국어로 된 내용을 대충대충 읽었다. 나는 순진한 체하며 꼬마에게 다가갔다.

"터키 경찰이 찍어준 도장 보여줄까?"

좋은지 싫은지 대답도 못하고 꼬마가 우물쭈물하는 사이, 나는 꼬마의 손에서 여권을 빼앗았다. 그리고 그 문제의 도장과 이란 비자가 찍혀 있는 요란한 페이지를 보여주었다. 이제 어떤 일이 있어도 여권을 다시 빼앗겨서는 안 된다. 나는 여권을 곧바로 주머니에 넣은 다음 공을 들여가며 단추를 잠갔다. 원숭이 남자가 내게 달려들었다.

"내놔."

"읍장에게 줄 거요. 당신은 읍장이 아니잖아."

그는 화를 냈지만 힘으로 빼앗으려고 하지는 않았다. 나는 안도의 한숨을 쉬었다. 운동선수 같은 저 남자와 겨루어봤자 내겐 아무 희망도 없을 것이다. 이제 남은 것은 잘못된 걸음을 되돌리는 일이다. 나는 배낭 쪽으로 가서 짐을 싼다음 출구로 걸어갔다.

"난 저녁에 다시 오겠소. 당신 형이 나를 찾으면 마을 입구에 있는 양봉가들 집에 있다고 전해주시오."

"안 돼. 여기 있어."

내가 떠나려 하자 그는 겁을 먹은 것 같았다. 주머니에 손을 넣더니 손전등을 꺼내며 말했다.

"자, 이거 돌려줄게. 대신 가지 마. 형이 곧 올 거야."

잘못하면 낭패를 볼 수도 있으므로 나는 잠시 생각해보았다. 이곳에 있으면 내 신변이 위협받는 것은 사실이다. 하지만 이건 내가 알리하지에서 겪었던 것과는 다른 종류의 위험이다. 쿠르드인들은 군대에 알리진 않을 것이다. 군대와 마을 주민들의 관계가 너무나 험악하기 때문이다. 에르주룸에서는 어디에나 있었던 아타튀르크의 초상화도, 지난번 야슈티크테페나 이곳엔 없었다. 이제부터 벌어질 모든 일들은 오직 마을 사람들과 해결해야만 한다. 그런데 내가 양봉가들 집으로 간다면 쿠르드 진영에서 터키 진영으로 이동한다는 의미가 된다. 또 이 남자의 호의를 거절한다는 건 곧 읍장의 자존심을 상하게 하는 일도 된다. 읍장은 분명 존중할 만한 사람이고 또 실제로 그래왔을 것이다. 동생의 황당한 태도에 대한 책임을 그에게 돌릴 수는 없지 않은가. 게다가 내가 양봉가들에게 신세를 진다 하더라도 오늘 밤은 안전할 수 있겠지만 그 다음엔 또 어쩔 것인가? 나는 파리에서 들은 얘기를 다시 되새겨보았다. 이곳에선 소문이 한 마을에서 다른 마을로 퍼져 결국 모든 사람이 알게 된다고 했다. 이곳 읍장의 체면에 먹칠을 한다면 다른 마을을 지나간다는 건 불가능해질지도 모른다.

어쨌거나 가장 중요한 사실은 여권을 되찾았다는 것이

다. 그리고 그의 형이 돌아오기만 하면 모든 일이 잘 풀리리라. 따라서 참을성 있게 기다려야만 한다. 나는 배낭을 내려놓았다. 이번엔 남자가 안도의 한숨을 쉬었다. 하지만 그는 분명 나를 좋게 보지 않을 것이다. 그래도 사태를 수습할 수는 있을 것 같았다. 그가 내게 돌려준 손전등이 있으니, 그의 기분을 달래줄 물건을 쥐고 있는 셈이다.

그 후 몇 시간 동안 이제는 습관이 된 일들이 반복됐다. 언제나 한가한 노인들이 제일 먼저 이방인을 보러 왔다. 그 다음은 마을 유지들 차례였다. 그들 중 한 명은 서른다섯쯤 돼보이는 젊은이였고, 제대로 된 정장에 면도두 말끔하게 한 모습이었다. 다른 사람들은 세파에 시달려 얼굴이 쭈글쭈글하고 바싹 마른 반면, 그는 살이 좀 찐 편이었다. 그의 신분을 쉽게 짐작할 수 있었다. 마을의 사제였다. 원숭이 남자는 제법 주인 행세를 하며 신이 난 모습이었고, 계속 안팎을 들락거리며 새로운 사람들을 데리고 들어왔다. 이 마을 주민이라고 할 수 있는 사람은 죄다 방 안에 모여들었다. 알리하지의 기억이 여전히 나를 사로잡고 있었다. 이 사람들은 무슨 생각을 하고 있을까? 내게 원하는 게 뭘까? 그들은 친절했으며 여행에 대해 이것저것 물었다.

독실한 신자인 듯 모자를 쓴 사람들은 그들이 존경해 마지않는 사제 주위를 둘러싸고 있었다. 한동안 침묵을 지키던 사제는 내 여행과 종교와 직업과 수입 등을 끝없이 물었다. 그가 끼어들자마자 그를 따르는 무리들은 열렬한 지지를 보냈다. 마치 그와 나, 이렇게 두 진영으로 갈라진 듯한 느낌이었다. 비록 공격적이진 않았지만 이들에겐 아무것도 기대할 게 없다는 생각이 들었다. 우리 사이의 거리가 너무나 멀었던 것이다. 밤이 됐다. 다시 걱정이 되기 시작했다. 읍장은 올 생각도 안 하고……. 그가 없으면 난 이 원숭이 남자와 단둘이 밤을 보내야 하는데, 정말 불안했다. 그는 계속 배낭을 탐욕스러운 눈초리로 바라보고 있었으며, 마치 배낭이 그 자리에 있다는 걸 확인이라도 하려는 듯 오가며 쓰다듬어 보기도 했다. 의심할 여지 없이 이 자는 욕심 때문에 미친 것이다. 어쩌면 그냥 단순히 미친 건지도 몰랐다. 마을 사람들이 1,500킬로미터를 주파했어도 아직도 그만큼 더 갈 수 있을 것처럼 멀쩡해 보이는 내 신발을 신기하게 살펴보고 있을 때, 그가 왠지 불안한 미소를 띠며 이렇게 말했다. "저 신발들 내 거야." 사람들이 거북스러워하며 몸을 돌렸다. 이미 예상했던 대로 손전등에 만족할 그가 아니었다.

밤 열한 시가 되자, 나는 읍장이 돌아오지 않을 거라고 확신했다. 원숭이 남자가 양탄자를 가져왔다. 사제와 네 명의 신도들이 기도를 하는 동안 종교 의식을 모르는 나머지 사람들은 계속 수다를 떨고 있었다. 저 사람들은 왜 사원에 가서 기도를 하지 않는 걸까, 하는 의문이 갑자기 떠올랐다. 동시에 나는 이 종교가 정말 유연하다는 생각을 했다. 신도들이 모인 곳으로 사원이 이동할 수도 있으니 말이다. 기도가 끝나자 사람들이 조금씩 자리를 뜨기 시작했다. 자정이 되자 남은 사람은 사제뿐이었다. 그 미친 남자가 요구르트와 빵, 치즈 등을 가져와 우리는 함께 저녁을 먹었다. 그는 또 매트리스를 펴놓고 시트를 깔았다. 나는 그가 준비하는 모습을 걱정스러운 눈길로 바라보았다. 사제의 말 한마디가 나를 안심시켰다.

"나도 여기서 잘 거요."

모든 상황이 명백해졌다. 사제는 아무렇지도 않은 듯 자신이 바로 옆집에서 부인과 아이들과 함께 산다고 말했지만, 그가 여기서 자는 건 사실 옵장이 없는 상태에서 나를 보호하기 위해서였다. 내가 정말 정신병자와 상대하고 있다는 걸 증명해주는 일이기도 했다. 두려워서 나는 계속 깨어 있었다. 가끔씩 눈을 붙일 때도 있었지만 소스라치듯 곧 깨곤 했다. 미친 남자는 양탄자 위에서 시트를 둘둘 말고 깊이 잠들어 있었다. 사제는 코를 골았다.

새벽 다섯 시쯤 아침의 첫 햇살이 나를 깨웠다. 사실 나는 내내 불침번을 서다시피 했고 원숭이 남자의 손아귀에서 벗어날 궁리만 하고 있었다. 하지만 내가 그 신성한 환대의 규율을 깰 수는 없는 일이었기에 아침식사 때까지 기다려야만 했다. 미친 남자가 여인들과 식사를 준비하는 동안 사제는 가톨릭이라는 종교와 그 의식에 대해 계속해서 물어보았다. 나는 재빠르게 포켓 사전을 뒤적여가며 최선을 다해 대답했지만, 무슨 저주라도 받은 듯 종교 용어들을 찾을 수가 없었다. 빵과 치즈 그리고 차를 곁들인 아침식사는 저녁식사와 그리 다르지 않았다. 변변치 않은 음식에 산더미처럼 쌓인 일거리. 서부 지역과 달리 이곳에 살진 사람이 없다는 건 당연한 일이었다.

내가 서둘러 떠나려 하자 사제가 나를 붙잡았다.

"나가지 마시오. 개들이 아직 가축떼를 몰고 떠나지 않았소. 잘못 걸리면 뼈도 못 추릴 겁니다."

나는 급한 마음을 억누를 수밖에 없었다. 우리는 아무 말도 하지 않았다. 빨리 도망치고만 싶었기에 암담하다는 생각만 들 뿐이었다. 주위를 빙빙 돌기만 하던 원숭이 남자는 갑자기 멈추더니 손전등을 달라고 했다. 나는 최대한 친절한 미소를 지으며 건네주었다. 이로써 그가 완전히 잠잠해지길 바랄 뿐이지만, 모르는 일이었다.

일곱 시쯤 되었을 때 나는 마침내 가도 좋다는 허락을 받았다……. 목동들과 가축떼가 목장으로 떠났다는 것이다. 마을은 한적했다. 소독용 알약이 밤새 작용할 수 있도록 저녁마다 수통에 물을 채웠는데, 어제는 그럴 시간이 없었다. 그래서 우선 샘물이 있는 곳으로 갔다. 그러는 동안 사제는 내 종교에 대해 다시 물어보았다. 머릿속이 온통 딴 생각으로 가득 차 있었기에, 나는 그의 말을 알아듣지 못하는 척 능숙하게 연극을 했다. 다음 마을에선 무엇이 나를 기다리고 있을까? 위험이 임박했다는 느낌을 왠지 떨쳐버릴 수가 없었다. 각 종교의 덕목을 비교해보려는 사제의 질문들이 지금 내겐 아무 상관도 없는 것임을, 그는 알고나 있을까? 나는 다만 어제 저녁 그 정신병자의 집 문을 두드린 이후 나를 사로잡고 있던 공포로부터 한시라도 빨리 벗어나고 싶을 뿐이었다.

조금 전 곳간에 갔던 원숭이 남자가 우리 쪽으로 오는 것을 보자 공포의 전율이 온몸을 휘감는 듯했다. 더욱 기가 막히게도 그는 나와 함께 걷겠다고 했다.

게다가 그의 손에는 날이 선 손도끼가 들려 있었다. 장인匠人 후세인이 쇠스랑을 손질할 때 사용하던 혹은 목공일을 하는 무스타파가 애지중지하던 그런 손도끼였다. 너무나 당황한 나는 사제를 흘낏 보았다. 하지만 그에게는 기대할 게 없었다. 그는 손을 내밀며 만나서 반가웠다고 인사하더니 주머니에 손을 넣고 조용히 사라져버렸다. 그가 어제 나를 보호하려고 밤을 함께 보낸 것은 어쩌면 이 마을 사람 누구도 자신들이 사는 곳에서 이방인이 폭행이나 봉변을 당하는 걸 원치 않았기 때문인지도 모른다. 그런데 그들의 구역을 벗어난 곳에서야 일이 벌어지든 말든 상관이 없으므로 발을 뺄 것이다. 미친 남자는 신이 났다. 사람들의 시선에서 벗어나면 자기 마음대로 할 수 있으리라는 걸 그는 익히 알고 있었던 것이다.

나는 공황 상태에 빠지지 않으려고 노력했다. 눈앞에서 흔들리는 무기와 그의 힘을 생각하면, 내가 그와 상대도 되지 않으리라는 건 명백한 사실이다. 그렇듯 억누를 수 없는 욕망을 채우기 위해서라면 한 사람의 삶이 뭐 그리 중요하겠는가? 그에게 내 생명은 아무 가치도 없는 것이리라.

마음 한편에서는 비굴하지만 배낭을 내려놓고 떠나자는 생각도 있었다. 하지만 어디로 간단 말인가? 읍장의 집 앞에는 트랙터가 한 대 있었다. 미친 남자가 그걸 움직이기만 하면 나를 금방 따라잡을 수 있을 것이다. 그는 내게 떠나자고 했다. 물이 가득 찬 수통을 정리하면서 나는 머리를 굴렸다. 어떻게 해야 시간을 벌고 거리를 두어서 위험에서 벗어날 것인가? 문득 한 가지 생각이 떠올랐다. 어제 저녁 내가 양봉가들의 집으로 가겠다고 하자 그는 무척이나 당황했다. 그걸 다시 한 번 써먹어보면 어떨까?

"내 친구 양봉가들에게 작별 인사를 하겠다고 약속했소. 거기에 들렀다가 다시 올 테니 그때 함께 떠납시다."

그는 어린아이처럼 투정을 부렸지만 내 속임수에 걸려들었다. 나는 망설이지 않고 배낭을 들고 도망쳤다. 양봉가들은 벌써 오래전부터 일을 하고 있는 중이었다. 나는 그들에게 어젯밤의 일을 간략하게 설명해주었고, 내가 짐작하고 있던 바를 확인하기 위해 물었다.

"읍장의 동생은 정상이 아니지요?"

그들은 몸짓으로 흉내 내며 확실한 답을 해주었다. 그래서 나는 손도끼와 또 나를 따라오겠다는 그의 제안에 대해서도 설명을 했다.

"반대쪽으로 떠나시오. 혹 그가 이리로 오면 우리가 어떻게든 잡아보리다."

　나는 서둘러 도망쳤다. 이렇게 빨리 걸은 적은 없는 것 같았다. 이따금 걸음을 멈추고 귀를 기울였다. 혹 모터 소리라도 들리면 몸을 숨길 생각이었다. 전날 지나왔던 마을에 다시 들어가서 아이들에게 사탕을 나눠주었다. 읍장이라고 자신을 소개한 키 큰 남자가 여권을 보자고 했다. 골치 아픈 일들이 다시 시작되려는 걸까? 잔뜩 걱정을 하며 그에게 여권을 내밀었다. 그는 잠시 뒤적거리더니 만족스러운 듯 돌려주었다. 조금이라도 예의를 갖춘 사람을 만나게 되리라는 기대를 접었는데, 위안을 얻은 느낌이었다. 삼십 분쯤 후 나는 아스팔트 길로 되돌아와 파진레르로 가는 트럭 한 대를 세웠다. 차가 시동을 걸어 출발하고 나서야 마침내 위험에서 벗어났다는 생각이 들었다.

　운전사에게 아라스(Araz) 강가에 내려달라고 부탁했다. 터키와 이란의 경계를 이루면서, 이슬람 국가 터키와 가톨릭 국가 아르메니아를 나누는 강이었다. 17세기에 이슬람교도들은 그들의 적 기독교인들이 강물을 오염시킬까봐 두려워했다. 그래서 강물 대신 저수지의 물만 마셨다. 기독교인들 또한 마찬가지 생각을 했고, 그들의 우물에서만 물을 길었다. 오늘날 아라스 강은 얼마나 지독하게 오염됐는지 종교의 구분 없이 모든 사람을 중독시켜 순식간에 천국과 지옥을 가득 채울 수도 있을 정도다.

　강 반대편에서 100번 국도를 되찾았다. 어제 아침 떠났던 파진레르에서 겨우 15킬로미터 전진했다. 거의 출발점으로 되돌아옴으로써 어제의 40킬로미터 그리고 오늘 아침의 10킬로미터는 모두 허사로 돌아간 셈이다. 하지만 이렇게 멀쩡하게 살아 있으니 무엇을 불평할 것인가?

쿠르드 마을들과 작별이다. 만약 다시 올 일이 있다면 혼자 오지 않도록 애쓸 것이며 또한 그들의 우상이 사형에 처해진 바로 그 주간은 피할 것이다. 나는 큰길에서 잠시 쉬며 자신을 책망했다. 야슈티크테페에서 사람들은 총질하는 흉내를 내거나 손가락으로 목을 자르는 시늉까지 해가며 내가 얼마나 위험한 곳으로 가고 있는지 경고를 했다. 어제 아침 내게 차를 권했던 양봉가 또한 걱정스러운 듯 무기를 지녔는지 물어보기도 했다. 그러니 나는 위험한 상황을 완벽하게 알고 있었던 것이다. 하지만 내가 순진하게 나의 수호천사만 믿고 있었음을 인정해야 한다. 이런 식으로 불가능한 일들을 자꾸 고집한다면 언젠가는 수호천사도 나를 버릴 것이다. 어쨌거나 서부영화의 열광적인 팬인 나는 '다음번엔 어느 총잡이가 카우보이를 죽이는 장면을 보게 될 거야.'라고 혼자 생각했다. 파이베렌의 원숭이 남자를 떠올리며 말이다.

트럭이 100번 국도에서 나를 내려준 곳은 '다리의 마을'이라는 뜻을 지닌 쾨프뤼쾨이(Köprüköy)였다. 실제로 여덟 개의 아치가 달린 낡고 예쁜 다리가 하나 있었다. 지금은 다닐 수 없지만 예전엔 아라스 강 양쪽에 있는 마을을 연결하는 다리였다. 아무도 이 다리를 다닐 수 없는 이유를 설명해주진 못했지만, 마을이 3킬로미터 정도 이동했다고 한다. 그래서 오늘날 이 다리는 이쪽 밭과 저쪽 밭을 이어주고 있을 뿐이다. 다리를 살펴보는 동안 자전거 한 대가 지나갔다. 마치 실크로드의 낙타처럼 짐을 가득 실은 관광객이었다. 그가 무어라 소리를 질렀지만 잘 들리지 않았고, 다시 속도를 내서 가던 길을 따라 사라졌다. 분명 외국인이었을 것이다. 조금 떨어진 곳에 한 가족이 풀밭에 앉아 점심을 먹고 있었다. 부부와 아이들의 옷차림은 유럽식이었다. 남자는 자신이 헌병이라고 했다. 그의 부인은 눈부시게 아름다웠다. 그들은 고기와 채소가 든 뵈레크를 같이 먹자고 했다. 이렇듯 전원적이고 화기애애한 광경을 보니 어젯밤의 불쾌한 기억을 잊을 수 있었다. 강에서는 여인들과 아이들이 배까지 물에 담그고 커다란 양탄자를 물에 열심히 흔들거나 비비고 있었다. 그런 다음 양탄자를 강가의 돌 위에 평평하게 펼쳐놓고 햇볕에 말렸다. 아이들이 서로 물을 뿌리는 등 소란을 피우면 엄마들은 야단을 쳤다. 이런 평화로운 시골 풍경이 힘이 되었다. 그래, 운 나쁘게 황당한 사람 하나 만났다고 해서 이 좋은 기분을 망칠 수야 없지! 하지만 다시 길을 떠나자, 어두운 생각이 또 엄습했다. 이 무슨 불운이란 말인가! 내가 거쳐온 곳 중 가장 관심을 갖고 있던 지역이 바로 쿠르드였다. 그런데 마치 할 일 없는 관광객처럼 개성도 국적도 없는 이 길을 이렇게 가야만 하다니.

그날 쾨프뤼쾨이에서 호라산(Horasan) 사이를 걸으며 보았던 풍경은 아무런 기억도 나지 않는다. 길을 가는 내내 나를 사로잡았던 건 분노였다. 머리를 어깨에 박고 눈은 발만 쳐다보며 나는 우울한 걸음으로 그 27킬로미터를 지나갔던 것이다.

호텔에 도착하자 분노는 사라졌지만 마음은 칙칙하고 우울하게 가라앉았다. 지나치게 긴장했던 모양인지 갑자기 외로움이 몰려왔다. 이제 200킬로미터만 더 가면 기쁜 마음으로 국경을 건널 수 있을 것이다. 그런데 의구심과 두려움이 모든 걸 어둡게 만들었다. 두려움, 터무니없는 두려움. 나는 PKK를 겁내는 것이 아니었다. 정치적 입장을 지닌 대원들이 거칠고 때로는 목숨을 앗아가기도 한다는 것은 잘 알고 있다. 하지만 그들의 행동엔 일관성이 있었다. 극단적인 경우 PKK가 나를 인질로 잡아 몸값을 요구할 수도 있을 것이다. 그런 위험은 내가 받아들일 수 있는 성질의 것이다. 하지만 신발을 빼앗기 위해 나를 죽이려는 미친 사람 때문에 생기는 위험을 나는 인정할 수 없었다. 물론 워낙 헐벗고 가난하기에 제법 번지르르해보이는 물건들에 혹할 수 있다는 건 잘 알겠다. 그런 거짓된 호화로움을 TV에 펼쳐보인 건 바로 서양인들이 아니던가. 그들은 이 불쌍한 사람들에게 헛된 꿈을 꾸게 하고, 흔들리기 쉬운 사람들에게 거의 광기에 가까운 반응을 보이도록 유도한다.

하지만 나도 그들처럼 온몸이 햇볕에 그을렸고 또 그

들처럼 누더기를 입었다. 그들이 건초더미를 지고 힘겨워하듯 나도 내 짐의 무게에 매일 짓눌리고 있다. 그러나 내가 원하든 아니든 간에, 우리는 서로 다른 두 세계 속에 살고 있다. 내가 대표하는 것은 유럽이라는 곳이 지닌 풍요, 즉 자동차와 보석과 맥도날드와 화려한 스타들이다. 숨길 것 하나 없는 내 배낭을 두고 그들은 수천 가지의 보물을 상상한다. 사람들은 언제나 자동차가 몇 대인지, 수입이 얼마인지를 물었고, 늘 그 값어치에 대해 나름대로 결론을 내렸다. 나는 여행이라도 할 수 있지만, 그들은 그렇지 못한 형편이므로…… 지난 수천 년 동안 그들은 진귀한 물건이 가득 담긴 봇짐을 신 낙타들의 행렬이 지나가는 것을 보아왔다. 비록 작고 보잘것없긴 하지만 내 등에도 짐이 있는 건 사실이다. 보물에 대한 그들의 상상은 거기서 비롯한 것이리라……. 그리고 이렇게 철저히 고립된 지역에서는 도둑과 경찰 사이에서 벌어지는, 때로 목숨이 오가기도 하는 일이 끊이지 않았다. 이곳에서 혹은 이란에서 미친 사람과 마주치는 일이 또 생길까? 언제부터인가 나를 졸졸 따라다니는 불운을 감안한다면 그럴 가능성도 충분히 있다. 여행을 시작한 이후 처음으로 나는 혼자 온 걸 후회했다. 피곤하기도 했고 전날 밤을 꼬박 새웠음에도 나는 아주 늦게야 잠이 들었고, 심란한 마음에 뒤척이다가 네 시간 만에 깨어났다.

호라산에서 엘레스키르트(Eleşkirt)까지는 70킬로미터가 넘는 길이었지만 호텔 하나 없었다. 나는 언제, 어디서 걸음을 멈출지 별로 생각해보지도 않고 길을 떠났다. 정오 쯤 작은 언덕을 막 넘고 난 뒤 길가에서 쉬고 있는데, 전날 마주쳤던 사람과 쌍둥이처럼 보이는 자전거 여행자가 나타 났다. 이번엔 내 앞에서 자전거를 멈췄다. 그는 영국인이었 으며 리버풀에서 왔다고 했다. 잠시 후 커플 한 쌍이 합류했 다. 그들 나이를 다 합해봐야 나보다 조금 많은 이 세 젊은 이는 뉴질랜드까지 가서 크리스마스를 보낼 생각이라고 했 다. 그들이 야영 준비를 하는 것을 보면서 왜 그렇게 짐이 많았는지 이해할 수 있었다. 덮개를 씌우니 자전거가 감쪽 같이 사라져버렸다. 검게 그을린 피부, 햇볕에 튼 입술 그리 고 건강한 몸에서 저절로 풍겨나오는 즐거움으로 인해 우 리 모두는 마치 한가족 같았다. 그들은 매일 아침 60킬로미 터에서 80킬로미터를 달린 다음 무더운 오후에는 쉰다고 했다. 내가 사진을 찍자 그들도 내 사진을 찍었으며, 힘껏 페달을 밟아 비탈길을 따라 다시 길을 떠났다. 이 유쾌한 세 친구와 몇 마디 얘기를 나눈 덕에 어둡던 생각에서 벗어날 수 있었다. 방금 전까지 나는 혼자 여행하는 것을 후회하고 있었다. 하지만 그들이 떠난 후 생각을 바꿨다. 물론 그들도 멋진 여행을 하고 있으며 추억을 차곡차곡 쌓아갈 것이다. 하지만 그들과 나의 공통점은 거기까지다. 자전거 위에서 텐트 속에서 그들이 보는 것은 그 지방의 일부, 결국 풍경뿐 이다. 같은 언어를 쓰며 텐트 속에서 잠을 자는 그들은 도둑에 대한 걱정은 나보다 덜하겠지만, 마을 사람들과는 거의 교류하지 못한다. 그들은 세상을 발견하고, 나는 몸소 체험한 것을 바탕으로 세상과 직면한다.

오늘따라 마치 서로 입을 맞추기라도 한 것처럼 차와 트럭들이 나를 태워주려고 했다. 버스 운전사 한 명은 차를 세우고 "파라 욕(공짜)!"이라고 소리치기도 했다. 아버지와 두 아들이 탄 작은 트럭 한 대가 내 앞을 지나가더니 다시 후진했다. 그는 군것질거리를 주며 여행 이야기를 들려달라고 했다. 아버지는 아이들에게 뭔가 진지한 연설을 했는데, 아마노 땀 흘려 노력하는 것에 대한 예찬과 옹호인 듯했다. 그가 몇 차례나 나를 손으로 가리켰으며 아이들은 내가 마치 성인聖人이라도 되는 것처럼 뚫어지게 쳐다보았다. 아무리 설득해도 내가 차에 타려 하지 않자 그들은 포기했고, 커다란 손짓으로 인사를 하며 다시 떠났다.

날씨가 아주 더웠다. 티셔츠 한 장이 배낭 위에서 마르는 동안 입고 있는 셔츠는 땀으로 흠뻑 젖었다. 초원에서 목동들이 지키는 가운데 양들이 풀을 뜯어먹고 있었다. 내가 근처로 다가가자 목동 하나가 달려와 나에 대해 물은 다음 다시 친구들에게 뛰어가 얘기를 전했다. 나는 잠자리처럼 날아가 그들이 하는 얘기를 들어보고 싶었다. 질문이 끝없이 이어졌으며, 나와 직접 얘기했던 그 꼬마는 뭔가 꾸며서 대답하고 있음에 틀림없었다.

쿠르드 마을들은 자연 속에 스며들어 있는 것처럼 보였다. 산에서 캐온 돌로 만든 벽은 바위와 구별되지 않았으며, 풀로 덮인 흙지붕은 초원 속에 묻힌 것 같았다. 모든 집과 마구간—구별은 잘 안 되었지만—은 남쪽을 향해 있었다. 추위나 더위를 잘 견디기 위해 집에는 창문이 거의 없었고 마구간에는 아예 없었다. 집들은 언덕 위에 약간 얹힌 형태로, 대개 평원 주변에 있었다. 집앞에는 경작지, 뒤로는 목장이 있었다. 3000년쯤 전부터 호전적인 유목민들이 침입해 황폐해진 이 나라에서 산과 가까운 곳은 일종의 은신처였다. 군인들은 어느 때보다 삼엄한 경계를 펼치고 있었다. 방탄 지프들은 높은 곳에 자리를 잡고 사방 10여 킬로미터를 감시했다. 트랙터 한 대가 짐받이에 쇠로 된 커다란 침대 세 개를 싣고 지나갔다. 짐받이 앞쪽에는 원로인 듯한 노인을 위해 특별한 자리가 마련돼 있었다. 매우 근엄하고 멋지게 생긴 그 노인은 아주 큰 우산 밑에서 햇볕을 피하고 있었는데, 마치 검으로 인사를 하는 듯한 모습이었다.

해발 2,300미터에 위치한 사즈다히(Saç Dağı) 고개를 지나가던 중 나는 그만 탈진하고 말았다. 한 목동이 다가와 물을 권한 후 덧붙였다.

"원한다면, 송아지 한 마리를 찔러서 피를 받아오지요. 그걸 마시면 기운이 날 겁니다."

그는 이 말을 하면서 마치 대장부인 양 으쓱거렸다. 정말 고맙다고 말은 했지만 역겨움으로 진저리가 쳐지는 건 어쩔 수가 없었다.

언덕 반대편에 있는 아이딘테페(Aydintepe)라는 작은 마을은 거의 완벽한 숙박지였다. 다만 파이베렌의 기억 때문에 주민들에게 선뜻 도움을 요청하기가 망설여졌다. 마을의 부호가 살 법한 큰 집이 눈에 띄기는 했다. 하지만 용기가 나질 않았다. 저 아래쪽으로는 길이 협곡 안으로 깊숙이 들어가 있었다. 시간도 늦었고 안전을 위해서는 이제 걸음을 멈춰야만 했다. 그래서 나는 검고 육중한 차 한 대를 세우는 걸 택했다. 차 안에는 이미 남자 다섯 명이 있었다. 내가 자리를 잡자마자, 굵은 콧수염이 얼굴을 가로지른 건상한 운전사가 정치적 열정이 가득 담긴 목소리로 물었다.

"오잘란의 유죄 판결을 어떻게 생각하시오?"

이런, 이런, 이런, 절대 함부로 대답해서는 안 된다. 터키인들인가, 쿠르드인들인가? 나는 다른 질문을 함으로써 상황을 모면해보고자 했다.

"난 외국인이라 이 사건에 대해서도, 이 지역에 대해서도 잘 모릅니다. 이번 판결 때문에 이곳에서 분쟁이 일어나지는 않을까요?"

잘 알아듣지는 못했지만 대답은 안심해도 좋을 만한 어조였다. 하지만 '터키인'이라는 말이 갑자기 튀어나오자, 그 말을 한 남자는 자기 손가락으로 마치 칼날처럼 목을 그었다. 이제 상황을 알 것 같았다. 그들의 얼굴은 굳어 있었다. 옷차림으로 보아 농부는 절대 아니었으며, 태도 역시 농부도 사업가도 아니었다. 15년 동안 정치부 기자를 해온 덕에 이런 부류의 사람들을 잘 알아볼 수 있었다. 그들은 투사들이었다. 어쩌면 PKK 당원인지도 몰랐다. 묻고 싶어서 입술이 달싹거렸지만, 어떤 식으로 질문을 한단 말인가? 나는 아무것도 모르는 척하며 물었다.

"PKK 사람들을 아십니까? 그들이 이번 사태를 어떻게 생각하고 있는지 궁금하더군요."

갑자기 자동차 안이 싸늘하게 얼어붙는 듯했다. 잠시 침묵이 흐른 후 운전사가 절벽을 가리켰다.

"저기 금이 있소!"

대답을 들을 가능성이 없다는 건 알고 있었지만, 그래도 한번 묻고 싶었다. 나는 금 이야기를 이어가기로 했다.

"그런데 저 금은 왜 캐지 않는 겁니까?"

다시 목으로 가는 손가락.

"터키인들이 원하지 않으니까."

이 차 안에서 꽤 많은 사람들이 그런 제스처의 대상이 되었다. 도시의 변경에 있는 병영을 지나갈 때도 그런 손짓을 또 볼 수 있었다. 길 쪽을 바라보고 있는 탱크 10여 대는 시커먼 바퀴를 드러내보이며 대포로 위협하고 있었다. 다섯 명의 남자들은 탱크를 보자마자 마치 약속이라도 한 듯이 일제히 손가락으로 목을 그었다.

엘레스키르트 마을에 도착했을 때 다섯 명의 손가락 살인자들은 차에서 내리더니, 뭔가 한창 열띤 토론을 벌이며 그들을 기다리던 일군의 사람들—또 다른 살인자들?—
쪽으로 가버렸다. 나와 헤어지며 그들은 다니엘 미테랑〔프
랑수아 미테랑 전 프랑스 대통령의 부인이며 인권운동가〕을 칭
찬했다. 터키어를 할 줄 알면 그들과 이런저런 얘기를 했으
련만, 내가 아는 몇 마디 말로는 고작 여기까지 데려다 줘
서 고맙다는 인사와 좋은 저녁시간 보내기를 기원하는 정
도였다.

엘레스키르트의 호텔은 밤까지 영업하는 주유소와 식
당의 윗층에 있는 게 유일했는데, 당연하게도 매우 소란스
러웠다. 하지만 잠이 부족했던 나는 해가 아직 있을 때 자
리에 누워 새벽 다섯 시까지 계속 잤다. 잠에서 깬 후엔 꼭
필요한 것들만 남기고 짐을 대부분 정리한 다음 다시 길을
떠났다. 에르주룸까지 나무를 수송하는 트럭 한 대가 어제
저녁 쿠르드인들의 승용차에 탔던 지점까지 데려다 주었
다. 내가 비정상으로 보일지도 모르겠다. 하지만 사정이 있
었다. 엘레스키르트의 길은 어제 저녁에 승용차로 그리고
오늘 아침에 트럭으로 두 번이나 지나가서 익히 잘 알고 있
었지만, 제대로 본 것은 아니었다. 나는 이 지역을 걸어서
그리고 내 눈높이에서 발견하고 싶은 것이다. 다시 가보니,
실제로 느낌이 많이 달랐다. 더 크고 더 훌륭하고 더 인상
깊었다. 한 마디로 더 현실적이었다. 모래밭이 계속 이어져
강이 더 커보였고, 바위 속으로 마치 침대 같은 공간을 만

들어 길이 그리로 미끄러져 들어갔다. 날씬한 백마를 탄 남자가 내게 인사를 한 후 절벽 쪽으로 교묘하게 뻗은 오솔길 속으로 사라졌다. 꼬마 녀석 셋이 손도끼를 들고 일을 하려는 참이었고, 나는 아이들에게 사탕을 주었다. 열 살쯤 돼보이는 제일 어린 녀석이 나귀에 매달려서 내게 심술궂게 투덜거렸다. 배지가 들어 있던 작은 가방을 잃어버려 나는 더줄 게 없다고 아이들에게 설명했다. 하지만 꼬마는 계속 칭얼거렸으며, 대담하게도 점점 더 큰 소리로 외치기 시작했다. "파라, 파라, 파라(돈)." 돈이 생기면 뭘 하고 싶으냐고 물어보자 꼬마는 담배 피는 흉내를 냈다. 그래서 나도 주머니가 비었다는 몸짓으로 대답을 대신한 다음 못마땅해하는 아이들 곁을 떠났다. 몇백 미터 떨어진 곳에서 자전거 여행을 하는 영국 친구들이 요란하게 벨을 울리며 손짓을 하고 지나쳐갔다. 길 입구에서 야영을 하다가 늦게 일어난 모양이었다.

협로를 벗어난 후 잠시 휴식을 취하며 경치를 감상했다. 오른쪽으로는 가난한 쿠르드 마을이 있었다. 지난 이틀 동안 보아온 마을들과 유사했다. 벽에 곰팡이가 슨 집 몇 채와 목초지로 돌아오는 양떼가 보였고, 사원조차 없었다. 왼쪽으로는 길 입구를 지키는 병영이 튀어나와 있었다. 양철로 덮인 깨끗한 새 건물들이었으며, 주변엔 꽃들과 늘 그렇듯이 탱크들이 둘러싸고 있었다. 철조망이 쳐진 뒤쪽에는 병사들이 총을 가슴에 대고 보초를 섰다. 눈앞에 펼쳐진 풍경은 카프카의 『성城』을 연상시켰다. 서로를 모른 채 대치한 두 세계. 그리고 성(병영)에 오르려는 사람들에게 저 위압적으로 다문 입과 총 그리고 방탄 지프들은 선뜻 말을 걸 엄두가 나지 않게 만드는 풍경이었다.

나는 힘들이지 않고 걸을 수 있었다. 배낭이 가벼워졌기 때문이다. 파이베렌 이후 나를 감쌌던 우울함은 중천에 뜬 태양 아래 녹아버리는 듯했다. 여기저기서 아이들이 가축 무리를 지키고 있었다. 그들은 길을 잃고 헤매는 암소들에게 돌을 던져 무리가 있는 곳으로 돌아오게 했다. 나는 가스 공급관 제작소와 마주쳤다. 일이 거의 끝나가고 있었다. 갓 메운 구덩이들이 땅 위에 만들어 놓은 자국들은 마치 아직 아물지 않은 상처 같았으며 초원을 따라 계속 이어졌다. 가스는 내가 서 있어도 될 정도로 커다란 이 검은 관을 통해 흘러 앙카라 지방까지 갈 것이다.

남쪽으로 10여 킬로미터 떨어진 곳에 아타튀르크 댐이 있었다. 사람들 말로는 세계에서 제일 큰 댐이라고 한다. 총 스물두 개에 달하는 다른 댐들도 거의 같은 지역에 있었다. 이 댐들은 최초의 문명 중 하나인 메소포타미아 문명을 탄생시킨 티그리스와 유프라테스 강물을 가둬두고 있으며, GAP(Great Anatolian Project, 이 댐을 중심으로 터키 동남부 지역을 개발하려는 터키 정부의 계획이다)의 토대를 이룬다. 이곳에서 생산된 전기는 서부 산업지역으로 보내진다. 이러한 부富의 원천은 쿠르드 지역을 그저 경유할 뿐이다. 이곳의

일자리와 수입 중 일부만 다른 곳으로 옮겨진다 하더라도
군대는 길과 댐 그리고 가스 공급관을 감시하는 데 엄청나
게 애를 먹게 될 것이다.

엘레스키르트로 돌아왔을 때 사람들이 피투성이가 된
한 남자 주위에 모여 있었다. 자동차에 치인 것이었다. 사람
들은 앰뷸런스를 기다리는 동안 사고 경위에 대해 제스처
까지 써가며 열심히 설명하고 있었다. 하지만 운전사는 아
무 탈 없이 빠져나올 것이다. 이미 얘기했듯이, 터키의 운전
사들은 사람들의 왕래가 제일 활발한 길, 가장 평화롭고 목
가적인 길도 피로 물들일 권리가 있는 것이다!

이튿날 일찍 잠에서 깨어 10여 킬로미터를 걸어왔을
때쯤 손님들이 가득 탄 미니 버스 한 대가 내 옆에서 멈췄
다. 한 남자가 창문을 내렸다. 걷는 게 더 좋다는 얘기를 막
하려던 참인데 그가 미소 지으며 프랑스어로 말했다.

"당신 프랑스 사람이죠!"

"그걸 당신이 어떻게?"

"사람들이 내게 얘기해줍디다. 어느 도시 출신인가요?"

"파리."

"난 크레테유에서 일했는데, 그 도시를 아시오?"

"그럼요."

"난 미테랑과 같은 시기에 그곳에 있었소. 미테랑은 알
고 있겠죠? 다니엘은? 그 여자, 내 친구요."

다니엘 미테랑은 터키인들에게 미움 받는 만큼 쿠르드

인들에게는 사랑을 받는 모양이다.

엘레스키르트를 떠난 것이 다섯 시 반이었는데, 다섯 시간을 걷고 나니 저 아래 평원 위에 펼쳐진 아리가 어느새 눈에 들어왔다. 하지만 도심까지 가려면 아직도 두 시간 이상을 걸어야 했다. 도시의 입구는 노르망디 지방의 몇몇 마을과 흡사했다. 길가에 농지와 맞붙은 작은 정원이 딸린 집들이 보였다. 걷는 동안 나는 어깨가 배낭에 쏠리는 것을 줄이기 위해 두 손을 배낭 아래로 집어넣었다. 짐이 다시 무거워진 것 같다. 바지 뒤쪽이 이미 거덜나 것두 확인할 수 있었다. 테헤란까지 버틸 수 있을지 의문이다. 예비로 갖고 있던 핀 두 개를 사용해서 배낭 위에 티셔츠를 붙여놓았다. 사람들이 터진 바지 사이로 현란한 색깔의 내 속옷을 보지 못하도록 가려보려는 생각이었다.

일단 호텔을 찾은 다음 곧바로 바지를 수선할 재봉사를 찾으러 나섰다. 그리고 은행에서 적잖은 돈을 찾았고, 남은 터키 리라를 달러로 바꿨다. 이란 국경 전에 있는 마지막 도시 도우바야지트(Doğubayazit)에서 환전을 못 하게 될까봐 걱정되었기 때문이다. 소매가 긴 웃옷도 한 벌 샀다. 시아파 이슬람교도들에게 조금이라도 트집을 잡혀서는 안 되겠으므로. 거리를 가로질러 걸린 플래카드가 인터넷 카페를 선전하고 있었다. 그곳으로 달려가보았지만 페인트칠하는 사람들만 가득 있었다. 물어보니 작업이 다 끝나고 칠이 마르면 이튿날 저녁에나 문을 열 수 있을 거라고 했다. 내일 저녁이면 나는 멀리 가고 없을 것이다. 사람들 말에 따르면, 도우바야지트에는 인터넷 카페가 없다. 이란에 있을 거라고는 상상하기 어려웠다. 나는 한 달 넘게 친지들과 소식이 두절된 상태였다.

나는 7월 7일을 쉬는 날로 잡았다. 무엇보다 이란 국경을 지나가기 위한 준비가 필요했다. 여행을 처음 시작할 때와 마찬가지로 또다시 비관적인 생각이 나를 사로잡았다. 국경에서 밟아야 할 절차가 길고 지루하고 까다롭다고 했다. 그래서 나는 애초에 대답하기가 불가능한 그리고 기껏해야 내가 지닌 걱정들을 말로 표현하는 것에 지나지 않을 질문들을 해보았다. 예를 들면, 이란인들과 어떻게 의사소통을 할 것인가? 마치 그런 걱정을 처음 해보는 것처럼 말이다. 혹은 자동차 운전자들에게나 소용이 될 300만분의 1 축척 지도를 갖고 뭘 어떻게 할 것인가? 내가 그토록 싫어하는 국도를 어쩔 수 없이 타야 할 거라는 생각이 불현듯 들었다.

걱정거리는 또 있었다. 터키에서와 달리, 나는 이란 은행과는 아무런 거래를 할 수 없다. 그러니 많은 액수의 돈을 직접 지니고 다녀야 할 것이다. 아무리 생각해도 터무니없는 일인지라, 나는 스스로를 사정없이 질책했다. 유일하게 칭찬할 만한 일은 정말 열심히 걸은 덕에 비자 문제를 해결할 수 있었다는 것이다. 7월 29일까지 유효한 비자인데, 11

일이면 국경에 그리고 20일에서 25일 사이엔 타브리즈에 도착할 수 있을 것이다. 그곳에서 기한을 연장할 수 있을 것이고. 나는 터키 국경을 지난 이후 갈 만한 숙박지들을 검토해보았다. 모든 일이 뜻대로 된다면, 하루 평균 30킬로미터를 걷고 일주일에 하루씩 쉰다고 했을 때 아무리 늦어도 8월의 첫 주말에는 테헤란에 들어가게 되리라.

바지는 거덜나지 않은 곳이 없었다. 재단사—그는 진정 예술가였다—가 수선하는 데 헝겊을 아홉 조각이나 들였으니까. 하지만 그 결과란! 사바나의 황토색에서 모래언덕의 금빛 나는 베이지색까지, 섬세한 색들이 오묘한 조화를 이루는 어릿광대의 옷을 상상해보라. 서양의 고귀한 디자이너들도 정말 아주 우연히 접할 기회가 생긴다면 흉내내보려 했을 그런 모델이었다. 터키의 이 보잘것없는 재단사들의 창의력은 실로 경이로운 것이었다! 이를 통해 나는 이른바 전위적인 옷들을 통렬하게 비판할 수 있었다. 디자이너들은 그런 옷들이 불러일으킬 센세이션까지도 미리 치밀하게 계산해서 결국엔 그것들이 파리의 레스토랑 안을 활보하도록 만든다. 아무튼 분명한 것은 타브리즈에 가면 옷을 새로 장만하리라는 것이다. 국경을 넘는 절차를 미리 준비하기 위해 나는 증명사진을 찍고 여권도 몇 부 복사해두었다. 호텔에서 툭하면 보자고 할 테니까. 아리는 춥고 소나기가 자주 내려 눅눅했다. 도시는 아무런 흥미도 없었고,

몇 번 시도해봤지만 그 누구와도 대화를 나눌 수 없었다. 경계심일까 아니면 무관심일까?

그래서 아무 미련 없이 아리를 떠났다. 100번 국도를 따라가는 대신 다시 한 번 쿠르드 농가를 순회해보기로 결심했다. 이 지역 농부들과 아무 접촉도 해보지 않고 터키를 떠난다는 건 있을 수 없는 일이라고 생각했다. 파이베렌에서 있었던 일은 단지 운이 없었을 뿐이다. 모든 읍장이 출타 중이고 또 그 자리를 죄다 정신 나간 동생이 대신하고 있으리라는 상상은 이제 그만두어야 한다. 저기 헐벗은 언덕을 넘어가면 이제껏 숱하게 보아왔던 것처럼 따뜻하고 친절한 농부들을 만날 수 있으리라.

지금까지 경험을 되살려 조심도 하고 또 만남의 기쁨과 호텔이 주는 안전함을 동시에 누리기 위하여 나는 길을 신중하게 선택했다. 들판을 가로질러 마을과 이어지는 동시에 국도 변에 위치한 다음 도시에서 멀어지게 만들지도 않는, 그런 길이 있었다. 그 도시에 도착해서 오늘 밤 편하게 자야지.

자신감과 활기를 되찾은 나는 도시를 벗어나자마자 지난 며칠 동안 비가 와서 젖은 진흙길로 접어들었다. 미끄러운 찰흙 같은 땅은 질퍽거렸다. 순찰을 하던 헌병차 한 대가 멈췄다. 하사관은 여권을 보자고 했다. 일상적인 일이다. 그들은 다시 길을 갔고 나 역시 마찬가지였다. 마지막으로 보인 집들이 시야에서 사라졌을 때 한 젊은이가 식량을 싸들고 도시에서 나오고 있었다. 늘 골치 아픈 갈림길이 나타났다. 오른쪽인가, 왼쪽인가? 그가 '왼쪽'이라고 말했다. 그런데 나침반은 오른쪽을 가리켰다. 하지만 그가 옳을 것이다. 이 지역을 잘 알 테니까. 그와 함께 1킬로미터 정도 걸어갔다. 그런데 도로가 길이 되고 결국 오솔길로 변하더니 초원 속으로 사라져버렸다. 의심스러운 생각이 들어 걸음을 멈췄다.

"이건 에스키하르만(Eskiharman)으로 가는 길이 아니잖아."

"맞다니까요. 자, 저기 보이는 게 우리 집이오. 가서 차를 대접하죠."

"고맙지만, 됐소. 난 에스키하르만에 가야 하는데 이 길이 아니군."

"이 빵이나 담배를 사지 않겠소?"

결국 그거였다. 그는 돈을 우려내려고 여기까지 데리고 온 것이다. 아직 확신하지는 못했는데, 그의 다음 질문으로 모든 게 명백해졌다.

"당신이 갖고 있는 돈이 마르크요, 달러요?"

나는 그의 순진한 질문에 웃음이 나왔다. 그의 집 근처에서 또 한 명의 악동이 나타났다. 먼저 녀석이 그에게 소리쳐서 이쪽으로 오라고 했다. 나는 황급히 몸을 돌렸다. 이대로 있다가 이 대 일이 되면 위험해지기 때문이다. 그는 나를 쫓아오지 않았지만, 다른 녀석이 한동안 따라왔다. 나는 그와 한판 할 생각을 하고 걸음을 멈췄다. 나의 단호한 모습과 지팡이가 예사롭지 않다고 판단했는지, 그는 조심스럽게 뒤쫓는 걸 그만두었다.

아까 지나왔던 갈림길로 되돌아가 행군을 계속했다. 3, 4킬로미터 정도 갔을 때 젊은 친구 두 명이 탄 자동차가 멈췄다.

"거기서 뭐하세요? 위험합니다. 조금 더 가면 끔찍한 일을 당해요."

운전하는 친구는 자기 집에 재워줄 테니 자동차에 타라고 했다. 하지만 그가 사는 마을은 내가 정한 길에서 너무나 멀리 떨어진 곳이었다. 그가 계속 강요하지 않도록, 그 마을에 가게 되면 꼭 들르겠노라고 약속을 했다. 그들은 다시 떠났다. 잠시 후 이번엔 택시 한 대가 섰다. 운전사가 내리더니 내 쪽으로 다가왔다.

"어디 가시오? 이 앞으로는 길이 없어요."

나는 내가 가려는 길을 지도에서 보여주었다. 그는 그런 길들을 모른다고 했다. 무슨 일인지 알아보려고 그를 보낸 건 차에 탄 손님들이었다. 그들은 내가 만약 동행을 원한다면 차비를 부담하겠다고 했다. 내가 거절하자 택시는 멀어져갔다.

마침내 나는 고요함과 초원과 헐벗은 언덕 위에 이는 흰 물결을 음미할 수 있었다. 사방에 늪으로 가득한 길이 한가롭게 이어졌다. 다시 갈림길이 나왔지만 이번엔 지도에 표시가 돼 있어서 남쪽으로 향했다. 또한 지도엔 1, 2킬로미터 더 가면 동쪽으로 이어져 국도에 이르는 길이 나온다고 표시돼 있었다. 하지만 아무리 찾아보아도 허사였다. 크고 작은 길 하나 없었으며, 곡식이 자라는 밭과 가축이 풀을 뜯는 목축지뿐이었다. 전기회사의 지프에 타고 있던 네 남자가 길이 없다고 확인해주었다. 또다시 지도에 속은 것이다. 다시 잘 살펴보니, 5킬로미터쯤 더 가면 작은 마을이 나오고 거기서부터 시작되는 길을 따라가면 목적지까지 갈 수 있을 것 같았다. 길게 우회하는 셈이지만, 한번 시도해보자.

말을 타고 가축 무리를 감시하던 젊은 남자가 나를 보자마자 달려오더니 큰 소리로 정중히 인사를 하고는 마을을 향해 가버렸다. 이제 나의 출현이 알려졌을 것이다. 예상대로 처음 집에서부터 한 무리의 꼬마들이 나를 둘러쌌다. 사탕을 다시 사놓지 않아서 아이들에게 줄 것이 아무것도 없었다. 우락부락하게 생긴 남자가 손에 양동이를 들고 마구간에서 나오다가 나를 보더니 물었다.

"어디 가는 거요?"

"타슐리차이(Taşliçay)에 갑니다. 지도에는 이쪽으로 길이 하나 있다고 돼 있는데요."

그는 손을 내밀어 지도를 가져가더니 보지도 않고 자기 주머니에 넣었다.

"내가 거기까지 동행하겠소."

"좋습니다. 그런데 지도는 돌려줘야죠."

"타슐리차이에 도착하면……."

갑자기 경계심이 들었다. 도시는 30킬로미터나 떨어져 있는데, 하던 일을 내버려두고 그렇게 멀리까지 기꺼이 나와 동행해주겠다는 게 믿기지 않았다. 지도까지 갖고 있기에 더욱 안심이 되지 않았다. 스물다섯 살쯤 됐을까, 작고 단단한 몸집에 약간 흥분한 듯한 그는 입은 지 한참 된 듯 보이는 체크무늬 셔츠 위에 다 해진 스웨터를 받쳐입고 있었다. 신발 한 짝도 다 떨어진 상태였는데, 바닥이 완전히 떨어져나가지 않도록 끈으로 묶어놓았다.

지도를 달라고 계속 말했지만 허사였다.

그를 따라가는 것 외엔 다른 방도가 없었고, 그러다 보면 그가 뭘 요구하는지 알게 될 것이다. 우리 뒤로는 아이들이 히죽거리고 있었다. 이미 무슨 일이 일어날지 알고 있는 듯했다. 남자는 계속 손짓을 해가며 두 집 사이로 나를 끌고 가더니 결국 초원으로 들어가게 됐다. 길은 흔적조차 없었고, 작은 떡갈나무 몇 그루만 있을 뿐인 밋밋한 풍경 속으로 작은 틈 같은 것이 이어졌다. 나는 단호하게 걸음을 멈췄다.

"그 길이 어디에 있소?"

"저기, 좀더 가면……."

그는 지평선 끝에 있는 방목지를 가리켰다. 그리고 조약돌을 줍더니 아이들에게 던지며 물러가라고 소리를 질렀다. 그는 내 배낭 속에 뭐가 들었는지 물어보았다. 그제야 나는 그가 나를 사람들 눈에 띄지 않는 협곡으로 유인해서 물건을 털려 한다는 것을 깨달았다. 아이들은 돌멩이가 닿지 않는 곳에 있었지만 아주 가버리지는 않았다. 그 녀석들도 이 장면을 놓치고 싶지 않았던 모양이다. 누가 아는가, 혹 부스러기라도 주워가질 수 있을지.

그가 계속 따라오려는 걸 외면하며 나는 마을 쪽으로 향했다. 보는 눈이 많으면 그도 함부로 행동에 옮기지는 못할 것이다. 점점 더 흥분한 그는 내 소매를 잡으며 저쪽에 분명 길이 있다고 우겼다. 여자들이 문을 열고 내다보았다. 그들도 이 장면을 즐기는 것 같았으며, 어쩌면 저 흥분한 남자가 관광객을 어떻게 털 것인지 궁금해하고 있을지도 몰랐다. 다시 처음 왔던 길로 되돌아가서—이것도 이제 습관이 돼버렸다—나는 나 자신에게 거칠게 욕을 해댔다. 또 한 번 보기 좋게 함정에 빠진 꼴이 아닌가. 이런 일을 예상하지 못했다고는 말할 수 없으리라. 오늘 아침부터 심상치 않은 조짐이 여러 번 있었다. 그런데 또 덫에 걸리다니. 이곳에 '마을 부호의 집' 따위는 없었으며, 오두막에 가까운 허름한 집 열 채가량만이 움푹 들어간 대지 속에 웅크리고 있었던 것이다.

빨리 해결책을 찾아야만 했다. 내가 떠나온 아리 쪽으로 다시 간다면? 아침에 이미 지나온 한적한 그 길은 나를 마음대로 처치할 수 있는 고립된 장소를 찾고 있을 그 불한당에게 이상적인 장소일 수밖에 없을 것이다. 마을 사람들의 시선이 있는 한 그럭저럭 안전할 것이다. 그때 여기에서 꽤 가까운 곳에 두 개의 마을이 있음을 지도에서 본 기억이 떠올랐다. 나는 남쪽으로 난 언덕을 기어 올라갔다. 정상에 오르자 2킬로미터 정도 근방에 마을이 보였다. 그곳으로 가기로 즉시 결정했다. 그곳 상황이 더 나쁠지도 모르지만, 인샬라! 여행의 다음 구간은 북쪽이었으므로 이 방향은 내가 계획했던 것과 정반대였다. 불운의 극치라고나 할까. 하지만 위험에서 벗어나는 것이 급선무였다. 그래서 단호하게 걸음을 옮겼고, 남자는 나와 보조를 맞추어가며 뒤를 따라왔다. 내가 움직인 것은 다른 이유 때문이기도 했다. 그가 만약 힘으로 겨루고자 한다면, 최소한 어떻게라도 해볼 수 있을 것이다. 하지만 여기서 이대로 머뭇거린다면, 아이들과 여자들의 태도가 증명해주듯 마을 사람들은 모두 그의 편을 들 것이다. 그럴 경우 건장한 남자와 나, 일 대 일의 싸움이 아니라 열 명도 넘는 사람들을 상대해야 하는 것이다.

오늘은 정말이지 운이 없었다. 마을 끄트머리에 있는 집에서 100미터도 채 못 지나왔을 때 한 소년이 뛰어왔다. 친구인가, 적인가? 열일고여덟 살쯤 된 소년이었다. 그는 제법 개방적인 얼굴을 하고 다정하게 인사했다. 무엇보다 그의 눈이 아름답고 솔직해보였기에, 저 눈빛이 나쁜 마음을 품고 있지는 않으리라는 생각이 들었다. 그들이 쿠르드어로 얘기하고 있었음에도, 나는 그 흥분한 남자가 소년이 자기를 돕도록 설득하는 중이라는 걸 알 수 있었다. 반면 소년은 그를 진정시키려 애쓰고 있었다. 그는 부드러운 목소리로 언성을 높이지 않고 말했다. 그런데 갑자기 작전을 바꿨는지 옆에 서 있던 흥분한 남자가 내 주머니에 손을 집어넣었다. 나는 그 손을 제지하며 그를 길 반대편으로 힘껏 밀었다. 아드레날린을 한껏 분출하고 있던 나는, 나를 해코지하려 한다면 그에게 덤벼들 준비가 돼 있었다. 갑자기 겁을 먹었는지 그는 내게서 멀찌감치 떨어졌다. 그러자 소년이 검지를 이마에 대며 '저 남자 미쳤다'는 의미의 신호를 보냈다. 내가 마을의 미친 사람들을 수집이라도 하고 다니는 건지, 정말 믿기지가 않았다.

나는 싸움을 중단하고 다시 길을 떠났다. 흥분한 남자는 나의 단호함에 한풀 꺾여서 소년 옆에 붙어 있었다. 그는 주머니에서 내 지도를 꺼내더니 자랑스럽게 펼쳐보였다. 몇 차례나 경험한 사실이지만, 이 엉터리 물건이 지도라는 걸 본 적이 없는 촌사람들을 끄는 뭔가 신비한 마력이 있는 모양이었다. 내겐 그저 실용 가치만 있을 뿐이지만 그들에겐 안성맞춤인 책과도 같았다. 글을 읽을 줄 모르는 사람들도 주위의 도시와 마을들 그림을 보며 이해할 수 있었기 때문이다. 나는 그 도둑에게 다가갔다. 지도 보는 데 너무 열중해 있던 그는 경계를 하지 않았다. 나는 재빠르게 손을 움직여 지도를 빼앗았다. 그의 눈이 분노로 이글거렸다. 이번엔 정말 한판 할 모양이었다. 그때 아까 마을 입구에서 보았던 말 탄 남자가 때맞춰 나타나 전속력으로 우리에게 달려왔다. 멋진 말에 안장도 없이 탄, 아주 건장한 남자였다. 흥분한 남자는 그에게 쿠르드어로 뭐라 얘기했다. 나는 그 틈을 타서 지도를 주머니에 넣었다. 그리고 다시 아까처럼 마음속으로 질문을 던져보았다. 저 사람은 친구인가, 적인가? 유감스럽게도 금방 답을 얻을 수 있었다. 그는 흥분한 남자에게만 얘기를 했으며 '선한 눈'에 대해서는 철저히 무시했다. 그가 처음 말을 거는 순간 나는 사태를 파악했다.

"당신 배낭이 무거워보이는군. 말 위에 올려놓겠소."

나를 거의 바보 취급하고 있었다. 하지만 말 탄 남자가 등장하자 상황은 불리해졌다. 나는 몸 상태가 좋았으므로 흥분한 남자에게선 벗어날 가능성이 있었다. 캉갈들과 싸웠을 때처럼 지팡이로 거리를 유지하고 내 특기를 살려 전속력으로 걷는다면, 나는 그를 쉽게 지치게 만들 수 있을 것이다. 나보다 젊긴 하지만 나처럼 단련되지는 않았으니까. 하지만 말 탄 남자의 도움을 받는다면 이 작전은 아무 쓸모가 없었다.

그러는 동안 나는 계속 걸었고, 우리는 두 마을의 중간쯤에 이르렀다. 나는 긴장한 상태로 정신을 집중했고 아드레날린이 분비돼 걸음은 거의 뛰는 수준이었다. 두렵지는 않았다. 단지 화가 났을 뿐이었다. 무엇보다 내 자신에게 그리고 마을마다 나를 해치려는 자가 한 명씩은 도사리고 있는 이 지역의 문화에 대해. 말 탄 남자는 '선한 눈'을 거의 윽박지르듯 대했다. 소년을 마을로 돌려보내려는 수작임에 틀림없었다. 유일한 내 편을 그냥 보낼 수는 없는 일이었다. 나는 소년에게 다가가 그의 어깨에 손을 얹고 "아르카다슈(arkadaş, 친구)."라고 말했다. 그는 내게 미소 지었지만, 내가 간 후 악당 두 명이 자신을 핍박할 것이 걱정되는 모양이었다.

흥분한 남자는 끝없이 새로운 작전을 찾고 있었다. 그는 머리가 매우 아프다는 흉내를 내며 뭔가 치료할 방도를 찾아야 한다는 구실로 내 배낭의 주머니를 열려고 했다. 또 얼마 후에는 그가 나를 천천히 말 탄 남자 쪽으로 몰아붙였고, 말 탄 남자는 내 위로 뛰어오르려는 듯 다가왔다. 나는 서둘러 몸을 비켰다. 짐받이를 단 트랙터 한 대가 우리 쪽으로 오더니 우리가 나온 마을을 향해 가려고 했다. 그가 조금만 더 멀리 간다면 나는 위기를 모면할 수 있을 것이다. 트랙터 운전자는 머리가 좋은 사람이었다. 내가 손을 들자 그는 20미터쯤 더 가서 멈췄다. 나는 그쪽으로 뛰어갔지만, 내가 거의 짐받이에 손을 대려고 하는 순간 트랙터가 다시 떠나버렸다. 두 악당이 내 뒤에서 차를 세우지 말라는 신호를 보낸 게 분명했다. 결국 실패로 돌아갔다. 그래서 나는 그리 멀지 않은 마을을 향해 다시 뛰었다. 둘 중 더 교활한 말 탄 남자는 내가 마을에 다다르면 자신들의 손아귀를 벗어날 위험이 있다는 것을 눈치 챈 듯했다. 그는 또 꾀를 부렸다.

"저 마을은 온통 테러리스트들뿐이야. 저길 통과하는 동안 우리가 당신을 보호해주지. 그 다음엔 당신이 찾는 길까지 데려다 줄 테고."

내가 찾는 길은 바로 저기, 왼쪽에 있었다. 하지만 이런 에스코트를 받으며 한적한 곳으로 들어간다는 건 자살 행위나 마찬가지였다. 나는 동의하는 체했다. 우선 그들을 안심시켜 경계심을 누그러뜨려야 했다.

두 번째 마을 앞에서 한 남자가 건성으로 삽질을 하고 있었다. 그는 우리의 등장을 핑계삼아 잠시 쉬려 하며 우리를 바라보았다. 나는 쏜살같이 그에게 달려가 읍장의 집이 어디냐고 물었다.

그는 몸을 돌려 자기 집을 따라 서쪽으로 뻗은 길을 가리킨 다음 팔을 들어올리려다가 갑자기 멈췄다. 내 뒤에 있던 흥분한 남자가 아무 말도 하지 말라는 신호를 보낸 모양이었다. 그는 시키는 대로 입을 다물었지만, 그의 몸짓만으로도 충분했다. 나는 서쪽 길로 접어들었다. 곧 내가 이겼음을 알게 됐다. 세 녀석이 몇 걸음 따라오더니 멈춰서서 내가 멀어지는 걸 지켜보고만 있었기 때문이다. 100미터쯤 가서 서로 손을 잡고 걸어가는 계집아이 둘을 만났다. 나는 다시 읍장 집이 어디냐고 물었다. 아이들은 깔깔거리면서 철문으로 굳게 잠긴 벽 뒤에 있는 집을 가리켰다. 세 녀석은 저만치서 움직이지 않고 있었다. 내가 문을 두드리자 그들은 몸을 돌려 가버렸다. 이제 완전히 안심해도 좋을 것이다. 만약 그들이 읍장도 자신들 편으로 만들 수 있다고 생각했다면 저렇게 도망치지는 않았을 것이다. 이제 다시 좋은 벗을 만날 수 있으리라.

베일을 쓴 젊은 여자가 마당에서 열심히 빨래를 하고 있었다. 스무 살쯤 돼보였고 눈이 반짝반짝 빛났다. 읍장은 부재중이었지만 나는 집 안으로 들어갈 수 있었다.

이 사람들에게 뭐라고 얘기할 것인가? 커다란 방을 향해 난 베란다 계단을 올라가면서 설명할 말들을 생각해보았다. 공연히 분쟁을 일으켜서 흥분한 남자와 말 탄 남자를 고발하고 싶지는 않았다. 결국 아무 일도 없었지만 자신들의 행위를 그들도 부정할 수는 없을 것이다. 서로 이웃한 두 마을의 관계는 아마도 좋을 것이고, 만약 문제가 생기면 외국인이야말로 아주 훌륭한 희생양이 될 수밖에 없다. 하지만 남쪽으로 계속 갈 수는 없었다. 내 길은 그게 아니었으니까. 북쪽으로 다시 떠난다면, 흥분한 남자의 마을을 지나가야만 했다. 어쨌거나 최대한 빨리 아리에 도착해야만 했고, 위험을 줄이려면 이번엔 그 재미없는 100번 국도를 타야만 했다.

내가 본 다른 집과 마찬가지로 거실과 대기실과 통로와 접대실을 모두 겸한 커다란 방 안에 10여 명의 여인과 또 그만큼의 아이들이 방석에 앉아서 조잘대고 있었다. '절대로 여자들에게 말을 걸지 말 것'이라고 들었다. 하지만 남자 한 명 보이지 않는 이런 경우엔 어떻게 해야 한단 말인가? 아주 뚱뚱한 여자가 내게 다가왔다. 읍장의 부인이었다.

"나는 길을 잃었습니다. 아리로 가려는데 너무 피곤하

군요. 택시를 불러주실 수 있습니까?"

"물론이죠."

여인은 배낭을 내려놓고 차를 들라고 권했다.

나를 마을 밖으로 내쫓아서 다시 그 도둑들에게 시달리게 하지만 않는다면, 나는 무조건 이들 말에 동의하고 무슨 일이든 할 수 있었다. 한 꼬마 녀석이 전화기를 만지작거리더니 내게로 돌아서서 우스꽝스러운 몸짓을 했다. 신호가 떨어지지 않아서 전화가 안 된다는 것이다. 그런 건 아무래도 좋았다. 다시 될 때까지 기다리면 되니까. 사람들이 나를 둘러쌌고, 여자들은 나의 모험담을 듣고 싶어했다. 나는 천천히 시간을 끌었다. 하지만 아침에 만난 두 도둑 얘기는 묻어두는 게 더 나을 듯했다. 몹시 흥이 난 뚱뚱한 여인은 자기 남편이 책임자로 있는 이 작은 마을의 일상을 설명해주었다. 많은 부분을 파악할 수는 없었지만, 대부분 남편들이 독일에서 일하며 일년에 한 번 들른다는 얘기는 알아들을 수 있었다.

나는 조금씩 이 부드러운 여자들만의 세상 속으로 빠져들었다. 모든 게 만족스럽기만 하던 어린 시절 한때의 따뜻하고 온화한 분위기를 성인이 돼서 되찾은 듯한 위안을 받았다. 시간은 천천히 흘렀고 전화는 여전히 불통이었다. 모든 게 정지된 듯한 느낌이었다. 우리가 차를 모두 마셨을 무렵 마침내 전화 신호가 떨어졌고 외부세계와 연결됐다. 사람들이 통역을 해주었다. 모든 게 다 잘 됐고, 차 한 대가 갈 텐데 아주 늦게나 도착할 거라는 내용이었다. 나도 바쁠 건 없었다. 위엄 있고 정직해보이는 삼십 대 남자가 들어왔다. 이 집의 아들인 셀라틴 아크발리크였다. 그는 여행 이야기를 해달라고 정중하게 부탁했으며, 파리에 관해 알고 싶어 했다. 언제나 그랬듯이 여자들은 이 틈을 이용해서 식사 준비를 하려고 했다. 나는 용기를 내어 여기 있는 모든 여자들의 사진을 찍고 싶다고 했다. 당연히 거절당할 거라고, 최소한 몇몇은 거부할 거라고 예상했지만, 천만의 말씀! 여자들은 모두 좋다고 했다. 정말이지, 이곳 도우테페(Doğutepe) 마을 여자들은 터키에서는 두시 여자들에게서나 볼 수 있는 그런 자유를 누리고 있었다. 한 가지 교훈을 얻었다. 남자가 멀리 있을 때 여자는 자유로움을 느낀다.

셀라틴과 나, 이렇게 방 안의 두 남자만이 떠받들어진 채 있고, 뚱뚱한 여자와 그의 딸들은 다양한 채소를 가지고 식사를 준비했다. 달콤하게 조리된 양파가 들어간 쌀밥에다가 양껏 먹을 수 있는 가지, 입에 착 달라붙는 요구르트……. 정말 훌륭한 식사였다. 입 안에서 살살 녹는, 어린 시절을 떠오르게 하는 음식들. 그렇다, 여자들은 진정 마술사임에 분명하다.

맘껏 포식한 다음, 셀라틴은 자기와 함께 방에서 나가자고 부탁했다. 여자들이 먹을 차례인데, 우리가 거기 있으면 안 된다는 것이었다. 나는 그를 따라 베란다로 나가서 마치 흡연실에서 하듯 대화를 이어나갔다.

'이차 식사'가 끝난 후 셀라틴의 여동생들 중 하나가 와서 오빠에게 쿠르드어로 뭔가 물어보았다. 그가 번역해주길, 여자들이 내가 사진을 또 찍어주기를 바란다는 것이다. 그들을 기쁘게 해줄 수 있다니 나도 무척 행복했다. 처음에 아무렇게나 찍었던 것과 달리, 여자들은 아주 진지한 태도로 다시 자리를 잡았다. 나이에 따른 배치일까 아니면 단순히 친한 사람 옆에서 찍으려는 것일까? 이렇게 자리 정하는 일을 그들은 무척 중요하게 여기는 것 같았고, 모든 절차가 재빠르게 진행되는 것이 감탄스러울 뿐이었다. 마치 소풍 나온 여학생들이 소집 명령이 떨어지면 겁 먹은 병아리들처럼 재빠르고 조용히 줄을 지어서는 모습과도 흡사했다. 비록 과감하게 마주 대하고 있기는 하지만, 카메라라는 기계는 그들에게 마술에 걸리게 하는 신비로운 상자 같은 것이리라. 그리고 누구나 알고 있는 사실이지만, 악마가 멀지 않은 곳에 있으면 몸을 웅크리고 그대로 따르는 게 더 나은 법이다.

오후 다섯 시경, 읍장과 그의 처남이 나를 찾아와서는 아리까지 태워다 주겠다고 했다. 물론 기름값이 비싸므로 그 비용을 내가 부담하는 조건이었다. 나는 도시에서 기름을 가득 채워주었고, 그들은 진심으로 고마워했다. 나야말로 그들에게 아무리 감사해도 모자랄 것이다. 내가 고집을 부린 탓에 빠질 수밖에 없었던 그 곤경에서 나를 구해줬으니 말이다.

이제 다시 출발점으로 되돌아왔다. 이번엔 시골 마을을 순례하는 일은 절대로 없을 것이다. 1,600킬로미터를 걸어오는 동안 내내 못마땅해했던 100번 국도와 마침내 화해를 해서, 내일은 이란까지 아직 남아 있는 마지막 몇십 킬로미터에 도전하리라.

12. 고원의 고독

7월 9일 금요일, 내가 묵고 있는 고급 호텔 문 앞에 버스가 한 대 와서 국경 도시인 도우바야지트로 떠나는 승객들을 태웠다. 나는 한순간 그 버스에 오르고 싶은 욕구를 느꼈다. 어제 강도를 당할 뻔한 일 때문에 나는 표현할 수 있는 것 이상으로 심하게 흔들렸다. 실제 사건 이상으로 경계해야 하는 분위기 그리고 그로 인한 긴장이 내게 낙심과 환멸을 불러일으킨 것이다. 나는 모든 것을 포기하고 싶은 유혹을 느꼈다. 음울한 생각으로 마음이 동요돼서 나는 의욕 상실과 분노 사이를 오락가락하고 있었다. 길을 떠나고 싶은 생각이 없었다. 국도 쪽으로 갔지만 용기가 없었다. 호텔에서 든든히 아침식사를 했음에도 나는 식당에 가서 뜨거운 초르바시를 시켜 그 속에 빵 반쪽을 담갔다. 아버지는 초르바시를 '매우 진한 수프'라고 부르곤 했다. 사실 초르바시는 그릇 속에서 숟가락을 똑바로 세울 수 있을 정도로 진했다. 지금 그렇게 해보려고 애쓰는 중이다. 갑자기 내가 아침에 학교 가기 전에 꾸물거릴 핑계를 찾는 열등생 같다는 생각이 들었다. 식당을 나설 때는 기분이 정말 말이 아니었다. 버스를 타고 싶다는 욕망은 사라져버렸다. 날이 막 밝아오고 있었다. 운 좋은 자동차 주인들은 매일 그렇듯이 세차를 하는 중이었다. 나는 이곳에선 무척 귀한 물을 아끼는 편이 나을 거라는 생각을 했다. 자동차 닦는 시간을 아껴서 화장실을 닦는다면 겉치레는 좀 덜해질지 모르나 위생에는 좋을 것 같았다. 조금 더 가니 병영이 나왔다. 그걸 보니, 탱크를 사는 데 쓰는 돈을 쿠르드족 어린이들을 위한 농업학교를 짓는 데 들인다면 그 아이들이 아버지의 엽총보다는 연필을 드는 편을 택할 텐데, 하는 생각이 들었다.

　나는 온 세상을 원망하고 있었다. 날씨도 내 기분 같았다. 전날 내렸던 비가 땅을 흥건히 적신 상태였다. 설상가상으로 원인 모를 통증이 다리와 발목에 찾아와 걸음을 방해했다. 나는 경치에는 무관심한 채 발끝을 쳐다보면서 앞으로 나아갔다. 눈앞에 전날 만난 말 탄 남자와 신을 끈으로 묶은 도둑의 모습이 스쳐 지나갔다. 이란 여행에 대한 근심까지 보태져서 나는 나를 기다리고 있을 모든 어려움을 부풀려 생각했다. 이란은 터키보다 훨씬 더 가난한데, 상황이 다르겠는가? 늪지대의 모기 떼와 건조한 사막에서 느껴질 갈증이 나를 기다리고 있을 것이다. 거기 사람들도 나를 백만장자나 화성인 혹은 테러리스트로 여길 것인가? 보도를 쳐다보고 있던 나는 얼빠진 나를 발견하고 클랙슨을 울려대거나 손짓으로 차에 타라고 하는 트럭들을 거들떠보지도 않았다.

내가 여기서 뭘 하고 있나? 이 세상에는 유럽, 미국, 알프스나 산악지대 등 걷는 것이 그야말로 행복인, 이곳만큼 아름다운 꿈의 고장들이 있다. 안전하게 갈 수 있는 전설 같은 길들도 있다. 내가 그토록 가고 싶었던 다른 장소들을 선택하지 않은 것에 후회 같은 것이 일었다. 잉카 유적을 따라가는 아메리카 횡단이나 산타페를 따라 신비한 서부를 향하는 아메리카 개척자들의 긴 여정 같은 것들 말이다. 어째서 생명의 위협을 받는 이런 나라를 택했을까? 무사히 도착할 가망이 점점 희박해진다면 이 여행이 무슨 의미가 있단 말인가? 어쨌든 내가 여기에 있어야 할 의무는 없었다. 나는 금전욕이라든가 경쟁심 때문에 이 모험을 시작한 것이 아니었다. 은퇴한 이후 편안한 삶은 보장되었다. 내일 집으로 돌아간다 해도 아나톨리아에서 죽지 않았다는 이유로 내게 돌을 던지거나 비난할 사람은 아무도 없을 것이다.

이전에도 몇 차례나 있었던 일이지만, 험난한 길을 갈 때면 나를 탐색하고 나 자신과 겨루기 위해서 나를 잃어간다는 생각을 종종 하곤 했다. 내가 떠나기 전에 친구 조제가 이번 여행이 "자신과 벌이는 일 대 일 싸움"이라는 표현으로 요약될 거라고 농담처럼 말했는데, 바로 지금이 그런 모습이 아닐까? 하지만 어리석은 내기도 있는 법이다. 이런 식으로 2주째 진행되는 이 여행도 그런 것이 아닐까? 미지의 세계에서 나 자신을 잃을 거라는 생각 때문에 기분 나쁜 것은 차치하고라도 나는 에르주룸에서부터 이미 어리석은 미치광이들과 만나는 일에 싫증을 느끼고 있었다.

그런데 걷는 것의 경이로움이 일상의 기적을 이루어내고 있었다. 근육에 열이 나고 담즙이 마르고 분노가 얼어붙으면서 말이다. 두 시간 동안 걸어가 아리 마을의 지붕 아래에서 떠오르는 태양을 보기 위해 나는 발걸음을 돌렸다. 오른쪽으로 직선 거리로 5 내지 6킬로미터 되는 지점에서, 어제 두 명의 강도에게 둘러싸여 무척 곤경에 처했던 베지르하네(Bezirhane) 마을을 발견했다. 이곳에서 보니 그곳이 그렇게 끔찍스러워 보이지는 않았다. 조금 낙관적으로 본다면, 내 여행이 그다지 암울한 것은 아니었다. 나는 세 번이나 강도를 만났지만 세 번 모두 무사히 빠져나올 수 있었다. 파이베렌과 베지르하네에서 각각 한나절씩을 낭비했다. 그런들 뭐 어떻단 말인가?

나는 그렇게 급하지 않았다. 예정보다 15일가량 앞서 있으니 충분한 시간이 있다. 게다가 몸 상태도 아주 양호하고 오늘 아침 왼쪽 다리에 느꼈던 통증은 몇 걸음 걷자 사라졌다. 어제는 완전히 털릴 뻔했지만, 엄청난 호의를 베풀며 나를 친절하게 돌보아준 쿠르드 여인들과 이야기를 나누며 따뜻한 시간을 보내기도 하지 않았는가? 누가 그와 같이 말할 수 있단 말인가? 쿠르디스탄에 있는 모든 마을이

베지르하네나 파이베렌은 아니다.

내가 이곳에 있는 것과 내가 목표한 곳에 도달할 가능성에 대하여 생기는 의문의 답으로, 콤포스텔라 길에 관해 모니크가 했던 대답을 상기한다. 모니크는 나와 반대로 종교 차원에서 순례길에 나선 여자였다. 나는 이렇게 말했다. "당신은 나보다 나은 명분을 갖고 있어요. 사도 야고보의 유골함을 만지는 것이 당신에게는 의미 있는 목표이기 때문이오. 하지만 신자가 아닌 내게 콤포스텔라의 대성당은 아무 의미도 없다오." 그러자 모니크가 대답했다. "하지만 콤포스텔라라는 목표는 당신뿐만 아니라 내게도 그다지 중요하지 않아요. 우리 모두에게 중요한 것은 목표가 아니라 길이니까요."

길이라……. 내가 지금 따라가는 여정보다 더 근사하고 신비로운 길이 있을까? 세상 어디에서 내가 이처럼 2000년이 넘는 동안 나보다 먼저 아나톨리아의 이 거친 길을 갔던 모든 사람들과 하나가 될 수 있단 말인가? 그들이 갔던 길을 내가 가고 있으며, 그들이 겪은 위험 역시 내가 겪는 위험이다.

나는 조금씩 좋은 기분을 되찾았고, 트럭과 자동차 한 대가 멈춰서 나를 태워주겠다고 제안했을 때도 예전처럼 가볍게 거절할 수 있었다. 나의 시선은 조금씩 도로를 떠나서, 마치 부드럽고 유연한 양털 양탄자처럼 언덕을 덮어 그 온화한 초록색을 지평선까지 빛내고 있는 짧은 풀 위를 지나고 있었다. 꿈이 다시 찾아왔다.

　아무 사심 없이 자신들의 시간, 음식 그리고 때로는 잠자리를 제공해준 모든 터키인들과 쿠르드인들을 다시 생각했다. 이러한 친절한 행위들을 회상하자 심장이 두근거렸다. 걸어서 그런 것은 아니었다. 분명히 나는 여행을 떠난 이후 암울한 날들을 보냈지만, 그런 것은 내가 곧 떠나게 될 이 터키에서 보낸 아름답게 빛나는 추억에 비하면 아무것도 아니었다. 철학자 셀림, 상점 주인 무스타파, 학생 히크메트, 여주인 슈크라네, 늙은 현자 베흐체트, 농부 아리프 외의 모든 사람들, 그들은 나의 친구다. 그것도 아주 보기 드문 친구들이다. 이들과 맺은 우정은 단 하루의 우정이지만, 오랜 시간에 걸쳐 형성된 것처럼 강하고 굳건하다. 예전엔 이런 경험을 못 했다. 우정과 사랑이 시간의 문제가 아니라 비밀스런 연금술의 결과이며, 꼭 오래 지내봐야 영원한 것은 아니라는 사실을 말이다. 모든 사람은 순례를 하면 변한다고들 한다. 나의 쿠르드와 터키인 친구들이여, 형제애로 맺어진 순례자들이여, 나는 그대들에 대한 기억과 그대들의 작별 인사를 마음 깊은 곳에 간직한 채 집으로 돌아가련다.

　나는 걸어가면서 빵과 치즈로 점심식사를 했다. 그 와중에 하얗게 보이는 언덕들 위로 내가 만났던 친구들 얼굴이 떠올랐다. 이 작은 고개를 넘는 동안 낭랑한 "헬로" 소리에 꿈에서 깨어났다. 조용히 한 자전거 여행자가 다가와서 멈춰선 참이었다. 자전거의 짐받이 바구니에는 부드러운 쿠션과 예비 타이어 한 개가 매달려 있었다. 스무 살가량 된 그 청년은 미소를 지으며 나를 바라보았다. 그는 금발에 키가 크고 건장한 체구였다. 지식인 같은 인상을 풍기는 둥근 안경을 썼고, 웃음을 머금은 두 눈을 골프 모자가가리고 있었다. 그의 얼굴과 팔 그리고 장화를 신은 다리는 갈색으로 탄 빵 색깔이었다. 낭랑한 웃음소리가 고갯길에울려퍼졌다. 여러 시간 동안 같은 자세로 있었던 탓에 몸이경직된 그가 힘겹게 자전거에서 내리는 사이, 나는 그에게다가갔다.

그의 이름은 토랄프 벤츠였다. 그는 베를린을 떠나서올림픽에 참가하기 위해 호주의 멜버른으로 가는 독일인젊은이였는데, 집에 초상이 나서 일주일 안에 독일에 다녀와야 한다는 것이었다. 그는 에르주룸까지 친구와 여행했는데, 그 친구는 내가 쾨프뤼쾨이 다리에서 만난 적이 있는 사람이었다. 그들은 양탄자와 백서른 개의 궁전으로 유명한이란의 이스파한(Isfahan)에서 다시 만나기로 했다고 한다. 그의 영어는 유창했다. 우리는 나란히 걸으며 많은 대화를나눴다. 우리 둘 다 아주 오랫동안 참아왔던 말들이었으리라. 토랄프는 세계 일주를 마친 뒤 유럽으로 돌아갈 예정이지만, 북아메리카를 거쳐 갈지 남아메리카를 거쳐 갈지 아직 모르는 상태였다. 그에겐 태평양에 도달하기 전까지 충분히 생각해볼 시간이 있었다. 그는 영어말고는 자기가 지나온 나라의 언어를 알지 못했고, 그가 사용하는 어휘는 몇 개에 불과했다. 예전에 독일에서 일한 적이 있는 쿠르드인이나 터키인을 만날 기회가 이따금 있었는데, 그들과 이야기한 것이 고작이었다.

오후 세 시경에 우리는 타슐리차이에 도착했다. 나는 그곳에서 멈췄고 토랄프는 여행을 계속했다. 아직 서로 나눌 이야기가 남았기에, 나는 그를 점심식사에 초대했다. 도심은 국도의 외곽에 있었다. 거기에 있는 한 카페 주인이 우리에게 아주 맛있는 케밥을 대접했고, 우리는 여행길의 경험담을 서로 나누었다. 이 젊은 스포츠맨의 목표는 무엇보다도 자신의 세계 일주처럼 어려운 일을 해내는 데 있는 것 같았다. 나는 그의 젊음이 무모하다고 생각했다. 그러나 나도 마찬가지 아닌가?

시간은 흘러가고 토랄프는 떠나야 했다. 나도 도우바야지트까지 가거나 아니면 적어도 오늘 저녁에 그 근처까지라도 가고 싶었다. 나는 그의 주소를 받았다. 그의 '지구여행'이 어떻게 끝났는지 알고 싶었기 때문이다. 내가 찍은 그의 사진을 그의 부모님께 보내주기로 약속했다. 사진 속의 그는 자전거 옆에 서서 멋진 미소를 지으며 뽐내고 있었다.

영어를 연습하고 싶어서 우리와 어울렸던 한 터키 젊은이가 지켜보는 가운데, 우리는 작별 인사를 한 후 헤어졌다. 타슐리차이에는 호텔이 없었다. 나는 다시 주민들의 신세를 지는 수밖에 없었다. 그 영어를 좋아하는 터키 젊은이가 아이디어를 냈다. 그는 나에게 따라오라고 하더니 나를 병사들에게 끌고 갔다. 그가 나를 데려가자, 장교는 쿠르드어로 그에게 무언가 절차를 지시했다. 이렇게 해서 나는 프랑스로 치면 경찰국장에 해당하는 그 지역 지도자의 사무실에 있게 됐다.

이스마일은 이야기를 하도록 만드는 영리하고 부지런한 젊은이였다. 그의 동료들이 그를 존경하고 찬양하는 모습이 역력했다. 그는 이 나라에서 모든 공무원들이 누리는 권위를 누리고 있었다. 터키 중앙권력에서 보기에는, 쿠르디스탄의 한 지역을 이끈다는 것이 그만큼 고도로 정치적이며 위험을 무릅쓰는 직책이었던 것이다. PKK가 쿠르드 마을에 터키어를 가르치러 오는 교사들을 포함하여 앙카라 정부를 대표하는 모든 것을 목표로 삼고 있음을 감안한다면, 혁명군들에게는 이 건물을 공격하는 것이야말로 가장 바라는 바가 아닐 수 없다.

다른 여러 곳에서처럼 나는 내가 은퇴한 교사라고 말했다. 이스마일이 명령을 내려서, 나는 너무도 간단하게 교사용으로 새로 지은 아주 깨끗한 호텔 같은 건물에 묵을 수 있었다. 병사, 이스마일의 사무실 그리고 교사용으로 지어진 숙소가 서로 아주 가깝게 있는 것은 우연이 아니었다. 안전 문제는 여전히 근심거리였고 테러의 공포가 산재해 있었다. 주말이라 교사들 몇 명만이 숙소에 있었다. 나는 샤워 시설이 갖춰진 밝은 방을 사용했다. 저녁에는 건물 일층에 있는 식당으로 식사를 하러 갔다. 이스마일은 거기에서 몇 명의 동료들을 만났고, 내게 인사하며 불편한 게 없는지 확인했다. 거기에서도 그는 뭔가 명령을 내렸던 모양이다. 종업원이 돈을 받지 않았으니 말이다. 숙소에서 보내는 저녁 시간은 아주 기분 좋았다. 우리는 체스를 두거나 카드놀이를 했다. 그렇지만 사람들 대부분은 이 나라에서 가장 인기 있는 소일거리인 수다에 몰두해 있었다.

영어를 아주 잘하는 이스마일의 동료 중 한 사람이, 쿠르드 땅에는 금이 있지만 중앙정부는 금을 캐려 하지 않는다고 말했다. 그는 또한 PKK 내의 강경파는 그들의 지도자를 처형하는 데 반대하지 않는다는, 나도 이미 알고 있는 사실을 말했다. 지도자가 그의 군대가 항복하도록 촉구함에 따라 조직이 온건파와 강경파로 양분됐기 때문이다. 우리는 오잘란을 처형하는 것이 정치적인 오류가 될 것이라는 생각에 동의했다. 그를 처형한다면 곧바로 파르티잔〔Partizan, 유고슬라비아의 유격대원〕들을 몰아붙여 교섭을 통한 타결은 물건너가고, 결국 강경파와 온건파 모두를 포함해서 혁명가들이 새로이 결집하게 될 것이기 때문이다.

내가 쿠르드 문제에 대해서 터키인과 이처럼 냉정한 대화를 나눈 것은 이번이 처음이었다. 지금까지는 손으로 목을 자르는 시늉으로 끝나기가 일쑤였던 것이다. 요 며칠 사이, 나는 오잘란 사건에 대해 쿠르드인들과 여러 차례 이야기를 나누었는데 그들의 대답은 나를 놀라게 했다. 남녀노소를 불문하고 한 가지 사항에 대해서 의견이 일치했는데, 그것은 그들이 PKK의 폭력에 대해서 찬성하지 않는다는 점이었다. 물론 나도 그렇게 순진한 것은 아니었다. 그들이 만일 PKK의 일원이라면 그렇게 말하지 않았을 테고, PKK의 정책을 비난하지도 않았을 것이다. 반면에 모두들 예외 없이 오잘란을 지지한다고 말했다. "그는 우리들의 대통령이에요." 이것이 내가 가장 자주 들은 말이었다.

오잘란 사건은 끊임없이 터키 정계를 혼란에 빠뜨렸다. 군대와 터키 시민들은 대부분 그의 죽음을 요구했다. 하지만 쿠르드인들은 이구동성으로 자신들을 오잘란과 동일시했다. 게다가 유럽 국가들은 쿠르드인 분쟁에서 완화정책을 쓸 것을 터키 정부에 요구하고 있었다. 군대와 헌병들이 산골 마을에서 비리를 저질러서 서방세계의 여론에 충격을 주기도 했다. 따라서 오잘란을 처형하면 터키인들과 군대의 이익은 충족되겠지만 쿠르디스탄에는 대혼란을 야기하고, 결국 터키의 유럽 진출에 빗장이 걸릴 것이다. 앙카라의 정치인들이 오잘란을 체포한 것을 후회하게 될 날이 있을 것이다.

이스마일의 동료와 나눈 대화는 지역경제를 발전시켜야 한다는 당면과제로 길게 이어졌다. 그는 이미 송어 양식 같은 일들이 시작됐다고 말했다. 송어라니, 정말 좋은 생각이다. 하지만 더 급한 것은 농업 근대화였다. 어려운 일일 것이다. 테러리스트들이 흔히 말하듯 물 만난 고기들처럼 자유로이 활동하는 지역을 좀더 효과 있게 통제하기 위해 군대가 고지대 마을들을 정리하는 일에 더욱 신경 쓰고 있기 때문이다. 그런데 송어라니…….

내가 이곳에서 가깝게 지낸 영리한 사람들에게조차 오랜 전통이 커다란 영향을 미치고 있음을 상기시켜주는 일화가 있다. 여행 초기에 내가 네브자트의 집에서 묵고 나서 돈을 지불하려 했을 때 그의 딸 슈크라네가 우리 대화에 끼어들었다는 이야기를 했다. 손에 지폐를 들고 있는 나를 보고 분노로 얼굴이 새빨개져서 아버지에게 "설마 돈을 받으신 건 아니죠?" 하고 물었다는 대목에서 모두가 웃어댔다. 그들이 하도 웃어서 나는 내가 모르는 뭔가가 있음을 알아챘다. 나는 무엇 때문에 이 이야기가 그토록 우스운지를 물었다. 대개 "남자가 여자한테 잔소리를 들었기 때문이오."라는 대답을 했다.

즉 그들은 네브자트를 '나약한 남자'라고 말한 것이다. 그들이 보기에 남자는 모든 권리, 심지어 손님에게는 돈을 절대 받지 않는다는 금기를 위반할 권리도 가지고 있는 것이다. 그의 아내와 딸은 설령 그것이 금지된 것일지라도 아무 말 없이 그의 행동을 받아들여야 한다. 이처럼 여자는 남자를 판단해서는 안 된다. 반면에 남자는 여자를 지배하고 반박하고 판단할 권리가 있다.

여기서나 다른 곳에서나 나는 귀빈들에게나 베풀어지는 호의로 가득한 접대를 받았다. 곧 떠날 이 터키에서, 나는 이 나라에서 가장 아름다운 말 중의 하나인 '미사피르(misafir, 손님)'의 의미를 배우게 될 것이다. 나는 프랑스어에도 있는 '오트(hôte)'라는 단어와 그것을 둘러싼 오묘한 후광을 좋아한다. 그것은 맞아들이는 영광을 가진 자를 의미하는 것인가, 아니면 맞아들여지는 기쁨을 가진 자를 의미하는 것인가?(프랑스어에서 'hôte'는 '주인'과 '손님'을 모두 의미할수 있음) 성공적인 접대가 접대의 두 주체에 달려있음을 이보다 더 잘 표현할 수 있을까? 그러나 나는 지금까지 터키에서만큼 타인에게 자신의 집을 개방하면서 그토록 따뜻하고 넓은 마음을 보여준 사람들을 만난 적이 없다. 이곳에서나는 언제나 손님을 맞는 사람의 자부심이 나머지 주민들과 공유되는 것을 보고 상당히 놀랐다.

우리 '문명' 국가들에서는 이러한 접대의 개념이 잊혀져가고 변질돼버렸다. 사람들은 가족과 가까운 친구들만을 초대한다. 그 외의 사람들에게는 투숙만을 전담하는 집, 즉 호텔이 있다. 이곳은 국제적인 대신 개성은 없다. 프랑스나 일본 여행자는 뉴욕, 부에노스아이레스 혹은 방콕에 있으면서 '자기 집'에 있는 것과 같이 편안하게 느끼고 싶어한다. 집으로 초대받는 경우는 아주 상류층을 제외하면 대부분 예의의 차원이거나(내가 네 초대를 받은 일이 있으니까) 혹은 어떤 이익을 위해서다(주말을 보내러 오세요. 우리 이 일에 대해서 다시 의논해봅시다). 보답이나 혜택을 바라지 않고 조건 없이 내 집의 문을 열어주는 것은 좋았던 시기 이전에나 가능했던 일이다. 발견, 나눔 그리고 대화의 즐거움을 위해 식탁을 마련하는 일이 아직도 우리에게 가능한가? 내가 콤포스텔라의 긴 길을 걷는 동안 프랑스나 스페인 가정에서 그렇게 따뜻한 대접을 받은 일이 있었는지 의구심이 든다. 프랑스에 그러한 일이 여전히 예외적인 것인 반면, 이곳 터키에서는 그것이 하나의 문화다.

파리에서 만난 쿠르드 군인이 과거의 전통을 여전히 지키고 있는 마을 읍장 집에 가서 도움을 청하도록 권했던 것은 바로 이런 이유 때문이다. 과거의 전통을 무시하는 것은 그의 명성에 먹칠을 하는 일이므로.

내가 깨어났을 때 동이 트기 시작했다. 이란 국경 앞에 있는 마지막 도시 도우바야지트까지는 갈 길이 멀었다. 나는 거기서 60킬로미터 이상 떨어진 곳에 있고 그렇게 먼 길을 가는 동안 이미 겪은 모험들을 되풀이하고 싶은 생각은 조금도 없었다. 비록 이틀 사이에 서로 반대 방향으로 가는 자동차나 트럭을 세우는 한이 있더라도—이미 두 번이나 반복된 일이었지만—나는 되도록 길을 단축하고 싶었다. 그래서 빨리 일어나 가방을 꾸렸다. 그러나 떠날 수가 없었다. 안전 때문에 모든 출구가 잠겨 있었던 것이다. 나는 조용히 건물 안으로 들어가서 출구를 찾아보았으나 허사였다. 방들은 이층에 있었다. 첫 번째 문으로는 계단으로 갈 수가 없었다. 나는 길로 난 문 역시 잠겨 있을 거라고 생각했다. 잠시 기다렸지만 아무도 일어나지 않았다. 한 시간이 넘게 찾아다닌 끝에 마침내 건물 뒤편에서 계단을 찾아냈다. 천창을 통해서 그쪽으로 갈 수 있었다. 배낭이 빠져나오지 않아 애를 많이 먹었다. 전날 내 숙박을 담당했던 사람이 문을 열어준 덕에 간신히 밖으로 나올 수 있었다. 우리는 밥을 먹으러 갔고 이야기를 나누었다. 내가 떠날 때는 이미 여덟 시 반이었고, 길을 단축하려던 계획은 수포로 돌아갔다. 귀중한 세 시간을 허비한 것이다. 그 시간은 빠르고 편안히 걸을 수 있는 기온이었는데 말이다. 그래서 나는 서두르지 않고 갔다. 의도치 않게 발이 묶이는 바람에 진이 조금 빠졌기 때문이다. 전날 만났던 교사들 중 한 명이 온천도시 디야딘(Diyadin)에 호텔이 하나 있는데 그곳에서 쉬어가라고 말했다. 경치는 거의 변화가 없었다. 계속 스텝이 펼쳐져 있고, 산봉우리 사이로 빠르게 흘러가는 구름이 거대한 그림자를 드리우고 있었다. 이따금 몇 채의 인가가 나타나서 이곳에 사람이 살고 있음을 일깨워주었다. 아들과 함께 밭에서 일하던 농부가 내가 멀리서 본 마을에 성당이 하나 있었다고 말했다. 그 마을에 아르메니아인들이 살고 있었기 때문이다. 아르메니아인들이 떠난 후에 성당은 폐허가 됐다. 때로 그런 성당들은 이슬람 사원으로 바뀌기도 했다. 마치 15세기 오스만의 이스탄불 점령기 때 성壁소피

아 성당이 그랬던 것처럼.

쿠르드 가옥의 외부 건축은 터키식 가옥과 아주 달랐지만, 이들 모두는 하나의 역사를 증명한다. 이 두 민족은 자신들의 조상들처럼 유목민의 흔적을 문화 안에 보존하고 있었다. 실제로 모든 집이 천막과 유사했다. 우선 방 하나가 응접실, 식당 그리고 침실을 겸한다. 나머지 방들은 부수적이다. 이 방은 가구가 특이해서 양탄자와 방석이 바닥과 나무 칸막이에 있다. 그리고 바닥에 앉아 밥을 먹는 습관 같은 것들……. 휘장이나 펠트 천을 대신하게 된 돌로 된 벽을 제외하고는 아무것도 변한 것이 없었다. 대부분의 집에는 조상들의 천막에만 가구가 있었다. 터키인들에게는 가족의 수호신을 숭배하는 신앙이 없다. 마치 그들 조상들이 목초지를 버리고 불을 끄고 천막을 걷은 뒤 새로운 목초지를 찾아가서 다시 천막을 세우듯이, 한 가옥이 허물어지면 그것을 교체할 뿐이다. 건물들 전체가 혹은 내가 이스탄불을 떠난 이후 보아왔던 탑들과 막대들이 아무 미련 없이 옛 터전과 떡갈나무 침대를 버리고 콘크리트와 포마이카 가구를 택했던 우리나라의 농경민들이 겪었던 마력을 발휘하고 있었다.

변화가 없는 사회라고? 꼭 그렇지만은 않다. '정보 사회'가 이곳에서도 창궐하고 있다. 이러한 차이점은 각 가정마다 판에 박은 듯한 가구 하나가 나타남으로써 눈에 띈다. 그것은 커다란 찬장으로, 유리창이 달린 윗부분은 사진이나 자질구레한 것들로 장식돼 있다. 아래쪽에는 그릇을 정리해 놓았다. 중앙에는 이 가구 본래 용도에 맞게 TV가 있고, 리모컨은 가장의 손이 닿는 위치에 있다. 구전口傳, 즉 말의 중요성이 아나톨리아 문화의 중심에 있고, 이는 여기 사람들이 '주머니 전화'라고 부르는 휴대전화로 대표되는 근대성과 쉽게 결합됐다. 인터넷 카페의 성공도 이러한 맥락에서 설명할 수 있다.

사회조직으로 말하자면, 사람들 사이의 관계든 여성의 위치와 관련된 것이든, 특히 쿠르디스탄에서는 옛 부족의 계층화된 씨족 구조를 간직하고 있었다. 서양문화의 영향이 과거의 관습을 변형시킨 것은 오직 대도시와 교육을 받은 가정에서뿐이다. 도시 사람들은 식탁에서 밥을 먹고 각자의 침실에서 잠을 잔다. '주인'에 대한 종속관계도 앙카라, 이즈미르 혹은 이스탄불 같은 도시의 무심한 대중 속에서는 약화됐다.

오늘 아침 나는 머릿속으로는 이미 이란에 와 있었다. 2주일 전, 한 트럭 운전사가 국경이 폐쇄됐다고 말했다. 이유는 모르지만 분명한 사실이라고 했다. 나는 이미 에르주룸에서, 파리에 있는 한 친구에게 인터넷으로 이란 대사관에 정보를 알아봐달라고 부탁해두었다. 대사관 측은 아주 친절하게 그것이 잘못된 정보라는 대답을 그 친구에게 주었다. 그래서 나는 그 점에 대해서는 안심했다. 이란인들은 정치적인 관심사가 무엇이든 간에 외국인들이 달러를 가져오기를 바라기 때문에 국경을 활짝 열어놓고 있다. 굴러다니는 터키 신문에서 나는 이란과 관련된 사진과 제목을 본적이 있다. 그곳에서 무슨 일이 일어나고 있는 모양인데, 전혀 알 수가 없었다. 직접 가면 알게 되리라.

디야딘은 아나톨리아에서 흔히 그렇듯이 국도에서 떨어진 곳에 있었다. 남동쪽으로 뻗은 고속도로를 걸어서 그리로 가야 한다. 이 도로의 지선(간선도로)에는 땅 속에서 솟아나는 유황 성분의 온수를 즐기는 온천욕자들을 위해 최신식 호텔 단지가 건설 중이었다. 나는 마침내 오후 네 시경에 디야딘에 도착했다. 디야딘은 길가 여기저기에 염소 똥이 흩어져 있는 작은 도시였다. 외관이 더러운 호텔은 오래전부터 문을 닫은 상태였다. 나는 인근 찻집에서 과일 주스를 마시고 정보도 얻으려고 들어갔다. 한 교사가 다가왔다. 그는 혹시 원한다면 남동쪽으로 5킬로미터 되는 지점에 호텔과 온천욕장이 있다고 말해주었다. 나는 배가 고팠기 때문에 우선 식당을 찾으러 나섰다. 한 바퀴 도는 것은 빨리 끝났다. 식당은 하나밖에 없었다. 몇몇 사람이 식탁에 앉아 있는 어두운 실내에 발을 들여놓자마자 발이 미끄러졌다. 배낭의 무게 덕분에 가까스로 넘어지지 않을 수 있었다. 거친 판자를 깐 바닥은 원인을 알 수 없는 기름기로 덮여 있어서, 그 위에서 균형을 잡기 위해서는 스케이트를 타듯 해야 했다. 그렇게 더러운 식당은 이제껏 본 적이 없었다. 그러나 지금부터 여행을 끝낼 때까지 어떤 일이 일어날

지 알 수 없는 노릇이다. 어쨌든 선택의 여지는 없었다. 청소보다 음식에 더 많은 배려를 했기를 바라면서 그리고 나를 지켜주는 별에 운명을 맡기고 나는 가지 스튜를 주문해서 먹어치웠다. 이제부터 내 위장이 그것을 견딜지 지켜볼 노릇이다.

늘 그렇듯이, 5킬로미터라는 숫자는 대략적인 것이기 때문에 목적지에 도달하기 위해서는 두 시간 이상이 걸렸다. 도중에 자동차 한 대가 멈추는 것을 보았는데 놀랍게도 그저께 나를 자기 차로 아리까지 데려다 주었던 읍장이 내리는 것이었다. 그는 우리가 오랜 지인이라도 되는 듯이 무수한 질문을 내게 던졌고, 헤어지는 걸 무척 아쉬워했다. 그는 다정한 사람이었고, 나는 그의 집에서 보낸 좋은 시간과 그의 아들과 나눴던 흥미로운 대화에 대해서 다시 이야기했다.

길 위 여러 곳에서 굴착공사가 한창이었다. 이곳 물은 피부병을 고치는 효능으로 유명하다. 단속음을 내며 벌판에 연기가 나는 노란 물줄기를 쏟아내는 거대한 파이프가 보였다. 건설 중인 송수관이 조만간 완공될 호텔 단지까지 물을 수송할 것이다.

온천장은 두 개의 작은 치료소로 이루어졌는데, 하나는 사설이고 또 하나는 공중 치료소였다. 주변에 한두 개의 석조 건물과 열두 개 가량의 둥근 천막이 임시 야영지를 형성하고 있었다. 디야딘의 교사가 과장되게 호텔이라 부른 것은 실제로는 창문도 없고 외풍으로 벽이 차갑고 축축해진 한 칸짜리 방이었다. 침대 네 개를 늘어놓았는데, 시트가 전에는 흰색이었던 것 같았다. 침대 세 곳에서는 밤도 되지 않았는데 벌써 자는 사람들이 있었다. 주인은 네 번째 침대를 내게 빌려주면서 터무니없이 비싼 가격을 불렀다.

내가 가격을 흥정하려고 하는데 네 사람이 나를 불렀다. 그들은 내가 지난번 강도를 만나기 전에 지나쳤던 전기 회사 직원들이었다. 우리는 함께 차를 마셨다. 그들은 기적의 물로 목욕을 하러 왔다고 말하며 나에게 함께 가자고 청했다. 온천장은 작은 건물이었는데, 그 안의 시멘트로 된 욕조는 한 평이 조금 넘는 규모였다. 욕조 속에는 서른 명 가량의 꼬마 녀석들이 통 속의 청어들처럼 빽빽이 들어가서 북적이고 있었다. 옷을 갈아입을 탈의실조차 없는 탓에 사람들은 욕조 주위 벽면에 박힌 못에 옷을 걸고 팬티 바람으로 목욕을 한 뒤 그대로 입고 말렸다. 물은 때가 너무 많아 더러워져서 내가 터키식 목욕탕에서 자주 보았던 그런 갈색을 띠고 있었다. 물은 매우 뜨거웠다. 십 분 후 사람들이 우리에게 나가라고 했다. 욕조는 하나뿐이고 여자들이 들어갈 차례였기 때문이다.

욕조 밖으로 나오자 나의 새 친구들은 나를 야쿠브라는 젊은이에게 소개했다. 그는 천막을 친 작은 가게를 운영하고 있었다. 그는 성수기에 작은 시외 버스를 타고 끊임없이 밀려드는 온천 관광객들에게 과일 주스와 말린 과자를 팔았다. 이 청년은 행복한 상인이었다. 그에게는 동업자와 방학 동안 함께 일하는 학생인 점원도 있었다. 이들은 매우 활동적이었다. 고도를 고려할 때 이곳에서 성수기는 석 달 동안 계속된다. 성수기 전후로는 눈과 추위가 이 지역을 점령한다.

"그럼 연중 나머지 기간에는 무엇을 하나, 야쿠브?"

"아무것도 안 해요. 자동차를 수리해서 친구들을 만나러 가서 함께 놀죠."

그는 일 년 중 석 달만 일해서 일 년간 먹을 빵을 얻을 수 있는 행복한 사람이었다.

매일 저녁 디야딘의 자기 집으로 돌아가는 야쿠브는 자신의 동업자와 점원이 자는 텐트를 내게 빌려주었다. 그 텐트는 넓었고 매트리스와 두꺼운 이불도 있었다. 저녁식사를 하기 위해 그의 점원이 가게 한구석에 있는 작은 냉동고에서 쪼개 말린 완두콩 수프를 꺼내 끓는 물에 넣었다. 우리는 펌프에서 길은 물과 빵 한 조각으로 저녁을 먹으며 관광객들이 덜덜 떨면서 유황온천에서 나와 다시 버스를 타는 것을 바라보았다. 멀리 보이는 언덕을 붉게 물들이는 일몰은 기막히게 멋진 풍경이었다. 밤이 되어 우리는 잠자리에 들었다.

나는 빨리 잠들었지만 추위 때문에 깼다. 이곳이 해발 2,200미터가 넘는 지역이고 밤이면 날씨가 매우 춥다는 사실을 잊고 있었던 것이다. 나는 서둘러 짐 속에서 침낭을 꺼냈지만 몸을 따뜻하게 할 수가 없었다. 나는 여러 시간 추위에 떨었다. 그러다 배낭 속에 만일에 대비해서 가져온 구명 담요가 있다는 것이 기억났다. 그것을 덮어본 적은 없었다. 왜 내가 이렇게 정신이 없는 걸까? 친구들을 깨우지 않으려고 나는 어둠 속에서 얇은 플라스틱막으로 몸을 둘둘 말고, 깃털 이불을 담요로 한 번 더 감아 그 속으로 다시 기어 들어갔다. 마침내 몸이 따뜻해졌지만 어리석게도 세 시간 동안을 추위에 떨었고 다시 잠이 들었을 때는 날이 밝아오고 있었다.

잠에서 깨어나는 야영장, 새벽부터 온천 관광객들을 쏟아놓는 미니 버스들이 내는 소음 때문에 나는 겨우 따뜻해진 잠자리에서 일찍 일어나야만 했다. 차에 적신 빵 한 조각으로 요기를 하고 나서 나는 온탕에 붙어 있는 화장실로 달려가야 했다. 배낭을 꾸리고 떠날 채비를 갖추고 다시 화장실에 갔다. 그렇지만 그리 걱정은 하지 않았다. 내가 설사병에 걸린 것은 이스탄불을 떠난 이후 벌써 세 번째인 것이다. 이틀 후면 나을 것이다.

걷기 시작했을 때는 해가 이미 중천에 떠 있었다. 차량은 별로 없었다. 오늘 나를 기다리고 있을 즐거움을 나는 벌써 맛보고 있었다. 여기서 10 내지 20킬로미터만 가면 아라라트(Ararat) 산을 보게 될 것이다. 중세에 아르메니아인들은 이 신성한 산을 보며 성호를 긋곤 했다. 꼭대기가 해발 5,300미터에 이르는 이 오래된 화산은 바로 노아의 방주가 그 중턱에서 닻을 내렸다는 유서 깊은 전설을 지닌 곳이다. 여러 과학탐사대가 이 신성한 방주의 흔적을 찾을 수 있다고 장담했다. 그러나 나무 파편들의 연대 추정은 번번이 실패해 그들의 기대를 저버렸다. 그 산비탈에 있는 어느 아제르바이잔 마을은 아직도 나흐츠반(Nakhiçevan)이라는 이름을 가지고 있는데, 이것은 옛 아르메니아어로 '배에 탄 사람들'이라는 뜻이다. 이 광활한 푸른 산에 노아의 방주가 정박하는 상상을 하니 재미있었다.

내 앞으로는 해발 2,500미터에 달하는 고개를 향해 완만하게 올라가는 길이 있었다. 저녁식사와 아침식사가 장속에서 미친 듯이 부글거리기 시작했다. 뱃속 전쟁을 잊기 위해 나는 정신을 집중하려고 노력했다. 그러나 배와 머리 사이의 투쟁은 불균등한 것이었다. 괴로워하는 창자의 활동이 어떤 생각보다도 우위에 있었다. 너무나 다행스럽게도 도로가 둑 위에 있어서, 나는 둑 양쪽에 자동차와 트럭들의 눈을 피해 숨어 격렬한 설사를 진정시킬 수 있었다. 설사가 점점 더 극심해져서, 결국 나는 배낭과 엉망이 된 속옷을 벗어놓았다. 이만큼 격렬한 설사병을 앓은 적은 없었다.

도로는 여전히 오르막길이었고 나는 점점 걷기가 힘들었다. 극심한 두통이 머리를 짓눌렀다. 두통은 더욱 뜨거워진 태양 때문이었다. 모자를 썼지만 아무 소용이 없었다. 총

6, 7킬로미터를 걸어서 고개를 내려왔고, 설사를 해결하기 위해 열두 번 가량을 멈춰야만 했다. 두통은 더운 날씨에도 금세 나를 덜덜 떨게 만드는 열이 난다는 신호였다. 고갯마루에 군인들이 몸을 숨기고 있는 작은 석조 건물이 있었다. 캉갈 두 마리가 사슬에 묶여 있었다. 모래주머니 뒤에 숨어 있던 군인 하나가 나를 보더니 지휘관인 장교를 소리쳐 불렀다. 머리를 박박 민 젊은 장교는 내 우스꽝스러운 복장을 보고는 재미와 호기심이 뒤섞인 목소리로 "구엘, 차이!" 하고 외쳤다.

아직도 갈 길이 많이 남아 있었지만, 나는 조금도 망설이지 않고 초대에 응했다. 나는 매우 아팠고 힘이 하나도 없었으며 열도 대단했다. 군인들이 희미한 빛이 보이는 일종의 진지 같은 곳으로 나를 들어오게 했다. 그곳은 전략상 중요한 곳이었다. 그곳에서 아래를 내려다보며 군인들은 서쪽과 동쪽으로 10여 킬로미터까지 길을 감시할 수 있었다. 들어가기 전에, 계급장을 단 군인이 구름으로 가려진 아라라트 산꼭대기를 가리켰다. 그러나 나는 건성으로 들었고, 무엇이건 간에 감상하고 싶은 생각이 없었다. 몸이 극심하게 아팠기 때문이다. 나는 쓰러지듯 누워서 차茶를 기다렸다. 장교와 나는 작은 원탁에 자리를 잡고 앉았다. 군인 여러 명이 중앙의 탁자에 모여 분해한 총기를 정성스럽게 닦고 있었다. 총기의 부품들은 희미한 빛을 받아 번쩍거렸다. 장교는 내가 이스탄불에서 온 것을 알고 많이 웃었다. 그는 괴상한 옷차림을 한 나를 볼 때부터 나를 괴짜로 생각했고, 그 생각이 틀리지 않았다고 여겼다. 아, 아! 이스탄불! 테헤란!

나는 내가 그에게 무궁무진한 재미의 대상이 되었다는 것 그리고 이란에 '문제'들이 있다는 것 말고는 그의 말을 하나도 이해할 수 없었다. 그러나 나는 놀라지 않았다. '문제'들이라면 출발할 때부터 경험했다. 몇 가지 문제를 더 만난다고 해서 두려울 것은 없었다. 하지만 지금 당장은 추운 동시에 땀을 흘리고 있었다. 한 병사가 빵과 치즈를 가져다주었는데, 구토가 치밀었다. 필요한 건 따뜻한 차뿐이라는 사실을 간신히 그들에게 전달할 수 있었다. 차를 여러 잔 마시고 난 후에야 조금씩 구토가 가라앉았다.

나는 다시 출발하고 싶지 않았다. 누워서 자고 싶을 뿐이었다. 그러나 누구나 물어오는 그 질문—터키는 아름다운가요?—에 대답해야 했다. 주저 없는 답변을 명령하는 듯한 억양의 그 질문 말이다. 나는 물론 "촉 귀젤(Çok güzel, 매우 아름답다)"이라고 대답했다. 이것은 영어식으로 말하면 'very nice'라는 표현이다. 그것은 문장들마다 점철된 일종의 '열려라, 참깨' 같은 주문으로, 거의 모든 질문에 대한 대답으로 사용될 수 있었고 또 거의 모든 것을 집게손가락으로 가리키는 동작과 결합해 고통스러운 대화의 난처한 공백을 메워주는 말이기도 했다. 터키로 들어서면서, 내가 한 가지 배워야 할 표현이 있다면 바로 이것이라고 생각했다. 하지만 나를 괴롭히는 이 설사병 때문에 기분이 나빴기 때문이었을까? 나는 완화된 어조로 대답했다. "분명, 터키는 아름답다. 하지만 전시戰時라는 것이 참으로 유감이다."라고.

젊은 장교는 좀더 설득력 있게 보이려고 자리에서 일어나 자신들이 적들로 둘러싸여 있다고 말했다. 아르메니아인, 이란인, 이라크인, 그리스인, PKK 이들 모두가 그들에게 원한을 가지고 있는 적들이다.

나는 실제로 아르메니아 국경이 폐쇄됐고 터키의 오랜 적은 그리스인이라는 사실을 알고 있었다. 이란인, 이라크인들과 잠재적인 분쟁은 PKK에 대항하는 전쟁의 여파였다. 터키인들은 이웃나라들이 오잘란 당원들을 받아들인다는 이유로 그들을 비난했다. 게다가 터키 군대는 이따금 국경을 넘어서까지 치안의 권리를 행사했으며, 이러한 상황은 이웃 국가들과의 관계를 갈등으로 이끌었다. 국가 외적인 문제는 이렇고, 내부 문제를 보면 PKK가 도처에 잠복해 있었다. 산에는 저격수들이 있었고, 도시에는 폭탄 테러가 있었다. 나는 이웃들과 사이가 좋지 않을 경우에는 개인의 책임도 일부 있는 것임을 시사했다. 이러한 내 말이 분위기를 거북하게 만들었다. 그래서 모두 터키인인 병사들은 오잘란의 처단을 내가 어떻게 생각하는지 알고 싶어했다. 나는 오잘란이 처형될 가능성이 희박하다고 예측해서 그들을 분개하게 만들었다.

"하지만 그놈은 아이들을 죽인 살인자야!"

어떤 군대가 아이들을 죽이지 않았는가? 만일 시골에

서 군대가 자행한 모든 참혹한 행위들을 이유로 장성들을
처단한다면 목이 잘릴 사람이 수두룩할 것이다. 하지만 나
는 논쟁을 벌이고 싶지 않았다. 그래서 나는 반군국주의적
인 논거를 조금 완화시켰다. 금방이라도 사태가 악화될 것
같은 열띤 논쟁 속에서 나는 잠시 전의 고통을 조금 잊을
수 있었다. 그리고 차와 그 작은 빵의 신선함이 원기를 주
었다.

   좀더 자유롭게 터키어로 내 의사를 표현할 수 있다면
얼마나 좋을까! 그러면 이스탄불에서 들은 이야기를 이 순
진한 군인들에게 들려줄 수 있을 텐데. 그러려면 최근에 발
간된 『메흐메트의 이야기』(이 책은 1999년 말에 터키 정부가
금서로 지정했으며, 책의 저자는 '군대의 사기에 타격을 입혔다
는' 이유로 기소될 위기에 처했다)를 읽어야 한다. '메흐메트'
라는 이 흔한 이름은 터키 병사를 가리킨다. 그러니 '병사의
이야기' 쯤으로 이해하면 될 것이다. 나디레 마테르라는 여
성 기자가 쓴 이 책은 쿠르드 전쟁에 참여한, 특히 잔다르마
(테러 진압부대) 유니폼을 입고 참전한 마흔 명가량의 소집
병들과 나눈 인터뷰 내용을 수록한 것이다. 소집병들이 밝
힌 내용은 시사하는 바가 크다. 상사들의 학대, 형편없는 음
식 등. 반면에 명망 있는 집안의 자제들은 그들의 인간관계
를 이용해 부역과 학살을 피할 수 있었다. 나는 지금 내 앞
에 있는 군인들에게 이런 이야기를 해줄 수 있을 것이다. 단
지 PKK에 참여한 혐의가 있다는 이유로 살해된 시민들, 마

을 주민들의 강제 추방 그리고 마지막 주민이 추방된 후 마을에 불을 지른 것 등을 말이다. 또한 제복을 입었다는 이유로 자신이 강하다고 믿는 자들이 약자에게 자행한 너무나 잘 알려진 교묘한 가혹행위들을 얼마든지 열거할 수 있었다. 하지만 나는 아무 말도 하지 않고 장교가 계속해서 내게 전하는 견해들을 지지할 뿐이었다.

기묘한 복장을 한 두 젊은이가 와서 장교는 말을 중단했다. 인근 농부들이었다. 그들은 덧옷 위에 주머니가 많이 달린 조끼 같은 것을 걸치고 있었는데, 마치 군인과 헌병들이 입는 옷처럼 주머니에 실탄이 불룩하게 채워져 있었다. 이들은 군대가 마을에서 훈련시킨 보충병들이었다. 그들은 일일보고를 하기 위해 온 것이다. 그들의 낡은 총에서 나는 알리하지 마을에서 나를 협박하던 사내가 휘두르던 총기의 모델을 알아볼 수 있었다. 그들을 가리키면서 장교는 '좋은' 쿠르드인들도 있다고 말했다. 여기 이 두 사람이 그 증거라는 것이다. 장교와 그 두 보충병이 나누는 대화는 하나도 알아들을 수가 없었다. 그리고 몸이 좀 나아진 듯해서 나는 그들을 떠났다.

내가 두꺼운 벽의 요새에서 나왔을 때는 태양이 이글거리고 있었다. 길은 완만한 내리막길로, 강줄기가 천천히 흘러가는 계곡을 향해 있었다. 나도 그렇게 천천히 갔으면 했다. 저 멀리 아라라트 산이 안개에 가려 희미했다. 산까지 가려면 네 시간이나 다섯 시간을 걸어야 한다. 이후 두 시간 동안 나는 용변을 보기 위해 여러 차례 멈추었다. 수통은 계속되는 갈증 때문에 거의 비었고, 나는 마지막 남은 몇 방울의 물을 아껴두었다. 다시 열이 올라서 덧옷을 걸쳤다. 태양이 직선으로 내리쬐고 있는데도 나는 떨었다. 여러 차례 강물에 모자를 적셨다. 햇볕이 워낙 강해 모자는 몇 분만에 말랐다. 길가에 멈춰서 쉬려고 배낭을 내려놓고 나니, 보이지 않는 그 작은 요새의 신선함이 그리워졌다.

다리는 점점 더 힘을 잃었다. 원기를 회복하기 위해 빵을 한 조각 먹으려고 했지만, 빵 냄새를 견딜 수 없었고 구토가 치밀었다. 나는 길을 떠나지 못하고 다시 좁은 길 위에 멈춰섰다. 이가 딱딱 부딪쳤다. 배낭은 엄청나게 무거웠다. 다시 길을 떠났지만 똑바로 걸으려고 해도 저기, 작은 고개를 향해 뻗은 평평한 길 위에서 내가 비틀거리고 있는 것이 느껴졌다. 다행히 자동차와 트럭이 드문 길이었다. 자칫하면 갈기갈기 찢길 판이었다. 나는 다시 멈춰서 앉으려고 몸을 숙였다. 다리가 갑자기 몸을 지탱하지 못했다.

의식을 되찾았을 때 나는 무성한 풀 위에 얼굴을 대고 갓길에 누워 있었다. 짐의 무게가 나를 짓누르고 있었다. 얼마 동안 의식을 잃었던 것일까? 몸을 일으킬 수가 없었다. 나는 배낭을 벗어놓기 위해 가까스로 멜빵을 풀고 풀 위에 앉았다. 머리가 어지러웠다. 벗겨진 모자를 주우려고 했으나 걸을 수가 없었다. 자동차를 얻어타야만 할 것 같았다.

아나톨리아의 마을들 사이를 오가는 작은 버스들 중 하나가 몇 미터 떨어진 곳에 멈췄다. 운전사를 보조하는 소년이 뒷문을 열어주었다. 내가 배낭을 소년 쪽으로 끌어오자 소년이 짐을 들어서 내가 앉은 뒷좌석에 놓았다. 그 어린 급사는 나를 주의 깊게 바라보았다. 내가 이상한 몰골을 하고 있었음에 분명했다. 그 아이는 눈치 빠르게 상자 속에서 비닐봉지를 꺼내어 아무 말 없이 내게 내밀었다. 나는 그 속에 얼굴을 처박고 토했다. 그러고 나서는 모든 것이 안개 속으로 사라져버렸다. 내가 정신을 차린 것은 도우바야지트였다. 미니 버스는 보도를 따라서 멈춰 있었다. 사람들이 내리고 소년이 내 앞에 조용히 서 있었다. 나는 소년에게 터키돈 100만 리라짜리 지폐를 내밀었다. 나는 버스에서 배낭을 꺼내려고 했다. 내가 거의 꺼냈을 때 그애가 나를 도와주러 왔다. 소년은 나를 도와서 짐을 들어올려 내 어깨에 멜빵을 채워주었다. 버스는 새로 페인트를 칠한 별 세 개짜리 호텔 바로 앞에 세워져 있었다. 나는 안으로 들어갔다.

방값은 700만 리라였다. 여기서 나는 처음으로 호사를 누렸다. 홀은 뭔가 귀족적인 세련미를 풍겼다. 그러나 그것을 믿지 않는 것이 낫다는 것을 경험으로 알고 있었다. 신중하게 생각해본다면, 이 가격에 내게 제공된 방을 찬찬히 보아야 했다. 그러나 그럴 수가 없었다. 다시 정신을 잃을 것 같았다. 한 종업원이 나를 방까지 데려갔다. 운 나쁘게도 승강기는 고장이었다. 나는 배낭을 어깨에서 내려 종업원에게 들라고 손짓을 했다. 그 무게를 짊어지고는 단 한 계단도 올라갈 수 없을 것 같았다. 그는 아무렇게나 배낭을 잡았다가, 훨씬 더 가벼울 거라고 생각했는지 두 번이나 다시 시도했다. 계단에서 숨을 돌리기 위해 여러 번 쉰 후 이층에 도착해서 그는 문 하나를 열었다. 입구에서부터 욕실에서 물 새는 소리를 들었지만, 지금 나에게 중요한 것은 잠을 자는 일이었다. 종업원이 나가고 난 뒤 문을 닫고 욕실로 달려들어갔다. 설사, 구토 때문에 기진맥진했다. 마침내 속이 잠잠해지자 나는 두 개의 침대 중 하나 위로 가서 누웠다. 침대 기둥 한 개가 바닥으로 떨어졌다. 오한이 났다. 몸을 따뜻하게 하기 위해 다른 침대의 담요를 가져다가 덮었다. 내가 누운 침대는 움직일 때마다 무너지려 했다. 나는 조심하면서 잠이 들었다.

이틀 동안 욕실에 들락거리는 일만을 할 수 있었다. 뱃속에는 아무것도 없었지만 끊임없이 창자가 수축하면서 뒤틀렸다. 대변에도 피가 섞여 나왔다. 이제껏 그럭저럭 따라왔던, 음식에 관한 모든 안전수칙을 무시하고 갈증을 해소하기 위해 수돗물을 마셨다. 십 분 후에 나는 내가 마신 물을 화장실 변기에 도로 게워냈다. 벽에 고정된 파이프에서 새는 물이 욕실을 물바다로 만들고 내가 다녀갈 때마다 얼음같이 차가운 물이 흘러 넘쳤다.

첫날 아침, 나는 청소를 하러 온 종업원에게 근처 식당에서 익힌 쌀밥을 사달라고 부탁했다. 방에서 전화를 할 수 있게 해달라는 부탁도 했다. 이튿날은 종업원이 청소를 하러 오지 않았으므로—그 역시 잊었음이 분명하다—내가 다시 쌀밥과 전화를 부탁하러 홀에 다녀와야 할 형편이었다. 용변이 너무나 급해서 매우 빠르게 다녀와야만 했다. 나는 용변을 보고자 하는 욕구를 힘없는 노인처럼 천천히 계단을 올라올 때까지 참아야 했다. 나는 완전히 힘이 빠졌다. 오후 중반이 되자 그 젊은 종업원이 자신이 직접 만든 게 분명한 쌀밥을 가지고 왔다. 그는 아주 비싼 가격을 청구했다. 내가 불평했지만 그는 끄떡도 하지 않았다. 그가 가져온 쌀밥은 싱겁고 입 안에서 퍼석거렸다. 간신히 두 숟가락을 먹었지만 금세 토했다. 뱃속에서 불이 나는 것 같았다. 화장실에 갈 때마다 고통을 참을 수 없었다. 나는 호텔 측에 형편없는 침대와 욕실의 누수를 항의했다. 그 버릇없는 종업원이 다시 와서 삼층에 있는 방을 권했다. 삼층이면 뭐 달라질 게 있을까. 나는 이 호텔의 유일한 투숙객이었다. 나는 한 층 올라가는 것을 포기했다. 분명히 내려올 수 없을 테니까. 하는 수 없이 욕실의 물바다를 계속 견딜 수밖에 없었다.

한편 나는 전화를 얻기 위해 싸웠다. 마침내 전화가 저녁에 도착했다. 우리는 전화를 설치하기 위해 한 시간을 씨름했다. 전화기 선에 플러그가 달려 있지 않았기 때문이다. 게다가 전화기 벽걸이가 침대 뒤에 설치돼 있어서 전화 걸기가 어려웠다. 끔찍하게 오랜 시간 동안 조작하고 노력했음에도 설치는 실패했고 그 시간 동안 나는 그놈을 죽여버리고 싶었다. 그 바보 같은 놈이 마침내 콘센트 안에 피복이 벗겨진 두 개의 선을 접촉시킴으로써 발신음을 얻는 데 성공했다. 처음 시도했을 때는 침대가 움직이면서 선이 떨어져 다시 해야 했다. 그가 나가고 나서 내가 자리에 눕자마자 전화는 다시 불통이었다. 나는 전화를 하거나 잠을 자거나 둘 중 하나를 선택해야 했다.

아나톨리아의 의학을 거의 신뢰하지 않은 나는 짐꾸러미에서 간신히 IMA(Inter Mutuelles Assistance)사의 보험 카드를 찾아 꺼냈다. 내가 여행하는 동안 재해를 보장해주는 보험이다. 발신음을 얻어내기까지 지칠 정도로 전쟁을 치르고 나서야 보험회사와 통화할 수 있었다. 회사는 번호를 알려주면 내게 다시 전화를 하겠다고 했다. 몇 분 뒤, 그 버릇없는 종업원이 내 방문을 두드렸다. 나에게 전화가 왔는데 전화선이 빠져서 나를 바꿔줄 수 없다는 것이었다. 우리는 다시 전화를 손보았다. 전화로 나를 진찰한 의사는 매우 안정된 음성의 여자였다. 아메바성 이질. 의사의 진단은 명확하고 결정적이었다. 좋지 않은 소식이었다. 내가 알기로 그것은 가벼운 병이 아니었다. 시골 군대에서 두려워하는 병이었다. 총에 맞는 것보다 더 많은 사망자를 내기 때문이다.

침착한 목소리의 의사가 당장 신통한 효능을 가진 약을 먹어야 한다고 말했다. 그 약은—이름은 듣자마자 잊었는데—세 가지 상표로 판매되고 있었다. 그 상표를 받아적었다. 세 가지 중 한 가지는 찾을 수 있을 것이다. 약을 사러 가기에는 밤이 너무 깊었다. 계단을 내려갔다가 다시 올라오기가 두려웠다. 나는 이렇게 갑작스럽게 약해진 자신을 비웃었다. 이틀 전까지만 해도 나는 천하무적이었다. 발이 감염됐어도, 강행군과 캉갈에도, 벼랑에서 추락할 뻔했을 때도 터키와 쿠르드의 강도도, 군인들에게도 저항했다. 그런데 지금 내장을 갉아먹는 미생물에게 무릎을 꿇고 만 것이다. 이게 무슨 일인가. 공포를 잊게 해주는 것은 유머라고 했던가. 그러나 지금 내게는 함께할 동반자가 필요했다. 혼자서 형편없는 내 창자를 다시 붙들고 있는 기분은 우울할 뿐이었다.

이튿날 아침, 나는 끔찍하게 시끄러운 큰길로 나가보려 했다. 호텔에서 일러준 가장 가까운 곳에 있는 약국은 50미터 거리에 있었다. 첫 번째 기적이었다. 그곳은 분명 아나톨리아를 통틀어 영어를 할 줄 아는 약사가 있는 유일한 약국일 것이다. 두 번째 기적은 그가 치료약을 가지고 있다는 것이었다. 나는 기진맥진한 채 방으로 돌아왔다. 두 번째 복용부터 약은 효과가 있었고, 설사가 줄어들었다. 그제야 좀 쉴 수 있었다. 나는 침대에 누워서 마침내 아라라트 산을 바라볼 수 있게 되었다. 다음에 이 방에 묵을 투숙객은 운이 없다. 지금 두 개의 건물을 짓고 있는 중이라서 곧 산을 가리게 될 것이기 때문이다.

장엄하고 구름에 덮인 산은 정말 아름다웠다. 새벽에

날이 밝자 산이 안개 속에 묻혀서 더욱 신비로운 모습으로 장식돼 있었다. 날이 밝아오자 산꼭대기가 구름으로 덮여서 낮에는 그 모습이 보이지 않았다. 아라라트 산은 터키인들이 '작은 고통의 산'이라고 부르는 더 작은 화산봉인 퀴취크아리다이(Kücükağri Daği)와 나란히 있다. 아라라트 산은 뷔위크아리다이(Büyükağri Daği), 즉 '큰 고통의 산'이라는 이름을 지니고 있다.

한 손을 부풀어오른 아픈 배 위에 얹고 있는 나도 그 말이 하고 싶었다.

13. 큰 고통의 산

병으로 엉망이 된 몸 때문에 기진맥진한 채, 게다가 사흘간 굶은 탓으로 나는 다시 길을 떠날 수가 없었다. 일어서는 것조차 모험이었다. 다시 걷고 배낭을 질 수 있으려면 며칠이나 더 있어야 하는 걸까? 배에는 아메바가 들끓고, 토하고, 피와 점액을 배설하면서 나는 만신창이가 되었다. 가장 급한 일은 호텔을 바꾸는 것이었다. 식당도 없고 침대와 전화 둘 중 하나를 택하게 하는 이 호텔에서 무능력하기 이를 데 없는 종업원의 무관심과 물바다가 된 욕실은 남아 있던 기운마저 빠지게 만들었다.

저녁 무렵 조금 증세가 호전되었으므로 나는 위험을 무릅쓰고 큰길로 나가보기로 했다. 7월이 되면서 관광객들이 있었는데, 대부분 영어 사용자들이었다. 그들은 짧은 바지와 티셔츠를 입고 그을린 피부를 내보이면서, 야영 장비와 흩어진 옷가지들로 지붕까지 가득 찬 사륜구동차를 타고 모험을 떠나고 있었다. 그들과 나는 같은 여행을 하는 것이 아니었다. 그들은 이 나라를 횡단하고 구경하고 사진을 찍지만, 국경을 넘지는 않는다. 나는 고상한 기품을 지닌, 똑똑한 체하고 나야말로 진짜 여행자라는 것을 뽐내는 사람이다! 하지만 '너는 허약한 늙은이나 마찬가지다. 흔들리는 유령 같은 얼굴을 해서는, 서아시아에서 미아나 된 주제에……' 바로 이것이 어떤 재간 있는 아이가 손님을 기다리며 보도 위에 놓아둔 저울 위에 올라가며 스스로에게 하고 싶은 말이었다. 나는 저울에 나타난 숫자를 보고 아연했다. 얼른 저울에서 내려와 눈금이 잘 조정되었는지 확인했다. 좀 떨어진 곳에서 다른 아이가 내려놓은 저울에 올라가 봐도 같은 결과였다. 저울에 표시된 숫자는 분명 60킬로그램이었다. 이스탄불에서는 74킬로그램이었고 두 달 간 걸어다닌 후 에르주룸에서 일주일 전에 잰 몸무게는 71킬로그램이었다. 그러니까 사흘도 채 안 되는 사이에 11킬로그램이 빠진 것이다.

뒤틀리는 배의 고통을 잠시나마 잊게 해주는 장면을 목격했다. 한 유리진열장 앞에 세워둔 수레 위에 노인이 앉아 있었다. 전엔 담요로 쓰였음직한 누더기 위에 거의 쓰러지듯 앉은 그는 몸에 척추가 없는 것처럼 보였고 사지가 뒤틀려 있었다. 그는 동전이나 지폐를 던져주는 행인들에게는 신경도 쓰지 않고 아랍어로 쓰인 코란을 떨리는 손가락으로 행을 짚어가며 낮은 음성으로 읊조리고 있었다. 수레 아래에는 코흘리개 두 명이 책상다리를 하고 앉아서 카드를 치고 있었다. 녀석들이 낄낄거렸다. 갑자기 노인이 책을 덮고 손바닥으로 수레 바닥을 세 번 내리쳤다. 두 녀석은 금세 달아났다가는 다시 그 자리로 돌아왔다. 녀석들에게는 늘 있는 일처럼 보였다. 그러더니 한 놈은 수레를 끌고 또 한 놈은 밀면서 군중 속으로 들어갔다. 기도시간이 다가오고 있었으므로 그 불구 노인을 사원에 데려가려는 것이거나, 아니면 더 나은 장소를 찾으러 갔으리라.

호텔로 돌아오기 전에 나는 더 안락하고 싼 다른 호텔에 가보았다. 인터넷 카페는 찾아보았으니 헛수고였다. "녀기에 카페 같은 건 없수. 찻집이라면 몰라도." 한 터키 노인의 대답이었다. 나는 그 엉터리 별 세 개짜리 호텔로 가서 떠나겠다고 알리고 이튿날 아침에 계산서를 달라고 말했다. 엉터리 호텔 지배인이 내가 호텔을 옮기겠다고 하자 대단히 기분 나빠하고 있음이 느껴져 내게 또다시 엄청난 사기를 칠 것을 각오했다. 그러고 나서 방으로 올라와 쓰러져 내리 잠을 잤다.

이튿날 아침, 예상대로 이 장사꾼을 상대로 언쟁을 벌여야 했다. 손님이 없었기 때문에 그는 자기 호텔에 든 투숙객들을 등쳐먹으려 했다. '계산서'는 줄이 쳐진 걸레쪼가리 같은 것으로, 거기에는 엄청난 액수가 적혀 있었다. 첫날 알려준 방값의 세 배가 돼 있었다. 프랑스에 삼십 초간 전화를 했을 뿐인데, 그자의 말에 따르면 통화는 십오 분이었다는

것이다. 거기다가 그는 프랑스에서 걸려온 두 번째 통화료
도 내게 물리려고 들었다. 경찰에 알리겠다고 하자 그는 액
수의 3분의 2를 깎았다. 그는 아무짝에도 쓸모없는 시시한
사기꾼에다가 제복 앞에서는 겁쟁이가 되는 타입으로, 무시
해야 할 인간의 전형이었다.

아라라트 호텔의 관광객들은 보통 옷을 잘 차려입고
레이밴 선글라스와 사파리 모자를 쓰고 터키어는 한 마디
도 안 하는 유럽인이나 미국인들이었다. 나는 그런 옷차림
을 하지 않았기 때문에 호의를 보이고 정중하게 대하는 사
람들의 관심을 얻을 수 있었다. 전화기가 있음을 확인한 후
아이들과 IMA에 전화를 걸어서 내가 거처를 옮겼음을 알렸
다. 잠시 후 나를 진찰한 의사 한 사람이 말했다. "다시 길을
떠나려면 여러 주가 지나야 할 겁니다. 우리 생각엔 당신 나
라로 돌아가야 할 것 같군요. 터키에 있는 우리 회사 직원에
게 전화를 해놓겠습니다. 그 사람이 연락할 겁니다."

이러한 가능성을 배제한 것은 아니었지만, 충격을 받
아들이기가 힘겨웠다. 지금 건강 상태로는 기껏해야 2주에
서 3주 뒤에나 떠날 수 있는 것이 사실이다. 이란 국경까지
보통 걸음으로 고작 한 나절, 그러니까 35킬로미터를 걷기
만 하면 되는데…… 하지만 거기에 가면 어떤 일이 일어날
것인가? 상세한 지도 없이, 그래서 마을이 어디에 있는지도
모르는 채 걸어야 한다. 마을 위치를 알려면 여기저기 전전
하며 알아보는 수밖에 없다. 이것은 하루에 40킬로미터 이

상을 걸어야 한다는 뜻이다. 지금의 내 상태로는 생각도 할 수 없는 일이었다. 훨씬 더 걱정스러운 건 비자 문제였다. 오늘이 7월 14일인데, 나의 이란 비자는 15일밖에는 유효하지 않았다. 29일이 되면 비자를 갱신해야 했다. 그러기 위해서는 파리나 이스탄불에 가서 2주를 기다려야 했다. 2주는 비자 발급을 위해 보통 기다리는 기간이다. 에르주룸에 이란 영사관이 있지만 거기서는 비자 발급 기한이 한 달이었다. 어떤 경우를 감안하더라도 나는 아무리 빨라야 8월 15일경에 여행을 재개할 수 있을 것이다. 회복기 환자가 무더운 날씨 속에서 걷는 것은 무리다.

나는 어떻게 해야 할지를 몰랐다. 이제까지 나의 시간표는 걷고 먹고 숙박하는 것으로 매우 간단했다. 그런데 이제 갑자기 공백을 마주해야 한다. 아무것도 하지 않는 것이 상식이었다. 하지만 나는 그럴 수가 없었다. 시간을 죽이기 위해 침대에 드러누워 이란에 관한 자료를 뒤적였다. 일주일 조금 넘게 걸어서 갈 수 있는 거리에 있는 타브리즈가 16세기 말경에 세계에서 가장 큰 시장이었다는 내용이 있었다. 그 장터의 넓이는 거의 30제곱킬로미터에 달했다. 30제곱킬로미터라니, 상상해보라. 나로선 상상이 안 된다. 첩첩이 놓인 진열대, 부의 축적, 화려한 비단더미, 산처럼 쌓인 밀가루와 향신료, 세상에서 가장 값비싼 양탄자, 매 등 서아시아에서 가장 비싼 이런 물건들을 상상하려 했지만 소용이 없었다. 내 상상력의 한계는 내가 알고 있는 서아시아의 시장이 전부였다. 이 다채롭고 그윽한 향기가 나는 동화 이야기를 상상한 끝에, 나는 알리바바의 동굴을 차지한 행복한 사람처럼 잠이 들었다.

점심 무렵 잠시 거리를 산책하려고 했다. 한 녀석이 나를 따라와서 리알(이란의 화폐 단위)을 암시장에서 바꾸라고 제안했다. 하지만 그것은 내 관심사가 아니었다. 나는 겉모양이 괜찮아 보이는 식당에서 음식을 먹어보려 했다. 쌀밥을 세 숟갈 먹자마자, 급히 호텔로 돌아와 토하고 말았다. 나는 끊임없이 물을 마셔서 탈수를 방지하려고 애썼다. 간단히 말해서 살아 있긴 한 것이다.

마침내 인터넷 카페를 발견했다. 건물 이층에 있는 카페는 찾아내기가 쉽지 않았다. 카페로 가기 위해서는 그 카페에 재정 지원을 해준 가구상을 지나, 전시된 침대와 안락의자와 옷장들을 요리조리 피해서, 창고 안에 있는 나선형 계단을 올라가야 했다. 카페를 찾는 고객들은 대부분 젊은이였다. 그들은 주로 컴퓨터 게임을 하는 재미로 오는데, 특히 야한 이름을 가진 익명의 여인들과 대화할 수 있는 포르노 프로그램을 즐겼다. 사람들은 그 여인들이 서양의 한 대도시에서 반라로 비단방석 위에 누워 선정적인 자세를 취하고 있다는 상상을 한다. 내 전자우편함에는 아이들로부터 온 편지들과 기자 친구 주느비에브가 보낸 편지가 있었다. 그녀는 편지에서 나의 정보감각을 우스갯거리로 농담을 했다. "……당신 이스탄불에는 오잘란 재판이 열리는 걸 보러 가고, 에르주룸에는 그의 사형 선고 때문에 가고, 이란에는 학생 시위를 보러 갔군요. 은퇴한 사람에게 그건 너무 과하지 않은가요. 대체 언제쯤 시사 문제 쫓아다니는 걸 그만두려는지?"

호텔로 돌아온 나는 나들이에 지쳐 쓰러졌다. 조금 후 기분 좋은 꿈에서 깨어나 악몽과 같은 현실로 되돌아왔다. 현실이 나는 병든 채 침대에 누워 도우바야지드에 있는 것이다. 시간이 흘러갔다. 구름에 둘러싸인 장엄한 아라라트 산이 내 여행의 마지막 단계가 될 것인가? 나는 다시 희망을 가지고 싶었다. 나는 산을 감상하기 위해 몸을 이끌고 발코니로 갔다. '큰 고통의 산'이라는 이름의 산봉우리는 내 절망을 외면하듯 표면이 가려져 있다.

전화벨이 울려 명상에서 벗어났다. 터키의 IMA 책임자인 귀나이 의사 선생이 이스탄불에서 전화를 했다. 그는 다정한 음성을 가졌고, 터키어 억양이 전혀 없는 프랑스어를 구사했다. 프랑스 동부에서 자라고 대부분의 학창시절을 그곳에서 보냈기 때문이다.

"당신의 서류를 검토해본 후에 당신을 담당했던 의사들과 이야기를 나눴습니다. 선택의 여지가 없다고 생각합니다. 고국으로 돌아가셔야겠습니다. 하지만 어떻게 해야 할지는 잘 모르겠습니다."

실제로 내가 본국으로 이송되기는 어려웠다. 정상 승객으로서 비행기에 탑승할 수는 없었다. 나는 단 몇 분도 앉은 자세로 있을 수 없을 것이다. 비행기에 침대를 얻으려면, 바캉스 철이라 여러 날을 기다려야 할 것이다. 내 상태론 어림없는 일이다. 더구나 앰뷸런스에 실려 에르주룸까지 간 후 비행기를 타고 앙카라에 가서 거기서 이스탄불로 가야 할 것이다. 이란을 경유하는 것도 쉬운 방법은 아니다. 나를 위해서 비행기를 전세 내는 것도 너무 과한 일이었다. 나는 아직 저승사자와 그리 막역한 사이는 아니다. 두 시간 후 구급 의사가 전화를 걸어와서 방법은 하나뿐이라고 말했다. 앰뷸런스를 타고 도우바야지트에서 이스탄불까지 가는 것이다. 저녁에 자동차가 보스포루스 연안에서 출발하면 내일 아침에 도착할 것이다. 귀나이가 미리 알리기를, 두 명의 운전기사와 한 명의 간호사가 동행할 터인데 여정은 무척 불편하고 피곤할 것이라고 했다. 그럴 거라고 생각한다. 하지만 대안이 없다. 이질이 악화되면서 통증이 심해지고 있었다. 그는 현재 이란에 군대의 심한 제재를 받는 학생시위가 있다고 말했다. 결론적으로 어차피 여행을 계속하기도 힘든 마당에 아쉬워하지 말라는 것이었다.

아쉬움, 물론 있다. 우연한 기회에 이란으로 가서 그곳에서 재미있는 사건이 벌어질지도 모르는 일이었다. 침대에 드러누워서 구름에 싸인 아라라트 산 꼭대기를 바라보며,

이것이—비록 일시적이라고는 해도—나의 모험의 끝이라고
생각할 수가 없었다. 약속된 시간에 앰뷸런스는 이스탄불에
서 떠날 것이다. 나의 터키 여행이 자동차 속에서 마감되기
까지 카운트다운이 시작되었다. 시간을 보내기 위해서, 파
리에서부터 끌고 다녔지만 거의 볼 시간이 없었던 유일한
영어 자료『론리 플래닛』을 읽기 시작했다.

　　약을 먹었는데도 아메바들이 다시 내 창자를 갉아먹
고 있었다. 배의 통증이 전신에 퍼졌다. 마침내 졸음이 왔지
만 개들이 짖어대는 성난 소리에 잘 수가 없었다. 밤이 깊어
감에 따라 두시의 거리는 야생 개들의 전쟁터로 변했다. 황
폐한 길 위로 차가운 비가 내렸다. 이 시각, 아라라트 산꼭
대기에는 눈이 오고 있을 것이다. 나는 거의 잠을 자지 못했
다. 잠에서 깨어나자 배가 좀 덜 아팠다. 눈 덮인 해발 5,300
미터의 고도에서 도시를 내려다보고 있는 산이 새벽 안개
속에 잠겨 있었다. 이른 시각이었고, 구름은 아직 보이지 않
았다. 이 사화산은 내가 작년에 보았던 후지 산만큼이나 아
름다웠다. 평원 위에 솟아 있는 장엄한 산의 몸체, 산봉우리
의 완벽한 아름다움, 산을 에워싼 점점 엷어지는 흰색은 아
무리 보아도 싫증 나지 않는 한 폭의 그림과 같았다. 이 산
이 그 그늘 아래 살고 있는 사람들에게 숭배의 대상이었다
는 사실이 어찌 놀라운 일이겠는가? 조금 동쪽에 있는 작은
아라라트 산은 새벽빛을 받아 '큰 고통' 만큼이나 거대해보
였다.

나는 아픈 뱃속에서 벌어지는 미생물들의 야단법석을 달래보고자, 지치고 쇠약해진 몸으로 시내로 나왔다.

길모퉁이에서는 쓰레기더미가 풍기는 고약한 냄새를 맡고 닭과 오리들이 우리에서 나와, 배부른 개들이 새벽에 남겨둔 음식 찌꺼기들을 서로 먹으려고 달려들었다. 하수구 같은 건 없었다. 구역질이 나는 푸르스름한 물이, 부패한 내용물로 가득 차 있거나 터져서 거품이 흘러나오는 비닐봉지 더미 아래로 흐르고 있었다. 나는 도시의 끄트머리에 도달해서 아라라트 산의 그 완벽한 삼각형이 지평선에 걸린 모습을 감상했다. 나의 전체 여정에서 하나의 단계가 끝날 뿐이었는데, 오늘은 그 산이 넘을 수 없는 벽처럼 느껴졌다.

나는 시내 중심으로 다시 발걸음을 옮겼다. 막 날이 밝았는데도 이미 장사가 시작되었다. 동양에서 흔히 볼 수 있듯이 거리에 상점들이 열리고 물건들이 바깥에 쌓여 있다. 이 시간에는 통행이 드문 자동차가 쌓여 있는 물건들 위로 먼지를 일으키며 활짝 열린 문으로 들어선다. 나는 내가 작고 비참하게 느껴졌으며, 세상 끝에 있는 이 도시처럼 외양이나 내면이 모두 더럽게 여겨졌다. 구토가 치밀어올랐다. 길거리에서 토하게 될까봐 두려웠다. 하지만 9주 전부터 끊임없이 더러운 꼴을 보아온 터였다. 이곳은 너무 지나치게 더러웠다. 그러나 이러한 역겨움이 혹시라도 오늘 내 모험이 끝나게 된다는 참을 수 없는 생각에서 기인하는 것은 아닐까?

일곱 시 반경에 호텔로 돌아온 나는 차를 몇 잔 마시고 심지어 작은 빵조각도 오랫동안 씹어먹을 수 있었다. 오늘 하루를 어떻게 보낼까? 시간을 보내지 않고 앰뷸런스를 기다릴 생각을 하니 견딜 수 없었다. 고통이 줄어들면 시간이 가는 것이 지루하게 느껴졌다. 내 꿈의 종말을 현실화시킬 이 빌어먹을 앰뷸런스가 빨리 오도록 재촉하기 위해서인 양, 시계가 시간을 가속화시키는 것 같았다.

걸을 수가 없으니 여행 욕구를 희생하는 수밖에 없을 것이다. 이 여행지에 대해 내가 가진 호기심은 모두 세 가지였다. 첫째는 물론 아리리트 산이다. 그런데 산을 오르는 것은 PKK와 전쟁이 시작되면서 군대가 실질적으로 막고 있다. 그 다음은, 도시에서 30킬로미터 떨어진 이란 국경과 가까운 데 있는 추쿠루(çoukourou) 운석이다. 지나가는 길에 그곳에 들를 생각이었다. 1920년, 이미 황폐해진 이 지역에 거대한 운석이 떨어져서 직경 60미터, 깊이 30미터가 넘는 거대한 틈을 만들었다. 이것은 크기로는 세계에서 두 번째다. 이곳에도 역시 군대의 번거로운 개입으로 방문할 수 있을지 불확실했다. 쿠르드 전쟁이 예전에 성행하던 이 두 곳의 관광을 망쳐버린 것이다. 어쨌든 산과 운석이 있는 곳은 위험을 무릅쓰고 시도하기에는 너무 멀었다.

이 지역에서 세 번째로 볼 만한 곳은 내 활동반경 안에 있었다. 도시에서 5킬로미터 떨어진 지점에 평지를 내려다보고 있는 이 나라의 가장 아름다운 보물들 중 하나는 이

샤크파샤 요새(궁전)다. 이곳에는 한 가족과 관련된 이야기가 있다. 1685년 어느 파샤가 짓기 시작한 이 요새는 한 세기가 지난 후 그의 아들이 완성했다. 이 요새에는 그 아들의 이름이 붙여졌다. 이곳은 터키의 동쪽 입구를 향해 있으며, 끊임없이 이 지역을 침략하던 페르시아, 아르메니아 그리고 러시아 군대로부터 터키를 지켰다. 아주 옛날부터 이곳을 지배해온 것은 불안정함이었다. 사람들은 군인들을 피해서 언덕에 숨어 살았다. 공화국 재건 이전에 도우바야지트는 존재하지 않았다. 1930년대 말에 새 정부가 들어서면서 국경이 조금 안전해졌다. 정부는 산등성이와 계곡에 살던 사람들을 새로 만든 이 도시에 정착시켰다.

나들이는 무척 위험한 일이었다. 그래서 나는 화장실용 화장지를 잔뜩 준비해서 택시 운전사를 불러 흥정을 했다. 운전사가 도중에 다른 승객을 태우지 않고 나를 요새까지 데려다 주고, 거기서 나를 기다리다가 호텔까지 도로 데려다 주면 되었다. 앉을 수가 없었던 나는 뒷좌석에 드러누웠고 우리는 이렇게 출발했다. 나는 운전사에게 가축떼를 지나는 것은 가급적 피해달라는 부탁도 잊지 않았다. 그는 반은 우습고 반은 기분 나쁜 어조로 나를 안심시켰다. 그러나 나는 몸이 폭발할 것 같은 기분이 들어 100미터도 채 가지 못했다. 통증이 너무나 심했다. 나는 화가 난 기사에게 호텔로 데려다 달라고 부탁했다. 호텔 방에 누워서 잠을 자려고 했다. 시간이 그 자리에 멈춰버린 것 같았다.

정오가 조금 지나자 몸이 한결 나아졌다. 자리에 앉아 있을 수가 없어서 나는 다시 밖으로 나왔다. 같은 택시 기사가 와 있었다. 다시 한 번 해볼까? 그는 찬성이었다. 이번에는 그가 운전을 아주 조심스럽게 했다. 나는 요새까지 가는 울퉁불퉁한 길 위에서 차가 요동을 칠 때마다 소리를 지르지 않으려고 애를 썼다. 도착하는 순간 나는 택시 밖으로 뛰쳐나가 성채를 굽어보고 있는 식당 화장실로 뛰어 들어갔다. 그동안 택시 기사는 차를 마셨다. 그런 후에야 나의 아픈 근육이 허용하는 한 최대로 괄약근을 조이고 살살 걸어서 방문을 시작했다. 러시아인들이 가져가서 그 이후엔 상트페테르부르크 박물관에 보관된 금으로 씌운 문은 볼 수 없을 것이다. 궁전을 이루었던 306개의 방은 대부분 파괴됐다. 나머지 방들은 방문할 수 없었는데, 그곳이 문자 그대로 새로 건조됐기 때문이었다. 붉고 흰 돌로 이루어진 환형 첨탑은 이웃한 능과 마찬가지로 보존이 잘 돼 있었다.

다행스럽게도 내가 유일한 방문객이었기 때문에 볼일이 너무나 급해 식당으로 되돌아갈 수조차 없는 상황에서 궁전의 외딴 구석에 작은 추억을 남겨놓고(볼일을 보고) 올 수 있었다. 볼일은 벽을 이루고 있는 부드러운 백악[부드럽고 부서지기 쉬운 흰색 내지 회색의 퇴적암] 위 한가운데에 새겨진 '메흐메트가 파티마를 사랑한다'는 글귀보다 오래 남지는 않을 것이다.

돌 위에 새겨진 수치스러운 세월과 시간이 흘렀음에도

변함없이 남아 있는 것은 평원 위 성채에서 바라본 기가 막힌 전망이었다. 나는 성채의 성벽 아래 펼쳐진 광활한 대지 앞에서 잠시 몽상에 잠겼다. 나는 종종 바로 이 순간처럼 방금 올라선 고개 위에서 내 발밑에 펼쳐진 아름다운 풍경을 속속들이 맛보는 일에 몰두하곤 했다. 모든 것이 변했다. 안타깝게도 나는 차를 타고 내려가야 한다. 시간은 내게서 멀어져가고 그와 더불어 내 마음대로 풍경을 즐기는 즐거움도 사라지고 있었다. 나는 나 자신을 학대했다. 나는 여러 주째 자동차 타기를 거부했다. 그렇지만 이제 그 자동차 공포증을 고집할 수는 없었다.

내가 조심스런 걸음걸이로 성에서 나오자 택시 기사가 문 앞에서 충실하게 나를 기다리고 있었다. 이해심이 깊은 그 기사는 돌아오는 길에 개암나무 숲 근처에 차를 세워주고 이미 절단 난 내 창자를 편안하게 할 수 있도록 해주었다. 시간이 흘러갔다. 나들이 때문에 몹시 피곤해진 나는 호텔에서 깊은 잠에 빠졌다. 고통스러웠지만 나는 이 하루를 비교적 즐겁게 보낼 수 있었다.

밤 열 시경에 앰뷸런스가 왔다. 두 명의 운전기사와 한 명의 간호사는 피곤한 기색이었다. 나는 그들이 정체 모를 음식을 식욕도 없이 먹는 모습을 바라보았다. 그리고 그들이 서너 시간 잠을 잔 후인 새벽 세 시에 출발하기로 합의를 했다. 깐깐한 인상의 간호사가 내 피부를 꼬집었다. "탈

수가 심하시군요. 물을 많이 마셔야 해요." 나도 그러고 싶지만, 통증 때문인 것이 확실한 장애 때문에 아침부터 소변을 볼 수가 없다고 털어놓았다. "물을 마셔요. 그럼 소변을 볼 수 있을 테니." 이것이 간호사의 명령이었고, 대단히 위안이 되는 이 명령을 듣고 우리는 헤어졌다.

새벽 세 시가 되어 내가 내려오자, 커다란 앰뷸런스의 엔진은 호텔 마당에 연소되는 가솔린의 역겨운 냄새를 풍기면서 이미 가열되어 있었다. 나는 들것 위에 눕혀졌다. 간호사는 가까운 자리에 앉았다. 이 순간 내 기분이 최고였다고 할 수는 없었다 나는 테헤란에 갈 때끼지 자동車를 타는 일은 없을 거라고 다짐했더랬다. 그런데 지금 나는 수치심을 꾹 참고 아픈 배를 끌어안은 채 자동차에 타서 여태껏 왔던 길을 거슬러가고 있는 것이다. 수셰리 조금 전에 나를 자신의 앰뷸런스에 태워주겠다고 제안했던 운전기사가 생각났다. 그때 허세를 부리며 "아직 안 태워줘도 돼요. 나중에."라고 했던 말이 신경 쓰였다.

나는 지금 그곳에 있으며, 비웃거나 잘난 체하지도 않는다. 간이침대 위에 조심스럽게 앉아서 곧 이곳으로 돌아오리라 마음을 다졌다. 밤사이에 나는 다시 계산을 해보았다. 파리로 돌아가서 3주 혹은 한 달 동안 휴식을 취하고 원기를 회복하고 나면 비행기 한 번 타고 에르주룸에 가고, 내가 쓰러졌던 지점까지 버스를 타고 가서, 아무 일도 없었던 듯이 여행을 계속할 수 있을 것이다. 이 경우에도 이점은 있다. 예기치 못하게 일정이 지연됨에 따라, 나는 견디기 어려운 무더위가 지나간 후 가을에 이란에 들르게 될 것이다. 그러나 아무리 계획을 미화하려 해봐야 소용이 없었다. 이번 계획은 성공하지 못했고 건강 때문에 본국으로 송환되는 씁쓸함을 지울 수는 없었다.

파헤쳐진 흙길 위에서 출발하는 바람에 나는 비명을 질렀다. 내 배는 단단해지고 부풀어서 이질이 시작된 이래로 전에 없이 아팠다. 차바퀴가 진창 속에 처박혔을 때는 눈앞에서 번갯불이 요란하게 방전되듯 모든 근육이 뻣뻣해졌다. 앰뷸런스는 바퀴 자국을 피해서 지그재그로 비교적 조심스럽게 굴러갔다. 그러나 길은 정말 엄청나게 엉망이었다. 출발한 지 한 시간도 안 되어, 지긋지긋한 차의 흔들림이 나의 의지를 허물어버렸다. 영웅처럼 조용히 견디리라 다짐했지만, 차가 요동쳐서 침대를 뒤흔들 때마다 나는 비명을 질렀다. 앰뷸런스는 속도를 늦췄다. 만일 이런 식으로 간다면, 이스탄불에 도착하는 데 이틀이 걸릴지도 모를 일이었다.

내가 견뎌낼 수 있을까? 나는 평소 고통을 잘 견디는 편이었다. 그러나 배의 통증은 점점 심해지는 것 같았다. 설사 때문에 전립선이 부풀어올라서 소변이 나오지 않았다. 여기에 수치심까지 더해져서 배가 아픈 만큼이나 심각한 상태였다. 차라리 이 상처가 영광스러운 것이었다면, 이 같은 상황을 견디는 것이 덜 괴로울 것이다. PKK의 총탄이나 골짜기로 추락해서 생긴 골절상 같은 것 말이다. 그런 경우라면 깁스를 하고 마치 월계관을 쓴 듯한, 피로 얼룩진 붕대를 하고 고개를 쳐들고 돌아갈 수 있을 것이다. 그러나 총에 맞은 것이 아니다. 감히 표현하자면…… 바로 총구멍에 큰 상처를 입은 것이다. 한 시간 조금 넘게 차가 달렸을 때 나는 하도 급해서 어떻게든 소변을 보려고 결심했다. 아이들 표현대로 하자면, 큰일을 치러야 하기 때문에 그 욕구는 점점 심해졌다. 나흘 전부터 아무것도 먹은 것이 없는데 어떻게 이런 일이 있을 수 있는지 궁금했다. 간호사는 과연 모든 일에 대비해놓았다. 간호사는 벽장에서 일종의 변기 같은 그릇을 꺼내어 뒤쪽에 놓아두었는데, 나더러 그것을 사용하라고 했다. 나는 특별히 깔끔한 척하는 사람은 아니지만 여자 앞에서 나의 은밀한 곳을 내보이는 것은 원치 않았다. 내가 그렇게 말하자 간호사는 운전기사 쪽 앞자리에 앉았다. 그리하여 엄청난 투쟁이 시작됐다. 몸이 아주 쇠약해져 있어서 일어나 중심을 잡기도 힘이 들었다. 그러나 쭈그리고 앉는 것은 고도의 곡예와 같았다. 앰뷸런스가 갑작스레 방향을 변경했으므로 두 손으로 꼭 잡고 매달렸음에도 나는 이 무덤 같은 차가 지그재그로 가거나 가속할 때마다 오른쪽, 왼쪽으로 이리저리 흔들렸다. 내가 고상하지는 못하지만 안정된 자세를 취하는 데 성공하기라도 하면, 이번에는 변기가 마치 댄스홀처럼 번쩍거리는 일종의 리놀륨으로 덮인 바닥 위를 돌아다니는 것이었다. 십오 분의 사투 끝에 지치고 창피해진 나는 기진맥진해져서 빈 변기를 다시 갖다 놓았다.

그러자 간호사와 나 사이에 투쟁이 시작되어 여행 중 상당한 시간 동안 계속됐다. 간호사는 내 고통의 원인임에 분명한 탈수증을 치료하고자 물을 마시라고 채근했다. 나는 배가 엄청나게 부풀어올랐는데도 소변을 보고 싶은 욕구를 만족시키지 못했으므로 거절했다. 에르주룸을 지나자 길 상태가 좀 나아졌고 차의 흔들림도 덜해졌다. 차는 운전기사가 차를 마시거나 교대를 할 때 이따금씩 멈췄다. 간호사는 나의 탈수 상태를 더 잘 보여주기 위해서 팔을 꼬집으며 잔소리를 해댔으며, 이런 악순환의 책임은 바로 나에게 있다고 거듭 말했다. 내가 물을 마신다면 다시 수분을 공급받게 되고 소변도 볼 것이라는 것이었다. 나는 갈증이 나서 괴로웠기 때문에 간호사의 말을 듣고 그대로 시도해보았다. 차를 여러 잔 그리고 과일 주스 한 병을 마셨다. 그렇지만 배의 압력만 가중됐을 뿐 아무런 변화도 나타나지 않았다.

나는 이따금 자리에서 일어나 앰뷸런스의 유리창에 코를 대고, 나의 걸음걸이에 맞춰 최근 며칠 동안 감상했던 그 풍경들이 지나가는 것을 보았다. 나는 그 풍경들을 알아보았지만 그것들은 전혀 다른 모습이었다. 그렇게 빠르게 바라보니 도시 하나, 마을 하나도 볼 수가 없었다. 천천히, 사랑스럽게 그것들에게 다가가야 하는데…….

오후에 들어서자 나는 조금 잘 수 있었지만, 곧 터질

것 같은 가죽부대 같은 느낌이 들어서 깜짝 놀라 깨어났다. 배의 피부가 터질 듯이 팽팽해져 있었다. 나는 마시라고 물을 가져온 간호사를 쫓아보냈다. 이번에는 양보하지 않으리라. 그 못된 간호사는 나에게 이제 한 마디도 하지 않았다.

고리와 케이블을 구비한 앰뷸런스의 천장에 시선을 고정한 채, 나는 이 플라스틱과 도금한 강철의 세계로부터 벗어나서 미래에 대해 생각하려고 노력했다. 곧 나는 이스탄불에 도착하고, 파리로 가서 집에 갈 것이다. 그곳에서 나는 아이들과 친구들의 얼굴, 노르망디 전원의 고요함을 다시 만나게 될 것이고, 몇 주가 지나면 다시 일어나서 모험을 떠날 준비를 할 것이다. 이란 비자는 늦지 않게 조처하면 문제가 없을 것이다. 이 비참한 상황이 시작된 이래로 나는 집착과도 같은 한 가지 생각—도우바야지트 전에 내가 쓰러진 바로 그 지점에서 다시 여행을 시작하는 것—에 매달려 있었다. 나의 앞과 뒤에 펼쳐진 그 헐벗은 길과 언덕들, 태양 아래에서 포플러나무의 잎들이 노랗게 물들어가던 평원, 아래쪽의 가느다란 강줄기 그리고 심지어는 내가 엎어져 있던 강변도로의 풀에 이르기까지, 이 모든 것들이 사진처럼 선명하게 기억 속에 각인돼 있었다. 나는 약속에 매달리듯 그 생각에 집착했다. 내가 첫발을 내딛는 순간, 나는 나흘 전부터 겪고 있는 이 악몽을 지워버릴 것이다.

어쨌든 나는 불평할 일이 별로 없었다. 나는 치료받을 것이다. 실크로드를 왕래하던 상인들은 불확실한 조건 속에서 무작정 기다리며, 길을 계속 가기 전에 병을 이겨내는 수밖에 없었다. 그런데 나는 몇 시간 후면 이스탄불의 병원에서 간호를 받으며 다시 영양을 섭취한 후 회복될 것이다.

그러나 앰뷸런스는 아직 거기까지 가지 못했다. 시간이 흘러가면 갈수록 나는 점점 인내심을 잃었다. 운전기사의 동작이 너무 느린 것 같았다. 고통이 너무 심해지자 나는 간호사에게 모르핀 주사를 놔달라고 했다. 모르핀은 없었다. 나는 "사와요!"라고 소리를 질렀다. 소변을 보지 못해서 배에 가해지는 압력은 점점 견딜 수 없었다. 어떤 자세를 취해도—온갖 자세를 다 시도해보았지만—한 순간도 쉴 수가 없었다. 나는 침대 위에서 고통으로 몸부림을 쳤다. 간호사가 나를 진정시키기 위해 엉덩이에 연고를 바르기 시작했다. 무슨 상관이 있는지 몰랐지만, 아픈 것이 좀 나아진다는 보장만 있다면 연고를 온몸에 바른다고 해도 그러라고 했을 것이다. 그래서 엉덩이를 보여야 한다는 거부감을 무릅쓰고, 간호사에게 몸을 맡겼다. 그 기적의 연고를 바른 후에도 아무런 차도가 없었다. 밤이 됐다. 나는 경치를 감상하기 위해 일어날 기력도 없었다. 오로지 빨리 도착하고 싶다는 희망밖에는 없었다. "더 빨리, 더 빨리." 앰뷸런스가 기어가는 것같이 느껴졌다. 차 안의 사람들은 내가 말썽쟁이임에 분명하다고 생각했는지 아무런 대꾸도 하지 않았다. 나는 도로변에 있는 병원에 내려서 치료를 받게 해달라고 했다. 이 고통이 어서 끝나기만을 바랐다. 그들은 곧 도착할 거라며 나를 안심시켰다.

그들은 자신들이 원하는 바를 나에게 말할 수 있었으나, 고통에 휩싸인 나는 내가 어디에 있는지 어디에서 왔는지 알지 못했다. 날이 환할 때는 시계를 보곤 했지만 밤이되고 안경도 쓰지 않았기 때문에 시간 개념이 없어졌다. 시간은 멈추어 고통뿐인 나의 몸속에서 조용히 돌아다니며 창자를 난도질했다. 점점 늘어나는 교통량을 보아 이스탄불이 멀지 않았음을 기대할 수 있었다. 이따금 기사는 지나갈 길을 트기 위해 클랙슨을 울렸다.

배가 너무 부풀었기 때문에 나는 누운 채로라도 소변을 보려고 여러 차례 시도를 했다. 할 수만 있었다면 나는 이 고약한 간호사가 보든 말든 들것 위에서라도 소변을 보았을 것이다. 그 정도로 고통이 심해지면 품위도 없어지는 법이다. 두 번인가 세 번 반복해서 기진맥진한 나는 아주 잠시 동안이나마 원기를 회복시켜주는 일종의 혼수상태와도 같은 잠에 빠졌다. 몸부림을 치던 끝에 나는 마침내 들것 위에서 네 발로 엎드린, 고통이 덜해지는 자세를 찾아냈으나 차가 요동을 칠 때마다 비명을 질렀다. 이제는 아무것도 의식할 수 없었다. 점차 창자가 뒤틀리고 방광이 이완되는 고통 외에 또 다른 고통이 추가되었다. 엉덩이에 화상을 입었는지 축축하게 젖은 느낌이 들었던 것이다.

앰뷸런스가 도로변에 정차했다. 고장? 아니었다. 간호사가 내리고 기사들 중 한 사람이 그 자리를 대신했다. 간호사는 집으로 돌아갔다. 이 고약한 환자에게 화가 났을까? 아니면, 내가 더 이상 의식이 없다고 생각한 걸까? 간호사는 내게 잘 가라는 인사도 안 했지만 나는 기뻤다. 간호사가 이스탄불에 산다고 말한 것이 기억났던 것이다. 간호사가 내린 건 이제 이스탄불에 도착했음을 의미하기 때문이다. 그러나 도시는 넓었다. 마지막 몇 분이 끝없이 길었다. 우리는 보스포루스 대교를 건넜다. 밤이 깊었는데도 여전히 혼잡한 차량들 사이로 앰뷸런스는 경적을 울려서 길을 냈다.

마침내 도로를 벗어나 환하게 불이 밝혀진 병원 뜰로 들어섰다. 기진맥진해진 나는 들것 위에 실려서 이동침대로 옮겨졌고 사람들이 침대를 승강기 안에 밀어넣었다. 땋은 머리채를 아름답게 늘어뜨린 조금 땅딸막한 금발의 여자가 내가 누운 침대를 끌고, 앰뷸런스 기사 한 사람이 뒤에서 밀어서 방으로 들어갔다. 이틀 동안의 운전에 지친 기사는 도망치듯 황급히 돌아갔다. 영어를 몇 마디 하는 의사에게 내 증상을 설명했다. 그는 나를 검진하더니, 내 엉덩이를 보자마자 소리를 질렀다.

"여기가 왜 이래요?"

나는 볼 수가 없었다. 그럴 수밖에.

"거기에 뭐가 있는데요?"

"화상을 입었잖아요!"

"간호사가 연고를 발랐거든요."

"알레르기 반응을 일으켰군요. 그 약의 이름을 기억하

세요? 혹시 이름이……"

정말 뭐 하나 무사히 지나가는 법이 없었다. 잠시 후
의사들 중 하나가 와서 나를 진찰했다. 기분 나쁜 순간이었
다. 그런 후에야 나는 마침내 독방에서 쉬게 되었다. 나는
홀 안에 있는 괘종시계를 보았는데, 터키 전체를 횡단하는
데 스물세 시간이 걸렸다. 어떤 고통을 넘어서면 죽음도 두
렵지 않음을 이제 나는 알게 됐다.

모르핀이 퍼뜨린 무감각함이 내 몸을 감쌌다. 좁은 들
것에 실려 흔들거리고 나니, 병원의 단단한 침대가 깃털처
럼 푹신하고 포근하게 느껴졌다. 나는 마침내 잠이 들었다.

잠에서 깨어나니 여섯 시였다. 아주 조금 잤지만 그래
도 기운을 차리기에는 충분했다. 입안이 마르고 목이 칼칼
했고 침대에 소변을 본 듯한 불쾌한 느낌이 들었다. 그 망할
놈의 간호사가 발라준 연고가 일으킨 알레르기로 피부가
부었고, 수많은 물집에서 노란 고름이 흘러나왔다. 밤새 흘
러나온 그것은 침대 시트에 말라붙어 있었다. 무척 기분 나
빴지만 어제의 고통에 비하면 아무것도 아니었다. 낙관적인
생각과 약간의 유머를 되찾았다. 모습은 비록 내보일 만하
진 않지만 나는 살아 있었다. 태양은 빛나고 복도에서 일하
고 있는 간호사는 아마도 예쁠 것이다. 병실에 제일 먼저 들
어온 사람은 실망스럽게도 청소를 하러 온 작고 통통한 남
자였다. 그의 이름은 당연히 메흐메트였고 나를 완전히 무

시했다. 하루하루 지나면서 그는 좀더 친절해질 것이다. 겉으로는 무관심한 듯한 태도는 수줍음 때문일 것이다. 내가 그것을 없애줄 수 있으리라.

여덟 시경 흰 가운을 입은 한 떼의 사람들이 나를 진찰했다. 터키어로 내리는 진단을 프랑스어를 제법 구사하는 외과의, 메틴사이안이 통역했다. 이질이 너무 격렬하고 고통스러운 반응을 일으켰으므로 더 상세한 검진을 할 수가 없었다. 몇 개의 혈관을 절제하는 수술을 받아야 했다. 그외에도 전립선 폐색이 생겼고―이미 예상했지만―그 기적의 연고가 일으킨 알레르기 증상이 있었다. 결론적으로, 내가 비행기를 타고 파리로 돌아가서 급히 수술을 받을 수 있는 상태로 회복되려면 며칠간 이곳에서 치료를 받으며 쉬어야 했다. 우선 원기를 회복해야만 했다. 이스탄불에서 파리까지 네 시간의 비행을 견디기에는 내 상태가 너무나 나빴다.

의사들이 떠나고 나는 낙담했다. 수술이라니? 그것은 여러 주 동안의 입원과 휴식을 의미했다. 그렇게 오랫동안 움직이지 않으면 체력은 제로에 가깝게 떨어질 것이다. 치료를 받은 후 회복하고 최소한의 운동을 하고 물을 섭취하는 동안 시간은 유프라테스 강의 다리 밑으로 흘러갈 것이다. 8월 말에 도우바야지트의 실크로드를 출발하려는 계획은 이제 큰 난관에 부딪혔다. 그러나 무엇보다 큰 문제는 전립선의 상태였다. 내년에는 사막을 걸어서 여행할 계획이었기 때문이다.

IMA의 현지 직원인 귀나이가 나를 만나러 왔는데, 그는 아주 낙관적인 견해를 가지고 있었다.

"전립선에 큰 문제가 있는 게 아니니 걱정하지 마세요. 분명히 가볍게 지나가는 전립선염인 것 같습니다. 그 외의 질환은 곧 회복될 거고요. 이곳 바탄(Vatan) 조국 병원 의료진은 매우 뛰어납니다. 제가 나흘 후에 떠나는 파리 행 비행기 표를 예약했습니다."

나는 그의 진단이 정확하다고 믿고 싶었다. 전립선염을 오래 앓을 생각을 하니 기분이 좋지 않았던 것이다. 늙어감에 따라 생기는 어려움은 대부분 이렇게 사소한 일에서 생긴다. 그리고 이런 신체의 증상들 중 무엇도 그 자체로 극복하지 못하는 것은 없다. 저하되는 시력, 잘 구부러지지 않는 무릎, 고질적인 신경통, 빠지고 세는 얼마 남지 않은 머리털, 관절염…… 내가 어리석다고 생각하는 표현을 빌리자면, '최후의 거처'로 인도하는 고통스러운 여정에 수시로 출몰하는 이러한 사소한 병들 말이다. 중단된 내 여행의 비망록에 나는 전투계획을 끄적거린다. "파리로 돌아가서 즉시 수술을 받는다. 두 달 후 다시 떠날 수 있는 상태가 된다. 첫눈과 추위가 찾아오기 전에 산을 떠나기 위해 9월 15일경에는 반드시 출발한다. 해발 2,200미터에서는 눈이 일찍 오기 때문이다. 10월 말이나 늦어도 11월 15일에는 테헤란에 도착한다."

아름다운 라비아가 방문했다. 이 터키 여자친구는 곧 레미와 결혼해서 행복할 것이다. 두 달여 만에 나는 가까운 친구를 처음 만난 것이었다. 마침내 프랑스어로 이야기할 수 있었다. 라비아의 방문은 내 마음을 따스하게 했다. 라비아의 할아버지는 쿠르드인이며 동쪽 어딘가 부족의 우두머리였다. 라비아 역시 이 전쟁이 끝나고 아나톨리아의 경제가 비약적인 발전을 하여 마침내 이곳에 평화와 번영이 오기를 바랐다. 혹시라도 오잘란의 판결이 전쟁을 종식시키는 유일한 방편이 아닐까? 그러나 의원들에게 필요한 것은, 터키인에게 가장 미움받는 동시에 쿠르드인에게 가장 사랑받는 사람의 죽음에 동조하는 걸 거부할 정치적 감각과 엄청난 용기다.

비종교적으로 치러질 결혼식 얘기가 나오자 나는 이슬람 결혼식에 대해 물었다. 그것은 세 사람만 참석하는 간단한 예식이다. 그 세 사람이란 신랑, 신부 그리고 일종의 증인 격인 제삼자로, 보통 이슬람교 사제이나 반드시 그럴 필요는 없다. 증인은 미래의 신랑에게 묻는다. "이 여자의 가치는 어느 정도인가?" '금의 값어치'라는 답이 제시된다. 신랑과 신부는 결혼한다. 만일 나중에 신랑의 마음이 바뀌면 '떠나라'는 말을 세 번 하기만 하면 된다. 그들은 이혼한다. 남자가 이행해야 하는 유일한 의무는 결혼 당시 걸었던 값을 지불하는 것이다.

나는 실크로드 기행에 관한 계획을 끄적거리면서 시간을 보냈다. 낙관주의(내가 조금만 분발하면 곧 다시 길을 떠날 수 있을 거야 등등)와 비관주의(너는 늙은 영감에 불과하고 이젠 단체여행이나 다녀야 할 거야 등등) 사이를 오가며, 나는 환자를 회복시키는 병원의 분위기에 젖어들어 불굴의 여행 계획을 구상했다. 내 이질은 분명 오염된 물과 음식 섭취로 인한 것이었다. 그 불결한 디야딘의 식당이 뇌리에서 떠나지 않았다.

이제 일의 전말이 분명해졌다. 가축우리를 청소하기로 했던 사람이 설거지도 했을 것이다. 요 몇 주간의 경험으로 앞으로는 더욱 주의를 기울여야 한다고 생각했다. 아마도 며칠 동안, 나는 내 몸의 저항력에 편견을 가지고 있었던 듯하다. 그렇게 피곤한 상태에서는, 내가 아나톨리아의 평원을 돌아다니던 것만큼이나 활개를 치던 바이러스나 미생물이 내게 매력을 느꼈을 것임에 분명하다. 지나치던 첫 번째 아메바와 합세하여 그것은 피의 결혼식을 치뤘을 것이다. 나는 내 체력을 과신했다. 왜? 노년으로부터 벗어나고 싶었기 때문이었을까? 내가 아직도 '젊은이'임을 다른 사람들에게 그리고 우선 나 자신에게 증명하기 위해서였을까? 그럴 수도 있다. 내가 그런 이유가 전혀 아니라고 주장한다 해도 그럴 수 있다.

나는 그것을 정직하게 인정해야 한다. 나는 목적지 테헤란까지 가지도 못하고 한쪽 날개가 꺾였다. 하지만 게임은 끝나지 않았다. 무엇보다도 내가 올 한 해 동안 도달한 1,700킬로미터는 내게 에너지나 인내심이 부족한 것이 아니라는 사실을 증명해주고 있다. 중국까지 가기 위한 에너지와 인내심은 아직 충분하다. 이 긴 여정, 이 고독한 여행 안에는 떠나는 삶과 다가오는 죽음이 있다. 삶에는 아직 쟁취할 승리가 남아 있다. 결국에 죽음이 이길 거라는 것을 나는 잘 알고 있다. 기다리면서 나는 죽음을 비웃어준다. 그리고 나는 1만 2천 킬로미터에 달하는 여행을 시작했을 뿐이다.

생각을 하다 보니 콤포스텔라 길에서 만난 어떤 남자가 떠올랐다. 작년 어느 날 저녁, 퓌앙블레(Puy-en-Velay)에서 조금 지난 곳에 있는 어떤 숙소에서였다. 그가 말했다. "일흔 살이 되니 힘이 달리는 것을 느낍니다. 그래서 남아 있는 힘을 이용해 내게 아주 중요한 몇 가지 계획을 실행에 옮긴답니다. 올해는 콤포스텔라 길, 내년엔 몽블랑 등정, 이런 식으로 말이죠." 콩크(Conques)까지는 내가 그를 앞섰고, 그곳에서 내가 하루를 쉬는 동안 그가 나와 합류했다. 그는 신발에 문제가 있어서 나중에 그것을 해결했다고 했다. 그는 매우 건강해보였다. 그가 나보다 먼저 떠났는데 나는 절대 그를 따라잡을 수 없었다. 이따금 숙소에서 나는 바람처럼 다니는 작은 노인 얘기가 들려오곤 했다.

나는 중국까지 가고 싶다. 내가 사랑하는 모든 사람들

과 마을의 작은 묘지에서 나를 기다리고 있는 나의 페넬로페를 위해 나는 그곳에서 돌아올 것이다. 그 다음에 또 내가 할 수 있는 일을 할 것이다. 삶은 뒤가 아니라 앞에 있다. 이 여행을 준비하고 실현하는 것은 환상의 브레인 스토밍이요, 새로운 인생을 시작하는 것이다. 내가 터키에서 거쳐온 1,700킬로미터를 통틀어 그리고 이 시의적절하지 않은 중단이 예상치 못한 것이라고 할지라도, 이 여행은 여전히 경탄할 만한 일이다. 가장 멀리 떨어진 마을에서 에르주룸 대학에 이르기까지 나는 친절한 사람들을 참으로 많이 만났으며, 아직도 그들에게 매혹돼 있다. 풍부한 역사를 지닌 이 땅을 걷는 것이 나를 세계와 화해하게 해주었다. 길 이곳저곳에서 나는 수많은 유령을 만났다. 트로이 전쟁의 영웅들, 황금 양털〔그리스 신화에서 이아손이 빼앗은 황금 양털〕, 오스만 제국, 티무르의 군대, 이 '신의 재앙', 고르디움과 그 땅이 낳은 아들, 즉 매듭을 묶은 고르기우스 왕〔고대 프리기아의 왕으로 고대 도시 고르디움을 세움〕과 그것을 잘라버린 알렉산드로스 대제, 율리우스 카이사르 등등. 이들 모두는 신화와 현실 사이에 존재하며 내 발걸음과 생각 하나하나마다 나를 따라다녔다. 이 광대한 면적, 이 모든 산과 구렁과 협로들, 내가 밟고 다닌 이 초원의 아름다운 풍경은 내 망막에 각인된 채 남아 있다.

나는 풍요로운 과거의 유산을 간직한 이 땅에 매료된 반면, 현재의 터키에 대해서는 비판적이다. 아타튀르크와 함께했던 혁명은 실패했고, 극심한 빈부 격차와 도처에 존재하는 종교 문제 탓에 폐쇄된 사회가 되어 침잠해 있다. 서부의 부유층은 유럽인이라기보다는 서양인이 되기를 바란다. 동부의 빈곤층은 종교나 국지전으로 위안을 삼는다. 이 나라에는 또 다른 아타튀르크가 필요하다. 하지만 오늘날의 터키가 그런 인물을 만들어낼 수 있을까? 내가 판단하는 한 이곳은, 터키가 '유럽의 병자'였던 시절 술탄의 사회가 그러했듯이, 폐쇄된 사회다. 체제는 엄격함의 무게에 짓눌려 붕괴됐고, 모순을 해결할 능력도 없다. 오늘날 터키는 이 나라가 위치한 동양과 이 나라가 소속하기를 원하는 서양 사이에 적절히 나뉘어 있다. 유럽에 대한 이끌림, 보수적 사회, 극단적 국수주의, 야만적인 군사 전통과 종교적 자폐 상태와 같은 무수한 모순 사이에서 사분오열돼 있다. 나라는 동요하고 망설이며 이정표를 찾아헤매고 있다.

구소련의 터키어 사용 국가들은 이 나라의 입장에서 볼 때 국가의 경제와 외교를 펼치기 위해 선택받은 땅이다. 그러나 이 땅은 그 결과를 충분히 얻어내지 못한 것 같다. 터키가 동방에 속하는지 아니면 서방에 속하는지를 정하기 위해서는 우선 대대적인 개정을 단행해야 한다. 지리학자들의 말에 따르면, 아시아는 보스포루스를 넘어서 시작하지 않는다. 가정에는 서구화되고 세련된 남성의 삶과 일상적인 노동의 굴레에 묶이고 지식과는 거리가 먼 여성의 삶 사이에 단절이 존재한다. 바람결에 머리카락을 날리는 이스탄불이나 앙카라 같은 대도시의 교육받은 여성과 중세의 씨족 사회에 소속되어 차도르를 쓴—터키나 쿠르드 마을의—무지한 여성 간에는 엄청난 격차가 있다.

만일 터키 내부에서 진정한 토론이 이루어진다면, 국가의 입지를 재정립하도록 인도할 수 있을 중대한 두 가지 사건을 그 도마 위에 올려야 한다. 첫 번째 사건은, 터키의 유럽 연합 가입을 반대하는 유럽 국가들이 수차례에 걸쳐 거부 의사를 표명한 데서 기인한 여론과 정치권의 동요이고, 두 번째는 오잘란 사건이다. 이 두 가지 사건은 내적으로는 쿠르드인과의 평화, 외적으로는 그리스와의 평화 문제를 분명히 제기하고 있다. 이 둘은 터키인들의 역사적인 적들이다. 폭력으로 이 두 가지 문제를 해결하려는 시도—군대가 권장하는 해결책—는 고립과 빈곤만을 심화시킬 것이다. 오잘란을 처형하지 않는 것과 1999년 8월에 끔찍스러운 지진이 이즈미트(Izmit) 지방을 휩쓸고 지나갔을 때 그리스와 화해했던 일은 희망을 가질 수 있는 두 가지 이유가 된다.

물론 역사적 맥락에서 벗어나 있는 서양인인 내가 단호한 판단을 내리는 것은 쉬운 일이다. 나는 조심한다. 결국 내가 무엇을 이해할 수 있단 말인가? 그렇다면 나는 거기에, 그 불우한 마을에 무엇을 찾으러 갔던 것일까? 나는 자신들이 가지지 못한 것에 우선 민감한 탓에 가난한 사람들이 무시하는 과거를 찾으러 떠났다. 그리고 그들이 가지지 못한 것을, 유복한 서양인인 나는 가지고 있지만, 그것을 버리려 한다.

바탄 병원 407호실에서 나는 사색에 잠겨 다시 여행을 되풀이하고 있다. 그 다음을 준비하고 노트에다 나를 기다리고 있는 길을 그려보고 있다. 출발하면서 나는 세계를 관통하고 싶었다. 그러나 세계가 나를 내버려둘까? 길 끝에서 나는 현명함을 발견할 것인가 아니면 죽음이 나를 덮치기 전에 헛되이 그것이 다가오기를 기다릴 것인가? 기질상 그리고 필요에 의해서도 활동적인 나는, 내가 걸어온 이 느린 길 위에서 고요와 몰입, 영혼의 평화를 찾아야만 한다.

이런 것들은 물론 단번에 찾아오지 않을 것이다. 그것들은 자신을 드러내기 위해 내가 오기를 기다리는 시안의 만리장성 그늘에 감춰져 있지 않다. 그것들은 길 위에, 오솔길과 도로 위에, 도시들 속에 있고, 만남과 무수한 발걸음 속에 따라다닌다. 그것들은 내가 내 삶의 담 위에 평온하게 마지막 돌맹이를 쌓는 것을 도우러 찾아올 것이다.

나 이전에 걸어서 실크로드 전체를 다녀온 사람은 아무도 없다. 마르코 폴로 이래로⋯⋯. 그러나 무용담이나 위업을 추구하려는 생각은 없다. 그보다는 내 지난 인생을 천천히 반추해볼 생각이다. 무척 오래전부터 나는 자아를 탐구해왔는데 이 여행이 나에게 보여준 것은? 나는 내가 변한 것이 없음을 겸허하게 인정해야만 한다. 그러나 나는 불현

듯 영원의 개념에 도달했다는 느낌이 든다. 무척 거창한 말일지도 모른다. 그러나 넓게 펼쳐진 아나톨리아의 거대한 초원은 이러한 몽상에 적합하고, 사람들은 그곳에서 신성함을 가까이 하는 데 전념하게 된다. 그리고 또 한 가지 있다. 내가 끊임없이 그래왔던 대로 원하는 것, 목표에 가까이 도달하려고 애쓰는 것, 이에 대해 다시 한 번 성찰해본다면, 무한의 문은 우리 앞에 더욱 빠르게 열리리라.

이 모든 고독한 나날들이 지나고 나는 노력과 시련, 예외적인 일들을 통해서만 진정으로 자기 자신의 모습을 찾을 수 있다는 확신을 가지게 됐다. 그러나 금욕주의자인 나는 내가 바라 마지않았던 쾌락주의를 또다시 이겼다. 진정한 느림은 포기를 내포한다. 나는 나를 많이 포기하지 않았다. 떠나기 직전부터 나는 모든 것을 계획해놓았다. 진행 단계, 멈출 곳, 찾아갈 곳 등등……. 이제 나는 도우바야지트와 사마르칸트 사이의 일정표를 짜지 않기로 결심했다.

사마르칸트. 내가 처음 독서를 한 이래로 나의 꿈을 키워온 그 도시의 이름만으로도 용기가 생긴다. 그곳에 도달하기 위하여 나는 다시 아나톨리아의 산들과 모기가 들끓는 늪을 만나고, 테헤란과 거칠고 험한 사막들을 지나고, 정신 나간 독재자의 망령들이 아직도 떠돌고 있는 부하라에 머무를 것이다.

몇 시간 후면 비행기가 나를 파리로 데려간다. 그러나

내 마음은 마치 다른 세상에서 그랬던 것처럼 내가 쓰러진 바로 그곳, 도우바야지트의 길가에 머물러 있다. 몇 주일 후 혹은 만일 내가 생각했던 것보다 더 아프다면 몇 달 후 나는 다시 거기에 내 충실한 신발 자국을 남길 것이다. 그리고 얼굴을 동쪽으로 향해 다시 길을 떠날 것이다. 내 앞에 펼쳐진 미지의 1만 킬로미터를 향하여.

떠나든 머물든 삶은 계속된다

이 책의 저자 베르나르 올리비에는, 30여 년 동안 프랑스의 유력 신문과 잡지사에서 정치와 경제 그리고 사회부를 섭렵한 퇴직 기자다. 가난과 건강 때문에 학업을 중단해야 했던 그는 여러 직업을 전전하면서 세상과 사람들에 대한 이해의 폭을 넓혀갔으며, '몸'과 '정신'이 함께하는 여행을 이미 시작하고 있었다. 은퇴할 나이가 되어 기자 생활을 청산한 올리비에는, 다른 동료들처럼 'TV와 소파'가 있는 안락한 여가를 누리는 대신 그가 오래전부터 꿈꾸어온 원대하고 황당하기까지 한 계획을 실행에 옮기기 시작한다. 그것은 놀랍게도 터키의 이스탄불에서 중국의 시안까지 1만 2천 킬로미터에 이르는 실크로드를 걸어서 여행하는 일이었다.

걷는 일 자체가 그에게 생소했던 것은 아니었다. 크고 작은 수차례의 도보여행도 있었고, 기자로서 세계 여러 나라를 발로 뛰어다니기도 했었기 때문이다. 또한 '쇠이유(Seuil, 문턱)'라는 단체를 설립하여, 비행청소년들을 대상으로 '걷기'를 통해 사회복귀를 유도하는 프로그램을 운영하고 있기도 했다. 그러나 실크로드를 걷는 일은, 그에게도 커다란 도전이 아닐 수 없었다. 낯선 언어와 문화 그리고 미지의 사람들, 무엇보다 육체적인 고통과 정신적인 외로움⋯⋯. 올리비에가 다른 길보다도 실크로드에 매혹된 이유는, 그 길이 지닌 전설적인 역사와 의미 때문이었다. 700여 년 전 마르코 폴로가 서양에 동양의 존재를 알린 이후, 두 세계 간에 무역과 문화의 통로가 되었던 그 길, 대상들이 낙타를 끌고 행군했던 그 신비로운 미지의 길이 '도보 순례자' 올리비에를 사로잡은 건 필연적인 일이었을지도 모른다. 그러나 그는 애초부터 자신의 여행에 어떤 거창한 의미를 부여하지 않았다. 삶 자체를 부단한 '떠남'과 행군의 연속으로 인식하는 그에게, 걷는 일은 곧 자기 자신과 직면하고 스스로를 발견하는 탐색의 과정이었기 때문이다.

사람들이 그에게 수도 없이 질문했던, 그리고 그 자신도 걷는 동안 늘 자문했던 질문, "왜 걷는가?"에 대한 대답은, 사실 이 책 어디에나 있고 또한 아무 곳에도 없다. 작가들이 흔히 존재에 대한 비유로 사용하는 '길 찾기'라는 표현을, 그는 몸으로 실천하고 있는 셈이다. 주위의 만류를 뒤로 하고 여행을 떠나기에 앞서, 그의 원칙은 단호했다. 어떤 일이 있어도 '걸어서' 갈 것, 서두르지 말고 '느리게' 갈 것. 또한 이 책의 성격에 대한 원칙도 세워놓고 있었다. 낯선 곳의 사람들과 경치와 풍습들을 요란스럽고 화려하게 소개하는 일반적인 기행문이 아닌, 오직 자신의 여정과 느낌들만을 사진 한 장없이 꼼꼼하게 담아낼 것. 그의 여행이 달팽이의 지루한 움직임을 연상시키는 것은 바로 그러한 이유들 때문이다.

그러나 그 달팽이는 힘들게 이동하는 동안 넓은 세상을 발견하고, 많은 생각과 고민과 깨달음을 거친다. 그리고 그 결과물이 총 4년 동안의 여행을 기록한 세 권의 책이다. 1권은 터키를 횡단해서 이란 국경에 이르기까지의 여정을, 2권은 이란에서 우즈베키스탄의 사마르칸트까지를, 그리고 3권은 마침내 중국의 시안에 도착하기까지의 장도長途를 담고 있다.

그에게 있어서 실크로드는 마르코 폴로의 시대에 그랬던 것처럼 더 이상 미지의 길이 아니었지만, 직접적인 체험을 통한 느낌과 발견은 언제나 새로울 수밖에 없다. 이렇듯 '느림'과 고행을 고집스럽게 감수하는 올리비에의 '발로 쓰는 실크로드 기행'은, 모든 게 초고속으로 편하게 이루어지는 시대에 신선한 충격임과 동시에 일상으로부터 벗어나 '새로운 길'을 꿈꾸도록 이끄는 조용한 초대라고 할 수 있을 것이다.

번역하면서 가장 어려웠던 부분은 중앙아시아의 작은 도시와 마을들에 대한 정확한 지명을 찾아서 옮기는 일이었다. 혹 있을지도 모르는 표기상의 오류들에 대해, 독자들의 너그러운 이해를 구한다. 저자의 발걸음만큼이나 더디기만 했던 번역 작업을 기다려주고 또 다듬어준 효형출판의 송영만 사장님과 편집부 여러분들께 진심으로 감사한다. 무엇보다, 흔쾌히 한국어판 서문을 써주고 역자의 이런저런 질문에 친절하게 응해준 저자 베르나르 올리비에 씨에게, 이 책이 작은 보답이 될 수 있기를 바란다. 아울러 언젠가 그가 한반도를 '걸어서' 여행할 계획을 세운다면, 동행을 허락해줄 것도…….

임수현, 고정아

실크로드 정보

터키공화국

터키공화국

Republic of Türkey, Türkiye Cumhuriyeti

지리 개요

국토의 일부분은 남동쪽 유럽, 대부분은 서남아시아에 속한 국가. 북쪽은 흑해, 동쪽은 조지아와 아르메니아, 이란과 접해 있다. 남쪽은 이라크와 시리아, 지중해 그리고 서쪽은 에게 해와 그리스 등과 접해 있다. 보스포루스 해협과 마르마라 해, 다르다넬스 해협을 경계로 아시아 지역인 아나톨리아와 유럽 지역인 트라키아로 나뉜다.

수도는 앙카라이며, 면적은 78만 3,562제곱킬로미터에 달한다. 인구는 약 8,556만 1,976명(2020년)이다.

자연환경

아시아쪽 터키에는 평균 1,100미터 높이의 산들이 북쪽과 남쪽에 우뚝 솟아 중앙의 아나톨리아 고원을 둘러싸고 있다. 고원 북쪽의 폰투스 산맥과 남쪽의 토로스(타우르스) 산맥이 동서로 뻗어 고원과 해안저지대를 나눈다.

중앙 아나톨리아는 분지로 이루어진 반半건조기후의 단층지괴斷層地塊다. 동부 아나톨리아는 높은 산맥들과 터키의 최고봉 아리다이(아라라트 산) 등 최근 생성된 화구들로 이루어져 있다. 서부 아나톨리아는 산맥이 함몰된 곡상이 길게 이어져 있다.

이스탄불을 둘러싼 고원은 터키 북서부의 보스포루스와 다르다넬스 해협이 보이는 것과 같이 깊은 계곡들로 형성되어 있다. 대서양 유역과 인도양 유역의 분수계는 동부 아나톨리아를 비스듬히 가로지르고 있다.

민족과 언어

터키는 선사시대부터 인종과 문화가 다양하다. 특히 투르크족이 11세기부터 이 지역에 들어오면서 지중해 인종과 몽골 인종의 혼혈이 큰 비중을 차지하게 되었다. 수적으로는 지중해-터키 인종이 가장 많고 이어 서해안과 남해안에서는 지중해 인종이 우세하다. 내륙과 동부 지방에는 고산족高山族이 다수 섞여 있다.

전체 인구의 80퍼센트 정도가 터키어를 모국어로 사용한다. 소수 언어집단으로 쿠르드족과 아랍인이 있는데, 쿠르드어는 시골 및 동부와 남부에서, 아랍어는 남동부 아나톨리아 지역에서 쓰인다.

투르크인들은 대부분 이슬람교를 신봉하며, 수니파가 지배적이다. 그리스도교와 유대교도들은 소수로, 이스탄불과 앙카라 등지에 거주한다. 터키의 인구는 제2차 세계대전 이후 급증했으나 최근에는 계속해서 성장률이 감소하는 추세다.

문화

터키의 장구한 문화유산은 페르시아와 아랍, 비잔틴, 오스만, 그리고 서유럽 문명에 기반을 두고 있다. 아타튀르크의 개혁 가운데 가장 중요한 것은 이슬람교의 영향력을 줄인 일이었다. 오늘날 터키 문화의 가장 큰 경향성은 민족주의라 할 수 있다. 1971년 문화부가 창설되었으며, 정부는 극장과 오페라, 발레, 음악, 미술, 그리고 대중예술을 포함하는 모든 예술 분야를 전국적으로 광범위하게 지원하고 있다. 주마다 박물관이 세워져 있으며, 앙카라에는 아타튀르크 문화센터가 있다.

여행 당시의 정세

1999년 8월 17일 터키의 인구 밀집 지역에 강진이 발생했다. 피해 지역은 이스탄불의 서쪽 교외에서 마르마라 해 북동부 아다파자리 시까지 이르렀다. 공업도시인 이즈미트와 해군기지가 있는 골추크는 폐허가 되었다. 사망자 수는 1만 7천 명이 넘었고 부상자도 4만여 명 이상이었다. 주택과 공장 약 24만 4천여 채가 파괴되거나 심각한 타격을 입었으며, 주민 약 60만 명이 집을 잃었다. 11월 12일, 같은 지역에서 재차 강력한 지진이 발생해 700여 명이 사망했다. 세계 각국은 터키에 즉각 구제의 손길을 뻗쳤으며, 각국의 노력으로 터키는 외부 세계에 대한 인식을 바꾸게 되었다. 도움의 손길로 인해 터키와 미국, 이스라엘의 기존 우호관계가 강화되었고, 터키를 유럽 연합(EU)의 정회원 후보국으로 공식 인정하지 않아 악화되었던 터키와 EU 회원국의 관계도 회복되었다. 그리스의 도움은 양국간의 적대감을 완화시켜 주었다. 터키는 9월 17일 아테네에서 지진이 발생했을 때 그리스에 보답했다. 터키와 EU의 관계는 10월 유럽 위원회(European Commission)가 터키를 정회원 후보국으로 공식 지명함으로써 더욱 개선되었다. 터키는 12월 10일에 승인될 후보국 명단에 포함되었다.

옮긴이 **임수현**

1964년 서울에서 태어났다. 서강대학교와 동 대학원에서 불어불문학을 공부하고, 프랑스 파리4대학에서 사뮈엘 베케트 연구로 박사 학위를 받았다. 서울여자대학교 불어불문학과 교수이자 극단 산울림 예술감독이다.
옮긴 책으로 베르나르 올리비에의 『나는 걷는다 1』『떠나든, 머물든』『쇠이유, 문턱이라는 이름의 기적』드니 게즈의 『항해일지』아르튀르 아다모프의 『타란느 교수』베르나르 마리 콜테스의 『목화밭의 고독 속에서』사뮈엘 베케트의 『죽은-머리들 / 소멸자 / 다시 끝내기 위하여 그리고 다른 실패작들』『동반자 / 잘 못 보이고 잘 못 말해진 / 최악을 향하여 / 떨림』등이 있다.

나는 걷는다
이스탄불에서 시안까지 느림, 비움, 침묵의 1099일
01 아나톨리아 횡단

1판 1쇄 발행 | 2003년 12월 20일
2판 1쇄 발행 | 2022년 4월 30일

지은이 베르나르 올리비에
옮긴이 임수현

펴낸이 송영만
디자인 자문 최웅림

펴낸곳 효형출판
출판등록 1994년 9월 16일 제406-2003-031호
주소 10881 경기도 파주시 회동길 125-11(파주출판도시)
전자우편 editor@hyohyung.co.kr
홈페이지 www.hyohyung.co.kr
전화 031 955 7600

ⓒ베르나르 올리비에 2003, 2022
ISBN 978-89-5872-191-8 04860
　　　978-89-5872-194-9 04860 (세트)

값 16,000원